非琴俄罗斯文学经典译文集

Преступление и наказание

罪与罚 上

[俄]费·陀思妥耶夫斯基 著
非 琴 译

河北出版传媒集团
河北教育出版社

图书在版编目（CIP）数据

罪与罚 / (俄罗斯) 陀思妥耶夫斯基著；非琴译.
-- 石家庄：河北教育出版社，2018.8
（非琴俄罗斯文学经典译文集）
ISBN 978-7-5545-3672-8

Ⅰ. ①罪… Ⅱ. ①陀… ②非… Ⅲ. ①长篇小说－俄罗斯－近代 Ⅳ. ①I512.44

中国版本图书馆CIP数据核字(2017)第054405号

书　　名　**罪与罚**
作　　者　费・陀思妥耶夫斯基（俄罗斯）
译　　者　非　琴
策　　划　杨　才　蒋海燕
责任编辑　郝建国　马海霞
封面设计　于　越
版式设计　郝　旭
出版发行　河北出版传媒集团
　　　　　河北教育出版社　http://www.hbep.com
　　　　　（石家庄市联盟路705号，050061）
印　　制　河北新华第一印刷有限责任公司
开　　本　850mm×1168mm　1/32
印　　张　22.25
字　　数　508千字
版　　次　2018年8月第1版
印　　次　2018年8月第1次印刷
书　　号　ISBN 978-7-5545-3672-8
定　　价　110.00元（全二册）

译序

俄罗斯著名作家费奥多尔·米哈伊洛维奇·陀思妥耶夫斯基(Фёдор Миха́йлович Достое́вский 1821—1881）的名字对我国读者绝不是陌生的。他的主要作品《穷人》《被侮辱与被损害的》《死屋手记》《白痴》《少年》《卡拉马佐夫兄弟》等早已被译成汉语。他的代表作《罪与罚》更为广大读者所熟知。

高尔基曾经说过，就艺术描写力来说，只有莎士比亚能与陀思妥耶夫斯基相媲美。陀思妥耶夫斯基的作品中那些震撼人心的悲惨画面，他以非凡的艺术力量塑造的那些庄严的、悲剧性的痛苦形象，都深深印在所有读过他作品的人的心中。“如果说时间能熄灭爱情的火焰和人类的所有其他感情……那么对于真正的文学作品，时间却会创造不朽。”陀思妥耶夫斯基的作品正是世界文学中这种不朽的作品之一。

陀思妥耶夫斯基的生活与文学道路是一种最深刻的悲剧，其实质是：敌视天才、自由和艺术之美的现实，压制和摧毁人的灵魂。

陀思妥耶夫斯基生在莫斯科一个贫民医院医生的家庭里。1843年毕业于彼得堡军事工程学校。毕业后不久就专门从事文学创作活动。1846年发表的《穷人》为他带来了极高的声誉，引起了文学界的注意。《穷人》显然受果戈理《外套》的影响；在思想上他也接近当时平民知识分子的先进代表人物。他曾参加空想社会主义者彼特拉舍夫斯基（1821—1866）的小组，为此被捕，并被判处死刑，后被赦免，改判流放，在鄂木斯克监狱服四年苦役（1850—1854）。后来他根据狱中的经历写成了《死屋手记》。

四年流放使他思想上发生了很大的转变，认为在当时的社会上，反抗毫无意义；他只看到压迫、道德基础的崩溃、资产者的胜利、贫穷、卖淫、饥饿……而看不到出路何在。他认为，在这样的社会上只有两种可能：压迫和被压迫；只有两种人：压迫者和被压迫者；没有，也不可能有第三种可能和第三种力量。他的笔记中有这样一句话："不做奴隶，就做统治者。"这句话也许可以作为他创作的题词。这句话表现出他主要作品中主人公们的苦闷，反映出他们心目中资本主义社会的法则：不做奴隶主，就做奴隶，不压迫别人，别人就压迫你。"主子的道德"是与人性相抵触的。因此陀思妥耶夫斯基选择了后者：宁做牺牲者，不做刽子手，宁被践踏，也决不践踏别人。此外陀思妥耶夫斯基不知道有任何其他可能。

《罪与罚》最早发表在1866年的《俄罗斯通报》上。

1861年废除了农奴制。这曾使陀思妥耶夫斯基充满希望。他觉得，对于俄罗斯来说，一个新的时代开始了。但无情的现实粉碎了陀思妥耶夫斯基天真的幻想，同样也使一部分正在寻找改革道路的青年感到失望，使他们又落进了怀疑的深渊。而正是这种失望情绪促使某些知识青年进行个人主义的、毫无结果的反抗。《罪与罚》的主题就是在这样的时代背景下产生的。

但最初作者构思这部小说时，主人公却是马尔梅拉多夫，主要谈酗酒问题，书名也不叫《罪与罚》。拉斯科利尼科夫的故事是后来才产生的，这时马尔梅拉多夫已经退居到次要地位。

作者设想，《罪与罚》的主题是：

一、人生来不是为了享福的。只有通过受苦，才能获得幸福。（做牺牲者，宁愿被压迫，被践踏）

二、主人公拉斯科利尼科夫的思想：攫取统治这个社会的权力——不择手段。“在小说里，通过他的形象，表现过分的骄傲、狂妄和对这个社会的蔑视。”“支配这个社会。”他想“赶快抓住权力，发财致富。杀人的思想是作为现成的东西来到他头脑里的”。他幻想为人类造福，但是他选择的“斗争”道路却是首先保证个人的“自由”。

他力求站在社会之上，对这个社会的“反抗”是个人主义的。这样的“反抗”失败了。

但是在写作时，作为一位真正的艺术家。他的现实主义思想却占了上风。《罪与罚》成了揭露19世纪60年代俄罗斯社会凶残不仁的最强有力的文学作品之一。它以惊人的艺术力量显示出：如果停留在这个社会基础上，停留在它的现实和意识的界限之内，就绝不可能找到任何出路。整部小说中响彻了被这个社会碾碎的人们怎么也压抑不住的绝望的呼喊：不能、不可能这样活下去。无路可走成了小说的主旋律。

法律系的大学生拉斯科利尼科夫被贫穷压得喘不过气来，因为无法维持最起码的生活，他被迫辍学，躲进那间与其说像房屋，不如说更像大橱或棺材的斗室，房东已经不再供给他饮食，还威胁要把他赶出去……

于是拉斯科利尼科夫产生了要杀人的“思想”——因为“统治者们”“拿破仑们”都是不择手段的。然而这还仅仅是一种“思想”。从“思想”到“行动”，必须经过另一次“飞跃”。他第一次去放高利贷的老太婆那里抵押东西以后，在一家小饭馆里听到了一个大学生的议论。那个大学生也有类似的想法，然而他并不想真的把自己的想法付诸实践。

现实却迫使拉斯科利尼科夫不能仅仅停留在“思想”上。

拉斯科利尼科夫认识马尔梅拉多夫的场面决定了整部小说的基调，立刻把小说的主题提高到了对人类命运进行凄恻深思的高度，使读者立刻感觉到自己置身于千百万人受苦受难的悲怆气氛之中。让父亲讲给人们听，他的女儿怎样和为什么不得不沦为妓女。世界文学中很少有人能对人生的哀痛、苦难、羞辱与悲惨作如此深刻的暴露。只有深深同情颠沛无告的下层民众的悲哀的艺术家，才能够创造这样震撼人心的形象和画面。后来，拉斯科利尼科夫对索尼娅说：“投水自尽，一下子结束这一切，倒更正确些，正确一千倍，也明智一千倍！”索尼娅对他的话一点儿也不感到惊讶，而只是问了一声：“那他们（卡捷琳娜·伊万诺芙娜和三个孤儿）呢？”对于穷人来说，就连自杀也是不可多得的奢侈。也许，索尼娅也能投河自尽，可是即使她投河，还是无法把三十个卢布放在卡捷琳娜·伊万诺芙娜面前的桌子上。生活里的确有这样一些情况，能使一个公正无私的观察者相信，自杀是生活获得保障的人才能得到的权利，才能“享受”的“奢侈”。而像索尼娅这样的人却连自杀都不可能。她们的处境诚所谓上天无路，入地无门，求生不得，求死不能，摆在她们面前的现实是：破坏道德，是犯罪；不破坏道德——在对待亲人的关系上也是犯罪。索尼娅不出卖自己的肉体，孩子们就会饿死。马尔梅拉多夫说：“得让每个人至少有个可以去的地方。”可是马尔梅拉多夫、索尼娅、卡捷琳娜·伊万诺芙娜都无处可去。“上帝啊！难道就没有公道了吗？不来保护我们这些无依无靠的人，你去保护谁呢？……世界上还有法律和正义，肯定有，我一定会找到！”被逼得走投无路的卡捷琳娜·伊万诺芙娜绝望地说。然而无情的现实却是：“上帝”并不来“保护”他们；她至死也没能找到她心目中的“公道”和“正义”。可见在她所生活的那个社会里并没有什么“正义”，“上帝”也装聋作哑，对穷人的悲惨命运视而不见，眼睁睁看着“这样的事”（索尼娅的话）在他面前发生……卡捷琳娜·伊万诺芙娜这个艺术形象是十分感人的：读者仿佛看到了这个跌落到社会底层、被生活折磨“疯”了的高傲的女人，仿佛看到了她脸上的红晕，看到了她咯到手绢儿上的鲜血，听到了她一阵阵的咳嗽声，听到了她那绝望的呼喊。“什么？请神甫？……用不着……我没有罪！……不用忏悔，上帝也会宽恕我……他知道我受了多少苦！……即使他不宽恕我，那也就算了！……”临终前她这样说。当然，她始终念念不忘自己“高贵”的出身，那张能证明她的身份和幸福过去的“奖状”，始终伴随着她，直到她离开这个世界。然而这些并不让人感到有损于这个悲剧性人物的形象，恰恰相反，倒使这个人物显得更加饱满，更加真实可信。

“人——这种卑鄙的东西，什么都会习惯的！”听了马尔梅拉多夫讲的故事，拉斯科利尼科夫想。可是“如果我想得不对呢？如果，总的来说，整个人种，也就是说，全人类，当真不是卑鄙的东西，那么就意味着，其他一切全都是偏见，只不过是心造的恐惧，任何障碍都不存在”。对一切都会习惯、对什么全都顺从、是卑鄙的；能够进行反抗、能够“跨越”过去的人，就不是卑鄙的了。从“思想”到行动，拉斯科利尼科夫已经跨出了第一步。

然而单是马尔梅拉多夫一家的悲惨遭遇，还不足以使主人公迈出决定性的一步。于是，就在第二天早上，立刻又收到了母亲的信。

用他母亲的话来说：他是她们（母亲和妹妹）的“一切”，她们的“全部希望”和“全部指望”。为了他，母亲甘愿“牺牲”女儿，让她嫁给一个谈不上有什么爱情的律师——卢任。等待着他妹妹杜尼娅的唯一现实道路，照他看，和索尼娅的命运毫无区别，只不过多了一件“合法婚姻”的外衣，实质上仍然是为了亲人而不得不出卖自己。后来，斯维德里盖洛夫用他自己的方式也说出了同样的意思：嫁给卢任，还不是和接受他的“求婚”一样，只不过拿的是另一个人的钱而已。杜涅奇卡、索涅奇卡，她们都是这个社会的牺牲品，她们都有一个共同的命运。“只要世界还存在，索涅奇卡就永远不会消失！”

就在他这样折磨着自己的时候，他又看到了一个被侮辱的少女。“嗳！是您呀，斯维德里盖洛夫！您在这儿干吗？”他攥紧拳头，扑向那个纠缠她的肥胖的花花公子。在他看来，这个坐在路边长椅子上的少女，还有那个街头卖唱的歌女，坐在酒店和娱乐场所门口的那些妇女，那个投河自尽的女人——这都是杜涅奇卡，都是他的妹妹，各式各样的斯维德里盖洛夫和卢任们在肆意欺凌她们——到处都是他的“妹妹”，他亲爱的人……那些所谓的学者们用“科学”理论证明：“应该如此”，“每年应该有这么百分之几去……去某个地方……去见鬼……”只不过是“百分之几”而已，人们尽管放心好了！对于那些压迫者、统治者来说，他们当然用不着担心会落入这个“百分之几”，他们自然是放心的。可是对于像马尔梅拉多夫、拉斯科利尼科夫这样的穷人，对于杜涅奇卡和索涅奇卡来说，“百分之几”这个数字却绝对无法让他们放心。索涅奇卡已经落入了这“百分之几”，杜涅奇卡也难免落到这“百分之几”里去……于是，杜涅奇卡的命运和索涅奇卡的命运，以及一切“妹妹”的命运交织在一起，同时浮现在拉斯科利尼科夫的眼前。

于是他做了一个可怕的梦。梦中那匹被残酷打死的驽马，就是一切被压迫、被践踏的人的象征，在那匹可怜的马身上，仿佛集中了所有被侮辱、被损害的人们的苦难。卡捷琳娜·伊万诺芙娜临终时绝望地呼喊：“驽马已经给赶得筋疲力尽！……再也没有——力——气了！”这几句含着血和泪的话与拉斯科利尼科夫梦中那匹马的形象遥相呼应。对于穷人来说，他们的一生就是这样的一场噩梦。

那么，怎么办？出路在哪里？在拉斯科利尼科夫的意识的限度之内，这个问题是无法回答的。然而现实却要求他必须做出明确的回答：“一定得采取某种行动，立刻行动起来，越快越好。无论如何得做出决定，随便什么决定都行，或者……要不，就完全放弃生活！”

小说发表以后不久，评论家皮沙烈夫[①]在一篇题为《为生活斗争》的评论中就已经指出：拉斯科利尼科夫的“病”根“不是在头脑里，而是在口袋里”。他头脑里所以会产生那个奇怪的“理论”，是因为他处境的痛苦程度远远超过了“他的力量和勇气所能承受的限度”。“无论如何也不能把这一理论看作他犯罪的原因，正像不能把病人的幻觉看作病因一样”。他的“理论”只不过是他被迫与之进行斗争的那个环境的产物，“真正的唯一原因还是令人痛苦不堪的环境”。因此，不管小说的作者主观上有什么意图，小说还是以惊人的力量反映了那个强权社会中非人生活的真实，真实到了令人感到窒息的程度。

---

① 皮沙烈夫（1840—1868），俄罗斯著名评论家、哲学家、革命民主主义者。

拉斯科利尼科夫杀了人，然而他并没有“跨越”过去，而是仍然留在了这一边。事实证明，他不是“拿破仑”，他不属于那些压迫者和统治者，他不是“超人”。他杀死的不是那个老太婆，而是他自己。他感到可怕的孤独，感到自己已经完全脱离了这个社会，不仅不能再对自己的亲人说出心里的话，而且永远也不能对任何人说什么了。“他好像是用剪刀把他与一切人和一切事物都剪断了。”然而他无法完全脱离人群。

“啊，如果我孑然一身，谁也不爱我，我永远也不爱任何人，那该多好！那么就不会有这一切了！”（也就是说，那样的话，他就会“跨越”过去了！）然而有人爱他，他也爱别人。完全脱离人群，离开爱他的人，放弃爱的权利，这是他无法忍受的，所以他也无法“跨越”过去。人是不可征服的。拉斯科利尼科夫需要回到人们中间来，所以他不可能完全丧失人性。

然而斯维德里盖洛夫和卢任都“跨越”过去了。当然，他们都没有拿着斧头去杀人，没有触犯那个社会的刑律。但是依仗自己的财势，他们的确都在“为所欲为”。斯维德里盖洛夫对一切都毫不在乎，他唯一感兴趣的就是满足自己的淫欲。他对拉斯科利尼科夫说：“我明白，您心里在考虑什么问题：道德问题，是吗？……您把这些都丢到一边去；现在您还考虑这些干什么？嘿！嘿！因为您毕竟还是一个公民和人吗？既然如此，那就不该乱闯；别去干不该由您来干的事。”斯维德里盖洛夫自己早“把这些都丢到一边去”了，所以他能够干他想干的那些坏事。这样的人比火灾、瘟疫、饥馑还可怕。卢任公开宣扬“首先要爱自己”的“科学”理论，因为据说“世界上的一切都是以个人利益为基础的”。拉斯科利尼科夫一针见血地指出：“把您刚才鼓吹的那一套引申开去，结论就是：杀人是可以的……”卢任当然对此提出强烈的抗议，因为他完全用不着拿着斧头去杀人，完全用不着让血污染他洁白的手，然而他可以用金钱来买一个美貌的妻子，可以不受惩罚地诬陷索尼娅，漠然地“跨越”道德的法律、人性的法律，心安理得地经受住拉斯科利尼科夫无法忍受的一切，一句话，他可以，而且有权合法地杀人。

对小说该怎样结束，陀思妥耶夫斯基很久拿不定主意。从他的笔记中可以看出，他曾设想几种不同的结局：让拉斯科利尼科夫逃跑，经过芬兰，到美国去；自杀；悔过。但悔过是与拉斯科利尼科夫的性格、与这一艺术形象的逻辑发展相矛盾的。最后，拉斯科利尼科夫去自首了，可是并不认为自己有罪；他认为，他的罪只在于没能坚持住，没能“跨越”过去。

对于拉斯科利尼科夫，索尼娅是绝望的黑暗中的一线光明。拉斯科利尼科夫和索尼娅这两个形象是理性与心灵、理智与感情的对照。索尼娅心里充满了对人的爱。她是人类苦难的象征，陀思妥耶夫斯基认为，苦难和爱是合二为一的。人类的理性微弱而不可靠，而人类的苦难却无边无际；整个生活安排得如此不合理，如此骇人听闻，如此残酷，因此理性不可能完全理解它的不合理。剩下的就只有大家都感觉到的苦难的爱了。

拉斯科利尼科夫问索尼娅：“如果突然这一切现在都让您来决定：……是让卢任活着干坏事呢，还是让卡捷琳娜·伊万诺芙娜去死？那么您会怎么决定呢？”索尼娅回答：“这怎么会由我来决定呢？”不，索尼娅无论如何也不能做出这样的决定：为了达到自己的目的而跨越另一个人的尸体。她所能决定的只有一点：让别人从自己身上跨越过去，把自己献给别人。而为别人献身，在当时的世界上，其实只是一个不可能实现的理想。在小说中，索尼娅这个形象当然是理想化了，然而也是苍白的。

于是作者又写了《白痴》，希望用梅什金公爵这一艺术形象来进一步宣扬自己的这一理想。

最后，想稍稍谈一谈拉祖米欣。按照作者的意思，拉祖米欣应该是书中的正面人物，本来应该在小说中占据更重要的位置。他具有乡土主义的观点，反对西方革命思想的影响，认为社会主义是西方的玩意儿，与俄罗斯格格不入。他反对“环境决定论”，反对傅立叶的空想社会主义和唯物主义者的观点。在一系列问题上，他可以说是作者的代言人。作者对他特别珍爱，然而就我们在小说中看到的这个人物而言，却很难说他已经成功地完成了作者本想赋予他的使命。

本书根据苏联国家文艺书籍出版社1957年出版的《陀思妥耶夫斯基文集》（10卷集）第五卷译出，并参照《俄语》出版社1984年出版的《罪与罚》。对此书的时代背景以及书中一些难以理解的地方，也做了必要的注释。

目录

第一章

一

七月初，天气特别热的时候[①]，傍晚时分，有个年轻人走出他在C胡同向二房东租来的那间斗室，来到街上，然后慢腾腾地，仿佛犹豫不决地往K桥那边走去。

他顺利地避开了在楼梯上与自己的女房东相遇。他那间斗室是一幢高高的五层楼房[②]的顶间，就在房顶底下，与其说像间住房，倒不如说更像个大橱。他向女房东租了这间供给伙食，而且有女仆侍候的斗室，女房东就住在他楼下一套单独的住房里，他每次外出，都一定得打女房东的厨房门前经过，而厨房门几乎总是冲着楼梯大敞着。每次这个年轻人从一旁走过的时候，都有一种病态的胆怯的感觉，他为此感到羞愧，于是皱起眉头。他欠了女房东一身债，怕和她见面。

倒不是说他是那么胆小和怯懦，甚至完全相反，但从某个时期以来，他一直处于一种很容易激动和紧张的状态。他患了多疑症。他是那样经常陷入沉思，离群索居，甚至害怕见到任何人，而不单单是怕与女房东见

① 据作者说，小说中的故事发生在1865年，小说中没有明确说明年份，但有些地方曾有所暗示，这句话就是其中之一——1865 年夏天天气特别热。

② 1866年作者写这部小说的时候，自己就住在小市民街、木匠胡同一幢类似的房子里。

面。他让贫穷给压垮了，但最近一个时期就连窘迫的处境也已不再使他感到苦恼。绝对必须的事情他已经不再去做，也不想做。其实，什么女房东他都不怕，不管她打算怎样跟他过不去。然而站在楼梯上，听这些与他毫不相干的日常生活中鸡毛蒜皮之类琐事的种种废话，听所有这些纠缠不休的讨债、威胁、抱怨，自己却要尽力设法摆脱、道歉、撒谎——不，最好还是想个办法像猫儿样从楼梯上悄悄地过去，偷偷溜掉，让谁也别看见他。

可是这一次，到了街上以后，那种怕遇到女债主的恐惧心理，就连他自己也感到惊讶。

“我正要下决心做一件什么样的事情啊，但却害怕一些微不足道的琐事！”他想，脸上露出奇怪的微笑，“嗯……是的……事在人为嘛，他却仅仅由于胆怯而错过一切……这可是明显的道理……真有意思，人们最害怕什么呢？他们最害怕迈出新的一步，最害怕自己的新想法……不过，我说空话说得太多了。因为我尽说空话，所以什么也不做。不过，大概也可能是这样：由于我什么也不做，所以才尽说空话。我是在最近一个月里学会说空话的，整天躺在一个角落里，想啊……想入非非。嗯，现在我去干什么？难道我能去干这个吗？难道这是当真？绝对不是当真的。就是这样，为了梦想，自己在哄自己；儿戏！对了，大概是儿戏！”

街上热得可怕，而且气闷，拥挤不堪，到处都是石灰浆、脚手架、砖头、灰尘，还有那种夏天的特殊臭气。每个无法租一座别墅的彼得堡人都那么熟悉的那种臭气——所有这一切一下子就令人不快地震撼了这个青年人本已很不正常的神经。在城市的这一部分，小酒馆特别多，从这些小酒馆里冒出的臭气，还有那些尽管是在工作时间，却不断碰到的醉鬼，给这幅街景添上了最后一笔令人厌恶的忧郁色彩。一瞬间，极端厌恶的神情在这个青年人清秀的面庞上忽然一闪。顺便说一声，他生得很美，有一双漂亮的黑眼睛，一头褐色的头发，比中等身材还高一些，消瘦而身材匀称。但不久他就仿佛陷入沉思，甚至，说得更确切些，似乎是想出了神，他往前走去，已经不注意周围的一切，而且也不想注意。他只是偶尔喃喃自语，这是由于他有自言自语的习惯，对这一习惯，现在他已经暗自承认了。这时他自己也意识到，他的思想有时是混乱的，而且他十分虚弱：已经有一天多几乎什么也没吃了。

他穿得那么差，如果换一个人，即使是对此已经习以为常的人，衣衫如此褴褛，白天上街也会感到不好意思。不过这街区就是这样的，在这儿，衣着很难让人感到惊讶。这儿靠近干草广场[①]，妓院比比皆是，而且麇集在彼得堡市中心这些大街小巷里的居民，主要是那些在车间干活的工人和手工业工匠，因此有时在这儿就会遇到这样一些人，使这儿的街景显得更加丰富多彩，如果碰到一个这样的人就感到惊讶，那倒反而是怪事了。这个年轻人心里已经积聚了那么多愤懑不平的怒火，他蔑视一切，所以尽管他有年轻人特有的爱面子心理，有时非常注意细节，可是穿着这身破烂儿外出，却丝毫也不觉得不好意思。要是遇见他根本就不愿碰到的某些熟人和以前的同学，那就是另一回事了……然而有个喝得醉醺醺的人，不知为什么这时候坐在一辆大车上打街上经过，车上套着一匹拉车的高头大马，也不知是要把他送到哪里去，这醉鬼从一旁驶过的时候，突然对着他大喊一声："哎，你呀，德国做帽子的工人！"那人用手指着他，扯着嗓

---

① 彼得堡最大的市场就在干草广场上。

子大喊，年轻人突然站住，急忙抓住了自己的帽子。这顶高筒圆帽是从齐梅尔曼[①]帽店里买的，不过已经戴得十分破旧，颜色都褪尽了，到处都是破洞和污迹，没有宽帽檐，帽筒歪到了一边，上面折出一个怪难看的角来。但不是羞愧，而完全是另一种，甚至是一种类似恐惧的感觉突然向他袭来。

“我就知道！”他惊恐不安地喃喃说，“我就这么考虑过！这可是最糟糕的了！真的，不管什么样的蠢事，不管什么不起眼的细节，都会破坏整个计划！是啊，帽子太容易让人记住了……可笑，因此就容易让人记住……我这身破烂儿一定得配一顶制帽，哪怕是一顶煎饼式的旧帽子也行，可不能戴这个难看的怪玩意儿。谁也不戴这样的帽子，一俄里[②]以外就会让人注意到，就会记住的……主要的是，以后会想起来，瞧，这就是罪证。这儿需要尽可能不惹人注意……细节，主要是细节！……就是这些细节，总是会出问题，毁掉一切……”

他用不着走多远，他甚至知道，从他那幢房子的大门出来要走多少步：整整七百三十步。有一次他幻想得完全出了神的时候，曾经数过。那时他还不相信自己的这些幻想，他所幻想的这些虽说没有道理，然而却是十分诱人的大胆计划，只是会惹他生气。现在，过了一个月以后，他已经开始以另一种眼光来看待这一切了，尽管他总是自言自语，嘲笑自己无能和优柔寡断，却不知怎么甚至不由自主地已经习惯于把这“没有道理”的幻想看作一项事业了，虽说他仍然不相信自己。现在他甚至要去为完成自

---

① 齐梅尔曼是当时彼得堡一家制帽工厂和涅瓦大街上一家帽店的老板。

② 一俄里等于1.06公里。

己的这一事业进行试探，每走一步，他的激动不安也越来越强烈了。

他心情紧张，神经战栗，走到一幢很大的房子前，房子的一堵墙对着运河，另一面墙冲着×街。这幢大房子分作一套套不大的住宅，里面住满了各行各业的手艺人——裁缝、小炉匠、厨娘、形形色色的德国人、妓女、小官吏以及其他行业的人。进进出出的人就这样在房子的两道大门和两个院子里匆匆走过。这儿有三个、要么是四个管院子的。那个年轻人没碰到他们当中的任何一个，立刻无人察觉地溜进大门，往右一拐，溜上了楼梯，因此他感到非常满意。楼梯又暗又窄，是“后楼梯”，但是他对这一切都已经了解，而且察看过了，对这整个环境他都十分喜欢：在这样的黑暗中，就连好奇的目光也并不危险。“要是这时候我就这么害怕，说不定什么时候，如果真的要去干那件事的话，又会怎样呢？……”上四楼的时候，他不由得想。几个当搬运工的退伍士兵在这里挡住了他的路，他们正从一套住宅里往外搬家具。以前他已经知道，这套住宅里住着一个带家眷的德国人，是个官吏：“这么说，这个德国人现在搬走了，因而四层楼上，这道楼梯和这个楼梯平台上，在一段时间里就只剩下老太婆的住宅里还住着人。这好极了……以防万一……”他又想，并且拉了拉老太婆住房的门铃。门铃响声很轻，好像铃不是铜的，而是用白铁做的。这样的楼房中一套套这种不大的住宅里，几乎都是装着这样的门铃。他已经忘记了这小铃铛的响声，现在这很特别的响声突然让他想起了什么，并清清楚楚地想象……他猛地战栗了一下，这一次神经真是太脆弱了。稍过了一会儿，房门开了很小一道缝：住在里面的那个女人带着明显不信任的神情从门缝里细细打量来人，只能看到她那双在黑暗中闪闪发亮的小眼睛。但是看到楼梯平台上有不少人，她胆壮起来，于是把房门完全打开了。年轻人跨过门槛，走进用隔板隔开的前室，隔板后面是一间很小的厨房。老太婆默默地站在他面前，疑惑地注视着他。这是一个干瘪的小老太婆，六十来岁，有一双目光锐利、神情凶恶的小眼睛，尖尖的小鼻子，光着头，没包头巾。她那像鸡腿样细长的脖子上缠着一块法兰绒破围巾，别看天热，肩上还披着一件穿得十分破旧、已经发黄的毛皮女短上衣。老太婆一刻不停地咳嗽，发出呼哧呼哧的声音。想必是年轻人用异样的眼光看了她一眼，因而先前那种不信任的神情突然又在她眼睛里忽地一闪。

“拉斯科利尼科夫，大学生，一个月以前来过您这儿。”年轻人急忙含含糊糊地说，并且微微鞠躬行礼，因为他想起，应该客气一些。

“我记得，先生，记得很清楚，您来过。”老太婆清清楚楚地说，仍然没把自己疑惑的目光从他脸上移开。

“那么……又是为这事来的……”拉斯科利尼科夫接着说，稍有点儿窘，并且为老太婆的不信任感到诧异。

“不过，也许她一向都是这样，我那一次却没有注意。”他怀着不愉快的心情想。

老太婆沉默了一会儿，仿佛在考虑，随后退到一边，指指房间的门，让客人到前面去，并且说：“请进，先生。”

年轻人进去的那个房间并不大，墙上糊着黄色的墙纸，屋里摆着天竺葵，窗上挂着细纱窗帘，这时落日的余晖把屋里照得亮堂堂的。“这么说，那时候，太阳也会像这样照着！……”这想法仿佛无意中掠过拉斯科利尼科夫的脑海，于是他用目光匆匆打量了一下屋里的一切，想尽可能了解并记住屋里的布局。不过屋里并没有任何特殊的东西。家具都很旧了，都是黄木做的：一张有老大的弯木靠背的沙发，沙发前摆一张椭圆形的圆桌，窗和门之间的墙上有个带镜子的梳妆台，沿墙放着几把椅子，还有两三幅毫无价值的图画，都装在黄色的画框里，上面画着几个手里拿着小鸟的德国小姐——这就是全部家具。墙角落里，不大的神像前点着神灯。一切都很干净：家具和地板都擦得发亮，一切都闪闪发光。“莉扎薇塔做的。”年轻人想。整套住宅里纤尘不染。“凶恶的老寡妇家里才会这么干净。”拉斯科利尼科夫继续暗自思忖，并且好奇地斜着眼睛瞟了瞟第二间小房间门前的印花布门帘，那间屋里摆着老太婆的床和一个抽屉柜，他还一次也没朝那屋里看过。整套住宅就只有这两个房间。

“有什么事啊？”老太婆走进屋来，严厉地说，仍然正对着他站着，这样可以直瞅着他的脸。

“我拿了一件抵押品来，您瞧，这就是！”说着他从衣袋里掏出一块扁平的旧银表。表的背面刻着一个地球仪。表链是钢的。

“要知道，上次抵押的东西已经到期了。前天就超过一个月了。”

“我再给您一个月的利息，请您宽限一下。”

“先生，宽限几天，还是这会儿就把您的东西卖掉，这都得由我决定。”

“表可以当多少钱，阿廖娜·伊万诺芙娜？”

“先生，你尽拿些不值钱的东西来，差不多一文不值。上次那个戒指给了您两个卢布，可在首饰商那儿，花一个半卢布就能买个新的。”

“请给我四个卢布吧，我一定来赎，是我父亲的。我很快就会得到钱了。”

“一个半卢布，利息先付，要是您愿意的话。”

“一个半卢布！”年轻人叫了起来。

"随您便。"说着老太婆把表递还给他。年轻人接过表来，感到那样气愤，已经想要走了，但立刻又改了主意，因为他想起，再也无处可去，而且他来这儿还有旁的目的。

"拿来吧！"他粗暴地说。

老太婆伸手到衣袋里去掏钥匙，然后走进门帘后面另一间屋里。只剩下年轻人独自一人站在房屋中间，好奇地侧耳谛听，暗自猜测。可以听到她打开了抽屉柜。"大概是上面的抽屉，"他猜测，"这么说，她是把钥匙装在右边口袋里……全都串成一串，串在一个钢圈儿上……那儿有一把最大的钥匙，有旁的三倍大，带锯齿，当然不是开抽屉柜的……可见还有一个小匣子，要么是个小箱子……瞧，这真有意思。小箱子都是用这样的钥匙……不过，这一切多么卑鄙……"

老太婆回来了。

"您瞧，先生：既然一个卢布一个月的利息是十个戈比，那么一个半卢布该收您十五个戈比，先付一个月的利息。上次那两个卢布也照这样计算，该先收您二十戈比。这么说，总共是三十五戈比。现在您这块表，总共还该给您一卢布十五戈比。这不是，请收下吧。"

"怎么！现在就只有一卢布十五戈比了！"

"正是这样。"

年轻人没有争论，接过了钱。他瞅着老太婆，并不急于出去，似乎他还想说点儿什么，要么是做点儿什么，但好像他自己也不知道，到底要干什么……

"阿廖娜·伊万诺芙娜，也许，就在这几天里，我还要给您拿一样东西来……银的……很精致的……烟盒……只等我从朋友那里取回来……"

他发窘了，于是住了声。

“好，到那时再说吧，先生。”

“再见……您总是一个人在家？妹妹不在吗？”他到前室去的时候，尽可能随随便便地问。

“先生，您问她干什么？”

“啊，没什么。我不过这么问问。您现在真是……阿廖娜·伊万诺芙娜！”

拉斯科利尼科夫从屋里出来时已经十分心慌意乱。这不安的心情越来越强烈了。下楼时他甚至有好几次停了下来，仿佛有什么事情使他突然吃了一惊。最后，已经到了街上的时候，他激动地说：

“噢，天哪！这一切多么令人厌恶！难道，难道我……不！这是无稽之谈，这荒谬绝伦！”他毅然决然地加上几句，“难道我的头脑里会出现这样可怕的想法？我的良心竟能允许干这种肮脏的事情！主要的是：肮脏、卑污、恶劣，恶劣……而我，整整一个月……”

但是他既不能用言词、也不能用感叹来表达自己的激动与不安。还在他刚刚去老太婆那儿的时候就开始使他感到压抑和不安的极端厌恶的心情，现在已经达到这种程度，而且变得十分明显，以致他不知该躲到哪里去，才能逃避自己的忧愁。他像喝醉了似的在人行道上走着，看不见路上的行人，老是会撞到他们，清醒过来的时候，已经到了另一条街上。他环顾四周，发觉自己站在一家小酒馆旁，要进酒馆，得从人行道顺着楼梯往下，到地下室去。就在这时，恰好从门里走出两个醉醺醺的人来，他们互相搀扶着，嘴里不干不净地骂着，顺着楼梯爬到街上。拉斯科利尼科夫没想多久，立刻就下去了。在此以前他从未进过酒馆，但现在他感到头昏，加上火烧火燎的干渴正在折磨着他。他想喝点儿冰冷的啤酒，而且他把自己突然感到的虚弱归咎于饥饿。他坐到又暗又脏的角落里一张发黏的小桌旁边，要了啤酒，贪婪地喝干了第一杯。立刻一切都消失了，他的思想也清晰了。“这一切都是胡说八道，”他满怀希望地说，“这儿没有什么可以感到不安的！只不过是身体不舒服，是一种病态！只要一杯啤酒，一小块干面包——瞧，转瞬间就变得坚强起来，思想清楚了，意向也坚定了！呸！这一切是多么微不足道……”但尽管他轻蔑地啐了一口唾沫，却已经高兴起来，仿佛突然摆脱了某种可怕的沉重负担，并且目光友好地扫视了一下在座的人。不过就是在这个时候，他也隐隐约约预感到，这种一切都往好处想的乐观态度也是一种病态。

这时小酒馆里剩下的人已经不多了。除了在楼梯上碰到过的那两个醉鬼，又有吵吵嚷嚷的一群人跟着他们走了出去，他们这一伙约莫有五六个人，其中有一个姑娘，还带着一架手风琴。他们走了以后，小酒馆变得静悄悄、空荡荡的。剩下的人中有一个已经醉了，不过醉得并不厉害，坐在摆着啤酒的桌边，看样子是个小市民；他的同伴是个胖子，身材魁梧，穿一件竖领打褶的细腰短呢上衣，蓄一部花白的大胡子，已经喝得酩酊大醉，正坐在长凳上打瞌睡，有时突然似乎半睡半醒，伸开双手，开始用手指打榧子，他并没有从长凳上站起来，上身却不时往上动一动，而且在胡乱哼着一首什么歌曲，竭力想记起歌词，好像是：

整整一年我和妻子亲亲热热，
整——整一年我和妻——子亲亲——热热……

要么是突然醒来，又唱道：

我去波季亚契大街闲逛，

找到了自己从前的婆娘……

但谁也不分享他的幸福。他那个沉默寡言的伙伴对这些感情爆发甚至抱有敌意，而且持怀疑态度。那儿还有一个人，看样子好像是个退职的官吏。他面对自己的酒杯，单独坐在一张桌子旁边，有时喝一口酒，并向四周看看。他似乎也有点儿激动不安。

二

拉斯科利尼科夫不惯于与人来往，而且正像已经说过的，他总是逃避一切交际应酬，特别是最近一个时期。但现在不知是什么突然使他想跟人接触了。他心里似乎产生了某种新想法，同时感到渴望与人交往。整整一个月独自忍受强烈的忧愁，经受心情忧郁紧张的折磨，他已经感到如此疲倦，因此希望，哪怕只是一分钟也好，能在另一个世界里喘一口气，随便在什么样的环境里都可以，因此尽管这里肮脏不堪，现在他还是很高兴待在小酒馆里。

酒馆的老板待在另一间屋里，不过常从那儿走下几级台阶，进入这间主要的店堂，而且首先让人看到的总是他那双有红色大翻口、搽了一层油的时髦靴子。他穿一件腰部打褶的长外衣和一件油迹斑驳的黑缎子坎肩，没打领带，满脸似乎都搽了油，就像给铁锁上油一样。柜台后站着一个十三四岁的小男孩，还有个年纪更小的男孩子，有人要酒时，他就给送去。摆着切碎的黄瓜，黑面包干，切成一块块的鱼；这一切都有一股难闻的气味。又闷又热，坐在这里简直让人受不了，而且一切都渗透了酒味，似乎单闻闻这儿的空气，不消五分钟就会给熏得醺醺大醉。

有时会碰到这样一些人，我们和他们甚至素不相识，但不知怎的，连一句话都还没说，却突然一下子，刚一见面就引起我们的兴趣。那个坐得稍远、好像退职官吏的客人，就正是让拉斯科利尼科夫产生了这样的印象。以后这年轻人不止一次回想起这第一次印象，甚至认为这是由预感造成的。他不断地打量那个官吏，当然，这也是因为那人也在一个劲儿地瞅着他，而且看得出来，那人很想开口跟他说话。对酒馆里其余的人，包括老板在内，那官吏却不知怎的似乎早已经看惯了，甚至感到无聊，而且带有某种傲慢的藐视意味，就像对待社会地位和文化程度都很低的人们那样，觉得跟他们根本无话可谈。这是一个已经年过半百的人，中等身材，体格健壮，鬓有白发，头顶上秃了老大一块，由于经常酗酒，浮肿的黄脸甚至有点儿发绿，稍微肿胀的眼皮底下，一双细得像两条细缝、然而很有精神、微微发红的小眼睛炯炯发光。但他身上有某种很奇怪的现象；他的目光里流露出甚至仿佛是兴高采烈的神情——看来，既有理性，又有智慧——但同时又隐约显示出疯狂的迹象。他穿一件已经完全破破烂烂的黑色旧燕尾服，纽扣几乎都掉光了。只有一颗还勉强连在上面，他就是用这颗纽扣把衣服扣上，看来是希望保持体面。黄土布坎肩下露出皱得不像样子、污迹斑斑的脏胸衣。和所有官员一样，他没留胡子，不过脸已经刮过很久了，所以已经开始长出了浓密的、灰蓝色的胡子茬。而且他的行为举止当真都有一种官员们所特有的庄重风度。但是他显得烦躁不安，把头发弄得乱蓬蓬的，有时神情忧郁，把袖子已经磨破的胳膊肘撑在很脏而且黏搭搭的桌子上，用双手托着脑袋。最后，他直对着拉斯科利尼科夫看了一眼，高声而坚决地说：

“我的先生，恕我冒昧，不知能否与您攀谈几句？因为虽然您衣着并不考究，但凭我的经验却能看出，您是一位受过教育的人，也不常喝酒。我一向尊重受过教育而且真心诚意的人，除此而外，我还是个九等文官①呢。马尔梅拉多夫——这是我的姓，九等文官。恕我冒昧，请问您在工作吗？”

“不，我在求学……”年轻人回答。他感到惊讶，这有一部分是由于对方说话的语气特别矫揉造作，也由于他竟是那么直截了当地和他说话。尽管不久前有那么短暂的瞬间他想与人交往，不管是什么样的交往都好，但当真有人和他说话时，才听到第一句话，他就又突然感到厌恶和恼怒了——对所有与他接触或想要和他接触的人，通常他都会产生这种厌恶和恼怒的心情。

“那么说，是大学生了，或者以前是大学生！”官吏高声说，“我就是这样想的！经验嘛，先生，屡试不爽的经验了！”并且自我吹嘘地把一根手指按在前额上，“以前是大学生，或者搞过学术研究！对不起……”他欠起身来，摇晃了一下，拿起自己的酒壶和酒杯，坐到年轻人旁边，稍有点儿斜对着他。他喝醉了，不过仍然健谈，说话也很流利，只是偶尔有的地方前言不搭后语，而且啰里啰唆。他甚至那样急切地渴望与拉斯科利尼科夫交谈，好像有整整一个月没跟人说过话似的。

“先生，”他几乎是郑重其事地开始说，“贫穷不是罪恶，这是真理。我知道，酗酒不是美德，这更是真理。可是赤贫，先生，赤贫却是罪恶。贫穷的时候，您还能保持自己天生感情的高尚气度，在赤贫的情况下，却

---

① 1722年彼得大帝制订“等级表”，所有文武官员分为十四等，一等最高，十四等最低。九等文官相当于大尉。

无论什么时候，无论什么人都做不到。为了赤贫，甚至不是把人用棍子赶走，而是拿扫帚把他从人类社会里清扫出去，让他受更大的凌辱；而且这是公正的，因为在赤贫的情况下，我自己首先就准备凌辱自己。于是就找到了酒！先生，一个月以前，我太太让列别贾特尼科夫先生痛打了一顿，不过我太太可不是我这种人！您明白吗？对不起，我还要问您一声，即使只是出于一般的好奇心：您在涅瓦河上的干草船[①]里过过夜吗？"

"没有，没有过过夜，"拉斯科利尼科夫回答，"这是什么意思？"

"唉，我就是从那儿来的，已经是第五夜了……"

他斟了一杯酒，喝干了，于是陷入沉思。真的，他的衣服上，甚至连他的头发里，有些地方还可以看到粘在上面的一根根干草。很有可能，他已经五天没脱衣服没洗脸了。尤其是一双手脏得要命，满手油垢，发红，指甲里嵌满黑色的污泥。

他的话好像引起了大家的注意。虽说这注意也是无精打采的。柜台后面的两个男孩子吃吃地笑起来。老板好像故意从上面的房间里下来，好来听听这个"逗乐的家伙"在说什么。他坐到稍远一点儿的地方，懒洋洋地、但神气十足地打着呵欠。显然，马尔梅拉多夫早已是这儿大家都熟悉的人了。而且他爱用矫揉造作的语气说话，大概是由于他习惯经常和酒馆里形形色色素不相识的人谈话。这种习惯对有些酒鬼已经变成了一种需要，主要是他们当中那些在家里严受管束、经常受到压制的人。因此他们在同样嗜酒如命的这伙人中间，才总是力图为自己表白，仿佛是设法给自己辩解，如果可能的话，甚至试图博得别人的尊敬。

---

① 19世纪60年代，那里是彼得堡无家可归者过夜的地方。

"逗乐的家伙!"老板高声说,"可你干吗不去工作,干吗不去办公,既然你是个官员?"

"我为什么不去办公吗?先生,"马尔梅拉多夫接住话茬说,这话是单对着拉斯科利尼科夫说的,仿佛这是他向他提出了这个问题,"为什么不去办公吗?难道我自轻自贱、徒然降低自己的身份,自己不觉得心痛吗?一个月以前,当列别贾特尼科夫先生动手打我妻子的时候,我喝得醉醺醺地躺在床上,难道我不感到痛苦吗?对不起,年轻人,您是不是有过……嗯哼……虽然明知毫无希望,可还是不得不开口向人借钱?"

"有过……毫无希望是什么意思?"

"就是完全没有希望,事先就知道这绝不会有什么结果。喏,譬如说吧,您早就知道,而且有充分根据,知道这个人,这个心地最善良、对社会最有益的公民无论如何也不会把钱借给您。因为,请问,他为什么要给呢?不是吗?他明明知道,这不会还给他。出于同情心吗?可是列别贾特尼科夫先生,这个经常留心各种新思想的人,不久前解释说,在我们这个时代,就连科学也不允许有同情心,在有了政治经济学的英国就是这样[①]。请问,他为什么要给钱呢?瞧,您事先就知道,他绝不会借给您,可您还是去了……"

"为什么要去呢?"拉斯科利尼科夫追问一句。

"如果没有别人可找,如果再也无处可去呢!不是吗?得让每个人至

---

① 指英国哲学家、经济学家约·斯·米利(1806—1973)的《政治经济学原理》,该书的俄译本是1865年出版的。米利认为,人的行为、愿望乃至苦难都是由他们的经济地位事先决定的。陀思妥耶夫斯基不同意这种观点。

少有个什么可以去的地方啊。因为常常有这样的时候，一定得至少有个可以去的地方！我的独生女儿头一次去拉生意的时候，我也去了……（因为我女儿靠黄色执照[1]生活……）”他附带加上了一句，同时有点儿神色不安地看了看年轻人，“没什么，先生，没什么！”柜台后面的两个男孩扑哧一声笑了出来，老板也微微一笑，这时他立刻匆匆忙忙地说，看来神情是安详的，“没什么！这些人摇头我不会感到不好意思，因为这一切大家都已经知道了，一切秘密都公开了；而且我不是以蔑视的态度，而是怀着恭顺的心情来对待这一切的。由它去吧！让他们笑吧！‘你们看这个人！’[2]对不起，年轻人：您能不能……可是，不，用一种更加有力、更富有表现力的方式，说得更清楚些：您能不能，您敢不敢现在看着我肯定地说，‘我不是猪猡？’”

年轻人什么也没有回答。

“嗯，”等到屋里随之而来的吃吃的笑声停下来以后，这位演说家又庄重地，这一回甚至是更加尊严地接着说：“嗯，就算我是猪猡吧，可她是一位太太！我的形象像畜生，而卡捷琳娜·伊万诺芙娜，我的妻子，是个受过教育的人，是位校级军官的女儿。就算，就算我是个下流坯吧，她却有一颗高尚的心，受过教育，满怀崇高的感情。然而，……噢，如果她怜悯我的话！先生，先生，要知道，得让每个人至少有个能怜悯他的地方啊！而卡捷琳娜·伊万诺芙娜虽然是一位宽宏大量的太太，可是她不公

---

① 指做妓女。帝俄时，妓女要在警察局领黄色执照。

② 引自《新约全书·约翰福音》第十九章第五节：“耶稣出来，戴着荆棘冠冕，穿着紫袍，彼拉多对他们说，你们看这个人。”

正……虽然我自己也知道，她揪我头发的时候，只不过是出于她的怜悯心，因为，我反复说，她揪我的头发，我并不感到难为情，年轻人，”他又听见一阵吃吃的笑声，怀着加倍的自尊承认道，“不过，天哪，如果她哪怕是仅仅有一次……可是，不！不！这一切都是徒然的，没什么好说的！没什么好说的了！……因为我所希望的已经不止一次成为现实，已经不止一次怜悯过我了，可是……我就是这么个德行，我是个天生的畜生!”

“可不是!”老板打着呵欠说。

马尔梅拉多夫坚决地用拳头捶了捶桌子。

“我就是这么个德行！您知道吗，先生，我连她的长袜都拿去卖掉，喝光了？不是鞋子，因为这至少还多少合乎情理。可是长袜，把她的长袜卖掉，喝光了！她的一条山羊毛头巾也让我卖掉，喝光了，是人家从前送给她的，是她自己的，而不是我的；可我们住在半间寒冷的房屋里，这个冬天她着了凉，咳嗽起来，已经吐血了。我们有三个小孩子，卡捷琳娜·伊万诺芙娜从早到晚忙个不停，擦啊，洗啊，给孩子们洗澡，因为她从小就爱干净，可她的胸部不健康，很可能害了痨病，这我也感觉到了。难道我感觉不到吗？酒喝得越多，越感觉得出来。就是为此我才喝酒的，想在酒中寻找同情和爱情……我喝酒，是因为我想得到加倍的痛苦!”说着，他仿佛绝望地朝桌子垂下了头。

“年轻人,”他又挺直了腰，接着说，“我从您脸上看出，您好像有什么不幸的事情。您一进来，我就看出来了，所以立刻就跟您交谈起来。因为，我把自己的生活故事告诉您，并不是想在这些游手好闲的家伙面前作贱自己，这一切，我不说他们也都知道，我说这些，是为了寻找一个富有同情心和受过教育的人。您听我说，我的妻子在省里一所贵族高等女子学校里受过教育，毕业的时候，省长和其他社会名流都在座，她跳了披巾舞[①]，为此得了一枚金质奖章和一张奖状。奖章嘛……奖章让我卖掉换酒喝光了……已经很久了……嗯，……奖状到现在还放在她的箱子里，不久前她还拿给女房东看过。虽然她跟房东经常不断地争吵，不过还是想在人前夸耀一番，把过去的幸福日子告诉人家，不管他是什么人都行。我并不指责她，我并不责备她，因为这是她记忆里剩下的最后一点儿安慰，其余的全都烟消云散了。是啊，是啊，是一位性情急躁、高傲而又倔强的太太。自己擦洗地板，啃黑面包，可是绝不让人不尊重自己。正是因此她不肯原谅列别贾特尼科夫先生的无礼行为，列别贾特尼科夫先生为这打了她以后，她躺倒在床上，这与其说是因为挨了打，倒不如说是因为伤了心。我娶她的时候，她已经是个寡妇，带着三个孩子，一个比一个小。她嫁的第一个丈夫是个步兵军官，她爱他，跟他离家私奔了。她别提多爱自己的丈夫了，可是他玩上了牌，落得出庭受审，就这么死了。最后他还打她，虽然她不原谅他，这我确实知道，而且有可靠的证据，但是直到现在她还经常眼泪汪汪地想起他来，用他来教训我。而我却感到高兴，我所以高兴，是因为，至少在她想象中，她认为自己有一个时期是幸福的……他死了以后，她和三个年龄很小的孩子留在一个极其偏远的县城里，当时我正好也在那儿，她生活极端贫困，几乎陷于绝境，虽说我见过许许多多各式各样不同寻常的事情，可就连我也无法描绘她的处境。亲戚都不认她了。而且她高傲得很，高傲得太过分了……而那时候，先生，那时候我也成了鳏

① 在毕业晚会上跳披巾舞是成绩优异的毕业生的特权。

夫，有个前妻留下的十四岁的女儿，于是我向她求婚了，因为我不忍心看到她受这样的苦。一个受过教育、又有教养、出身名门的女人，竟同意下嫁给我，单凭这点您就可以想见，她的苦难已经达到了什么地步！可是她嫁给了我！她痛哭流涕，悲痛欲绝——可是嫁给了我！因为走投无路啊。您可明白，您可明白，先生，当一个人已经走投无路的时候意味着什么吗？不！这一点您还不明白……整整一年，我虔诚、严格地履行自己的义务，从未碰过这玩意儿（他伸出一只手指碰了碰那个能装半什托夫[①]的酒壶），因为我有感情。不过就是这样，我也没能赢得她的欢心；而这时候我失业了，也不是因为我有什么过错，而是因为人事变动，于是我喝起酒来！……一年半以前，经过长途跋涉和数不尽的灾难之后，我们终于来到了这宏伟壮丽、用无数纪念碑装饰起来的首都。在这儿我又找到了工作……找到了，又丢掉了。您明白吗？这次可是由于我自己的过错，丢掉了差事，因为我的劣根性暴露了……目前我们住在半间房屋里，住在女房东阿玛莉娅·费多罗芙娜·利佩韦赫泽尔那儿，我们靠什么过活，拿什么付房租，我自己也不知道。那儿住着很多人，除了我们……简直是所多玛[②]，混乱极了……嗯……是的……就在这时候，我前妻生的女儿长大了，她，我女儿，在长大成人的这段时间里受过继母多少虐待，这我就不说了。因为卡捷琳娜·伊万诺芙娜虽然宽宏大量，却是一位性情急躁、很容易生气的太太，而且不让别人说话……是啊！唉，这些都没什么好回忆

① 容量单位，一什托夫约等于1.2升。

② 见《旧约·创世纪》第十九章第二十四节：所多玛和蛾摩拉两城因罪孽深重被耶和华用硫磺和火烧毁。

的！索尼娅没受过教育，这您可以想象得出来。四年前我曾尝试教她地理和世界通史；不过我自己懂的也不多，而且没有适当的教科书，因为仅有的一些书……嗯！……唉，这些书现在已经没有了，所以全部教育就这样结束了。我们只读到了波斯的居鲁士大帝①。后来，她已经成年以后，看过几本爱情小说，不久以前，通过列别贾特尼科夫先生，还看过一本刘易士的《生理学》②——您知道这本书吗？——她怀着很大的兴趣看完了，甚至还给我们念过其中的几个片段：这就是她所受的全部教育。现在我问您，我的先生，我以我自己的名义向您提出一个非正式的问题：照您看，一个贫穷、然而清白无瑕的姑娘，靠自己诚实的劳动能挣到很多钱吗？……先生，如果她清清白白，又没有特殊才能，即使双手一刻不停地干活，一天也挣不到十五个戈比！而且五等文官克洛普什托克·伊万·伊万诺维奇——这个人您听说过吗——借口她做的衬衣领子尺寸不对，而且缝歪了，不仅那半打荷兰衬衣的工钱到现在还没给，甚至仗势欺人，跺脚，用很难听的话破口大骂，把她赶了出来。可是这时候几个孩子都在挨饿……这时候卡捷琳娜·伊万诺芙娜痛苦地搓着手，在屋里走来走去，脸上泛出红晕——害这种病的人总是这样：'你，这个好吃懒做的家伙，'她说，'住在我们这儿，又吃，又喝，还要取暖。'可这儿有什么好喝、好吃的呢，既然孩子们已经三天没见到面包皮了！当时我正躺着……唉，有什么好说的呢？我醉醺醺地躺着，听到我的索尼娅说话（她性情温和，说话

① 居鲁士，公元前558 年到公元前529年的波斯国王。

② 指英国实证主义哲学家和生理学家乔治·刘易士（1817—1878）的《日常生活的生理学》，19世纪60年代，在俄国具有唯物主义观点的年轻人中，这本书很受欢迎。

的声音也是那么柔和……一头淡黄色的头发，小脸蛋儿苍白，消瘦)，她说，‘怎么，卡捷琳娜·伊万诺芙娜，难道我非得去干这种事情吗?’而达里娅·弗兰佐芙娜，这个居心不良的女人，警察局里对她也熟悉得很，她已经通过女房东来过三次了。‘有什么呢?’卡捷琳娜·伊万诺芙娜嘲笑地回答，‘爱护贞节干什么？嘿，这可真是个宝贝啊！’不过请别责备她，请别责备她，先生，请别责备她！她说这话是在失去理性的时候，精神已经不正常了，是在感情激动而且有病的情况下，是在听到挨饿的孩子哭声的时候，而且她说这话与其说是真有这个意思，不如说是为了侮辱她……因为卡捷琳娜·伊万诺芙娜就是这样的性格，只要孩子们一哭，哪怕是因为饿得慌，她也立刻动手去打他们。我看到，大约五点多钟的时候，索涅奇卡起来，包上头巾，披上斗篷，从屋里走了出去，到八点多钟回来了。她一回来，径直走到卡捷琳娜·伊万诺芙娜跟前，一声不响地把三十个卢布摆到她面前的桌子上。这么做的时候她一句话也没有说，哪怕看她一眼也好，可连看都没看，只是拿了我们那块绿色德拉德达姆呢的大头巾，（我们有这么一块公用的头巾，是德拉德达姆呢的）用它把头和脸全都蒙起来，躺到床上，脸冲着墙，只看见瘦小的肩膀和全身一个劲儿地抖个不停……而我，还是像不久前那样躺着……当时我看到，年轻人，我看见，在这以后，卡捷琳娜·伊万诺芙娜也是那样一言不发，走到索涅奇卡床前，在她脚边跪了整整一夜，吻她的脚，不想起来，后来，她俩抱在一起，就这样睡着了……两人一道……两人一道……而我……却醉醺醺地躺着。”

马尔梅拉多夫沉默了，仿佛他的声音突然断了。随后，他忽然匆匆斟了一杯酒，一口喝干，清了清嗓子。

"从那时候起，我的先生，"沉默了一会儿以后，他接着说，"由于发生了一件不幸的事，也由于有些居心不良的人告发——特别是达里娅·弗兰佐芙娜起了一定作用，仿佛是为了没对她表示应有的尊敬——从那时候起，我的女儿，索菲娅·谢苗诺芙娜，就被迫领了黄色执照，不能和我们住在一起了。因为我们的女房东阿玛莉娅·费多罗芙娜不愿意让她住在这里。(可是以前她倒帮过达里娅·弗兰佐芙娜的忙）再说列别贾特尼科夫先生……嗯……正是为了索尼娅，他和卡捷琳娜·伊万诺芙娜之间才发生了那件不愉快的事。起初是他自己要跟索尼娅来往，这时却突然变得高傲自大了：'怎么，'他说，'我，一个这么有文化的人，竟要跟这样一个女人住在一幢房子里吗？'卡捷琳娜·伊万诺芙娜不服气，为她辩解……于是就吵了起来……现在索涅奇卡多半是在黄昏来我们这里，给卡捷琳娜·伊万诺芙娜帮帮忙，力所能及地给送点儿钱来……她住在裁缝卡佩尔纳乌莫夫的房子里，向他们租了一间住房，卡佩尔纳乌莫夫是个跛子，说话发音不清楚，他那一大家子人个个说话都口齿不清。连他老婆说话发音也不清楚……他们都住在一间屋里，我的索尼娅另有一间屋子，是用隔板隔开的……嗯，是啊……是些最穷苦的穷人，话都说不清楚……是啊……不过那天清早我起来了，穿上我的破衣烂衫，举起双手向上天祈祷，然后去见伊万·阿凡纳西耶维奇大人。请问您认识伊万·阿凡纳西耶维奇大人吗？……不认识？这样一位道德高尚的人，您竟会不认识！心肠像蜡一样软……上帝面前的蜡，会像蜡一样融化！……听完我的话，他甚至掉下泪来。'唉，'他说，'马尔梅拉多夫，有一次你已经辜负了我的期望……我就再任用你一次吧，这完全由我个人负责，'他这么说，'你可要记住，'他说，'回去吧！'我吻了吻他脚上的灰尘，不过是在想象之中，因为他身为显贵，有治国的新思想、新文化，是不允许当真这么做的；我回到家里，刚一说出，我又被录用，又会领到薪俸了，天哪，那时候大家那个高兴劲儿啊……”

马尔梅拉多夫激动得很厉害，又住了声。这时从外面进来一群本来已经喝醉的醉汉，门口响起了一架租来的手摇风琴的声音和一个七岁孩子唱《小小农庄》[①]的颤抖的歌声。热闹起来了。老板和伙计都忙着招待进来的客人。马尔梅拉多夫却不理会那些进来的人，开始接着讲他的故事。看样子他虚弱得很，然而越是醉得厉害，就越爱说话。回忆起不久前顺利获得差事的情况，这仿佛使他兴奋起来，连他脸上都发出了光彩。拉斯科利尼科夫注意听着。

“我的先生，这是五个星期以前的事。不错……她们俩，卡捷琳娜·伊万诺芙娜和索涅奇卡刚一得知这个消息，天哪，简直就像进了天堂似的。从前我只有挨骂的份儿：像畜生一样躺着吧！现在呢：她们踮着脚尖走路，让孩子们安静下来：‘谢苗·扎哈雷奇办公累了，他在休息呢，嘘！’上班之前，让我喝咖啡，给我煮凝乳！弄来了真正的乳脂，您听到了吗！我真不明白，她们怎么能积攒下十一个卢布五十戈比，给我置备了一套挺不错的制服？一双靴子，细棉布的胸衣——都是最考究的，还有一套文官制服，所有这一切是花十一个卢布五十戈比买来的，而且式样都好极了。第一天早上我下班回来，一看：卡捷琳娜·伊万诺芙娜做了两道菜，汤和用洋姜作配料的腌牛肉，这样的菜，在这以前连想都没想过。她什么衣服都没有……也就是没有什么像样的衣服，这时却穿戴得要去做客

① 根据俄罗斯诗人阿·费·科利佐夫（1809—1842）的诗谱写的一首流行歌曲。

一样，而且这不是说她穿上了什么新衣服，而是没有衣服她也能打扮：她梳了头，衣领换了个干净的，戴上了一副袖套，瞧，简直像换了一个人，显得既年轻又漂亮。索涅奇卡，我亲爱的，只是拿钱接济我们，她说，如今我暂时不便经常来你们这儿了，除非是在黄昏时分，免得让人看见。您听到了吗，听到了吗？午饭后我回来睡午觉，您猜怎么着，瞧，卡捷琳娜·伊万诺芙娜耐不住了：一星期前刚跟女房东阿玛莉娅·费多罗芙娜大吵了一场，这时却请她来喝咖啡了。她们在一起坐了两个钟头，一直在低声说话，她说：'谢苗·扎哈雷奇这会儿又有了差事，能领到薪俸了，他去见过大人，大人亲自出来接见，叫所有人都等着，却拉着谢苗·扎哈雷奇的手打他们面前经过，把他领进办公室去。'您听见了吗，听见了吗？'我，当然啦，'他说，'谢苗·扎哈雷奇，记得您的功劳，虽然您有这个轻率的弱点，不过既然您已经答应，而且您不在这儿，我的工作也不顺利，（您听到了，听到了！）那么，我希望，'他说，'现在能够相信您的诺言。'也就是说，所有这些话，我要告诉您，都是她信口编造出来的，这倒不是由于轻率，自吹自擂！不，这一切她自己完全相信，她用自己的想象安慰自己，真的！我并不责备她，这件事我并不责备她！……六天前，当我把第一次领到的薪水——二十三卢布四十戈比——全部拿回去的时候，她管我叫小宝贝儿。她说：'你真是个小宝贝儿！'而且是只有我们俩在一起的时候，您明白吗？唉，我哪里是个值得赞美的人，又算个什么样的丈夫啊？不，她拧了拧我的面颊。'你真是个小宝贝儿！'她说。"

马尔梅拉多夫住了声，想要笑一笑，可是他的下巴突然抖动起来。不过他忍住了。这个小酒馆，他那副穷困潦倒的样子，在干草船上度过的五夜，还有这一什托夫酒，再加上对妻子和家庭的这种病态的爱，这一切使得听他说话的人感到困惑不解。拉斯科利尼科夫全神贯注地听着，但是感到很痛苦。他为到这里来觉得后悔了。

“先生，先生!”马尔梅拉多夫控制住自己，又提高声音说，“我的先生，也许您和别人一样，也认为这一切都很好笑吧，我只不过拿我家庭生活里这些微不足道的琐事来打搅您，可对我来说，这并不好笑！因为这一切我都能感觉得到……我一生中像在天堂里那样幸福的那一整天，还有那天整整一个晚上，我是在心驰神往的幻想中度过的：就是说，我幻想着怎样安排好这一切：给孩子们穿上新衣服，让她不再操心，让我的独生女儿从不幸的火坑回到家庭环境里来……还有很多，很多……这是可以的吧，先生。唉，我的先生，（马尔梅拉多夫突然好像打了个哆嗦，抬起头来，直盯着听他说话的这个人）唉，可就在第二天，就在我幻想了这些事情以后（也就是说，是在整整五天五夜以前），傍晚，我就用巧妙的欺骗手段，像在夜里偷东西的小偷那样，偷了卡捷琳娜·伊万诺芙娜箱子上的钥匙，把带回家来的薪水中还剩下的那些钱都拿走了，到底是多少，已经记不得了，就是这样，请您看看我吧，全拿走了！从家里出来已经第五天了，而那里在找我，差事也砸了，文官制服放在埃及桥旁的一家小酒馆里，用它换了这身衣服……什么都完了!”

马尔梅拉多夫拿拳头捶了捶自己的前额，咬紧了牙，一只胳膊肘使劲撑在桌子上，闭上了眼。可是过了一会儿，他的脸突然又变了样，用故意装出来的狡猾和厚颜无耻的神情朝拉斯科利尼科夫瞅了一眼，笑了起来，并且说：“今天我去过索尼娅那儿，跟她要钱买酒，解解宿醉！嘿，嘿，嘿!”

“难道说她给了吗?”刚进来的人们那边有人喊了一声，喊过以后，放声哈哈大笑。

“这不是，这半什托夫酒就是用她的钱买的，”马尔梅拉多夫只对着拉斯科利尼科夫说，“她亲手拿出三十个戈比来，这是她仅有的最后一点儿钱，我亲眼看见的……她什么也没说，只默默地看了看我……尘世间没有这样的事，而是在那边……他们为人发愁，为人痛哭，可是不责备他们！不责备，可更让人难过，更让人痛心！……三十个戈比，对了。要知道，这会儿她自己也需要这些钱，不是吗？您认为呢？我亲爱的先生，不是吗？现在她需要保持整洁。要保持这种整洁，这种特殊的整洁，就要花钱，您明白吗？您明白吗？啊，她也得买化妆用的香膏啦什么的，不买不行啊；还要买上浆的裙子，那种时髦漂亮的皮鞋，这样在不得不过水洼的时候，才能把自己的小脚迈出去。这种整洁意味着什么，您明白吗，先生，您明白吗？唉，可我，她的亲爹，却把这三十戈比拿去买酒喝了！我正在喝呢！已经喝光了！……嗯，谁会怜悯我这样的人？什么？现在您可怜我呢，先生，还是不可怜呢？你说呀，先生，可怜还是不可怜？嘿，嘿，嘿，嘿！”

他本想斟酒，可是酒已经没了。装半什托夫的酒壶已经空了。

“干吗要可怜你呀？”又来到他们身边的老板喊了一声。

一阵哄堂大笑，甚至还听到有骂人的声音。正在听的和并没听的人都在哄笑、叫骂，就这样，大家都只瞅着退职的官吏一个人。

“可怜！干吗要可怜我呀！”马尔梅拉多夫突然大喊一声，情绪十分激昂，朝前伸着一只手站了起来，仿佛他就只等着这些话似的，“干吗要可怜呢，你说？是的！我没什么好可怜的！该把我钉到十字架上，钉到十字架上，而不是怜悯！可是，钉死我吧，法官，钉死我吧，钉死以后，再可怜吧！到那时我会自己走到你跟前去，去受死刑，因为我不是渴望快乐，而是渴望悲痛和眼泪！……卖酒的，你是不是认为，你这半什托夫酒我喝着是甜的？悲痛，我在酒壶底寻找的是悲痛，悲痛和眼泪，我尝到了，也找到了；而怜悯我们的，是那个怜悯所有的人、了解一切人，而且了解一切的人，他是唯一的，他也是法官。在那一天，他会走来，问：'那个女儿在哪里呢，为了凶恶和害肺病的后母，为了别人年幼的孩子，她出卖了自己，那个女儿在哪里呢？尘世上她的父亲是个很不体面的酒鬼，她不仅不畏惧他的兽行，反而对他表示怜悯？'并且说：'你来！我已经赦免过你一次了……赦免过你一次了……现在你的许多罪都赦免了，因为你的爱多……'[①]他一定会赦免我的索尼娅，一定会赦免她，我就知道，一定会赦免的……不久前我在她那儿的时候，这一点我心里就感觉到了！……所有的人他都要审判，并赦免他们，不论是心地善良的还是凶恶的，聪明的还是温顺的……等到审判完他们，他就会对我们说：'你们，'他会说，'你们也来吧！喝酒的来吧！懦弱的来吧！无耻的来吧！'于是我们大家都毫不羞愧地走出来。站在那里。于是他就说：'你们都是猪猡！作兽相，受兽的印记[②]，但你们也来吧！'聪明智慧的和有理智的人都会说：'上帝啊！你为什么接受这些人？'他会说：'聪明智慧的人们，我所以接受他们，有理智的人们，我之所以接受他们，是因为这些人中没有一个认为自己配得上受这样的对待……'于是他把自己的手伸给我们，我们都伏

---

① 见《新约全书·路加福音》第八章第四十七节。原文是："所以我告诉你，他许多的罪都赦免了，因为他的爱多……"作者引用时，稍做了一些改动。

② 见《新约全书·启示录》第十三章第十四、十六节。

在地上……痛哭流涕……一切我们都会明白的！到那时候我们就一切都明白了……所有的人都会明白……卡捷琳娜·伊万诺芙娜……连她也会明白的……上帝啊，愿你的天国降临！”

他又坐到长凳上，看上去疲惫不堪，极端虚弱，他谁也不看，仿佛忘记了周围的人，深深地陷入沉思。他的话使人产生了某种印象，有一会儿鸦雀无声，但不久又听到了和先前一样的笑声和辱骂声：

“他在大发议论呢！”

“他胡说八道！”

“小官僚！”

以及许多诸如此类的话。

“咱们走吧，先生，”马尔梅拉多夫突然抬起头来，对拉斯科利尼科夫说，“请您送我回去……科泽尔的房子，在院子里。该……去见卡捷琳娜·伊万诺芙娜了……”

拉斯科利尼科夫早就已经想走了；他自己就打算送他回去。马尔梅拉多夫的两条腿与他说话的那股劲头比起来要虚弱得多，他把全身的重量都靠到年轻人身上。只需走两三百步。离家越近，这个酒鬼越感到惊慌和恐惧。

“我现在怕的不是卡捷琳娜·伊万诺芙娜，”他忐忑不安、含含糊糊地说，“也不是怕她揪头发。头发算得了什么！……头发不值一提！这是我说的！要是揪头发，那甚至倒好过些，我怕的不是那个……我……怕的是她的眼睛……不错……是眼睛……她脸上的红晕我也怕……还有——我还怕她的呼吸……你看到过得这种病的人是怎么呼吸的吗……在感情激动的时候？孩子们的哭声我也害怕……因为，要是索尼娅不养活他们……那我真不知道会怎样！真不知道！可挨打我倒不怕……你要知道，先生，这样的殴打不仅不会让我感到痛苦，反倒会让我觉得快活……因为不这么着，我自己就受不了。打倒好些。让她打吧，让她出口气吧……这样倒好些……瞧，就是这幢房子。科泽尔的房子。他是个钳工，德国人，挺有钱……请领我进去！”

他们从院子里进去，上了四楼。越上去楼梯越暗。已经差不多十一点了，虽说在这个季节彼得堡没有真正的黑夜[①]，可是楼梯上边还是很暗。

最上面一道楼梯尽头，一扇熏黑了的小门敞着。一个蜡烛头照亮了十来步长的一间极其简陋的小屋，从楼梯平台上就能看到整个屋里的情况。东西丢得到处都是，乱糟糟的，孩子们穿的各种破衣服更是如此。后半间房子前挂着一条破床单。大概床就摆在床单后面。屋里只有两把椅子和一张破烂不堪的漆布面的沙发，沙发前摆着一张厨房里用的旧松木桌子，没上过漆，上面也没铺任何东西。桌边一个铁烛台上点着一段快要燃尽的脂油蜡烛头。看来马尔梅拉多夫是住在一间单独的房间里，而不是住在半间屋里，不过他这间房间是条通道。通往里面几间像笼子般的小房间的门半开着，那些小房间是由阿玛莉娅·利佩韦赫泽尔的一套住房分隔成的。那里人声嘈杂，喊声尖锐刺耳。人们在哈哈大笑。大概正在打牌和喝茶。有时会从里面飞出几句不堪入耳的话来。

拉斯科利尼科夫立刻就认出了卡捷琳娜·伊万诺芙娜。这是一个瘦得可怕的女人，相当高，身材苗条匀称，还有一头美丽的深褐色头发，面颊当真红艳艳的。她双手紧按着胸口，嘴唇干裂，呼吸时快时慢，若断若续，正在自己那间不大的屋子里踱来踱去。她两眼闪闪发光，好像寒热发

---

① 夏天彼得堡是“白夜”季节。

作，但目光锐利而又呆板，将要燃尽的蜡烛头最后的微光在她脸上轻轻抖动着，烛光中这张神情激动不安、害肺病的脸，使人产生一种痛苦的印象。拉斯科利尼科夫觉得，她好像只有三十来岁，当真与马尔梅拉多夫并不相配……她既没听到、也没发觉进来的人。大概她正想得出神，所以既听不到，也看不见。屋里又闷又热，可是她没有开窗；从楼梯上飘进一股臭气，但通楼梯的门却没关上；一阵阵抽香烟的烟，犹如波浪一般，穿过没关好的房门，从里面屋里冲了进来，她在咳嗽，可是没有把房门掩上。只有五六岁的最小的女儿蜷缩着身子，头埋在沙发上，半躺半坐地睡在地板上。一个比她大一岁的小男孩，浑身发抖，正在墙角落里哭泣。大概他刚挨过打。八九岁的大女儿个子挺高，瘦骨嶙峋，穿一件千疮百孔的破衬衣，裸露的双肩上披着一件德拉德达姆呢的旧斗篷，大概这件斗篷是两年前给她缝的，因为现在已经达不到她的膝盖了；她正站在墙角落里小弟弟的身边，用自己干瘦得像火柴棒一样细长的手臂搂着他的脖子。她大概是在哄他，正对着他悄悄地说着什么，千方百计让他别再哭起来，同时用自己那双老大老大的黑眼睛恐惧地注视着母亲，在她那瘦削、惊恐的小脸上，那双眼睛好像显得更大了。马尔梅拉多夫没有进屋，就在房门口跪下来，却把拉斯科利尼科夫推到了前面。那女人看到一个陌生人，霎时间清醒过来，心不在焉地站在他的面前，仿佛在猜测：他进来干什么？但她大概立刻就想到，他是要到另外那些房间里去，因为他们的这一间是个通道。想到这一点，她已经不再注意他，于是走到通往楼梯平台的门前，想要把门关上，这时看到了跪在门槛上的丈夫，突然大喊一声：

“啊！”她气得发狂，大声叫嚷，“回来了！囚犯！恶棍！……钱呢？你口袋里有什么，让我看看！衣服也不是原来那一身了！你的衣服呢？钱呢？说啊……”

说着，她冲上来搜他身上。马尔梅拉多夫立刻听话而顺从地张开双臂，让她搜他的口袋时更方便些。可是连一戈比也没有。

“钱呢？”她大声嚷嚷，“噢，天哪，莫非他都喝光了吗？箱子里还有整整十二个卢布呢！……”突然她发疯似的揪住他的头发，把他拖进屋里。马尔梅拉多夫顺从地跟在后面跪着往里爬，好让她拖起来省点儿力气。

“这也让我觉得快乐！我并不感到这是痛苦，而是享——乐，先——生。”他大声叫喊，因为给揪着头发，他全身摇摇晃晃，甚至额头在地板上碰了一下。在地板上睡觉的孩子醒了，大哭起来。墙角落里的小男孩忍不住浑身发抖，吓得要命，几乎是歇斯底里地高声叫喊，扑到姐姐怀里。大女儿仿佛从噩梦中惊醒，全身簌簌发抖，好似一片树叶。

“全喝光了！全都买酒喝了，都喝光了！”可怜的女人绝望地叫喊，“衣服也不是那一件了！他们都在挨饿，都在挨饿呀！（她搓着双手，指指孩子们）噢，该死的生活！可你们，你们不害臊吗，”她突然骂拉斯科利尼科夫，“从酒馆里来的！你跟他一道喝酒了？你也跟他一道喝过！滚！”

年轻人一言不发，急忙走了出去。这时通里间的房门突然大敞四开，有几个好奇的人从门里往外张望。伸出一些戴小圆便帽的脑袋，一个个厚颜无耻，嬉皮笑脸，有的嘴里叼着香烟，有的含着烟斗。可以看到有些人身穿睡衣，敞着怀，有人穿着夏天穿的内衣，很不成体统，有人手里还拿着牌。给揪着头发的马尔梅拉多夫大声叫喊，说他觉得这是享乐的时候，他们笑得特别开心。他们甚至走进屋来，最后听到一声吓人的尖叫：这是阿玛莉娅·利佩韦赫泽尔挤到了前面，想按照她自己的意志来整顿秩序，吓唬这个可怜的女人，以带侮辱性的命令口吻叫她明天就搬走，而这样威胁她已经是第一百次了。拉斯科利尼科夫临走时伸手到衣袋里，随手抓出一把铜币——这是他在小酒店里换开一个卢布找回的零钱——悄悄地放到了窗口。后来，已经到了楼梯上，他又改了主意，想要回转去。

“唉，我这是干了件多傻的蠢事，”他想，“他们这里有索尼娅呢，而我自己却需要钱。”但是考虑到把钱拿回来已经不可能了，而且即使能拿回来，他反正也不会去拿，于是挥了挥手，回自己的住所去了。“索尼娅也要买化妆用的香膏，不是吗?”在街上走着的时候，他继续想，并且挖苦地冷笑了一声，“要保持这种整洁就得花钱……嗯哼！看来索尼娅今天也未必会弄到钱，不是吗，因为猎珍贵的野兽……开采金矿……同样都担风险……所以，如果没有我这些钱，他们明天就得喝西北风了……唉，可怜的索尼娅！然而他们竟能挖出一口多好的矿井！而且在开采！不是吗?是在开采嘛！而且也习惯了。哭过一阵子，也就习惯了。人——这种卑鄙的东西，什么都会习惯的!”

他陷入沉思。

“唉，如果我想得不对呢，”他突然不由自主地提高声音说，“如果，总的来说，整个人种，全人类，当真不是卑鄙的东西，那么就意味着，其他一切全都是偏见，只不过是心造的恐惧，任何障碍都不存在，而那也就理应如此了……”

三

第二天，已经很迟了，他才醒来，夜里睡得很不安宁，睡眠并没能使他恢复精神。他醒来时火气很大，很容易激动，恶狠狠的，而且憎恨地看了看自己那间小屋。这是一间很小的陋室，只有六步长，墙纸已经发黄，落满了灰尘，而且都快从墙上掉下来了，小屋那么矮，个子稍高一点儿的人在屋里会感到提心吊胆，老是觉得，似乎头就要撞到天花板上。家具配这小屋倒是挺合适的：三把远非完好无损的旧椅子，一张上过漆的桌子摆在墙角，桌上放着几本练习本和几本书；练习本和书上落满灰尘，单从这一点就可以看出，已经很久没有人碰过它们了；最后，还有一张笨重的大沙发，几乎占据了一面墙壁和半间屋子，沙发上曾经蒙着印花布面，现在布面已经破烂不堪，这张沙发也就是拉斯科利尼科夫的床铺。他经常和衣睡在沙发上，没有床单，把自己上大学时穿的那件已经破旧的大衣盖在身上，床头放了个小枕头，他把所有的内衣，不管是干净的，还是穿脏了的，统统都垫在枕头底下，好让枕头显得高一些。沙发前摆着一张小桌。

不修边幅，邋里邋遢，已经到了极点；但是在目前的精神状态下，拉斯科利尼科夫甚至觉得，这样倒挺惬意。他毅然决然地离群索居，就像乌龟缩进了龟甲，就连有责任服侍她的女仆有时朝他屋里看上一眼，一见到她的脸，也会惹得他大动肝火，使他痉挛。有一些过分专心致志思考什么问题的偏执狂往往就是这样的。他的女房东已经有两个星期不再给他送饭来了。尽管他没有饭吃，可直到现在他还没想过要去和她交涉一下。女房东的女厨子和唯一的女仆娜斯塔西娅倒有点儿喜欢房客的这种心情，于是索性不再来收拾、打扫他的房间了，只是一星期里偶尔拿起扫帚来打扫一下。现在就是她叫醒了他。

“起来吧，还睡什么！”她站在他床前大声喊，“八点多了。我给你送茶来了。要喝茶吗？大概饿瘦了吧？”

房客睁开眼，颤抖了一下，他认出了娜斯塔西娅。

“茶是房东叫你送来的吗？”他满脸病容，慢慢从沙发上欠起身来。

“哪会是房东啊！”

她把自己那把有裂纹的茶壶放到他面前，壶里是已经喝过又兑了水的茶，还放了两小块发黄的砂糖。

“给，娜斯塔西娅，请你拿着，”他在衣袋里摸了摸，（他就这样和衣睡了一夜）掏出一小把铜币，“去给我买个小圆面包。再到灌肠店里多少买点儿灌肠，要便宜点儿的。”

“我这就给你拿小圆面包来，你要不要喝点儿菜汤，灌肠就别买了？挺好吃的菜汤，昨儿个的。还在昨天我就给你留下了，可你回来得迟。挺好吃的菜汤。”

菜汤端来以后，他吃了起来，娜斯塔西娅在沙发上他的身边坐下，闲聊开了。她是个乡下来的女人，而且是个多嘴多舌的女人。

“普拉斯科韦娅·帕夫洛芙娜要到警察局告你去。”她说。

他使劲皱起眉头。

“去警察局？她要干什么？”

“你不给房钱，也不搬走。她要干什么，这还不清楚吗？”

“哼，见鬼，竟还有这么糟糕的事，”他把牙咬得咯咯地响，嘟嘟囔囔地说，“不，这对我来说，现在……可不是时候……她是个傻瓜，”他高声补上一句，“我今天就去找她，跟她谈谈。”

“傻嘛，她倒是傻，跟我一样，可你呢，你这个聪明人，像条口袋一样整天躺着，有什么用处？你说，从前教孩子们念书，可现在为什么啥事也不干？”

“我在做……”拉斯科利尼科夫不乐意而且严肃地说。

“做什么？”

“工作……”

“什么工作？”

“我在想。”他沉默了一会儿，严肃地回答。

娜斯塔西娅忍不住哈哈大笑起来。她是个爱笑的人，每当有什么事情逗她笑的时候，她就不出声地笑个不停，笑得前仰后合，浑身发抖，一直笑到感到恶心才罢休。

“是不是想出很多钱来了？”她终于能说出话来了。

“没有靴子，不能去教孩子们念书。再说，教书，我才瞧不起呢。”

“你别往井里吐痰呀。”①

“教小孩子，给的钱很少。几个戈比能派什么用处？”他不乐意地继续说，仿佛是在回答自己心里的一些想法。

---

① 这是一句语意双关的俏皮话。“教书，我才瞧不起呢”，逐字直译应该是“呸，教书，我要啐它一口”。俄罗斯有句谚语：“别往井里吐痰，以后你也许会喝井里的水呢。”所以娜斯塔西娅叫他“别往井里吐痰”。

“你想一下子就发大财吗?”

他奇怪地瞅了她一眼。

“不错，是想发大财。”他沉默了一会儿，坚决地回答。

“哎哟，你可要慢慢来呀，要不，会吓坏人的，这真太可怕了。小圆面包要去买吗，还是不要了?”

“随便你。”

“啊，我忘了！昨儿个你不在的时候，来了一封给你的信。”

“信！给我的！谁来的?”

“谁来的，我可不知道。给了邮差三个戈比，钱是我自己的，你还给我吗?”

“那么拿来，看在上帝的分上，拿来吧!”拉斯科利尼科夫焦急地大声说，“天哪!”

不一会儿，信拿来了。果然不错：是母亲从P省寄来的。他接信的时候，连脸都白了。他已经很久没接到过信了，但现在还有点儿什么别的心事揪紧了他的心。

“娜斯塔西娅，你出去吧，看在上帝的分上；喏，这是你的三个戈比，只不过看在上帝的分上，你快点儿出去吧!”

信在他手里抖动着，他不想当着她的面拆开，他想独自一人看这封信。娜斯塔西娅出去以后，他很快地把信拿到唇边吻了一吻，然后又久久地细细端详信封上地址的笔迹，端详曾经教他读书、写字的母亲那熟悉而又可爱的、细小的斜体字。他不忙着拆信，他甚至好像害怕什么似的。最后他拆开了：信很长、很厚，有两洛特①重，很小很小的字密密麻麻地写

① 俄罗斯重量单位，一洛特等于12.8克。

满了两大张信纸。

“我亲爱的罗佳，”母亲写道，“已经有两个多月我没在信上和你谈心了，因此我很难过，有时夜里想啊，想啊，睡都睡不着。不过你大概不会为我这迫不得已的沉默责怪我。你知道我是多么爱你；你是我们的，是我和杜尼娅唯一的亲人；你是我们的一切，是我们的全部希望，我们的一切期望都寄托在你的身上。当我得知，你由于无以为生，已经辍学数月，而且教书和其他收入来源都已断绝时，我是多么难过！靠一年一百二十卢布养老金，我能拿什么帮助你呢？你自己也知道，四个月前寄给你的十五卢布是我以这笔养老金作抵押，向我们这儿的商人阿凡纳西·伊万诺维奇·瓦赫鲁申借来的。他是个好心人，还是你父亲的朋友呢。但是把领养老金的权利让给他以后，我必须等待着还清这笔债务，而直到现在债才还清，因此在这段时间里，我就什么也不能给你寄了。可是现在，谢天谢地，看来我又能再给你寄点儿钱去了，而且一般说来，我们现在甚至可以夸口说交了好运，而我正急于把这件事告诉你。第一，你是否能料到，亲爱的罗佳，你妹妹和我住在一起已经有一个半月了，而且今后我们将不再分离。感谢上帝，她所受的折磨已经结束了，不过我要按照顺序把一切原原本本地告诉你，好让你知道事情的前后经过，让你知道迄今我们一直瞒着你的这件事。两个月前你写信给我，说听别人说，似乎杜尼娅在斯维德里盖洛夫先生家受到许多粗暴无礼的对待，要我把真实情况告诉你——当时我能怎样给你回信呢？如果把实情全都写信告诉你，你大概会丢下一切，哪怕步行，也要回到我们这里来，因为你的性格，你的感情，我都十分了解，你是决不会让自己的妹妹受人欺侮的。我自己已陷入悲观绝望的境地，可是我能做什么呢？当时连我也不了解全部真相。主要的难处在于，杜涅奇卡去年到他家去做家庭教师的时候，曾预支过一百卢布，条件是每月从她的薪水里扣还，因此在还清借款之前，不能离职。而她借这笔钱（现在可以把一切都告诉你了，亲爱的罗佳）主要是为了寄给你六十卢布，当时你是那么迫切地需要这些钱，而去年你已经从我们这儿收到这笔钱了。当时我们欺骗了你，写信说，这是从杜涅奇卡以前的积蓄中拿出来的，但事实并非如此；现在我把全部实情都告诉你，因为现在一切都突然好转了，而这是按照上帝的意志，我之所以要告诉你全部实情，也是为了让你知道，杜尼娅是多么爱你，她有一颗多么善良的心。斯维德里盖洛夫先生起初对她的确十分粗暴无礼，同桌用餐时言行常常失礼，还嘲笑她……不过当这一切现在都已结束时，我不想详谈这些令人苦恼的往事，以免徒然让你为此感到激动。我说简单些吧，尽管斯维德里盖洛夫夫人玛尔法·彼特罗芙娜和家里所有其他人待她很好，光明正大，可杜涅奇卡还是十分痛苦，尤其是当斯维德里盖洛夫先生由于在军队里养成的老习惯，处于巴克斯[①]影响之下的时候。但后来怎样了呢？你要知道，这个任性胡来的家伙早就对杜尼娅产生了强烈的激情，怀有非分之想，却用粗暴无礼和蔑视她来掩盖这一切。可能他想到自己已经上了年纪，又是一家之主，做了父亲，还会产生这种轻佻的念头，连自己也感到羞愧，而且害怕了，因此才不由自主地把脾气发到杜尼娅头上来吧。可也许他是想用自己的粗暴无礼和嘲笑来掩人耳目，隐瞒真相。但是他终于忍不住了，竟敢卑鄙无耻地公然向杜尼娅求婚，答应送给她很多东西，除此而外，还要抛弃一切，和她一同去另一个

① 希腊神话中的酒神。

村庄，或者还要到国外去。你可以想象得出她的心里多么痛苦！不能立即辞职，不仅是因为借了债，而且是因为可怜玛尔法·彼特罗芙娜，她可能突然产生怀疑，从而引起一场家庭纠纷。而且对杜涅奇卡来说，这也是很丢脸的事，这种事不会不被宣扬出去。这儿还有许许多多各种各样的原因，因此，六个星期以前，杜尼娅无论如何也不能下决心离开这个可怕的人家。当然，你了解杜尼娅，你知道她是多么聪明，而且性格多么坚强。杜涅奇卡能忍辱负重，即使在极端窘困的情况下，她也如此宽宏大量，保持坚强的意志。她甚至没有写信把这些事告诉我，以免我难过，可我们是经常通信的。结局来得很突然，出乎意料。玛尔法·彼特罗芙娜无意中偷听到她丈夫在花园里恳求杜尼娅，曲解了他的话，把一切都归咎于杜尼娅，认为她是这一切的根源。于是花园里立刻爆发了一场可怕的争吵：玛尔法·彼特罗芙娜甚至打了杜尼娅，什么话也不想听，大吵大闹，整整叫嚷了一个钟头，最后吩咐立刻用一辆普通的农民大车把杜尼娅送回城里，送到我这里来，把她的所有东西，内衣、衣服，统统都丢到车上，既没收拾，也没包扎。这时又下起了倾盆大雨。杜尼娅满腹委屈，受尽羞辱，还要和一个庄稼汉一起坐在一辆无篷大车上，整整走了十七俄里路。现在你想想看，接到你两个月前给我的信，我怎么给你写回信，能给你写什么呢？我自己正处于悲观绝望的境地。我不敢把实情告诉你，因为你会感到非常痛苦、伤心和愤慨，再说你能做什么呢？大概你会毁了自己，而且杜涅奇卡也不让我告诉你；可是在我心里这么难过的时候，我也不能在信里尽写些不相干的琐事。整整一个月我们这儿闹得满城风雨，谣言不胫而走，纷纷议论这件事情，甚至弄到了这种地步，我和杜尼娅都不能到教堂去了，因为人们都向我们投来蔑视的目光，嘁嘁喳喳，风言风语，有人甚至当着我们的面高声议论。所有熟人都躲着我们，甚至不再向我们点头问好，我还确切得知，商店里的一些伙计和某些小公务员想以卑鄙的手段侮辱我们，拿柏油抹在我们的大门上[1]，闹得房东也开始要我们搬家了。这一切都是因为玛尔法·彼特罗芙娜挨家挨户散布谣言，责备杜尼娅，败坏她的名誉。我们这儿的人，她个个都认识，这个月里她经常进城，因为她有点儿多嘴多舌，心里藏不住一点儿秘密，喜欢谈论自己家里的事，尤其喜欢向每个人抱怨自己的丈夫，这可是个很坏的脾气，所以短短几天里，她就不但把事情闹得传遍全城，而且传遍了全县。我病倒了，杜涅奇卡却比我坚强，可惜你没看到，她是怎样忍受着这一切，还要安慰我，鼓励我！她是个天使！但上帝是仁慈的，由于他的善心，我们的苦难到了尽头：斯维德里盖洛夫先生良心发现，懊悔了，大概是可怜杜尼娅了吧，他向玛尔法·彼特罗芙娜提出了足以证明杜涅奇卡无辜的、充分和无可争议的证据，这是一封信，这信是玛尔法·彼特罗芙娜在花园里碰到他们以前，杜尼娅迫不得已写给他的，而且已经交给了他，写信的目的，是拒绝他所坚持的当面解释和秘密约会，而在杜涅奇卡走后，这封信还留在斯维德里盖洛夫先生手里。在这封信里，她满腔愤怒、极其激烈地斥责他，而且恰恰是责备他对待玛尔法·彼特罗芙娜的所作所为卑鄙可耻。提醒他，他是父亲，是个有家室的人。最后还谴责他说，折磨一个本来已经不幸和无力自卫的少女，要使她更加痛苦、不幸，在他来说，这是多么丑恶、卑鄙。总之，亲爱的罗佳，这封信写得如此光明正大，如此感人，以致我看这封信的时候泣不成声，而且

---

① 俄罗斯风俗：在大门上抹柏油是对未出嫁的姑娘莫大的侮辱，表示她已失去贞操。遭受这样的侮辱之后，就嫁不出去了。

至今我看这信的时候还不能不流眼泪。除此而外，仆人们也终于出来作证，为杜尼娅剖白，他们看到的和所了解的，远比斯维德里盖洛夫先生所认为的要多得多。一般说，这种事情总是如此。玛尔法·彼特罗芙娜大为震惊，而且正如她向我们所承认的，她'又一次感到痛不欲生'，然而她已经完全相信杜尼娅是清白的了，第二天，星期天，她坐车直接到大教堂去，满眼含泪跪在圣母像前，祈求圣母给她力量经受这一新的考验，让她能克尽自己的责任。随后，她没去任何人那里，就从教堂一直来到我们家里，把一切都告诉了我们，痛哭流涕，悔恨不已，抱住杜尼娅，请求宽恕她。就在那天早晨，她又毫不迟延，径直从我们家出去，遍访城里每家每户，流着眼泪，对杜涅奇卡赞不绝口，用最美的言词为杜涅奇卡恢复名誉。说她清白无辜，她的感情和行为都是高尚的。不仅如此，她还把杜涅奇卡给斯维德里盖洛夫先生的亲笔信拿给所有人看，念给他们听，甚至让人抄录下来。(照我看，这已经不必要了）就这样，她一连几天走遍了全城所有人家；由于有些人因为别人有幸先接待她而表示不满，于是排定了次序。这样一来，每家都已经早就有人等待着她。而且人人都知道，哪一天玛尔法·彼特罗芙娜要在哪里念这封信。每次念信时，就连那些按顺序已经在自己家里和其他熟人家里听过好几次的人，又都跑来再听一遍。我的意见是，这样做是多余的，完全是多余的，但是玛尔法·彼特罗芙娜就是这样的性格。至少她已完全恢复了杜涅奇卡的名誉，这件事情全部卑鄙可耻的责任都落到了她丈夫这个罪魁祸首的身上，使他蒙受了洗刷不掉的耻辱，因此我甚至可怜起他来，对这个狂妄乖戾的人的惩罚已经太严厉了。立刻有好几家人家请杜尼娅去教课，她都谢绝了。总之，大家都忽然对她特别尊敬。主要的是，所有这一切促成了一个意外的机遇，可以说，由于这一机遇，我们的全部命运正在发生变化。你要知道，亲爱的罗佳，有个未婚的男子向杜尼娅求婚，她已经表示同意，这正是我要赶快告诉你的。尽管没跟你商量，这件事就已经决定了，不过你大概既不会对我，也不会对妹妹有什么意见，因为你自己也可以看出，我们不可能等待，拖延到得到你的回信后再作决定。再说你不在这里，也不可能准确地做全面的考虑。事情是这样的。他，彼得·彼特罗维奇·卢任，已经是个七等文官，而且是玛尔法·彼特罗芙娜的远亲，正是她大力促成了这门婚事。他先是通过她表示有意和我们认识，受到我们殷勤接待，喝了咖啡，第二天他却送来了一封信，信中十分有礼貌地提出求婚，并要求迅速给予最后的回答。他是个能干的人，而且是个忙人，现在他正急于到彼得堡去，所以珍惜每一分钟的时间。当然，起初我们都十分惊讶，因为这一切都太快，而且太出乎意外了。那天我们在一起考虑了整整一天，犹豫不决。他是个殷实可靠、生活富裕的人，同时在两处供职，而且已经拥有一笔数目可观的财产。诚然，他已经四十五岁了，但他的外貌使人产生好感，还能讨女人喜欢，而且总的来说，他是个十分庄重和体面的人，只不过稍有点儿阴郁，还好像有些高傲自大。但也许只是第一眼看上去如此。对了，我要预先告诉你，亲爱的罗佳，你们不久将在彼得堡见面了，你见到他，如果第一眼看上去，觉得他有什么地方不讨你喜欢，可不要感情用事，过于匆忙地做出判断，因为你是有这个脾气的。我说这话是以防万一，尽管我深信，他一定会让你产生良好的印象。再说，除此之外，要了解一个人，需要逐步逐步、小心谨慎地细心观察，才不致犯错误和抱有成见，而以后要改正错误和消除成见却是十分困难的。而彼得·彼特罗维奇，至少根据许多迹象来看，是一位十分可敬的人。第一次登门造访时他就对我们说，他是个正派人，不过在很多方面，用他自己的话来说，赞同‘我们最新一代人的信念’，而且是一切偏见的敌人。他还说了许多许多，因为他似乎有点儿爱虚荣，而且很喜欢人家听他说话，不过这几乎算不得什么缺点。我当然听不大懂，不过杜尼娅对我解释说，他这个人虽然没受过多少教育，可人是聪明的，而且看来心地善良。罗佳，你是了解你妹妹的性格的。这个姑娘性格坚强，深明事理，很有耐心，豁达大度，但她也有一颗热情的心，这我是十分了解的。当然，无论就她这方面，还是就他那方面来说，还谈不上有什么特别的爱情，但杜尼娅不但是个聪明姑娘，同时也是一个像天使一样高尚的人，她把使丈夫获得幸福看作自己的责任，而他也会关心她的幸福。对于后面这一点，我们暂时没有充分的理由表示怀疑，虽然说实在的，事情是办得稍稍匆忙了些。况且他是个很会权衡得失的人，当然，他自己也会明白，杜涅奇卡与他结婚后生活越是幸福，他自己的幸福也就越加可靠。至于性格上的某些差异，某些昔日养成的习惯，甚至思想上的某些分歧，（即使是最幸福的婚姻，这也是在所难免的）对于这一切，杜涅奇卡自己对我说，她认为自己完全可以处理得好，用不着担心，许多事情她都可以忍让，条件是，如果今后他们之间的关系是真诚的、互敬互爱的。譬如说吧，起初我觉得他好像态度生硬；不过要知道，这也可能正是因为他性情直爽的缘故，一定是这样的。再譬如说，在他求婚已获同意，他第二次来我们家的时候，在谈话中他说，认识杜尼娅之前，他就已决定娶一个清白无瑕、然而没有陪嫁的姑娘，而且一定要是一个已经经受过苦难的姑娘。因为，他解释说，丈夫不应接受妻子的任何恩赐。如果妻子认为丈夫是自己的恩人，那将会好得多。我得补充一句，他说这话措辞比我写的要委婉和温和些，因为我忘记了他的原话，只记得大意。此外，他说这话绝对不是故意的，而显然是谈得起劲的时候脱口而出，因此以后甚至力图改正自己的话，把话说得委婉一些；不过我还是觉得这话似乎有点儿不客气，我把自己的想法告诉了杜尼娅。可是杜尼娅甚至不愉快地回答我说，'言词还不是行动'，这当然是正确的。杜涅奇卡在做出决定以前，一夜没睡，她以为我已经睡着了，于是从床上起来，整整一夜在屋里踱来踱去，最后跪在圣像前，虔诚地祈祷了好久，第二天一清早就对我说，她决定了。

"我已经提到，彼得·彼特罗维奇现在已动身去彼得堡。在那里他有许多重要的大事，他想在彼得堡开办一个律师事务所。他早已在经办各种诉讼案件，前几天刚刚打赢了一场重要的民事诉讼官司。他必须到彼得堡去，是因为要在那儿参政院里办一件重要案子。所以，亲爱的罗佳，他对你可能很有益处，甚至在各方面都能给予你帮助，我和杜尼娅已经认为，你甚至从今天起就可以明确地为自己的未来事业采取某些步骤，并认为自己的命运无疑已经完全确定了。噢，如果这能成为现实，那该多好！这是一件多么有益的事情，应当把这看作上帝直接赐予我们的恩惠。杜尼娅一心梦想着这件事。我们已经就此大胆向彼得·彼特罗维奇透露了几句。他话说得很谨慎，说是，当然啦，他没有秘书是不行的，与其把薪水给予外人，自然不如付给自己的亲戚，只要这位亲戚有能力担任这个职务。(你还会没有能力吗?）不过又立刻表示怀疑，因为你在大学里上课，这就不会剩下多少时间在他的事务所里办公了。这一次话就说到这里为止，可是除此之外，现在杜尼娅别的什么都不想。她已经有好几天简直处于某种狂热状态，已经拟订了一个完整的计划，让你以后能成为彼得·彼特罗维奇法律事务方面的助手，甚至能成为他的合伙人，尤其是因为你本来就在法律系读书。罗佳，我完全同意她的意见，赞同她的一切计划，分享她的所有希望，认为它们都是完全可以实现的；而且尽管彼得·彼特罗维奇目前闪烁其词——这是完全可以理解的——杜尼娅却坚信，凭她对自己未来的丈夫施加的良好影响，目的一定能达到，对这一点她深信不疑。当然啦，我们都留神不要说漏了嘴，以免向彼得·彼特罗维奇透露我们今后幻想中的任何一点儿内容，主要是不要提到你将成为他的合伙人。他是个正派人，大概会对此十分冷淡，因为在他看来，这只不过是些空想。同样，无论是我还是杜尼娅，都还没有向他透露过半个字，谈到我们强烈的希望：资助你读完大学。我们之所以不说，是因为，第一，以后这将会是自然而然的，大概用不着别人多说，他自己就会提出来帮助你。（这件事情，他还会拒绝杜涅奇卡吗?）更加可能的是，你自己可以成为他事务所里的得力助手，不是以接受恩赐的方式，而是以领取应得的报酬的方式得到这种帮助。杜涅奇卡希望能做出这样的安排，我完全同意她的想法。第二，我们之所以不说，是因为你们不久即将见面，我特别希望，在见面的时候能让你和他处于完全平等的地位。当杜尼娅兴高采烈地跟他谈起你的时候，他回答说，无论对什么人，都需要先亲自进行观察，与他接近，才能做出判断，还说，等他和你认识的时候，让他自己形成对你的意见吧。你听我说，亲爱的罗佳，我觉得，出于某些考虑（不过绝对不是考虑到彼得·彼特罗维奇的态度，而是出于我个人的某些考虑，甚至可以说，是出于老太婆的、女人的任性想法）——我觉得，也许在他们结婚以后，我最好还是像现在这样生活，而不要和他们住在一起。我完全相信，他是那样胸怀宽广，待人温和，一定会自己邀请我，主动提出，叫我不要与女儿分离，如果说迄今他还没有说起过，那自然是因为，这是不言而喻的，但是我将拒绝他的邀请。我这一生中不止一次注意到，丈母娘往往不太讨女婿欢喜，而我不仅不想成为任何人哪怕是极小的累赘，而且自己也想享有充分的自由，暂时我至少还有口饭吃，而且有像你和杜涅奇卡这样的两个孩子。如果可能，我要住到靠近你们两个人的地方，罗佳，我把最让人高兴的消息留到了信的末尾，因为，你要知道，我亲爱的朋友，在将近三年的离别以后，也许不久我们又将聚在一起，三个人又将拥抱在一起了！我和杜尼娅去彼得堡，这已经定了，到底什么时候走，我不知道，但无论如何，这将很快，很快，甚至可能在一星期以后。一切都取决于彼得·彼特罗维奇所作的安排，他先在彼得堡熟悉一下环境，立刻就会通知我们。出于某些考虑，他希望尽可能早日举行婚礼，如果可能，甚至就在目前这个开斋期①结婚，如果由于时间短促，来不及的话，那么一过了圣母升天节斋期②，立刻就举行婚礼。噢，我将多么幸福地把你紧紧搂在胸前，让你紧贴着我的心啊！杜尼娅想到和你见面时的快乐，心情激动，不能自已，有一次开玩笑说，就是单为了这一点，她也会嫁给彼得·彼特罗维奇。她真是个天使！现在她不附笔给你写什么了，只叫我附带写上两句，她有那么多、那么多话要对你说，现在却无法执笔，因为书不尽意，几行字只能使她感到心烦意乱，怎能说尽心中的千言万语；她叫我代她紧紧拥抱你，无数次吻你。不过尽管说不定我们不久即将见面，我还是要在近几天内尽可能多给你寄些钱去。现在因为大家得知杜涅奇卡要嫁给彼得·彼特罗维奇，所以我的信用也突然提高了，我肯定知道，阿凡纳西·伊万诺维奇现在会信任我，以养老金作抵

---

① 东正教规定，只能在开斋期举行婚礼，斋期内不得举行婚礼。

② 圣母升天节在俄历8月15日，节前有两个星期斋期，从旧历8月1日至15日（新历8月13日至28日）。

押，甚至肯借给我七十五卢布，那么我就也许能给你寄去二十五甚至三十卢布了。本想再多寄些，但我为我们旅途的开支担心；尽管彼得·彼特罗维奇心地那么好，分担了我们一部分赴京的费用，主动提出我们托运行李和一只大箱子的费用由他负担，（设法托那儿的熟人办理）可我们还是得考虑到达彼得堡以后的开销，到了那里，不能身无分文，至少头几天得有钱用。不过我和杜尼娅已经把一切都精确计算过了，原来路费花不了多少。从我们这儿到火车站总共只有九十俄里，为防万一，我们已经和我们认识的一个赶车的庄稼人讲好了；在车站，我和杜涅奇卡可以坐三等车走，这样也就十分满意了。所以，也许我寄给你的不止二十五卢布，而八成能设法寄去三十卢布。不过，够了；两张信纸全写满了，再也没剩下地方了；我们的事情真是整整一篇故事；是呀，多少事情全都凑到一块儿了！现在，我亲爱的罗佳，拥抱你，直到不久我们见面的时候，妈妈为你祝福，愿上帝保佑你。你要爱杜尼娅，你的妹妹；要像她爱你那样爱她，你要知道，她对你的爱是无限的，胜过爱她自己。她是天使，而你，罗佳，你是我们的一切——我们的全部希望，全部指望。只要你幸福，我们也就会幸福。你向上帝祈祷，罗佳，你是不是仍然相信创世主和我们救世主的仁慈？我心里真感到害怕，最近时髦的不信教的思想是不是会降临到你的头上？如果是这样的话，我要为你祈祷。你要记住，亲爱的，还在你的童年，你父亲在世的时候，你常坐在我膝上含糊不清地念诗词，那时候我们大家多么幸福啊！别了，或者最好说，**再见**！紧紧拥抱你，无数次地吻你。

终生爱你的

普莉赫里娅·拉斯科利尼科娃

从拉斯科利尼科夫一开始看信起，几乎在看信的全部时间里，他的脸上一直挂满泪珠；但当他看完以后，脸色却变得惨白，由于抽搐，脸都扭歪了，一丝痛苦、懊恼和恶狠狠的微笑掠过他的嘴唇。他把头倒在很薄的破枕头上，思索起来，想了很久。他的心在猛烈地跳动，思想也如波涛一般激烈地翻腾。最后，他感到在这像大橱或箱子、墙纸已经发黄的小屋里又闷又热，憋得透不过气来。思想和视线都要求广阔的空间。他一把抓起帽子，走了出去，这一次已经不担心会在楼梯上遇到人，他已经把这回事忘记了。他穿过B大街，往瓦西利耶夫斯基岛那个方向走去，仿佛急于去那里办什么事，但是走路时习惯地不看道路，而是喃喃地自言自语着，甚至说出声来，这使过往的行人觉得十分奇怪。有许多人把他当成醉汉。

四

母亲的信让他痛苦到了极点。但是关于信中最主要、最基本的一点，就是他还在看信的时候，也连一分钟都没怀疑过。最主要的实质性意见已经在他头脑里形成，而且完全决定了："只要我活着，这门亲事就不会实现，让卢任先生见鬼去吧！"

"因为这事是显而易见的。"他自言自语，嘟嘟囔囔地说，同时得意地微笑着，满怀愤恨地预祝自己的决定必定成功。

"不，妈妈，不，杜尼娅，你们骗不了我！……她们还要为没征求我的意见，没得到我的同意就作了决定向我道歉呢！可不是吗！她们以为，现在已经不能破坏这门婚事了，可是咱们倒要瞧瞧——能还是不能！借口是多么冠冕堂皇：‘彼得·彼特罗维奇是这么一位大忙人，所以得赶快举行婚礼，越快越好。’不，杜涅奇卡，我什么都看得出来，也知道你打算跟我讲的许多话是什么内容；也知道你整夜在屋里踱来踱去想些什么，还知道你跪在妈妈卧室里那个喀山圣母像[1]前祈祷什么。去各各地[2]是痛苦的。嗯……这么说，已经最终决定了：阿芙多季娅·罗曼诺芙娜，请你嫁给一个精明能干、深明事理的人吧，他拥有一大笔资产，（已经拥有一笔资产，这更可靠，更能给人留下深刻印象）同时在两处供职，而且赞同我们最新一代人的信念，（妈妈在信上是这么说的）而且‘看来心地善良’，杜涅奇卡自己就是这么说的。看来这一点最重要了！于是这位杜涅奇卡就要嫁给这个看来了！……真妙极了！真妙极了……

“……不过，真有意思，妈妈在信上为什么跟我提到‘最新一代’呢？只不过为了描述一个人的性格特征，还是有更深刻的用意：想要迎合我，让我对卢任先生产生好感？噢，她们真不简单！我怀着很大兴趣想要弄清的还有一个情况：在那一天和那天夜里，以及以后所有这些日子里，她们两人彼此开诚布公、毫不隐瞒究竟达到了什么程度？她们之间是不是把所有的话都直截了当地说出来了，还是两人都明白，彼此心里想得完全一致，所以用不着把所有的话都说出来，也毫无必要说出来。大概在某种程度上是这样的；从信上就可以看出：妈妈觉得他说话不客气，只是有点

---

① 喀山圣母像是孤儿和穷人的保护者，在俄罗斯民间特别受人尊敬。

② 各各地是耶路撒冷近郊的一个小丘，传说耶稣在这里被钉到了十字架上。现在“各各地”已成为苦难的同义词。

儿，可是天真的妈妈竟把自己的意见告诉了杜尼娅。杜尼娅自然生气了，所以‘不愉快地回答’。可不是嘛！如果用不着提出天真的问题，事情就已经明明白白，如果已经决定，再也没有什么好讲的了，那也就不会让任何人生气了。而且她为什么要在信上给我写这样的话：‘你要爱杜尼娅，罗佳，而她爱你胜过爱她自己’；为了儿子，她同意牺牲女儿，她是否因此暗暗受到良心谴责呢。‘你是我们的指望，你是我们的一切！’噢，妈妈……”他满腔愤怒，越来越恨，如果现在他碰到卢任先生，看来他准会把他杀了。

“嗯，这倒是真的，”他随着像旋风一样在他脑子里飞速旋转的思绪继续想，“这倒是真的，‘要想了解一个人，得逐步和细心地进行观察’；不过卢任先生的为人却显而易见。主要的是，‘是个能干的人，而且看来心地善良’：他给托运行李，大箱子的运费由他负担，这可真是非同小可的事！瞧，他怎么会不是个心地善良的人呢？而她们两个，未婚妻和母亲，却雇一个庄稼汉，坐一辆席篷大车上路！（不是吗？我就坐过这样的大车）没关系！因为只有九十俄里，‘在车站，我们坐三等车走也就十分满意了’，就这样再走一千俄里。这很有道理：要量力而行嘛；而您呢，卢任先生，您干什么呢？要知道，这是您的未婚妻呀……而且您不可能不知道，母亲是用自己的养老金作抵押预先借来路费，不是吗？当然啦，你们这是合伙做一笔生意，生意对双方有利，股金相等，可见开支也得对半分摊，面包和盐合在一起，烟叶却要各抽各的，谚语就是这么说的。不过精明能干的人在这件事上稍有点儿欺骗了她们：托运行李的费用比她们的路费便宜，说不定根本不要花钱。她们怎么竟看不出这一点来，还是故意不理会呢？因为她们已经感到满意，心满意足了！也该多少想一想，这还只不过是开了个头儿，更厉害的还在后头呢！要知道，这儿重要的是什么：不是小气，不是极端吝啬，而是他的作风。要知道，这也是将来他婚后的作风，是预兆……然而妈妈干吗要花掉最后一点点钱呢？她带多少钱到彼得堡来？只带三个卢布，或者只带两张‘一卢布的票子’，就像那个……老太婆所说的……哼！以后她指望靠什么在彼得堡生活？由于某些原因，她不是已经猜到，他们结婚以后她不能与杜尼娅住在一起，就连最初一段时间也不可能吗？那个可爱的人大概说漏了嘴，让人看出了他的性格，尽管妈妈挥着双手否认这一点，说是：‘我自己拒绝接受’。那么她把希望寄托在谁的身上呢：指靠那一百二十卢布养老金，其中还要扣除向阿凡纳西·伊万诺维奇借的那笔债吗？她可以编织冬天用的三角头巾，还可以缝套袖，可是这会弄坏自己的老眼。再说，编织头巾，一年总共只能在那一百二十卢布之外增加二十个卢布，这我是知道的。这么说，还是得指望卢任先生情感高尚，慷慨大度，说是：‘他自己会提出邀请，竭力劝我去住的’。别妄想了！席勒[①]笔下那些好心人总是这样：直到最后一刻，他们总是用孔雀羽毛把人打扮得十分漂亮，直到最后一刻，他们总是只往好的方面、而不往坏的方面去想；虽然他们也预感到坏的一面，但是无论如何事先对自己不说真话；单单是这么想一想，就使他们感到厌恶；他们挥着双手逃避真理，直到最后一刻，直到那个给打扮得十分漂亮的人亲自欺骗了他们。真想知道，卢任先生有没有勋章：我敢打赌，他的纽扣眼里有一枚安娜勋章[②]，跟包工头和商人们一道吃饭的时候，他都戴着它，大概在他举

---

① 席勒（1759—1805），德国诗人和剧作家，对陀思妥耶夫斯基的创作有很大影响。

② 圣安娜勋章共有四级，这里是指四级安娜勋章——一种无足轻重的勋章。

行婚礼的时候也会戴上的！不过，叫他见鬼去吧！

“……唉，妈妈，就不去说她了，上帝保佑她，她就是这样一个人，不过杜尼娅是怎么回事？杜涅奇卡，亲爱的，要知道，我是了解您的！不是吗，我们最近一次见面的时候，您已经过了十九岁了：我已经了解您的性格。您瞧，妈妈在信上写道：‘杜涅奇卡能够忍辱负重’。这一点我是知道的。这一点，两年半以前我就知道了，而且从那以后，两年半时间里我一直在想着这一点，正是想着这一点：‘杜涅奇卡能够忍辱负重’。既然她能忍受斯维德里盖洛夫先生以及由此而产生的一切后果，可见她当真能够忍辱负重。而现在她和妈妈都认为，卢任先生也是可以忍受的；这个人提出一套理论，说是从穷人家娶受了丈夫恩惠的妻子大有好处，而且几乎是初次会面的时候就说了这样的话，她们竟认为，这样的人也是可以忍受的。嗯，就假定说，他是‘说漏了嘴’吧，尽管他是一个深明事理的人（可也许他根本不是说漏了嘴，而恰恰是想要尽快说明自己的看法），可是杜尼娅，杜尼娅呢？不是吗，对这个人她是看得清清楚楚的，她可是要跟这个人在一起生活的啊。要知道，她宁愿只吃黑面包和喝白开水，忍饥挨饿，也决不会出卖自己的灵魂，决不会贪图舒适的生活而出卖精神上的自由；即使是为了石勒苏益格—荷尔斯泰因[①]，她也决不会出卖自己，更不用说为了卢任先生了。不，据我所知，杜尼娅不是这样一个人……而且，当然啦，现在她也没变！……还用说吗！斯维德里盖洛夫一家是让人难以

---

① 石勒苏益格—荷尔斯泰因是日德兰半岛南部的一块土地。1864年，为争夺石勒苏益格和荷尔斯泰因公国，普鲁士与丹麦之间爆发了一场战争。1866年普鲁士和奥地利之间又为此发生战争。1867年这块地方成了普鲁士的两个省。19世纪60年代俄罗斯的报刊上报道了这一系列事件。

忍受的！为了两百卢布，一辈子在外省各地做家庭教师，东奔西走，也是痛苦的，不过我还是知道，我妹妹宁愿像黑人那样到种植场去做奴隶，或者像拉脱维亚人那样到波罗的海东部沿岸的德国人那里去做苦工[①]，也绝不会有辱自己的尊严，践踏自己的感情，和一个她既不尊重也毫无共同语言的人结合在一起——仅仅为了个人利益而和他结为终身伴侣！即使卢任先生是用纯金铸就，或是用整块钻石雕成的，她也决不会同意作卢任先生的合法姘妇！现在她为什么同意了呢？这是怎么回事？谜底在哪里呢？事情是明摆着的：为了自己，为了自己过舒适的生活，甚至为了救自己的性命，她决不会出卖自己，而为了别人，她却出卖了自己！为了一个亲爱的人，为了一个她热爱的人，她是肯出卖的！这就是事情的实质：为了哥哥，为了母亲，她会出卖自己！什么都肯出卖！噢，在这种情况下，只要一有必要，我们就会压制我们的道德感；我们就会把自由、安宁，甚至良心，把一切、一切都拿到旧货市场上去拍卖。牺牲性命也在所不惜！只要我们热爱的这些人能够幸福。不仅如此，我们还编造出一套强词夺理的理由，向耶稣会会员学习[②]，大概这样可以暂时安慰自己，让自己相信，应该如此，为了良好的目的，当真应该这样行事。我们就是这样的人，一切都如同白昼一般清楚。显而易见，这儿处于最重要位置的那个人不是别人，正是罗季昂·罗曼诺维奇·拉斯科利尼科夫。哼，那还用说吗，可以帮助他获得幸福，供他上大学，让他成为事务所的合伙人，可以使他的一生

---

① 美国黑人的痛苦处境以及拉脱维亚农民不堪忍受地主的剥削和压迫而逃亡的情况，都是19世纪60年代俄罗斯报纸上经常报道和评论的事情。

② 指天主教耶稣会提出的口号："目的可以证明手段是合法的"，"为了良好的目的，一切手段（包括一切阴谋诡计、暗杀、收买等卑鄙的手段）都是好的"。

得到保障；大概以后他会成为富翁，成为一个体面的、受人尊敬的人，说不定甚至会作为一个享有荣誉的人而终其一生！可是母亲呢？不是吗，这儿所谈的是罗佳，她亲爱的罗佳，她的第一个孩子！为了这样的头生子，怎么能不牺牲女儿呢，哪怕是这么好的一个女儿！噢，亲爱的、不公正的心哪！而且，当然啦：在这种情况下，就连索涅奇卡那样的命运，我们大概也不会不肯接受吧！索涅奇卡，索涅奇卡·马尔梅拉多娃，只要世界还存在，索涅奇卡就永远不会消失！这牺牲，对这样的牺牲，你们俩充分估量过吗？估量过吗？能做得到吗？有没有好处？合乎情理吗？杜涅奇卡，您是不是明白，索涅奇卡的命运丝毫也不比与卢任先生在一起生活更加可憎可恶？'这谈不上有什么爱情'，妈妈在信上这样说。如果除了没有爱情，连尊敬也不可能有，那会怎样呢，如果恰恰相反，已经有的反倒是厌恶、鄙视和极端的反感，那又会怎样呢？那么，可见结果又将是不得不'**保持整洁**'了。是不是这样呢？您明白吗，您明白吗，您是否明白，这整洁意味着什么？你是不是明白，卢任的整洁与索涅奇卡的整洁是完全一样的，说不定更坏、更丑恶、更卑鄙，因为您，杜涅奇卡，到底是贪图并非必需的舒适生活，而她那里要考虑的恰恰是饿死的问题！'杜涅奇卡，这整洁的代价是昂贵的，太昂贵了！'嗯，如果以后感到力不胜任，您会后悔吗？会有多少悲痛、多少忧愁、多少诅咒，瞒着大家，背着人们要流多少眼泪，因为您可不是玛尔法·彼特罗芙娜，不是吗？到那时母亲会怎样呢？要知道，现在她已经感到不安，感到痛苦了；到那时，当她把一切都看清了的时候，又会怎样呢？而我又会怎样呢？……关于我，您到底是怎么想的？我不要您的牺牲，杜涅奇卡，我不要，妈妈！只要我活着，就绝不会有这样的事，绝不会有，绝不会有！我不接受！”

他突然清醒过来，站住了。

“绝不会有！为了让这样的事不致发生，你要做什么呢？制止吗？可你有什么权利？为了获得这样的权利，从你这方面来说，你能向她们做出什么允诺呢？等你大学毕业，有了工作，把自己的整个命运和前途都献给她们吗？我们听到过这一类的话，可这还是个**未知数**，而现在怎么办呢？要知道，得现在立刻就做点儿什么，这一点你明白吗？可现在你在做什么呢？你在夺走她们的最后一点点钱。要知道，她们的钱是以一百卢布养老金，以斯维德里盖洛夫先生家的薪水作抵押借来的！你，这个未来的百万富翁，主宰她们命运的宙斯[①]，你有什么办法保护她们，使她们不受斯维德里盖洛夫一家和阿凡纳西·伊万诺维奇·瓦赫鲁申的剥削呢？十年以后吗？可是在这十年里，母亲会因为编织三角头巾熬瞎双眼，大概，光是哭也会把眼哭瞎的；由于省吃俭用，她会日渐憔悴，而妹妹呢？唉，你想想看吧，十年以后，或者在这十年里，妹妹会怎样呢？你猜到了吗？”

他就这样用这些问题折磨自己，嘲笑自己，甚至是怀着一种强烈的愉快心情这么做。其实，所有这些问题都不是新提出来的，不是突然产生的，而是早已使他感到痛苦的老问题，很久以前的老问题了。这些问题早就在折磨他的心灵，使他痛苦到了极点。现在所有的这些烦恼早已在他心灵里产生了，后来逐渐增强，日积月累，最近更发展成熟，形成一个可怕、古怪、不切实际的问题，以这个问题的形式凝聚集中了起来，这个问题开始折磨他的心灵和头脑，不可抗拒地要求得到解决。现在母亲的信好似一声霹雳，突然击中了他。显然，现在应该做的不是消极地发愁、难

① 宙斯是希腊神话中最高的天神，诸神之王。

过，仅限于谈论问题无法解决，而一定得采取某种行动，立刻行动起来，越快越好，无论如何得做出决定，随便什么决定都行，或者……

“要不，就完全放弃生活！”他突然发狂似的大声叫喊，“顺从地听天由命，一劳永逸，放弃行动、生活和爱的一切权利，扼杀自己心中的一切！”

“您明白吗？您是不是明白，先生，已经无处可去意味着什么？”他突然想起马尔梅拉多夫昨天提出的问题，“因为得让每个人至少能有个可以去的地方……”

他突然打了个哆嗦：有一个念头，这念头也是昨天的，又掠过他的脑海。但是他战栗并不是因为这个念头在脑海中掠过。因为他知道，他**预感到**它必然会“掠过”，而且已经在等着它了；这个念头也完全不是昨天才有的。但区别在于，一个月前，甚至昨天，它还仅仅是个幻想，而现在……现在它突然已经不是以幻想的形式，而是以一种可怕的，他完全陌生的新形式出现了，他自己突然意识到了这一点……不知什么东西在他头上猛撞了一下，他两眼一阵发黑。

他急忙向四周看了看，在寻找什么东西。他想要坐下，在寻找长椅子；当时他正在K林荫道上行走。可以看到前面有一条长椅，离他大约有一百来步远。他尽可能走得快一些；但是路上遇到一桩意外的事，有几分钟，这件事吸引了他的注意力。

他找到长椅的时候，发觉前面二十来步远的地方，有一个女人在路上走，但起初并没注意她，就像在此以前从未注意在他面前一闪而过的一切东西一样。譬如说，这样的情况已经有好多次了：他回家去的时候，根本不记得走过的路，他已经习惯像这样走路了。但这个行路的女人身上不知有什么让人觉得奇怪，而且第一眼就惹人注目，因此他的注意力渐渐给吸引到她的身上——起初是无意识地，甚至好像有点儿遗憾似的，后来却越来越强烈地引起他的注意。他突然想要弄清，这个女人身上到底是什么让人觉得奇怪。第一，她大概是个很年轻的姑娘，天这么热，她出来却既不戴帽子，也不打伞，也没戴手套，而且有点儿好笑地挥舞着双手。她穿一件用一种轻柔的丝织品衣料（“绸子”）做的连衫裙，可是不知为什么穿得也很奇怪，扣子都没好好扣上，后面腰部底下，就在裙子的最上端，撕开一条裂口，有一大块耷拉下来，晃来晃去。一块很小的三角头巾搭在她裸露的脖子上，但不知怎的歪到了一边。除此而外，那姑娘走路脚步不稳，踉踉跄跄，甚至摇摇晃晃。这终于吸引了拉斯科利尼科夫的全部注意力。就在长椅旁边，他和这姑娘遇到了一起，但是一走到长椅前，她突然一下子倒到长椅的一头儿，把头一仰，靠到椅背上，闭上了眼，看样子是由于极端疲倦的缘故。他仔细看了看她，立刻猜到，她已经完全喝醉了。这景象让人看了觉得奇怪，而且不合情理。他甚至想，是不是他弄错了。他面前是一张非常年轻的小脸，约莫十六岁，甚至也许只有十五岁——一张小小的脸，相当漂亮，淡黄色的头发，但是满脸通红，而且好像有点儿浮肿。看来这姑娘神智已经不大清楚，她把一条腿搭到另一条腿上，而且裸露得太多了，根据一切迹象来看，她几乎没意识到自己是在街上。

拉斯科利尼科夫没有坐下，又不想走开，而是犹豫不决地站在她的面前。这条林荫道上总是阒无一人，现在，下午一点多钟，天又那么热，几乎不见一个人影。然而有一位先生就在旁边十四五步远的地方，在林荫道边上站住了，从他的神情上可以看出，他正怀着某种目的，很想也到这个姑娘跟前来。大概他也是从老远就看到她，跟踪而来，可是拉斯科利尼科夫妨碍了他。他不时向拉斯科利尼科夫投来凶恶的目光，不过又竭力不想让拉斯科利尼科夫看到，并且急不可耐地等着这个让他讨厌的、衣衫褴褛的家伙走开，自己好走近前去。事情是很清楚的。这位先生三十来岁，身体健壮，肥胖，脸色红润，粉红色的嘴唇，留着两撇小胡子，衣着考究入时。拉斯科利尼科夫勃然大怒，他突然想要设法侮辱一下这个肥胖的花花公子。他暂时丢下这个姑娘，走到那位先生跟前。

"喂，是您呀，斯维德里盖洛夫！您在这儿干吗？"他高声喊，同时攥紧拳头，狞笑着，由于愤怒，弄得嘴唇上沾满了唾沫。

"这是怎么回事？"那位先生皱起眉头，露出傲慢而惊诧的神情，严厉地问。

"您给我滚开，就是这么回事！"

"你怎么敢，骗子！……"

他挥了挥皮鞭。拉斯科利尼科夫攥着拳头朝他扑了过去，甚至没考虑到，这个身体健壮的先生能对付两个像他这样的人。但就在这时有人从后面牢牢抓住了他，一个警察站到了他们两人中间。

"够了，先生们，公共场所不准斗殴。你们要干什么？您是什么人？"他看清拉斯科利尼科夫身上的衣服破烂不堪，严厉地问。

拉斯科利尼科夫仔细瞅了瞅他。这是一张看上去威武雄壮的、士兵的脸，留着两撇灰白色的小胡子，一脸络腮胡须，眼神好像很精明的样子。

"我正要找您，"他一把抓住警察的手，高声说，"我以前是大学生，拉斯科利尼科夫……这一点您也可以看得出来，"他对那个先生说，"请您过来，我要让您看看……"

说着，他抓住警察的手，把他拉到长椅跟前。

“喏，请看，她已经完全喝醉了，刚才在林荫道上走：谁知道她是什么人，不过不像是干这一行的。最有可能是在什么地方让人灌醉了，诱骗了她……是头一次……您懂吗？而且就这样把她撵到街上来了。请看，她的连衫裙给撕成了什么样子，请看，衣服是怎么穿着的：是别人给她穿上的，而不是她自己，而且给她穿衣服的是不会给人穿衣服的手，是男人的手。这显而易见。啊，现在请您再往这边看看：刚刚我想跟他打架的这个花花公子，我并不认识，我是头一次看到他；但是他也是刚刚在路上看见她的，她喝醉了，自己无法控制自己，现在他很想到她跟前来，把她弄到手——因为她正处于这种状态——带到什么地方去……大概就是这样；请您相信，我的判断准没有错。我亲眼看到，他在注意观察她，跟踪她，只不过我碍他的事，现在他正等着我走开。瞧，现在他稍走开了一些，站在那儿，好像是在卷烟卷儿……我们怎样才能制止他，不让他的阴谋得逞？我们怎样才能设法送她回家——请您想想办法吧！”

警察立刻明白了，并且思索起来。那个胖先生的意图当然不难了解，只剩下这个小姑娘让人弄不清是怎么回事。警察弯下腰，凑得更近一些，仔细看看她，他的脸上露出真心实意怜悯她的神情。

“唉，多可怜哪！”他摇摇头，说，“还完全像个孩子。让人骗了，准是这样。喂，小姐，”他开始呼唤她，“请问您住在哪里？”

姑娘睁开疲倦而无精打采的眼睛，毫无表情地看了看问她的人，挥了挥手。

“喂，”拉斯科利尼科夫说，“喏，（他在衣袋里摸了摸，掏出二十个戈比，袋里还有钱）给，请您叫辆马车，吩咐车夫照地址送她回去。不过我们还得问问她的地址！”

“小姐，小姐，”警察收下钱，又开始叫她，“我这就给您叫一辆马车，亲自送您回去。请告诉我，送您去哪儿呀？啊？请问您家住在哪里？”

“走开！……缠得人烦死了！”小姑娘含糊不清地说，又挥了挥手。

“哎哟，哎哟，这多不好；唉，多丢人哪，小姐，多丢人哪！”他又摇摇头，有点儿奚落，又有点儿惋惜和气愤。“这可真是件难分的事！”他对拉斯科利尼科夫说，说着又从头到脚把他匆匆打量了一番。大概他觉得这个人很奇怪：穿着这么破烂的衣服，却要给人钱！

“您看到她，离这儿远吗？”警察问他。

“我告诉您：她在我前面走，摇摇晃晃地，就在这林荫道上。一走到长椅这儿，立刻就倒到椅子上了。”

“唉，上帝呀，如今世上发生了多么可耻的事啊！这么年轻，可已经喝得醉醺醺的！让人骗了，就是这么回事！瞧，她的连衫裙也给撕破了……唉，如今怎么尽出些道德败坏的事！……好像还是名门出身呢，不过也许是穷人家的……如今这样的事多着呢。看样子娇滴滴的，像是个小姐。”他又弯下腰去看她。

也许他也有这样的女儿——“像个小姐，而且娇滴滴的”，行为举止彬彬有礼，追逐时髦，衣着入时……“主要的是，”拉斯科利尼科夫很关心地说，“可别让她落到这个坏蛋手里！还不知他会怎样糟蹋她呢！一眼就可以看出，他想要干什么。瞧这个坏蛋，他还不走开！”

拉斯科利尼科夫高声说，还伸出手来直指着他。那人听到了，又要发怒，可是改了主意，只用蔑视的目光瞅了他一眼。随后那人慢慢地再走开十来步，又站住了。

“不让她落到他手里，这倒是办得到，”警察若有所思地回答，“只要她说出送她到哪里去，不然……小姐，小姐!”他又弯下了腰。

她突然完全睁开眼，仔细看了看，仿佛明白是怎么回事了，于是从长椅子上站起来，往她来的那个方向走回去。

“呸，这些不要脸的家伙，纠缠不休!”她又挥挥手，说。她走得很快，但仍然摇晃得很厉害。花花公子也跟着她走了。不过是在另一条林荫道上，一边走，一边目不转睛地盯着她。

“请别担心，我不会让她落到他手里的!”留小胡子的警察坚决地说，于是跟在他们后面走了。

“唉，如今怎么尽出些道德败坏的事!”他高声叹息着重复说。

这时拉斯科利尼科夫仿佛让什么给整了一下似的，霎时间感到心里十分难过。

“喂，请听我说!”他追着小胡子大声喊。

小胡子回过头来。

“您别管了！关您什么事？您别管了！让他去关心她吧。(他指指那个花花公子）关您什么事?”

警察不懂他的意思，睁大了眼睛望着他。拉斯科利尼科夫笑了。

“嘿!”警察挥挥手说，于是跟在花花公子和那个小姑娘后面走了，大概他要么是把拉斯科利尼科夫当成了疯子，要么是把他看作比疯子更糟的人。

“把我的二十戈比带走了,”只剩下了拉斯科利尼科夫一个人，这时他气愤地说，“哼，让他也去跟那个人要几个钱，允许那人把姑娘带走，事情就这么完了，算了……我干吗要卷进来，帮什么忙呢！用得着我来帮忙吗？我有没有帮忙的权利？让他们互相把对方活活吃掉好了——与我什么相干？我哪有权利把这二十戈比送给别人。难道这钱是我的吗？”

他虽然说了这些奇怪的话，却感到心情十分沉重。他坐到空下来的长椅子上。他的思绪纷乱，心不在焉……这时他根本什么也不能思考了。他倒希望完全失去知觉，忘记一切，然后一觉醒来，一切重新开始……

“可怜的小姑娘！”他看看已经没有人坐的长椅子的一端，说，“她会清醒过来，痛哭一场，以后母亲会知道……先把她打一顿，后来又拿鞭子抽她，痛苦，羞辱，说不定会把她赶出去……即使不把她赶出去，那些达里娅·弗兰佐芙娜之类的人也会有所风闻，于是我们这个小姑娘就要东奔西走……以后不久就会进医院，（那些住在十分清白的母亲家里，瞒着她们背地里悄悄干不正当勾当的姑娘总是这样）那么以后呢……以后又进医院……喝酒……小酒馆……又是医院……两三年后就成了残废，从出生以来，她总共只活了十九年，或者十七年……难道我没有看到过这样的姑娘吗？她们是怎么沦落到了这步田地的？可是，瞧，她们都沦落到了这步田地……呸！管她们呢！据说，就应该如此。据说，每年都应该有这么百分之几[①]去……去某个地方……去见鬼，想必是为了让其余的人保持纯洁，不受妨害。百分之几！真的，他们的这些话怪好听的：这些话那么令人欣慰，合乎科学。说是只有百分之几，因此没有什么好担心的。如果用另一个词儿，那么……也许会更让人感到不安……万一杜涅奇卡也落到这个百分之几里呢！……不是落入这个百分之几，就是落入那个百分之几呢……”

---

① 指比利时数学家、经济学家、统计学家A·凯特列的理论。他的著作译成俄文后，1865年至1866年俄罗斯报刊上也常讨论这个问题。

“不过我这是往哪儿去呀？”他突然想。“奇怪。我出来是有个什么目的的，不是吗？一看完信，我就出来了……我是去瓦西利耶夫斯基岛，去找拉祖米欣，我要去哪儿，现在……想起来了。不过，去干什么呢？去找拉祖米欣的想法为什么恰恰是现在忽然闯进了我的脑子？这真奇怪。”

他对自己的行动感到诧异。拉祖米欣是他以前大学里的同学。奇怪的是，拉斯科利尼科夫在大学里的时候几乎没有朋友，不与大家来往，不去找任何人，也不高兴别人来找他。不过不久大家也就不理睬他了。他既不参加同学们的聚会，也不参加别人的议论，也不参加娱乐活动，什么也不参加。他只是用功读书，不知爱惜自己的身体，大家都为此尊敬他，但是谁也不喜欢他。他很穷，有点儿目空一切，高傲自大，不爱交际，仿佛心里隐藏着什么秘密似的。他的有些同学觉得，他傲慢地把他们、把他们大家好像都看作小孩子，仿佛无论就文化程度、学识和信念来说，他都胜过他们大家，他认为，他们的信念和兴趣都是低级的。

不知为什么，他和拉祖米欣倒是情投意合，其实倒也说不上情投意合，而是和拉祖米欣比较接近，也较为坦率。不过，和拉祖米欣的关系也不可能不是如此。这是一个异常快活和善于交际的小伙子，善良到了憨厚的程度。不过在这憨厚的外表下却暗藏着思想的深刻和自尊。他最要好的同学都知道这一点，大家都喜欢他。他很聪明，虽说有时当真有点儿单纯而轻信。他的外貌很富有表情——身材高大，瘦瘦的，脸总是刮得不大干净，一头黑发。有时他也胡闹，是个出名的大力士。有一天夜里，和朋友们在一起的时候，他一拳头打倒了一个两俄尺十二俄寸[①]高的警察。他酒

① 一俄尺等于71厘米，一俄寸等于4.44厘米。两俄尺十二俄寸等于1.95米。

量很大，可以喝个没完，可是也能滴酒不沾；有时他调皮起来甚至会达到令人不能容忍的地步，但也能一本正经，毫不调皮。拉祖米欣还有一个引人注意的特点，任何失败永远也不会使他感到不安，任何恶劣的处境似乎也不能使他感到气馁。他可以哪怕是住在房顶上，能忍受别人无法忍受的饥寒。他很穷，而且完全是靠自己维持自己的生活，有什么工作就做什么工作，这样来挣点儿钱。他有数不尽的财源，当然是靠工作挣钱。有一年，整整一冬他屋里根本没生炉子，并且断言，这样甚至更为愉快，因为屋里冷，睡得就更香甜。目前他也不得不暂时中断学业，离开大学，但辍学不会太久，他正竭尽全力设法改善经济状况，好继续求学。拉斯科利尼科夫已经有将近四个月没去他那儿了，拉祖米欣甚至不知道他住在哪里。有一次，大约两个月以前，他们曾在街上不期而遇，但是拉斯科利尼科夫不理睬他，甚至走到马路对面去，以免让他看见。拉祖米欣虽然看到了他，可是从一旁走了过去，不愿意打搅朋友。

五

“真的，不久前我还曾想请拉祖米欣给我找点儿活干，请他或者让我去教书，或者随便给我找个什么别的工作……”拉斯科利尼科夫想起来了，“不过现在他能用什么办法帮助我呢？即使他给我找到教书的工作，即使他连自己最后的几个戈比也分给我一些，如果他手头有钱的话，那么我甚至可以买双靴子，把衣服弄得像样一些，好去教课……嗯……哼，可是以后呢？几个戈比，我能派什么用处？难道现在我只是需要弄几个钱来用吗？真的，我去找拉祖米欣，这真好笑……”

他为什么要去找拉祖米欣，现在这个问题搅得他心神不宁，甚至比他原来所想象的还要让他心烦意乱；他焦急地在这一似乎最平常的行动中寻找某种预兆不祥的含意。

“怎么，莫非我想仅仅靠拉祖米欣来解决所有问题，在拉祖米欣这儿为一切困难找到出路吗?”他惊讶地问自己。

他苦苦思索，还揉揉自己的前额，真是怪事，经过很长时间深思熟虑之后，不知怎的，仿佛无意之中，几乎是自然而然地，他的脑子里突然出现了一个很怪的想法。

“嗯……去找拉祖米欣。”他突然完全平静地说，仿佛已经做出最后的决定，“我要去找拉祖米欣，这当然……不过——不是现在……我要去找他……要在**那件事**以后第二天再去，在**那件事**已经办完，一切都走上新轨道的时候再去……”

他突然头脑清醒过来。

“在**那件事**以后，”他霍地从长椅子上站起来，大声说，“可难道**那件事**会发生吗？莫非真的会发生吗?”

他离开长椅子走了，几乎是跑着离开的。他想回转去，回家去，但他突然又对回家感到十分厌恶：这一切正是在那里，在那半间小屋里，在这个可怕的大橱里酝酿成熟的，酝酿成熟已经有一个多月了，于是他信步朝前走去。

他那神经质的战栗变成了热病发作的战栗，他甚至觉得一阵阵发冷，天这么热，他却觉得冷。由于内心的某种需要，他几乎无意识地、仿佛想努力注视迎面遇到的一切，似乎是竭力寻找什么能分散注意力的东西，但是这一点他几乎做不到，却不断陷入沉思。每当他浑身战栗着，又抬起头来环顾四周的时候，立刻就忘记了刚刚在想什么，甚至忘记了他刚刚走过的路。就这样，他走遍了瓦西利耶夫斯基岛，来到了小涅瓦河边，过了桥，转弯往群岛[①]走去。起初，绿荫和凉爽的空气使他疲倦的双眼，那双看惯城市里的灰尘、石灰、相互挤压的高大房屋的眼睛，倦意顿失，感到十分舒适。这儿既没有闷热的感觉，也没有刺鼻的恶臭，也没有小酒馆。但不久这些新鲜、愉快的感觉又变成了痛苦和惹人发怒的感觉。有时他在掩映在绿荫丛中的别墅前站住，往篱笆里面张望，远远看到，阳台和露台上有几个盛装的妇女，花园里有几个正在奔跑的孩子。特别吸引他注意的是那些鲜花；他看花总是看得最久。他也遇到过一些四轮马车，男女骑手；他用好奇的目光目送着他们，在他们从视野中消失之前，就又忘记了他们。有一次他站下来，数了数自己的钱，发现大约还有三十个戈比。"二十戈比给了警察，三戈比还给了娜斯塔西娅，那是她为那封信代付的钱……——这么说，昨天给了马尔梅拉多夫一家四十七戈比，要么是五十戈比。"他想，不知为什么这样计算着，但是不一会儿，甚至又忘了他把钱从口袋里掏出来是为了什么。路过一家像是小饭馆的饮食店时，他想起了钱，同时感觉到他想吃点儿东西。他走进小饭馆，喝了一杯伏特加，吃了一个不知是什么馅的馅饼。又到了路上，他才把馅饼吃完。他很久没喝伏特加了，虽然现在他只喝了一杯，但酒劲立刻就冲上来了。他的腿突然沉重起来，他强烈地感到想要睡觉。他往回家的路上走去，但已经走到了彼特罗夫斯基岛，他却感到疲惫不堪，于是站住了，离开道路，走进灌木

① 指涅瓦河中的群岛。夏天，陀思妥耶夫斯基喜欢在群岛上散步。

从，倒在草地上，立刻进入了梦乡。

一个处于病态中的人做梦，梦境往往异常清晰、鲜明，而且与现实极其相像。有时会出现一些非常可怕的情景，但同时梦境和梦的全过程却是那么真实可信，而且有一些那样巧妙、出人意料、然而与整个梦境又极其艺术地协调一致的细节，就连做梦者本人醒着的时候也想不出这样的情节，哪怕他是普希金或屠格涅夫那样的艺术家。这样的梦，这种病态的梦，总是让人好长时间不能忘却，并对那个病态的、已经十分紧张兴奋的人体产生强烈的印象。

拉斯科利尼科夫做了个可怕的梦。他梦见了自己的童年，还是在他们那个小城里。他只有六七岁，在一个节日的傍晚，他和自己的父亲一起在城外散步。天阴沉沉的，是闷热的一天，那地方和他记忆里保存的印象一模一样：他记忆中的印象甚至比现在他在梦中看到的景象模糊得多。小城宛如置于掌中，四周十分空旷，连一棵柳树都没有；遥远的远方，天边黑压压的，有一片小树林。离城边最后一片菜园几步远的地方有一家酒馆，这是家大酒馆，每当他和父亲出城散步，路过这家酒馆的时候，它总是会使他产生极不愉快的印象，甚至让他感到害怕。那里总是有那么一大群人，狂呼乱叫，哈哈大笑，高声谩骂，声音嘶哑地唱歌，根本唱不成调，还经常打架；常常有一些醉鬼和面貌很可怕的人在酒馆周围闲逛……一碰到他们，他就紧紧偎依在父亲身上，浑身发抖。酒馆旁有一条道路，一条乡村土路，总是尘土飞扬，而且路上的尘土总是那么黑。土路曲折蜿蜒，在三百步开外的地方，打右边绕过城市的墓地。墓地中间有一座绿色圆顶的石头教堂，每年有一两次，他要跟父母一起去教堂作弥撒，追荐已经去世很久、他从未见过的祖母。去做弥撒的时候，他们总是带着一盘蜜饭。

饭用一个白盘子盛着，再包上餐巾，蜜饭像糖一样甜，是用大米做的，还拿葡萄干嵌在饭上，做成个十字架的形状。他喜欢这座教堂和教堂里那些古老的圣像，圣像大部分都没有金属衣饰，他也喜欢那个脑袋颤颤巍巍的老神甫。祖母的坟上盖着石板，祖母坟旁还有座小坟，那是他小弟弟的坟墓，小弟弟生下来六个月就死了，他也根本不知道他，记不得了：可是大家都对他说，他有个小弟弟，每次他来墓地，都要按照宗教仪式，恭恭敬敬地对着那座小坟画十字，向它鞠躬行礼，还要吻吻它。他梦见：他和父亲顺着那条路去墓地，从那家酒馆旁边经过；他拉着父亲的手，恐惧地回头望望酒馆。一个特殊的景象吸引了他的注意力：这一次这儿好像是在举办游园会，一群打扮得漂漂亮亮的城市妇女，乡下女人，她们的丈夫，还有形形色色偶然聚集在这里的人。大家都喝醉了，大家都在唱歌，酒馆的台阶旁停着一辆大车，不过是一辆奇怪的大车。这是一辆通常套着拉车的高头大马的大车，这种大车通常是用来运送货物和酒桶的。他总是喜欢看这些拉车的高头大马，它们的鬃毛很长，腿很粗，迈着匀称的步子，走起来不慌不忙，拉着的货物堆积如山，它们却一点儿也不吃力，似乎拉着车反倒比不拉车还轻松。可现在，真是怪事，这么大的一辆大车上套着的却是一匹庄稼人养的、又瘦又小、黄毛黑鬃的驽马，他常常看到，像这样的马有时拼命用力拉着满载木柴或干草的高大的大车，尤其是当大车陷进泥泞或车辙里的时候，庄稼人总是用鞭子狠狠地抽它，打得那么痛，有时鞭子劈头盖脸地打下来，甚至打到它的眼睛上，他那么同情、那么怜悯地看着这可怕的景象，几乎要哭出来，这时妈妈总是拉着他离开小窗子。但是突然人声嘈杂，吵吵嚷嚷：从酒馆里出来一些喝得酩酊大醉、身材高大的庄稼汉，他们穿着红色和蓝色的衬衫，披着厚呢上衣，高声叫嚷着，唱着歌，还弹着三弦琴。“坐上去，大家都坐上去！”有一个叫喊着，他还年轻，脖子那么粗，一张红通通的胖脸，红得像胡萝卜，“我送大家回去，上车吧！”但是立刻爆发了一阵哄笑和惊叫声：

“这样一匹不中用的马会拉得动?”

“米科尔卡，你疯了：把这么小一匹小母马套到这么大一辆大车上！”

“这匹黄毛黑鬃马准能活二十年，弟兄们！”

“坐上来吧，我送大家回家！”米科尔卡又高声叫嚷，说着头一个跳上大车，拉起缰绳，站在大车的前部，“那匹枣红马不久前让马特维牵走了，”他在车上叫喊，“可这匹母马，弟兄们，只是让我伤心：真想打死它，白吃粮食。我说，坐上来吧！我要让它快跑！它会跑得像飞一样！”说着他拿起鞭子，满心欢喜地准备鞭打那匹黄毛黑鬃马。

“嘿，上车吧，干吗不上啊！”人群中有人在哈哈大笑。

“听到了吗，它会飞跑呢！”

“它大概有十年没跑了吧。”

“它跳起来了！”

“别可怜它，弟兄们，每人拿条鞭子，准备好！”

“对呀！抽它！”

大家哈哈大笑着，说着俏皮话，全都爬上米科尔卡的大车。上去了五六个人，还可以再坐几个。把一个面色红润的胖女人也拖到了车上。她穿一身红布衣裳，戴一顶饰有小玻璃珠的双角帽子，脚上穿一双厚靴子，嘴里嗑着核桃，不时嘻嘻地笑着。四周的人群也在嬉笑，而且说实在的，怎么能不笑呢：这么瘦弱的一匹母马，拉着这么重的一辆大车，还要飞跑！车上有两个小伙子立刻一人拿了一条鞭子，好帮着米科尔卡赶车。只听一声喊：“驾！”小母马拼命用力拉动了大车，可是不仅不能飞跑，就连迈步都几乎迈不开，只能一小步一小步地往前挪，呼哧呼哧地喘着气，被雨点般落到它身上的三条鞭子抽得四条腿直打弯。大车上和人群中的笑声更响了，可是米科尔卡发起火来，怒气冲冲地鞭打母马，鞭子不停地落下去，越来越快，好像他当真认为，这匹马准会飞也似的奔跑。

“让我也上去，弟兄们！”人群中有个也想上去寻开心的小伙子大声喊。

“上来吧！大家都坐上来！”米科尔卡高声叫嚷，“大家都上来，它也拉得动。我打死它！”他一鞭又一鞭，起劲地抽打着，气得发狂，都不知要拿什么打它才觉得解气了。

“爸爸，爸爸，”拉斯科利尼科夫对父亲叫喊，“爸爸，他们干什么呀！爸爸，他们在打可怜的马！”

“咱们走吧，走吧！”父亲说，“是些醉鬼，在胡闹，他们都是傻瓜。咱们走，别看了！”说着想要领他走开，可是他挣脱了父亲的手，无法控制自己，向那匹马跑去。但是可怜的马已经快不行了。它气喘吁吁，站住，又猛一拉，几乎跌倒在地上。

“往死里打！”米科尔卡叫嚷，“非打不可。我打死它！”

“难道你丧尽天良了吗，恶魔！”人群中有个老头儿大声喊。

“哪儿见过这样的事，让这么瘦的小马拉这么重的车。”另一个补上一句。

“会把它累死的！”第三个高声叫嚷。

“别多管闲事！马是我的！我想怎么着，就怎么着。再上来几个！大家都上车！我一定要叫它飞跑……”

突然爆发了一阵连续不断的笑声，压倒了一切：小母马受不了越抽越快的鞭打，无能为力地尥起蹶子来了。就连那个老头儿也忍不住笑了。真的：这么一匹瘦弱的母马还会尥蹶子！

人群中的两个小伙子又一人拿了一条鞭子，跑到那马跟前，从两边抽它。他们各人从自己那一边跑过去。

“抽它的脸，抽它的眼，照准眼睛抽！”米科尔卡叫喊。

“唱起来吧，弟兄们！”有人从大车上喊，车上的人全都随声附和。唱起一首豪放欢快的歌，铃鼓叮叮当当地响，唱叠句的时候，有人在吹口哨，那个女人嗑着核桃，在嘿嘿地笑。

……拉斯科利尼科夫在那匹马旁边奔跑，他跑到前面去，看到人们怎样抽打它的眼睛，照准它的眼睛猛抽！他哭了。他的心剧烈地跳动，泪如泉涌。打马的人中有一个用鞭子碰到了他的脸，他一点儿也感觉不到，他难过极了，大声叫喊着，向那个摇着头谴责这一切的、须发苍白的老头儿跑去。一个女人拉住他的手，想要领他走开，但是他挣脱出来，又跑到马跟前去。那马已经作了最后的努力，不过又尥起蹶子来了。

“见它妈的鬼去吧！”米科尔卡狂怒地叫喊。他丢掉鞭子，弯下腰，从大车底部拖出一根又长又粗的辕木，用两只手抓住它的一头，用力在那匹黄毛黑鬃马的头上挥舞着。

“会把它打死的！”周围的人大声喊。

“会打死的！”

“是我的马！”米科尔卡叫喊，说着抡起辕木打了下去。听到沉重的一击声。

“揍它，揍它！干吗不打了？”人群中许多声音在喊。

米科尔卡又抡起辕木，又是沉重的一击，打到那匹倒霉的驽马的背上。马的屁股坐下去了，但是它又跳起来，猛一拉，用尽最后一点儿力气，一会儿往左，一会儿往右，拼命想拉动大车；但四面八方六条鞭子一齐向它打来，那根辕木又高高举起，第三次落到它的身上，然后是第四次，有节奏地用力猛打下来，因为不能一下就把它打死，米科尔卡气得发狂。

“还不容易死呢！”周围一片叫喊声。

“这就要倒下去了，准没错儿，弟兄们，它这就要完蛋了！”

人群中一个爱看热闹的高声说。

“干吗不给它一斧子？一斧子就能结果它的性命！”第三个大声喊。

“哼，别指手画脚了！闪开！”米科尔卡发疯似的大喊一声，丢掉辕木，又朝大车弯下腰去，推出一根铁棒来。“当心！”他大喊一声，使出全身力气，抡起铁棒，朝那匹可怜的马猛打过去。一棒打下去，只听到咔嚓一声响，母马摇摇晃晃，倒下去了。本来它还想再用力拉车，但铁棒又猛打到它的背上，于是它倒在地上，仿佛一下子把它的四条腿全砍断了。

“打死它！”米科尔卡大声喊，他好像控制不住自己，从大车上跳了下来。几个也是满脸通红、喝得醉醺醺的小伙子随手抓起鞭子、棍棒、辕木，朝那匹奄奄一息的母马跑去。米科尔卡站到一边，抡起铁棒狠狠地打它的背脊。马伸着脑袋，痛苦地长长吁了一口气，慢慢断了气。

“打死了！”人群中许多人喊。

“谁叫它不跑呢！”

“是我的马！”米科尔卡手持铁棒，两眼充血，高声大喊。他站在那儿，仿佛因为已经再也没有什么可打而感到遗憾。

“唉，这么说，你当真是丧尽天良了！”人群中已经有许多声音在大声叫喊。

但可怜的孩子已经无法控制自己。他高声叫喊着，从人丛中挤进去，冲到那匹黄毛黑鬃马前，抱住鲜血淋漓、已经死了的马脸，吻它，吻它的眼睛，吻它的嘴唇……随后他突然跳起来，发疯似的攥着两只小拳头朝米科尔卡扑了过去。就在这一瞬间，已经追了他好久的父亲一把抓住他，终于把他拉出了人群。

“咱们走吧！走吧！”父亲对他说，“咱们回家吧！”

“爸爸！他们为什么……把可怜的马……打死了！”他抽抽搭搭地说，但是他喘不过气来，他的话变成了叫喊，从他憋得难受的胸膛里冲了出来。

“是些醉鬼，他们在胡闹，不关我们的事，咱们走吧！”父亲说。他双手抱住父亲，但是他的胸部感到气闷，憋得难受。他想喘一口气，大喊一声，于是醒了。

他醒来时浑身是汗，头发也给汗水浸得湿淋淋的，他气喘吁吁，恐惧地欠起身来。

“谢天谢地，这只不过是一个梦，”他说，说着坐到树下，深深地喘了口气，“不过这是怎么回事？我是不是发烧了：做了一个这么岂有此理的梦！”

他全身仿佛散了架，心烦意乱，郁郁不乐。他把胳膊肘放到膝盖上，用双手托住自己的头。

“天哪！”他突然大喊一声，“难道，难道我真的会拿起斧头，照准脑袋砍下去，砍碎她的头盖骨……会在一摊黏搭搭、热乎乎的鲜血上滑得站不住脚，会去撬锁、偷窃，吓得发抖吗？难道我会浑身溅满鲜血，去躲藏起来……还拿着斧头……上帝啊，难道真会这样吗？”

他说这些话的时候，抖得像一片树叶。

“我这是怎么了!”他继续想，更往下低下头，仿佛十分惊讶，“因为我知道，这我可受不了，那么为什么直到现在我一直在折磨自己呢？要知道，还在昨天，昨天，当我去进行这次……试探的时候，要知道，昨天我就完全明白了，我受不了……那我为什么现在还要想它呢？为什么直到现在我还犹豫不决呢？不是吗，还在昨天下楼梯的时候，我就说过，这是肮脏的、卑污的、恶劣的、恶劣的……要知道，清醒的时候，单是这么想一想，我就感到恶心，感到恐惧……”

“不，我绝受不了，绝受不了！即使，即使所有这些计算都毫无疑问，即使这个月以来所决定的一切都像白昼一般清楚，像算术一样准确。上帝啊！要知道，反正我还是下不了决心！要知道，我准受不了，准受不了！……为什么，为什么直到现在……”

他站起来，惊异地环顾四周，仿佛连他来到这里也让他感到惊讶，于是他走上了T桥。他面色苍白，两眼发光，四肢疲惫无力，可是他突然感到呼吸好像轻松了些。他觉得已经丢掉了压在他身上这么久的可怕的重担，他心里突然感到轻松、宁静。“上帝啊!”他祷告说，“请把我的路指给我吧，我要放弃这该死的……我的梦想!”

过桥时他心情平静、悠然自得地望着涅瓦河，望着鲜红的落日撒在空中的鲜红的晚霞。别看他很虚弱，但他甚至没感到疲倦。仿佛一个月来一直在他心里化脓的那个脓疮突然破了。自由！自由！现在他摆脱了这些妖术、魔法、诱惑和魔力，现在他自由了！

后来，每当他想起这时的情况，每当他一分钟一分钟、一点儿一点儿地回忆这些天来所发生的一切的时候，有一个情况总是让他感到吃惊，甚至惊讶到了迷信的程度，虽然实际上这情况并不十分特殊，但后来他却老是觉得，好像这是他命中注定的。这就是：他怎么也弄不懂，而且无法解释，他已经很累了，疲惫不堪，对他来说，最好是走一条最近的直路回家，可是为什么他却要穿过干草广场回去，而去干草广场完全是多余的。绕的弯不算大，但显然完全没有必要。当然啦，他回家时记不得自己所走的路，这样的事已经发生过几十次了。但是，为什么呢？他常常问，那次在干草广场上（他甚至用不着经过那里）的相遇，那次对他如此重要、如此具有决定意义、同时又是那样纯属偶然的相遇，为什么不早不迟，恰恰是现在，在他一生中的那个时刻、那一分钟发生？而且恰恰是在他正处于那种心情、那种情况之下的时候？而只有在这种情况下，它，那次相遇才会对他一生的命运产生最具有决定意义、举足轻重的影响。仿佛那次相遇是故意在那儿等着他似的！

他经过干草广场的时候，大约是九点钟左右。所有摆摊的、顶着托盘的小贩，还有在大小铺子里做生意的商贩，全都关上店门，或者收拾起自己的货物，像他们的顾客一样，各自回家了。开设在底层的那些饭馆附近，还有干草广场上一幢幢房子的那些又脏又臭的院子里，特别是那些小酒馆旁边，聚集着许多形形色色、各行各业的手艺人和衣衫褴褛的人。拉斯科利尼科夫毫无目的地出来闲逛的时候，多半喜欢来这些地方，也喜欢到附近几条胡同里去。在这些地方，他的破衣服不会招来任何人高傲蔑视的目光，可以爱穿什么就穿什么，而不会惹恼别人。在K胡同口一个角落里，一个小市民和一个女人，他的妻子，摆着两张桌子在做生意，卖的是线、带子、印花布头巾，以及诸如此类的东西。他们也打算回家了，可是因为和一个走过来的熟人闲聊，所以就耽搁了一会儿。这熟人是莉扎薇塔·伊万诺芙娜，或者跟大家一样，就叫她莉扎薇塔，就是那个十四等文官的太太、放高利贷的老太婆阿廖娜·伊万诺芙娜的妹妹，昨天拉斯科利尼科夫才去过老太婆那儿，用一块表作抵押跟她借钱……而且是去进行试探……他早已了解这个莉扎薇塔的一切情况；就连她，也有点儿认识他。这是个高个子、迟钝、胆小、性情温和的老姑娘，差不多是个白痴，三十五岁，完全是她姐姐的奴隶，整天整夜给姐姐干活，在姐姐面前会吓得浑身发抖，甚至常挨姐姐的打。她拿着个包袱，若有所思地站在那个小市民和他老婆跟前，留心听他们说话。那两个正特别热心地向她解释什么。拉斯科利尼科夫突然看到她的时候，一种奇怪的感觉，仿佛是十分惊讶的感觉，一下子支配了他，虽说遇到她并没有任何可以惊讶的地方。

“莉扎薇塔·伊万诺芙娜，您可以自己做主嘛，”小市民高声说，“您明儿个来，六点多钟。他们也会来的。”

“明儿个？”莉扎薇塔拖长声音、若有所思地说，好像拿不定主意。

“唉，准是阿廖娜·伊万诺芙娜吓唬您了！”商贩的妻子，一个机智果断的女人，像爆豆似的不停地说，“我看您完全像个小孩子。她又不是您亲姐姐，跟您不是一个妈，可样样都让您听她的。”

“是嘛，这一次您跟阿廖娜·伊万诺芙娜什么也别说，”丈夫打断了她的话，“我给您出个主意，不用她同意，您就来我们这儿。这是件有好处的事儿。以后您姐姐也会明白的。”

“那您来吗？”

“六点多钟，明天；他们也会来的；您自己决定好了。”

“我们还要生上茶炊，请你们喝茶呢。”妻子补上一句。

“好吧，我来。”莉扎薇塔说，可一直还在犹豫不决，说罢慢慢地走了。

拉斯科利尼科夫这时已经走过去了，再也听不见他们的谈话。他轻轻地、悄悄地走了过去，竭力不听漏他们的每一句话。他最初感到的惊讶渐渐变成了恐惧，仿佛有一股冷气掠过他的背脊。他得知，突然意想不到地、完全出乎意外地得知，明天，晚上七点整，莉扎薇塔，老太婆的妹妹，也就是和她住在一起的唯一的一个人，不在家，可见晚上七点整只有老太婆独自一人待在家里。

离他的住所只剩几步路了。他像一个被判处死刑的人走进自己屋里。他什么也没思考，而且也完全丧失了思考力；但是他突然以全身心感觉到，他再也没有思考的自由，再也没有意志，一切突然都最后决定了。

当然啦，他心中有个计划，即使他曾整年整年等待一个适当的时机，也不可能期望会有比目前突然出现的机会更好，能更顺利地实现这一计划的时机了。无论如何，很难在头天晚上确切得知，而且尽可能了解得准确无误，尽可能少冒险，不必一再冒险去打听和调查，就能确知，明天，某时某刻，打算去谋害的那个老太婆只有独自一人在家。

六

后来拉斯科利尼科夫有机会得知，那个小市民和他老婆究竟是为什么叫莉扎薇塔上他们那儿去。事情很平常，并没有任何特殊情况。有一家外地来的人家，家境败落，要卖掉旧东西、衣服等等，全都是女人用的。因为在市场上卖不合算，所以要找个代卖东西的女小贩，而莉扎薇塔正是干这一行的：她给人代卖东西，拿点儿佣金，走东家串西家地跑生意，而且经验丰富，因为她为人诚实，不讨价还价：她说个什么价，就照这个价钱成交。

一般说，她话不多，而且就像已经说过的，她又挺和气，胆子也小……

可是最近一段时间，拉斯科利尼科夫变得迷信起来。过了很久以后，他身上还留有迷信的痕迹，几乎是不可磨灭了。后来他总是倾向于认为，在整个这件事情上，似乎有某种奇怪和神秘的东西，仿佛有某些特殊的影响和巧合。还在去年冬天，他认识的一个大学生波科列夫要去哈尔科夫的时候，有一次在谈话中把老太婆阿廖娜·伊万诺芙娜的地址告诉了他，以备他如有急需，要去抵押什么东西。很久他都没去找她，因为他在教课，生活还勉强能够过得去。一个半月以前他想起了这个地址；他有两样可以拿去抵押的东西：父亲的一块旧银表和一枚镶着三颗红宝石的小金戒指，这是妹妹在临别时送给他作纪念的。他决定拿戒指去。找到老太婆以后，虽然还不了解她为人有什么特殊的地方，但第一眼看上去，就对她有一种无法克服的厌恶情绪，从她那里拿了两张"一卢布的票子"，顺路去一家很蹩脚的小饭馆吃东西。他要了一杯茶，坐下来，陷入沉思。就像小鸡要破壳而出那样，他的脑子里忽然出现一个奇怪的想法，这想法使他非常、非常感兴趣。

几乎紧挨着他，另一张小桌旁坐着一个大学生和一个年轻军官，他根本不认识这个大学生，也不记得以前见过他。大学生和军官打了一盘台球，然后坐下来喝茶。突然他听到大学生对军官谈起那个放高利贷的阿廖娜·伊万诺芙娜，说她是十四等文官的太太，还把她的地址告诉了他。单单是这一点就让拉斯科利尼科夫觉得有点儿奇怪了：他刚刚从她那儿来，恰好这里就在谈论她。当然，这是巧合，然而这时他正无法摆脱一个极不寻常的印象，而这里恰好有人仿佛是在讨好他：那个大学生突然把这个阿廖娜·伊万诺芙娜各方面的详细情况都讲给他的朋友听。

“她这个人挺有用，”他说，“总是能从她那儿弄到钱。她很有钱，就跟犹太人一样，可以一下子借出去五千卢布，不过，就是只值一卢布的抵押品，她也不嫌弃。我们有很多人去过她那儿。不过她是个坏透了的缺德鬼……”

于是他开始叙述，她是多么狠心，反复无常，只要抵押品过期一天，这件东西就算完了。她借给的钱只有抵押品价值的四分之一，却要收取百分之五、甚至百分之七的月息，等等。大学生滔滔不绝地说个不停，还告诉那个军官，除此而外，老太婆有个妹妹，叫莉扎薇塔，这个矮小可恶的老太婆经常打她，完全拿她当奴隶使唤，当她是个小孩子，可是莉扎薇塔至少有两俄尺八俄寸高……

“不是吗，这也是十分罕见的现象啊！”大学生提高声调说，并且哈哈大笑起来。

他们又谈起莉扎薇塔来了。谈论她的时候，大学生特别高兴，而且一直在笑，那军官很感兴趣地听着，还请大学生让这个莉扎薇塔到他那里去，给他补内衣。拉斯科利尼科夫连一句话也没听漏，一下子就了解到了一切：莉扎薇塔，是老太婆的异母妹妹，她已经三十五岁了。她白天夜里都给姐姐干活，在家里既是厨娘，又是洗衣妇，除此而外，还做针钱活儿拿出去卖，甚至去给人家擦地板，挣来的钱全都交给姐姐。不经老太婆允许，她不敢自作主张接受任何定做的东西或替人家干活。老太婆已经立下遗嘱，莉扎薇塔自己也知道，根据遗嘱，除了一些动产、椅子以及诸如此类的东西，她连一个钱也得不到；所有的钱都指定捐献给H省的一座修道院，作为永久追荐她亡魂的经费。莉扎薇塔是个普通市民，而不是官太太，她没出嫁，长得不好看，身体的各部分极不相称，个子高得出奇，一双很长的外八字脚，总是穿一双破羊皮鞋，可是挺爱干净。使大学生感到惊奇和好笑的，主要是莉扎薇塔经常怀孕……

“你不是说她是个丑八怪吗?”军官说。

“不错，她皮肤那么黑，真像是个男扮女装的士兵，不过，你要知道，她可根本不是丑八怪。她的脸和眼睛那么善良，甚至是非常善良。证据就是——许多人都喜欢她。她是那么安详、温顺、唯命是从，很随和，什么她都同意。她笑起来甚至还挺好看呢。”

“这么说你也喜欢她了，不是吗?”军官笑了起来。

“由于她怪。不，我要告诉你一件事。我真想杀了这个该死的老太婆，抢走她的钱，请你相信，我一点儿也不会感到良心的谴责。”大学生激动地又加上了一句。

军官又哈哈大笑起来。拉斯科利尼科夫却不由得战栗了一下。这多么奇怪!

“对不起，我要向你提一个严肃的问题，”大学生激动起来，“当然，刚才我是开玩笑，不过你看：一方面是个毫无用处、毫无价值、愚蠢凶恶而且有病的老太婆，谁也不需要她，恰恰相反，她对大家都有害，她自己也不知道她为什么活着，而且要不了多久，老太婆自己就会死掉。你明白我的意思吗？明白吗?”

“嗯，我明白。”军官凝神注视着情绪激动的大学生，回答说。

“你听我说下去。另一方面，一些年轻的新生力量，由于得不到帮助，以致陷入绝境，这样的人成千上万，到处都是！千百件好事和创举，可以用注定要让修道院白白拿去的、老太婆的那些钱来兴办，并使之得到改善！成千上万的人也许能走上正路；几十个家庭也许会免于贫困、离散、死亡、堕落，不致给送进性病医院——而这一切都可以用她的钱来办。杀死她，拿走她的钱，为的是日后用这些钱献身于为全人类服务、为大众谋福利的事业：做千万件好事，能不能赎一桩微不足道的小罪，使罪行得到赦免，你认为呢？牺牲一个人的性命，成千上万人就可以得救，不致受苦受难，不致妻离子散。一个人的死换来百人的生——这不就是数学嘛！再说，以公共利益来衡量，这个害肺病的、愚蠢凶恶的老太婆的生命又有什么意义呢？不过像只虱子，或者蟑螂罢了，而且还不如它们呢，因为老太婆活着是有害的。她吸别人的血，她吃人：前两天她还满怀仇恨地咬了莉扎薇塔的手指头，差点儿给咬断了！"

"当然啦，她不配活着，"军官说，"不过，要知道，这是天意。"

"唉，老兄，要知道，天意也可以改正，可以引导，不然就会陷入偏见。不然的话，那就连一个伟人也不会有了。大家都说：'责任，良心'，我绝不反对责任和良心，不过，我们是怎样理解责任和良心的呢？别忙，我再向你提一个问题。你听着！"

"不，你先别忙，我向你提个问题。你听着！"

"好，提吧！"

"嗯，现在你大发议论，夸夸其谈，可是请你告诉我：你会亲自去杀死这个老太婆吗，还是不会呢？"

"当然不会！我是为了正义……但这不是我的事……"

"可照我看，既然你自己下不了决心，那么这就谈不上什么正义！走，咱们再去打盘台球吧！"

拉斯科利尼科夫心情异常激动。当然，这些话全都是最普通和最常听到的，他已经听到过不止一次了，只不过是用另外的形式表达出来，谈的也是另外一些话题，都是青年的议论和想法。但为什么恰恰是现在，他自己头脑里刚刚产生了……完全一模一样的想法，他就恰好听到了这样的谈话和这样的想法？而且为什么恰巧是在这个时候，他从老太婆那儿出来，刚刚产生了这个想法，恰好就听到了关于这个老太婆的谈话？……他总觉得，这种巧合是很奇怪的。在事情的继续发展中，小饭馆里这场毫无意义的谈话竟对他产生了极不寻常的影响：仿佛这儿真的有什么定数和上天的指示似的……

从干草广场回来以后，他急忙坐到沙发上，一动不动地坐了整整一个小时。这时天已经黑了，他没有蜡烛，而且根本就没产生点蜡烛的想法。他始终想不起来：那时候他是不是想过什么？最后，他感觉到不久前发作过的热病又发作了，在打冷战，于是怀着喜悦的心情想，可以在沙发上躺下了。不久强烈的睡意袭来，像铅一般沉重，压到了他的身上。

他睡的时间异常久，而且没有做梦。第二天早晨十点钟走进屋里来的娜斯塔西娅好不容易才叫醒了他。她给他送来了茶和面包。茶又是喝过后兑了水冲淡了的，而且又是盛在她自己的茶壶里。

“瞧你睡得这么熟！”她气呼呼地叫嚷，“他老是睡！”

他努力欠起身来。他头痛，他本来已经站起来了，在他这间小屋里转了个身，又一头倒在沙发上。

“又睡！”娜斯塔西娅大声喊，“你病了，还是怎么的？”

他什么也没回答。

“要喝茶吗？”

“以后再喝。”他又合上眼，翻身对着墙壁，努力说了这么一句。娜斯塔西娅在他旁边站了一会儿。

“也许真的病了。”她说，于是转身走了。

下午两点她又进来了，端来了汤。他还像不久前那样躺着。茶放在那儿，没有动过。娜斯塔西娅甚至见怪了，恼怒地推他。

“干吗老是睡!”她厌恶地瞅着他，高声叫喊。他欠起身，坐起来，可是什么也没对她说，眼睛看着地下。

“是不是病了?”娜斯塔西娅问，又没得到回答。

“你哪怕出去走走也好哇，”她沉默了一会儿，说，“哪怕去吹吹风也好。要吃点儿东西吗?”

“以后再吃，”他有气无力地说，“你走吧!”说着挥了挥手。

她又站了一会儿，同情地瞅了瞅他，就出去了。

过了几分钟，他抬起眼来，好长时间看着茶和汤。然后拿起面包，拿起汤匙，开始喝汤。

他吃了不多一点儿，没有胃口，只吃了三四汤匙，仿佛是不知不觉吃进去的。头痛稍减轻了些。吃过午饭，他又伸直身子躺到沙发上，可是已经睡不着了，而是脸朝下埋在枕头里，一动不动地趴在沙发上。各种各样的幻想，出现在他的头脑里，都是一些稀奇古怪的幻想：他经常梦想的是，在非洲的某个地方，在埃及，在一片绿洲上。商队在休息，骆驼都安安静静地躺着，四周棕榈环绕，大家正在用餐。他却一直在喝水，径直从小溪里舀水喝，小溪就在身旁潺潺地流着。那么凉爽，不可思议、奇妙无比、清凉的淡蓝色溪水流过五彩斑斓的石头，流过那么干净、金光闪闪的细沙……突然他清清楚楚听到了当当的钟声。他战栗了一下，清醒过来，微微抬起头朝窗子望了望，揣测现在是什么时候。突然他完全清醒了，一下子跳起来，就像是有人把他从沙发上揪了下来。他踮着脚尖走到门前，轻轻地把门打开一条缝，侧耳倾听楼下的动静。他的心在狂跳，跳得可怕。但楼梯上静悄悄的，好像大家都已经睡了……他觉得奇怪和不可思议：他竟能从昨天起就这么迷迷糊糊一直睡到现在，还什么都没做，什么也没准备好……而这时候大概已经打过六点了……睡意和昏昏沉沉的感觉已经消失，代替它们突然控制了他的，是一阵异常狂热、又有些惊慌失措的忙乱。不过要准备的事情并不多。他集中注意力，尽量把一切都考虑到，什么也不要忘记；而心一直在狂跳，跳得这么厉害，连呼吸都感到困难了。第一，得做个环扣，把它缝到大衣上——这只要一分钟就够了。他伸手到枕头底下摸了摸，从胡乱塞在枕头下的几件内衣中摸到一件已经破旧不堪、没洗过的衬衫。他从这件破衬衫上撕下一条一俄寸宽、八俄寸长的破布，再把这条破布对折起来，从身上脱下那件宽大、结实、用一种厚布做成的夏季大衣（他唯一的一件外衣），动手把布条的两端缝在大衣里子的左腋下面。缝的时候，他两手发抖，但是尽力克制住，缝上以后，又把大衣穿上，从外面什么也看不出来。针和线他早就准备好了，用纸包着，放在小桌子上。至于那个环扣，这是他自己很巧妙的发明：环扣是用来挂斧头的。拿着斧头在街上走当然不行。如果把斧头藏在大衣底下，还是得用手扶着它，那就会让人看出来。现在有了环扣，只要把斧头挂进环扣里，斧头就会一路上稳稳地挂在里面，挂在腋下。把一只手伸进大衣侧面的衣袋里，就能扶着斧柄，以免它晃来晃去；因为大衣很宽大，真像条口袋，所以从外面看不出他隔着衣袋用手扶着什么东西。这个环扣也是他在两星期前就想好了的。

缝好了环扣，他把几根手指伸进他的“土耳其式”沙发与地板之间的窄缝里，在靠左边的角落摸索了一阵，掏出早已准备好、藏在那里的那件抵押品。不过这根本不是什么抵押品，只不过是一块刨光的小木板，大小和厚薄很像个银烟盒。这块小木板是他一次出去散步时，在一个院子里偶然拾到的，那院子的厢房里不知有个什么作坊。后来他又给这块小木板加上了一片光滑的薄铁片——大概是从什么东西上拆下来的破铁片——也是那时候从街上拾来的。他把小木板和铁片叠放在一起，铁片比木板小些，他用线十字交叉把它们牢牢捆在一起；然后用一张干净的白纸把它们整整齐齐、十分考究地包上，再扎起来，扎得很不容易解开。这是为了在老太婆解结的时候分散她的注意力，这样就可以利用这一短暂的时间了。加上铁片，是为了增加重量，让老太婆至少在头一分钟不致猜到，这“玩意儿”是木头的。这一切都暂时藏在他的沙发底下。他刚把抵押品拿出来，突然院子里什么地方有人大声喊：

“早就过六点了！”

“早就过了！我的天哪！”

他冲到门口，侧耳谛听，一把抓起帽子，像只猫一样，小心翼翼，悄无声息地走下一共有十三级的楼梯。现在他必须去做的是一件最重要的事情——从厨房里偷一把斧头。干这件事得用斧头，这是他早已决定了的。他还有一把花园里修枝用的折刀，但是他不能指望用折刀去干这件事，尤其不能指望自己会有那么大的力气，因此最后决定要用斧头。顺便指出，在这件事情上，他已经做出的一切最终决定都有一个特点：决定越是已经最终确定下来，在他看来就越觉得它们荒谬，不合理。尽管他一直在进行痛苦的内心斗争，但是在这段时间里，他却始终不能确信自己的计划是可以实现的。

即使他的确已经把一切，直到最后一个细节，都详细研究过，而且作出了最后决定，再也没有任何怀疑了——可现在似乎他还是会像放弃一件荒谬、骇人听闻、不可能实现的事情一样，放弃这一计划。而实际上尚未解决的难题和疑问还多得不计其数。至于上哪儿去弄斧头，这件微不足道的小事却丝毫也不让他担心，因为这再容易不过了。是这么回事：娜斯塔西娅经常不在家，特别是晚上，她要么去邻居家串门，要么上小铺里去买东西，厨房门却总是敞着。就是为此，女房东常跟她吵架。那么到时候只要悄悄溜进厨房，拿了斧头，然后，过一个钟头（等一切都已经办完以后），再溜进去，放回原处就行了。不过还是有些疑问：就假定说，过一个钟头他就回来，把斧头放回去吧，可是万一娜斯塔西娅突然回来了呢。当然啦，得从门旁走过去，等她再出去。可是万一这时候她发现斧头不见了，动手寻找，大声嚷嚷起来呢——那可就要引起怀疑，或者至少也是件会引起猜疑的事。

不过这还都是些他没开始考虑、也没时间考虑的小事。他考虑的是主要问题，至于那些小事，留待以后，等他自己对一切都已深信不疑的时候再说。但要对一切深信不疑，这似乎是根本不可能实现的。至少他自己觉得是这样。例如，他无论如何也不能设想，有朝一日他会结束考虑，站起来，真的上那里去……就连不久前他做的那次试探（也就是为了最后察看那个地方而做的访问），他也只不过是去试探一下而已，而远不是当真的，而是这样："让我"，他这样对自己说，"让我去试试看吧，干吗只是幻想呢！"——可是他立刻感到受不了了，十分痛恨自己，唾弃这一切，并逃之夭夭。然而，以道德观点来看，是否允许做这样的事，就这方面的问题所做的一切分析却已经结束了：诡辩犹如剃刀一般锋利，论据丝毫不容反驳，他自己已经没有有意识的反对意见了。但是尽管如此，他还是简直不相信自己，并执拗地、盲目地试探着从各方面寻找反驳的理由，仿佛有人强迫他、诱使他去这么做。最后一天来得这么突然，一切好像一下子都决定了，这一天几乎完全是在机械地影响他：仿佛有人拉住他的手，无法抗拒地、盲目地、以一种超自然的力量不容反对地拉着他跟随着自己。就好像他衣服的一角让车轮轧住，连他也给拖到火车底下去了。

最初——不过，已经是很久以前了——有一个问题使他很感兴趣：为什么几乎一切罪行都这么容易被发觉和败露，而且几乎所有罪犯都会留下如此明显的痕迹？他逐渐得出各种各样很有意思的结论，照他看来，最主要的原因与其说在于掩盖罪行，实际上是不可能的，不如说在于犯罪者本人；罪犯本人，而且几乎是每一个罪犯，在犯罪的那一瞬间都会意志衰退，丧失理智，正是在最需要理智和谨慎的那一瞬间，幼稚和罕见的轻率却偏偏取代了意志和理智。根据他的这一信念，可以得出结论：这种一时糊涂和意志衰退犹如疾病一般控制着人，渐渐发展，到犯罪的不久前达到顶点；在犯罪的那一瞬间以及此后若干时间内，仍然保持这种状态不变。至于这会持续多久，就要看各人的情况了，以后也会像各种疾病一样消失。问题是：是疾病产生犯罪呢，还是犯罪本身，由于它的特殊性质，总是伴随着某种类似疾病的现象？他尚未感觉到自己能解决这个问题。

得出这样的结论以后，他断定：他本人在这件事情上，不可能发生这一类病态心理变化，在实行这一经过深思熟虑的计划时，他绝不会失去理智和意志，而这仅仅是因为，他所筹划的——“不是犯罪”……使他得以做出最终决定的整个过程，我们就略而不谈了吧；就是不谈这些，我们也已经扯得太远了……我们只补充一点，这件事情中那些实际的、纯粹技术性的困难，在他的头脑里只起最次要的作用。“只要对这些困难保持清醒的头脑和意志，到时候——到必须了解一切细节，了解事情的一切微妙之处的时候，一切困难都会克服的……”但事情并未开始。他一直完全不相信自己的最后决定，而当时候到了，却一切都不是那么一回事，不知怎的，似乎那么突然，甚至几乎是出乎意料。

他还没下完楼梯，一个最微不足道的意外情况就使他束手无策、不知所措了。他走到和往常一样总是敞着的、女房东的厨房门前，小心翼翼地往厨房里瞟了一眼，想事先看清：娜斯塔西娅不在的时候，女房东本人是不是在那儿？如果她不在厨房里，那么她的房门是不是关好了？以免他进去拿斧头的时候，她从自己屋里朝外张望，恰好看见。但是当他突然看到，这一次娜斯塔西娅不但在家，在厨房里，而且还在干活，正从篮子里拿出几件内衣，分别晾到绳子上去，这时他感到多么惊讶！她一看到他，立刻停住不晾衣服了，回过头来望着他，一直到他走了过去。他转眼望着别处，走了过去，装作什么也没看见。但事情已经完了，因为没有斧子！他受到了一次可怕的打击。

“我凭什么，”走到大门口的时候，他想，“我凭什么断定这个时候她一定不在家？为什么，为什么，为什么我想当然做出这样的判断？”他仿佛吃了一次败仗，甚至感到自尊心受了伤害。由于愤怒，他想嘲笑自己……他心中隐隐升起一股兽性的怒火。

在大门口他犹豫不决地站住了。他不愿为了做做样子，就这样到街上去散步。回家去吧——他就更不愿意了。“而且失去了一个多好的机会啊！”他含糊不清地说，无目的地站在大门口，正对着管院子的人那间阴暗的小屋，小屋的门也在敞着。突然他战栗了一下。离他两步远的管院子的人的小屋里，一条长凳底下，靠右边有个什么东西亮闪闪的，闯入他的眼帘……他向四面张望了一下，一个人也没有。他踮着脚尖走到管院子的人住房门前，下了两级台阶，用微弱的声音喊了一声管院子的。“果然，不在家！不过，就在附近什么地方，就在院子里，因为房门大敞着。”他飞速奔向斧头（这是一把斧头），从长凳子底下把放在两块劈柴之间的斧头拖了出来；他没出屋，就在那儿把斧头挂到环扣上，双手插进衣袋，然后走出管院子的人的小屋，谁也没有发觉！“理智不管用，魔鬼来帮忙！”他古怪地冷笑着想。这一机会使他受到极大的鼓舞。

他在路上慢慢地走着，神情庄重，不慌不忙，以免引起怀疑。他很少看过路的行人，甚至竭力完全不看他们的脸，尽可能不惹人注意。这时他想起了他那顶帽子。“我的天哪！前天我就有钱了，可是没能换一顶制帽！”他从心里咒骂自己。

他偶然往一家小铺里望了一眼，看到墙壁上的挂钟已经七点过十分了。得赶快走，可同时又得绕个弯儿：从另一边绕到那幢房子那儿去……

从前他偶然想象这一切的时候，有时他想，他会很害怕。但现在他并不十分害怕，甚至完全不觉得害怕。此时此刻，他感兴趣的甚至是一些不相干的想法，不过感兴趣的时间都不久。路过尤苏波夫花园[①]的时候，他想起建造高大喷泉的计划，甚至对此很感兴趣，他还想到，这些喷泉会使所有广场上的空气都变得十分清新。渐渐地他产生了这样的信念：如果把夏季花园[②]扩大到马尔索广场，甚至和米哈依洛夫宫周围的花园连成一

---

① 尤苏波夫花园是尤苏波夫公爵的私人花园，在叶卡捷林戈夫斯基大街（现在的李姆斯基–科萨科夫大街）对面的花园街上，现在是儿童公园。

② 最有名的古老花园之一。

片，那么对于城市将是一件十分美好、极其有益的好事。这时他突然对这样一种现象发生了兴趣：为什么恰恰是在所有大城市里，人们并不是由于需要，但不知为什么却特别喜欢住在城市里那些既无花园，又无喷泉，又脏又臭，堆满各种垃圾的地区？这时他想起自己在干草广场上散步的情形，霎时间清醒起来。“胡思乱想，”他想，“不，最好什么也别想!”

“大概那些给押赴刑场的人就像这样恋恋不舍地想着路上碰到的一切东西吧。”这个想法在他脑子里忽然一闪，不过仅仅是一闪而过，就像闪电一样；他自己赶快熄灭了这个想法的火花……不过，已经不远了，瞧，就是这幢房子，就是这道大门。不知什么地方钟当地一声响。“怎么，莫非已经七点半了吗？不可能，大概这钟快了！”

他运气不错，进大门又很顺利。不仅如此，甚至好像老天帮忙似的，就在这一瞬间，刚刚有一辆装干草的大车在他前面驶进了大门，他从门口进去的这段时间，大车完全遮住了他，大车刚从大门驶进院子，一眨眼的工夫，他就从右边溜了进去。可以听到，大车的另一边有好几个人的声音在叫喊、争吵，可是谁也没有发觉他，迎面也没遇到任何人。冲着这个正方形大院子的许多窗户这时候全都敞着，不过他没抬头——没力气抬头。去老太婆那儿的楼梯离得不远，一进大门往右拐就是。他已经到了楼梯上……

他松了口气，用一只手按住怦怦狂跳不已的心，马上摸了摸那把斧头，又一次把它扶正，然后小心翼翼、悄悄地上楼，不时侧耳倾听。不过那时候楼梯上也阒无一人，所有房门都关着，没遇到任何人。不错，二楼一套空房子的房门大敞着，有几个油漆工在里面干活，不过他们也没看他。他站了一会儿，想了想，然后继续往上走。“当然啦，最好这儿根本没有这些人，不过……上面还有两层楼呢。”

啊，这就是四楼了，这就是房门，这就是对面那套房子，那套房子是空着的。三楼上，老太婆住房底下的那套房子，根据一切迹象来看，也是空着的：用小钉钉在门上的名片取下来了——搬走了！……他感到呼吸困难。有一瞬间一个想法在他脑子里一闪而过：“是不是回去呢？”可是他没有回答自己的问题，却侧耳倾听老太婆住房里的动静：死一般的寂静。随后他又仔细听听楼梯底下有没有动静，很用心地听了很久……然后，最后一次朝四下里望了望，悄悄走到门前，让自己心情平静下来，再一次摸摸挂在环扣上的斧头。“我脸色是不是发白……白得很厉害呢？”他不由得想，“我是不是显得特别激动不安？她很多疑……是不是再等一等……等心不跳了？……”

但心跳没有停止。恰恰相反，好像故意为难似的，跳得越来越厉害，越来越厉害……他忍不住了，慢慢把手伸向门铃，拉了拉铃。过了半分钟，又拉了拉门铃，拉得更响一些。

没有反应。可别胡乱拉铃，而且他这样做也不合适。老太婆当然在家，不过她疑心重重，而且就只有她独自一个人。他多少有点儿了解她的习惯……于是又一次把耳朵紧贴在门上。是他的听觉如此敏锐呢，（一般说这是难以设想的）还是当真可以听清里面的声音，不过他突然听到了仿佛是手摸到门锁把手上的小心翼翼的轻微响声，还听到了仿佛是衣服碰到门上的窸窸窣窣的响声。有人不动声色地站在门锁前，也像他在外面这样，躲在里面侧耳谛听，而且好像也把耳朵贴到了门上……

他故意稍动了动，稍微提高声音含糊不清地说了句什么，以免让人看出他在躲躲藏藏，然后又第三次拉了拉门铃，不过拉得很轻，大模大样地，让人听不出有任何急不可耐的情绪。后来回想起这一切，清晰地、鲜明地回忆起这一切时，这一分钟已永远铭刻在他的心中。他不能理解，他打哪儿来的这么多花招，何况他的头脑这时已失去思考能力，连自己的身躯也几乎感觉不到了……稍过了一会儿，他听到了开门钩的响声。

七

像那次一样，房门开了很窄的一条缝，又是两道锐利和不信任的目光，从黑暗中注视着他。这时拉斯科利尼科夫发慌了，犯了一个严重错误。

他担心，因为只有他们两个人，老太婆会觉得害怕，而且也不指望他这副样子能消除她的疑心，于是他一把抓住房门，朝自己这边猛一拉，以免老太婆忽然又想把门关上。看到这一情况，她没有把门拉回去，可是也没放开门锁上的把手，这样一来，他差点儿没把她连门一道拉到楼梯上来。看到她拦在门口，不放他进去，他一直朝她走了过去，她惊恐地往旁边一闪，想要说什么，可是又好像说不出来，于是瞪大了双眼直瞅着他。

“您好，阿廖娜·伊万诺芙娜，”他尽可能随随便便地说，可是他的声音不听话，猝然中断了，而且颤抖起来，“我给您……拿来一样东西……嗯，最好咱们还是到这儿来……到亮处来……”说着，他丢下她，不待邀请，径直走进屋里。老太婆跟在他后面跑进来，滔滔不绝地说起来了。

“上帝啊！您要干什么？……您是什么人？您有什么事？”

“得了吧，阿廖娜·伊万诺芙娜……您的熟人……拉斯科利尼科夫……瞧，拿来了抵押品，前两天说过要拿来的……”说着，他把抵押品递给她。

老太婆瞅了瞅那件抵押品，但立刻又用双眼盯着这个不速之客的眼睛。她十分留心、恶狠狠地、怀疑地瞅着他。约莫过了一分钟光景，他甚至好像觉得，她眼里有类似嘲笑的神情，似乎她已经什么都猜到了。他感到惊慌失措，几乎感到可怕，可怕到了这种程度，似乎她再这样一言不发地瞅着他，再瞅上半分钟，他就会从这儿逃跑了。

“唉，您干吗这样看着我，就像不认识似的？”他突然恶狠狠地说，“想要，就拿去，不想要，我就去找别人，我没空儿。”

他本不想说这些话，可是这些话却突然脱口而出。

老太婆镇静下来了，看来，客人的坚决语调使她受到了鼓舞。

“你这是怎么回事，我的爷，这么突然……这是什么啊？”

她瞅着那件抵押品，问。

“银烟盒，上次我不是说过了吗。”

她伸出手来。

“可您脸色怎么这么白？手也在发抖！吓了一跳，是吗，先生？”

“寒热病发作了，”他断断续续地回答，“不由自主地脸色发白……既然没有吃的。”他补上一句，勉强才把这句话说了出来。他又没有力气了。但是这回答似乎合情合理，老太婆把抵押品接了过去。

“这是什么啊？”她问，手里掂量着那件抵押品，又一次盯着拉斯科利尼科夫仔细看了看。

“这东西……烟盒……是银子的……您看看吧。”

“可怎么，好像不是银的……咦，捆起来了。”

她竭力想解开捆在上面的细绳，转身面对窗户，冲着亮光，（别看天气闷热，她的窗子全都关着）有几秒钟背对他站着，完全不管他了。他解开大衣，从环扣上取下斧头，不过还没有完全拿出来，而只是用右手在衣服里面轻轻握着它。他的手非常虚弱，他自己感觉到，每一瞬间手都越来越麻木，越来越僵硬了。他担心会放开手，把斧头掉下去……突然他好像头晕起来。

“哼，他这是捆了件什么东西啊！”老太婆恼怒地喊了一声，朝他这边动了动。

再不能错过这一刹那的机会了。他把斧头完全拿了出来，双手抡起斧头，几乎不知不觉，几乎毫不费力，几乎不由自主地用斧背打到她的头上。这时他似乎根本没有力气，但他刚一把斧头打下去，身上立刻有了力气。

和往常一样，老太婆头上没包头巾。她那稀疏、斑白、和往常一样厚厚搽了一层油的浅色头发，编成一条老鼠尾巴似的细辫子，盘在头上，后脑勺上翘着一把角质的破梳子。一斧下去，正打在她的头顶上，这也是因为她个子矮小，才使他正好击中了头顶。她叫喊了一声，但声音十分微弱，于是突然全身缩下去坐到了地板上，不过还是举起双手想保护自己的脑袋。她一只手里还在拿着那件“抵押品”。这时他使出浑身的力气又打了一下，两下，一直是用斧背，而且都打在头顶上。血恰似从翻倒的杯子里迸涌出来，身子仰面倒了下去。他往后退去，让她完全倒下，并立刻俯下身子，看看她的脸，她已经死了。她两只眼睛瞪得老大，眼珠仿佛想从眼眶里跳出来，由于抽搐，前额和脸都皱起来了，变得很难看。

他把斧头放到地板上、死者的旁边，立刻伸手去摸她的衣袋，竭力不让还在流淌的血沾到手上——他摸的就是上次她从里面掏出钥匙来的右边的口袋。他头脑完全清醒，神志不清和头晕已经消失，不过手一直还在发抖。他后来回想起当时的情况，那时他甚至非常细心，十分谨慎，一直竭力不让身上沾上血迹……他立刻掏出钥匙，所有钥匙都像上次一样串作一串，串在一个小钢圈上。他立刻拿着钥匙跑进卧室。这是一间很小的房间，屋里有个供着圣像的、老大的神龛。另一边靠墙摆着一张大床，很干净，上面有一床棉被，被面是用零碎绸缎拼接起来的。第三面墙边放着一个抽屉柜。怪事：他刚把钥匙插到抽屉柜的锁孔上，刚刚听到钥匙的响声，突然感到全身一阵痉挛。他突然又想丢下一切，离开这里。但这仅仅是一瞬间的事，要走已经迟了。他甚至嘲笑自己了，突然又一个让人惊慌不安的想法使他吃了一惊。他突然好像觉得，老太婆大概还活着，还可能苏醒过来。他丢下钥匙和抽屉柜，跑回尸体那里，拿起斧头，又一次对准老太婆抡起斧子，但是没有打下去。毫无疑问，她已经死了。他弯下腰，又在近处仔细看了看她，他清清楚楚看到，颅骨给打碎了，甚至稍稍歪到了一边。他本想用手指摸一摸，但立刻把手缩了回来；就是不摸也看得出来。这时血已经流了一大摊。突然他发现，她脖子上有一根细线带，他拉了拉它，但线带很结实，拉不断，而且让血给弄湿了。他试着从她怀里把它拉出来，但不知有什么东西碍事，给挡住了。他急不可耐地又抡起斧头，本想从上边，就在这儿，在尸体上砍断那根细带，可是没敢这么做。他忙乱了两分钟光景，两手和斧头都沾上了鲜血，好不容易割断那根细带，没让斧头碰到尸体，把线带拉了出来。他没弄错——这是钱袋。线带上挂着两个十字架，一个是柏木做的，一个是铜的。除了十字架，还有一个小珐琅圣像，和这些东西一起，还挂着一个油渍斑斑、不大的麂皮钱袋，钱袋上还有个小钢圈儿和小圆环。钱袋装得满满的；拉斯科利尼科夫没有细看，就把它塞进了衣袋，两个十字架却丢到了老太婆的胸膛上，这一次还拿了斧头，然后跑回卧室。

他很着急，抓起那些钥匙，又忙乱起来。但是不知怎的总是不顺利：钥匙都插不进锁孔。倒不是因为他的手抖得那么厉害，但他总是弄错：例如，他明明看出，不是这把钥匙，插不进去，可还是往里插。他突然想起，也猜出，这把和其他几把小钥匙挂在一起的、带锯齿的大钥匙肯定不是开抽屉柜的（上次他就想到了），而是开一个什么小箱子的，或许所有财物都藏在这个小箱子里。他丢开抽屉柜，立刻爬到床底下，因为他知道，老太婆们通常都是把小箱子放在床底下的。果然不错：那里有个相当大的箱子，一俄尺多长，箱盖是拱形的，蒙着红色的精制山羊皮，上面还钉着些小钢钉。那把带锯齿的钥匙刚好合适，把箱子打开了。最上面是一条白被单，被单底下是一件兔皮小袄，上面蒙着红色的法国图尔绸；皮袄下面是一件绸连衫裙，再下面是一条披巾，再往底下好像都是些破破烂烂的旧衣服。他首先在那块红色法国图尔绸上擦净自己那双沾满血污的手。“这是红的，在红色的东西上，血不大看出来”，他这样考虑，可是突然醒悟过来，“上帝啊！我疯了吗？”他惊恐地想。

但是他刚翻了翻这堆破旧衣服，突然从皮袄底下滑出一块金表来。他赶紧把这堆东西全都翻了一遍。真的，在那些破旧衣服里混杂着一些金首饰——大概都是些抵押品，有会来赎回的，也有不会来赎的——镯子、表链、耳环、佩针，还有些别的东西。有的装在小盒子里，另一些只不过用报纸包着，不过包得整整齐齐，看来十分珍惜，而且包了两层纸，还用带子捆着。他毫不迟延，立刻把这些东西塞满裤袋和大衣口袋，既不挑选，也没把那些小包和小盒子打开看看。东西这么多，他没来得及拿……

突然好像听到老太婆所在的那间屋里有人走动的声音。他住了手，像死人一样一动不动。但是毫无动静，这么说，是他的幻觉。突然清清楚楚传来一声轻微的叫喊，或者似乎是有人轻轻地、断断续续地呻吟，随即又住了声。后来又是死一般的寂静，约莫有一两分钟寂静无声。他蹲在箱子旁边，等待着，大气也不敢出，但是突然跳起来，拿了斧头，跑出了卧室。

莉扎薇塔站在房屋中间，双手抱着个大包袱，呆呆地望着被人杀害的姐姐，脸色白得跟麻布一般，似乎连叫喊的力气都没有了。看到他跑出来，她像片树叶一样浑身打战，轻轻颤抖，脸上一阵痉挛。她微微抬起一只手，张开了嘴，但还是没有叫喊，于是慢慢地后退着躲开他，退到墙角落里，两眼直愣愣地盯着他，可是一直没有叫喊，仿佛由于气不足，喊不出来。他拿着斧头向她扑了过去：她嘴唇抽搐，扭歪了，样子那么悲哀，就像很小的小孩子叫什么给吓着了，直盯着让他们感到害怕的那个东西，想大声叫喊时一样。这个可怜的莉扎薇塔老实到了这种程度，甚至没有抬起手来护着自己的脸，虽说在这时候，这是最必须、也是最自然的动作，因为斧头正对准她的脸高高举了起来。她只是稍稍抬起空着的左手，不过离脸还很远，慢慢地向他伸过去，仿佛是要推开他。斧刃正劈到她的颅骨上，立刻把前额的上半部，几乎到头顶，都劈作两半。她一下子倒了下去。拉斯科利尼科夫完全惊慌失措了，拿起她的包袱，又把它扔掉，往前室跑去。

他越来越害怕了，尤其是在完全出乎意外地第二次杀人以后。他想快点儿逃离这儿。如果那时候他能较为正确地想象和思考，如果他哪怕还能考虑到自己处境的困难，考虑到他已毫无出路，考虑到他是多么不像话，多么荒唐，同时能够理解，要想从这儿逃走，逃回家去，他还得克服多少困难，甚至还得再干多少罪恶勾当，那么很有可能，他会扔掉一切，立刻前去自首，这甚至不是由于为自己感到害怕，而仅仅是由于对他所干的事感到恐怖和厌恶。他心中的厌恶情绪特别强烈，而且时刻都在增长。现在他无论如何也不会再到那个箱子跟前去，甚至再也不会进那两个房间了。

但是渐渐地他有点儿心不在焉了，甚至仿佛陷入沉思：有时他似乎忘却了一切，或者不如说，忘记了主要的事情，却牢牢记住了一些微不足道的小事。他朝厨房里望了望，看到长凳子上放着个水桶，桶里有半桶水，于是想到，该洗净自己的手和斧头。他的双手都沾满了血，黏糊糊的。他把斧刃放进水里，拿起放在小窗台上破碟子里的一小块肥皂，就在桶里洗起手来。洗净了手，他把斧头也拿出来，洗净沾在铁上的血，然后花了好长时间，大约有三分钟的样子，洗净木头上沾了血的地方，甚至试着用肥皂来洗掉上面的血迹。然后，就在那儿，拿晾在厨房里绳上的一件内衣把一切全都擦干，随后又在窗前把斧头细心地检查了一遍，检查了很久。没有留下痕迹，只不过斧柄还是潮的。他细心地把斧头套在大衣里面的环扣中，然后在厨房里暗淡的光线下尽可能仔细地检查了一下大衣、长裤和靴子。从外表看，第一眼看上去似乎什么也没有，只不过靴子上有几点污迹。他把一块抹布浸湿，擦净了靴子。不过他知道，他检查得不够仔细，说不定还有什么他没发现的、很显眼的痕迹。他站在房屋当中陷入沉思。他心中产生了一个痛苦的、模模糊糊的想法——这想法就是：他疯了，在这个时候他已经既不能思考，也无力保护自己，而且也许根本就不应该做他现在所做的这一切……“我的天哪！应该逃跑，逃跑！”他喃喃地说，于是往前室跑去。但这儿却有一桩惊恐的事等待着他，这样惊恐的事，当然啦，他还从未经受过。

他站在那儿，看着，不相信自己的眼睛：外面的门，从前室通往楼梯的门，外面的房门，就是不久前他拉门铃、从那里进来的那道房门开着，甚至开了有整整一个手掌那么宽的一道缝：在整个这段时间里既没锁上，也没扣上门钩！老太婆在他进去以后没有把门锁上，可能是由于谨慎。可是天哪！后来他不是看到莉扎薇塔了吗？他怎么能，怎么能没想到，她总得从什么地方进来！总不会是穿墙进来的吧。

他冲到门前，把门扣上了。

“不过不对，又做错了！该走了，该走了……”

他开开门钩，打开房门，听听楼梯上有没有动静。

他留神听了好久。下边不知哪里，大概是大门口，有两个人的声音在高声刺耳地叫喊，争吵，对骂。“他们在干什么……”他耐心等着。终于一下子静了下来，叫喊声突然停了，人也散了。他已经想要出去了，但是突然下面一层楼上，通楼梯的房门砰地一声开开了，有人哼着不知是什么曲调，往楼下走去。“他们干吗老是这么吵闹！”这想法在他头脑里忽然一闪。他又掩上房门，等着。终于一切都静下来，一个人也没有了。他已经往楼梯上迈了一步，突然又传来不知是什么人的、新出现的脚步声。

这脚步声是从很远的地方传来的，刚刚上楼，但是他记得清清楚楚，刚一听到响声，不知为什么他就怀疑，这一定是来这儿，到四楼来找老太婆的。为什么呢？是不是脚步声那么特别，那么值得注意呢？脚步声沉重、均匀、从容不迫。听，他已经走完第一层的楼梯，又在往上走。听得越来越清楚，越来越清楚了！可以听到上来的那个人很吃力的喘息声。听，已经上第三层了……往这儿来了！他突然觉得，他好像全身都僵硬了，这就跟在梦中一样，梦见有人追他，已经离得很近了，想要杀死他，可他仿佛在原地扎了根，连手都不能动弹了。

最后，当这个客人已经开始上四楼的时候，他这才突然打了个哆嗦，还是及时迅速、机警地从穿堂溜进屋里，随手关上了房门，然后抓起门钩，轻轻地、悄无声息地把它扣进铁环。本能帮助了他。扣上门以后，他立刻屏住呼吸，躲在了房门后面。那个不速之客已经来到门前。现在他们两个是面对面站着，就像不久前他和老太婆隔着房门面对面站着一样，他在侧耳倾听。

客人很吃力地喘了好几口气。“这个人大概是个大胖子”，拉斯科利尼科夫想，手里紧握着斧头。真的，好像这一切都是在做梦。客人拉住门铃，用力拉了拉。

白铁门铃刚一响，他突然好像觉得，房间里有人在动。有几秒钟他甚至认真仔细听了听。陌生人又拉了一次门铃，又等了等，突然急不可耐地使出全身的力气猛拉房门上的把手。拉斯科利尼科夫惊恐地瞅着在铁环里跳动的门钩，隐隐怀着恐惧的心情等待着，眼看门钩就要跳出来了。真的，这似乎是可能的：拉得那么猛。他本想用手按住门钩，可是那个人会猜到的。他的头好像又眩晕起来。“我这就要昏倒了！”这个想法在他脑子里突然一闪，可是陌生人说话了，于是他立刻惊醒过来。

“她们在里面干什么？是睡大觉呢，还是有人把她们掐死了？该死的！”他好像从大桶里吼叫，“嗳，阿廖娜·伊万诺芙娜，老巫婆！莉扎薇塔·伊万诺芙娜，没法儿形容的美人儿！请开门！嘿，该死的，她们在睡觉，还是怎么的？”

他暴跳如雷，又使出最大的力气一连拉了十次门铃。不用说这是个对这家人颇有权势、跟她们关系亲密的人。

就在这时候，突然从楼梯上不远的地方传来一阵匆匆忙忙、然而是小步行走的脚步声。又有人走过来了。一开头拉斯科利尼科夫没有听清。

“莫非一个人也不在家?”那个走过来的人声音响亮而愉快地对第一个来访者喊道，后者一直还在拉铃。“您好哇，科赫!”

“听声音，大概是个很年轻的人。”拉斯科利尼科夫突然想。

“鬼知道她们，门上的锁差点儿没弄断了。”科赫回答。

“可请问您是怎么认得我的?”

“啊，是这么回事！前天，在‘加姆布里乌斯’[①]我一连赢了您三盘台球。”

“啊——啊——啊……”

“这么说她们不在家吗？奇怪。不过，胡闹，真糟糕。老太婆能上哪儿去呢？我有事。”

“我也有事呀，老兄!”

“唉，怎么办呢？看来，只好回去了。唉——我本想弄点儿钱呢。”年轻人大声嚷。

“当然只好回去，可是为什么约我来呢？老巫婆自己约我这个时候来的。要知道，我是绕了个弯儿特意赶来的。可是见鬼，我真不明白，她上哪儿闲逛去了？老巫婆一年到头儿坐在家里，有病，腿痛，可是这会儿却突然散步去了!”

“不去问问管院子的吗?”

---

① “加姆布里乌斯”：“加姆布里乌斯”啤酒公司在瓦西利耶夫斯基岛上开的啤酒馆。加姆布里乌斯是传说中佛来米的国王，据说啤酒是他发明的。

“问什么?”

“她上哪儿去了，什么时候回来?”

“嗯哼……见鬼……问……可要知道，她哪儿也不去……”他又拉了拉门锁上的把手，“见鬼，毫无办法，走吧!”

“等等!”年轻人突然叫喊起来，“您瞧，看到了吗，拉门的时候，门动了动?”

“那又怎样呢?”

“可见门没上锁，而是销着，也就是用门钩扣着的！听到门钩响了吗？”

“那又怎样呢?”

“唉，您怎么还不明白？这就是说，她们两人当中总有人在家。要是她们都出去了，就会用钥匙从外面把门锁上，而不会从里面把门扣上。可现在——您听到了，门钩在嗒嗒地响。要从里面把门扣上，得有人在家才行，明白了吗？可见她们在家，可就是不开门!”

“哦！真的!”感到惊讶的科赫高声叫嚷起来，“那么她们在里面干什么?”于是他又发疯似的拉起门来。

“等等!”那个年轻人又叫喊起来，“您别拉了！这有点儿不对头……您不是已经拉过铃，拉过门了吗？——可她们就是不开。这么说，要么是她们俩都昏迷不醒，要么就是……”

“什么?”

“这么着吧：咱们去叫管院子的，让他来叫醒她们。”

“是个办法!”两人一起往楼下走去。

“等等！请您留在这儿，我跑下去叫管院子的。”

“干吗留下?”

“这有什么关系呢?”

“好吧……”

“要知道，我打算当法院侦查员！显然，显——而——易——见，这有点儿不对头!”年轻人着急地叫嚷着，跑下去了。

科赫留了下来，又轻轻拉了拉门铃，铃当地响了一声。随后他仿佛在反复思考，细心察看，轻轻转动门把手，往外一拉，然后放开，想再一次证实，门只是用门钩扣着。他气喘吁吁地弯下腰，往锁孔里张望，可钥匙从里面插在锁孔里，所以什么也看不见。

拉斯科利尼科夫站在门边，紧紧攥着斧头。他仿佛在发高烧。他甚至做好了准备，等他们一进来，就和他们搏斗。当他们敲门和商议的时候，有好几次他突然起了这样的念头：从门后对他们大声叫喊，一下子把一切全都结束。有时他想和他们对骂，戏弄他们，直到把门打开。“但愿快一点儿!”这个想法在他脑子里一闪而过。

“可是他，见鬼……”

时间在流逝，一分钟，又一分钟——一个人也没来。科赫动了动。

“可是见鬼！……”他突然喊了一声，不耐烦地离开了自己的岗位，也匆匆下楼去了，只听见靴子在楼梯上橐橐地响。脚步声沉寂了。

“上帝啊，怎么办呢?”

拉斯科利尼科夫取下门钩，把门打开一条缝，什么声音也听不到，突然，他一点儿也不犹豫，走了出来，随手掩上房门，尽可能把它关紧一些，然后下楼去了。

他已经下了三道楼梯，下面突然传来一阵很厉害的喧闹声——躲到哪儿去呢！无处可以藏身。他本已往回跑，想要回到房间里去。

“哎，妖怪，魔鬼！抓住他！”

有人高声叫嚷着，不知从哪套房子里冲出来，不是跑下去，而像是从楼梯上跌了下去，同时还扯着嗓子大喊：

“米季卡！米季卡！米季卡！米季卡！米季卡！叫鬼把你抓——了——去！”

喊声结束时变成了尖叫，最后的尾音已经是从院子里传来的了，一切复归于寂静。但就在这一瞬间，有好几个人急速地高声说着话，闹嚷嚷地上楼来了。一共有三四个人。他听出了那个年轻人的声音。“是他们！”

他完全绝望了，一直迎着他们走去：豁出去了！他们拦住他，那就全完了；让他走，也完了：他们准会记住他。他们已经快要碰到一起了，在他们之间总共只剩了一道楼梯时——可是突然出现了救星！离他只有几级楼梯，右边有一套空房子，房门大敞四开，就是二楼上有一些工人在里面油漆房间的那套房子，可这会儿，就像老天帮忙似的，工人都出去了。大概刚才正是他们那样高声叫喊着跑了出去。地板刚刚漆过，房屋中间放着一个小桶和一个小罐，里面盛着油漆和一把刷子。转瞬间他就溜进敞着的门内，躲在墙后边，而且躲得正是时候：他们已经站在楼梯平台上了。接着他们拐弯往上走去，高声谈论着，从门前经过，上四楼去了。他等了一下，踮着脚尖走出房门，跑下楼去。

楼梯上一个人也没有！大门口也没有人。他急忙穿过门洞，往左一拐，来到了街上。

他十分清楚，清清楚楚地知道，这时他们已经在那套房子里了，看到房门没扣，他们感到十分惊讶，可房门刚刚还是扣着的，他们已经在看尸体了，而且不消多久就会猜到，而且完全明白，刚刚凶手就在这儿，他不知躲到哪里，从他们身边溜走，逃跑了；大概他们还会猜到，他们上楼的时候，他是躲在那套空房子里。然而无论如何他也不敢加快脚步，走得太快，尽管到第一个拐弯处已经只剩下百来步远了。“要不要溜进哪个门洞里，在那儿不熟悉的楼梯上等一会儿？不，真要命！是不是把斧头扔掉呢？要不要叫辆马车！糟糕，真糟糕！”

终于看到一条胡同。他半死不活地转弯进了胡同。这时他已经有一半得救了，他明白这一点：在这儿嫌疑会小一些，何况这里来来往往的人多得很，他会像一粒沙一样消失在人群之中。但是所有这些折磨已经使他疲惫不堪，他只是勉强还在行走。他汗如雨下，脖子全都湿了。“瞧，他喝醉了！”当他走到运河边的时候，有人冲着他喊了一声。

他现在有点儿精神恍惚，越往前走，越发控制不住自己。可是他记得，当他走到运河边的时候，突然吃了一惊，因为这儿人少，更容易惹人注意，于是想转回小胡同去。尽管他几乎要跌倒了，可还是绕了个弯，从完全不同的另一个方向走回家去。

他进自己住房的大门时神智不十分清醒，至少到已经上了楼梯，这才想起那把斧头来。可还有一件非常重要的任务必须完成：把斧头放回去，而且要尽可能不被发觉。当然，他已经失去思考的能力了，也许他根本不把斧头放回原处，而是把它扔到别人家的院子里，哪怕是以后去这么做，也要比现在放回去好得多。

但一切都很顺利。管院子的人住的小屋的门掩着，不过没有锁上，可见管院子的人大半在家，可是他已经失去思考的能力，所以连想也没想，就径直走近管院子的人的住房，推开了门。如果管院子的人问他：“有什么事?”说不定他会把斧头直接交给他。可是管院子的人又没在家，他立刻把斧头放回长凳底下原来的地方，甚至仍然用劈柴把它遮住。以后，直到他回到自己屋里，连一个人，连一个人影也没碰到，女房东的门关着。走进自己屋里，他立刻和衣倒到长沙发上。他没睡，但是处于一种昏昏沉沉的状态。如果当时有人走进他屋里来，他准会立刻跳起来，大声叫喊。一些杂乱无章的思想片段飞也似的掠过他的脑海，但他一点儿也弄不懂自己在想什么，甚至尽管想努力集中思想，却怎么也不能让思想停留在某一个点上……

第二章

一

他就这样躺了很久。有时他似乎醒了，发觉早已是夜里，可是他根本不想起来。最后他发觉，天已经明亮起来。他仰面躺在沙发上，由于不久前昏迷不醒，这时还在呆呆地出神。一阵阵可怕而绝望的哀号从街上传到他的耳中，听起来十分刺耳，不过每天夜里两点多钟他都听到自己窗下有这样的号哭声。现在正是这号哭声吵醒了他。“啊！那些醉鬼已经从小酒馆里出来了，”他想，“两点多了。”想到这里，他突然一跃而起，仿佛有人把他从沙发上猛一下子拉了起来。

“怎么，已经两点多了！”他坐到沙发上——这时他想起了一切！突然，霎时间一切都想起来了！

最初一瞬间，他想，他准会发疯。一阵可怕的寒战传遍他的全身；不过寒战是由于发烧，他还在睡着的时候，身上早就开始发烧了。现在突然一阵发冷，冷得牙齿捉对儿厮打，浑身猛烈地颤抖起来。他打开房门，听听外面有什么动静：整幢房子里的人都完全进入梦乡。他惊奇地打量了一下自己，环顾屋内的一切，他不明白：昨天他进来以后怎么能不扣上门钩，不仅没脱衣服，竟连帽子也戴着，就倒在沙发上了呢？帽子掉了，滚到了枕头旁边的地板上。“如果有人进来过，他会怎么想呢？认为我喝醉了？不过……”他冲到窗前。天已经相当亮了，他赶快从头到脚，上上下下把自己身上的一切全都仔细检查了一遍，还仔细察看了大衣：有没有什么痕迹？不过这样看还不行：他打着寒战，动手脱下所有衣服，又仔仔细细检查了一遍。他把衣服都翻过来，连一根线、一块布也不放过，但是还不相信自己，反复检查了三遍。可是什么都没发现，看来没留下任何痕迹；只是在裤腿角上磨破了的地方耷拉着的毛边上留有几块很浓的、已经凝结起来的干血。他拿起一把大折刀，把毛边割了下来。好像再没有什么了。突然他想起来了，他从老太婆身上和箱子里拿来的钱袋和那些东西，到现在还都分别装在他的几个口袋里！到现在他还没想到要把它们拿出来，藏起来！就连现在，他察看衣服的时候，竟还没有想到它们！这是怎么搞的？他立刻急急忙忙把它们掏出来，丢在桌子上。他把这些东西全都拿了出来，连口袋都翻过来看了看，看是不是还有什么留在里面，然后把这堆东西都拿到墙角落里。那个角落里，墙脚下有个地方从墙上脱落下来的墙纸给撕掉了，他立刻动手把这一切塞进那儿的一个窟窿里，塞到墙纸下面，“塞进去了！所有东西都看不见了，钱袋也藏起来了！”他高兴地想，欠起身来，神情木然地望着那个角落，望着那个塞得凸起来的窟窿。突然他惊恐地全身战栗了一下：“我的天哪，”他绝望地喃喃地说，“我怎么啦？难道这就叫藏起来了吗？难道是这样藏的吗？”

不错，他本不打算拿东西；他想只拿钱，因此没有事先准备好藏东西的地方，“不过现在，现在我有什么好高兴的呢？”他想，“难道是这样藏东西？我真是失去理智了！”他疲惫不堪地坐到长沙发上，立刻，一阵让人受不了的寒战又使他浑身颤抖起来。他无意识地把放在旁边椅子上他上大学时穿的一件冬大衣拉了过来，大衣是暖和的，不过已经差不多全都破了，他把大衣盖在身上，睡梦立刻袭来，他又说起胡话来，昏昏沉沉地睡着了。

没过五分钟，他又一跃而起，立刻发狂似的扑向自己那件夏季大衣。“我怎么又睡着了，可还什么都没做呢！真的，真的：腋下的那个环扣到现在还没拆下来呢！忘了，这样的事都忘了！这样一件罪证！”他把环扣扯下来，赶快把它撕碎，塞到枕头底下那堆内衣里。“撕碎的粗麻布片无论如何也不会引起怀疑。好像是这样，好像是这样！”他站在房屋中间一再重复说，并且集中注意力，又开始细心察看四周，察看地板，到处都仔细看看，看是不是还遗漏了什么东西，由于过分紧张，他感到十分痛苦。他深信自己丧失了一切能力，连记忆，连简单的思考能力都已丧失殆尽。这想法在折磨他，使他无法忍受。“怎么，莫非已经开始了，莫非惩罚已经到来了吗？就是的，就是的，就是如此！”真的，他从裤子上割下来的一条条毛边就这样乱扔在房屋中间的地板上，有人一进来就会看见！“唉，我这是怎么了？”他又高声叫嚷，好像六神无主，不知所措。

这时他脑子里出现了一个奇怪的想法：说不定他所有衣服上都沾满了血，也许有许多血迹，只不过他没有看见，没有发觉，因为他的思考力衰退了，思想不能集中……丧失了理智……他突然想起，钱袋上也有血迹。“哎呀！这么说，口袋里面想必也有血迹了，因为钱袋上的血还没干，我就把它塞进了口袋里！”他立刻把口袋翻过来——果然不错——口袋的里子上血迹斑斑！“可见我还没有完全丧失理智，可见我还有思考力和记忆力，既然我自己忽然想了起来，想到了这一点！”他得意扬扬地想，高兴地深深呼了口气，“只不过是因为发烧，身体虚弱，瞬息间处于谵妄状态。”于是他把左面裤袋上的衬里全都撕了下来。这时阳光照到了他左脚的靴子上：从破靴子里露出的袜子上好像也有血迹。他甩掉靴子："真的是血迹！袜子尖上全让血浸透了。"大概当时他不小心踩到了那摊血上……"不过现在该怎么办？这只袜子，那些毛边，还有口袋衬里，都藏到哪里去呢？"

他把这些东西归拢到一起，抓在手里，站在房屋中间。

"扔到炉子里吗？可是首先就会搜查炉子。烧掉吗？可用什么来烧呢？连火柴都没有。不，最好是到什么地方去，把这些东西全都扔掉。"对了！最好扔掉！"他反复说，又坐到长沙发上，"而且马上就去，毫不迟延，立刻就走……"可是非但没走，他的头却又倒到了枕头上，一阵难以忍受的寒战又使他一动也不能动了。他又把那件大衣拉到自己身上。好长时间，一连好几个钟头，他好像一直还在隐隐约约、断断续续地想："对，马上，毫不迟延，随便去哪里，把这些东西全都扔掉，别再看到它们，快，快点儿！"有好几次他试图挣扎着从沙发上起来，可是已经站不起来了。把他彻底惊醒的是一阵猛烈的敲门声。

"喂，开门呀，你还活着没有？他一直在睡！"娜斯塔西娅用拳头敲着门，大声叫喊，"整天整天地睡，像狗一样！就是条狗！开门呀，还是不开呢。都十点多了。"

"也许，不在家！"一个男人的声音说。

"啊！这是管院子的人的声音……他要干什么？"

他一跃而起，坐在沙发上。心跳得厉害，甚至觉得心痛。

"那门钩是谁扣上的？"娜斯塔西娅反驳说，"瞧，锁起来了呢！怎么，怕把他偷走吗？开门，聪明人，醒醒吧！"

"他们要干什么？管院子的干吗要来？一切都清楚了。是拒捕，还是开门？完了……”

他欠起身来，弯腰向前，拿掉门钩。

他这间小屋整个儿就只有这么大，不用从床上起来，就可以拿掉门钩。

果然不错：门口站着管院子的和娜斯塔西娅。

娜斯塔西娅有点儿奇怪地打量了他一下。他带着挑衅和绝望的神情朝管院子的瞅了一眼。管院子的默默地递给他一张用深绿色火漆封住的、对折着的灰纸。

“通知，办公室送来的。”他一面把那张纸递过去，一面说。

“什么办公室？”

“就是说，叫你去警察局，去办公室。谁都知道是什么办公室。”

“去警察局！……去干什么？”

“我怎么知道呢。要你去，你就去。”他仔细看了看他，又往四下里望望，转身走了出去。

“你好像病得很厉害？”娜斯塔西娅目不转睛地瞅着他，说，有一瞬间，管院子的也回过头来。“从昨儿个起你就在发烧。”她加上一句。

他没回答，手里拿着那张纸，没有拆开它。

“那你就别起来了，”娜斯塔西娅可怜起他来，看到他从沙发上把脚伸下来，于是接下去说，“病了，就别去：又不急。你手里拿的是什么？”

他一看：右手拿着割下来的几条毛边，一只袜子，还有几块从口袋上撕下来的衬里。他就这样拿着它们睡着了。后来他想了一阵，想起来了，原来他发烧的时候半睡半醒，把这些东西紧紧攥在手里，就这样又睡着了。

“瞧，他弄来了些什么破烂儿，攥着它们睡觉，就好像攥着什么宝贝儿似的……”娜斯塔西娅病态地、神经质地大笑起来。他立刻把这些东西塞到大衣底下，并且拿眼睛死死地盯着她。虽然那时候他不大可能完全有条有理地进行思考，可是他感觉到，如果来逮捕他，是不会像这样对待他的。“可是……警察局?”

“喝茶吗？要，还是不要？我给你拿来，茶还有呢……”

“不要……我要出去，我这就出去。”他站起来，含糊不清地说。

“去吧，恐怕连楼梯都下不去呢?”

“我要出去……”

“随你的便。”

她跟在管院子的人后面走了。他立刻冲到亮处，仔细察看袜子和毛边：“有血迹，不过不十分明显；血迹都弄脏了，有些给蹭掉了，而且已经褪了色。事先不知道的人什么也看不出来。那么娜斯塔西娅从远处什么也不会发现，谢天谢地！”于是他心惊胆战地拆开通知书，看了起来。他看了很久，终于明白了。这是警察分局送来的一张普通通知书，叫他今天九点半到分局局长办公室去。

“什么时候有过这种事？就我本身而言，我和警察局从来不发生任何关系！而且为什么恰好是今天?”他痛苦地、困惑不解地思索着，“上帝啊，但愿快点儿吧！”他本想跪下来祈祷，可是连他自己也笑了起来——不是笑祈祷，而是笑自己。他急忙穿上衣服。“完蛋就完蛋吧，反正一样！把袜子也穿上！”他突然想，“踩在尘土里会弄得更脏，血迹就看不出来了。”但是他刚刚穿上，立刻又怀着厌恶和恐惧的心情猛地一下子把它拉了下来。他脱下来了，可是想到没有别的袜子，于是拿过来又穿上——而且又大笑起来，“这一切都是有条件的，一切都是相对的，这一切都只不过是形式而已，”他匆匆地想，并完全没意识到自己在想什么，可是他浑身都在发抖，“瞧，这不是穿上了！结果是穿上了！”然而笑立刻变成了悲观绝望。

“不，我受不了……”他不由得想。他的腿在发抖。“由于恐惧。”他含糊不清地自言自语。由于发烧，头又痛又晕。“这是耍花招！这是他们想要个花招引诱我，突然迫使我中他们的圈套，”他走到楼梯上，还在继续暗自思忖，“糟糕的是，我几乎是在呓语……我可能说漏嘴，说出些蠢话来……”

在楼梯上他想起，所有东西还都藏在墙纸后面的窟窿里，“大概是故意要等他不在家里的时候来这儿搜查，”想起这件事来，他站住了。但是悲观绝望和对死亡的犬儒主义态度——如果可以这样说的话——突然控制了他，因此他挥了挥手，又往前走去。

“不过但愿会快一点儿！……”

街上又热得让人无法忍受；这些天里哪怕能下一滴雨也好哇。又是灰尘、砖头、石灰，又是小铺里和小酒馆里冒出的臭气，又是随时都会碰到的醉鬼，芬兰小贩和几乎快散架的破旧出租马车。太阳明晃晃地照射到他的眼睛上，照得他头昏目眩—— 正在发烧的人在阳光强烈的日子里突然来到街上，通常都会有这样的感觉。

走到昨天去过的那条街道的转弯处，他怀着痛苦而又十分担心的心情望了望它，望了望那幢房子……立刻就把目光挪开了。

“如果问我，说不定我就会说出来。”他走近办公室时，心里想。

办公室离他住的地方大约有四分之一俄里。办公室刚刚搬进这幢新房子，四楼上的一套新住房里。那套旧房子里，他曾经去过一下，不过那是很久以前了。走进大门，他看到右边有一道楼梯，有个好像庄稼汉模样的人，手拿户口簿，正从楼梯上下来："这么说，是个管院子的；这么说，这儿就是办公室了。"他猜想是这样，于是就上楼了。他不想问人，什么也不想问。

"我进去就跪下，把什么都说出来……"走上四层楼时，他这样想。

楼梯又窄又陡，上面尽是污水。四层楼上所有住房的厨房都冲着这道楼梯大敞着门，几乎整天都这么敞着，因此极其闷热。腋下夹着户口簿的管院子的人、警察局里送信的信差以及有事上警察局来的形形色色的男男女女，有的上来，有的下去。办公室的门也大敞着。他走了进去，在前室里站住了。有些庄稼汉模样的人都站在这儿等着。这里也闷热得让人无法忍受，除此之外，这些新油漆过的房间里，用带臭味的干性油调和的油漆还没完全干透，那股新油漆味直冲鼻子，让人感到恶心，稍等了一会儿，他考虑，还得再往前走，到前面一间屋里去。所有房间都又小又矮。强烈的急不可耐的心情促使他越来越往前走。谁也没注意他。第二间房间里有几个司书正在抄写，他们穿的衣服也许只比他的衣服稍好一点儿，看样子都是些古里古怪的人，他去找其中的一个。

"你有什么事?"

他把办公室送去的通知书拿给他看。

"您是大学生?"那人看了看通知书，问。

"是的，以前是大学生。"

司书把他打量了一下，不过毫无好奇的样子。这是个头发特别蓬乱的人，看他眼里的神情，好像他有个固定不变的想法。

“从这儿什么也打听不出来，因为对他来说，什么全都一样。”拉斯科利尼科夫想。

“往那边去，找办事员去。”司书说，用手指往前指了指最后那间房间。

他走进这间屋子（按顺序是第四间），房间狭小，里面挤满了人——这些人都比那些房间里的人穿得稍干净些。来访者中有两位女士。一个服丧，穿得差一些，坐在办事员对面，正在听他口授，写着什么。另一位太太很胖，脸色红得发紫，脸上还有些斑点，是个惹人注意的女人，她衣着十分华丽，胸前佩戴着茶碟那么大的一枚胸针，站在一旁等着。拉斯科利尼科夫把自己的通知书递给办事员。他匆匆看了一眼，说：“请等一等。”于是继续给那位穿孝服的太太口授。

他较为畅快地舒了口气。“大概不是那件事！”他渐渐振作起精神来，为不久前自己的那些胡思乱想感到惭愧，竭力鼓起勇气，镇定下来。

“只要说出一句蠢话，只要稍有点儿不小心，我就会出卖自己！嗯哼……可惜这儿空气不流通，”他又补上一句，“闷得慌……头晕得更厉害……神智也……”

他感到心烦意乱，思绪混乱极了。他担心不能控制自己。他竭力想用什么别的事来分散自己的注意力，随便想点儿什么旁的、完全不相干的事，但是他做不到。不过，那个办事员却引起他很大的兴趣：他总想根据办事员脸上的神情猜出什么来，弄清找他有什么事。这是个很年轻的人，二十一二岁，生着一张黝黑的、机警善变的脸，看上去比他的实际年龄要大一些，衣着入时，像个纨绔子弟，头发在后脑勺上平分开，梳得整整齐齐，厚厚地搽了一层油，那些用刷子刷得干干净净的白皙的手指上戴着好几个戒指，有镶宝石的，也有不镶宝石的，坎肩上挂着金链。他甚至还和来这儿的一个外国人说了两句法语，说得还算过得去。

“露意扎·伊万诺芙娜，您坐下啊。”他对那个衣着华丽、脸色红得发紫的太太说。她一直站着，好像不敢自己坐下，尽管她身旁就有把椅子。

“Ich danke[①]!”她说，于是轻轻地坐下了，身上的绸衣发出一阵窸窸窣窣的响声。她那件饰有白色花边的浅蓝色连衫裙，像个大气球一样在椅子周围扩散开来，几乎占据了半间屋子。闻到了一股香水味。不过那位太太显然感到不好意思了，因为她占了半个房间，身上还散发出一阵阵浓郁的香水味，虽然她羞答答地、同时又涎皮赖脸地微笑着，可是明显地感到局促不安。

那位服丧的太太终于办完手续，站了起来。突然，随着一阵橐橐的脚步声，雄赳赳地走进来一个军官，他走路的姿势很特别，不知怎的，每走一步，肩膀就扭动一下，进来后，他把缀有帽徽的制帽往桌子上一扔，随即坐到了扶手椅上。那位胖太太一看到他，立刻从座位上霍地站起身来，脸上带着特别高兴的神情向他行了个屈膝礼；但是军官一点儿也不注意她，她却已经不敢当着他的面再坐下去了。这是分局的副局长，两撇浅红褐色的小胡子平平地伸往左右两边，五官小得出奇，不过除了有点儿傲慢无礼，脸上并没什么特殊表情。他有点儿怒气冲冲地斜着眼睛瞅了瞅拉斯科利尼科夫：穿的那身衣服实在是太破太脏了，而且尽管他的样子让人瞧不起，神情气派却与他的衣着并不相称；拉斯科利尼科夫由于不够谨慎，竟毫不客气地直瞅着那个军官，而且瞅得时间太久了，后者甚至觉得受了侮辱。

---

① 德语，谢谢。

“你有什么事?”他大喊一声，这样一个衣衫褴褛的人在他闪电似的目光下竟然不会惊慌失措，这使他感到惊讶。

“你们叫我来的……有通知书……”拉斯科利尼科夫很随便地回答。

“这是件追索欠款的案件，向这个大学生，”办事员放下手头的公文，慌忙说，“这就是!”他把一个本子丢给拉斯科利尼科夫，把一个地方指给他看，“您看看吧!”

“欠款? 什么欠款?”拉斯科利尼科夫想，“不过……看来大概不是那件事!”他由于喜悦而战栗了。他突然感到心里说不出的轻松，轻松极了。真是如释重负。

“先生，通知是让您几点钟来?”中尉大声叫喊，不知为什么他越来越感到自己受了侮辱，“让您九点来，可现在已经十一点多了!”

“一刻钟前才把通知书交给我，”拉斯科利尼科夫扭过头来，高声回答，他也突然出乎自己意外地大发脾气，甚至对此感到有点儿满意，“而且我有病，发着烧就来了，这还不够吗?”

“请不要大声嚷嚷!”

“我并没大声嚷嚷，而是平心静气地说话，您却对我大喊大叫；我是个大学生，不允许别人对我高声叫嚷。”

副局长气得暴跳如雷，最初一刹那甚至什么话也说不出来，从他嘴里只是飞出一些唾沫。他从座位上跳了起来。

“请您住——嘴! 您是在政府机关里。不要出——出——言不逊，先生!”

“您也是在政府机关里，”拉斯科利尼科夫高声大喊，“您不但大喊大叫，还在抽烟，可见您不尊重我们大家。”拉斯科利尼科夫说完这些，心里感到说不出来的快乐。

办事员面带微笑瞅着他们两个。性情暴躁的中尉显然无言以对。

“这不关您的事!”最后他高声叫嚷，声音高得有点儿不自然，“现在请提出向您要求的书面答复。让他看看，亚历山大·格里戈里耶维奇。有告您的状子！您不还钱！瞧，好一头雄鹰，好神气啊!”

但拉斯科利尼科夫已经不再听了，急忙一把拿过诉状，赶紧寻找谜底。他看了一遍又一遍，还是没看懂。

“这是什么?”他问那个办事员。

“这是凭借据向您追索欠款。您必须或者付清全部欠款，连同诉讼费、逾期不还的罚款以及其他费用，或者提出书面答复，说明什么时候可以还清欠款，同时承担义务：在还清债务之前不得离开首都，也不得变卖和隐藏自己的财产。债权人却可以变卖您的财产，并依法控告您。”

“可我……没欠任何人的钱啊!”

“这可不关我们的事了。我们收到一张逾期未还而且拒付一百十五卢布的借据，要求追索这笔欠款；这张借据是您于九个月前交给八等文官的太太——扎尔尼岑娜寡妇的，后来又从扎尔尼岑娜寡妇手里转让给了七等文官切巴罗夫，我们就是为了这件事请您来作答复的。”

“可她不就是我的女房东吗?”

“是女房东，那又怎么样呢?”

办事员面带同情和宽容的微笑看着他，同时又有点儿扬扬得意的样子，仿佛是在看着一个涉世未深，刚刚经受锻炼的雏儿，问：“现在你自我感觉如何?”但是现在什么借据啦，什么追索欠款啦，这些与他有什么相干，关他什么事呢！现在这也值得担心，甚至值得注意吗！他站在那儿，在看，在听，在回答，甚至自己提出问题，但是做这一切都是无意识地。保全了自己，获得了胜利，摆脱了千钧一发的危险而得救——这就是他此时此刻的感受，他全身心感觉到了这一胜利，既用不到有什么预见，也不必做什么分析，无须对未来进行猜测，也无须寻找什么谜底，不再怀疑什么，再没有任何问题。这是充满欢乐的时刻，这欢乐是直觉的，纯属动物本能的欢乐。但是就在这一瞬间，办公室里发生了一件犹如电闪雷鸣的事情。那个因为有人胆敢不尊敬他而感到震惊的中尉，余怒未消，气得面红耳赤，显然，他想维护自己受到伤害的尊严，竟对那个倒霉的“胖太太”破口大骂，而她，从他一进来，就面带极其愚蠢的微笑，一直在瞅着他。

“你这个不三不四的下流货!”他突然扯着嗓子大喊大叫，（那位穿孝服的太太已经出去了）“昨天夜里你那里出了什么事？啊？又是丢人的丑事，吵吵闹闹，都闹到大街上去了。又是打架，酗酒。想进感化院吗！我不是已经跟你说过，已经警告过你十次了，第十一次我可决不宽恕！可你又，又，你这个不可救药的下流货!”

拉斯科利尼科夫惊奇地望着让人这么无礼痛骂的胖太太，连他手里的纸也掉了；然而不久他就猜到了其中的奥妙，对这件事甚至感到太满意了。他高兴地听着，甚至想要哈哈大笑，哈哈大笑，哈哈大笑……他的全部神经好像都在跳动。

“伊利亚·彼特罗维奇!”办事员不安地说，但是马上住了口，想等待时机，因为根据他的经验，要制止这个大发雷霆的中尉，只能用强制的办法。

至于那个胖太太，起初她倒是让雷电交加似的大骂吓得簌簌发抖，可是，怪事：对她骂得越多越凶，她的神情却变得越来越亲切，她对那个可怕的中尉也笑得越来越迷人了。她迈着小碎步在原地转动着，不停地行屈膝礼，急不可耐地等待允许她插嘴的机会，而且终于等到了。

“我那儿没有什么吵闹，也没打架，大尉先生，”她突然很快地说个不停，好似许多豌豆撒落下来，虽然俄语说得还流利，可是带着很重的德国口音，“什么，什么丢人的丑事也没有，他们来的时候都已经喝醉了，我把这事全都告诉您，大尉先生，我没有错……我的家是高尚的，大尉先生，对人的态度也是高尚的，大尉先生，我自己总是，我总是不希望发生任何吵闹打架的事。可他们来的时候就完全醉了，后来又要了三瓶，后来有一个抬起脚来，用脚弹钢琴，在一个高尚的家庭里，这太不像话了，他把钢琴加茨[①]弄坏了，这完全，完全没有风度，我说。可是他抓起一个酒瓶，用酒瓶从背后打人，逢人就打。我赶紧去叫管院子的，卡尔来了，他抓住卡尔，打他的眼睛，把亨利埃特的眼睛也打了，还打了我五个耳光。在一个高尚的家庭里这太不礼貌了，大尉先生，我就叫喊起来。他打开冲着运河的窗户，对着窗户像头小猪一样尖叫；这真丢人哪。怎么能对着窗户，冲着街上像头小猪一样尖叫呢？呸——呸——呸！卡尔从背后抓住他的燕尾服，把他从窗口拖开了，这时，这倒是真的，大尉先生，把他的泽因·罗克[②]撕破了。于是他大喊大叫，说曼·穆斯[③]赔他十五卢布。大尉先生，我自己给了他五个卢布，赔他的泽因·罗克。这是个不高尚的客人，大尉先生，总是惹是生非！他说，我要盖德留克特[④]长篇讽刺文章骂您，

① 德文ganz的音译，“完全”之意。

② 德文Sein Rock的音译，“燕尾服”之意。

③ 德文man mus的音译，“人们应该”之意。

④ 德文drücken的音译，“付印”之意。

因为我在所有报纸上都能写文章骂您。”

“这么说，他是个作家?”

“不错，大尉先生，在一个高尚的家庭里，大尉先生，这是个多么不高尚的客人啊……”

“嗳——嗳——嗳！够了！我已经跟你说过，说过，我不是跟你说过吗……”

“伊利亚·彼特罗维奇!”办事员又意味深长地说。中尉迅速看了他一眼；办事员轻轻点了点头。

“……对你说过，最尊敬的拉维扎·伊万诺芙娜，我这是最后一次警告你，这可是最后一次，”中尉接着说，“如果你那里，在你那个高尚的家庭里哪怕再发生一次吵闹打架的事，我就要，用一种高雅的说法，追究你本人的责任。听到了吗?这么说，那个文学家，那个作家，因为后襟给撕破了，在‘高尚的家庭里’拿走了五个卢布，是吗?哼，去他妈的，这些作家!”他向拉斯科利尼科夫投来轻蔑的一瞥，“前天在一家小饭馆里也发生过这么一件事：吃了饭，不想给钱；‘我，’他说，‘为此要写篇文章讽刺你们’。上星期轮船上也有这么一个，用最下流的话骂一个五等文官受人尊敬的眷属，骂他的夫人和女儿。前两天还有一个让人从糖果点心店里给轰了出去。瞧，作家、文学家、大学生，还有什么喉舌……他们这号人都是什么德行！呸！你回去吧！我会亲自去你那里看看……到那时你可得当心！听到了吗!”

露意扎·伊万诺芙娜急忙殷勤地对着四面八方行屈膝礼，边行礼边后退，一直退到门口；但是在门口，她的屁股撞了一个仪表堂堂的警官，他面部神情坦率，开朗，充满朝气，留着十分漂亮、浓密的淡黄色络腮胡子。这就是分局局长尼科季姆·福米奇。露意扎·伊万诺芙娜连忙深深地行了个屈膝礼，膝盖几乎碰到地板上，于是迈着小碎步，仿佛跳跃着跑出了办公室。

“又是雷声隆隆，雷电交加，又刮起了旋风，飓风！”尼科季姆·福米奇亲切而友好地对伊利亚·彼特罗维奇说，“又大动肝火，大发雷霆了！还在楼梯上我就听见了。”

“是啊，怎么呢！”伊利亚·彼特罗维奇以高贵的气度漫不经心地说，（他甚至不是说怎么呢，不知怎的，说成了：‘是啊——咋么——呢！’）一边说，一边拿着些公文向另一张桌子走去，每走一步都神气活现地扭动着肩膀，迈哪边的脚，肩膀就往哪边歪，“喏，请看，作家先生，也就是大学生，就是说，从前是大学生，不肯还钱，立了借据，也不搬走，人家不断控告他，他却对我当着他的面抽烟表示不满！自己的行为下——流——卑鄙，可是瞧，请您瞧瞧他吧：现在他这副模样儿多讨人喜欢！”

“贫穷不是罪恶，朋友，这又有什么呢！大家都知道，他脾气暴躁，受不了别人的气。大概他让您受了什么委屈，您忍不住了，”尼科季姆·福米奇客气地对拉斯科利尼科夫转过脸去，继续往下说，“不过您这就不对了：我告诉您，他是个极——其——高尚的人，不过脾气暴躁，是个火药桶！冒起火来，发一通脾气，脾气发完了——也就没事了！全都过去了！归根到底，他有一颗金子一样的心！在团里大家给他取了个绰号，管他叫：‘火药桶中尉’……”

“而且是个多好的——团——啊！”伊利亚·彼特罗维奇高声说，局长的话满足了他的自尊心，使他感到愉快，十分满意，不过他一直在生气。

拉斯科利尼科夫突然想对大家说几句让人非常愉快的话。

“得了吧，大尉，”他突然对着尼科季姆·福米奇毫不拘束地说，“请您设身处地为我想一想……如果我有什么不尊重他的地方，我甚至打算请求他原谅。我是个有病的穷大学生，贫穷压垮（他就是这么说的）了我。我以前是大学生，现在我连生活都无法维持，不过我会得到钱的……×省有我的母亲和妹妹……她们会给我寄钱来，我……一定会把钱还清。我的房东是个好心肠的女人，不过因为我丢掉了教书的工作，三个多月没缴房租，她气坏了，连午饭也不给我送来了……而且我完全弄不明白，这是张什么借据！现在她凭这张借据向我讨债，可我怎么还她呢，请您想想看吧！……”

“这可不是我们的事……”办事员又插嘴说。

“对不起，对不起，我完全同意您的意见，不过也请允许我解释一下，”拉斯科利尼科夫又接住话茬说，不是对着办事员，而是一直对着尼科季姆·福米奇，不过也竭力试图对着伊利亚·彼特罗维奇，尽管后者固执地装出一副在翻寻公文的样子，而且轻蔑地不理睬他，“请允许我解释一下，我住在她那儿将近三年了，从外省一来到这里就住在她那儿，早先……早先……不过，为什么我不承认呢，一开始我答应过，要娶她的女儿，只是口头上答应的，并没有约束力……这是个小姑娘……不过，我甚至也喜欢她……虽说我并不爱她……总而言之，年轻嘛，也就是，我是想说，当时女房东肯让我赊账，让我赊了不少账，在某种程度上我过的就是这样的生活……我很轻率……”

“先生，根本没要求您谈这些隐私，再说也没有时间。”伊利亚·彼特罗维奇粗暴地、得意洋洋地打断了他，但是拉斯科利尼科夫性急地不让他再说下去，尽管他自己突然感到说话十分吃力。

“可是对不起，请允许我，或多或少，把话说完……是怎么回事……我也……虽然，说这些是多余的，我同意您的意见——可是一年前这个姑娘害伤寒死了，我仍然是那儿的房客，而女房东自从搬进现在这套住房，就对我说……而且是很友好地说……她完全相信我……不过我是不是愿意给她立一张一百一十五卢布的借据呢，她认为我一共欠了她这么多钱。请等一等：她正是这么说的，说是只要我给她立这么一张借据，她就又会赊账给我，赊多少都可以，而且任何时候，无论什么时候她也——这是她亲口说的——不会利用这张借据，直到我自己还清欠她的钱……可是瞧，现在，正当我丢掉了教书的工作，没有饭吃的时候，她却来告状讨债了……现在叫我说什么呢？”

“这都是些令人感动的细节，先生，与我们毫不相干，”伊利亚·彼特罗维奇粗暴无礼地打断了他的话，“您必须作出书面答复和保证，至于您怎么恋爱以及所有这些悲剧性的故事，跟我们毫无关系。”

“唉，你真是……残酷无情……”尼科季姆·福米奇含糊不清地说，说着坐到桌边，也开始签署公文。不知怎的他感到惭愧了。

“请写吧。”办事员对拉斯科利尼科夫说。

“写什么？”他不知怎的特别粗暴地问。

“我说，您写。”

拉斯科利尼科夫觉得，在他作了这番自白之后，办事员对他更不客气，更瞧不起他了——不过真是怪事——他自己突然对别人的意见，不管是谁的意见，都毫不在乎了，而这一转变不知怎的是在一刹那、在一分钟里发生的。如果他肯稍微想一想的话，当然会感到奇怪：一分钟前他怎么能和他们那样说话，甚至硬要用自己的感情去打动他们？而且打哪儿来的这些感情？恰恰相反，如果这会儿这屋里突然坐满了他最好的朋友，而不是这两位局长大人，看来他也找不到一句知心的话和他们谈心，他的心已经麻木到了何种程度。他心里突然出现了一种悲观情绪，而这是由于痛苦的极端孤独以及与世隔绝的结果，他意识到了这一点。不是因为他在伊利亚·彼特罗维奇面前倾诉衷肠，也不是因为中尉扬扬得意，赢得了对他的胜利，不是这些卑鄙的行为使他心里突然这么难过。噢，他自己的卑鄙行为、这些傲慢和自尊，还有中尉、德国女人、讨债、办公室以及其他，等等，现在这一切与他有什么关系！即使此时向他宣判，要把他活活烧死，他也会毫不在意，甚至未必会留心听完对他的判决。他心里发生了某种对他来说完全陌生、突如其来、从未有过的新变化。倒不是说他已经理解了，不过他清清楚楚感觉到，全身心感觉到，他不仅不能像不久前那样感情用事，而且也不会以任何方式向警察分局里的这些人申诉了，即使这全都是他的亲兄弟姐妹，而不是什么中尉警官，甚至无论他的生活情况怎样，他也无须向他们吐露自己内心的感情；在这一分钟以前，他还从未体验过类似奇怪而可怕的感觉。而且让人最痛苦的是，这与其说是认识或理解，不如说仅仅是一种感觉，是一种直觉，在此之前他生活中体验过的一切感觉中最痛苦的一种感觉。

办事员开始向他口授此类案件通常书面答复的格式，就是，我无力偿还欠款，答应将于某日（随便什么时候）归还，不会离开本市，不会变卖财产或将财产赠予他人，等等。

“啊，您不能写了，笔都快从您手里掉下来了，”办事员好奇地打量着拉斯科利尼科夫，说，“您有病？”

“是的……头晕……请您说下去！”

“完了。请签字。”

办事员拿走书面答复，办别人的事去了。

拉斯科利尼科夫把笔还给人家，但是没有站起来走出去，而是把两个胳膊肘撑在桌子上，双手紧紧抱住了头。仿佛有人在往他头顶上钉钉子。他突然产生了一个奇怪的想法：立刻站起来，到尼科季姆·福米奇跟前去，把昨天的事全都告诉他，直到最后一个细节都不遗漏，然后和他一起去自己的住处，把藏在墙角落那个窟窿里的东西指给他看。这个想法是如此强烈，他已经站起来，要去这么做了。“是不是再考虑一下，哪怕再考虑一分钟呢？”这样的想法忽然掠过他的脑海。

“不，最好别考虑，从肩上卸下这副重担吧！”但是他突然一动不动地站住了，尼科季姆·福米奇正在激动地和伊利亚·彼特罗维奇说话，这样的一些话飞到了他的耳边：

“这不可能，两人都要释放。第一，一切都自相矛盾；您想想看，如果这是他们干的，他们干吗要去叫管院子的？自己告发自己吗？还是想要花招呢？不，那可就太狡猾了！最后还有，大学生佩斯特里亚科夫进去的那个时候，两个管院子的和一个妇女都在大门口看到了他：他和三个朋友一道走着，到了大门口才和他们分手，还当着朋友们的面向管院子的打听过住址。他要是怀着这样的意图前来，会打听她的住址吗？而科赫，去老太婆那里以前，他在底下一个银匠那儿坐了半个钟头，八点差一刻才从他那儿上楼去找老太婆。现在请您想想看……”

“不过，请问，他们怎么会这么自相矛盾呢：他们肯定地说，他们敲过门，门是扣着的，可是三分钟以后，和管院子的一道上去，却发现门是开着的？”

“问题就在这里了：凶手一定是把门钩扣上，坐在里面。要不是科赫干了件蠢事，也去找管院子的，准会当场抓住凶手。而他正是在这个当口下楼，设法从他们身边溜走的。科赫用双手画着十字，说：‘我要留在那里的话，他准会冲出来，用斧子把我也砍死。’他要去做俄罗斯式的祈祷呢，嘿嘿……”

“谁也没看见凶手吗?”

“哪里看得见呢？那幢房子简直像诺亚方舟。”坐在自己座位上留神听着的办事员插了一句。

“事情是很清楚的，事情是很清楚的!”尼科季姆·福米奇激动地反复说。

“不，事情很不清楚。”伊利亚·彼特罗维奇像作结论似的说。

拉斯科利尼科夫拿起自己的帽子，往门口走去，可是他没能走到门口……

当他清醒过来的时候，看到自己坐在一把椅子上，有个人从右边扶着他，左边站着另一个人，这人拿着一个黄色玻璃杯，杯里装满黄色的水，尼科季姆·福米奇站在他面前，凝神注视着他；他从椅子上站了起来。

“您怎么，病了吗?”尼科季姆·福米奇语气相当生硬地问。

“他签名的时候，几乎连笔都拿不住了。”办事员说着坐到自己位子上，又去看公文。

“您早就病了吗?”伊利亚·彼特罗维奇从自己座位上大声问，他在翻阅公文。病人晕倒的时候，他当然也来观看过，不过等病人清醒过来，他就立刻走开了。

“从昨天起……”拉斯科利尼科夫含糊不清地回答。

“昨天您出来过吗?”

“出来过。”

“已经病了?”

“病了。”

“几点钟出来的?”

“晚上七点多。”

“去哪里呢，请问?”

“上街。”

“简短，明了。”

拉斯科利尼科夫回答时语气生硬，说话简短，脸色像纸一样白，在伊利亚·彼特罗维奇的目光注视下，他那双布满血丝的黑眼睛并没有低垂下去。

“他几乎都站不住了，可你……”尼科季姆·福米奇说。

“没——关——系!”伊利亚·彼特罗维奇不知怎的用一种很特殊的语气说。尼科季姆·福米奇本想再补上几句，可是望了望也在凝神注视着他的办事员，就没再说什么。突然大家都不说话了。真怪。

“嗯，好吧，”伊利亚·彼特罗维奇结束了谈话，“我们不留您了。”

拉斯科利尼科夫出去了。他还能清清楚楚听到，他一出来，屋里突然立刻热烈地谈论起来，其中听得最清楚的是尼科季姆·福米奇发问的声音……在街上他完全清醒了过来。

“搜查，搜查，马上就要去搜查了!”他匆匆赶回家去，暗自反复思索，“这些强盗！怀疑我了!”不久前的恐惧又控制了他，从头到脚控制了他的全身。

二

“要是已经搜查过了，那该如何是好？要是刚好在家里碰到他们去搜查，又该怎么办呢？”

不过，这就是他的房间。没发生任何事情，一个人也没有，谁也没来察看过。连娜斯塔西娅也没碰过他的东西。可是，上帝啊！不久前他怎么能把这些东西藏在这个窟窿里？

他赶紧跑到墙角，伸手到墙纸后面，把东西全掏出来，装到衣袋里。原来一共有八件：两个小盒子，装的是耳环这一类的东西——他没细看；还有四个精制山羊皮的小匣子。一条链子，就这么用报纸包着。还有个用报纸包着的东西，好像是勋章……

他把这些东西分别装在大衣口袋和裤子上仍然保留着的右边那个口袋里，尽可能装得不惹人注意。和那些东西一起，他也拿了那个钱袋。然后从屋里出去了，这一次甚至让房门完全敞着。

他走得很快，脚步坚定，虽然感觉到全身疲乏无力，但神智是清醒的。他担心有人追赶，担心再过半个钟头或一刻钟，大概就会发出监视他的指示，所以无论如何得在此之前消灭一切痕迹。趁多少还有点儿力气，还能思考的时候，得赶快把事情办完……去哪里呢？

这已经早就决定了：“把所有东西都扔到运河里，不留下任何痕迹，那么事情就全完了。”昨天夜里，还在梦呓中的时候，他就这样决定了，他记得，当时有好几次他竭力想要起来，跑出去：“快，赶快，把所有东西统统扔掉。”但要扔掉，原来是很困难的。

他在叶卡捷琳娜运河堤岸上徘徊了已经约莫半个钟头了，也许还不止半个钟头，几次仔细察看所碰到的岸边斜坡。但是要实现自己的意图，却是连想也不要去想：要么是有木筏停靠在岸边，还有些女人在木筏上洗衣服，要么是停靠着一些小船，到处熙熙攘攘，人头攒动，而且从堤岸上，从四面八方，到处都可以看到，注意到：有一个人故意下去，站下来，把什么东西扔到水里，这是很可疑的。万一小匣子不沉下去，而在水面上漂流呢？当然是这样。人人都会看到。就是不扔东西，大家都已经这样瞅着他了，碰到的人都要仔细打量他，好像他们就只注意他一个人似的。“为什么会这样呢，还是，也许是我自己觉得如此吧。”他想。

最后，他忽然想到，去涅瓦河边是不是会好些呢？那里人少些，也不大惹人注意，无论如何比较合适，主要是离这儿远一些。他突然觉得奇怪：他怎么能满腹忧虑，提心吊胆，在这危险的地方徘徊了整整半个钟头，而不能早点儿想出这个主意！为干一件冒冒失失的事浪费了整整半个钟头，这都是因为，这一轻率的决定是在梦中，在谵妄状态中做出的！他变得太心不在焉和健忘了，他知道这一点。毫无疑问，得赶快去！

他沿着B大街往涅瓦河走去，但在路上突然又有一个想法进入他的脑海：“干吗要去涅瓦河？干吗要扔到水里？到一个很远很远的地方去，就是去群岛也可以，在那儿随便什么地方，找个偏僻的去处，在森林里，把这些东西都埋在一棵树底下，或者灌木丛下，而且记住这棵树，这样是不是更好呢？”虽然他感觉到，这时候他不能明确、合理地把一切都考虑得十分周到，但是他觉得这个想法准错不了。

但是命中注定他不会到达群岛，发生的却是另一回事：他从B大街走到广场，突然看到左首有一个院子的入口，院子四周的围墙上完全没有门窗。一进大门，毗邻一幢四层楼房的一道没有粉刷过，也没有门窗的墙壁，从右面一直延伸到院子里很远的地方。左面，也是一进大门，与那道没有门窗的围墙平行，还有一道板墙，深入院子约二十来步，然后又折往左边。这是一个荒凉、僻静、与外部隔绝的地方，里面堆着些不知什么材料。再往里去，院子深处，板墙后露出一座熏黑了的、低矮难看的建筑物的一角，显然是个什么作坊的一部分。这儿大概是个什么作坊，制造马车的，或者是五金制品装配场，或者是什么其他这一类的作坊；到处，几乎从一进大门，到处都是大量黑煤灰。“哈，这真是个扔东西的好地方，扔下就走！”他不由得想。他发现院子里一个人也没有，于是走进大门，刚好看到，紧靠大门口，板墙边有一条斜沟（在有许多工厂工人、劳动组合的工匠、马车夫等的这种房子里，常常有这样的斜沟），斜沟上方，就在板墙上，用粉笔写着一句在这种场合常见的俏皮话：“次（此）处金（禁）止站立。”[①]所以，这真是妙极了，来这儿站一会儿，是不会引起任何怀疑的。“在这儿把所有东西随便扔到垃圾堆里，然后就走！”

他又朝四下里看了看，已经把手伸进口袋里，突然在外面那道围墙旁边，大门和斜沟之间一俄尺宽的那块空地里，发现了一块没加工过的大石头，大约有一普特[②]半重，紧靠着临街的石墙。墙外就是大街，人行道，可以听到行人匆匆行走的脚步声，这里总是有不少行人；可是大

① 这样的斜沟本是让人小便的，“此处禁止站立”的意思是“禁止小便”，所以说是一句“俏皮话”。

② 一普特等于16.38千克。

门外谁也看不到他，除非有人从街上进来，不过这是很可能的，因此得赶快行动。

他弯下腰，双手紧紧抱住石头上端，使出全身力气把石头翻转过来。石头底下形成了一个不大的坑：他立刻掏出口袋里的东西，全都扔进这个坑里。钱袋丢在了最上边，而坑里还有空余的地方。然后他又抱住石头，只一滚，就把它滚回原来那个方向，刚好落到原处，只不过稍稍高出了一点儿。不过他扒了些泥土堆到石头边上，又用脚把边上踩实。什么也看不出来了。

于是他走出来，往广场上走去。有一瞬间他心中又充满了几乎无法抑制的强烈喜悦，就跟不久前在警察局里的情况一样。“罪证消失了！有谁，有谁会想到来搜查这块石头底下呢？也许从盖房子的时候起，这块石头就放在这儿了，而且还要在这儿放上许多年。即使被人找到：谁能想到我呢？一切都结束了！罪证没有了！”于是他笑了起来。是的，后来他记起，他笑了，这笑是神经质的，不是拖长声音的哈哈大笑，而是无声的笑，不过笑得时间很久，穿过广场的这段时间里他一直在笑。但是当他来到K林荫大道，就是前天遇到那个姑娘的地方，他的笑突然停止了。另外一些想法钻进了他的脑子。他突然觉得，现在他怕打那条长椅子旁边走过，那里让他十分反感，而那天，那个姑娘走了以后，他曾坐在那条长椅子上东想西想，想了好久，他也害怕再碰到那个小胡子，那会使他心情沉重，当时他曾把二十戈比交给了小胡子：“叫他见鬼去吧！”

他一边走，一边心不在焉地、气愤地望着四周。现在他的全部思想都围绕着一个主要问题旋转——他自己也感觉到，这当真是个主要问题，而现在，正是现在，他正独自面对这一主要问题——而且这甚至是这两个月来的第一次。

“让这一切都见鬼去吧！”愤恨如潮水般涌上心头，盛怒之下，他想。“好，开始了，那就开始吧，让它见鬼去，让新的生活见鬼去吧！上帝啊，这是多么愚蠢！……今天我说了多少谎，干了多少卑鄙的事情！不久前我曾多么卑鄙地讨好这个最可恶的伊利亚·彼特罗维奇，跟他一道演戏啊！不过，这也是胡说八道！我才瞧不起他们，瞧不起他们大家，也为我讨好他们和演戏感到可耻！完全不是这么回事！完全不是这么回事……”

他突然站住了。一个完全出乎意外又异常简单的新问题一下子把他弄糊涂了，而且在痛苦地折磨他：

“如果做这一切当真是有意识的，而不是一时糊涂，如果你当真有明确和坚定不移的目的，那么为什么直到现在你连看都没看过那个钱袋，也不知道你弄到了多少钱，不知道你为了什么忍受这些痛苦，为了什么有意识地去干这样卑鄙、丑恶和下流的事情？不是吗？你想立刻把它，把钱袋，连同那些东西一起丢到水里，而你看也没看那是些什么……这是怎么回事呢？”

是的，是这样的，一切的确如此。不过，这些以前他也知道，对他来说，这完全不是什么新问题。昨天夜里决定把一切都扔到水里去的时候，他是毫不犹豫、毫不怀疑地做出决定的，仿佛这是理所当然，仿佛不可能不是这样……不错，这一切他都知道，这一切他都记得。而且几乎是昨天，他蹲在那个箱子旁边，从里面拖出一个个小匣子的时候，就在那个时候，这就已经决定了……不是这样吗……

“这是因为我病得很重，”最后他忧郁地断定，“我自寻苦恼，自己折磨自己，连自己也不知道在做什么……昨天，前天，所有这些时间里我一直在折磨自己……等我恢复健康……就不会再折磨自己了……可是我是完全不能恢复健康的了，怎么办？上帝啊！这一切让我多么厌烦了啊！……”他毫不停顿地走着。他很想设法分散一下注意力，但不知道该怎么办，该采取什么办法。一种无法克服的前所未有的感觉控制了他，而且这感觉几乎一分钟比一分钟强烈：这是对所遇到的一切、对周围一切事物极端厌恶的一种感觉，几乎是肉体上感觉得到的一种厌恶，而且这感觉是顽强的，充满了愤恨和憎恶。所有遇到的人，他都觉得是丑恶的，他们的脸，他们走路的姿势，一举一动，他都觉得可恶。他简直想往什么人的脸上啐口唾沫，似乎，如果有人跟他说话，不管是谁，他都会咬他一口……

当他走到小涅瓦河堤岸上的时候，他突然在瓦西利耶夫斯基岛一座桥旁站住了。“瞧，他就住在这儿，住在这所房子里，”他想，“这是怎么回事，我好像自己走到拉祖米欣这儿来了！又像那时候，那一次一样……不过这倒很有意思，是我主动来的呢，还是无意中走到了这里？反正一样；前天……我说过……等干完那件事以后，第二天再来，有什么呢，这不是来了！似乎我现在也不能去……”

他上五楼去找拉祖米欣。

拉祖米欣在家，在他那间小屋里，这时他正在工作，在写什么，亲自来给他开了门。他们有三个多月没见面了。拉祖米欣穿一件已经破烂不堪的睡衣，赤脚穿着便鞋，头发乱蓬蓬的，脸没刮过，也没洗过。他脸上流露出惊讶的神情。

“你怎么了？”他从头到脚细细打量进来的同学，叫喊起来，接着沉默了一会儿，吹了吹口哨。

“莫非情况这么糟吗？可你，老兄，论穿戴，往常你可是比我们大家都强啊，”他瞅着拉斯科利尼科夫那身褴褛的衣服，又加上一句，“你坐啊，大概累了吧！”当拉斯科利尼科夫躺倒在比他自己的沙发更差的漆布面土耳其式沙发上的时候，拉祖米欣突然看出，他的客人有病。

“你病得很严重，你知道吗?”他要摸他的脉搏，拉斯科利尼科夫把手挣开了。

“用不着……”他说，“我来……是这么回事：教书的工作，我已经没有了……我想要……不过，我根本不需要教课……”

“你知道吗？你在说胡话!”凝神细心观察他的拉祖米欣说。

“不，我不是说胡话……”拉斯科利尼科夫从沙发上站了起来。他上楼来找拉祖米欣的时候，并没想到必然要面对面地会见拉祖米欣。现在，已经是根据自己的经验，他刹那间想到，目前他最不愿面对面地会见世界上的任何人。他满腔的怒火突然爆发。一跨进拉祖米欣家的门槛，由于痛恨自己，他气得几乎喘不过气来。

“再见!”他突然说，于是往门口走去。

“喂，你等一等，等一等，怪人!”

“用不着！……”拉斯科利尼科夫重复说，又把手挣开了。

“那么干吗要来！你发傻了，还是怎么的？……几乎让人感到难堪。这样我不放你走!”

“好，那么你听着：我来找你，是因为，除了你，我不认识旁的能帮助我的人……帮助我开始……因为你比他们大家的心肠都好，也就是说比他们聪明，能够全面地考虑……可现在我看到，我什么也不需要，你听到了吗？完全不需要……任何人的帮助和同情……我自己……自个儿……好，够了！别管我！”

“不过请稍等一等，扫烟囱的工人[1]！你完全是个疯子！我的意见是，你爱怎么着就怎么着。你要知道，我也不教书了，而且教书我也看不上。不过旧货市场上有个书商，姓赫鲁维莫夫，就某一方面来说，给他干，也等于教课。现在我可不愿放弃这个工作，去换取给五个富商当家庭教师的工作。他经营出版业，出版自然科学书籍——很有销路！单是书名就很值钱！你总是说我傻，真的，老兄，还有比我更傻的呢！现在他也在赶浪头，迎合社会思潮。他自己是一点儿也不懂，我呢，当然鼓励他。这儿有两印张多德文原作，依我看，这是极其愚蠢的招摇撞骗的玩意儿：总而言之，讨论是不是该把女人看作人？当然啦，郑重其事地证明了，女人是人。赫鲁维莫夫打算出版这本关于妇女问题的著作，我正在翻译；他要把这两印张半排成六印张，加上半页印得十分豪华漂亮的书名，每本卖半个卢布。准能卖得出去！给我的稿酬是一印张六个卢布，所以一共可以拿到十五卢布，我已经预支了六个卢布。搞完这一本，我们还要着手译一部关于鲸的书，然后又要从《Confessions》[2]的第二部里摘译一些最无聊的废话；有人告诉赫鲁维莫夫，似乎就某方面来说，卢梭也就是拉季舍夫[3]一类的人物。我当然不反对了，管它呢！喂，你愿意译《女人是不是人》的第二印张吗？愿意的话，现在就把原文拿去，笔和纸也都拿去——这都是

---

① 因为他穿得又破又脏，像个扫烟囱的工人。

② 《Confessions》（《忏悔录》）是法国作家卢梭（1712—1778）的自传性作品，于1865年译成俄文。

③ 阿·尼·拉季舍夫（1749—1802），俄罗斯作家、革命家、唯物主义哲学家。

免费提供的——再拿三个卢布去；因为我预支的是全部译稿，第一印张和第二印张的稿费，所以三个卢布是应该归你。你译完以后，还可以拿三个卢布。还有，请你别把这看作是我对你的帮助。恰恰相反，你一进来，我就在盘算，你能在哪方面给我帮个忙。第一，我对正字法不太了解，第二，我的德文简直不行，因此，我哪里是翻译啊，多半是自己写作，可以聊以自慰的是，这样会更好些。唉，谁知道呢，说不定这样不是更好，而是更糟……你干不干?"

拉斯科利尼科夫默默地拿了几页德文论文，拿了三个卢布，一句话也没说就走了出去。拉祖米欣惊讶地目送着他。拉斯科利尼科夫已经来到了第一条街道上了，却突然转身回去，又上楼去找拉祖米欣，把那几页德文原著和三个卢布都放到桌子上，又是一言不发，转身就走。

"你是发酒疯，还是怎么了!"终于大发脾气的拉祖米欣高声叫喊起来，"你干吗要演滑稽戏！连我都让你给搞糊涂了……见鬼，你干吗回来?"

"翻译……我不需要……"拉斯科利尼科夫在下楼梯的时候，含糊不清地说。

"那么你需要什么呢?"拉祖米欣从楼上大声嚷。拉斯科利尼科夫继续默默地往下走。

"喂，你！你住在哪里?"

没有回答。

"哼，那么你见——鬼去吧!"

可是拉斯科利尼科夫已经到了街上。在尼古拉耶夫斯基桥上，由于遇到一件对他来说极不愉快的事，他又一次完全清醒过来。一辆四轮马车上的车夫在他背上狠狠地抽了一鞭子，因为他险些儿没让马给踩死，虽然车夫对他叫喊了三四次，可他根本就没听见。这一鞭子打得他冒起火来，赶快跳到了栏杆边（不知为什么他在桥当中走，而那里是行车道，人不能在那里走），气得把牙齿咬得咯咯地响。当然啦，周围爆发了一阵哄笑声。

“该打！”

“是个骗子。”

“当然是假装喝醉了，故意要往车轮底下钻，你却要对他负责。”

“他们就是干这一行的，老兄，你们就是干这一行的……”

但是就在这时，就在他站在栏杆边一直茫然而又愤怒地目送着渐渐远去的四轮马车、揉着背部的时候，他突然感觉到，有人往他手里塞钱。他一看，原来是一个上了年纪的商人太太，包着头巾，穿一双山羊皮皮鞋，还有一个戴着帽子、打着绿伞的姑娘和她在一起，大概是她女儿。“看在耶稣分上，收下吧，先生。”他接过了钱，她们从一旁过去了。这是一枚二十戈比的钱币。看他的衣服和他的样子，她们很可能把他当成了乞丐，当成了经常在街上讨钱的叫花子，而他得到这二十戈比，大概是多亏了挨的那一鞭子。正是这一鞭子使她们产生了恻隐之心。

他把这二十戈比攥在手里，走了十来步，转过脸去对着涅瓦河，面对皇宫[①]那个方向。天空中没有一丝云影，河水几乎是蔚蓝的，在涅瓦河这是很少见的。大教堂的圆顶光彩四射，无论站在哪里看它，都不像从桥上离钟楼二十来步远的这儿看得这样清楚，透过纯净的空气，甚至可以清晰地看出圆顶上的种种装饰。鞭打的疼痛消失了，拉斯科利尼科夫忘记了挨

① 指冬宫。

打的事；一个令人不安、还不十分明确的想法吸引了他的全部注意力。他站在那儿，好长时间凝神远眺；这地方他特别熟悉。以前他去大学上课的时候，常常——多半是在回家的时候——也许有一百来次，他停下来，正是站在这个地方，凝神注视着这的确是辉煌壮丽的景色，而且几乎每次都为一种模模糊糊的、他无法解释的印象感到惊讶。这壮丽的景色仿佛寒气逼人，总是会使他有一种无法解释的凄凉感觉；对他来说，这华丽的画面寂静、荒凉，令人心情颓丧……每次他都对自己这种忧郁和难以解释的印象觉得奇怪，由于不相信自己能做出满意的解释，于是就把解开这不解之谜的任务推迟到未来。现在他突然清清楚楚想起了自己从前的这些问题和困惑，而且觉得，想起这些来并不是偶然的。现在他恰好站在从前站着的那个地方，仿佛当真认为现在可以像从前一样思考那些同样的问题，对以前……还完全是不久前感兴趣的那些论题和画面同样很感兴趣，单是这一点就让他感到奇怪和不可思议了。他甚至几乎觉得有点儿好笑，而同时又感到压抑，压得胸部都觉得疼痛。他好像觉得，这全部过去，这些以前的想法、以前的任务、以前的印象，还有这全部景色，以及他自己，一切、一切……全都在下面，在他脚下隐约可见的，一个很深很深的地方。似乎他已离地飞升，不知往什么地方飞去，一切都从他眼中消失了……他用手做了个不由自主的动作，突然感觉到了拳头里攥着的那枚二十戈比的硬币。他松开手，凝神看了看那枚钱币，一挥手把它扔进水里，然后转身回家。他觉得，这时他好像是用剪刀把他与一切人和一切事物都剪断了。

他回到家里，已经是傍晚时分，这么说，他一共走了六个钟头。他是从哪里回来，又是怎样回来的，这些他什么也不记得。他脱掉衣服，像一匹被赶得筋疲力尽的马，浑身发抖，躺到沙发上，拉过大衣盖在身上，立刻昏昏沉沉进入梦乡……

天色已经完全昏暗的时候，他被一阵可怕的叫喊声惊醒了。天哪，这喊声多么吓人！这样的号哭和哀号，这样的咬牙切齿、眼泪、毒打和咒骂，这样一些极不正常的声音，他还从未听过，从未见过。他不能想象会有这样残暴的行为和这样的狂怒。他惊恐地欠起身来，坐到自己床上，一直呆呆地一动不动，痛苦万分。但打架、号哭和咒骂却越来越凶了。使他极为惊讶的是，他突然听出了女房东的声音。她哀号、尖叫，数数落落地边哭边嚷，匆忙而又急促地述说着，以致无法听清，女房东在哀求什么——当然是哀求人家别再打她，因为有人正在楼梯上毫不留情地毒打她。由于愤恨和气得发狂，打人的人的声音听起来是那么可怕，已经只听到嘶哑的叫喊，不过打人的人还是在说什么，说得也很快，听不清楚，急急匆匆，上气不接下气。突然拉斯科利尼科夫像片树叶一样簌簌发抖了：他听出了这个声音，这是伊利亚·彼特罗维奇的声音。伊利亚·彼特罗维奇在这里，而且在打女房东！他用脚踢她，把她的头用力往楼梯上撞——这是很显然的，从响声，从哭声，从殴打的声音上都可以听得出来！这是怎么回事，天翻地覆了吗？可以听到，每层楼、每道楼梯上都挤满了人，听到人们的说话声、惊呼声，许多人上楼来，敲门，砰砰啪啪的开门关门声，大家都跑到一起来了。“可这是为什么，为什么……这怎么可能呢！”他反复说，并且认真地想，他准是完全疯了。可是，不，他听得太清楚了！……这么说，既然如此，他们马上就要到他这儿来了，“因为……没错儿，全是为了那桩事……由于昨天的……上帝啊！”他想扣上门钩，可是手抬不起来……再说，也没有用！恐惧像冰一样包围了他的心，使他痛苦异常，仿佛把他给冻僵了……不过，这阵持续了足有十来分钟的吵闹声终于渐渐平静下来了。女房东还在呻吟，还在哼，伊利亚·彼特罗维奇一直还在吓唬她，骂她……不过，好像他也终于安静下来了。喏，已经听不到声音了。“莫非他走了吗？上帝啊！”对，女房东也走了，她一直还在呻吟，还在哭……听，她的房门也“砰”地一声关上了……人群也散了，下楼回各人的房间里去了——他们叹息着，争论着，互相呼唤着，有时提高声音，像是在叫喊，有时压低声音，好似窃窃私语。想必有很多人，几乎整幢房子里的人都跑来了。“不过，天哪，难道这是可能的吗！而且为什么，他为什么到这儿来呢？”

拉斯科利尼科夫浑身瘫软无力地倒在沙发上，可是已经不能合眼了；他十分痛苦地躺了约莫半个钟头，感到极端恐惧，简直无法忍受，这样的痛苦和恐惧，以前他还从未经受过。突然一道亮光照亮了他的小屋：娜斯塔西娅拿着蜡烛、端着一盘汤走了进来。她仔细看了看他，看清他没有睡觉，于是把蜡烛放到桌子上，把拿来的东西一一摆了出来：面包、盐、盘子、调羹。

“你大概从昨儿个就没吃东西了。在外面转悠了整整一天，人却在发烧。”

“娜斯塔西娅……为什么要打女房东啊？”

她留心瞅了瞅他。

“谁打女房东了？”

“刚才…………半个钟头以前，伊利亚·彼特罗维奇，警察分局的副局长，在楼梯上……他为什么这样毒打她？还有……他来干什么？”

娜斯塔西娅一声不响，皱起眉头，细细打量着他，这样看了好久。这样细细打量他，使他感到很不愉快，甚至感到害怕。

“娜斯塔西娅，你为什么不说话?”最后，他声音微弱地、怯生生地说。

“这是血。”她终于轻轻地回答，仿佛自言自语。

“血！……什么血?”他含糊不清地说，脸色煞白，并且往墙那边躲开一些。娜斯塔西娅继续默默地瞅着他。

“谁也没打女房东。”她又用严厉和坚定的声音说。他看着她，几乎喘不过气来。

“我亲耳听到的……我没睡，……我在坐着，”他更加忐忑不安地说，“我听了很久……副局长来了……大家都跑到楼梯上来了，从所有住房里……”

“谁也没来过。这是你身上的血在叫喊。血没处流的时候，就会凝成血块，于是就会好像看见什么，听见什么……你要吃点儿东西吗?”

他没回答。娜斯塔西娅一直站在他身边，凝神注视着他，没有走。

“给我点儿水喝……娜斯塔西尤什卡。”

她下去了，两分钟后，用一个带把的白瓷杯端了一杯水回来。他已经记不得以后的事了。他只记得，他喝了一口冷水，把杯里的水都洒到了胸膛上，以后就失去了知觉。

三

不过，并不是他生病的这段时间里，一直完全不省人事：他在发烧，说胡话，处于一种半昏迷的状态。以后他记起了许多事情。一会儿他好像觉得，有许多人聚集在他身边，他们想要逮住他，把他送到什么地方去，为他争论得很激烈，还争吵起来。一会儿突然只有他一个人在屋里，大家都走了，都怕他，只是偶尔稍稍打开房门看看他，威胁他，相互间不知在商量什么，他们还在笑，在逗他。他记得娜斯塔西娅经常在他身边。他还认出了一个人，好像是他很熟的一个熟人，可到底是谁，他却怎么也想不起来，为此他很苦恼，甚至哭了。有时他好像觉得，他已经躺了一个月的样子；有时又觉得，还是在那同一天里。但是那件事——那件事他却忘得干干净净；然而又时刻记得，他忘记了一件不能忘记的事——他苦苦回忆，极其苦恼，痛苦不堪，呻吟，发狂，或者陷于无法忍受的极端恐惧之中。于是他竭力挣扎着起来，想要逃走，可总是有人制止他，强迫他躺下，他又陷入虚弱无力、昏迷不醒的状态。终于他完全清醒过来了。

这是上午十点钟的时候。天气晴朗的日子里，上午这个时候总是有一道长长的阳光照射到他右边的墙上，照亮门边的那个角落。娜斯塔西娅站在他床边，床边还有一个人，正在十分好奇地细细打量他，他根本不认识这个人。这是个年轻小伙子，穿一件束着腰带的长上衣，下巴底下留着小胡子，看样子像个送信的。女房东正从半开着的房门外往里张望。拉斯科利尼科夫欠起身来。

“这是什么人，娜斯塔西娅？”他指着那个小伙子问。

“瞧，他醒过来了！”她说。

“醒过来了。”送信的回答。从门外偷看的女房东猜到他清醒过来了，立刻掩上房门，躲了起来。她一向很腼腆，怕跟人说话和作解释。她有四十来岁，很胖，满身肥肉，黑眉毛，黑眼睛，由于肥胖和懒洋洋的，看上去似乎很善良，甚至长得还挺不错，却腼腆得有点儿过分。

“您……是什么人?”他对着那个送信的继续询问。但就在这时房门又大大敞开了,拉祖米欣因为个子高,稍稍低下头,走了进来。

“真像个船舱,”他进来时高声说,“总是碰到额头,这也叫住房呢!老兄,你醒过来了?刚听帕申卡说的。”

“刚醒过来。”娜斯塔西娅说。

“刚醒过来。”那个送信的面带微笑,附和说。

“请问您是谁?”拉祖米欣突然问他,“我姓弗拉祖米欣,不是像大家叫我的那样,不是拉祖米欣,而是弗拉祖米欣,大学生,贵族子弟,他是我的朋友。那么,您是哪一位?”

“我是我们办事处的信差,商人舍洛帕耶夫的办事处,来这儿有件事。”

“请坐在这把椅子上,”拉祖米欣自己坐到桌子另一边的另一把椅子上,“老兄,你醒过来了,这太好了,”接着他又对拉斯科利尼科夫说,“已经是第四天了,你几乎不吃也不喝。不错,拿小勺喂过你茶喝。我带佐西莫夫来看过你两次。你记得佐西莫夫吗?他给你仔细做了检查,立刻就说,不要紧——可能是受了点儿刺激。有点儿神经错乱,伙食太差,他说,啤酒喝得太少,洋姜也吃得太少,于是就病了,不过没关系,会过去的,会好起来的。佐西莫夫真是好样的!开始给你治病了,而且医术高超。啊,那么我就不耽误您了,”他又对那个信差说,“能不能说说,您有什么事?你听我说,罗佳,他们办事处已经是第二次来人了。不过上次来的不是这一位,而是另一个人,我跟那人谈过。在您以前来的是谁啊?”

“大概这是前天吧。不错。这是阿列克谢·谢苗诺维奇,也是我们办事处的。”

“可他比您精明,您认为呢?”

“是的，他的确比我更懂业务。”

“很好！那么请您接着说下去。”

“阿凡纳西·伊万诺维奇·瓦赫鲁申，我想，这个人您听到过不止一次了，应令堂请求，通过我们办事处给您汇来了一笔钱，”那个信差直接对拉斯科利尼科夫说，“如果您已经清醒过来了——就要交给您三十五卢布，因为谢苗·谢苗诺维奇又接到了阿凡纳西·伊万诺维奇应令堂请求、按上次方式寄来的汇款通知。您知道这件事吗?”

“是的……我记得……瓦赫鲁申……”拉斯科利尼科夫若有所思地说。

“您听到了：他知道这个商人瓦赫鲁申!”拉祖米欣大声喊了起来，“怎么会不醒呢？不过，现在我发觉，您也是个精明能干的人。哈！聪明话听起来就是让人觉得愉快。”

“就是他，瓦赫鲁申，阿凡纳西·伊万诺维奇，有一次令堂也是通过他，已经用这种方式给您汇过一笔钱来，这次他也没有拒绝令堂的请求，日前他通知谢苗·谢苗诺维奇，给您汇来三十五卢布，希望会有助于您改善生活。”

“‘希望会有助于您改善生活’，您说得太好了；‘令堂’这个词用得也不错。好，那么怎么样呢，您看他是不是完全清醒了，啊?”

“我认为那倒没什么。不过得签个字。”

“他能签字！您带回单簿来了?”

“是回单簿，这就是。”

“拿过来吧。喂，罗佳，起来。我扶着你，给他签上个拉斯科利尼科夫，拿起笔来吧，因为，老兄，现在对我们来说，钱比糖浆还甜呢。”

“不用!”拉斯科利尼科夫把笔推开，说。

“不用什么?”

“我不签字。”

“唉，见鬼，怎么能不签字呢?”

“我用不着……钱……”

“钱会用不着！哎，老兄，你这是说谎，我就是见证人！请别担心，他这只不过是……又在说胡话。不过，他清醒的时候也常常这样……您是个通情达理的人，我们来教导他，也就是说，干脆抓住他的手，他就会签字了。来吧……”

“不过，我可以下次再来。”

“不，不，干吗麻烦您呢。您是个通情达理的人……喂，罗佳，别耽误客人的时间了……你看，人家在等着呢。”说着他当真要抓住拉斯科利尼科夫的手。

“放开，我自己签……”拉斯科利尼科夫说，拿起笔来，在回单簿上签了字。信差拿出钱来，就走了。

“好哇！老兄，现在想吃东西了吗?”

“想。”拉斯科利尼科夫回答。

“你们这儿有汤?”

“昨儿个的。”这段时间里一直站在这儿的娜斯塔西娅回答。

“土豆加大米的?”

“是土豆大米汤。”

“我就知道是这种汤。端汤来，把茶也拿来。”

“我就拿来。”

拉斯科利尼科夫隐隐怀着一种说不出道理来的恐惧心理，非常惊奇地看着这一切。他决定默不作声，等着以后还会发生什么事。“好像我不是处于昏迷状态，”他想，“好像这都是真的……”

两分钟后，娜斯塔西娅端着汤回来了，还说，这就送茶来。和汤一起拿来了两把调羹，两个小碟子，还有整套调味瓶：盐瓶、胡椒瓶，还有吃牛肉时要加的芥末，等等，已经好久没有像这样把这些东西统统摆出来了。桌布是干净的。

“娜斯塔西尤什卡，要是让普拉斯科维娅·帕夫洛芙娜给送两瓶啤酒来，倒也不错。咱们喝它个痛快。”

“哼，你可真机灵！”娜斯塔西娅嘟嘟囔囔地说，于是照他吩咐的去办了。

拉斯科利尼科夫继续奇怪而紧张地注视着这一切。这时拉祖米欣坐到沙发上来，坐到他身边，像头熊一样笨拙地用左手抱住他的头——虽说他自己也可以欠起身来了——然后用右手把一调羹汤送到他嘴边，还先吹了好几次，以免烫着他。其实汤是温的。拉斯科利尼科夫贪婪地喝了一调羹，又一调羹，第三调羹。但是喂了几调羹以后，拉祖米欣突然停下来了，说能不能再吃得跟佐西莫夫商量一下。

娜斯塔西娅拿着两瓶啤酒进来了。

“想喝茶吗?”

“想。”

“快把茶也拿来，娜斯塔西娅，因为，茶嘛，不用问医生，好像也可以喝。哈，啤酒也有了!”他又回到自己那把椅子上，把汤、牛肉都拉到自己面前，狼吞虎咽地吃了起来，看那样子真像三天没吃饭似的。

“罗佳老兄，现在我每天都在你们这儿像这样吃饭，”他嘴里塞满了牛肉，想尽可能说清楚些，可还是说得含糊不清，“而这全都是帕申卡，你的女房东请客，真心诚意地热情招待我。我当然没坚持让她这样做，不过也不提出异议。瞧，娜斯塔西娅送茶来了。真够麻利的！娜斯金卡，想喝啤酒吗？”

“真是个调皮鬼！”

“那么茶呢？”

“茶嘛，好吧。”

“你斟上。等等，我亲自给你斟。坐到桌边来吧。”

他立刻张罗起来，斟了一杯茶，然后又斟了一杯，放下早餐不吃了，又坐到沙发上。他仍然用左手抱着病人的头，扶起他来，用茶匙喂他喝茶，又不断地特别热心地吹茶，仿佛恢复健康的最主要、最有效的关键，就全在于吹茶这道程序了。拉斯科利尼科夫默不作声，也不反对人家这样做，尽管他感觉到自己有足够的力气欠起身来，不需要别人的任何帮助就可以坐在沙发上了，而且不仅能用手拿住茶匙或茶杯，也许连走路都不成问题。但是由于某种奇怪的、几乎是野兽所特有的那种狡猾心理，他忽然想要暂时隐瞒自己的力气，不让人看出来，如有必要，甚至想假装尚未完全清醒，留心听听，弄清这儿到底发生了什么事情？不过他无法控制自己的厌恶心情：喝了十来茶匙茶以后，他突然把头挣脱出来，任性地推开茶匙，又倒在枕头上。现在他头底下当真垫着几个真正套着干净枕套的绒毛枕头。这一点他也发觉了，注意到了。

“得让帕申卡今天给我们送点儿马林果酱来，给他做饮料。”拉祖米欣说着坐回自己的座位上，又喝起汤和啤酒来。

“她上哪儿给你弄马林果去？”娜斯塔西娅问，她正叉开五个手指托着茶碟，嘴里含着糖块喝茶。

“我的朋友，马林果，她可以到小铺里去买。你知道吗，罗佳，在你睡着的时候，这儿发生了多少事情？你以那样不讲信义的方式从我那儿溜之乎也，又不告诉我你的地址，我突然觉得那么恨你，决定要找到你，惩罚你。当天我就行动起来。我东奔西走，到处打听！现在你住的这个地方我忘了，其实我从来也没记住过，因为我根本不知道。至于你以前住的那个地方——我只记得是在五角场[①]附近——哈尔拉莫夫[②]的房子。我找啊，找啊，寻找这幢哈尔拉莫夫的房子。后来才弄清，这幢房子根本不是哈尔拉莫夫的，而是布赫的——有时就是会把读音搞错，而且错得这么厉害！我气坏了！一气之下，第二天我就到居民地址查询处去查问，反正豁出去了，你瞧，那里只花了两分钟就给我查到了你的住址。你的名字登记在那儿了。”

“登记了？”

“那当然。可是我亲眼看到，有人在那里怎么也查不到科别列夫将军的住址。嗯，说起来话长着呢。我一来到这儿，立刻了解了你的一切情况。一切，老兄，一切，什么我都知道。喏，她也看到的：我认识了尼科季姆·福米奇，让我见到了伊利亚·彼特罗维奇，还认识了管院子的，扎苗托夫先生，亚历山大·格里戈里耶维奇，这儿警察分局的办事员，最后又认识了帕申卡，这已经是顶峰了。喏，这些她都知道……”

“你是在拍马屁呀。”娜斯塔西娅狡黠地笑着，含糊不清地说。

“您最好还是把糖放在茶里，娜斯塔西娅·尼基福罗娃。”

---

① 五角场是彼得堡的地名，有好几条街道在那里会合。

② 哈尔拉莫夫是当时一个房主的真姓，他的房子在干草广场附近的马巷里。

"哼，你呀，你这条狗!"娜斯塔西娅突然喊了一声，忍不住扑哧一声笑了，"可我姓彼特罗娃，不姓尼基福罗娃。"等她笑完了，突然补上这么一句。

"以后咱准牢牢记住。嗯，那么，老兄，废话少说，起初我本想在这儿到处都通上电流，好一下子就根除这儿的一切偏见，可帕申卡获得了胜利。老兄，我怎么也没想到，她是这么……阿文南特[①]……对吗？你认为呢?"

拉斯科利尼科夫一声不响，虽说连一分钟也没把自己惊恐的目光从他身上移开，现在也仍然在执拗地盯着他。

"甚至是非常迷人，"拉祖米欣接着说，一点儿也不因为朋友沉默不语而感到发窘，而且仿佛是在附和已经得到的回答，"甚至是完美无缺，在各方面都是如此。"

"哎哟，你这个坏蛋!"娜斯塔西娅又高声说，看来这场谈话使她得到了一种难以理解的快乐。

"糟糕的是，老兄，一开始你没能把事情处理好。对待她不应该这样。因为，这个人的性格可以说最让人摸不透！啊，不过性格嘛，可以留待以后再说……只不过，譬如说，你怎么会弄得她连饭都不供给你了呢？再譬如说，这张借据是怎么回事？你疯了，还是怎么的，怎么能在借据上签字呢！再譬如说这门拟议中的婚事，在她女儿，娜塔利娅·叶戈罗芙娜还活着的时候……我全都知道！不过我明白，这是一根十分微妙的弦[②]，

---

① 意思是：这是个很微妙的问题。

② 法文avenante的音译，"迷人""讨人喜欢"之意。

我也知道自己是头笨驴。请你原谅我。不过也顺便谈谈愚蠢这个问题：你怎么认为呢，老兄，普拉斯科维娅·帕夫洛芙娜可完全不像第一眼看上去所想象的那么愚蠢，不是吗?”

“是的……”拉斯科利尼科夫望着一旁，从牙齿缝里含含糊糊挤出一句话来，不过他明白，让谈话继续下去更为有利。

“对吧?”拉祖米欣高声叫喊，看得出来，他得到了回答，这使他非常高兴，“不过也不聪明，不是吗？她的性格完全，完全让人摸不透！老兄，请你相信，我也有点儿摸不准……她无疑有四十岁了。她说——三十六岁，她完全有权这样说。不过，我向你起誓，我多半是从理性上，只是以形而上学的观点来对她做判断的。老兄，我们之间发生了这么一种象征性的关系，这就像代数一样。我什么也弄不明白！唉，这全都是胡扯，不过她看到你已经不是大学生了，教课的工作丢了，像样的衣服也没有了，她那位小姐一死，已经没有理由把你看作亲戚了，于是突然害怕起来；而从你自己这方面说呢，因为你躲到屋里，断绝了从前的一切联系，所以她就想把你撵出去。她心里早就有这个想法，可是又舍不得那张借据。何况你自己还肯定地说，妈妈会还给她……”

“我说这话是因为我太卑鄙无耻了……我母亲自己几乎要求人施舍……我却撒了谎，这是为了使她让我住在这里……供给我饭吃。”拉斯科利尼科夫高声说，而且说得清清楚楚。

“对，这你做得很有道理。不过全部问题在于，这时突然杀出个七等文官切巴罗夫先生来。这是个精明能干的人。没有他，帕申卡什么诡计也想不出来，她太腼腆了；而精明能干的人却厚颜无耻，首先他自然会提出这样一个问题：凭这张借据，有没有希望拿到钱？回答是：有，因为他有这样一个妈妈，即使她自己饿着，也会从她那一百二十五卢布[1]养老金里拿出钱来接济罗坚卡，而且他还有这样一个妹妹，为了哥哥，肯去做奴隶。他的阴谋诡计就建立在这一点上……你吃惊了？老兄，现在你的全部底细我都摸清了，帕申卡还把你看作亲戚的时候，你对她开诚布公，把什么都告诉了她，那些话可没白说，现在我跟你说这些，是因为我把你当作朋友……问题就在这里了：正直而爱动感情的人开诚布公，精明能干的人却边听边吃，然后统统吃掉[2]。这不是，现在她把这张借据让给了这个切巴罗夫，似乎是用来抵账，而他却恬不知耻地正式向你讨债。我一了解到这些情况，为了免受良心责备，本想也出出气，可是这时候我和帕申卡之间达成了协议，我担保你一定还钱，要求从根本上了结这个案子。我为你担保，老兄，你听到了吗？我们把切巴罗夫叫了来，塞给他十个卢布，收回了借据，喏，我很荣幸能把它交给你——现在她相信你了——请拿去吧，我已经把它撕得粉碎了。”

拉祖米欣把借据放到桌子上，拉斯科利尼科夫朝它看了一眼，一句话也没说，就转过脸去，面对着墙壁。就连拉祖米欣也对他感到厌恶了。

“老兄，”稍过了一会儿，他说，“看得出来，我又干了蠢事。我本想给你解解闷儿，闲扯几句，让你开开心，可好像只是惹得你生气。”

“我在昏迷不醒的时候没认出来的就是你吗？”也是在沉默了一会儿以后，拉斯科利尼科夫问，还是没有转过脸来。

---

① 前面说，是一百二十卢布。不过此处是拉祖米欣说的，可能他不知道确切的数目。因此不能断定是作者疏忽，前后不一致。

② 这句话引自俄罗斯寓言作家克雷洛夫（1769—1844）的寓言《猫和厨子》。原文是：“瓦斯卡（猫）却边听边吃。”这里的意思是：说者无意，听者有心。

“是我，你甚至为此气得发狂，特别是有一次我把扎苗托夫带了来的时候。”

“扎苗托夫？……那个办事员吗？……他来干什么？”拉斯科利尼科夫很快转过脸来，眼睛盯着拉祖米欣。

“你干吗这样……为什么惊慌不安？他想和您认识一下，因为我跟他谈了不少关于你的事，他才想认识你……不然我能从谁那儿了解到你这么多情况？老兄，他是个很不错的人，好极了……当然，只是就某一方面来说。现在我们是朋友了，几乎天天见面。因为我搬到这个地区来了。你还不知道吗？刚刚搬来。和他一起到拉维扎家去过两次。拉维扎你记得吗，拉维扎·伊万诺芙娜？”

“我胡说过什么吗？”

“那还用说！神志不清嘛。”

“我都胡说了些什么？”

“吓！胡说了些什么？大家都知道会胡说些什么……喂，老兄，为了不浪费时间，还是行动起来吧。”

他从椅子上站起来，拿起制帽。

“我胡说了些什么？”

“唉，又问这个！是不是怕泄露什么秘密呢？别担心：关于公爵夫人，什么也没说过。可是说过什么巴儿狗、耳环、链子、克列斯托夫斯基岛，还有什么管院子的，还提到尼科季姆·福米奇、伊利亚·彼特罗维奇，那个副局长，说了很多这一类的话。对了，除了这些，对您自己的一只袜子，您甚至非常关心，关心得出奇！您抱怨说：给我呀，翻来覆去总是这句话。扎苗托夫亲自在各个角落里找你这双袜子，用他那在香水里洗过、戴着戒指的手把这脏东西交给您。这时您才放了心，整天整夜把这玩意儿攥在手里，夺也夺不过来。大概现在还放在你被子底下的什么地方呢。要不，就是要什么裤腿上的毛边，而且是苦苦哀求！我们问：要什么毛边？可是什么也弄不清……好啦，现在谈正经事！喏，这儿是三十五卢布，我从这里拿走十个卢布，两个钟头以后给你报账。同时通知佐西莫夫，虽说不用通知他，他也早该到这儿来了，因为已经十一点多了。而您，娜斯金卡，我不在的时候，您要常来看看，看他是不是要吃点儿什么，或者想要什么旁的东西……帕申卡那里，我马上亲自去告诉她，需要她做什么。再见！”

“管她叫帕申卡呢！哼，你这个滑头！”他出去后，娜斯塔西娅对着他的背影说；然后打开房门，偷偷地听着，可是忍不住了，于是自己跑了下去。她很想知道，他在那里跟女房东说些什么；而且看得出来，她完全让拉祖米欣给迷住了。

房门刚在她身后关上，病人立刻掀掉身上的被子，像个疯子一样从床上跳了起来。他心急如焚、焦躁不安、很不耐烦地等着他们快点儿出去，好在他们不在的时候立刻行动起来。不过做什么，做什么事情呢？——好像故意和他为难似的，现在他偏偏把这一点给忘了。“上帝啊！你只要告诉我一句话：一切他们都知道了还是不知道？万一他们已经知道了，不过在我躺着的时候假装不知道，耍弄我，以后突然进来，说，一切大家早就知道了，他们只不过是……现在该怎么办？瞧，就像故意为难似的，忘了，突然忘了，刚刚我还记得的……”

他站在房屋中间，痛苦、困惑不解地环顾四周，走到门边，把门打开，侧耳倾听，但这不是他要做的事。突然，他仿佛想起了什么，冲到墙纸后有个窟窿的那个角落，仔细查看起来，把一只手伸进窟窿里摸索了一阵，可是这也不是他要做的事。他走到炉边，打开炉门，又在炉灰里摸了起来：裤腿上的几条毛边和几块撕碎了的口袋布，仍然像他把它们丢进去的时候一样丢在那里，这么说，没有人来检查过！这时他想起拉祖米欣刚刚讲的那只袜子来了。不错，它就放在沙发上，被子底下，不过从那以后已经穿得那么破，弄得那么脏，扎苗托夫当然什么也看不出来。

"噢，扎苗托夫……办公室……为什么叫我到办公室去？通知书呢！啊！……我混淆起来了：是那时候叫我去！那时候我也仔细检查过这只袜子，而现在……现在我病了。不过扎苗托夫来干什么？拉祖米欣为什么要领他到这里来……"他虚弱无力地嘟嘟囔囔地说，又坐到沙发上，"这是怎么回事？是我仍然昏迷不醒，还在呓语，还是这都是真的？好像是真的……啊，想起来了：逃跑！赶快逃跑，一定，一定得逃跑！对……不过逃到哪里去呢？我的衣服在哪里？靴子没有了！给拿走了！藏起来了！我明白！啊，这件大衣他们没注意，漏掉了！钱也放在桌子上，谢天谢地！啊，借据也在这儿……我拿了钱就走，另租一间房子，他们找不到的！——对了，不是有居民地址查询处吗？找得到的！拉祖米欣会找到的。最好一走了之……跑得远远的……到美国去，去他们的吧！把借据也拿着……以后会有用处。还要拿些什么呢？他们认为我在生病！他们不知道我能走路，嘿，嘿，嘿！……看他们的眼神我就猜到了，他们什么都知道！只要能跑下楼梯！要是他们那儿有警卫，有警察把守着呢！这是什么，是茶吧？瞧，还有剩下的啤酒，半瓶，冷的！"

他拿起酒瓶，里面还剩了整整一杯啤酒，于是十分高兴地一口气把它喝干，仿佛是用它来浇灭胸中的火焰。但是还不到一分钟，酒劲就冲到头上来了，背上感觉到一阵轻微的寒战，这甚至使他觉得愉快。他躺下，拉过被子来，盖到身上。他那本来就已经是病态的和毫不连贯的思想，越来越混乱了，不久，轻松而又愉快的睡意袭来，完全控制了他。他舒适地把头枕到枕头上，把棉被裹得更紧一些——现在他盖的已经不是从前那件破制服大衣了——然后轻轻叹了口气，就睡着了，睡得很熟，酣睡不醒，而这对他的健康是有益的。

他听到有人进来，于是醒了，睁开眼睛，看到了拉祖米欣。拉祖米欣把门大大敞开，站在门口，犹豫不决：不知是不是该进来。拉斯科利尼科夫很快在沙发上欠起身来，瞅着他，好像要努力想起什么来似的。

“啊，你没睡啊，瞧，我又来了！娜斯塔西娅，把包袱拿来！”拉祖米欣朝楼下喊了一声，“你这就会拿到账单……”

“几点了？”拉斯科利尼科夫惊慌不安地朝四下里看看，问。

“太好了，老兄，睡了一觉：已经是晚上了，快六点了。你睡了六个多钟头……”

“上帝啊！我这是怎么了……”

“这有什么不好？对健康有好处！你急着要上哪儿去？去赴约会，是吗？现在时间都是我们的。我已经等了你三个钟头了，来过两次，你都在睡着。佐西莫夫那里，我去看过两趟，总是不在家！不过没关系，他会来的！……为我自己的事我也出去了一趟。今天我搬了家，完全搬走了，和舅舅一起。现在舅舅住在我那里……嘿，去它的吧，谈正经的！……娜斯金卡，把包袱拿到这儿来。我们这就……老兄，现在你觉得怎么样？”

“我身体健康，我没病……拉祖米欣，你来了很久了吗？”

“我说过，等了三个钟头了。”

"不，以前呢?"

"什么以前?"

"你是从什么时候起经常来这儿的?"

"我不是早就跟你讲过：你记不得了?"

拉斯科利尼科夫沉思起来。他如同在梦中一般，仿佛隐约看到了不久前发生的事情。他独自一人回忆不起来，于是满脸疑问地望着拉祖米欣。

"嗯哼，"拉祖米欣说，"忘了！还在不久前我就觉得，你神智一直不清醒……现在睡了一觉，清醒过来了……不错，看起来好得多了。好样的！好，谈正经的吧！你马上就会想起来的。你看这里，亲爱的朋友!"

他动手解开包袱，看来，他对这包袱异乎寻常地感兴趣。

"老兄，你相信不，这是我特别关心的。往后得把你弄得像个人样儿。这就动手吧：先从头上开始。你看到这顶便帽了吗?"说着，他从包袱里拿出一顶相当好，但同时又是极普通和很便宜的制帽，"请你试试看。"

"以后，等以后再试。"拉斯科利尼科夫不满地摆摆手，说。

"不，罗佳老兄，别拒绝了，以后可就迟了。再说，你不试，我会一宿都睡不着，因为没有尺寸，我是估量着买的。刚好!"试戴过以后，他扬扬得意地高声说，"大小正好合适！帽子，老兄，这是服装中一件最重要的东西，就好比是一封介绍信。托尔斯佳科夫，我的一个朋友，每次进入任何公共场所，都不得不摘下自己的帽子，而别人都戴着呢帽或制帽。大家都认为，这是由于他的奴性在作怪，可他却只不过是为他那顶鸟窝感到不好意思：他就是这么一个腼腆的人！喂，娜斯塔西娅，现在给您两顶帽子：您要这顶帕麦斯顿（他从角落里拿出拉斯科利尼科夫那顶已经很不像样的破圆帽，不知为什么把它叫作‘帕麦斯顿’）[1]，还是要这顶精致的帽子？罗佳，你给估估价，猜猜我花了多少钱？娜斯塔西尤什卡，你认为呢?”看到拉斯科利尼科夫不作声，他又对她说。

“恐怕花了二十戈比。”娜斯塔西娅回答。

“二十戈比，傻瓜！”他生气了，高声叫喊，“现在二十戈比就连买你都买不到——八十戈比！而且这还是因为，是顶旧的。不错，还有个讲好的条件：这顶戴坏了，明年免费赠送一顶，真的！好，现在来看看美利坚合众国吧，我们中学里都管裤子叫合众国[2]。预先声明，这条裤子我可很得意呢！”说着，他在拉斯科利尼科夫面前抖开一条夏天穿的灰色薄呢料裤子，“没有破洞，没有污迹，虽然是旧的，可是挺不错，还有同样一件坎肩，同样的颜色，时兴这样。至于是旧的嘛，说实在的，这倒更好：比较软和，穿着更舒服些。你要知道，罗佳，在社会上要想出人头地，照我看，随时注意季节就足够了，如果一月份里你不吃芦笋，就能在钱袋里保存下几个卢布，这次买东西也是如此。现在是夏天，所以我就买夏装，因为到秋天反正需要暖和些的料子，那么就不得不把它扔掉了……何况到那时这些东西就都穿不得了，即使不是由于过分考究，也会因为它们本身不够结实而穿破了。喂，估估看！你看值多少？两卢布二十五戈比！而且你要记住，又是同样的条件：这条穿坏了，明年免费另拿一条！费佳耶夫的

---

① 亨利·帕麦斯顿（1784—1865），英国政治家、国务活动家，1855年至1865年任英国首相。

② 英文States（合众国）与俄文штаны（裤子）发音相近。

铺子做生意就是如此：一次花钱，终生满意，所以你也就不会再去了。好，现在来看看靴子——什么样？看得出来，旧的，不过两个月也穿不破，因为是外国制造的，外国货：英国大使馆的一个秘书上星期在旧货市场上卖的，总共只穿了六天，他急需钱用。价钱是一卢布五十戈比。合算吧？”

“可也许穿着不合适！”娜斯塔西娅说。

“不合适！可这是什么？”他从口袋里拖出拉斯科利尼科夫的一只旧靴子，靴子上粘满干泥，已经穿洞，而且都变硬了，“我是带着样子去的，就是照着这个怪物给我量出了精确的尺寸。办这件事可真是煞费苦心。至于内衣吗，我已经跟女房东谈妥了。第一，要三件粗麻布衬衫，领子要时髦的……嗯，那么：帽子八十戈比，其他衣服两卢布二十五戈比，一共是三卢布零五戈比；靴子是一卢布五十戈比——因为是双很好的靴子——一共是四卢布五十五戈比，还有五卢布是买内衣的——讲好了的，按批发价钱——总共正好是九卢布五十五戈比。四十五戈比找头，都是五戈比的铜币，请收下吧，这样一来，罗佳，现在你全套衣服都置备齐了，因为，照我看，你这件夏季大衣不仅还可以穿，甚至式样还特别优雅：到底是在沙尔美[①]定做的！至于袜子和其余的东西，你自己去买好了。我们还剩下二十五卢布，而帕申卡和房租，这些你都不用担心，我说过了，可以尽量赊账。现在，老兄，让我们来给你换换内衣，要不，也许这会儿病魔正躲在你衬衣里呢……”

“别管我！我不想换！”拉斯科利尼科夫挥挥手，厌恶地听着拉祖米欣

① 沙尔美是彼得堡一家著名的裁缝店。

紧张、又像开玩笑似的报那些买衣服的账……

“老兄，这可不行；我是为了什么东奔西跑，把靴底都磨破了！”拉祖米欣坚持说，“娜斯塔西尤什卡，别不好意思，请您帮帮忙，对了，就这样！”尽管拉斯科利尼科夫在抗拒，拉祖米欣还是给他换好了内衣。拉斯科利尼科夫倒在床头上，有两分钟一言不发。

“这么久了，他们还不走！”他想。

“这些东西是用什么钱买的？”最后，他瞅着墙壁，问。

“什么钱？真有你的！你自己的钱嘛。不久前办事处里派人来过，瓦赫鲁申派来的，妈妈给你寄了钱来，连这也忘了？”

“现在想起来了……”拉斯科利尼科夫忧郁地沉思了许久，然后说。

拉祖米欣皱起眉头，不安地细细打量着他。

门开了，走进一个身材高大、体格健壮的人来，看他的样子，拉斯科利尼科夫好像也已经有点儿认识他了。

“佐西莫夫！终于来了！”拉祖米欣高兴起来，大声叫喊。

四

佐西莫夫是个高大、肥胖的人，脸有点儿浮肿，面色苍白，脸上刮得干干净净，淡黄色的头发是直的，戴着眼镜，一只胖得有点儿发肿的手指上戴着一枚老大的镶宝石戒指。他大约有二十六七岁。他穿一件十分考究、料子轻而薄的、宽松的大衣，一条夏季穿的浅色长裤，总而言之，他身上的衣服全都是宽大的，很考究，而且是崭新的。内衣也无可挑剔，表链又粗又重。他一举一动都是慢腾腾的，好像有点儿萎靡不振，同时又故意作出一副随随便便的样子，随时都流露出自命不凡的神情，不过他竭力想把自己的自负隐藏起来。所有认识他的人都认为他是个难以相处的人，可是都说，他业务不错。

“老兄，我到你那儿去过两趟……你瞧，他醒过来了！”拉祖米欣大声说。

“我看到了，看到了。喂，现在自我感觉怎么样，啊?”佐西莫夫对拉斯科利尼科夫说，同时凝神细细打量着他，坐到沙发上他的脚边，立刻就尽可能懒洋洋地靠在沙发上了。

“心情一直忧郁，”拉祖米欣接着说，“我们刚刚给他换了内衣，他差点儿没哭起来。”

“这是可以理解的。内衣可以以后再换嘛，既然他自己不愿意……脉搏很正常。头还有点儿痛，是吧?”

“我没有病，我身体完全健康！”拉斯科利尼科夫执拗而又气愤地说，突然在沙发上欠起身来，两眼炯炯发光，可是立刻又倒在枕头上，转过脸去对着墙壁。佐西莫夫凝神注视着他。

“很好……一切都很好，”他懒洋洋地说，“吃过点儿什么吗?”

他们告诉了他，又问，可以给他吃什么。

“什么都能给他吃……汤，茶……蘑菇和黄瓜当然不能让他吃，牛肉也不行……还有，……啊，干吗尽说些没意思的话呢！……”他和拉祖米欣互相使了个眼色，“药水不要喝了，什么都不要了。明天我再来看看……本来今天也行，……嗯，是的……”

“明天晚上我领他去散散步！”拉祖米欣决定，“去尤苏波夫花园，然后去‘水晶宫’[①]。”

“明天我连动都不让他动，不过……稍微动动也可以……嗯，到时候再说吧。”

“唉，真遗憾，今天我刚好要为迁入新居请客，只两步远；要是他也能去就好了。哪怕在我们中间在沙发上躺一会儿也好！你去吗？”拉祖米欣突然对佐西莫夫说，“当心，可别忘了，你答应了的。”

“也许要稍迟一些去。他那里准备了些什么？”

“唉，没弄什么，茶、伏特加、鲱鱼，还有馅饼。来的都是自己人。”

“都是哪些人？”

“都是这儿的人，而且都是新人，真的——也许只除了老舅舅，不过连他也是新人：昨天刚到彼得堡，不知来办什么事；我和他五年见一次面。”

“他是做什么的？”

“在县里当个邮政局长，就这样混了一辈子……领退休金了，六十五岁，没什么好说的……不过，我爱他。波尔菲里·彼特罗维奇要来：这个区里侦查科的科长……法学院的毕业生。对了，你认识他……”

“他也是你的什么亲戚？”

“最远的远亲；你干吗皱眉？怎么，你们吵过一次架，所以，大概你就不来了，是吗？”

“我才瞧不起他呢……”

---

① 1862年彼得堡开了一家叫“水晶宫”的大饭店。“水晶宫”这个名称在当时颇为时髦，这是因为伦敦有一座“水晶宫”——为第一次世界工业博览会（1851）而建造的一座玻璃大楼。

“这样最好。嗯，那儿还有几个大学生、一个教师、一个小官、一个乐师、一个军官、扎苗托夫……”

“请你告诉我，你，或者他，”佐西莫夫朝拉斯科利尼科夫那边点了点头，“跟扎苗托夫能有什么共同之处呢？”

“唉，这些唠唠叨叨的人啊！原则……你太讲原则了，立足于原则，就会失去行动自由，这就像站在弹簧上一样，都不敢随心所欲地动一动。可照我看，人好——这就是原则，我什么也不想知道。扎苗托夫是个十分出色的人。”

“发不义之财。”

“哼，发不义之财，我才不在乎呢！发不义之财又怎样！”拉祖米欣突然大声叫喊，有点儿不自然地发起脾气来，“难道我向你称赞他发不义之财了吗？我说，只是从某一点来看，他是个好人！要是从各方面去看，还会剩下多少好人？我深信，那样的话，我这个人怕只值一个烤洋葱头，而且还要把你也搭上……”

“这太少了，我会给两个的……”

“可你嘛，我只给一个！再说点儿俏皮话吧！扎苗托夫还是个小孩子，我还会像对待小孩子那样揪他的头发呢，应当把他拉过来，而不是推开他。把一个人推开，这样你就不能改造他了，对一个小孩子来说，更是如此。对待小孩子需要加倍小心。唉，你们这些进步的笨蛋哪，什么都不懂！不尊重别人，也就是侮辱自己……如果你想知道的话，那么我们之间大概也有件共同的事情。”

“很想知道。”

“都是为了漆匠，也就是油漆工的那件案子……我们一定会把他救出来！其实现在也没什么大不了的了。现在案情已经毫无疑问，十分明显了！我们只不过是再加把劲而已。”

“什么油漆工啊！”

“怎么，难道我没讲过吗？没讲过？哦，想起来了，我只跟你说过一开始的情况……喏，就是杀死放高利贷的老太婆，杀死那个官太太的凶杀案……现在有个油漆工也牵连进去了……”

“关于这件凶杀案，你告诉我以前我就听说了，而且对这件案子甚至还很感兴趣……这多多少少是因为……有一次碰巧……在报纸上也看到过！这……”

“莉扎薇塔也给杀死了！”娜斯塔西娅冷不丁突然对拉斯科利尼科夫说。她一直待在屋里，紧靠在门边，听着。

“莉扎薇塔？”拉斯科利尼科夫用勉强可以听到的声音喃喃地说。

“莉扎薇塔，那个女小贩，你不认识吗？她常到这儿楼下来。还给你补过衬衣呢。”

拉斯科利尼科夫转过脸去，面对着墙壁，在已经很脏、印着小白花的黄色墙纸上挑了一朵上面有褐色条纹，而且很难看的小白花，仔细观察起来：这朵花上有几片花瓣，花瓣上的锯齿是什么样的，上面有几条条纹？他感觉到，他的手脚都麻木了，好像已经瘫痪了，可是他并不试着动一动，仍然执拗地盯着那朵小花。

“那个油漆工怎么样了？”佐西莫夫极为不满地打断了娜斯塔西娅的话。她叹了口气，不作声了。

“也被当作凶手了！”拉祖米欣激动地接着说。

“有什么罪证吗？”

“有什么罪证啊？不过，正是因为有罪证，可这罪证不能算是证据，需要证明的就正是这一点！这正像一开始他们逮捕和怀疑这两个，啊，想起来了……科赫和佩斯特里亚科夫一模一样！呸，这一切做得多么愚蠢，就连从旁观者的观点来看，也觉得太恶劣了！佩斯特里亚科夫也许今天会来我家……顺带说一声，罗佳，这件案子你是知道的，还在你病倒以前就发生了，正好是你在警察局里昏倒的头一天，当时那里正在谈论这个案子……”

佐西莫夫好奇地瞅了瞅拉斯科利尼科夫。后者一动不动。

“你知道吗，拉祖米欣？我倒要瞧瞧，你这个爱打抱不平的人到底有多大神通。”佐西莫夫说。

“就算是吧，不过我们还是一定要把他救出来！”拉祖米欣用拳头捶了一下桌子，大声叫嚷，“你知道这儿最气人的是什么吗？气人的倒不是他们撒谎；撒谎总是可以宽恕的；撒谎不是坏事，因为谎言会导致真理。不，气人的是他们说谎，还对自己的谎言顶礼膜拜。我尊敬波尔菲里，不过……譬如说吧，一开始是什么把他们搞糊涂了呢？房门本来是扣着的，可是和管院子的一道回来——却是开着的：可见杀人的就是科赫和佩斯特里亚科夫！瞧，这就是他们的逻辑。”

“你别急呀！只不过是拘留了他们，可不能……顺便说一声：我遇到过这个科赫；原来他向老太婆收购过逾期的抵押品，是吗？”

“对，是个骗子！他也收购票据。是个投机商人。叫他见鬼去吧！可我为什么生气呢，你明白吗？惹我生气的是他们陈腐、庸俗、一成不变、因循守旧……而这里，单从这一个案件里就可以发现一条全新的途径。单是根据心理上的材料就可以看出，应该怎样做才能发现真正的蛛丝马迹。

‘我们，’他们说，‘有事实！’可事实并不是一切；至少有一半要看你是不是会分析这些事实！”

“你会分析这些事实吗?”

“不是吗，当你感觉到，凭直觉感觉到，你能为这个案子提供一些帮助的时候，是不能保持沉默的，假如……唉！你了解这个案子的详情细节吗?”

“我正等着听听这个油漆工的情况呢。”

“啊，对了！好，你听着，是这么回事：正好是在凶杀案发生以后第三天，一大清早，他们还在那儿跟科赫和佩斯特里亚科夫纠缠不休的时候——尽管他们两个每人都已证明了自己的每一步行动：提出的证据是无可怀疑的！——就在这时候，突然出现了最出人意料的事实。有个姓杜什金的人，就是那幢房子对面一家小酒铺的老板，来到警察局，拿来一个装着一副金耳环的小首饰匣，讲了这么一篇故事：‘前天晚上他跑到我这里来，大约是八点刚过，’这是日期和时间！你注意到了吗?‘在这以前白天就来过我这儿的那个油漆匠，米科拉，拿来了这个装着金耳环和宝石的小匣子，要用这作抵押，跟我借两个卢布，我问：哪儿弄来的?他说，是在人行道上捡来的。我没再多问，’这是杜什金说的，‘给了他一张票子——也就是一个卢布，——因为我想，他不向我抵押，也会向别人抵押，反正一样，他准是买酒，把它喝光，最好还是让东西放在我这儿：最好把它保存起来，说不定以后会有用处，万一出什么事，或者有什么谣言，我立刻就把它交出去。’哼，当然啦，他说的全是谎话，全是胡扯，因为我认识这个杜什金，他自己就是个放高利贷、窝藏赃物的家伙，他从米科拉手里把这件值三十卢布的东西骗过来，根本不是为了‘交出去’。他只不过是害怕了。哼，去他的，你听着；杜什金接着又说：‘这个乡下人，米科拉·

杰缅季耶夫，我从小就认识，我们是同省同县，扎拉斯基县的人，所以我们都是梁赞人。米科拉虽然不是酒鬼，可是爱喝两杯，我们大家都知道，他就在这幢房子里干活，跟米特列一道油漆，他跟米特列也是小同乡。他拿到一卢布的票子，马上就把它换开，立刻喝了两杯酒，拿了找头就走了，那时候我没看到米特列跟他在一起。第二天我们听说，阿廖娜·伊万诺芙娜和她妹妹莉扎薇塔·伊万诺芙娜叫人拿斧头杀死了，我们都认得她们，这时耳环让我起了疑心——因为我们知道，死者经常放债，收下人家的东西，作为抵押。我到那幢房子里去找他们，小心谨慎地悄悄打听，首先问：米科拉在这儿吗？米特列说，米科拉出去玩儿去了，到天亮才回来，喝得醉醺醺的，在家里待了约莫十分钟，又出去了，后来米特列就没再见到过他，活儿是他独自干完的。他们干活的那儿跟被人杀死的那两个人走的是同一道楼梯，在二楼。我们听了这些话以后，当时对谁也没说过什么，'这是杜什金说的，'杀人的事，我们尽可能都打听清楚了，回到家里，心里还是觉得怀疑。今天一清早，八点钟，'就是说，这已经是第三天了，你明白吗？'我看到，米科拉进来找我了，他不大清醒，可也不是醉得很厉害，跟他说话，他还能听得懂。他坐到长凳上，一声不响。除了他，那时候酒店里只有一个外人，还有一个人在长凳上睡觉，跟我们认识，还有两个孩子，是我们那儿跑堂的。我问：'你看见米特列了吗？'他说：'没有，没看见。''你也没来过这儿？''没来过，'他说，'有两天多没来过了。''昨天夜里你在哪里过的夜？'他说：'在沙区[①]，住在科洛姆纳[②]的人

① 沙区是彼得堡的一个远郊区，因那里的土壤是沙土而得名。

② 科洛姆纳是彼得堡的另一个区。

那里。’我说：“耳环是打哪儿弄来的?”“在人行道上捡的。”他说这话的时候神气不大对头，而且不看着我。我说：“你听说过就在那天晚上，那个时刻，那道楼梯上，发生了这么一桩事吗？”“没有，”他说，“没听说过。”可是他瞪着眼听着，脸唰地一下子变得煞白，简直像刷墙的白灰。我一边讲给他听，一边瞅着他，可他拿起帽子，站了起来。这时我想留住他，我说：“等等，米科拉，不喝一杯吗?”说着我向一个跑堂的小鬼使了个眼色，叫他在门口拦着，我从柜台后走了出来：他立刻从我身边跑开，逃到街上，拔脚就跑，钻进了一条小胡同里—— 一转眼就不见了。这时我不再怀疑了，因为他犯了罪，这是明摆着的……’”

“那还用说!”佐西莫夫说。

“别忙！你先听完！他们当然立刻去搜捕米科拉：把杜什金也拘留了，进行了搜查，米特列也给拘留了起来，也审问了科洛姆纳的居民——不过前天突然把米科拉带来了：在×城门附近一家客店里拘留了他。他来到那里，从脖子上摘下一个银十字架，要用十字架换一什卡利克①酒喝。换给了他。过了一会儿，一个乡下女人到牛棚里去，从板壁缝里看到：他在隔壁板棚里把一根宽腰带拴到房梁上，结了个活扣，站到一块木头上，想把活扣套到自己脖子上。那女人拼命叫喊起来，大家都跑来了，问他：‘你是什么人!’他说：‘你们带我到××分局去好了，我全都招认。’把他客客气气地送到了这个警察分局，也就是送到了这里。于是审问他，问这，问那，叫什么，干什么的，多大年纪——‘二十二岁’——以及其他等等。问：‘你跟米特列一道干活的时候，在某时某刻，看到楼梯上有什么人

① 量酒的容量，约合0.06升。

吗？’回答：‘大家都知道，总有人上来下去，不过我们没注意。’‘没听到什么响声，什么喧闹声吗？’‘没听到什么特别的响声。’‘当天你知道不知道，米科拉，就在那天那个时候，有这么一个寡妇和她妹妹被人杀害，遭到了抢劫？’‘我什么也不知道。第三天才在小酒店里头一次听阿凡纳西·帕夫雷奇说起这件事。’‘耳环是从哪儿弄来的？’‘在人行道上捡的。’‘为什么第二天你没和米特列一道去干活？’‘因为我喝酒去了。’‘在哪儿喝酒？’‘在某处某处。’‘为什么从杜什金那儿逃跑？’‘因为当时我很害怕。’‘怕什么？’‘怕给我判罪。’‘既然你觉得自己没犯罪，那你怎么会害怕呢？……’嗯，信不信由你，佐西莫夫，这个问题提出来了，而且一字不差，就是这么问的，这我肯定知道，人家准确无误地把原话告诉了我！怎么样？怎么样？”

“啊，不，但罪证是有的。”

“可现在我说的不是罪证，而是问题，说的是他们怎样理解实质！唉，见鬼！……他们一再施加压力，逼供，于是他就招认了：‘不是在人行道上捡的，’他说，‘是在我跟米特列一道油漆的那套房子里捡到的。’‘怎么捡到的？’‘是这么捡到的：我和米特列油漆了一整天，一直到八点钟，已经打算走了，可是米特列拿起刷子，往我脸上抹油漆，他抹了我一脸漆，转身就跑，我在他后面追。我在后面追他，边追边喊。刚一下楼梯，正往大门口跑，我一下子撞到管院子的和几位先生身上，有几位先生跟他在一起，我记不得了，为了这，管院子的把我大骂了一顿，另一个管院子的也骂了我，管院子的人的老婆也跑出来骂我们，有一位先生和一位太太走进大门，他也骂我们，因为我和米特列横躺在那里，拦住了路：我揪住米特列的头发，把他按倒在地上，拿拳头捶他，米特列也从我身子底下揪住我的头发，拿拳头捶我，我们这样打架不是因为谁恨谁，而是因为我们要好，闹着玩儿。后来米特列挣脱出来，往街上跑去，我跟在他后面追，没追上，就一个人回到那套房子里——因为得收拾收拾。我动手收拾东西，等着米特列，他也许会回来。在穿堂门后的墙角落里我忽然踩到一个小盒子。我一看，有个小盒子，包在纸里。我把纸拆开，看到有几个那么小的小钩，我把小钩扳开——原来小盒子里装着耳环……’”

“在门后边？放在门后边？在门后边？”拉斯科利尼科夫突然高声叫喊，用浑浊、惊恐的目光瞅着拉祖米欣，用一只手撑着，在沙发上慢慢欠起身来。

“是啊……怎么呢？你怎么了？你怎么这样？”拉祖米欣也从座位上欠起身来。

“没什么……”拉斯科利尼科夫用勉强可以听到的声音回答，又倒在枕头上，转过脸去，对着墙壁。有一会儿工夫，大家都默不作声。

“大概，他打了个盹儿，还没完全睡醒。”最后，拉祖米欣疑惑地望着佐西莫夫说。佐西莫夫轻轻地摇摇头，表示不同意他的说法。

“好，接着说吧，”佐西莫夫说，“以后怎么样了？”

“以后怎么样了？他一看到耳环，立刻把那套房子和米特列全都忘了，拿起帽子，跑到了杜什金那里，大家都已经知道，他从杜什金那里拿到了一个卢布，却对杜什金撒了个谎，说是在人行道上捡的，而且马上就把钱换开，买酒喝了。对于杀人的事，他还是说：‘什么都不知道，只是到第三天才听说的。’‘为什么到现在你一直不露面呢？’‘因为害怕。’‘为什么要上吊？’‘因为担心。’‘担心什么？’‘给我判罪。’瞧，这就是事情的全部经过。现在你是怎么想呢，他们从中得出了什么结论？”

“有什么好想的呢，线索是有的，不管是什么线索吧，可总是线索。这是事实。你不会认为该把你的油漆工释放了吧?”

“可是现在他们已经认定他就是凶手了！他们已经毫不怀疑……”

“你胡扯！你太性急了。那么耳环呢？你得同意，如果耳环就是在那一天那个时候从老太婆的箱子里落到尼古拉[①]手里的——你得同意，它们总得通过某种方式才能落到他的手里，对不对呢？在这类案件的侦查过程中，这具有相当重要的意义。”

“怎么落到他手里的！怎么落到他手里的?”拉祖米欣高声叫喊，“难道你，医生，作为一个首先必须研究人、比任何人都更有机会研究人的本性的医生，难道你还没看出，根据所有这些材料来看，这个尼古拉的本性是什么样的吗？难道你还没一眼看出，在审问中他供述的一切都是绝对不容怀疑的实情吗？耳环正是像他供述的那样落到他手里的。他踩到了小盒子，于是把它捡了起来!”

“绝对不容怀疑的实情！可是他自己也供认，从一开始他就撒了谎。”

“你听我说。你留心听着：管院子的、科赫、佩斯特里亚科夫、另一个管院子的、第一个管院子的人的妻子、当时正坐在她屋里的一个女人、七等文官克留科夫，就在这时候他正从马车上下来，挽着一位太太的手走进大门——所有的人，也就是有八个或九个证人，都异口同声地证明，尼古拉把德米特里[②]按倒在地上，压在他身上用拳头揍他，德米特里也揪住尼古拉的头发，用拳头揍他。他们横躺在路上，拦住了道路；四面八方都

① 尼古拉即米科拉。

② 德米特里即米特列。

在骂他们，可他们却‘像小孩子一样’（证人的原话），一个压在一个身上，尖声大叫，打架，哈哈大笑，两人争先恐后地哈哈大笑，两人的脸都滑稽得要命，像孩子一样互相追赶着，跑到街上去了。你听到了吗？现在请你注意，可别忽略过去：楼上的尸体还有热气，听到了吗，发现尸体的时候，尸体还有热气！如果是他们杀的，或者是尼古拉独自一个人杀的，还撬开箱子，抢走了财物，或者仅仅是以某种方式参加了抢劫，那么请允许我向你提个问题，只提一个问题：这样的精神状态，也就是尖声叫喊，哈哈大笑，像小孩子一样在大门口打架——这样的精神状态与斧头、鲜血、恶毒的诡计、小心谨慎、抢劫，能够协调得起来吗？刚刚杀了人，总共才不过过了五分钟或十分钟——所以得出这一结论，是因为尸体还有热气——他们知道马上就会有人来，却突然丢下尸体，让房门敞着离开了那套房间，而且丢下了到手的财物，像小孩子一样在路上滚作一团，哈哈大笑，把大家的注意力都吸引到自己身上来，而异口同声证明这一情况的足有十个证人！”

“当然，奇怪！当然，这不可能，不过……”

“不，老兄，不是不过，而是，如果就在那同一天同一时刻落到尼古拉手里的耳环的确是对他不利的物证——然而这物证已直接由他的供词做了说明，所以这还是一个有争议的物证——那就也应该考虑到那些证明他无罪的事实，何况这些事实都是无法反驳的呢。你是怎么认为呢，根据我们法学的特性来看，他们会不会，或者能不能把仅仅基于心理上不可能、仅仅基于精神状态的事实看作无法反驳的事实，因而可以推翻所有认为有罪的物证，而不管这些物证是什么东西？不，他们绝不会接受这样的事实，无论如何也不会接受的，因为他们发现了那个小盒子，而这个人又想上吊，‘如果他不是觉得自己有罪，就不可能这么做！’这是个主要问题，这就是我为什么着急的原因！你要明白！”

“我看出来了，你在着急。等等，我忘了问一声：有什么能够证明，装着耳环的小盒子确实是老太婆箱子里的东西?”

“这已经证明了，”拉祖米欣皱起眉头，好像不乐意似的回答，“科赫认出了这东西，并且指出了谁是抵押人，后者肯定地证明，东西确实是他的。”

“糟糕。现在还有一个问题：科赫和佩斯特里亚科夫上楼去的时候，有没有人看到过尼古拉，能不能以什么方式证明这一点?”

“问题就在这里了，谁也没看到过他，”拉祖米欣感到遗憾地说，“糟就糟在这里，就连科赫和佩斯特里亚科夫上楼去的时候也没看到他们，虽说他们的证明现在也没有多大的意义。他们说：‘我们看到，房门开着，想必有人在里面干活，不过打开前门经过的时候没有注意，也记不清当时里面有没有工人了。’”

“嗯哼。所以仅有的能为他们辩护的理由，就是他们互相用拳头捶打和哈哈大笑了。即使这是有力的证据吧，不过……现在请问：你自己对全部事实做何解释呢？如果耳环的确是像他供述的那样拾到的，那你对这一事实又怎样解释呢?”

“我怎样解释吗？可这有什么好解释的：事情是明摆着的！至少侦查这件案子的途径已经清清楚楚，得到证实了，而且正是这个小盒子证实的。真正的凶手无意中失落了这副耳环。科赫和佩斯特里亚科夫在楼上敲门的时候，凶手扣上门躲在里面。科赫干了件蠢事，下楼去了；这时凶手跳出来，也往楼下跑，因为他再没有别的出路。在楼梯上，为了躲开科赫、佩斯特里亚科夫和管院子的，他藏进那套空房子里，而这恰好是在德米特里和尼古拉从屋里跑出去的那个时候，管院子的和那两个人从门前经过的时候，他站在门后，等到脚步声消失了，他才沉着地走下楼去，而这正好是在德米特里和尼古拉跑到街上去的那个时候，大家都已经散了，大门口已经一个人也没有了。也许有人看到了他，可是没注意，进进出出的人多着呢！当他躲在门后的时候，小盒子从口袋里掉了出来，可他没发觉，因为他顾不上这个。小盒子明确无误地证明，真正的凶手正是站在那里的。全部情况就是如此！”

“不简单！不，老兄，这真够巧妙的。这太巧妙了！”

“可是为什么，为什么呢？”

“因为这一切凑得太巧了……而且错综复杂……简直像演戏一样。”

“唉！”拉祖米欣大声叫道，但就在这时，房门开了，进来一个从未见过的人，在座的人谁也不认识他。

五

这是一位年纪已经不轻的先生，拘谨古板，神态庄严，脸上的表情给人以谨小慎微、牢骚满腹的印象，他一进门，先站在门口，带着令人难受的、毫不掩饰的惊讶神色往四下里打量了一番，仿佛用目光在问：“我这是到了哪里了？”他怀疑地、甚至故意装作有点儿惊恐、甚至是受了侮辱的样子，环顾拉斯科利尼科夫这间狭小、低矮的“船舱”。他又带着同样惊讶的神情把目光转移到拉斯科利尼科夫身上，然后凝神注视着他，拉斯科利尼科夫没穿外衣，头发散乱，没洗过脸，躺在一张小得可怜的脏沙发上，也在拿眼睛盯着来人，细细打量他。随后他又同样慢条斯理地打量衣衫不整、没刮过脸、也没梳过头的拉祖米欣。拉祖米欣没有离开自己的座位，也大胆地用疑问的目光直瞅着他的眼睛。紧张的沉默持续了大约一分钟光景，最后，气氛发生了小小的变化，而这也是应该预料到的。根据某种、不过是相当明显的反应，进来的这位先生大概意识到，在这里，在这间"船舱"里，过分的威严姿态根本不起任何作用，于是他的态度变得稍微温和了些，尽管仍然有点儿严厉，却是彬彬有礼地、每一个音节都说得清清楚楚地问佐西莫夫：

"这位就是罗季昂·罗曼内奇·拉斯科利尼科夫，大学生先生，或者以前是大学生?"

佐西莫夫慢慢地动了动，也许是会回答他的，如果不是他根本就没去问的拉祖米欣立刻抢先回答了他的话：

"喏，他就躺在沙发上！您有什么事?"

这句不拘礼节的"您有什么事"可惹恼了这位古板的先生。他甚至差点儿没有转过脸去，面对着拉祖米欣，不过还是及时克制住了，随即赶快又向佐西莫夫回过头来。

"这就是拉斯科利尼科夫！"佐西莫夫朝病人点了点头，懒洋洋地说，然后打了个呵欠，不知怎的嘴张得特别大，而且这个张着嘴的姿势持续的时间也特别长。随后他从自己坎肩口袋里慢慢掏出一块很大的、凸起来的、带盖的金表，打开表看了看，又同样慢腾腾、懒洋洋地把表装回到口袋里。

拉斯科利尼科夫本人一直默默地仰面躺着，凝神注视着来客，虽说他这样看着他，并没有任何用意。现在他已经转过脸来，不再看墙纸上那朵奇异的小花了，他的脸看上去异常苍白，露出异乎寻常的痛苦神情，仿佛他刚刚经受了一次痛苦的手术，或者刚刚经受过一次严刑拷打。但是进来的这位先生渐渐地越来越引起他的注意，后来使他感到困惑，后来又引起他的怀疑，甚至似乎使他觉得害怕起来。当佐西莫夫指了指他，说："这就是拉斯科利尼科夫"的时候，他突然十分迅速地、仿佛猛一下子欠起身来，坐到床上，几乎用挑衅的、然而是断断续续的微弱声音说："对！我就是拉斯科利尼科夫！您要干什么?"

客人注意地看了看他，庄严地说："彼得·彼特罗维奇·卢任。我深信，我的名字对您已经不是完全一无所闻了。"

但是拉斯科利尼科夫等待的完全是另一回事，脸上毫无表情、若有所思地瞅了瞅他，什么也没回答，好像彼得·彼特罗维奇这个名字他完全是头一次听到似的。

"怎么？难道您至今还未得到任何消息吗?"彼得·彼特罗维奇有点儿不快地问。

拉斯科利尼科夫对他的回答是慢慢倒在枕头上，双手垫在头底下，开始望着天花板。卢任的脸上露出烦恼的神情。佐西莫夫和拉祖米欣怀着更强烈的好奇心细细打量起他来，最后他显然发窘了。

"我推测，我估计，"他慢吞吞地说，"十多天前，甚至几乎是两星期前发出的信……"

"喂，您为什么一直站在门口呢?"拉祖米欣突然打断了他的话，"既然您有话要说，那就请坐吧，不过你们两位，您和娜斯塔西娅都站在那儿未免太挤了。娜斯塔西尤什卡，让开点儿，让他进来！请进，这是椅子，请到这边来！挤进来吧！”

他把自己那把椅子从桌边挪开一些，在桌子和自己的膝盖之间腾出一块不大的空间，以稍有点儿局促的姿势坐在那儿，等着客人“挤进”这条夹缝里来。时机挑得刚好合适，使客人无论如何也不能拒绝，于是他急急忙忙、磕磕绊绊，挤进这块狭窄的空间。客人来到椅子边，坐下，怀疑地瞅了瞅拉祖米欣。

“不过，请您不要觉得难堪，拉祖米欣贸然地说，“罗佳生病已经四天多了，说了三天胡话，现在清醒了过来，甚至吃东西也有胃口了。那边坐着的是他的医生，刚给他做了检查，我是罗佳的同学，从前也是大学生，现在在照看他，所以请不要理会我们，也不要感到拘束，您要说什么，就接着往下说吧。”

“谢谢你们。不过我的来访和谈话会不会惊动病人呢！”彼得·彼特罗维奇对佐西莫夫说。

“不——会，”佐西莫夫懒洋洋地说，“您甚至能为他排忧解闷。”说罢又打了个呵欠。

“噢，他早就清醒过来了，从早上就清醒了！”拉祖米欣接着说，他那不拘礼节的态度让人感到完全是一种真诚朴实的表现，所以彼得·彼特罗维奇思索了一下以后，鼓起勇气来了，也许这或多或少是因为这个衣衫褴褛、像个无赖的人自称是大学生的缘故。

“令堂……”卢任开口说。

“嗯哼！”拉祖米欣很响地哼了一声，卢任疑惑地瞅了瞅他。

“没什么，我并没有什么意思。请说吧……”

卢任耸了耸肩。

“……我还在她们那里的时候，令堂就给您写信来了。来到这里，我故意等了几天，没来找您，想等到深信您一切都已知悉以后再来，但现在使我惊奇的是……”

“我知道，知道！”拉斯科利尼科夫突然用最不耐烦的懊恼语气说，“这就是您吗？未婚夫？哼，我知道！……够了！”

彼得·彼特罗维奇气坏了，不过什么也没说。他努力匆匆思索，想弄清这一切意味着什么。沉默持续了大约一分钟光景。

拉斯科利尼科夫回答他的时候，本已稍微转过脸来，面对着他了，这时突然又重新凝神注视，怀着某种特殊的好奇心细细打量起他来，仿佛刚才还没看清他这个人，或者似乎是卢任身上有什么新的东西使他吃了一惊：为了看清卢任，他甚至故意从枕头上稍稍欠起身来。真的，彼得·彼特罗维奇的全部外表的确好像有某种不同寻常的东西，让人感到惊奇，似乎足以证明，刚才那样无礼地管他叫“未婚夫”，并非毫无道理。第一，可以看得出来。而且甚至是太明显了：他急于加紧利用待在首都的这几天时间，把自己打扮打扮，美化一番，等待着未婚妻到来，不过这是完全无可非议，也是完全可以允许的。在这种情况下，甚至自以为，也许甚至是过分得意地自以为打扮得更加讨人喜欢了，这也是可以原谅的，因为彼得·彼特罗维奇是未婚夫嘛。他的全身衣服都是新做的，而且都很好，也许只有一样不好：所有衣服都太新了，也过于明显地暴露了众所周知的目的。就连那顶漂亮、崭新的圆呢帽也说明了这个目的：彼得·彼特罗维奇对这顶呢帽尊敬得有点儿过分，把它拿在手里的那副小心谨慎的样子也太过火了。就连那副非常好看的、真正茹文[①]生产的雪青色手套也说明了同样的目的，单从这一点来看也足以说明问题了：他不是把手套戴在手上，而是只拿在手里，摆摆派头。彼得·彼特罗维奇衣服的颜色是明快的浅色，这种颜色多半适合年轻人穿着。他穿一件漂亮的浅咖啡色夏季西装上衣，一条轻而薄的浅色长裤，一件同样料子的坎肩和一件刚买来的、做工精细的衬衣，配一条带玫瑰色条纹的、轻柔的上等细麻纱领带，而最妙的是：这一切对彼得·彼特罗维奇甚至还挺合适。他容光焕发，甚至还有点儿好看，本来看上去就不像满四十五岁的样子。乌黑的络腮胡子像两个肉饼，遮住他的双颊，很讨人喜欢，密密地汇集在刮得发亮的下巴两边，显得十分漂亮。他的头发虽已稍有几根银丝，却梳得光光滑滑，还请理发师给卷过，可是在这种情况下，就连他的头发也并不显得好笑，虽说卷过的头发通常总是会让人觉得可笑，因为这必然会使人的脸上出现去举行婚礼的德国人的神情。如果说这张相当漂亮而庄严的脸上当真有某种让人感到不快或使人反感的地方，那么这完全是由于别的原因。拉斯科利尼科夫毫不客气、仔仔细细地把卢任先生打量了一番，恶毒地笑了笑，又倒在枕头上，仍然去望天花板。

但是卢任先生竭力克制着，好像决定暂时不理会这些古怪行为。

“发现您处于这样的状况，我感到非常、非常难过，”他想努力打破沉默，又开口说，“如果我知道您身体欠佳，我早就来了。不过，您要知道，事情太多！……加上还要在参政院里办理一件我的律师业务方面的事情。至于您可以猜得到的那些急于要办的事，我就不提了。我随时都在等待着您的，也就是说，等待令堂和令妹到来……”

---

① 茹文是比利时的一个城市。

拉斯科利尼科夫稍动了动，想说什么；他的脸上露出激动不安的神情。彼得·彼特罗维奇停顿下来，等着，但是因为什么也没听到，于是又接着说下去：

“……随时等待着。给她们找了一处房子，先让她们暂时住着……”

“在哪儿？”拉斯科利尼科夫虚弱无力地问。

“离这儿不太远，巴卡列耶夫的房子……”

“这是在沃兹涅先斯基街，”拉祖米欣插嘴说，“那房子有两层，是家小旅馆，商人尤申开的，我去过。”

“是的，是家小旅馆……”

“那地方极其可怕、非常讨厌：又脏又臭，而且可疑，经常出事，鬼知道那儿住着些什么人！……为了一件丢脸的事，我去过那儿。不过，房租便宜。”

“我当然没能了解这么多情况，因为我也是刚来到这里，”彼得·彼特罗维奇很爱面子地反驳说，“不过，是两间非常、非常干净的房间，因为这只是住很短的一段时间……我已经找到了一套正式的，也就是我们未来的住房，”他转过脸来，对拉斯科利尼科夫说，“目前正在装修；暂时我自己也是在这样的房间里挤一挤，离这儿只有几步路，是利佩韦赫泽尔太太的房子，住在我的一位年轻朋友安德烈·谢苗内奇·列别贾特尼科夫的房间里；就是他指点我，叫我去找巴卡列耶夫的房子的……”

“列别贾特尼科夫的？”拉斯科利尼科夫仿佛想起什么，慢慢地说。

“是的，安德烈·谢苗内奇·列别贾特尼科夫，在部里任职。您认识他？”

“是的……不……”拉斯科利尼科夫回答。

“请原谅，因为您这样问，我才觉得您认识他。我曾经是他的监护人……是个很可爱的年轻人……对新思想很感兴趣……我很喜欢会见青年人：从他们那里可以知道，什么是新事物。”彼得·彼特罗维奇满怀希望地扫视了一下在座的人。

“这是指哪一方面呢？”拉祖米欣问。

“指最重要的，也可以说是最本质的东西，”彼得·彼特罗维奇赶快接着说，似乎这个问题使他感到高兴，“要知道，我已经十年没来彼得堡了。所有我们这些新事物、改革和新思想——所有这一切，我们在外省也接触到了；不过要想看得更清楚，什么都能看到，就必须到彼得堡来。嗯，我的想法就正是如此：观察我们年轻一代，最能有所发现，可以了解很多情况。说实在的：我很高兴……”

“是什么让您高兴呢？”

“您的问题提得很广泛。我可能弄错，不过，我似乎找到了一种更加明确的观点，甚至可以说是一种批评的精神，一种更加务实的精神……”

“这是对的。”佐西莫夫透过齿缝慢吞吞地说。

“你胡说，根本没有什么务实精神，”拉祖米欣抓住这句话不放，“要有务实精神，那可难得很，它不会从天上飞下来。几乎已经有两百年了，我们什么事情也不敢做……思想吗，大概是正在徘徊，”他对彼得·彼特罗维奇说，“善良的愿望也是有的，虽说是幼稚的，甚至也能发现正直的行为，尽管这儿出现了数不清的骗子，可务实精神嘛，还是没有！务实精神是罕见的。”

“我不同意您的看法，”彼得·彼特罗维奇带着明显的十分高兴的神情反驳说，“当然啦，对某件事情入迷，出差错，这是有的，然而对这些应当采取宽容态度：对某件事情入迷，说明对这件事情怀有热情，也说明这件事情所处的外部环境是不正常的。如果说做得太少，那么是因为时间不够。至于方法，我就不谈了。照我个人看，也可以说，甚至是已经做了一些事情：一些有益的新思想得到传播，某些有益的新作品得以流传，取代了从前那些空想和浪漫主义的作品；文学作品有了更加成熟的特色；许多有害的偏见得以根除，受到了嘲笑……总之，我们已经一去不返地与过去一刀两断了，而这，照我看，已经是成就了……”

“背得真熟！自我介绍。”拉斯科利尼科夫突然说。

“什么？”彼得·彼特罗维奇没听清，于是问，可是没得到回答。

“这都是对的。”佐西莫夫赶快插了一句。

“不对吗？”彼得·彼特罗维奇愉快地看了看佐西莫夫，接着说，“您得承认，”他对拉祖米欣接着说，不过已经带点儿扬扬得意和占了上风的神气，差点儿没有加上一句“年轻人”，“至少为了科学，为了追求经济学的真理……在这方面已经有了巨大成就，或者像现在人们所说的，有了进步。”

“老生常谈！”

“不，不是老主常谈！譬如说吧，在此之前，人们常对我说：‘你该去爱’，于是我就去爱了，结果怎样呢？”彼得·彼特罗维奇接着说，也许说得太匆忙了，“结果是我把一件长上衣撕作两半，和别人分着穿，于是我们两个都衣不蔽体，这就像俄罗斯谚语所说的：‘同时追几只兔子，一只也追不上。’科学告诉我们：要爱别人，首先要爱自己，因为世界上的一切都是以个人利益为基础的。你只爱自己，那么就会把自己的事情办好，你的长上衣也就能保持完整了。经济学的真理补充说，社会上私人的事办得越多，也可以这么说吧，完整的长上衣就越多，那么社会的基础也就越牢固，社会上也就能办好更多的公共事业。可见我仅仅为个人打算，只给自己买长上衣，恰恰是为大家着想，结果会使别人得到比撕破的长上衣更多的东西，而这已经不仅仅是来自个人的恩赐，而是得益于社会的普遍繁荣了[①]。见解很平常，但不幸的是，很久没能传到我们这里来，让狂热的激情和幻想给遮蔽起来了，不过要领会其中的道理，似乎并不需要有多少机智……”

“对不起，我也并不机智，”拉祖米欣不客气地打断了他的话，“所以我们别再谈了。我这样说是有目的的，不然，所有这些废话和自我安慰，所有这些絮絮叨叨、没完没了的老生常谈，说来说去总是那么几句，三年来已经让我听腻烦了，真的，不但我自己，就是别人当着我的面说这些话，我都会脸红。您当然是急于炫耀自己学识渊博，这完全可以原谅，我并不责备您。现在我只想知道，您是什么人，因为，您要知道，近来有那么多各式各样的企业家要参加公共事业，而不管他接触到什么，都要曲解它，使之为自己的利益服务，结果把一切事业都搞得一塌糊涂。唉！够了！”

“先生，”卢任先生怀着极其强烈的自尊感厌恶地说，“您是不是想要这样无礼地暗示，我也是……”

“噢，请别这么想，请别这么想……我哪会呢！……唉，够了！”拉祖米欣毫不客气地打断了他，急遽地转过脸去，面对佐西莫夫，继续不久前

① 英国经济学家、哲学家边塔姆（1748—1832）和他的信徒米利（1806—1873）的著作译成俄文后，当时俄国的报刊上正在广泛讨论他们的这种实用主义观点。

的谈话。

彼得·彼特罗维奇显得相当聪明，立刻表示相信所做的解释。不过他决定，再过两分钟就走。

“现在我们已经开始认识了，我希望，”他对拉斯科利尼科夫说，“等您恢复健康以后，而且由于您已经知道的那些情况，我们的关系会更加密切……尤其希望您能早日康复……”

拉斯科利尼科夫连头都没转过来。彼得·彼特罗维奇从椅子上站起身来。

“一定是个抵押过东西的人杀死的！”佐西莫夫肯定地说。

“一定是个抵押东西的人！”拉祖米欣附和说，“波尔菲里没把自己的想法说出来，不过还是在审问那些抵押过东西的人……”

“审问抵押过东西的人？”拉斯科利尼科夫高声问。

“是的，怎样呢？”

“没什么。”

“他是怎么找到他们的？”佐西莫夫问。

“有些是科赫说出来的，另一些人的名字写在包东西的纸上，还有一些，是听说这件事后，自己跑了去的……”

“嘿，大概是个狡猾、老练的坏蛋！好大的胆子！多么坚决果断！”

“问题就在这里了，根本不是！”拉祖米欣打断了他的话。

“正是这一点让你们大家全都迷惑不解，无法了解真实情况。我却认为，他既不狡猾，也不老练，大概这是头一次作案！如果认为这是经过精心策划的，凶手是个狡猾的老手，那将是不可思议的。如果认为凶手毫无经验，那就只有偶然的机会才使他得以侥幸逃脱，而偶然的机会不是会创造奇迹吗？也许，就连会碰到障碍，他都没预料到！他是怎么干的呢？——拿了几件值十卢布或二十卢布的东西，把它们塞满自己的口袋，在老太婆箱子里的那堆旧衣服里面乱翻了一通——而在抽屉柜里，在上面一格抽屉的一个小匣子里，除了债券，人们还发现了一千五百卢布现金！他连抢劫都不会，只会杀人！第一次作案，我说，这是他第一次作案，发慌了！不是他老谋深算，而是靠偶然的机会侥幸脱身！”

“这好像说的是不久前杀死一位老年官太太的那件凶杀案吧?”彼得·彼特罗维奇对着佐西莫夫插了一句嘴，他已经拿着帽子和手套站在那里了，但临走想再说几句卖弄聪明的话。看来他是想给人留下个好印象，虚荣心战胜了理智。

“是的。您听说了?”

“那还用说，跟她是邻居嘛……”

“详情细节您都了解吗?”

“那倒不能说，不过使我感兴趣的却是另一个情况，可以说，是整个问题。最近四五年来下层阶级中的犯罪日益增多，这我就不谈了。我也不谈到处不断发生的抢劫和纵火。对我来说，最奇怪的是，上层阶级中的犯罪也同样愈来愈多，可以说，与下层阶级中的犯罪是并行的。听说某处有一个从前上过大学的人在大道上抢劫邮车。另一个地方，一些属于上层社会的人制造假钞票。在莫斯科捕获了一伙伪造最近发行的有奖债券的罪犯——主犯之一是个教世界通史的讲师。还有，国外有一位驻外使馆的秘书被人谋杀，是由于金钱和某种难以猜测的原因……如果现在这个放高利贷的老太婆是被一个社会地位较高的人杀害的，因为乡下人不会去抵押金器，那么，第一，该怎样来解释我们社会上那一部分文明人士的堕落呢?”

“经济上的许多变化……”佐西莫夫回答。

“怎样解释吗?”拉祖米欣吹毛求疵地说，“正是因为我们根深蒂固地过于缺少务实精神，这就是解释。”

“这是什么意思?”

“在莫斯科，问您的那个讲师，为什么伪造有奖债券，他是这样回答的：‘大家用各种办法发财，所以我也急于发财。’原话我记不得了，不过意思就是：尽快发财，不劳而获！大家都习惯坐享其成，靠别人的思想生活，吃别人嚼过的东西。哼，最后审判的时刻一到，每个人都要前去受审：看你还靠什么发财……”

“然而道德呢？也可以说，做人的原则……”

“您在为什么操心啊?”拉斯科利尼科夫突然插嘴说，“这正是根据您的理论产生的结果!”

“怎么是根据我的理论呢?”

“把您刚才鼓吹的那一套引申开去，结论就是：杀人是可以的……”

“怎么会呢!”卢任高声喊道。

“不，不是这样!”佐西莫夫回答。

拉斯科利尼科夫躺在那儿，面色苍白，上嘴唇颤抖着，呼吸困难。

“一切都有个限度，”卢任高傲地接着说，“经济观念还不等于请你去杀人，假如认为……”

“这是真的吗？您，”拉斯科利尼科夫又突然用气得发抖的声音打断了他的话，从他的声音里可以听出，侮辱卢任，他感到十分高兴，“这是真的吗？您曾经对您的未婚妻说……就在您向她求婚刚刚得到她同意的时候……您就对她说，您最高兴的是……她是个穷人……因为娶一个穷人家的女儿对您更为有利，以后您好控制她……可以责备她，说她受了您的恩惠，是吗……”

“先生！”卢任面红耳赤，窘态毕露，恼恨而气愤地高声叫喊，“先生……竟这样歪曲我的意思！请您原谅，我必须说，传到您耳中的，或者不如说是故意让您知道的流言，毫无根据，我……我怀疑，有人……一句话……这枝冷箭……一句话，是令堂……我本来就觉得，尽管她有不少优点，可是她的想法里有某些狂热和浪漫主义的色彩……不过我还是万万没想到，她竟会以幻想来歪曲事实，这样来理解我，把事情想象成……而到底……到底……”

“您知道吗？”拉斯科利尼科夫高声大喊，从枕头上欠起身来，目光炯炯，锐利逼人，直盯着他，“您知道吗？”

“知道什么？”卢任住了口，脸上带着受到侮辱和挑衅的神情，等待着。沉默持续了几秒钟。

“就是，如果您再一次……您胆敢再提到……我母亲一个字……我就叫您滚出去！”

“您怎么了！”拉祖米欣喊了一声。

“啊，原来是这样！”卢任脸色发白，咬住嘴唇，“先生，您听我说，”他一字一顿地说，竭力克制着，可还是气得喘不过气来，“还在不久前我刚一进来的时候，我就看出，您对我的态度是不友好的，可是我故意留下来，好对您能有更多的了解。对于一个有病的人和亲戚，很多事情我都可以原谅，但是现在……对您……我永远也不会原谅……”

“我没有病！”拉斯科利尼科夫大声叫喊。

“那就更不会……”

“滚，您给我见鬼去！”

但是卢任已经自己走了，没有把话说完，就又从桌子和椅子之间挤了出去。这一次拉祖米欣站了起来，让他过去。卢任谁也不看，甚至也没向佐西莫夫点个头，虽然后者早已向他点头示意，叫他别再打扰病人了。卢任走了出去，当他微微弯腰走出房门的时候，小心翼翼地把帽子举得齐肩膀那么高。就连他弯腰的姿势也仿佛表现出，他随身带走了多么严重的侮辱。

“能这样吗，能这样吗？”大惑不解的拉祖米欣摇着头说。

“别管我，你们都别管我！”拉斯科利尼科夫发狂似的叫喊，“你们到底肯让我安静一下不，你们这些折磨人的家伙！我不怕你们！现在我谁也不怕，谁也不怕！给我滚开！我想自个儿待在这儿，自个儿，自个儿，自个儿！”

“咱们走吧。”佐西莫夫对拉祖米欣点点头，说。

“那怎么行，难道能这样丢下他不管吗？”

“走吧！”佐西莫夫坚持地又说了一遍，说罢就走了出去。

拉祖米欣想了想，就跑出去追他了。

“如果我们不听他的话，那可能更糟，”佐西莫夫已经到了楼梯上，说，“不能激怒他……”

“他怎么了？”

“如果有什么有利的因素推动他一下就好了！刚才他精神还好……你听我说，他有什么心事！一件总也放不下、让他十分苦恼的心事……这一点我非常担心。准是这么回事！”

“也许就是这位叫彼得·彼特罗维奇的先生吧！从谈话中可以听出，他要和他妹妹结婚，罗佳生病以前接到过一封信，信里提到了这件事……”

"是啊！见鬼，他偏偏现在来了，也许会把事情完全弄糟了。你发觉没有，他对一切都漠不关心，对什么都避而不答，只除了一件事，总是会使他失去自制：就是这件凶杀案……"

"对，对！"拉祖米欣附和说，"我不但发觉，而且非常注意！他很关心，也很害怕。这是因为，就在他生病的那天有人吓唬过他，在警察局长的办公室里，他昏过去了。"

"今天晚上你把这件事跟我详细谈谈，以后我再告诉你一件事。他让我很感兴趣，很感兴趣！半小时后我再去看他……不过发炎是不会的……"

"谢谢你！这段时间里，我在帕申卡那儿等着，通过娜斯塔西娅照料他……"

只剩下拉斯科利尼科夫一个人了，他急不可耐、满腹忧虑地看看娜斯塔西娅，但她还拖延着不走。

"现在要喝茶吗?"她问。

"以后再喝！我想睡觉！别管我……"

他痉挛地转身面对墙壁，娜斯塔西娅走了出去。

六

但是她刚一出去，他立刻就起来了，用门钩扣上房门，解开拉祖米欣不久前拿来、又重新包起来的那包衣服，动手穿了起来。怪事：似乎他突然变得十分镇静了，既不像不久前那样精神错乱，胡言乱语，也不像最近这段时间那样失魂落魄，惊恐万分。这是一种奇怪的、突然到来的镇静的最初瞬间。他的动作毫无差错，目的明确，表现出他有某种坚定的意图。“今天，就在今天……”他喃喃地自言自语。不过他明白，他还很虚弱，但极度的精神紧张，使他变得镇静和下定决心的精神紧张，给了他力量和自信，不过他希望不至于跌倒在街上。他全身都换上了新衣服，看了看放在桌子上的钱，想了想，把钱都装进了衣袋。一共是二十五卢布。他又拿了那几个五戈比的铜币，那是拉祖米欣拿去买衣服的十个卢布找回的零钱。然后他轻轻取下门钩，从屋里出来，走下楼梯，朝大敞着的厨房门里面张望了一眼：娜斯塔西娅背对着他站着，弯下腰，正在吹女房东的茶炊。她什么也没听到。而且谁能想到他会出去呢？不一会儿，他已经到了街上。

已经八点钟了，红日西沉。仍然那么闷热，然而他还是贪婪地吸了一口这恶臭难闻、尘土飞扬、被城市污染了的空气。他的头微微眩晕起来；他那双发红的眼睛里和白中透黄、十分消瘦的脸上，却显示出某种奇怪的旺盛精力。他不知道，也没想过要到哪里去，他只知道一点：“这一切必须在今天结束，一下子结束它，立刻！否则他决不回家，因为他不愿这样活下去。”怎么结束？用什么办法结束？他一点儿也不知道，也不愿去想。他驱除了这个想法，这个想法在折磨他。他只是感觉到，而且知道，必须让一切都发生变化，不是这样变，就是那样变，“不管怎么变都行”，他怀着绝望的、执拗的自信和决心反复说。

由于以前养成的习惯，他顺着从前散步时通常走的那条路径直往干草广场走去。还不到干草广场，在一家小铺门前，马路上站着一个身背手摇风琴的黑发年轻流浪乐师，正在摇着一首十分动人的抒情歌曲。他是为站在他前面人行道上的一个姑娘伴奏，她约莫有十四五岁，打扮得像一位小姐，穿一条钟式裙，肩上披着披肩，戴着手套，头上戴一顶插着火红色羽毛的草帽，这些东西都破旧了。她用街头卖唱的声音演唱那首抒情歌曲，声音发抖，然而相当悦耳和富有感染力，期待着小铺子里会有人丢给她两个戈比。拉斯科利尼科夫停下来，站在两三个听众身边，听了一会儿，掏出一枚五戈比的铜币，放到姑娘的手里。她正唱到最动人的高音上，突然停住不唱了，歌声猝然中断，她用尖锐的声音向摇琴的乐师喊了一声"够了!"于是两人慢慢往前、往另一家小铺子走去。

"您爱听街头卖唱吗?"拉斯科利尼科夫突然问一个和他一起站在摇手摇风琴的乐师身旁的过路行人，那人已不算年轻了，看样子像是个游手好闲的人。那人奇怪地看了他一眼，吃了一惊。"我爱听，"拉斯科利尼科夫接着说，不过看他的神情，却仿佛根本不是在谈街头卖唱，"在寒冷、阴暗、潮湿的秋天晚上，一定要在潮湿的晚上，行人的脸色都白得发青，面带病容，这时候我爱听在手摇风琴伴奏下唱歌；或者是在没有风，潮湿的雪直接从天上飘落的时候，那就更好了，您明白吗？透过雪花，煤气路灯[①]闪闪烁烁……"

"我不明白……对不起……"那位先生含糊不清地说，拉斯科利尼科夫的问题和奇怪的神情吓坏了他，他走到马路对面去了。

拉斯科利尼科夫一直朝前走，来到干草广场的一个拐角上，那天跟莉扎薇塔谈话的那个小市民和他老婆就是在这儿摆摊做生意的；但是这会儿他们不在这儿。认出这个地方以后，他站住了，往四下里看了看，问一个

---

① 19世纪60年代彼得堡市中心区装上了煤气路灯，其余地区是煤油路灯。

正在面粉店门口打呵欠、身穿红衬衣的年轻小伙子：

“不是有个市民在这个拐角上做生意吗，跟一个女人，跟他老婆一起，不是吗？”

“各式各样的人都在做生意。”小伙子傲慢地打量着拉斯科利尼科夫，回答说。

“他叫什么名字？”

“受洗礼的时候给他取了个什么名字，就叫什么名字。”

“你是不是扎拉斯基人？哪个省的？”

小伙子又瞅了瞅拉斯科利尼科夫。

“大人，我们那儿不是省，是县，我兄弟出门去了，我待在家里，所以我不知道……请您原谅，大人，多多包涵。”

“上面是个小饭馆吗？”

“是个小饭馆，有弹子台，还有漂亮女人……好极了！”

拉斯科利尼科夫穿过广场。那边拐角上密密麻麻站着一群人，全都是乡下人。他挤进人最多的地方，看看那些人的脸。不知为什么，他很想跟所有人说话。但是乡下人都不搭理他，大家都东一伙西一簇地挤在一起，互相小声交谈着，乱哄哄的，不知在谈什么。他站了一会儿，想了想，就往右转弯，在人行道上朝B大街那个方向走去。过了广场，他走进了一条小胡同……

以前他也常经过这条很短的小胡同，胡同拐一个弯，从广场通往花园街。最近一段时间，每当他心里烦闷的时候，总是很想到这一带来溜达溜达，“好让心里更加烦闷”。现在他进了这条胡同，什么也不去想。这儿有一幢大房子，整幢房子里都是小酒馆和其他饮食店。从这些酒馆、饭店里不断跑出一些穿得像去“邻居家串门儿”的女人——不包头巾，只穿一件连衫裙。她们在人行道上两三个地方，主要是在底层入口处旁，成群地挤在一起，从入口走下两级台阶，就可以进入各种娱乐场所。这时从其中一个娱乐场所里正传出一阵阵喧闹声，在街上都听得清清楚楚：吉他声叮叮咚咚，有人在唱歌，笑语喧哗，十分快活。一大群女人挤在门口，有的坐在台阶上，另一些坐在人行道上，还有一些站在那里闲扯。旁边有个喝醉了的士兵，嘴里叼着支香烟，高声骂着街，在马路上闲荡，看来是想去什么地方，可是到底要去哪里，却想不起来了。一个衣衫褴褛的人正和另一个衣衫褴褛的人对骂，一个烂醉如泥的醉汉横躺在街道上。拉斯科利尼科夫在那一大群女人身旁站了下来。她们用嘶哑的声音交谈着，她们都穿着印花布连衫裙和山羊皮的皮鞋，都没包头巾。有一些已经四十多岁了，不过也有十六七岁的，几乎个个的眼睛都被打伤了。

不知为什么，下边的歌声和喧闹声引起了他的注意……可以听到，那里，在一阵阵哈哈大笑和尖叫声中，在尖细的假嗓唱出的雄壮歌曲和吉他的伴奏下，有人正用鞋后跟打着拍子，拼命跳舞。他全神贯注、阴郁而若有所思地听着，在门口弯下腰来，从人行道上好奇地往穿堂里面张望。

你呀，我漂亮的岗警呀，

你别无缘无故地打我呀——

歌手尖细的歌声婉转动人。拉斯科利尼科夫很想听清唱的是什么歌，似乎全部问题都在于此了。

“是不是要进去呢？”他想，“他们在哈哈大笑。因为喝醉了。怎么，我要不要也喝他个一醉方休呢?”

“不进去吗，亲爱的老爷?”女人中有一个用相当响亮、还没有完全嘶哑的声音问。她还年轻，甚至不难看——是这群女人中唯一的一个。

“瞧，你真漂亮啊!”他稍稍直起腰来，看了看她，回答说。

她嫣然一笑。她很爱听恭维话。

“您也挺漂亮啊。”她说。

“您多瘦啊!”另一个女人声音低沉地说，“刚从医院出来吗?”

“好像都是将军的女儿，不过都是翘鼻子!”突然一个微带醉意的乡下人走过来，插嘴说，他穿一件厚呢上衣，敞着怀，丑脸上带着狡猾的笑容，“瞧，好快活啊!”

“既然来了，就进去吧!”

“是要进去！很高兴进去!”

他跌跌撞撞地下去了。

拉斯科利尼科夫又往前走去。

“喂，老爷!”那女人在后面喊了一声。

“什么事?”

她感到不好意思了。

“亲爱的老爷，我永远高兴陪您玩几个钟头，可这会儿不知怎的在您面前却鼓不起勇气来。可爱的先生，请给我六个戈比，买杯酒喝!”

拉斯科利尼科夫随手掏出几个铜币：三枚五戈比的铜币。

“啊，您这位老爷心肠多好啊!”

“您叫什么?”

“您就问杜克莉达吧。”

“不，怎么能这样呢，”突然那群女人里有一个对着杜克莉达摇摇头，说，“我真不知道，怎么能这样跟人家要钱！要是我的话，我会臊得找个地缝钻进去……”

拉斯科利尼科夫好奇地望望那个说话的女人。这是个有麻子的女人，三十来岁，脸上给打得青一块紫一块的，上嘴唇也有点肿了。她安详而又严肃地责备杜克莉达。

“我是在哪儿，”拉斯科利尼科夫边往前走，边想，“我是在哪儿看到过，一个被判处死刑的人，在临刑前一小时说过，或者是想过，如果他必须在高高的悬崖绝壁上活着，而且是在仅能立足的那么狭窄的一小块地方站着——四周却是万丈深渊，一片汪洋，永久的黑暗，永久的孤独，永不停息的狂风暴雨——而且要终生站在这块只有一俄尺见方的地方，站一千年，永远站在那里——他也宁愿这样活着，而不愿马上去死！[①]只要能活着，活着，活着！不管怎样活着——只要活着就好！……多么正确的真理！人是卑鄙的！谁要是为此把人叫作卑鄙的东西，那么他也是卑鄙的。”过了一会儿，他又补上一句。

他走到了另一条街上。“噢，‘水晶宫’！不久前拉祖米欣谈到过‘水晶宫’。不过我到底想干什么？对了，看报！……佐西莫夫说，在报上看到过……”

“有报纸吗？”他走进一家宽敞的、甚至颇为整洁的饭店，问道，这家饭店有好几个房间，不过相当空。有两三个顾客在喝茶，稍远一点儿的一间屋里坐着一伙人，一共有四个，在喝香槟，拉斯科利尼科夫觉得，好像

---

① 见雨果的《巴黎圣母院》。这里不是引用原文。

扎苗托夫也在他们中间。

不过，从远处看，看不清楚。

“管他去!”他想。

“要伏特加吗?”跑堂的问。

“给来杯茶。你再给我拿几份报纸来，旧的，从五天前一直到今天的，都要，我给你几个酒钱。”

“知道了。这是今天的报纸。要伏特加吗?”

旧报纸和茶都拿来了。拉斯科利尼科夫坐下，翻着找起来：“伊兹列尔——伊兹列尔——阿茨蒂克人——阿茨蒂克人——伊兹列尔——巴尔托拉——马西莫——阿茨蒂克人——伊兹列尔[①]……呸，见鬼！啊，这儿是新闻：一个女人摔下楼梯——一市民因酗酒丧生——沙区发生火灾——彼得堡区发生火灾——又是彼得堡区发生火灾——又是彼得堡区发生火灾[②]——伊兹列尔——伊兹列尔——伊兹列尔——伊兹列尔——马西莫……哦，在这里了……”

他终于找到了他要找的，于是看起来了；一行行的字在他眼中跳动，然而他还是看完了所有“消息”，并贪婪地在以后几期报纸上寻找最新的补充报道。他翻报纸的时候，由于焦急慌乱，手在发抖。突然有人坐到他

---

① 拉斯科利尼科夫看的是报纸上的广告。伊兹列尔是彼得堡郊外“矿泉”花园的主人，当时城里人都喜欢去“矿泉”花园散步。1865年有两个侏儒到达彼得堡，一个叫马西莫，一个叫巴尔托拉，据说他们是墨西哥一个已经绝灭的土著民族阿茨蒂克人的后裔。当时报纸上广泛报道了这两个侏儒到达彼得堡的消息。

② 彼得堡区与市中心区之间隔着涅瓦河。19世纪60年代那里都是木头房子，1865年夏季炎热，那里经常发生火灾。

这张桌子这儿来，坐到了他的身边。他一看，是扎苗托夫，就是那个扎苗托夫，还是那个样子，戴着好几个镶宝石的戒指，挂着表链，搽过油的乌黑的鬈发梳成分头，穿一件很考究的坎肩，常礼服却穿旧了，衬衫也不是新的。他心情愉快，甚至是十分愉快而又温和地微笑着。因为喝了香槟，他那黝黑的脸稍有点儿红晕。

“怎么！您在这儿?”他困惑不解地说，那说话的语气，就好像他们是老相识似的，“昨天拉祖米欣还对我说，您一直昏迷不醒。这真奇怪！要知道，我去过您那儿……”

拉斯科利尼科夫知道他准会过来。他把报纸放到一边，转过脸来，面对着扎苗托夫。他嘴唇上挂着冷笑，在这冷笑中流露出一种前所未有的、恼怒的不耐烦的神情。

“这我知道，知道您去过，”他回答，“听说过。您找过一只袜子……您知道吗，拉祖米欣非常喜欢您，他说，您和他一道到拉维扎·伊万诺芙娜那儿去过，谈起她的时候，您竭力向火药桶中尉使眼色，可他就是不明白您的意思，您记得吗？怎么会不明白呢——事情是明摆着的……不是吗?”

“他可真是个爱惹是生非的人!”

“火药桶吗?”

“不，您的朋友，拉祖米欣……”

“您过得挺不错啊，扎苗托夫先生！到最快活的地方来，不用花钱！刚才是谁给您斟的香槟?”

“我们……喝了两杯……又给斟上了吗?!”

“这是酬劳嘛！您拥有一切呀!”拉斯科利尼科夫笑了，“没关系，心地善良的孩子，没关系!”他拍了拍扎苗托夫的肩膀，又补上一句，“我可不是故意惹您生气，‘而是因为我们要好，闹着玩儿’，老太婆的那个案子里，您那个工人用拳头捶米季卡的时候，也是这么说的。”

“可您是怎么知道的?”

“我嘛，也许比您知道得还多。”

“您这人真有点儿怪……大概，还病得很厉害。您不该出来……”

“您觉得我怪吗?”

“是的。怎么，您在看报?”

“是在看报。”

“有许多关于火灾的消息。”

“不，我不是在看火灾的消息，”这时他神秘地看了看扎苗托夫，嘲讽的微笑使他的嘴唇变了形，“不，我不是看火灾的消息，”他对扎苗托夫眨眨眼，接着说，“您承认吧，可爱的年轻人，您很想知道我在看什么消息，是吧?”

“根本不想知道，我只不过这么问问。难道不能问吗？您怎么总是……”

“喂，您是个受过教育、有文化的人，是吧?”

“我读过中学六年级。”扎苗托夫神情有点儿庄重地说。

“六年级！唉，你呀，我的小宝贝儿！梳着分头，戴着镶宝石的戒指——是个有钱的人！嘿，一个多可爱的小孩子呀！”这时拉斯科利尼科夫对着扎苗托夫的脸神经质地狂笑起来。扎苗托夫急忙躲开了，倒不是因为觉得受了侮辱，而是大吃一惊。

“嘿，您多怪啊！”扎苗托夫神情十分严肃地又说了一遍，“我觉得，您一直还在说胡话。”

“我说胡话？你胡扯，小宝贝儿！……那么，我很怪吗？您觉得我很有意思，是吗？有点儿异常？”

“有点儿异常。”

“是不是谈谈，我在看什么，找什么？瞧，我叫他们拿来了这么多报纸！可疑，是吗？”

“好，您请说吧。”

“耳朵竖起来了吗？”

“竖起来，这是什么意思？”

“等以后再告诉您，竖起来是什么意思，而现在，我最亲爱的朋友，我向您声明……不，最好是：‘供认’……不，这也不对：‘我招供，您审问’——这就对了！那么我招供，我看的是，我关心的是……我找的是……我寻找的是……”拉斯科利尼科夫眯缝起眼来，等待着，“我寻找的是——而且就是为此才到这儿来的——谋杀那个老太婆、那个官太太的消息。”最后，他几乎把自己的脸紧凑到扎苗托夫的脸上，低声耳语似的说。扎苗托夫凝神注视着他，一动不动，也没把自己的脸躲开。后来扎苗托夫觉得，最奇怪的是，他们之间的沉默足足持续了一分钟，足足有一分钟，他们俩就这样互相对视着。

“您看这些消息，那又怎样呢？”扎苗托夫困惑不解而且不耐烦地高声说，“这关我什么事！这是什么意思？”

“就是那个老太婆，”拉斯科利尼科夫还是那样悄悄地接下去说，对扎苗托夫的高声叫喊丝毫不动声色，“就是那个老太婆，您记得吗，你们在办公室里谈论起她来的时候，我昏倒了。怎么，现在您明白了吗？”

“这是什么意思？什么……‘您明白了吗’？”扎苗托夫几乎是惊慌地问。

拉斯科利尼科夫神情呆板而又严肃的脸霎时间起了变化，突然又像刚才那样神经质地狂笑起来，似乎他已完全不能控制自己了。他顿时想起不久前的那一瞬间，异常清晰地感觉到当时的情景：他手持斧头站在门后，门钩在跳动，他们在门外破口大骂，要破门而入，他却突然想对他们高声大喊，和他们对骂，向他们伸舌头，逗弄他们，嘲笑他们，哈哈大笑，哈哈大笑，哈哈大笑！

“您不是疯子，就是……”扎苗托夫脱口而出，但立刻住了嘴，仿佛有个突然在他脑子里一闪而过的想法使他吃一惊。

“就是？‘就是’什么？嗯，是什么？喂，请说啊！”

“没什么！”扎苗托夫气呼呼地说，“全都是胡说八道！”

两人都默默不语。在一阵突然爆发的狂笑之后，拉斯科利尼科夫又突然陷入沉思，变得忧郁起来。他用胳膊肘撑在桌子上，一只手托着头。似乎他把扎苗托夫完全忘了。沉默持续了相当久。

“您怎么不喝茶呢？茶要凉了。”扎苗托夫说。

“啊？什么？茶？……好吧……”拉斯科利尼科夫从杯子里喝了一口茶，把一小块面包放进嘴里，突然看了看扎苗托夫，好像想起了一切，仿佛一下子精神振作起来：他的脸上又恢复了一开始时那种嘲讽的神情。他在继续喝茶。

“如今发生了不少这种欺诈案件，”扎苗托夫说，“不久前我在《莫斯科新闻》上看到一条消息，莫斯科捕获了一伙制造伪币的罪犯。是一个集团。他们伪造债券。”

“哦，这已经是很久以前的事了！我还在一个月以前就看到了，”拉斯科利尼科夫平静地回答，“这么说，照您看，这是些骗子了？”他冷笑着补上一句。

“怎么不是骗子呢？”

“这些人吗？是孩子，布兰别克[①]，而不是骗子！有整整五十个人为了这个目的结成了一伙！难道能这样吗？有三个就已经太多了，而且还得互相信任，对别人比对自己还要相信！只要有一个喝醉了，说漏了嘴，那就全都完了！布兰别克！雇了些靠不住的人在各个银行办事处兑换债券：这种事情能随便碰到个人就让他去干吗？好，即使这些布兰别克成功了，即使每人都换了一百万卢布，那么以后呢？一辈子怎么办？每个人这一辈子都得取决于别人是不是会走漏风声！这样还不如上吊，倒还干脆！他们却连兑换都不会：有一个才在办事处里兑换了五千卢布，手就发抖了。点完了四千，还有一千，不点就收下了，相信不会有错，只想揣到口袋里，赶快逃走。于是就引起了怀疑。因为有一个傻瓜，一切全都毁了！难道能这么干吗？”

“双手发抖吗？”扎苗托夫随声附和说，“不，这是可能的。不，这我完全相信，完全相信这是可能的。有时是会经受不住。”

“经受不住？”

“您会经受得住？不，我可受不了！为了一百卢布赏金去干这么可怕的事情！拿着假债券去——去哪里——去银行办事处，而那里的人识别债券，都是经验丰富的老手——不，我准会心慌意乱。您却不会发慌吗？”

拉斯科利尼科夫突然又很想“伸出舌头来”。一阵阵寒战掠过他的背脊。

“要是我，就不会这么干，”他从老远谈起，“要是我，我就这样去兑

---

① 法文blanc-bec的音译，“乳臭未干的孩子”“黄口孺子”之意。

换：最先拿到的那一千卢布，要翻来覆去点四遍，每张钞票都要仔仔细细看了又看，然后再去点另外那一千；先从头点起，点到一半，抽出一张五十卢布的票子，对着亮处看看，再把它翻转来，又对着亮处看看——是不是假的呢？我就说：‘我不放心：我有个女亲戚，前两天就是因为收下了一张假钞票，白丢了二十五卢布’，还要编个故事，叙说一遍。待到开始点第三叠一千的时候——不，对不起：我好像觉得，在那第二叠一千里，点到七百的时候，数得不对，我有怀疑，于是丢下这第三叠一千，又去点第二叠——五千卢布都是这样点法。等到都点完了，又从第五叠和第二叠里各抽出一张钞票来，对着亮处看了又看，又觉得可疑，‘请给换一张’——折腾得那个办事员疲惫不堪，不知道怎样才能把我打发走！等到终于都点清了，走出去了，却又把门打开——啊，不，对不起，我又回转来，问个什么问题，要求得到解释——要叫我，就这么干！”

“嘿，您说了些多么可怕的话！”扎苗托夫笑着说，“不过这只是说说而已，真的干起来，您准会出差错。我跟您说，照我看，干这种事，别说是您我，就连经验丰富的亡命之徒也不能担保万无一失。用不着到远处去找，眼前就有现成的例子：我们地区里有个老太婆让人给杀害了。看来是个玩命的家伙，大白天，不顾一切危险，豁出命来干，只是靠奇迹才能侥幸逃脱——可他的手还是发抖了：没能偷走所有财物，没能经受住，从案情就可以看出……”

拉斯科利尼科夫仿佛受到了侮辱。

“可以看出！那么请您去抓住他吧，现在就去！”他高声叫喊，幸灾乐祸地激扎苗托夫。

"有什么呢，会抓到的。"

"谁去抓？您吗？您抓到他吗？您会累得筋疲力尽！你们所指望的最重要的一点，是这个人会不会大手大脚地花钱，不是吗？本来没有钱，这时突然大手大脚地挥霍起来——怎么会不是他呢？那么，就这一点来说，你们准会上这个小孩子的当，如果他想这么干的话！"

"问题就在这里了，他们总是这么干的，"扎苗托夫回答，"他们豁出命来，狡猾地杀了人，后来马上就在酒馆里落入法网。就是在他们大手大脚挥霍的时候捕获他们。不是所有人都像您这样狡猾。您当然不会进酒馆了，不是吗？"

拉斯科利尼科夫皱起眉头，凝神瞅了瞅扎苗托夫。

"看来您是得寸进尺，很想知道，在这种情况下我会怎么干了？"他很不高兴地问。

"倒是很想知道。"扎苗托夫坚决而认真地回答。不知怎的他的语气和目光都变得太认真了。

"很想吗？"

"很想。"

"好吧。我会这样做，"拉斯科利尼科夫开始说，又突然把自己的脸凑近扎苗托夫的脸，又凝神注视着他，又是那样低声耳语，以致扎苗托夫这一次甚至颤抖了一下，"要叫我，就会这么办：我会拿了钱和东西，一离开那儿，哪里也不去，立刻就会去找一个荒凉僻静的地方，那儿只有一道围墙，几乎一个人也没有——找一个菜园或者这一类的地方。事先我就会看中那个地方，这个院子里有块一普特或者一普特半重的大石头，就在一个角落上，围墙旁边，也许从盖那幢房子的时候起就放在那儿了；我会搬开这块石头——石头底下一定有一个坑——我会把所有这些东西和钱都放进这个坑里。把东西放进去以后，我会再把石头推回去，放得跟原来一个样，再用脚把土踩实，然后走开。一年，两年，三年，我都不会去取它——哼，您去找吧！钱虽然有过，可是全花光了！”

“您是个疯子！”扎苗托夫不知为什么也几乎是低声悄悄地说，而且不知为什么突然从拉斯科利尼科夫身边挪开一些。拉斯科利尼科夫两眼炯炯发光，面色白得可怕，他的上嘴唇抖动了一下，轻轻跳动起来。他尽量俯身凑近扎苗托夫，嘴唇微微翕动起来，可是什么话也没说，这样持续了约莫半分钟的样子。他知道自己在做什么，可是不能控制自己。一句可怕的话，就像那时候门上的门钩一样，在他嘴里一个劲儿地跳动着：眼看就要冲出来了。眼看就要约束不住，眼看就要脱口而出了！

“如果老太婆和莉扎薇塔是我杀的，那又怎样呢？”他突然说，又立刻醒悟了。

扎苗托夫古怪地看了他一眼，脸色白得像桌布一样。他笑了笑，脸变得很不自然。

“难道这可能吗？”他用勉强可以听到的声音说。

拉斯科利尼科夫恶狠狠地瞅了他一眼。

“您承认吧，您相信了？是吧？不是吗？”

“根本不信！现在比任何时候更不相信！”扎苗托夫急忙说。

“终于落网了！小麻雀给捉住了。既然现在‘比任何时候更不相信’，可见以前您相信过，不是吗？”

“根本不是！”扎苗托夫大声叫嚷，显然发窘了，“您就是为了让我上当受骗，故意吓唬我吗？”

"这么说您不相信吗？那时候我从办公室出去以后，你们背着我讲了些什么？我昏倒以后，火药桶中尉干吗要盘问我？喂，你过来，"他对跑堂的喊了一声，同时站起来，拿起帽子，"多少钱？"

"一共三十戈比。"跑堂的一边跑过来，一边回答。

"再给二十戈比小费。瞧，多少钱啊！"他把那只拿着钞票的、发抖的手伸到扎苗托夫面前，"红的和蓝的[①]，一共二十五卢布。打哪儿弄来的？哪儿来的这身新衣服？因为您是知道的，我曾经连一个戈比也没有！大概已经问过女房东了……好，够了！Assez causé！[②]再见……最愉快的再见……"

他走了出去，由于一种奇怪的歇斯底里的感觉，他浑身都在发抖，在这种奇怪的感觉里同时还有一部分抑制不住的高兴——不过他神情阴郁，十分疲倦。他的脸扭歪了，好像刚发过什么病似的。他更疲倦了。他曾经恢复了精力，现在精力突然衰退了，随着他受到第一次刺激，随着第一次感到气愤，随着这种气愤的感觉逐渐消失，他的精力也迅速衰退了。

只剩下扎苗托夫一个人以后，他又在那个地方沉思默想地坐了许久。拉斯科利尼科夫无意中完全改变了他对这件凶杀案的某一点的想法，并最终确定了自己的意见。

"伊利亚·彼特罗维奇是个笨蛋！"最后他断定。

拉斯科利尼科夫刚打开到街上去的门，突然就在台阶上迎面撞到了正走进来的拉祖米欣。两个人甚至只隔一步远，却谁也没看到谁，所以几

---

① 红的是十卢布一张的钞票，蓝的是五卢布一张的钞票。

② 法文，"闲扯得够了"之意。

乎撞了个头碰头。他们彼此用目光打量着对方，对看了一会儿。拉祖米欣惊讶极了，但是突然，一股怒火，一股真正的怒火在他眼里可怕地闪闪发光。

“哈，原来你在这儿!”他扯着嗓子大喊，“从床上下来，跑了！我到处找他，连沙发底下都找过了！顶楼上也去过了！为了你，我差点儿没把娜斯塔西娅痛打一顿……可是瞧，他在哪里！罗季卡！这是什么意思？把实话全说出来！你说老实话！听见了吗!”

“这意思就是，你们全都让我烦死了，我想自个儿待一会儿!”拉斯科利尼科夫安详地回答。

“自个儿？在你还不能走路，脸还白得像麻布一样，呼吸还很困难的时候！傻瓜！……你在‘水晶宫’干什么了？立刻说出来!”

“让我走!”拉斯科利尼科夫说，想从他身旁过去。这可把拉祖米欣惹火了：他紧紧抓住了他的肩膀。

“让你走？你竟敢说：‘让我走？’你知道现在我要把你怎么样吗？我要一把抱住你，把你捆起来，夹在腋下把你弄回家去，锁起来!”

“你听我说，拉祖米欣，”拉斯科利尼科夫轻轻地，看来完全平静地说，“难道你看不出我不愿领你的情吗？何苦偏要施恩于……根本不领情的人？对你的关心，他觉得根本无法忍受，对这样的人，你何苦偏要关怀备至？在我刚开始发病的时候，你为什么要找到我？说不定我倒很高兴死呢？难道今天我对你说得还不清楚吗：你是在折磨我，你让我……烦死了！你当真愿意折磨人吗？请你相信，你这样做的确严重妨碍我恢复健康，因为这是在不断地惹我生气。为了不惹我生气，佐西莫夫刚才不是已经走了吗？看在上帝分上，请你也别管我了！最后，请问你有什么权力强制我，不让我自由行动？难道你看不出，我现在说话，神智是完全清醒的吗？我求求你，请你教导我，用什么办法才能让你不再和我纠缠，不再为我做什么好事？就算我忘恩负义，就算我行为卑鄙吧，不过请你们大家都不要管我，看在上帝分上，请你们都别管我！别管我！别管我！”

他一开始说话是平心静气的，事先就感到把满腔恶毒的怨气发泄出来的那种快乐，可是到末了，却气得发狂，上气不接下气，跟不久前和卢任说话时一样了。

拉祖米欣站了一会儿，想了想，放开了他的手。

“你滚，见鬼去吧！”他轻轻地说，几乎是陷入沉思。“等等！”拉斯科利尼科夫正要走，他又突然吼叫起来，“你听我说。我要告诉你，所有你们这些人，没有一个不是只会空谈和吹牛的家伙！只要你们一遇上点儿不顺心的事，就像下蛋的母鸡一样，唠唠叨叨，嘀咕个没完！就连嘀咕起来，也是剽窃别人的词句。在你们身上看不到一丁点儿独立生活的影子！你们都是用鲸蜡膏做成的，血管里流的不是血，而是乳浆！你们当中的人，我一个也不相信！在任何情况下，首先引人注目的就是，你们似乎都不像人！等—— 一 ——等！”看到拉斯科利尼科夫又要走，他加倍狂怒地大喊一声，“你给我听完！你知道，为庆贺我迁入新居，今天有人来我家聚会，也许现在已经来了，我让舅舅留在家里招待客人——我刚刚跑回去一趟。那么，如果你不是傻瓜，不是惹人讨厌的傻瓜，不是愚蠢透顶的傻瓜，不是和大家格格不入的怪物……你要知道，罗佳，我承认，你是个聪明小伙子，可你是个傻瓜！——那么，如果你不是傻瓜，今天你还是上我那儿去，坐一个晚上，总比白白地磨破鞋底要好一些。既然你已经出来了，那就一定得去！我给你弄把软绵绵的扶手椅来，房东那里有……喝杯茶，和朋友们聚会聚会……啊，不，我要让你躺到沙发上——那样也还是跟我们在一起……佐西莫夫也要去。你去吗？”

“不去。”

“你——胡——说！”拉祖米欣忍不住高声吼叫了起来，“你怎么知道不去？你不能对自己的行为负责！而且对这种事，你什么也不懂……我像这样跟人吵架，吵得谁也不理谁，已经有上千次了，可后来又和好如初……感到惭愧了，就又去找人家！那么你记住，波钦科夫的房子，三楼……”

“为了得到施恩于人的快乐，您大概肯让人揍您一顿吧，拉祖米欣先生。”

“揍谁？揍我！只要有人胆敢这么想一想，我就拧掉他的鼻子！波钦科夫的房子，四十七号，官员巴布什金的住宅里……”

“我不去，拉祖米欣！”拉斯科利尼科夫转身走了。

“我打赌，你一定会来！”拉祖米欣对着他的背影叫喊，“不然你……不然我就不把你看作我的朋友！等等，喂！扎苗托夫在那儿吗？”

“在那儿。”

“你见到了？”

“见到了。”

“说话了？”

“说话了。”

“谈些什么？唉，去你的吧，请别说了。波钦科夫的房子，四十七号，巴布什金的住所，别忘了！”

拉斯科利尼科夫走到花园街，在街角拐了个弯。拉祖米欣沉思了一会儿，望着他的背影。最后他挥了挥手，走进屋去，但是在楼梯当中又站住了。

“见鬼！”他几乎是出声地继续想，“他说话倒是有理智的，可好像……要知道，我也是个傻瓜！难道疯子说话就没有理智吗？我好像觉得，佐西莫夫担心的就是这一点！”他用一根手指敲了敲前额，“嗯，如果……唉，现在怎么能让他一个人走呢？大概会淹死的……唉，我错了！不行！”于是他跑回去追赶拉斯科利尼科夫，但是连他的影子都看不见了。他啐了一口，快步回到“水晶宫”去，赶快去问扎苗托夫。

拉斯科利尼科夫径直走上×桥，站到桥当中的栏杆旁边，用两个胳膊肘撑在栏杆上，举目远眺。和拉祖米欣分手后，他已虚弱到这种程度，好容易才来到这儿，他想在什么地方坐下来，或者就躺到街上。他俯身对着河水，无意识地望着落日最后一抹粉红色的反光，望着在愈来愈浓的暮色中逐渐变暗的一排房屋，望着左岸沿河大街某处顶楼上远方的一个小窗户，有一瞬间落日的余晖突然照射到小窗子上，于是它闪闪烁烁，好似在火焰中一般，他还望着运河里渐渐变黑的河水，好像在细细端详它。最后，一些红色的圆圈儿在他眼里旋转起来，房屋似乎在动，行人、沿河大街、马车——这一切都在四周旋转，跳起舞来。突然他颤抖了一下，也许是一个奇怪的、怪模怪样的幻象才使他没有再一次昏倒。他感觉到，有人站到了他身旁，就站在他右边，紧挨着他。他看了一眼——看到一个身材高高的妇女，头上包着头巾，椭圆形的脸又黄又瘦，深深凹陷下去的眼睛微微发红。她直瞅着他，但显然什么也没看见，也没看出有人站在那里。突然她用右手撑着栏杆，抬起右脚，跨过栅栏，然后又把左脚跨过去，纵身跳进运河。肮脏的河水向四面让开，转瞬间就吞没了这个牺牲品，但是一分钟后那个投水的女人又浮了上来，随着奔流的河水悄无声息地往下游漂去，头和脚都没入水中，背脊朝上，已经弄乱了的、鼓胀起来的裙子，像个枕头一样露在水里。

“有个女人投河了！有个女人投河了！”几十个声音在喊。人们跑了过来，两岸都挤满了人，桥上，拉斯科利尼科夫周围聚集了一大群人，从后面推他，挤他。

“天哪，这是我们的阿芙罗西尼尤什卡呀！”不远的地方传来一个女人的哭喊声，“天哪，救命啊！好心的人们，把她拉上来呀！”

“船！弄条小船来！”人群中在喊。

但是船已经不需要了：一个警察顺着斜坡的台阶跑到河边，脱掉大衣和靴子，跳下水去。没费多大事：河水已经把溺水者冲到离斜坡只有两步远的地方，他用右手抓住她的衣服，左手抓住他的一个同事伸给他的长竿，投水的女人立刻给拉了上来。把她放到了斜坡的花岗石板上。她很快苏醒过来了，欠起身，坐起来，一连打了几个喷嚏，鼻子里呼哧呼哧地响，毫无意义地用双手在湿淋淋的裙子上乱擦了一阵。她什么话也不说。

“她醉得不省人事了，天哪，醉得不省人事了，”还是那个女人的声音哭着说，她已经站在阿芙罗西尼尤什卡身边了，“前两天她也想上吊来着，从绳子上把她给救下来了。这会儿我正上小铺里去买东西，留下个小姑娘看着她——瞧，又出了这种罪过的事！是个普通平民，天哪，我们的一个普通老百姓，就住在附近，从边上数起第二所房子里，就在那儿……”

人们渐渐散了，两个警察还在照看着投水的女人，有人喊了一声，提到了警察局……拉斯科利尼科夫怀着一种奇怪的漠不关心的心情，冷漠地看着这一切。他感到厌恶了。“不，讨厌……水……不值得，”他喃喃地自言自语，“不会有任何结果，”他补上一句，“没什么好等的了。这是什么，警察局……扎苗托夫为什么不在办公室？九点多办公室还在办公……”他转身背对着栏杆，朝四周看了看。

“那么怎么样呢！走吧！”他坚决地说，于是从桥上下来，往警察局那个方向走去。他的心空虚，麻木。他什么也不愿想。就连烦恼也消失了，刚刚他从家里出来，打算“结束一切！”的时候，曾经精力充沛，现在精力已经消失得无影无踪。

取而代之的是冷漠。

“有什么呢？这也是一条出路！”他在沿河大街上悄悄地、无精打采地走着，心里在想，“我还是要去结束掉，因为我希望结束……不过，这是出路吗？反正一样！一俄尺的空间是会有的——嘿！不过，是个什么结局啊！难道是结局吗？我去告诉他们，还是不说呢？哎……见鬼！再说，我也累了：赶快在什么地方躺下，或者坐下吧！最丢人的是，太愚蠢了。对这我也不在乎。呸，有些多么愚蠢的想法钻进我脑子里来了……”

去警察局，得一直走，在第二个转弯处往左拐：离这儿只有几步路了。但是走到第一个转弯处，他站住了，想了想，拐进一条小胡同，绕道走，穿过两条街——也许是毫无目的，可也许是为了拖延时间，赢得时间，哪怕再拖延一分钟也好。他走路时，眼睛看着地下。突然仿佛有人对着他耳朵悄悄说了句什么。他抬起头来，看到自己正站在那幢房子前，就站在大门旁边。从那天晚上起他就再没来过这儿，也没经过这儿。

一种无法抗拒、也无法解释的愿望吸引了他。他走进那幢房子，穿过门洞，然后进了右手的第一个入口，顺着那道熟悉的楼梯上四楼去。又窄又陡的楼梯很暗。他在每一个楼梯平台上都站下来，好奇地往四下里看看。第一层楼的平台上，窗子上的窗框完全拆下来了。“那时还没拆掉”，他想。瞧，已经到了二楼尼科拉什卡和米季卡在那儿干活的那套房间：“门锁着；门重新油漆过了，这么说，要出租了。”瞧，这是三楼……这是四楼……“这儿!”他感到困惑不解：这套住房的门大敞着，里面有人，可以听到说话的声音，这他无论如何也没料到。稍犹豫了一会儿，他走上最后几级楼梯，走进屋里。

这套房子也重新装修过了，里面有几个工人，这似乎使他吃了一惊。不知为什么，他想象，他将要看到的一切都会和他离开时一模一样，也许，就连那两具尸体也仍然倒在那儿的地板上。而现在却是：家徒四壁，什么家具也没有。真有点儿奇怪！他走到窗前，坐到窗台上。

一共只有两个工人，两个都是年轻小伙子，一个年纪大些，另一个年轻得多。他们正在往墙上糊带淡紫色小花的白色新墙纸，以取代以前那些已经又旧又破的黄色墙纸。拉斯科利尼科夫不知为什么很不喜欢把墙纸换掉；他怀着敌意看着这些新墙纸，仿佛因为一切都变得面目全非而感到惋惜。

两个工人显然是耽误了些时间，现在正匆匆卷起墙纸，准备回家。拉斯科利尼科夫的出现几乎没引起他们的注意。他们正在谈论着什么。拉斯科利尼科夫双手交叉，坐在那儿侧耳倾听。

“她大清早就来找我，”那个年纪大些的对那个年轻的说，“一大早就来了，打扮得好漂亮啊。我说：‘你干吗在我面前装腔作势，’我说，‘你在我面前扭来扭去做什么?’‘我想，’她说，‘季特·瓦西利耶维奇，我希望从今以后完全听你的。’瞧，原来是这么回事！嘿，她打扮得那个漂亮啊：完全是时装杂志上的样子，简直就像杂志上的画片儿！”

“叔叔，这时装杂志是什么?”那个年轻的问。他显然是在向“叔叔”讨教。

“时装杂志嘛，这就是，我的老弟，这么一些图画，彩色的，每星期六都邮寄给这儿的裁缝，从外国寄来的，上面教人怎样穿才时髦，有男人的，同样也有女人的。就是说，是图画。男人多半画成穿着腰部打褶的大衣，女人嘛，老弟，那上面画的，都是给女人做衣服时做样子的，别提多好看了!”

“在这个彼得堡，什么东西没有啊!”那个年轻的心驰神往地高声叫嚷，“除了圣母，什么都有!”

“除了这，我的老弟，什么都有。”那个年纪大些的教导似的结束了这场谈话。

拉斯科利尼科夫站起来，往另一间屋里走去。从前，箱子、床和抽屉柜都摆在那间屋里。屋里没有家具了，他觉得这间房间非常小。墙纸还是原来的，墙角落里，墙纸上清晰地显示出原来供圣像的神龛的痕迹。他往四下里看了看，又回到窗前。年纪较大的工人斜着眼睛盯着他。

“您有什么事?”他突然问拉斯科利尼科夫。

拉斯科利尼科夫没有回答，却站起来，走进穿堂，拉了一下门铃。还是那个门铃，还是同样的白铁皮的响声！他又拉了一次，第三次；他留神听了听，记起了一切。他越来越清晰、越来越逼真地想起了从前那痛苦、可怕、说不清是一种什么感觉的心情，铃声每响一下，他就打一个寒战，可是他却觉得越来越高兴了。

“您要干什么？您是什么人？”一个工人走到他跟前，大声问。拉斯科利尼科夫又走进房门。

“我想租房子，”他说，“来看看。”

“没有人夜里来租房子。再说，您该跟管院子的一道来。”

“地板冲洗过了。要油漆吗？”拉斯科利尼科夫接着说，“血没有了？”

“什么血？”

“老太婆和她妹妹都被人杀害了。这儿曾经有一大摊血。”

“你到底是什么人？”工人不安地大声问。

“我吗？”

“是的。”

“你想知道吗？……咱们到警察局去，我在那里告诉你。”

两个工人都莫明其妙地瞅了瞅他。

“我们该走了，已经迟了。咱们走，阿廖什卡。得把门锁上。”那个年纪较大的工人说。

“好，咱们走吧！”拉斯科利尼科夫漠然地回答，说罢最先走了出去，慢慢下楼去了，“喂，管院子的！”走到大门口，他喊了一声。

有好几个人站在房子的入口处，在看过路的行人；站在那儿的是两个管院子的，一个妇女，一个穿长袍的小市民，另外还有几个人。拉斯科利尼科夫径直朝他们走去。

“您有什么事？”两个管院子的当中有一个问。

“你到警察局去过吗？”

“刚刚去过。您有什么事？”

“那里有人吗？”

“有。”

“副局长也在那里?”

“那时候在。您有什么事?”

拉斯科利尼科夫没回答，站在他们旁边，陷入沉思。

“他来看房子。”那个年纪大一些的工人走近前来，说。

“什么房子?”

“就是我们在那里干活的那套房子。他说‘为什么把血冲洗掉了?’他说‘这里发生过凶杀案，可我来租这套房子。’还动手去拉门铃，差点儿没拉断了。他还说，‘咱们到警察局去，在那里我会把什么都说出来’，纠缠不休。”

管院子的皱起眉头，疑惑地上上下下打量拉斯科利尼科夫。

“您是什么人?”他语气更加严厉地问。

“我是罗季昂·罗曼内奇·拉斯科利尼科夫，以前是大学生，住在希利的房子里，就在这儿的一条小胡同里，离这儿不远，十四号房间。你去问问管院子的……他认识我。”拉斯科利尼科夫说话的时候，神情有点儿懒洋洋地，若有所思，他没有转过脸去，一直凝神注视着渐渐暗下来的街道。

“您为什么到那套房子里去?”

“去看看。”

“那里有什么好看的?”

“把他抓起来，送到警察局去吧?”那个小市民突然插进来说，可是马上就住了声。

拉斯科利尼科夫回头斜着眼睛瞅瞅他，把他细细打量了一下，还是那么轻轻地、懒洋洋地说：

“咱们走吧。”

“带他走！”小市民鼓起勇气接住话茬说，“他为什么老是想着那件事，是不是心里有鬼，啊？”

“他是不是喝醉了，只有上帝知道。”那个工人嘟嘟囔囔地说。

“您有什么事？”管院子的又高声叫嚷，他当真发火了，“你干吗纠缠不休？”

“您怕去警察局？”拉斯科利尼科夫讥讽地对他说。

“怕什么？你干吗纠缠不休？”

“无赖！”那个女人喊了一声。

“跟他扯什么？”另一个管院子的大声嚷，这是个身材魁梧的汉子，穿一件厚呢上衣，敞着怀，腰带上挂着一串钥匙。

“滚！……当真是个无赖……滚！”

他一把抓住拉斯科利尼科夫的肩膀，猛一下子把他推到了街上。拉斯科利尼科夫几乎跌了个倒栽葱，但是没有倒下去，他挺直了身子，默默地望了望那些看热闹的，于是往前走去。

“这人真怪。”那个工人说。

“如今人都变得古怪了。”那个女人说。

“还是该把他送到警察局去。”那个小市民加上一句。

“不用理他。”那个身材魁梧的管院子的人毅然决然地说，“完全是个无赖！看得出来，他就是要找碴儿，你一理他，就摆脱不了了……我们知道这种人！”

“那么，去，还是不去？”拉斯科利尼科夫想，一边在十字路口马路当中站下来，朝四下里望望，仿佛在等待什么人说出最后一句具有决定意义的话。可是哪里都没有反应：一切都像他脚下的石头一样死气沉沉，寂静无声，只是对于他一个人来说，是死气沉沉的，只是对于他一个人……突然，远处人声嘈杂，离他二百步远，街道尽头，可以看到，在愈来愈浓的黑暗中有一群人，他听到了谈话声，呼喊声……人群中停着一辆马车……微弱的灯光在街道中闪闪烁烁。“这是怎么回事？”拉斯科利尼科夫往右一拐，朝人群那里走去。他仿佛要抓住一切可以利用的机会，想到这里，不禁冷笑一声，因为关于去警察局的事，大概已经做出了决定，他清醒地知道，一切立刻就要结束了。

七

街道当中停着一辆十分考究、显然是老爷们坐的四轮马车，车上套着两匹灰色的烈马；车上没有乘客，车夫也已经从自己座位上下来，站在一旁；有人拉住马的笼头。四周挤了一大群人，站在最前面的是几个警察。其中一个警察提着盏点亮的提灯，弯着腰，用提灯照着马路上车轮旁边的什么东西。大家都在谈论，叫喊，叹息。车夫似乎感到困惑不解，不时重复说：

“真倒霉！上帝啊，真倒霉啊！”

拉斯科利尼科夫尽可能挤进人群，终于看到了那个引起骚乱和好奇的对象。地上躺着一个刚刚被马踩伤的人，看来已经失去知觉，那人穿得很差，但衣服却是“高贵的”，浑身是血。脸上、头上鲜血直淌。脸给踩坏了，皮肤撕破了，已经完全变了样，看得出来，踩得不轻。

"天哪!"车夫数数落落地哭着说，"这可叫人怎么提防啊！要是我把车赶得飞快，要么是没喊他，那还可以怪我，可是我赶得不慌不忙，不快不慢。大家都看到的：别人怎样赶，我也怎样赶。喝醉的人不能点蜡烛——这大家都知道！……我看到他穿马路的时候摇摇晃晃，差点儿没有跌倒——我对他喊了一声，又喊了一声，再喊一声，还勒住了马，他却径直倒到了马蹄底下！是他故意的吗，要么是他已经喝得烂醉了……马还小，容易受惊——它们猛一拉，他大喊一声——它们更害怕了……这样一来，就闯了祸。"

"事情就是这样!"人群中有人高声作证。

"他是喊过，这是实话，向他喊了三次。"另一个声音响应。

"的确是喊了三次，大家都听到的。"第三个大声嚷。

不过车夫并不十分沮丧和惊恐。看得出来，马车属于一个有钱有势的主人，而他正在什么地方等着马车。警察当然要考虑到这个情况，设法顺利解决这次车祸。目前要做的是，把受伤的人送到警察分局，然后再送进医院去。谁也不知道他的名字。

这时拉斯科利尼科夫挤了进来，弯下腰，凑得更近一些。

突然灯光照亮了这个不幸的人的脸，他认出了他。

"我认识他，我认识!"拉斯科利尼科夫完全挤上前去，高声大喊，"这是位官员，退职的，九等文官，马尔梅拉多夫！他就住在这儿附近，住在科泽尔的房子里……赶快去请医生！我付钱，这就是!"他从口袋里掏出钱来，给一个警察看。他异常激动不安。

有人认出了被踩伤的人，警察对此十分满意。拉斯科利尼科夫说出了自己的名字，把自己的地址告诉了他们，并且竭力劝说警察赶快把失去知觉的马尔梅拉多夫抬回家去，他那样尽心竭力，就像给踩伤的是他的亲爹一样。

“就在这儿，过去三幢房子，”他急急忙忙地说，“科泽尔的房子，一个很有钱的德国人的房子……刚刚他大概是喝醉了，要回家去。我认识他……他是个酒鬼……他的家就在那里，有妻子，几个孩子，还有个女儿。一时半会儿还送不进医院，可这儿，这幢房子里大概有个医生！我付钱，我付钱！……到底有自己人照料，马上就会进行急救，不然，不等送到医院，他就会死了……”

他甚至已经不让人看到，悄悄地把钱塞到警察手里。其实事情很明显，这样做是合情合理的，无论如何可以就近采取措施，进行急救。把受伤的人抬起来，抬走了。有人自愿帮忙。科泽尔的房子离这儿只有三十来步远。拉斯科利尼科夫跟在后面，小心翼翼地扶着他的头，给人们指路。

“这边。往这边走！上楼梯的时候得头朝上抬着，转弯……对了！我付钱，我谢谢大家。”他含糊不清地说。

卡捷琳娜·伊万诺芙娜跟往常一样，一空下来，立刻双臂交叉紧紧抱在胸前，在自己那间小屋里踱来踱去，从窗前走到炉子前，然后再走回去，自言自语，不断地咳嗽。最近她越来越经常和自己的大女儿——十岁的波莲卡谈话，说得越来越多，尽管有很多事情波莲卡还听不懂，可是她倒很懂得母亲需要什么，因此总是用自己那双聪明的大眼睛注视着母亲，竭力装作什么都懂的样子。这一次波莲卡正在给一整天都觉得不舒服的小弟弟脱衣服，让他躺下睡觉。小男孩等着给他换衬衣，换下来的衬衣要在夜里洗掉，他默默地坐在椅子上，神情严肃，一动不动地伸直两条小腿，脚后跟紧紧并拢，脚尖往两边分开。他在听妈妈和姐姐说话，噘着小嘴，瞪着眼睛，一动不动，完全像一个乖孩子临睡前坐着让人给脱衣服时通常应有的样子。一个比他还小的小姑娘，穿得完全破破烂烂，正站在屏风旁，等着给她脱衣服。通楼梯的房门开着，这样可以多少吹散从别的房间里像波浪般涌来的烟草的烟雾，烟味呛得那个可怜的、害肺病的女人不停地咳嗽，咳得很久很久，痛苦不堪。这一个星期以来，卡捷琳娜·伊万诺芙娜似乎变得更瘦，双颊上的红晕也比以前更鲜艳了。

“你不会相信，你也无法想象，波莲卡，”她一边在屋里走，一边说，“在我爸爸家里的时候，我们过的是多么快乐、多么阔绰的生活，这个酒鬼害得我好苦，也害了你们大家！我爸爸是位五等文官①，已经差不多是省长了，他只差一步就可以当省长了，所以大家都来拜访他，说：‘伊万·米哈依洛维奇，我们已经把您看作是我们的省长了。’当我……咳，咳！当我……咳——咳——咳……噢，该死的生活！”她大声叫喊，双手抓住胸口，想把痰吐出来，“当我，……唉，在最后一次舞会上……在首席贵族的官邸里……别兹泽梅利娜娅公爵夫人看到了我——后来，我嫁给你爸爸的时候，波莉娅，公爵夫人曾为我祝福——立刻就问：‘这是不是在毕业典礼上跳披巾舞的那个可爱的姑娘？’……破了的地方得缝起来。你去拿针来，照我教你的那样，这就把它补好，要不，明天……咳！明天……咳——咳——咳……会破得更大！”她拼命用力喊出来……“那时候宫廷侍从谢戈利斯基公爵刚从彼得堡来，……跟我跳了马祖卡舞，第二天就想来向我求婚：可是我婉言谢绝了，说，我的心早已属于别人。这个别人就是你的父亲，波莉娅。我爸爸非常生气……水准备好了吗？

① 五等文官可以做副省长。

好，把衬衫拿来。袜子呢？……莉达，”她对小女儿说，“这一夜你就不穿衬衣睡吧，随便睡一夜……把袜子也放到旁边……一道洗……这个流浪汉怎么还不回来，醉鬼！他把衬衫都穿得像块抹布了，全撕破了……最好一道洗掉，省得一连两夜都得受罪！上帝呀！咳——咳——咳——咳！又咳了！这是怎么回事！”她大声叫喊，朝站在穿堂里的人群望了望，望了望不知抬着什么挤进她屋里来的那些人。“这是什么？抬的是什么？上帝呀！”

“放到哪儿？”把浑身血污、失去知觉的马尔梅拉多夫抬进屋里以后，一个警察问，说着朝四下里看了看。

“放到沙发上！就放到沙发上，头放在这儿。”拉斯科利尼科夫指指沙发。

“在街上给轧伤了！醉鬼！”穿堂里有人叫喊。

卡捷琳娜·伊万诺芙娜站在那里，脸色煞白，呼吸困难。孩子们都吓坏了。小莉多奇卡大喊一声，扑到波莲卡身上，抱住她，浑身瑟瑟发抖。

把马尔梅拉多夫放到沙发上以后，拉斯科利尼科夫跑到卡捷琳娜·伊万诺芙娜跟前。

“看在上帝分上，请您放心，不要惊慌！”他说得又急又快，“他穿马路，让马车轧伤了，您别着急，他会醒过来的，我叫他们抬到这儿来……我来过你们家，您记得吗……他会醒过来的，我付钱！”

“他达到目的了！”卡捷琳娜·伊万诺芙娜绝望地大喊一声，扑到丈夫身边。

拉斯科利尼科夫很快就发觉，这个女人不是那种会立刻昏倒的女人。一转眼的工夫，这个惨遭不幸的人头底下就出现了一个枕头——这是无论谁都没想到的；卡捷琳娜·伊万诺芙娜动手给他脱掉外衣，察看伤口，忙碌着，并没有惊慌失措，她忘记了自己，咬紧发抖的嘴唇，压制着就要从胸中冲出来的叫喊。

这时拉斯科利尼科夫劝说一个人赶快去请医生。原来医生就住在附近，只隔着一幢房子。

"我叫人请医生去了，"他对卡捷琳娜·伊万诺芙娜反复说，"请别着急，我来付钱。有水吗？……给我条餐巾，毛巾也行，随便什么都行，快点儿。还不知道他伤势怎么样……他只是受了伤，没有被轧死，请您相信……看医主会怎么说吧！"

卡捷琳娜·伊万诺芙娜跑到窗前。那里，墙角落里一把压坏的椅子上有一大瓦盆水，是准备夜里给孩子们和丈夫洗衣服的。夜里洗衣服，都是卡捷琳娜·伊万诺芙娜亲自动手，至少一星期洗两次，有时洗得更勤，因为已经弄到这种地步，换洗的内衣已经几乎根本没有了，全家每人只有一件内衣，而对于不干净，卡捷琳娜·伊万诺芙娜却是无法容忍的。她宁愿等大家都睡了以后，自己来干这件力不胜任的活儿，累得要死，为的是到早晨能在拉在屋里的绳上把湿内衣晾干，让大家都穿上干净内衣，而不愿看到家里脏得要命。她应拉斯科利尼科夫的要求，端起那盆水，想要端过来递给他，可是差点儿没有连盆一起摔倒。不过拉斯科利尼科夫已经找到一条毛巾，用水把它浸湿，动手给马尔梅拉多夫擦净血迹斑斑的脸。卡捷琳娜·伊万诺芙娜站在那儿，痛苦地喘着气，双手紧紧捂着胸口。她自己也需要救护了。拉斯科利尼科夫开始明白，他劝人们把受伤的人抬到这儿来，也许做得并不好。

那个警察也困惑地站着。

“波莉娅！”卡捷琳娜·伊万诺芙娜喊了一声，“快跑去找索尼娅。要是她不在家，反正一样，你就对邻居说，父亲叫马给踩伤了，叫她立刻到这儿来……一回家就来。快点儿，波莉娅！给，包上头巾！”

“拼命跑！”小男孩突然从椅子上喊了一声，说罢又恢复了原来的姿势，笔直地坐在椅子上，一声不响，瞪着眼睛，脚后跟并拢[①]，脚尖朝两边分开。

这时屋里挤满了人，真的是连针都插不进去。警察都走了，只有一个暂时还留在那儿，竭力把从楼梯上挤进来的人又赶回到楼梯上去。可是利佩韦赫泽尔太太的所有房客几乎都从里屋跑了出来，起初还只是挤在门口，后来却成群地涌进屋里来。卡捷琳娜·伊万诺芙娜气坏了。

“至少得让人安安静静地死吧！”她对着那群人叫喊，“你们倒有戏看了！还叼着香烟呢！咳——咳——咳！请再戴着帽子进来吧！……还真有个人戴着帽子呢……出去！至少也该尊敬死人的遗体啊！”

咳嗽憋得她喘不过气来，不过她的叫喊倒发生了作用。显然，他们对卡捷琳娜·伊万诺芙娜甚至有点儿害怕了。那些房客都怀着一种打心眼儿里感到满意的奇怪心情，一个跟一个地挤回门口去了。有人突然遇到不幸的时候，就是在他最亲近的亲人中，也毫无例外地会发觉这种奇怪的心情，尽管他们对亲人的不幸真心实意地感到惋惜，并深表同情。

不过从门外传来的谈话声中提到了医院，还说，不该把这儿搅得不得安宁，完全无此必要。

“不该让人死！”卡捷琳娜·伊万诺芙娜高声叫嚷，已经跑过去，打开

---

① 原文是“脚后跟朝前”。但前面曾说，他是并拢脚后跟。并拢脚后跟似乎比较合理。

房门，想要把他们痛骂一顿，却在门口撞到了利佩韦赫泽尔太太，她刚刚听说这件不幸的事，立刻跑来整顿秩序。这是一个非常喜欢吵架、最会胡搅蛮缠的德国女人。

“哎呀，我的天哪！”她双手一拍，“您的酒鬼丈夫叫马给踩死了。应该把他送到医院去。我是房东！”

“阿玛莉娅·柳德维戈芙娜！请您回想一下您说的活，”卡捷琳娜·伊万诺芙娜高傲地说（她和女房东说话，总是用高傲的语气，好让她‘记住自己的地位’，就连现在也不能放弃让自己得到这种快乐的机会），“阿玛莉娅·柳德维戈芙娜……”

“我一劳容易（永逸）地告诉您，您永远别敢再叫我阿玛莉娅·柳德维戈芙娜了，我是阿玛莉—伊万！”

“您不是阿玛莉—伊万，而是阿玛莉娅·柳德维戈芙娜，因为我不是您那些下流无耻、惯于拍马逢迎的人，我可不是像列别贾特尼科夫先生那样的人，瞧，现在他正在门外笑呢，（门外真的传来了笑声和叫喊声：‘吵起来了！’）所以我要永远管您叫阿玛莉娅·柳德维戈芙娜，虽说我根本弄不懂，您为什么不喜欢这个名字。您自己看到了，谢苗·扎哈罗维奇出了什么事，他快死了。请您立刻把这道门关上，别让任何人到这里来。至少也要让人安安静静地死！不然的话，请您相信，明天总督大人就会知道您的行为。还在我做姑娘的时候，公爵大人就认识我，而且对谢苗·扎哈罗维奇印象很深，还帮过他好多次忙呢。大家都知道，谢苗·扎哈罗维奇有很多朋友和靠山，不过因为他觉得自己有这个倒霉的弱点，出于高尚的自尊心，自己不再去找他们了，可是现在（她指指拉斯科利尼科夫）有一位慷慨的年轻人在帮助我们，他有钱，而且交际很广，谢苗·扎哈罗维奇从小就认识他，请您相信，阿玛莉娅·柳德维戈芙娜……”

这些话都说得非常快，而且越说越快，但是一阵咳嗽一下子打断了卡捷琳娜·伊万诺芙娜动人的雄辩。这时那个快要咽气的人醒过来了，呻吟起来，她赶紧跑到了他的身边。受伤的人睁开眼睛，还没认出、也不明白，弯着腰站在他面前的是什么人，于是仔细瞅着拉斯科利尼科夫。他呼吸困难，深深地吸气，间隔很长时间，嘴角上流出鲜血，前额上冒出冷汗。他没认出拉斯科利尼科夫，眼珠不安地转动起来。卡捷琳娜·伊万诺芙娜看着他，目光悲哀而严厉，泪珠止不住从眼里流淌出来。

“我的天哪！他的整个胸膛全都给轧伤了！血，血！”她绝望地说，“得把他上身的内衣全脱下来！你稍微侧转身去，谢苗·扎哈罗维奇，如果你还能动的话。”她对他大声喊。

马尔梅拉多夫认出了她。

“叫神甫来！”他声音嘶哑地说。

卡捷琳娜·伊万诺芙娜走到窗前，前额靠在窗框上，绝望地高声大喊：“噢，该死的生活！”

“叫神甫来！”沉默了一会儿以后，快咽气的人又说。

“去——了！”卡捷琳娜·伊万诺芙娜对着他大声喊。他听了她的叫喊，不作声了。他用怯生生而又忧郁的目光寻找她，她又回到他跟前来，站在床头旁，他稍微安静了些，可是时间不长。不久他的眼睛停留在小莉多奇卡（他最宠爱的小女儿）身上，她躲在墙角落里，像发病一样，浑身簌簌发抖，用她那孩子式的惊讶的目光凝神注视着他。

“啊……啊……”他焦急地指指她。他想要说什么。

“还想说什么？”卡捷琳娜·伊万诺芙娜高声叫喊。

“她光着脚！光着脚呢！”他含糊不清地说，同时用好似疯人的目光望着小姑娘光着的小脚。

“别——说——了！”卡捷琳娜·伊万诺芙娜气愤地叫喊，“你自己知道，她的脚为什么光着！”

“谢天谢地，医生来了！”高兴起来的拉斯科利尼科夫高声说。

医生进来了，是个衣着整洁的小老头儿，德国人，他带着怀疑的神情朝四下里望了望，走到受伤的人跟前，按了按脉，又仔细摸摸他的头，在卡捷琳娜·伊万诺芙娜的帮助下，解开浸透鲜血的衬衣，让受伤的人胸部裸露出来。整个胸部全都血肉模糊，没有一点儿完好的地方，右侧的几根肋骨断了。左侧，正好在心脏的部位，有老大一块最让人担心的、黑中透黄的伤痕，这是马蹄猛踩下去造成的重伤。医生皱起眉头。那个警察对他说，被轧伤的人给卷到了车轮底下，在马路上滚动着，给拖了三十来步远。

“奇怪，他怎么还会醒过来呢？”医生悄悄地对拉斯科利尼科夫说。

“您说什么？”后者问。

“这就要死了。”

“难道没有任何希望了？”

“一点儿也没有！只剩最后一口气了……况且头部伤势那么重……嗯哼。也许可以放血……不过……这也没有用。五分钟或者十分钟以后，必死无疑。”

“那么您最好还是给放血吧！”

“好吧……不过我预先告诉您，这完全无济于事。”

这时又听到一阵脚步声，穿堂里的人群让开了，一个头发斑白的小老头儿——拿着圣餐[1]的神甫出现在门口。还在街上的时候，警察就去请他了。医生立刻把座位让给他，并且意味深长地和他交换了一下眼色。拉斯科利尼科夫请求医生至少再稍等一会儿。医生耸耸肩，留了下来。

大家都往后退开了。忏悔持续的时间很短。就要咽气的人未必十分清楚这是在做什么，他只能发出一些断断续续、含糊不清的声音。卡捷琳娜·伊万诺芙娜抱起莉多奇卡，把小男孩从椅子上拉下来，走到墙角落里，炉子跟前，跪下来，让两个孩子跪在她前面。小姑娘只是簌簌地发抖，小男孩却用裸露着的膝盖跪在地下，不慌不忙地抬起一只小手，从肩到腰画着十字，磕头时前额都碰到地上，看来，这使他得到某种特殊的乐趣。卡捷琳娜·伊万诺芙娜咬住嘴唇，强忍着眼泪。她也在祈祷，偶尔拉拉孩子身上的衬衫，把它拉正，一边仍然跪着祈祷，一边从抽屉柜上拿过一块三角头巾，披到小姑娘裸露得太多的肩膀上。这时里屋的房门又被那些好奇的人打开了。穿堂里看热闹的人越来越拥挤，这幢楼上的房客全都挤在那里，不过他们都没有跨进这间房子的门槛。只有一段蜡烛头照耀着这个场面。

这时跑去叫姐姐的波莲卡穿过人群，从穿堂里迅速挤了进来。她进来了，由于急急奔跑，还在气喘吁吁，她摘下头巾，用眼睛寻找母亲，走到她跟前说："姐姐来了！在街上遇到了她！"母亲让她也跪在自己身边。一个姑娘悄无声息、怯生生地从人群中挤了过来，她突然出现在这间屋里，出现在贫困、破衣烂衫、死亡和绝望之中，让人感到奇怪。她穿的也是褴褛的衣服，她的衣服都很便宜，不过像街头妓女那样打扮得颇为入时，合

---

① 面包和葡萄酒，象征耶稣的肉体和血液。

乎在她们那个特殊社会里形成的趣味和规矩，而且带有明显、可耻的露骨的目的。索尼娅在穿堂门口站住了，没有跨进门槛，好像不好意思地看着屋里，似乎什么也没看明白，而且忘记了她穿的那件几经转手倒卖、她才买到手、可是在这里却有伤大雅的彩色绸衣，绸衣后面的下摆长得出奇，让人觉得好笑，忘记了那条十分宽大、堵住了房门的钟式裙，忘记了脚上的那双浅色皮鞋，忘记了夜里并不需要、可她还是带着的那把奥姆布列尔[①]，也忘记了那顶插着根鲜艳的火红色羽毛、滑稽可笑的圆草帽。从这顶轻浮地歪戴着的帽子底下露出一张瘦削、苍白、惊恐的小脸，嘴张着，两只眼睛吓得呆呆地一动不动。索尼娅个子不高，有十七八岁了，人很瘦，不过是个相当好看的淡黄色头发的姑娘，有一双十分漂亮的淡蓝色眼睛。她凝神注视着床，注视着神甫；由于赶了一阵路，她也气喘吁吁的。最后，人群中一阵窃窃私语以及有人说的几句话，大概都飞进了她的耳朵里。她低下头，一步跨过门槛，到了屋里，不过仍然站在门口。

忏悔和授圣餐的仪式都结束了。卡捷琳娜·伊万诺芙娜又走到丈夫床前。神甫后退几步，走的时候对卡捷琳娜·伊万诺芙娜说了几句临别赠言和安慰她的话。

“叫我怎么安置这些孩子呢?”她指着孩子们，很不客气而又气愤地打断了他。

“上帝是仁慈的，信赖至高无上的上帝的帮助吧。”神甫说。

“哼！仁慈的，可是不管我们!”

“这是罪过，罪过，夫人。”神甫摇着头说。

---

① 法文ombrelle，“小伞”之意。

“可这不是罪过吗?”卡捷琳娜·伊万诺芙娜指着奄奄一息的丈夫，高声叫喊。

“也许，那些无意中给你们造成不幸的人同意给予补偿，至少会赔偿你们失去的收入……”

“您不理解我的意思!”卡捷琳娜·伊万诺芙娜挥了挥手，愤怒地叫嚷，“为什么赔偿？因为是他，这个醉鬼，自己钻到马蹄底下去的！什么收入？他没有收入，只有痛苦。因为他，这个酒鬼，把什么都喝光了。他经常偷走我们的东西，拿到小酒馆去，把自己的一生，还有我的一生，全都在小酒馆里毁掉了！他要死了，真是谢天谢地！损失会少些了!”

“临终的时刻应当宽恕，这却是罪过，夫人，这样的感情是极大的罪过!”

卡捷琳娜·伊万诺芙娜在受伤的丈夫身边忙乱地照料他，给他喝水，擦掉他头上的汗和血，摆正枕头，虽然忙个不停，有时还抽空转过脸去，和神甫说几句话。现在她却几乎是发疯似的突然向神甫扑来。

“唉，神甫！空话，这只不过是些空话！宽恕！要是他没给轧着，今天又是喝得醉醺醺的回来，他身上只有一件衬衣，已经穿得又旧又破，他倒可以倒头就睡，我却得直到天亮都洗个不停，洗他的破衣烂衫，洗孩子们的衣服，然后在窗外晾干，天蒙蒙亮，我还得坐下来缝缝补补——这就是我的一夜！……为什么还要宽恕呢？我本来就已经宽恕了!”

一阵从胸膛里咳出来的、可怕的咳嗽打断了她的话。她咳出一口痰来，吐在手绢儿上，拿给神甫看，同时痛苦地用另一只手紧紧按着胸口。手绢儿上全都是血……

神甫低下头，什么话也没说。

马尔梅拉多夫已经在咽最后一口气了。他目不转睛地瞅着又俯身看着他的卡捷琳娜·伊万诺芙娜的脸。他一直想要对她说句什么话。他努力转动着舌头，含糊不清地说出几个字来，但是卡捷琳娜·伊万诺芙娜懂得他是请求她宽恕，立刻用命令的口吻对他大声喊道：

“别——说——话！用不着！……我知道你想说的是什么！”受伤的人不作声了，但这时他那毫无目的东张西望的目光落到了门上，他看到了索尼娅……

“这是谁？这是谁？”他突然声音嘶哑、上气不接下气地说，神色惊慌不安，眼睛恐惧地望着门口，女儿就站在那里，他竭力想欠起身来。

“躺下！躺——下！”卡捷琳娜·伊万诺芙娜大声喊。

可是他以不寻常的力量用一只手撑着身子。他古怪地、一动不动呆呆地望着女儿，看了好一会儿工夫，好像没认出她来。他还连一次也没看到过她穿着这样的衣服。突然他认出了她，认出了这个受尽侮辱、悲痛万分，打扮得十分漂亮，却羞愧得无地自容的女儿，她正温顺地等着轮到自己和垂死的父亲诀别。她的脸上露出无限痛苦的神情。

“索尼娅！女儿！原谅我！”他大声喊，想要把手伸给她，可是失去了支撑点，咕咚一声从沙发上摔下去，脸朝下跌到了地上。大家赶紧跑过去把他抬起来，放到沙发上，可是他已经气息奄奄，与这个世界告别了。索尼娅有气无力地喊了一声，跑上前去，抱住了他，就这样抱着他一动不动。他死在了她的怀里。

“他达到目的了！”卡捷琳娜·伊万诺芙娜看到丈夫的尸体，大声说，“唉，现在怎么办呢？我拿什么来安葬他！拿什么，明天拿什么来给他们吃啊？”

拉斯科利尼科夫走到卡捷琳娜·伊万诺芙娜跟前。

“卡捷琳娜·伊万诺芙娜，”他对她说，“上星期，您这位现在已经去世的丈夫把他的生活状况和所有情况全都告诉了我……请您相信，他谈到您的时候，怀着十分热烈的感情和敬意。在那天晚上我知道了他对你们大家是多么忠诚，而对您，卡捷琳娜·伊万诺芙娜，他更是特别尊敬，特别爱您，尽管他有这个不幸的嗜好，从那天晚上起，我们就成了朋友……现在请允许我……聊尽绵薄……作为对我亡友的一点心意。这里是……二十卢布，似乎——如果这能对你们多少有点儿帮助，那么……我……总之我还会来的——我一定来……我说不定明天就来……再见！”

他迅速走出屋去，赶快挤出人丛，来到了楼梯上。在人丛中突然碰到了尼科季姆·福米奇，他得知发生了不幸的事，想来亲自处理。从在办公室里发生了那件事情以后，他们还没见过面，可是尼科季姆·福米奇立刻认出了他。

“啊，是您吗？”他问拉斯科利尼科夫。

“他死了，”拉斯科利尼科夫回答，“医生来过，神甫也来过了，一切都办妥了。请别过分惊动那个可怜的女人了，她本来就有肺病。请设法让她振作起来，如果您做得到的话……因为您是个好心人，我是知道的……”他直瞅着他的眼睛，冷笑着补上一句。

“可是您身上怎么沾上了血迹？”尼科季姆·福米奇说，在灯光下，他看到拉斯科利尼科夫的坎肩上有好几块鲜红的血迹。

“是啊，沾上了血……我浑身是血！”拉斯科利尼科夫说，他的神态有些特别，说罢微微一笑，点了点头，就下楼去了。

他轻轻地走下楼去，不慌不忙，身上在发烧，但是他并没意识到。他心里充满了一种从未体验过的感觉，仿佛突然涌来一股无限强大的生命力，心里已经无法容纳了。这就像一个被判处死刑的人出乎意外地突然获得赦免时的感觉一样。下楼下了一半的时候，回家去的神甫赶上了他。拉斯科利尼科夫默默地让神甫走到前面去，默默地和他互相点头致意。但是已经在下最后几级楼梯的时候，他突然听到身后有匆匆的脚步声。有人在追赶他。这是波莲卡，她跑着来追他，还在喊他："喂！喂！"

他朝她转过身来。她跑下最后一道楼梯，在他跟前站住了，站在比他高一级的楼梯上。暗淡的灯光从院子里照到这里。拉斯科利尼科夫看清了小姑娘瘦削然而可爱的小脸，这小脸向他微笑着，带着小孩子特有的愉快神情瞅着他。她跑来是负有使命的，看来，她自己也很喜欢完成这项使命。

"喂，您叫什么？……还有，您住在哪儿？"她匆忙地问，还在气喘吁吁的。

他把双手放在她的肩上，面带幸福的神情瞅着她。他看着她，觉得那么高兴——他自己也不知道是为什么。

"谁叫您来的？"

"索尼娅姐姐叫我来的。"小姑娘回答，笑得更愉快了。

"我就知道，是索尼娅姐姐叫您来的。"

"妈妈也叫我来。索尼娅姐姐叫我来的时候，妈妈也走过来，说：快跑，波莲卡！"

"您喜欢索尼娅姐姐吗？"

"我最喜欢的就是她！"波莲卡语气特别坚定地说，她的笑容突然变得严肃了。

“您会喜欢我吗?”

他没有听到回答，却看到小姑娘的小脸向他凑了过来，她那丰满的小嘴唇天真地伸过来，要来吻他。突然，她那瘦得像火柴棒一样的两条胳膊紧紧搂住了他，头靠到他的肩上，小姑娘轻轻地哭了，脸越来越紧地贴在他的身上。

“我可怜爸爸!”稍过了一会儿，她说，同时抬起挂满泪珠的小脸，用双手擦去眼泪，“现在老是发生这种不幸的事!”她突然又加上一句，神情特别庄重，每当小孩子突然想要像“大人”那样说话的时候，总是竭力装出一副这样的神情。

“爸爸喜欢您吗?”

“他最喜欢莉多奇卡，”她十分严肃地接着说，一点儿也不笑，已经完全是像大人那样说话了，“他喜欢她，是因为她小，还因为她有病，总是给她带糖果来，他教我们念书，教过我语法和神学，”她庄重地补充说，“妈妈什么也没说，不过我们知道，她喜欢他教我们，爸爸也知道她喜欢，可妈妈想让他教我学法语，因为我已经该受教育了。”

“您会祈祷吗?”

“噢，那还用说，我们都会！早就会了。因为我已经大了，经常自己默默地祈祷，科利亚和莉多奇卡跟妈妈一起大声祈祷。先念‘圣母’，接着祷告：‘上帝啊，求你宽恕索尼娅姐姐，保佑她’，接下来还有：‘上帝啊，求你宽恕和保佑我们的那一个爸爸’，因为我们从前的那个爸爸死了，这一个，是我们的另一个爸爸，我们也为那个爸爸祈祷。”

“波莲卡，我叫罗季昂。以后什么时候请您也为我祈祷：‘还有你的仆人罗季昂’——旁的什么也不用说。”

“今后我一辈子都为您祈祷。”小姑娘热情地说，突然又笑起来，扑到他身上，又紧紧抱住了他。

拉斯科利尼科夫把自己的名字和地址都告诉了她，答应明天一定来。由于他对她这么好，小姑娘十分高兴地走了。他来到街上的时候，已经十点多了。五分钟后他站在桥上，正好又站在不久前那个女人投河的地方。

“够了！”他毅然决然、十分激动地说，“滚开吧，幻影，滚开吧，心造的恐惧，滚开吧，幽灵！……生活是存在的！难道我现在不是在活着吗？我的生活还没有和老太婆一同死去！愿她在天国安息——够了，老大娘，该安息了！现在是理智和光明的世界……也是意志和力量统治一切的时代……现在咱们瞧吧！现在咱们来较量较量吧！”他傲慢地加上一句，仿佛是对着某种黑暗的力量说话，向它提出挑战，“而我已经同意在一俄尺见方的空间生活了！”

“……这时我很虚弱，不过……好像病全好了。不久前我出来的时候就知道病会好的。真巧，波钦科夫的房子离这儿只有几步路。即使不只几步路，我也一定要去找拉祖米欣……这次打的赌就让他赢了吧！……让他也开开心——没关系，让他开心好了！……力量，需要力量：没有力量，什么也得不到；而力量得用力量来获得，这一点他们可不知道。”他自豪而又自信地补上一句，勉强拖着两条腿走下桥去。他心中的自豪和自信每分钟都在增长；又过了一分钟，他已经变成和以前完全不同的另一个人。然而究竟出了什么特殊的事情，是什么使他发生了这么大的变化？连他自己也不知道；他似乎抓住了一根稻草，突然觉得，他‘还能活下去，生活还是存在的，他的生活并没有和老太婆一同死去’。也许他得出这一结论未免过于匆忙了，然而这一点他没有想到。

“可是我曾请求她也为仆人罗季昂祈祷，”这个想法突然在他脑子里一闪而过，“啊，这是……以防万一！”他补充说，又立刻感到自己的行为幼稚，于是笑了起来，他的心情异常好。

他很容易就找到了拉祖米欣的住处。波钦科夫的房子里，大家已经知道这位新房客了，管院子的立刻告诉他该怎么走。才上了一半楼梯，就能听到一大群人吵吵嚷嚷和很热闹的谈话声了。冲着楼梯的房门大敞着，可以听到一阵阵叫喊和争论的声音。拉祖米欣的房间相当大，有十五个人聚集在那里。拉斯科利尼科夫在前室里站住了。这儿，隔板后面，房东的两个女仆正在生两个大茶炊，在一瓶瓶的酒以及大大小小盛着馅饼和下酒菜的盘子、碟子旁边忙碌着，这些东西都是从房东的厨房里拿来的。拉斯科利尼科夫派她们去叫拉祖米欣。拉祖米欣兴高采烈地跑了出来。一眼就可以看出，他已经喝得很多了，尽管拉祖米欣几乎从来不会喝得酩酊大醉，但是这一次却可以看出，他已有几分醉意。

“你听我说，”拉斯科利尼科夫连忙说，“我来，只是为了向你说一声，这次打赌你赢了，当真是谁也不知道他会发生什么事。我不能进去了：我这么虚弱，马上就会跌倒的。因此，我要说声：你好，再见了！明天你去我那里……”

“你听我说，我送你回家去！既然你自己说，你很虚弱……”

“客人们呢？刚刚朝这儿张望的那个头发鬈曲的人是谁？”

“这一个吗？鬼知道他是谁！大概是舅舅的熟人，也许是自己来的……我让舅舅招待他们。他是个非常可爱的人，可惜你不能这就跟他认识一下了。不过，去他们的！现在他们哪里还会想到我啊，再说我也需要出去透透气，所以，老兄，你来得正好，再过两分钟，我就要跟人打架了，真的！突然胡说八道起来……你无法想象，人竟会这样胡言乱语！不过，怎么会想象不到呢？难道我们自己不胡扯吗？唉，让他们胡扯去吧：现在扯过了，以后就不扯了……你稍坐一下，我去把佐西莫夫叫出来。”

佐西莫夫甚至是迫不及待地向拉斯科利尼科夫跑了过来。可以看出，他怀有某种特殊的好奇心，不久他脸上的神情就变得开朗了。

“立刻睡觉，”他尽可能给病人检查了一下，做出决定，“夜里要吃一包药。您吃了吗？我不久前配的……一包药粉。”

“两包也行！”拉斯科利尼科夫回答。

他立刻吃了药。

“你亲自送他回去，这太好了，”佐西莫夫对拉祖米欣说，“明天怎么样，咱们到明天再看，今天却很不错：比不久前有了明显的好转。活到老，学到老呀……”

“你知道咱们出来的时候，刚刚佐西莫夫悄悄地跟我说了些什么吗？”他们刚刚走到街上，拉祖米欣就贸然说，“我，老兄，我把什么都直截了当地告诉你，因为他们都是傻瓜。佐西莫夫叫我在路上跟你随便聊聊，也让你随便谈谈，然后把我们的谈话都告诉他，因为他有个想法……认为你……是疯子，或者差不多是个疯子。你自己想想看吧！第一，你比他聪明两倍；第二，如果你不是疯子，那么他脑子里有这种荒唐想法，你根本就不会在乎；第三，这个胖家伙本行是外科医生，现在却对精神病发生了浓厚的兴趣，今天你和扎苗托夫的那场谈话使他确信，他对你的看法是正确的。”

“扎苗托夫把我们的谈话全告诉你了？”

“全告诉了我，他做得太对了。现在我已经摸清了全部底细，扎苗托夫也明白了……啊，对了，总而言之，罗佳……问题在于……我现在有点儿醉了……不过这没关系……问题在于，这个想法……你明白吗？当真在他们头脑里冒出来了……你明白吗？也就是说，他们谁也不敢大声说出这个想法，因为这是荒唐透顶的，特别是在他们抓到这个油漆工以后，这一切全都不攻自破，永远破产了。为什么他们都是傻瓜呢？当时我把扎苗托夫揍了一顿，只是稍微揍了一下——这只是我们之间私下里说说，老兄；请你千万别说出去，就连暗示都不行，千万别让人知道，你知道这件事；我发觉，他很爱面子；这是在拉维扎家里的事，不是今天，今天事情全都明白了。主要是这个伊利亚·彼特罗维奇！当时他利用了你在办公室里昏倒的机会，后来他自己也感到惭愧了。因为我知道……”

拉斯科利尼科夫贪婪地听着。拉祖米欣酒后说漏了嘴。

“我当时昏倒是因为闷热和那股油漆味。”拉斯科利尼科夫说。

“这还用得着解释吗！而且不单是因为油漆味：你发烧整整一个月了；佐西莫夫可以证明！不过现在这个小孩子是多么失望，你简直无法想象！他说：‘我抵不上这个人的一个小指头！’就是说，抵不上你的一个小指头。有时，老兄，有时他心肠也是好的。不过这个教训，今天在‘水晶宫’里对他的这个教训，这真是再好也不过了！要知道，一开头你可把他吓坏了，吓得他直发抖！你几乎使他又对这荒唐透顶的想法深信不疑，后来，突然——向他伸出舌头，那意思就是说：‘给，怎么，你胜利了吗？’妙极了！现在他给击败了，羞愧得无地自容！你真是个能手，真的，对他们，就得这样。唉，可惜我不在场！现在他在等着你，很想见到你。波尔菲里也想跟你认识认识……”

“可是……这个人也……可是他们为什么把我当成疯子？”

“我的意思是，并不是把你当成疯子。我，老兄，似乎我跟你扯得太多了……你要知道，不久前，他感到惊讶的是，你只对这一点感兴趣。现在清楚了，你为什么会感兴趣。了解了一切情况……当时这让你多么生气，而且和病纠缠在一起……我，老兄，稍有点儿醉了，不过鬼知道他心里有什么想法……我跟你说：他对精神病发生了浓厚兴趣。不过你别在乎……"

有半分钟光景，两人都没有说话。

"你听我说，拉祖米欣，"拉斯科利尼科夫说，"我要坦率地告诉你，我刚去过一个死人家里，有个官员死了……我把我的钱全给了他们……除此而外，刚刚有人吻过我，即使我杀过人，这人也会……总而言之，在那里我还看到了另一个人……帽子上插着火红色的羽毛……不过，我是在说胡话，我很虚弱，你扶着我点儿……这就到楼梯了，不是吗……"

"你怎么了？你怎么了？"惊慌起来的拉祖米欣问。

"头有点儿晕，不过问题不在这里，而在于，我是这么忧郁！就像女人似的……真的！你看，这是什么？你瞧，你瞧！"

"什么？"

"难道你没看见？我屋里的灯光，看到了吗？从门缝里……"

"他们已经站在最后一道楼梯前，站在女房东的门边了，从楼下当真可以看到，拉斯科利尼科夫的小屋里有灯光。

"奇怪！也许是娜斯塔西娅。"拉祖米欣说。

"这个时候她从来不去我那儿，再说，她早就睡了，不过……对我来说，反正一样！再见！"

"你怎么这么说呢？我送你回家，和你一道进去！"

"我知道你会和我一道进去，不过我想在这儿和你握手告别。好，把手伸出来，再见！”

“你怎么了，罗佳？”

“没什么，咱们走吧！你可以作为证人……”

他们开始上楼梯了，拉祖米欣脑子里闪过一个念头，心想，也许佐西莫夫是对的。“唉！我跟他胡扯，搅得他心烦意乱了！”他喃喃地自言自语。来到房门前，他们突然听到屋里有说话的声音。

“这里到底是怎么回事？”拉祖米欣大声叫喊。

拉斯科利尼科夫第一个上去抓住门把手，把门打开，把门大敞开以后，却站在门口呆呆地一动也不动了。

他的母亲和妹妹坐在他屋里的沙发上，已经等了他一个半钟头了。为什么他最没料到的就是她们的到来，对她们也想得最少呢，尽管今天又得到消息，说她们已经动身，已经在路上，马上就会到了？在这一个半钟头里她们争先恐后地询问娜斯塔西娅，现在她还站在她们面前，而且已经把所有详细情况全都告诉她们了。听说他“今天逃跑了”，可他还有病，而且从她的叙述中可以发觉，他一定还在神志不清，她们都吓坏了！“天哪，他是怎么了！”两人都哭了。在这一个半钟头的等待中，她俩都忍受了难以想象的痛苦。

迎接拉斯科利尼科夫出现的是一声充满激情的高兴的呼喊。两人一起向他扑了过来。但是他一动不动地站着，好像是个死人；一种让他无法忍受、突然涌上心头的感觉恰似晴天一声霹雳，击中了他。他的手也没有抬起来去拥抱她们：手抬不起来。母亲和妹妹把他紧紧抱在怀里，吻他，又是笑，又是哭……他后退了一步，摇晃了一下，就昏倒在地板上了。

惊慌、恐惧的呼喊、呻吟……站在门口的拉祖米欣飞快地跑进屋里，把病人抱在自己强壮有力的手里，不一会儿病人在沙发上醒过来了。

“没关系，没关系！”他对母亲和妹妹大声嚷，“这是昏厥，这不要紧！医生刚刚说过，他好得多了，他身体完全健康！拿水来！瞧，他正在醒过来，瞧，已经醒过来了！……”

他一把抓住杜涅奇卡的手，差点儿没把她的手扭得脱臼，让她弯下腰去看看，“他已经醒过来了”。母亲和妹妹十分感动而又感激地看着拉祖米欣，简直把他看作神明。她们已经从娜斯塔西娅那里听说，在她们的罗佳患病的这段时间里，对罗佳来说，这个“机灵的年轻人”意味着什么，那天晚上母亲和杜尼娅私下里谈心的时候，普莉赫里娅·亚历山德罗芙娜·拉斯科利尼科娃就是把他叫作“机灵的年轻人”的。

第三章

一

拉斯科利尼科夫欠起身来，坐到沙发上。

拉祖米欣正滔滔不绝地劝慰母亲和妹妹，他的话前言不搭后语，却热情洋溢。拉斯科利尼科夫虚弱无力地朝拉祖米欣摆摆手，叫他别再说下去了，然后拉住母亲和妹妹的手，一会儿看看这个，一会儿看看那个，有两分钟光景默默不语。他的目光让母亲感到害怕了。他的目光中透露出一种强烈到痛苦程度的感情，但同时神情又是呆滞的，甚至几乎是疯狂的。普莉赫里娅·亚历山德罗芙娜哭了。

阿芙多季娅·罗曼诺芙娜面色苍白，她的手在哥哥的手里簌簌发抖。

“你们回去吧，……跟他一道走，”他声音断断续续地说着指指拉祖米欣，“到明天，明天一切……你们早就来了吗?”

“晚上到的，罗佳，”普莉赫里娅·亚历山德罗芙娜回答，“火车晚点，迟了很久。不过，罗佳，无论如何我现在也不离开你。我就在这儿住一夜，在旁边守着你……”

“别折磨我了!”他说，恼怒地挥了挥手。

“我留下来守着他!”拉祖米欣高声说，“一分钟也不离开他，我那儿那些人，叫他们都见鬼去，让他们去生气好了！那里有我舅舅全权处理。”

“叫我怎么，怎么感谢您呢！”普莉赫里娅·亚历山德罗芙娜说，又紧紧握住拉祖米欣的手，但是拉斯科利尼科夫又打断了她的话：

“我受不了，我受不了，”他恼怒地反复说，“请你们别折磨我！够了，你们走吧……我受不了……”

“咱们走吧，妈妈，哪怕从屋里出去一会儿也好，”惊恐的杜尼娅悄悄地说，“我们让他觉得很痛苦，这可以看得出来。”

“难道三年没见，我都不能好好地看看他吗？”普莉赫里娅·亚历山德罗芙娜哭了起来。

“等一等！”他又叫住了她们，“你们老是打断我，我的思想给搞乱了……你们见到卢任了吗？”

“没有，罗佳，不过他已经知道我们来了。我们听说，彼得·彼特罗维奇心那么好，今天来看过你。”普莉赫里娅·亚历山德罗芙娜有点儿胆怯地补充说。

“是啊……他的心那么好……杜尼娅，不久前我对卢任说，我要把他赶下楼去，我把他赶走了……”

“罗佳，你怎么了！你，大概……你不是想要说……”普莉赫里娅·亚历山德罗芙娜惊恐地说，但是看看杜尼娅，又把话咽回去了。

阿芙多季娅·罗曼诺芙娜凝神注视着哥哥，等着他往下说。她俩已经事先从娜斯塔西娅那里听说过发生争吵的事，后者就她所理解的，尽可能把事情的经过告诉了她们，她们都困惑不解，感到异常痛苦，等着他说下去。

“杜尼娅，”拉斯科利尼科夫勉强控制着自己，接着说，“我不赞成这门婚事，所以你应当明天一开口就拒绝卢任，叫他再也不要来了。”

“我的天哪！”普莉赫里娅·亚历山德罗芙娜喊了一声。

“哥哥，你想想看，你说的是什么!”阿芙多季娅·罗曼诺芙娜开始气愤地说，但是又立刻忍住了，“也许你现在身体不好，你累了。”她简短地说。

“我在说胡话吗？不……你是为了我才嫁给卢任的。可是我不接受你的牺牲。所以，明天以前，你就写信……拒绝他……明天早晨让我看看，这事就了结了!”

“这我不能做!”受了委屈的姑娘高声说，“你有什么权力……”

“杜涅奇卡，你也太急躁了，别说了，明天……难道你没看到……”母亲惊呆了，赶快对杜尼娅说，“唉，咱们最好还是走吧!”

“他在说胡话!”微带醉意的拉祖米欣高声叫嚷，“要不然，他怎么敢！明天就会聪明些了……不过今天他当真赶走了他。是有这么回事。嗯，那一个也光火了……他在这儿大发议论，炫耀自己的知识，可走的时候却是夹着尾巴……”

“那么这是真的了?”普莉赫里娅·亚历山德罗芙娜高声惊呼。

“明天见，哥哥，”杜尼娅满怀同情地说，“咱们走吧，妈妈……再见，罗佳!”

“你听到了吗？妹妹，”他鼓足最后一点力气对着她们的背影重复说，“我不是说胡话，结这门亲事是可耻的。就算我是个卑鄙的人吧，但是我不会把这样的妹妹看作妹妹。要么是我，要么是卢任！你们走吧……”

“你疯了吗？独断专横的家伙!”拉祖米欣吼叫起来，但是拉斯科利尼科夫已经不再回答，不过也许是没有力气回答了。他躺到沙发上，疲惫不堪地转过脸去，面对着墙壁。阿芙多季娅·罗曼诺芙娜好奇地看了看拉祖米欣，她那乌黑的眼睛炯炯发光：在这目光的注视下，拉祖米欣甚至战栗了一下。普莉赫里娅·亚历山德罗芙娜仿佛吃了一惊，一动不动地站着。

“我无论如何也不能走！”她几乎是绝望地悄悄对拉祖米欣说，“我留在这儿，随便在什么地方……请您送送杜尼娅。”

“您会把事情全都弄糟了的！”拉祖米欣失去自制，也低声说，“咱们走吧，至少到楼梯上去。娜斯塔西娅，给照个亮！我向您发誓，”已经到了楼梯上，他又小声接着说，“不久前他差点儿没把我和医生都痛打一顿！您明白这意味着什么吗？要打医生！医生让步了，免得惹他生气，他走了，我留下，在楼下守着，可他立刻穿上衣服，溜出去了。要是惹火了他，现在他还会溜，夜里溜出去，不知会干出什么事来……”

“哎哟，您说些什么呀！”

“再说，您不回去，阿芙多季娅·罗曼诺芙娜也不能独自一个人住在旅馆里！请您想想看，你们是住在一个什么样的地方！而彼得·彼特罗维奇，这个坏蛋，难道就不能给你们找个好一点儿的住处吗……不过，你们要知道，我有点儿醉了，所以……说了骂人的话，请别在意……”

“不过，我去找找女房东，”普莉赫里娅·亚历山德罗芙娜坚持说，“我求求她，求她随便给找个地方，让我和杜尼娅住一夜。我不能这样丢下他不管，我不能！”

他们说这些话的时候是站在楼梯平台上，就站在女房东的房门前。娜斯塔西娅从楼梯的下面一级上给他们照着亮。拉祖米欣异常兴奋。半小时前他送拉斯科利尼科夫回家的时候，虽然废话说得太多，他自己也知道这一点，可是他的精神却十分饱满，头脑也几乎是清醒的，尽管这天晚上他喝的酒多得惊人。现在他的心情甚至好像异常高兴，同时他喝下去的那些酒仿佛又一下子以加倍的力量冲进他的头脑里。他和两位妇女站在一起，拉住她们两人的手，劝说她们，以惊人的坦率态度向她们列举一条条理由，大概是为了更有说服力，几乎每说一句话，他都把她俩的手攥得更紧，就像夹在老虎钳里一样，把她们的手都攥痛了，而且贪婪地拿眼睛直盯着阿芙多季娅·罗曼诺芙娜，似乎一点儿也不觉得不好意思。有时她们痛得想从他那双瘦骨嶙峋的大手里把自己的手抽出来，但是他不仅没发觉这是怎么回事，反而更用力把她们的手往自己这边拉。如果她们为了自己的利益，现在叫他头朝下冲下楼梯，他也会不假思索，毫不迟疑，立刻执行她们的命令。普莉赫里娅·亚历山德罗芙娜一心想着她的罗佳，焦急不安，尽管感觉到这个年轻人有点儿古怪，而且把她的手攥得太痛，但是因为她同时又把他看作神明，所以不想注意这些古怪的小节。然而，虽说阿芙多季娅·罗曼诺芙娜同样为哥哥担心，虽然就性格来说，她并不胆小，但是看到她哥哥的朋友那闪射着异样光芒的目光，却感到惊讶，甚至是感到恐惧了，只不过因为娜斯塔西娅说的关于这个怪人的那些话，使她对他产生了无限信任，这才没有试图从他身边逃跑，而且把母亲也拉着，和自己一同跑掉。她也明白，看来现在她们是不能逃避他的。不过，十分钟以后，她已经大为放心：拉祖米欣有个特点，不管他心情如何，都能很快把自己的真实感情完全流露出来，所以不一会儿人们就会了解，自己是在和一个什么样的人打交道了。

“可不能去找女房东，这想法最荒唐不过了！”他高声叫嚷，竭力让普莉赫里娅·亚历山德罗芙娜相信，“虽然您是母亲，可如果您留下来，就会使他发疯，那可就不知会闹出什么事来了！您听我说，我看这么办好了：这会儿先让娜斯塔西娅坐在他那里，我把你们送回去，因为没有人陪着，你们自己可不能在街上行走，在我们彼得堡，对这……唉，管它去呢！……然后我立刻从你们那儿跑回这里，一刻钟以后，我以人格担保，就会给你们送消息去：他情况怎么样？睡了，还是没睡？以及其他等等。然后，你们听我说！然后又从你们那里很快跑回家去——我那里有客人，都喝醉了——去叫佐西莫夫——这是给他看病的医生，现在他在我家里，他没醉。这个人不喝酒，永远不会醉！我把他拖到罗季卡那里，然后立刻到你们这里来，这就是说，一个钟头之内你们可以得到两次关于他的消息——而且是从医生那儿来的消息，你们明白吗，是从医生本人那里得到的消息，这可就不仅是听我说说了！如果情况不好，我发誓，我自己会领你们到这儿来，如果情况良好，那么你们就可以睡了。我整夜都睡在这儿，睡在穿堂里，他听不见的，我让佐西莫夫睡在房东那里，这样可以随时找到他。你们看，现在对他来说，谁守着他最好呢，是您，还是医生？医生更有用，更有用，不是吗？好，那么就请你们回去吧！去女房东那里却不行，我去可以，你们去不行：她不会让你们去……因为她傻。她会为了我嫉妒阿芙多季娅·罗曼诺芙娜，您要知道，她也会嫉妒您……不过对阿芙多季娅·罗曼诺芙娜，她是一定会嫉妒的。是个完全、完全让人摸不透的女人！不过，我也是个傻瓜……这算不了什么！咱们走吧！你们相信我吗？嗯，你们相信，还是不相信我？”

“咱们走吧，妈妈，”阿芙多季娅·罗曼诺芙娜说，“他答应了，一定会这么做的。他已经救过哥哥的命，如果医生真的同意夜里住在这儿，那不是再好不过了吗？”

“瞧，您……您……理解我，因为您是天使！”拉祖米欣欣喜若狂地高声叫喊，“走吧！娜斯塔西娅！马上上楼去，坐在他身边，带着灯，一刻钟后我就来……”

普莉赫里娅·亚历山德罗芙娜虽然还不完全相信，可也没再反对。拉祖米欣挽住她俩的手，把她们拉下楼去。不过他还是叫她不放心："虽然他人很机灵，心肠也好，可是他答应的事能办得到吗？他有点儿醉了，不是吗……"

"我明白，您心里在想，我喝醉了！"拉祖米欣猜到了她的想法，打断了她的思路，同时迈开大步在人行道上走着，以致两位妇女勉强才能跟上他，他却没有发觉，"没有的事！也就是说……我醉得像个傻瓜一样了，可是问题不在这里，我醉了，可不是因为喝了酒。而是，我一看到你们，就像喝醉了一样……别睬我！请别介意：我在胡说八道，我配不上你们……我一点儿也配不上你们！……我把你们一送回去，立刻就在这儿，在河里，往自己头上浇两桶冷水，就会清醒过来了……但愿你们知道，我是多么爱你们两位！……请别笑我，也别生气！……你们对谁都可以生气，可别生我的气！我是他的朋友，所以也是你们的朋友。我希望如此……这我已经预感到了……去年，有这样的一瞬间……不过，根本不是预感到，因为你们好似从天而降。而我，大概会一夜都睡不着……这个佐西莫夫不久前担心他会发疯……所以不应该惹他生气……"

"您说什么！"母亲高声叫喊。

"难道医生这么说过吗？"阿芙多季娅·罗曼诺芙娜吃了一惊，问。

"说过，不过不是这么回事，完全不是这么回事。他还给他吃过这么一种药，一种药粉，我看到的，可这时你们来了……唉……你们明天再来就好了！我们走了，这很好。再过一个钟头，佐西莫夫会亲自向你们报告一切。他这个人可不会喝醉！我也不再喝醉了……我为什么喝得这么醉呢？因为他们把我拖入了一场争论，这些该死的家伙！我已经发过誓不参加争论了……他们都在胡说八道！差点儿没打起来！我让舅舅待在那儿，招待他们……嗯，你们相信吗：他们要求人完全没有个性，还觉得其中有极大的乐趣！要是自己不是自己，要是自己尽可能不像自己，那该多好！他们认为，这就是最大的进步。要是他们是按照自己的想法胡说八道，倒也罢了，可是……"

"请您听我说……"普莉赫里娅·亚历山德罗芙娜怯生生地打断了他，但这只不过更加激起了他的热情。

"您认为怎样?"拉祖米欣把嗓门提得更高，大声叫喊，"您认为我是为了他们胡说八道生他们的气吗？没有的事！我喜欢人们胡扯！胡扯是一切生物中只有人类才享有的唯一特权。通过胡扯，可以得到真理！我也胡扯，所以我也是人。如果不先胡扯十四次，就不会获得一个真理，也许，得先胡扯一百一十四次，从某一方面来看，这也是值得尊敬的。唉，可是我们连独出心裁地胡扯都不会！你跟我胡扯好了，不过要独出心裁，是自己想出来的，那么我就会吻你。独出心裁地胡扯，要知道，这几乎胜过只重复别人的真理。在第一种情况下，你是人，而在第二种情况下，你只不过是一只鹦鹉！真理是跑不了的，却可以使生活停滞不前。有过这样的例子。嗯，现在我们怎么样呢？在科学、文化修养、思维、发明、思想观念、愿望、自由主义、理性、经验，以及一切、一切、一切、一切、一切领域，我们大家无一例外，还都是中学预备班一年级的学生！喜欢靠人家的智慧混日子——已经习以为常了！是不是这样呢？我说得对吗?"拉祖米欣高声叫喊，说着握紧并摇晃着两位女士的手，"是不是这样呢?"

"噢，我的天哪，我不知道。"可怜的普莉赫里娅·亚历山德罗芙娜说。

"是这样的，是这样的……虽说我并不完全同意您的意见，"阿芙多季娅·罗曼诺芙娜郑重其事地补上一句，并且立刻大叫了一声，因为这一次他把她的手攥得实在太痛了。

“是这样的？您说，是这样的？那么在这以后，您……您……”他欣喜若狂地高声呼喊，“您是善良、纯洁、理智和……完美的源泉！请把您的手伸给我，请您……也把您的手伸给我，我想吻吻你们的手，就在这儿，现在，跪下来吻你们的手！”

于是他在人行道当中跪了下来，幸好这时人行道上阒无一人。

“别这样，我求您，您这是做什么？”完全惊慌失措的普莉赫里娅·亚历山德罗芙娜高声叫喊。

“请您起来，请起来吧！”杜尼娅笑着说，她也感到惊慌不安了。

“你们不把手伸给我，我无论如何也不起来！对，就这样，够了，我起来了，咱们走吧！我是个不幸的傻瓜，我配不上你们，而且喝醉了，我感到羞愧……我不配爱你们，可是，跪在你们面前——这是每个人的义务，只要他不是十足的畜生！所以我跪下来了……瞧，这就是你们的旅馆，不久前罗季昂赶走了你们的彼得·彼特罗维奇，单就这一点来说，他做得对！这个人怎么敢让你们住在这样的旅馆里？这是丢脸的事！你们可知道，到这儿来的都是些什么人？可您是他的未婚妻，不是吗！您是他的未婚妻，对吗？哼，所以我要对您说，您的未婚夫会做出这样的事来，可见他是个卑鄙的家伙！”

“您听我说，拉祖米欣先生，您忘了……”普莉赫里娅·亚历山德罗芙娜开口说。

“对，对，您说得对，我太放肆了，我惭愧！”拉祖米欣猛然醒悟，“不过……不过……你们不会因为我这样说而生我的气吧！因为我这样说是出于至诚，而不是由于……嗯哼……这是卑鄙的。总而言之，不是由于我对您……嗯哼……好，就这样吧，用不着，我不说由于什么，我不敢说……不久前我们就全明白了，他一进来，我们就知道这个人跟我们不是一道的。不是因为他在理发师那儿卷过头发，也不是因为他急于炫耀自己的才智，而是因为，他是个密探和投机分子；因为他是个吝啬鬼和小丑，这是看得出来的。您认为他聪明吗？不，他是个傻瓜，傻瓜！哼，他配得上您吗？噢，我的天哪！你们要知道，女士们，”他已经走在旅馆的楼梯上，却突然站住了，“虽然我那儿那些人都喝醉了，然而他们都是正直的人，虽然我们也胡说八道，所以我也胡说八道，可是最后我们还是会明白，什么是真理，因为我们是走在光明正大的道路上，而彼得·彼特罗维奇走的却不是光明正大的道路。我虽然现在痛骂他们，可是我尊敬他们大家。就连扎苗托夫，虽说我并不尊敬他，可是喜欢他，因为他是条小狗崽！就连这个畜生佐西莫夫也是一样，因为他正直，而且精通业务……不过够了，什么都说完了，也得到了宽恕。得到宽恕了吗？是这样吗？好，咱们走吧。我熟悉这条走廊，来过不止一次了。瞧，就在这儿，三号房间里，发生过一件丢脸的事……喂，你们住在这里哪个房间？几号？八号吗？好，那么夜里可要锁上门，谁也别让他进来。一刻钟后我带着消息回来，然后，再过半个钟头，还要和佐西莫夫一道来，你们会知道的！再见，我走了！”

“我的天哪，杜涅奇卡，会出什么事吗？”普莉赫里娅·亚历山德罗芙娜惊慌而又胆怯地对女儿说。

“您放心好了，妈妈，”杜尼娅回答，说着摘下帽子，取下披肩，“是上帝亲自给我们派来了这位先生，尽管他是直接从酒宴上来的。对他是可以信赖的，请您相信。而且他为哥哥已经做过的一切……”

“唉，杜涅奇卡。天知道他还会不会来！我怎么能决定丢下罗佳不管呢！……我完全，完全想象不到，会这样见到他！他的神情多么冷酷，就像他不高兴看到我们似的……”

她眼里出现了泪珠。

“不，不是这样的，妈妈。您没细看，您一直在哭。由于生了一场大病，他心情很不好——一切都是因为这个缘故。”

“唉，这场病啊！会出什么事，会出什么事吗？而且他是怎么跟你说话啊，杜尼娅！”母亲说，一边怯生生地看看女儿的眼睛，想从眼睛里看出她心里的全部想法，因为女儿护着罗佳，这使她获得了一半安慰：如此看来，女儿原谅了他。“我深信，明天他准会改变主意。”她加上一句，想彻底摸透女儿的想法。

“可我深信，关于这件事……明天他还是会这么说……”阿芙多季娅·罗曼诺芙娜斩钉截铁地回答，当然，这是个难题，因为这一点是普莉赫里娅·亚历山德罗芙娜现在很怕谈起的。杜尼娅走近前去，吻了吻母亲。母亲默默地紧紧拥抱了她，然后坐下，焦急不安地等着拉祖米欣回来，同时怯生生地注视着女儿，女儿也在等待着，双手交叉，抱在胸前，在屋里踱来踱去，一面在暗自思索着什么。这样沉思着从一个角落走到另一个角落，是阿芙多季娅·罗曼诺芙娜通常的习惯，不知为什么母亲总是怕在这样的时候打断她的沉思。

拉祖米欣酒醉后突然对阿芙多季娅·罗曼诺芙娜产生了火热的爱情，这当然好笑，但看一看阿芙多季娅·罗曼诺芙娜，特别是现在，当她双臂交叉，抱在胸前，忧郁而若有所思地在屋里踱来踱去的时候，也许很多人都会原谅他，更何况他是处于一种反常的心理状态呢。阿芙多季娅·罗曼诺芙娜十分漂亮——高高的个儿，身材异常苗条匀称，强壮有力，而且很自信——在她的每个姿态中都流露出这种自信，不过这丝毫也不损害她举止的柔美和优雅。她的脸像她的哥哥，不过甚至可以把她叫作美人儿。她的头发是褐色的，比她哥哥的头发稍淡一些；眼睛几乎是黑的，炯炯发光，神情傲慢，但有时，虽然并不是经常的，看上去却又异常善良。她肤色白皙，但不是病态的苍白；她的脸光艳照人，娇艳而健康。她的嘴略小了点儿，红艳艳的下嘴唇和下巴一起稍稍向前突出——这是这张美丽的脸上唯一的缺陷，但是也赋予她的脸一种特殊的性格，仿佛使她脸上有了一种傲慢的神态。她脸上的表情总是严肃多于快乐，总是好像在沉思默想；然而这张脸是多么适于微笑，愉快而无忧无虑的、青春的笑容对她来说是多么合适啊！热情、坦诚、单纯而轻信、正直、像勇士一般强壮有力、又有点儿醉意的拉祖米欣，从未见过类似的女性，对她一见倾心，这是可以理解的。更何况好像老天故意安排下这样一个机会，让他第一次看到杜尼娅的时候，恰好是她与哥哥晤面、心中充满兄妹情谊和欢乐的美好时刻呢。后来他又看到，在她愤怒地回答哥哥无礼的、忘恩负义、冷酷无情的命令时，她的下嘴唇突然颤抖了一下——这时他就再也不能自持了。

不过，因为他已微带醉意，不久前在楼梯上脱口而出，说拉斯科利尼科夫那个性情古怪的女房东普拉斯科维娅·帕夫洛芙娜不但会为了他嫉妒阿芙多季娅·罗曼诺芙娜，而且看来也会嫉妒普莉赫里娅·亚历山德罗芙娜，那倒是说的实话。尽管普莉赫里娅·亚历山德罗芙娜已经四十三岁，她的容貌却依然保持着昔日的风采，而且看上去比她的实际年龄年轻得多，那些直到老年都能保持心情开朗，能给人留下鲜明印象，而且满怀正直、真诚而热情的妇女，几乎总是这样。咱们附带说一声，能够保持这一切，是即使到了老年也不致失去美色的唯一方法。她的头发已经开始斑白，渐渐稀疏，细碎的鱼尾纹早已爬满了她的眼角，由于忧虑和痛苦，双颊已经凹陷和干瘪，但这张脸还是美丽的。这是一幅杜涅奇卡的脸的肖像，不过是二十年以后的肖像，再就是她那并不向前突出的下嘴唇的表情，和女儿的不大一样。普莉赫里娅·亚历山德罗芙娜多愁善感，不过不致使人感到肉麻，她胆小、忍让，可也有一定的限度：很多事情她都能忍让，对很多事情她都能同意，就连对那些与她的信念相反的事，也是如此，不过总是有这么一条由正直、原则和绝对不能放弃的信念划定的界线，无论什么情况也不能迫使她越过这条界线。

拉祖米欣走后，整整过了二十分钟，传来两声轻微然而急促的敲门声，他回来了。

“我不进去了，没有空！”房门打开以后，他匆匆地说，“他睡得很熟，睡得十分香甜，很安静，上帝保佑，让他睡上十个钟头吧。娜斯塔西娅在他那儿守着，我叫她在我回去以前别出去。现在我去把佐西莫夫拖来，他会向你们报告的，然后你们也睡一会儿，我看得出，你们都累坏了。”

于是他离开她们，顺着走廊走了。

“一个多麻利和……忠实的年轻人啊！”非常高兴的普莉赫里娅·亚历山德罗芙娜高声说。

“看来，是个很好的人！”阿芙多季娅·罗曼诺芙娜怀着几分热情回答，又开始在屋里踱来踱去。

几乎过了一个钟头，走廊里传来了脚步声，又听到一下敲门的声音。两位妇女都在等着，因为这一次她们都完全相信拉祖米欣的诺言了；真的，他果然把佐西莫夫拖来了。佐西莫夫立刻同意离开酒宴，去看拉斯科利尼科夫，不过他不相信喝醉了的拉祖米欣，到两位女士这里来，却很不乐意，疑虑重重。但是他的自尊心立刻得到了满足，甚至感到快慰：他明白，人家当真是在等着他，就像是在等候一位先知。他整整坐了十分钟，而且完全说服了普莉赫里娅·亚历山德罗芙娜，让她放了心。他说话时怀着异乎寻常的同情心，然而态度拘谨，不知怎的显得特别严肃，完全像一个二十七岁的医生在重要的咨询会议上发表意见，没有一句话离题，没有流露出一丝一毫要与这两位女士建立更密切的私人关系的愿望。他一进来就发觉阿芙多季娅·罗曼诺芙娜光艳照人，立刻竭力根本不去注意她，在会见她们的全部时间里，只对普莉赫里娅·亚历山德罗芙娜一个人说话。这一切使他内心里获得极大的满足。谈到病人，他是这样说的，说是目前病人处于完全令人满意的状态。据他观察，病人的病，除了最近几个月生活上恶劣的物质条件，还有某些精神因素，“可以说是许多复杂的精神和物质影响的结果，如惊慌、担心、忧虑、某些想法……以及诸如此类的影响”。阿芙多季娅·罗曼诺芙娜开始特别留心听着，佐西莫夫对此稍有察觉，于是对这一话题较多地发挥了几句。普莉赫里娅·亚历山德罗芙娜担心而又怯生生地问：“似乎有点儿怀疑他患了精神病?”对这个问题，他安详而且面带坦诚的微笑回答说，他的话被过分夸大了。当然，可以注意到，病人头脑里有某种执拗的想法，显示出偏执狂的症候——因为他，佐西莫夫，目前正特别注意医学上这一非常有意思的专科——不过得记住，几乎直到今天，病人神智都不大清楚，那么……当然，他的亲人们的到来会促使他恢复健康，消除疑虑，使病情根本好转，“只要能避免再受到新的特殊震动”，他意味深长地补充说。然后他站起来，庄重而亲切地告辞，为他送别的是祝福，热情的感谢，央求，甚至还有阿芙多季娅·罗曼诺芙娜向他伸过来的小手，虽然他并没请求，她却主动要和他握手，他出去时对这次访问异常满意，对自己就更加满意了。

“咱们明天再谈。请安歇吧，立刻，一定！”拉祖米欣像做总结似的说，和佐西莫夫一同走了出去，“明天尽可能早一些，我再来向你们报告。”

“不过，这位阿芙多季娅·罗曼诺芙娜是个多么迷人的小姑娘啊！”当他们俩走到街上的时候，佐西莫夫几乎馋涎欲滴地说。

“迷人吗？你说她迷人！”拉祖米欣吼叫起来，突然扑向佐西莫夫，一把卡住他的咽喉，“要是什么时候你胆敢……你明白吗？明白吗？”他大声叫喊，抓着衣领摇晃着他，把他推到墙跟前，“听到了吗？”

“唉，放手，醉鬼！”佐西莫夫竭力想要挣脱出来，拉祖米欣已经放开他以后，他凝神看了看拉祖米欣，突然哈哈大笑起来。拉祖米欣站在他面前，垂下双手，忧郁而严肃地陷入沉思。

“当然，我是头笨驴，”他神情阴郁，好似乌云，“不过……你也是的。”

“嗳，老兄，不，我可根本不是。我不会痴心梦想。”

他们默默地走着，不过走近拉斯科利尼科夫的住所时，拉祖米欣感到十分担心，这才打破了沉默。

“你听我说，”他对佐西莫夫说，“你是个很不错的人，不过你呀，除了你所有那些恶劣的品质以外，你也是个色鬼，这我知道，而且还是个卑鄙无耻的色鬼。你是个神经质的、软弱无力的败类，你任性胡来，养得太肥，什么事情都做得出来——我把这叫作卑鄙无耻，因为这会使人直接掉进卑鄙无耻的泥潭里去。你们自己娇惯成了这个样子，老实说，我不能理解的是，与此同时，你怎么能做一个具有忘我精神的医生。睡在羽毛褥子上（医生嘛），可是夜里要起来去给人看病！三年以后，你就不会再为了病人在夜里起来了……啊，对了，见鬼，问题不在这里，而在于：今天你得在女房东家里住一夜，（好不容易才说服了她！）可我睡在厨房里；这可是让你们更亲密熟识的好机会！不过不是你想的那回事！老兄，那种事啊，连影儿都没有……”

“我根本就没想。”

“老兄，这是腼腆、沉默，羞涩以及冷酷无情的贞节，可与此同时，又唉声叹气，像蜡一样在融化，一个劲儿地融化！看在世界上一切妖魔鬼怪的分上，请你帮我摆脱她吧！她是个非常漂亮的女人！……我会报答你的，哪怕牺牲自己的脑袋，也要报答你！”

佐西莫夫哈哈大笑，笑得比以前更厉害了。

“你爱得发疯了！我要她干吗？”

“请你相信，麻烦不会太多，不过得说些蠢话，你爱说什么，就说什么，只要坐到她身边说就行了。何况你还是个医生，可以治治她的病嘛。我发誓，你不会后悔的。她屋里有架古钢琴；你要知道，我会弹两下，不过弹不好；我那里有一首歌曲，一首真正的俄罗斯歌曲：‘我洒下热泪……’她喜欢真正的俄罗斯歌曲——于是就从歌曲开始，可你是个弹钢琴的能手，是教师，鲁宾斯坦[①]……我担保，你不会后悔的！”

“你是不是向她许下了什么诺言？按照程式订了合同，签过了字？也许答应过和她结婚……”

---

① 鲁宾斯坦（1829—1894），俄罗斯著名钢琴家和作曲家。

“没有，没有，根本没有这种事！而且她也完全不是这样的人，切巴罗夫追求过她……”

“好，那你就甩掉她好了！”

“可是不能就这样甩掉她！”

“为什么不能？”

“嗯，不知为什么不能这样，就是这么一回事！老兄，这儿有诱惑力这个因素。”

“那你为什么引诱她呢？”

“可我根本就没引诱她，也许，甚至是我受了她的引诱，这是因为我傻，可对她来说，不论是你，还是我，都完全一样，只要有人坐在她身边叹气就成。这，老兄……这我无法向你描述，这——啊，你精通数学，现在还在研究，这我知道……嗯，你就教她微积分吧，真的，我不是开玩笑，我是一本正经地跟你说，对于她来说，什么都完全一样：她会瞅着你唉声叹气，整整一年就这样不断地叹气。顺带说一声，我曾经跟她大谈普鲁士上议院的情况，（因为，跟她可有什么好谈的呢？）谈了很久，一连谈了两天——可她只是在叹气，在出汗！不过可别跟她谈爱情——她会臊得浑身发抖——可是你要装出不能离开她的样子——好，这就够了。舒服极了，完全跟在家里一样——看看书，坐坐，躺躺，吃点儿东西……甚至可以小心谨慎地吻吻她……”

“可我要她干什么？”

“唉，我怎么也没法跟你解释清楚。你要知道，你们俩完全一模一样，你像她，她也像你！以前我就想到你了……你总得结婚吧！那么是早些，还是迟些，对你不都一样吗？老兄，这儿有这么好的羽毛褥子作为基础——哎，而且还不只是羽毛褥子！这儿有一种力量在吸引你，这儿是世界的尽头，是停泊的地方，是宁静的避难所，是地球的中心，是由三条鱼构成的世界的基础①，这里有春饼、油腻的鱼肉馅烤饼、晚上的茶炊、轻轻的叹息、暖和的敞胸女短上衣、烧暖的火炕，一切享受的精华——嗯，就跟你死了一样，可同时你又在活着，一举两得！哈，老兄，见鬼，我说得过火了，该睡觉了！你听我说：夜里有时候我会醒来，去看看他。不过没关系，我胡扯，一切都会很好的。你不必特别担心，你要愿意的话，也可以去看他一次。不过只要发觉什么，比如说，他说胡话啦，或者发烧啦，或者有什么不对头的地方，立刻就叫醒我。不过，不可能……”

二

第二天早上八点钟，拉祖米欣醒了，满腹忧虑，神情严肃。这天早晨他心里突然出现了许多未曾预见到的、使他困惑不解的新问题。以前他从未想到，有什么时候会像这样醒来。他想起昨天的事，直到每个细节都记得清清楚楚，还记得发生了一件对他来说很不平常的事，使他产生了在这以前从未有过的印象，与以前的所有印象都不一样。同时他又清清楚楚地意识到，犹如烈火般在他头脑中燃烧起来的幻想是绝对无法实现的——显而易见，它绝不可能实现，因此，他为这幻想感到羞愧，于是他赶快去想别的，去想其他更迫切的要操心的事和使他感到困惑不解的问题，这些都

① 古代传说，大地是驮在三条巨鲸的背上，由它们支撑着。

是“该死的昨天”给他遗留下来的。

他最可怕的回忆就是，昨天他是多么“卑鄙，丑恶”，这倒不仅仅是因为他喝醉了，而是因为，由于愚蠢和仓促间产生妒忌，竟利用一位姑娘的处境，当着她的面大骂她的未婚夫，可是他不但不知道他们之间的相互关系和义务，而且连他这个人也没好好地了解过。而且他有什么权利这样匆忙和轻率地对这个人做出判断？有谁请他作评判人呢！难道像阿芙多季娅·罗曼诺芙娜这样的人，会为了钱而嫁给一个卑鄙的人吗？可见这个人是有优点的。那么旅馆呢？可说实在的，他怎么能够知道，这是家什么旅馆？要知道，他正在准备一套住宅……呸，这一切是多么卑鄙！他喝醉了，这算什么辩解的理由？这不过是愚蠢的借口，会使他显得更加卑鄙！酒后吐真言，真话都说出来了，“也就是说，他那颗满怀妒意、粗野无礼的心中所有卑鄙污浊的东西全都吐露出来了！”难道他，拉祖米欣，可以哪怕存一点儿这样的幻想吗？与这样的姑娘相比，他算什么人呢——他不过是个喝醉了的不安分的家伙，昨天吹过牛的人。“难道可以做这样无耻和可笑的对比吗？”想到这里，拉祖米欣不禁满脸通红了，而突然，好像故意为难似的，就在这一瞬间，他清清楚楚记起，昨天他站在楼梯上对她们说，女房东会为了他嫉妒阿芙多季娅·罗曼诺芙娜……这可真让人太难堪了。他抡起拳头，对着厨房里的炉灶猛打了一拳，打伤了自己的手，还打掉了一块砖头。

“当然，”过了一会儿，他带着某种自卑感喃喃地自言自语，“当然，现在这些卑鄙的行径将永远无法掩饰，也无法改正了……所以，关于这件事，已经没什么好想的了，所以我再去她们那里的时候，一句话也别说……只是履行自己的义务……也是一句话不说，而且……也不请求原谅，什么也不说，而且……当然，现在一切都完了！”

然而穿衣服的时候，他比往常更加细心地察看了自己的衣服。他没有别的衣服，即使有，也许他也不会穿，“就这样，故意不穿”。但无论如何再不能不修边幅、邋里邋遢了：他无权不尊重别人的感情，让人家感到受了侮辱，更何况这是一些正需要他的帮助、自己叫他去的人呢。他用刷子仔仔细细刷干净自己的衣服。他身上的内衣一向还都过得去，在这方面他是特别爱干净的。

这天早晨他洗脸也洗得很细心——在娜斯塔西娅那里找到了一块肥皂——洗了头发、脖子，特别用心洗了手。要不要刮刮下巴上的短胡子呢？当需要回答这个问题的时候，（普拉斯科维娅·帕夫洛芙娜那儿有很好的刀片，还是扎尔尼岑先生过世后保存下来的）他甚至倔强地做出了否定的回答：“就让它这样留着好了！哼，她们会想，我刮胡子是为了……而且准会这么想！无论如何不刮！”

“而……而主要的是，他这么粗鲁，又这么脏，对人的态度是粗野的；而且……而且，即使他知道，他是，虽然不能说完全是，可他到底是个正派人……嗯，不过，是个正派人，又有什么可以骄傲的？人人都该做正派人，而且还不仅仅是正派，而……而他毕竟（他记得）干过这样的勾当……倒不是说，是不光彩的，可那还不是一样！……而他曾经有过些什么样的想法啊！嗯哼……把这一切跟阿芙多季娅·罗曼诺芙娜放到一起！是呀，见鬼！好吧！哼，我就故意要弄得这么脏，浑身油污，粗里粗气，我才不在乎呢！以后我还是要这样！……”

昨夜住在普拉斯科维娅·帕夫洛芙娜客厅里的佐西莫夫进来的时候，正看到他在这样自言自语。

佐西莫夫要回家去，临走匆匆去看了一眼病人。拉祖米欣向他报告说，病人睡得很熟。佐西莫夫吩咐，在他自己醒来以前，不要叫醒他。他答应十点多再来。

“只要他能待在家里，”他补充说，“哼，见鬼！医生说的话病人根本就不听，你倒试试看，去给他治病吧！你可知道，是他去找她们，还是她们上这儿来？”

“我想，是她们来，”拉祖米欣明白他这样问的目的，回答说，“而且当然啦，他们要谈他们家里的事。我要走开。作为医生，你自然比我有更多的权利。”

“可我也不是神甫，我来看看就走。没有他们，我的事情也够多的了。”

“有件事让我不放心，”拉祖米欣皱起眉头，打断了他的话，“昨天我喝醉了，在路上走着的时候，说漏了嘴，跟他说了些各式各样的蠢话……各式各样的……顺带也说了，你担心，似乎他……有可能害精神病……”

“昨天你跟两位女士也说过这种蠢话了吧。”

“我知道，我很蠢！你要揍我，就揍我一顿吧！怎么，你当真有什么坚定不移的想法吗？”

“唉，我在胡扯。哪里有什么坚定不移的想法！你带我到他那里去的时候，自己把他描绘成一个偏执狂患者……嗯，昨天我们还火上浇油，也就是说，是你说了些火上浇油的话……谈起油漆匠的事。说不定他就是为了这件事才发疯的，你这场谈话可真是太好了！我要是确切地知道当时在警察局里发生的那回事，知道那里有那么个坏蛋怀疑他……侮辱了他的话！嗯哼……昨天我就不让你说这些话了。要知道，这些偏执狂患者都会小题大做，以假当真……从昨天扎苗托夫说的那些话里，仅就我所记得的，事情已经有一半弄清楚了。啊，对了！我知道这么一回事，有个四十岁的多疑病患者，因为受不了一个八岁的小男孩每天吃饭的时候嘲笑他，就把那个小男孩给杀死了！他的情况却是：衣衫褴褛，警察分局局长蛮横无理，又碰上发病，再加上这样的怀疑！这一切都落到了一个发狂的多疑病患者的身上！而且他还有极其强烈、十分独特的虚荣心！而这也许就是致病的原因！嗯，不错，见鬼！……顺便说说，这个扎苗托夫当真是个可爱的小孩子，不过，嗯哼……昨天他不该把这些全都说出来。他这个人说话太不谨慎了！"

"可他是对谁说的呢？对我和对你，不是吗？"

"还有波尔菲里。"

"那又怎样呢，对波尔菲里说了，又怎样呢？"

"顺便说一声，对那两位，对母亲和妹妹，你能起点儿什么作用，能影响她们吗？今天对她们得更加小心……"

"跟她们会说得通的！"拉祖米欣不乐意地回答。

"你为什么要这样对待这个卢任呢？他是个有钱的人，看来，她并不讨厌他……可她们不是什么也没有吗？啊？"

"可你干吗要打听这些？"拉祖米欣恼怒地大声嚷，"我怎么知道她有什么，还是什么也没有？你自己去问好了，也许会打听出来……"

"呸，有时候你是多么愚蠢！昨天的醉意还在起作用吗……再见！代我谢谢普拉斯科维娅·帕夫洛芙娜，谢谢她给我提供了个过夜的地方。她把门锁上了，我隔着房门对她说了声崩儒尔[①]，她没回答，她自己七点钟就

---

① 法文bonjour的音译，"日安"之意。

起来了，从厨房里穿过走廊给她送去了茶炊……我没有荣幸会见她……”

九点整，拉祖米欣来到了巴卡列耶夫的旅馆。两位女士早就怀着歇斯底里的急不可耐的心情等着他了。她们七点钟、也许更早些就已经起来了。他进去的时候脸色像黑夜一样阴郁，笨拙地点头行礼，并立刻为此生气了——当然，是生自己的气。他的猜测完全错了：普莉赫里娅·亚历山德罗芙娜突然向他跑过来，拉住他的双手，几乎要吻他的手。他不好意思地朝阿芙多季娅·罗曼诺芙娜看了一眼，但就连这张高傲的脸上，这时露出的也是感谢和友好的表情，出乎他意料地对他极其尊敬，（而不是嘲讽的目光和不由自主、掩饰不住的蔑视!）如果迎接他的是辱骂，说真的，他反而会觉得轻松些，现在竟是这样，倒使他感到太难为情了。幸好有现成的话题，于是他赶紧谈正经事。

听说“他还没醒”，不过“一切都很好”，普莉赫里娅·亚历山德罗芙娜说，这是好现象，“因为她非常、非常、非常需要事先商量一下”。接着问他喝过茶没有，并邀请他一道喝茶。因为在等着拉祖米欣，她们自己还没喝过茶。阿芙多季娅·罗曼诺芙娜按了按铃，应声前来的是一个很脏、衣服也破破烂烂的人，吩咐他送茶来，茶终于摆好了，但是一切都那么脏，那么不像样，因此两位女士都面有愧色。拉祖米欣起劲地大骂这家旅馆，但是一想起卢任，立刻就住了声，感到很窘，因此，当普莉赫里娅·亚历山德罗芙娜终于接连不断提出一连串问题的时候，他真高兴极了。

他回答这些问题，讲了足有三刻钟，他的话不断地被打断，一个问题要问上几遍。罗季昂·罗曼诺维奇最近一年来的生活情况，只要是他知道的，他都把最重要和不能不讲的一切事情告诉了她们，最详尽地叙述了他的病情。不过有很多事情他都略而不提，那都是应当省略的，其中也有警察局里发生的事及其一切后果。她们全神贯注地听他讲，但每当他认为已经讲完了，已经能够满足这两位听众的要求的时候，却总是发现，对于她们来说，似乎这还只不过是刚刚开始。

“请您，请您告诉我，您是怎么想的……哎哟，请原谅，到现在我还不知道您的大名呢?”普莉赫里娅·亚历山德罗芙娜急忙说。

“德米特里·普罗科菲伊奇。”

“那么，德米特里·普罗科菲伊奇，我很想，很想知道……一般说来……他对各种事物有什么看法，也就是说，请理解我的意思，这该怎么跟您说呢，最好还是这么说吧：他喜欢什么，不喜欢什么？他是不是总是这样爱发脾气？他有些什么愿望，也可以说，有些什么理想，如果可以这样说的话？现在是什么对他有特殊影响？总之，我希望……”

“哎哟，妈妈，怎么能一下子回答这一切问题啊!”杜尼娅说。

“啊，我的天哪，我可完全、完全没想到会看到他像这个样子，德米特里·普罗科菲伊奇。”

“这是很自然的，”德米特里·普罗科菲伊奇回答，“我母亲不在了，嗯，可我舅舅每年都来一趟，几乎每次都认不出我，就连外貌也认不出来，可他是个聪明人。嗯，你们离别三年了，岁月流逝，人怎么能不发生变化呢。而且我能跟你们说什么呢？我认识罗季昂只有一年半：他忧郁，总是闷闷不乐，高傲而且倔强。最近一个时期（也许，还要早得多）他神经过敏，患了多疑症。他为人慷慨，心地善良。他不喜欢流露自己的感情，宁愿做出一些被人看作冷酷无情的事情，也不肯用言词说明自己的心意。不过，有时他根本不像多疑病患者，而只不过是冷淡无情，麻木不仁达到了缺乏人性的程度。真的，就好像他有两种截然相反的性格，这两种性格在他身上轮流出现。有时他极端沉默！他总是没有空，什么都妨碍他，可他却一直躺着，什么事也不做。他不嘲笑人，倒不是因为他缺少说俏皮话的机智，而似乎是他没有时间花在这种小事上。他总是不听完别人说的话。对当前大家感兴趣的事，他从来不感兴趣。他对自己估计很高，似乎这也并非毫无根据。嗯，还有什么呢？……我觉得，你们的到来会对他产生最有益的、可以使他得救的影响。”

“啊，上帝保佑！”普莉赫里娅·亚历山德罗芙娜高声惊呼，拉祖米欣对罗佳的评语使她痛苦到极点。

最后，拉祖米欣较为大胆地看了看阿芙多季娅·罗曼诺芙娜。谈话的时候他时常看她，不过只是匆匆地看一眼，只看一眼，就立刻把目光移开了。阿芙多季娅·罗曼诺芙娜一会儿坐到桌边，留心听着，一会儿又站起来，按照她往常的习惯，两手交叉，抱在胸前，闭紧嘴唇，从一个角落走到另一个角落，有时提个问题，但并不停下来，一面走，一面在沉思。她也有不听完别人说话的习惯。她穿一件料子轻而薄的深色连衫裙，脖子上系一条透明的白色围巾。根据许多迹象来看，拉祖米欣立刻发觉，两位妇女的境况贫困到了极点。如果阿芙多季娅·罗曼诺芙娜穿得像一位女王，似乎他就根本不会怕她了。现在，也许正因为她穿得这样寒酸，正因为他发觉了她们贫穷的境况，他心里才感到恐惧，并为自己的每一句话、每一个姿势都感到害怕，对于一个本来就缺乏自信的人来说，这当然会使他感到格外拘束了。

“您讲了我哥哥性格中许多很有意思的情况，而且……说得很公正。这很好。我认为，您很敬重他，”阿芙多季娅·罗曼诺芙娜微笑着说，“您说，得有个女人待在他身边，看来，这话说得也不错。”她沉思着补上一句。

“这话我没说过，不过，也许，这一点您说得对，只是……”

“什么？”

“要知道，他什么人也不爱，也许永远也不会爱上谁。”拉祖米欣毫无顾忌地说。

“也就是说，他不能爱？”

“您要知道，阿芙多季娅·罗曼诺芙娜，您太像您哥哥了，甚至各方面都像！”出乎自己意料地，他突然很不谨慎地说，但立刻想起，现在是在对她谈她哥哥哪方面的情况，不由满脸涨得通红，感到很窘。阿芙多季娅·罗曼诺芙娜看着他，不能不大笑起来。

“关于罗佳，你们俩可能都看错了，”有点儿见怪的普莉赫里娅·亚历山德罗芙娜接着话茬说，“我说的不是现在，杜涅奇卡。彼得·彼特罗维奇在这封信里写的那些话……还有我和你所作的推测，也许都不对，不过，您无法想象，德米特里·普罗科菲伊奇，他是多么爱幻想，还有，这该怎么说呢，他总是变化无常。他的性格我从来就摸不透，还在他十五岁的时候就是这样。我相信，现在他也会突然对自己做出什么别人永远也不想做的事情来……对了，眼前就有个例子：您知道吗，一年半以前，他让我多么吃惊和震动，差点儿没把我折磨死，因为他突然想跟这个，她叫什么来着——跟这个扎尔尼岑娜的女儿，也就是他女房东的女儿结婚？”

“关于这件事，您知道些什么详细情况吗？”阿芙多季娅·罗曼诺芙娜问。

“您以为，”普莉赫里娅·亚历山德罗芙娜激动地接着说，“当时我的眼泪，我的央求，我的病，我的死，也许我会愁死，还有我们的贫穷，会阻止他吗？他会满不在乎地跨过一切障碍。可是难道他，难道他不爱我们吗？”

“这件事，他自己从来没跟我说起过，什么也没说过，”拉祖米欣小心谨慎地回答，“不过我从扎尔尼岑娜太太那儿多少听到过一些，她也不是个爱说话的人，我听到的话，甚至有点儿使人奇怪……”

“您到底听到了些什么呢?”两位妇女一起问。

“其实也没有任何太特殊的情况。我只是知道，这门亲事已经完全办妥了，只是因为新娘死了，才没有成亲，对这门亲事，扎尔尼岑娜太太很不称心……除此以外，据说新娘甚至长得并不好看，也就是说，甚至长得很丑……而且有病，而且……而且她有点儿怪……不过，好像也有某些优点。大概一定有一些优点，不然就完全不可理解了……什么嫁妆也没有，而且他也不会指望靠嫁妆生活……总之，对这种事情很难做出判断。”

“我相信，她是一个值得尊敬的姑娘!”阿芙多季娅·罗曼诺芙娜简短地说。

“求上帝饶恕我，可当时我对她的死是那么高兴，虽说我不知道，他们两个是谁害了谁，是他害了她呢，还是她害了他?”普莉赫里娅·亚历山德罗芙娜结束了这个话题，然后小心谨慎地，欲言又止，又问起昨天罗佳和卢任发生争吵的事来，而且不断地看看杜尼娅，弄得她显然感到不高兴了。看得出来，罗佳和卢任之间的争吵最使她心烦意乱，简直让她感到可怕、战栗。拉祖米欣又把当时的情况详详细细地说了一遍，但这一次加上了自己的结论：他直截了当地责备拉斯科利尼科夫故意侮辱彼得·彼特罗维奇，这一次几乎没有因为他有病而原谅他。

“还在生病以前，他就想好了的。”他补充说。

“我也这么想，”普莉赫里娅·亚历山德罗芙娜很伤心地说。但是使她十分惊讶的是，这一次拉祖米欣谈到彼得·彼特罗维奇时是那么小心，甚至好像有些尊敬的样子。这也使阿芙多季娅·罗曼诺芙娜感到惊讶。

“那么您对彼得·彼特罗维奇的看法就是这样的了?”普莉赫里娅·亚历山德罗芙娜忍不住问。

“对令爱的未婚夫我不能有别的看法,”拉祖米欣坚决而又热情地回答,“而且我不仅是出于庸俗的礼貌才这么说,而是因为……因为……嗯,至少是因为阿芙多季娅·罗曼诺芙娜自己选中了这个人,单凭这一点,就不能有别的看法。如果说,昨天我把他那样痛骂了一顿,那么这是因为昨天我喝得烂醉,而且精神失常。对,是精神失常,愚蠢,发疯,完全发疯了……今天为这感到羞愧……”他脸红了,不作声了。阿芙多季娅·罗曼诺芙娜一下子涨红了脸,但是没有打破沉默。从他们开始谈论卢任的那一分钟起,都没说过一句话。

然而,没有女儿的支持,看来普莉赫里娅·亚历山德罗芙娜自己拿不定主意。最后,她不断地看看女儿,讷讷地说,现在有个情况让她非常担心。

“您要知道,德米特里·普罗科菲伊奇……”她开始说,“我想完全开诚布公地和德米特里·普罗科菲伊奇谈谈,杜尼娅,你看怎么样?”

“那是当然了,妈妈。”阿芙多季娅·罗曼诺芙娜庄严地说。

“是这么回事,”她赶紧说,允许她诉说自己的苦衷,仿佛是卸下了她肩上的千斤重担,“今天很早我们收到了彼得·彼特罗维奇的一封短简,是对我们昨天通知他我们已经到达的答复。您要知道,昨天他本该像他答应过的,在车站接我们。可他没去,却派了一个仆人到车站去接我们,带去了这家旅馆的地址,让他告诉我们该怎么走,彼得·彼特罗维奇还让这个仆人转告,他本人今天清早来我们这里。可是今天早晨他又没来,却送来了这封短简……您最好还是自己看看吧。信里有一点让我非常担心……您马上就会看到谈的是什么了,而且……请直言不讳地把您的意见告诉我,德米特里·普罗科菲伊奇！您最了解罗佳的性格，也最能给我们出个主意。我先告诉您，杜涅奇卡已经做出决定，一看过信就决定了，可我还不知道该怎么办，所以……所以一直在等着您。”

拉祖米欣打开写着昨天日期的短简，看到上面写的是：

“普莉赫里娅·亚历山德罗芙娜夫人：

敬启者，因意外延误，未能亲至车站迎候尊驾，特派干员前往代候。又因参政院紧急事务亟待处理，且不愿妨碍夫人与令郎、阿芙多季娅·罗曼诺芙娜与兄长骨肉重新团聚，明晨亦不能与夫人晤面，为此深感遗憾。定于明晚八时整赴尊寓拜谒夫人，并冒昧附带提出一恳切而又坚决之请求，仆与夫人会晤时，希望罗季昂·罗曼诺维奇已不在座，因昨日仆于其病中前往探望时，彼曾对仆横加指责，无礼辱骂，此种侮辱，实属空前。此外，另有一事必须亲自向夫人作详细说明，亦望听取夫人对此做出解释。如不顾仆之请求，届时与罗季昂·罗曼诺维奇相遇，仆将被迫立即告退，则夫人咎由自取，勿谓言之不预也。仆修此书，盖恐有如下情况：仆探望罗季昂·罗曼诺维奇时，彼病情尚如此严重，而两小时后竟霍然痊愈，足见其已能离家前往尊寓。仆曾亲眼看见，在一马蹄下丧生之醉汉家中，借口安葬死者，彼竟将为数达二十五卢布之巨款赠予该醉汉之女，而伊乃一行为不端之女人，为此仆深感震惊，因仆得悉，此款夫人得来非易。谨此，请代向令爱阿芙多季娅·罗曼诺芙娜致意。请接受诚挚敬意。

您的忠实仆人　彼·卢任

“我现在该怎么办呢？德米特里·普罗科菲伊奇。”普莉赫里娅·亚历山德罗芙娜说，几乎要哭出来了，“您说，我怎么能叫罗佳别来呢？昨天他那么坚决要求他妹妹拒绝与彼得·彼特罗维奇结婚，现在又叫我们别让他来！只要他知道了，他准会故意来的，那……到那时会怎样呢？”

“阿芙多季娅·罗曼诺芙娜怎么决定的，就怎么办好了，”

拉祖米欣立刻不慌不忙地回答。

“啊，我的天哪！她说……天知道她在说些什么，也不对我说明她有什么目的！她说，最好是，倒不是最好，而是，不知是为了什么，一定得让罗佳故意在今晚八点钟来这里，一定要让他们见面……我却连这封信也不想给他看到，想要通过您想个巧妙的办法，让他别来……因为他是那么容易发脾气……而且我什么也不明白，又是死了个什么醉汉，又是什么女儿，他又怎么会把仅有的一点儿钱全都送给了这个女儿……这些钱……”

“这些钱是您很不容易弄来的，妈妈。”阿芙多季娅·罗曼诺芙娜补充说。

“昨天他不大正常，”拉祖米欣若有所思地说，“要是你们知道昨天他在一家小饭馆里干了些什么的话，虽说他做得很聪明……嗯哼！我们昨天一起回家的时候，他的确跟我提到过一个死了的人和一个什么姑娘，不过我一句也没听懂……其实我自己也……”

“妈妈，最好我们一起到他那儿去，请您相信，一到了那儿，我们立刻就会看出该怎么办了。再说，我们也该走了——上帝啊！十点多了！”她看了看用一条纤细的威尼斯表链挂在脖子上的、很好看的珐琅面金表，突然喊了一声——这块金表和她的其他服饰极不协调。“未婚夫送的礼物”，拉祖米欣想。

“啊，该走了！……该走了，杜涅奇卡，该走了！”普莉赫里娅·亚历山德罗芙娜焦急地忙乱起来，“他又会认为，我们这么久不去，准是还在为昨天的事生气呢。唉，我的天哪！”

说着，她慌忙披上披肩，戴上帽子，杜尼娅也穿戴起来。拉祖米欣发觉，她的手套不但是旧的，甚至也破了，然而服装的这种明显的寒酸样子甚至使两位女士显得特别尊严，那些衣着寒酸，可是善于打扮的人，总是具有这种特殊的尊严。拉祖米欣怀着崇敬的心情看着杜涅奇卡，并为自己能伴送她而感到自豪。“那位皇后，”他暗自想，“那位在监狱里补自己长袜的皇后[1]，看上去才像一位真正的皇后，甚至比她参加最豪华的庆典或接受朝见的时候更像一位真正的皇后。”

“我的天哪！”普莉赫里娅·亚历山德罗芙娜突然高声说，“我哪会想到，我竟会像现在这样怕跟儿子，怕跟我亲爱的、亲爱的罗佳见面呢！……我害怕，德米特里·普罗科菲伊奇！”她怯生生地瞅了他一眼，补充说。

“您别怕，妈妈，”杜尼娅说着吻了吻她，“您最好是相信他。我相信。”

“唉，我的天哪！我也相信，可是整整一夜我都没睡！”这个可怜的女人高声说。

他们来到了街上。

“你要知道，杜涅奇卡，快到早晨的时候，我刚刚稍微打了个盹儿，

---

① 指法国路易十六的妻子玛丽亚—安图安涅塔（1755—1793）。法国大革命时，她被关进监狱。

忽然梦见了玛尔法·彼特罗芙娜……她穿着一身白衣服……来到我跟前，拉着我的手，对着我直摇头，而且是那么严厉，那么严厉，好像是责备我……这是好兆头吗？唉，我的天哪，德米特里·普罗科菲伊奇，您还不知道呢：玛尔法·彼特罗芙娜死了！”

“不，我不知道；哪一个玛尔法·彼特罗芙娜？”

“她是突然死的！您要知道……”

“以后再说吧，妈妈，”杜尼娅插嘴说，“因为他还不知道玛尔法·彼特罗芙娜是谁呢。”

“啊，您不知道吗？可我还以为您已经什么都知道了呢。请您原谅我，德米特里·普罗科菲伊奇，这几天我简直糊涂了。真的，我把您当成了我们的神明，所以才深信不疑，以为您已经全都知道了。我把您当成了亲人……我这么说，您可别生气。哎哟，我的天哪，您右手怎么了？受伤了？”

“是啊，受伤了。”感到非常幸福的拉祖米欣含糊不清地说。

“我有时候说话太直，所以杜尼娅常常纠正我……不过，我的天哪，他住在一间什么样的房子里啊！可是，他醒了没有？这个女人，他的女房东，认为这也叫房子吗？您听我说，您说过，他不喜欢流露自己的感情，那么我也许，由于我的……那些弱点，让他感到讨厌了吧？……您能教教我吗，德米特里·普罗科菲伊奇？我对他该怎样呢？我，您要知道，我真的完全不知所措了。”

“如果看到他皱眉，就不要盯着追问他；尤其是不要盯着追问他的健康状况：他不喜欢人家问他身体怎样。”

“唉，德米特里·普罗科菲伊奇，做母亲可真痛苦啊！不过，就是这道楼梯了……这楼梯多么可怕!”

“妈妈，您脸色都发白了，镇静下来吧，我亲爱的，”杜尼娅亲热地对母亲说，“他看到您，应该感到幸福才对，您却这么折磨自己。”她两眼闪闪发亮，又补上一句。

“请你们稍等一等，我先去看看他醒了没有。”

两位女士悄悄地跟在走到前边先上楼去的拉祖米欣后面，已经走到四楼女房东的房门前时，发觉女房东的房门开着一条小缝，两只溜溜转动的黑眼睛正从暗处注视着她们。当她们的目光碰到门后的目光时，房门突然“砰”地一声关上了，吓得普莉赫里娅·亚历山德罗芙娜差点儿没有大叫起来。

三

“他好了，他好了!”佐西莫夫高兴地对进来的人们喊了一声。佐西莫夫已经来了十来分钟了，坐在沙发上昨天他坐过的那个角落里。拉斯科利尼科夫坐在他对面那个角落，已经完全穿好衣服，甚至细心梳洗过了，他好久没有这样做过了。屋里一下子坐满了人，但娜斯塔西娅还是跟着客人们进来，在那儿听着。

真的，拉斯科利尼科夫几乎已经好了，特别是与昨天的情况比较，更是如此，只不过他面色十分苍白，心不在焉，郁郁不乐。从外表看，他像一个受伤的人，或者是忍受着肉体上某种剧烈痛苦的人：他双眉紧锁，双唇紧闭，目光像在发烧。他说话很少，很不乐意，仿佛是勉为其难，或者是在尽义务，有时他的动作似乎有些慌乱。

只差胳膊上没有绷带，或者手指上没套着塔夫绸的套子，不然就完全像一个——譬如说吧，手指严重化脓，或是手臂受伤，或者受了这一类创伤的人了。

不过，当母亲和妹妹进来的时候，一瞬间这张苍白、神情忧郁的脸仿佛被一道亮光照得发出了光彩，但这只是使他脸上以前那种布满愁云、心不在焉的表情变得更加痛苦，似乎把这痛苦凝缩集中起来了。光转瞬间就熄灭了，痛苦却留了下来，佐西莫夫怀着刚刚开始给人治病的医生那种年轻人的热情，从各方面观察和研究自己的病人，惊奇地发觉，亲人们的到来并没有使他变得高兴，他脸上流露出来的却似乎是暗暗隐藏着的、痛苦的决心——决心忍受一两个小时无法避免的折磨。后来他看到，随后的谈话，几乎每一句都像是接触到并刺痛了他病人的伤口，但同时他又有点儿惊讶：今天病人竟能控制住自己，把昨天那种偏执狂患者的感情隐藏起来，而昨天，为了一句无足轻重的话，他都几乎要发疯。

“是的，现在我自己也看出，我差不多好了，”拉斯科利尼科夫说，说着亲切地吻了吻母亲和妹妹，这样一来普莉赫里娅·亚历山德罗芙娜立刻容光焕发，“而且我说这话已经不是用昨天的方式了。”他又对着拉祖米欣补上了一句，还和他友好地握了握手。

“今天我甚至对他感到惊讶，”佐西莫夫说，他们来了，他感到非常高兴，因为在这十分钟里他和自己的病人已经没有什么话可谈了，“如果一直这样下去，再过三四天，他就会和以前完全一样了，也就是说和一个月以前，或者是两个月以前……或者，也许是三个月以前？因为冰冻三尺非一日之寒，这病是从很久以前就开始的……不是吗？现在您得承认，也许，这得怪您自己，是吧?”他面带小心谨慎的微笑，补上一句，仿佛一直还在担心有什么话会惹他生气。

“很有可能。”拉斯科利尼科夫冷冰冰地回答。

“我说这话的意思是，”佐西莫夫得寸进尺，接下去说，“您要完全恢复健康，现在主要全在于您自己了。现在已经可以和您谈谈了，我想提醒您，必须消除最初的病因，也可以这样说，必须消除致病的根本原因，那么您就会痊愈了，不然，病情甚至会恶化。这最初的病因，我不知道，但您想必是知道的。您是聪明人，当然，也观察过自己。我觉得，您得病的时间与您离开大学的时间多少有些巧合。您不能无事可做，因此我觉得，工作和为自己提出一个坚定的目标，对您会非常有益。”

“对，对，您说得完全正确……我要赶快进大学，那么就一切都会……十分顺利了……”

佐西莫夫提出这些很有道理的劝告，一部分也是为了让这两位女士留下深刻的印象，可是他把话说完以后，看了看被劝告的对象，却发现后者的脸上露出明显的嘲笑神情，这时他当然有点儿发窘了。不过这只持续了很短暂的一会儿工夫。普莉赫里娅·亚历山德罗芙娜立刻向佐西莫夫致谢，特别是感谢他昨天夜里去旅馆看她们。

“怎么，他夜间也去过你们那里?”拉斯科利尼科夫好像有点儿担心地问，“这么说，你们长途旅行之后也没睡觉吗?”

“啊，罗佳，这只不过是在两点钟以前。我和杜尼娅在家里的时候，两点以前从来不睡。”

“我也不知道该怎样感谢他，”拉斯科利尼科夫接下去说，突然皱起眉头，眼睛看着地上，“钱的问题暂且不谈——我提到这一点，请您原谅

（他对佐西莫夫说），我不知道，我有哪一点值得您对我这样特别关心？简直无法理解……而且……而且这种关心甚至让我感到痛苦，因为无法理解：我坦率地对您说。”

“请您别生气，”佐西莫夫勉强笑着说，“假定说，您是我的第一个病人，而我们，刚刚开始行医的医生们，爱我们的第一个病人，就像爱自己的孩子一样，有些人几乎是深深地爱上了他们。而我的病人并不多。”

“至于他，我就不讲了，”拉斯科利尼科夫指着拉祖米欣补充说，“他也是，除了侮辱和一大堆麻烦事，从我这儿什么也没得到。”

“嘿，你胡说！今天你是不是有点儿多愁善感？”拉祖米欣高声叫嚷。

如果他目光较为敏锐的话，那么他就会看出，这根本不是什么多愁善感，而甚至是完全相反。但是阿芙多季娅·罗曼诺芙娜却发觉了。她担心地凝神注视着哥哥。

“而对您，妈妈，我连提都不敢提，”他接着说下去，仿佛是在背诵从早上就背熟了的功课，“今天我才能多少想象出，昨天您在这儿等我回来的时候，心里会感到多么难过。”说完这句话，他突然默默地微笑着向妹妹伸过一只手去。但是这一次，微笑中流露出的却是绝非故意做作的真实感情。杜尼娅立刻抓住向她伸过来的手，热情地和他握手。她感到十分高兴，满怀着感激的心情。在昨天发生争执之后，这是他第一次向她流露自己的感情。看到兄妹默默无言的彻底和解，母亲欣喜若狂，感到十分幸福，脸上放出了光彩。

“瞧，我就是为了这一点爱他！”总是喜欢夸张的拉祖米欣喃喃地说，在椅子上坚决地扭转身去，“他是会这样的！……”

“这一切他做得多么好啊，”母亲暗自想，“他心里充满多么高尚的激情，他是多么简单而又委婉地结束了昨天和妹妹的所有误解——只不过是在这样的时刻伸出手来，亲切地看了一眼……他的眼睛多好看哪，他的脸多么美啊！……他甚至比杜涅奇卡还要好看……不过，我的天哪，他穿了一身什么样的衣服，他穿得多么不像样啊！……阿凡纳西·伊万诺维奇铺子里那个送信的瓦西亚也比他穿得好些……我简直想，简直想立刻向他扑过去，拥抱他……大哭一场——可是我害怕，我怕……上帝啊！他是多么……瞧，他说话是那么亲切，可是我害怕！不过我怕什么呢……”

“啊，罗佳，你不会相信的，”她突然接着话茬，赶快回答他的话，“昨天我和杜尼娅是多么……不幸啊！现在，一切都已经过去，已经结束，我们大家又都感到幸福了——可以跟你说说了。你想想看，我们跑到这里，想要拥抱你，几乎是一下火车就跑来了，可是这个女人——哦，对了，就是她！你好，娜斯塔西娅……她突然对我们说，你害了热病，在发酒疯，刚才悄悄地从医生这儿逃跑了，神志不清地跑上街去，大家都跑去找你了。您想不出，我们急成了什么样子！我立刻想起波坦奇科夫中尉死得多么惨，他是我们的一个熟人，你父亲的朋友——你不记得他，罗佳——他也是发酒疯的时候这样跑出去，掉进院子当中的一口井里，只是到第二天才把他打捞上来。当然啦，我们是把事情看得过于严重了些。我们本想跑去找彼得·彼特罗维奇，希望至少有他的帮助……因为我们孤单无依，完全无依无靠……”她用诉苦的声音拖长语调说，可是突然住了声，因为她想起，这时提起彼得·彼特罗维奇还相当危险，尽管“我们大家又都感到幸福了”。

“是的，是的，……这一切当然让人感到遗憾……”拉斯科利尼科夫含糊不清地回答，然而他的样子看上去是那么心不在焉，几乎是漫不经心，以致杜尼娅惊讶地看了他一眼。

“我还想说什么来着?”他接着说，努力回想着，“对了，妈妈，还有你，杜涅奇卡，请你们不要认为，今天我不愿先到你们那儿去，却等着你们先到我这儿来。”

“你这是说什么话呀，罗佳!”普莉赫里娅·亚历山德罗芙娜高声惊呼，她也感到惊讶了。

“他回答我们，是不是在尽义务呢?”杜涅奇卡想，“又是和好，又是请求原谅，就像是履行公事，或者是像背书。”

“我一睡醒就想过去，可是衣服把我耽误住了。昨天忘了告诉她……告诉娜斯塔西娅……洗净这块血迹……只是到现在我才穿好衣服。”

“血！什么血?”普莉赫里娅·亚历山德罗芙娜惊恐地说。

“这没什么……您别担心。这血迹是因为，昨天我神志不清？在街上荡来荡去，碰上一个给轧伤的人……一个官员……”

“神志不清？可你不是什么都记得吗?”拉祖米欣打断了他的话。

“这是真的，”不知为什么，对这个问题拉斯科利尼科夫特别关心地回答说，“我什么都记得，就连最小的细节也记得，可是真怪：我为什么要做那件事，为什么要到那里去，为什么要说那些话？却不能解释清楚。”

“这是一种极为常见的现象，”佐西莫夫插嘴说，“一件事情的完成有时十分巧妙，而且极其复杂，是什么在支配这些行动，这些行动的起因是什么，却很难弄清，取决于各种病态的印象。这就像做梦一样。”

“他几乎把我当成了疯子，这倒也好。”拉斯科利尼科夫想。

“就是健康的人，好像也有这样的情况。”杜涅奇卡担心地望着佐西莫夫，说。

“这话相当正确，”佐西莫夫回答，“就这方面来说，我们大家当真往往几乎都是疯子，只有一个小小的区别，‘病人’多多少少比我们疯得厉害些，所以必须分清这个界线。完全正常的人，几乎根本就没有，这是对的。几十个人里，也许是几十万人里才能碰到一个，而且就是这样的人，也并不是没有缺陷……”

谈起自己心爱的话题，佐西莫夫不慎说漏了嘴，“疯子”一词脱口而出，一听到这个词儿，大家都皱起眉头。拉斯科利尼科夫却好像毫不在意，坐在那儿，陷入深思，苍白的嘴唇上露出奇怪的微笑。他不知继续在想什么。

“喂，这个给轧伤的人怎么样了？我把你的话打断了！”拉祖米欣赶快高声说。

“什么？”拉斯科利尼科夫好像从梦中醒来，“是的，……所以，当我帮着把他抬回家去的时候，沾上了血迹……顺带说一声，妈妈，昨天我做了一件不可原谅的事，真的是精神不正常。昨天我把您寄给我的钱全都送给了……他的妻子……用来安葬他。现在这个寡妇，她有肺病，这个可怜的女人……三个小孩子都成了孤儿，没有饭吃……家里什么都没有……还有个女儿……要是您看到了，说不定您自己也会送给她……不过，我得承认，我没有任何权利，特别是因为我知道，这些钱您是怎么弄来的。要帮助别人，得先有这样做的权利，要不，就只能说：‘Crevez，chiens，si vous n’êtes pas contents！’[①]他放声大笑起来，“是不是这样呢，杜尼娅？”

“不！不是这样！”杜尼娅坚决地回答。

---

① 法文，意为：“畜生，如果你们觉得不好，那就死了吧。”

“哦！你也有……企图……”他含糊不清地说，几乎是憎恨地看了她一眼，并且含讥带讽地微微一笑，“这我本该猜到的……有什么呢，这也值得称赞？对你来说，这会更好……一直走到这样一条界线，如果你不跨过去，就会遭到不幸，跨过去呢，也许会更加不幸……不过这都是胡说八道！”他气愤地加上一句，为自己这种不由自主的兴奋情绪感到恼怒，“我只不过想说，妈妈，我请求您原谅！”他突然生硬地、断断续续地结束了自己的话。

“够了，罗佳，我相信，你做的一切都很好！”十分高兴的母亲说。

“请您不要相信！”他回答，撇了撇嘴，微微一笑。接着是沉默。在这场谈话中有某种紧张气氛，在沉默中，在他们和好与请求的时候，大家也都有同样的感觉。

“好像她们都怕我呀！”拉斯科利尼科夫皱起眉头瞅着母亲和妹妹，心中暗想。真的，普莉赫里娅·亚历山德罗芙娜越是不说话，就越觉得害怕。

“不见面的时候，我倒好像很爱她们。”这想法突然在他脑子里一闪而过。

“你要知道，罗佳，玛尔法·彼特罗芙娜死了！”普莉赫里娅·亚历山德罗芙娜忽然一下子站了起来。

“这个玛尔法·彼特罗芙娜是什么人？”

“唉，我的天哪，就是玛尔法·彼特罗芙娜·斯维德里盖洛娃呀！我在信里还给你写了那么多有关她的事情呢。”

“啊——啊——啊，对了，我记得……那么，她死了？唉，真的吗？”他突然打了个哆嗦，仿佛从梦中醒来，“难道她死了吗？怎么死的？”

“你要知道，是猝死！”普莉赫里娅·亚历山德罗芙娜受到他好奇心的鼓舞，连忙说，“就在我给你发信的时候，甚至就在那一天！你要明白，这个可怕的人看来就是她致死的原因。据说，他把她狠狠地痛打了一顿！”

“难道他们就是这样生活的吗？”他问妹妹。

“不，甚至相反。他对她总是很有耐心，甚至客客气气。在许多情况下，对她的性格他甚至采取过分宽容的态度，整整七年……不知为什么突然失去了耐心。”

“既然他忍耐了七年，可见他根本不是那么可怕，不是吗？杜涅奇卡，你好像是在为他辩解？”

“不，不，这是个可怕的人！我不能想象会有比这更可怕的。”杜尼娅几乎颤抖着回答，皱起眉头，陷入沉思。

“他们这件事发生在早上，”普莉赫里娅·亚历山德罗芙娜连忙接下去说，“在这以后，她立刻吩咐套马，吃过午饭马上就进城去，因为每逢这种情况，她总是要进城。据说吃午饭的时候她胃口很好……”

“挨了打以后？”

“……不过，她一向有这么个……习惯，一吃完午饭，为了不耽误起程，立刻就去水滨浴场……你要知道，她在那儿进行浴疗。他们那里有一处冷泉，她每天按时在冷泉里沐浴，可是她一下水，就突然中风了！”

“那还用说！”佐西莫夫说。

“把她打得很厉害吗？”

“这还不一样吗？”杜尼娅回答。

“嗯哼！不过，妈妈，您倒喜欢讲这种无聊的事。”拉斯科利尼科夫气愤地、仿佛是无意中突然说。

“唉，我亲爱的，我真不知道该说什么呢。”普莉赫里娅·亚历山德罗芙娜脱口而出。

“怎么，你们大家都怕我吗?”他撇着嘴，不自然地笑着说。

“的确是这样，”杜尼娅说，目光严厉地逼视着哥哥，“妈妈上楼的时候，甚至吓得在画十字。”

他的脸仿佛在抽搐，变得很难看。

“唉，看你说的，杜尼娅！请别生气，罗佳……你为什么要这样说呢，杜尼娅!”普莉赫里娅·亚历山德罗芙娜着急地说，“我，真的，到这儿来的时候，坐在车厢里一路上都在梦想着：我们将怎样见面，怎样互相谈谈各自的情况……我感到那么幸福，都不觉得是在路上了！唉，我在说什么啊！现在我也感到很幸福……你不该那么说，杜尼娅！单是看到你，我就已经觉得幸福了，罗佳……”

“够了，妈妈，”他不好意思地含糊不清地说，紧紧握住她的手，可是不看着她，“我们会有时间痛痛快快说个够的。”

说完这句话，他突然感到很窘，脸色变得煞白：不久前体验过的一种可怕的感觉，一种像死人般冷冰冰的感觉，又突然穿透他的心灵；他又突然十分清楚，完全明白，刚才他撒了个弥天大谎：现在他不仅永远不能痛痛快快地说个够，而且永远再也不能跟任何人说什么了。这个折磨人的想法对他的影响是如此强烈，有那么一会儿工夫，他几乎想得出神，从座位上站起来，谁也不看，就从屋里往外走去。

“你怎么了?”拉祖米欣喊了一声，一把抓住了他的胳膊。

他又坐下，默默地朝四下里看看。大家都困惑不解地看着他。

“你们怎么都这样闷闷不乐!”他突然完全出乎意外地高声大喊，“随便说点儿什么嘛！真的，干吗这么干坐着！喂，说呀！大家都说话呀……我们聚会在一起，可是都不作声……喂，随便说点儿什么呀！”

“谢天谢地！我还以为他又要像昨天那样呢。”普莉赫里娅·亚历山德罗芙娜画了个十字，说。

“你怎么了，罗佳？”阿芙多季娅·罗曼诺芙娜怀疑地问。

“没什么，我想起一件事来。”他回答，突然笑起来了。

“好，既然这样，那就好！不然我倒以为……”佐西莫夫含糊不清地说，说着从沙发上站起身来，“不过，我该走了。也许，我还会再来一次……如果你们还在这儿……”

他告辞，走了。

“一个多好的人啊！”普莉赫里娅·亚历山德罗芙娜说。

“不错，是个很好的、出色的、学识渊博的聪明人……”拉斯科利尼科夫突然说，出乎意外地说得很快，而且异常兴奋，直到现在他还从未这么活跃过，“我已经记不得，生病以前我在什么地方见过他了……好像是在哪儿见过……瞧，这也是一位好人！”他朝拉祖米欣点点头，“你喜欢他吗，杜尼娅？”他问她，而且不知为什么突然大笑起来。

“很喜欢！”杜尼娅回答。

“呸，你是个多么……不讲交情的人！”给说得很不好意思，满脸通红的拉祖米欣说，说罢从椅子上站起来了。普莉赫里娅·亚历山德罗芙娜微微一笑，拉斯科利尼科夫却高声大笑起来。

“你去哪儿？”

“我也……我也该走了。”

“你根本不该走，请你留下来！佐西莫夫走了，所以你也该走吗？你别走……可是，几点了？十二点了吗？你这块表多可爱呀，杜尼娅！你们怎么又不说话了！就只有我一个人在说！”

“这是玛尔法·彼特罗芙娜送给我的礼物。”杜尼娅回答。

“价钱很贵呢。”普莉赫里娅·亚历山德罗芙娜补充说。

“啊——啊——啊！多么大啊，几乎不像女表。”

“我就喜欢这样的。”杜尼娅说。

“这么说，不是未婚夫的礼物。”拉祖米欣想，不知为什么觉得很高兴。

“我还以为是卢任送的礼物呢。”拉斯科利尼科夫说。

“不，他还什么也没送给过杜涅奇卡呢。”

“啊——啊——啊！您还记得吗？妈妈，我曾经恋爱过，还想结婚呢。”他看着母亲说，话题突然转变，还有他说这话的语调，都使她感到惊讶。

“唉，我亲爱的，是呀！”普莉赫里娅·亚历山德罗芙娜和杜涅奇卡以及拉祖米欣互相使了个眼色。

“嗯哼！是的！我能跟你们说点儿什么呢？甚至记不得多少了。她是个有病的小姑娘，”他接下去说，仿佛又突然陷入沉思，低下了头，“完全是个病魔缠身的姑娘，喜欢向乞丐施舍，一直梦想进修道院，有一次她跟我谈起这件事来，泪流满面。是的，是的……我记得……记得很清楚。长得……不好看。真的，我不知道当时我为什么对她产生了那么深的感情，似乎是为了她总是生病……如果她再是个跛子或驼背，我大概会更爱她……（他若有所思地微微一笑）这……就像是春天里的梦呓……”

“不，这不仅仅是春天里的梦呓。”杜涅奇卡兴奋地说。

他怀着紧张的心情留神看了看妹妹，但是没有听清或者甚至不理解她的话是什么意思。随后，他陷入沉思，站起来，走到母亲面前，吻了吻她，又回到原来的座位上，坐下了。

“你现在还在爱她!”普莉赫里娅·亚历山德罗芙娜说。

“她？现在？啊，对了……您说的是她！不。现在这一切就好像是在那个世界上……而且那么久了。就连周围的一切也似乎不是在这个世界上发生的……”

他留心看了看他们。

“喏，就连你们……我好像也是从千里以外在望着你们……唉，天知道，我们为什么要谈这些！问这问那的做什么呢?”他懊恼地加上一句，随后不说话了，咬着自己的指甲，又陷入沉思。

“你住的房子多么不好啊，罗佳，像口棺材，”普莉赫里娅·亚历山德罗芙娜突然说，打破了令人难堪的沉默，“我相信，你变得这么忧郁，一半得归咎于这间房子。”

“房子？”他心不在焉地回答，“是啊，有很多事情是由房子促成的……我也这么想过……不过，妈妈，要是您能知道就好了，您刚刚说出了一个多么奇怪的想法。”他突然补上一句，奇怪地冷笑了一声。

再稍过一会儿，这一伙人，这离别三年之久重新聚首的亲人，还有这谈话的亲切语气——尽管他们根本无话可谈——最后就都将使他完全无法忍受了。然而，有一件刻不容缓的事情，不管怎样一定得在今天解决——还在不久前，一醒来的时候，他就这样决定了。现在他为这件事感到高兴，仿佛把它看作一条出路。

“是这么回事，杜尼娅，”他认真而又冷淡地说，“昨天的事，我当然请你原谅，但是我认为我有责任再次提醒你，我的主要意见，我决不放弃。要么是我，要么是卢任。让我做个卑鄙的人吧，你却不应该这样。总有一个是卑鄙的。如果你嫁给卢任，我就不再把你看作妹妹。”

“罗佳，罗佳！这不还和昨天一样吗？”普莉赫里娅·亚历山德罗芙娜伤心地高声说，“你为什么总是把自己叫作卑鄙的人呢，这我可受不了！昨天也是这样……”

“哥哥，”杜尼娅坚决地回答，语气也很冷淡，“这都是因为你有个错误的想法。我反复考虑了一夜，找出了你的错误。这都是因为，似乎，据你推测，好像我要嫁给什么人，是为了什么人而牺牲自己。根本不是这样。我要出嫁，只不过是为了自己，因为我很痛苦；其次，如果我能为亲人做点儿有益的事，我当然感到高兴，但这不是我做出这一决定的最主要的动机……”

“她说谎！”他暗自想，同时在愤恨地咬着指甲，“骄傲的女人！她不愿承认，她想施恩于人！噢，庸俗的人们哪！他们爱，就像是恨……噢，我是多么……憎恨他们所有的人！”

“总而言之，我要嫁给彼得·彼特罗维奇，”杜涅奇卡接着说下去，“是因为两害相权取其轻。我愿诚实地履行他期待于我的一切义务，所以，我并没有欺骗他……你为什么这样笑？”

她也发火了，她的眼里闪射出愤怒的火花。

“履行一切义务？”他恶毒地冷笑着问。

“到一定的限度，彼得·彼特罗维奇求婚的态度和方式，立刻就向我显示出，他需要的是什么。他当然自命不凡，也许把自己估计得太高了，不过我希望他也能尊重我……你为什么又笑了？”

“你为什么脸又红了？你在说谎，妹妹，只是由于女性的固执，你才故意说谎，这只不过是为了在我面前坚持己见……你不可能尊重卢任，因为我见过他了，还和他谈过话。可见你是为了钱而出卖自己，可见，不管怎么说，你的行为是卑鄙的。我感到高兴的是，至少你还会脸红！”

“不对，我没说谎！”杜涅奇卡高声叫嚷起来，失去了冷静的态度，“如果我不是深信他尊重我、珍视我，我是决不会嫁给他的；如果我不是坚决相信，我会尊重他，我也决不会嫁给他。幸而对于这一点我可以深信不疑，就连今天，我也毫不怀疑。这样的婚姻绝不是像你所说的那种卑鄙的事！即使你是对的，即使我当真下决心要做卑鄙的事，那么像你这样和我说话，从你那方面来说，难道不是太残酷了吗？你为什么要求我表现出也许连你自己都没有的英雄气概？这是专横霸道，这是强制！即使我毁了什么人，那么也只是毁了我自己……我还没杀害过任何人！……你为什么这样看着我？你的脸色为什么变得这么白？罗佳，你怎么了？罗佳，亲爱的！”

“上帝啊！你说得他都快要昏厥了！”普莉赫里娅·亚历山德罗芙娜高声惊呼。

“不，不……没有的事……没什么……头稍有点儿晕。根本不是昏厥……您怎么老是忘不了这些昏厥啊！嗯哼！对了……我要说什么来着？对了，你今天是怎么会相信你能尊敬他，他也……会尊重你的，用你的话来说，是这样吧？你好像说过，今天，是吗？还是我听错了呢？”

“妈妈，请把彼得·彼特罗维奇的信拿给哥哥看看！”杜涅奇卡说。

普莉赫里娅·亚历山德罗芙娜用颤抖的双手把信递给他。他怀着强烈的好奇心接过了信。但是在把信打开之前，他突然不知为什么惊奇地看了看杜涅奇卡。

“奇怪，”他慢慢地说，仿佛突然有个新的想法使他吃了一惊，“我操的是哪份心？我干吗大嚷大叫？你爱嫁给谁就嫁给谁好了！”

他似乎是在自言自语，可是说出了声，有那么一会儿工夫，他瞅着妹妹，好像大惑不解。

他终于把信打开了，脸上仍然保持着某种奇怪的惊讶神情；然后他慢慢地、很用心地看起信来，看了两遍。普莉赫里娅·亚历山德罗芙娜特别焦灼不安，大家也都预料会发生什么不平常的事情。

“这使我觉得奇怪，”他默默地想了一会儿，一边说，一边把信递给母亲，可是他这话并不是对着某一个人说的，“因为卢任是个办案的，是个律师，就连他说话也是这样……一副律师腔调——可是信却写得文理不通。”

大家都骚动起来，完全没料到会有这样的反应。

“因为他们写信都是这个样子。”拉祖米欣断断续续地说。

“莫非你看过了？”

“是的。”

“我们让他看了，罗佳，我们……不久前我们商量过。”感到很窘的普莉赫里娅·亚历山德罗芙娜说。

“这其实是司法界的文体，”拉祖米欣打断了她的话，“司法界的公文至今都是这样写法。”

“司法界的？对，正是司法界的，公文式的……倒不是说十分不通，可也并不完全合乎语言规范。是公文式的！”

“彼得·彼特罗维奇并不隐瞒，他没念过多少书，甚至夸耀他是靠自我奋斗，取得了目前的社会地位。”阿芙多季娅·罗曼诺芙娜说，对哥哥的新语调有点儿生气了。

“有什么呢，既然夸耀，就是说有值得夸耀的东西——这我并不反对。妹妹，我看完了信，竟提了一个这么不够郑重的意见，你好像是生气了，认为，我是由于恼怒，故意挑出这样一些鸡毛蒜皮的小事来挖苦你。恰恰相反，由于文体，我才想到了一个在目前情况下绝非多余的意见。信上有这么一句话：‘咎由自取’，写上这句话，意义重大，用意是明显的，此外，还有一句威胁性的话，说是如果我去，他立刻就走。这也就等于威胁说，如果你们不听话，他就会抛弃你们，而且是现在，已经把你们叫到彼得堡来以后，就抛弃你们。嗯，你是怎么想呢，如果卢任的那句话是他（他指指拉祖米欣），或者是佐西莫夫，或者是我们当中随便哪一个写出来的，会不会同样令人感到气愤呢？”

“不——会”，杜涅奇卡兴奋地回答，“我很明白，这话说得太天真了，可能他只不过是不善于写信……你考虑得很有道理，哥哥。我甚至没料到……”

“这是司法界的说法，而用司法界的语言，就不能写成另一个样子，结果写出来的也许就比他所想的更粗鲁些了。不过，我一定会让你有点儿失望：这封信里还有一句话，一句诽谤我的话，而且是相当卑鄙的诽谤。昨天我是把钱送给了那个害肺病的、悲痛欲绝的寡妇，不是‘借口安葬’，而是用来安葬死者的；也不是交给了女儿——像他信上说的，一个‘行为不端’的姑娘（昨天是我有生以来第一次看见她），而是交给了寡妇本人。我认为，这分明是他迫不及待的愿望：诋毁我，挑拨我和你们争吵。这句话又是用刀笔吏的语言说出来的，也就是过于明显地暴露了目的，而且是十分天真地急欲达到这个目的。他是个聪明人，不过要想做得聪明，单靠聪明还不够。这一切活活画出了一个人的面目，而且……我不认为他十分尊重你。我把这些告诉你，唯一的目的，是让你接受教训，因为我真心诚意地希望你好……”

杜涅奇卡没有回答。她的决定还在不久前就已经做出了，她只等着晚上到来。

“那么你怎么决定呢，罗佳？”普莉赫里娅·亚历山德罗芙娜问，他说话时这种出乎意外、极其认真的新语气使她比刚才更感到不安了。

“这‘决定’是什么意思？”

“这不是吗，彼得·彼特罗维奇在信上说，叫你晚上别去我们那里，要是你去……他就走。那么你……去吗？”

“这当然不该由我来决定，首先要由您决定，如果彼得·彼特罗维奇的这个要求并不让您感到屈辱的话；其次，要由杜尼娅决定，如果她也不感到屈辱的话。你们认为怎么做好，我就怎么做。”他干巴巴地补充说。

“杜涅奇卡已经决定了，我完全同意她的意见。”普莉赫里娅·亚历山德罗芙娜赶紧插嘴说。

“我决定请求你，罗佳，坚决请求你，我们与他见面的时候，你一定要在场。”杜尼娅说，“你来吗？”

“来。”

“我也请您八点钟到我们那儿去，”她对拉祖米欣说，“妈妈，我也邀请了他。”

“好极了，杜涅奇卡。唉，你们怎么决定，”普莉赫里娅·亚历山德罗芙娜补充说，“那就这么办吧。我心里也觉得轻松些。我不喜欢装假或说谎，我们最好是实话实说……现在彼得·彼特罗维奇生气也好，不生气也好，随便他吧！”

四

这时房门轻轻地打开了，有个姑娘怯生生地东张西望着，走进屋里。大家都惊讶而好奇地看着她。拉斯科利尼科夫没有立刻认出她来。这是索菲娅·谢苗诺芙娜·马尔梅拉多娃。昨天他第一次看到她，然而是在那种时候，那样的环境里，她又穿了那么一身衣服，所以印在他记忆里的完全是另一个人的形象。现在这却是一个衣着朴素，甚至穿得和穷人一样的姑娘。她还十分年轻，几乎像个小姑娘，谦逊端庄，彬彬有礼，脸上神情开朗，可又好像有点儿胆怯。她穿一件很朴素的、家常穿的连衫裙，戴一顶老式的旧帽子，不过还像昨天一样，手里拿着一把小伞。看到出乎意外的满满一屋子人，与其说她感到不好意思，倒不如说她完全惊慌失措了。她像小孩子一样觉得害怕，甚至做了个想要退出去的动作。

“啊……是您吗？……”拉斯科利尼科夫异常惊讶地说，突然感到很窘。

他立刻想到，母亲和妹妹已经从卢任的信上略微知道，有这么一个“行为不端”的年轻姑娘。他刚刚还在抗议卢任的诽谤，说他是头一次看到这个姑娘，现在她却突然进到他屋里来了。他还记起，对“行为不端”一词，他丝毫没有提出抗议。这一切在他脑子里模模糊糊地一闪而过。但是他更加聚精会神地看了看她，突然发觉，这个被侮辱的人已经给作贱成这个样子，顿时可怜起她来。当她吓得想要逃走的时候，他心里真难过极了。

“我完全没想到您会来。”他赶紧说，同时用目光留住她。

“请坐。您大概是从卡捷琳娜·伊万诺芙娜那儿来。对不起，不是这里，请坐这儿……”

索尼娅进来的时候，坐在拉斯科利尼科夫三把椅子中紧靠门边那把椅子上的拉祖米欣欠起身来，让她进去。起初拉斯科利尼科夫想让她坐到沙发上佐西莫夫坐过的那个角落里，但是想到，叫她坐沙发未免过于亲昵了，因为沙发也就是他的床，于是又赶紧让她坐到拉祖米欣坐的那把椅子上。

“你呢，请坐这里。”他对拉祖米欣说，让他坐到佐西莫夫坐过的那个角落里。

索尼娅坐了下来，几乎吓得发抖，并怯生生地看了看那两位女士。看得出来，她自己也不明白，她怎么能和她们坐在一起。想到这一点，她吓得突然又站起来，完全惊慌失措地对拉斯科利尼科夫说：

“我……我……来只待一会儿，请原谅我打搅您，”她结结巴巴地说，“是卡捷琳娜·伊万诺芙娜叫我来的，她没有人可供差遣……卡捷琳娜·伊万诺芙娜恳请您明天去参加安魂弥撒，早晨……做日祷的时候……在米特罗法尼耶夫斯基墓地[①]，然后上我们家去……去她那里……吃饭……请您赏光……她叫我来请您。”

索尼娅讷讷地说完，不作声了。

“我一定尽可能去……一定去，”拉斯科利尼科夫回答，也欠起身来，也说得结结巴巴地，而且没有把话说完……“您请坐，”他突然说，“我得跟您谈谈，请坐啊——您也许很忙，但是请给我两分钟时间……”

---

① 米特罗法尼耶夫斯基墓地是埋葬小官吏、手艺人和士兵的公墓，建于1831年霍乱流行的时候。

他把椅子推给她。索尼娅又坐下来，怯生生地、惊慌失措地赶快朝那两位女士看了一眼，突然低下了头。

拉斯科利尼科夫苍白的脸突然涨得通红。他仿佛浑身抽搐了一下，两眼闪闪发光。

“妈妈，”他坚决而执拗地说，“这是索菲娅·谢苗诺芙娜·马尔梅拉多娃，就是那位不幸的马尔梅拉多夫先生的女儿，昨天我亲眼看到他被马踩伤了，他的事我已经跟你们说过……”

普莉赫里娅·亚历山德罗芙娜朝索尼娅看了一眼，微微眯缝起眼睛。尽管在罗佳坚定和挑衅的目光逼视下，她感到局促不安，但是她无论如何也不能放弃这一让自己得到满足的机会。杜涅奇卡严肃地凝神注视着这个面色苍白的姑娘的脸，困惑不解地细细打量着她。索尼娅听到在介绍她，又抬起眼来，但是比以前更加慌乱了。

“我想请问您，”拉斯科利尼科夫赶紧对她说，“今天你们那儿事情办得怎么样？有没有人来找麻烦？……譬如说，警察局里。”

“没有，一切都过去了……因为，是怎么死的，这太明显了。没有人来找麻烦，只不过那些房客很生气。”

“为什么？”

“因为尸体停放了很久……现在天热，有臭味……所以今天晚祷前就抬到墓地去，抬到小教堂去停放到明天。卡捷琳娜·伊万诺芙娜起初不愿意，现在自己也看出，不能再……”

“那么今天？”

“她请您赏光，明天去参加教堂里的安魂弥撒，然后去她那里，参加酬客宴。”

“她要办酬客宴?”

“是的，随便弄几样菜。她一再嘱咐，叫我谢谢您，谢谢您昨天帮助我们……没有您帮助，就根本没钱安葬。”她的嘴唇，还有下巴，都突然抖动起来，但是她努力克制着，忍住了，赶快又垂下眼睛看着地板。

谈话的时候，拉斯科利尼科夫凝神细细地打量她。他看到的是一张瘦削的、十分瘦削的小脸，面色苍白，长得不够端正，有点儿尖，生着尖尖的小鼻子和尖尖的小下巴。甚至不能说她长得漂亮，但是她那双淡蓝色的眼睛却是那么明亮，而当它们光彩四射的时候，她脸上的神情就变得那么善良和天真，人们不由得会被她吸引住。此外，她的脸上，她的整个体态中都显示出一种不同寻常的性格特点：尽管她已经十八岁了，可看上去还几乎是一个小姑娘，好像比她的实际年龄小得多，几乎完全像个小孩子，有时这一点甚至会可笑地在她的某些动作中表现出来。

“可是难道这么一点儿钱，卡捷琳娜·伊万诺芙娜就够用了，甚至还想置办酒席?”拉斯科利尼科夫问，执拗地要把谈话继续下去。

“棺材只买普通的……一切从简，所以花不了多少钱……刚才我跟卡捷琳娜·伊万诺芙娜计算过了，还能剩下点儿钱，来办酬客宴……卡捷琳娜·伊万诺芙娜想这么办。因为不能不……对她来说，这也是个安慰……她就是这样的人，您是知道的……”

“我懂，我懂……当然啦……您为什么仔细看我的房子？妈妈也说，它像口棺材。”

“您昨天把钱都送给我们了！”索涅奇卡突然用很富有感染力而且说得很快的低声回答，突然又垂下眼睛，看着地板。嘴唇和下巴又抖动起来。她早已对拉斯科利尼科夫的贫困状况感到惊讶了，现在这些话突然不由自主地脱口而出。接着是一阵沉默。杜涅奇卡的眼睛不知为什么流露出和蔼可亲的神情，普莉赫里娅·亚历山德罗芙娜甚至亲切地看了看索尼娅。

“罗佳，”她说，一边站了起来，“我们当然是在一起吃午饭了。杜涅奇卡，咱们走吧……而你，罗佳，你先去散一会儿步，然后休息休息，躺一躺，早点儿去我们那里……要不，我们会让你太累了，我担心……”

“好，好，我来，”他回答，说着慌忙站起来……“不过我还有事……”

“难道你们不在一起吃午饭了？”拉祖米欣惊奇地看着拉斯科利尼科夫，高声叫喊，“你这是做什么？”

“是的，是的，我来，当然，当然……请你留下来，稍等一会儿。你们现在不需要他吧，妈妈？也许，我可以把他留下来？”

“啊，不，不！而您，德米特里·普罗科菲伊奇，请来吃午饭，您肯赏光吗？”

“请您一定来！”杜尼娅邀请说。

拉祖米欣鞠了个躬，容光焕发。有一瞬间不知为什么大家都突然奇怪地感到有些不好意思了。

“别了，罗佳，我是说，再见。我不喜欢说‘别了’，别了，娜斯塔西娅……唉，又说‘别了’……”

普莉赫里娅·亚历山德罗芙娜本想也与索尼娅告别，可是不知为什么没有这么做，就急忙从屋里出去了。

但是阿芙多季娅·罗曼诺芙娜仿佛在等着轮到她和大家告别，她跟着母亲从索尼娅身边走过的时候，殷勤而彬彬有礼地对她深深地一躬到地。索涅奇卡发窘了，躬身还礼时有点儿匆匆忙忙，神色惊慌，脸上甚至流露出某种痛苦的神情，似乎阿芙多季娅·罗曼诺芙娜的客气和殷勤只能使她感到难过和痛苦。

“杜尼娅，别了！”已经到了穿堂里，拉斯科利尼科夫喊了一声，“握握手吧！”

“我不是已经和你握过手了，忘了吗？”杜尼娅温柔地、又有点儿不好意思地转身面对着他，回答。

“那有什么关系，再握一次嘛！”

他紧紧地握了握她的手指。杜涅奇卡对他微微一笑，脸红了，赶快挣脱自己的手，跟着母亲走了，不知为什么她也感到十分幸福。

“啊，好极了！”他回到自己屋里，神情泰然地朝索尼娅看了一眼，对她说，“愿上帝让死者安息，但活着的人必须活下去！是这样吗？是这样吗？是这样，不是吗？”

索尼娅甚至惊奇地看着他突然变得神情开朗的脸。有一会儿工夫他默默地凝神注视着她，她去世的父亲所讲的关于她的那些故事这时突然掠过他的脑海……

“上帝啊，杜涅奇卡！”普莉赫里娅·亚历山德罗芙娜和女儿一走到街上，立刻就说，“我们出来了，现在我倒好像很高兴，不知为什么觉得轻松些了。唉，昨天坐在车厢里的时候，我哪里想到，竟会为这感到高兴呢！”

“我又要对您说了，妈妈，他还病得很厉害呢。难道您没看出来？也许是因为他非常想念我们，心情不好，损害了自己的身体。应该对他采取宽容态度，很多事情，很多事情都是可以原谅的。”

“可你并不宽容！”普莉赫里娅·亚历山德罗芙娜立刻急躁而又嫉妒地打断了她，“你要知道，杜尼娅，我看看你们兄妹俩，你简直就是他的活肖像，而且与其说是面貌像，不如说是性格像：你们俩都是性情忧郁的人，两人都闷闷不乐，脾气急躁，两人都高傲自大，两人都豁达大度……他不可能成为一个自私自利的人，杜涅奇卡，不是吗……我一想到今天晚上我们那里会出什么事，心就停止跳动了！”

“您别担心，妈妈，该怎么着，就怎么着。”

“杜涅奇卡！你只要想想看，我们现在是什么样的处境！要是彼得·彼特罗维奇拒绝了，那会怎样呢？”可怜的普莉赫里娅·亚历山德罗芙娜一不小心，突然把心里的话说了出来。

“要是那样，他还有哪一点值得留恋呢！”杜涅奇卡尖锐而轻蔑地回答。

“现在我们走了，这样做很对，”普莉赫里娅·亚历山德罗芙娜连忙打断了她的话，“他有事，急着要去什么地方。让他出去走走，至少可以呼吸点儿新鲜空气……他那儿闷得要命……可是这儿哪有可以呼吸新鲜空气的地方？就连这里，大街上，也像在没有气窗的屋里一样。上帝呀，这是个什么样的城市啊……快站住，让开，会踩死人的，不知是拉着什么飞跑！这拉的不是一架钢琴吗，真的……都是这样横冲直撞……对这个少女，我也非常害怕……”

“什么少女，妈妈？”

“就是这个，就是刚刚在他那儿的索菲娅·谢苗诺芙娜……”

“怕什么呢？”

“我有这么一种预感，杜尼娅。嗯，信不信由你，她一进来，当时我就想，这就是主要的……”

“根本不是！”杜尼娅遗憾地高声说，“您和您的预感都不对，妈妈！他昨天刚认识她，刚才她一进来，他都没认出来。”

“嗯，你会看到的！……她让我心慌意乱，你会看到的，你会看到的！我觉得那么害怕：她瞅着我，瞅着我，一双眼睛是那样的，你记得吗，他开始介绍她的时候，我在椅子上都坐不住了？我觉得奇怪：彼得·彼特罗维奇在信上是那样写的，他却把她介绍给我们，甚至介绍给你！可见在他眼里，她是很珍贵的！”

“管他信上写什么呢！我们也让人议论过，人家也在信上谈论过我们，您忘记了吗？可我相信，她……是个好姑娘，这些话都是胡扯！”

“愿上帝保佑她！”

“彼得·彼特罗维奇却是个卑鄙的造谣中伤的家伙。”杜涅奇卡突然毫无顾忌地说。

普莉赫里娅·亚历山德罗芙娜立刻不再作声了。谈话中断了。

“是这样，我有这么一件事要跟你谈谈……”拉斯科利尼科夫把拉祖米欣拉到窗边，对他说……

“那么我就告诉卡捷琳娜·伊万诺芙娜，说您一定来……”索尼娅急忙说，于是告辞，就想走了。

“等一等，索菲娅·谢苗诺芙娜，我们没有秘密，您不会妨碍我们……我还要跟您说两句话……是这么回事，”话还没说完，仿佛给打断了，他突然又对拉祖米欣说，“你认识这个……他叫什么来着……波尔菲里·彼特罗维奇，是吗？”

“当然！是我的亲戚。有什么事吗？”他补充说，突然产生了好奇心。

“现在这个案子……就是这件凶杀案……就是你们昨天谈的……不是他在办吗？”

“是啊……怎么呢？”拉祖米欣突然瞪大了眼睛。

“他在询问抵押东西的人，可那里也有我抵押的两件东西，东西不值钱，不过有我妹妹的一只戒指，是我到这里来的时候她送给我作纪念的，还有我父亲的一块银表。总共只值五六个卢布，可是对我来说，都很珍贵，因为是纪念品。现在我该怎么办呢？我不愿让这些东西遗失，特别是那块表。刚才我谈起杜涅奇卡的表的时候，我生怕母亲会问起，要看看我那块表，吓得我心在怦怦地跳。这是父亲死后完整无损保存下来的唯一一件东西。如果丢了，她准会病倒的！女人嘛！那么该怎么办呢，你给出个主意！我知道，得去分局登记。不过直接跟波尔菲里谈是不是更好呢，啊？你看该怎么办？这事得快点儿办妥。你等着瞧，午饭前妈妈准会问起！”

“绝对不要去分局，一定得找波尔菲里！”拉祖米欣异常激动地叫喊，“啊，我多么高兴！干吗在这儿谈，咱们马上就走，只几步路，准能找到他！”

“好吧……咱们走……”

“他会非常、非常、非常、非常高兴和你认识！我跟他讲过很多关于你的事，在不同的时候……昨天也谈过。咱们走！……那么你认识那个老太婆？这就是了……这一切都弄清了……啊，对了……索菲娅·伊万诺芙娜……”

“索菲娅·谢苗诺芙娜，”拉斯科利尼科夫纠正他，“索菲娅·谢苗诺芙娜，这是我的朋友，拉祖米欣，他是个好人……”

“如果你们现在要走……”索菲娅说，对拉祖米欣连一眼也没看，可是这样倒更加不好意思了。

“咱们走吧！”拉斯科利尼科夫决定了，“今天我就去您那儿一趟，索菲娅·谢苗诺芙娜，不过请告诉我，您住在哪儿？”

他倒不是感到不知所措，而是好像急于出去，而且避开了她的目光。索尼娅给他留下了地址，这时她脸红了。大家一起出去了。

“难道不锁门吗?”拉祖米欣问，边说，边跟着他们下楼去。

“从来不锁……不过两年来我一直想要买把锁，”他漫不经心地补上一句，“用不着锁门的人不是很幸福吗?”他笑着对索尼娅说。

在街上，他们在大门前站住了。

“索菲娅·谢苗诺芙娜，您往右去，是吗？顺带问一声：您是怎么找到我的?”他问，似乎他想对她说的完全是什么别的事情。他一直想看着她那双温和而明亮的眼睛，可不知为什么总是做不到……

“昨天您不是把地址告诉波列奇卡了吗?”

“波莉娅？啊，对了……波列奇卡！这是个……小姑娘……是您妹妹？这么说，我给她留下了地址了?”

“难道您忘了吗?”

“不……我记得……”

“我也听先父谈起过您……不过那时候还不知道您的姓名，连他也不知道……现在我来……因为昨天知道了您姓什么……所以今天就问：拉斯科利尼科夫先生住在这儿什么地方……我不知道，你也是租二房东的房子……别了……我就对卡捷琳娜·伊万诺芙娜说……”

她终于走了，为此感到非常高兴。她低着头，急急忙忙地走着，好尽快走出他们的视野，尽快走完这二十步路，到达转弯的地方，往右一拐，到大街上，终于只剩下她一个人，于是匆匆忙忙地走着，既不看任何人，也不注意任何东西，只是在想，在回忆，思索着说过的每一句话，每一种情况。她从来，从来没有过类似的感觉。一个全新的世界神秘地、模模糊糊地进入她的心灵。她突然想起，他想今天到她那儿去，也许是早晨，也许现在就去！

“不过可不要今天去，请不要今天去！”她喃喃地自言自语，心都揪紧了，就像一个惊恐的小孩子在恳求什么人似的。

“上帝啊！上我那儿去……去那间屋里……他会看到……噢，上帝啊！”

这时她当然不会发觉，有一个她不认识的先生正留心注意着她，在后面紧紧地跟着她。一出大门，他就在跟踪她。当他们三个，拉祖米欣、拉斯科利尼科夫和她站在人行道上又说了几句话的时候，这个过路的人从他们身边绕过去，无意中听到索尼娅说的这句话：“我就问，拉斯科利尼科夫先生住在这儿什么地方？”好像突然颤抖了一下。他很快，然而很细心地把这三个人打量了一番，特别留心看了看索尼娅跟他说话的那个拉斯科利尼科夫；然后看了看那幢房子，并且记住了它。这一切都是他过路时一瞬间的事，这个过路的人甚至竭力不引人注意，继续往前走去，可是放慢了脚步，好像是在等着什么人。他在等着索尼娅。他看到他们分手了，现在索尼娅就要回家去了。

“她回哪儿去呢？我在什么地方见过这张面孔，”他想，一边在回忆索尼娅的面容，“得去弄清楚。”

到了转弯处，他穿过马路走到街道对面，回头一看，看到索尼娅已经跟着他走了过来，走的也是那同一条街道，可是她什么也没发觉。走到转弯处，她也恰好折到这条街上来了。他跟在她后面，从对面人行道上目不转睛地盯着她。走了五十来步以后，他又穿过马路，回到索尼娅走的那一边，追上了她，跟在她后面，保持着五步远的距离。

这是个五十岁左右的人，比中等身材略高一些，相当粗壮，肩膀很宽，而且向上拱起，所以看上去有点儿像是驼背。他衣着考究而且舒适，神气十足，完全是一副老爷派头。他手提一根很漂亮的手杖，每走一步，都用手杖在人行道上轻轻地拄一拄，手上还戴着一副崭新的手套。他那张颧骨突出的脸相当讨人喜欢，他的脸色红润，不像彼得堡人的脸。他的头发还很浓密，完全是淡黄色的，只是稍有几根银丝，他那部又宽又浓的大胡子像一把铲子，颜色比头发还淡一些。他的眼睛是淡蓝色的，看人的时候目光冷冰冰的，凝神逼视，若有所思；嘴唇颜色是鲜红的。总之，这是一个保养得很好的人，看上去比他的实际年龄年轻得多。

索尼娅走到运河边的时候，他们两人都到了人行道上。他在用心观察她，发觉她神情若有所思，心不在焉。索尼娅走到她住的那幢房子，转弯进了大门，他跟在她后面，好像有点儿惊讶的样子，进了院子，她往右边那个角落走去，通往她住房的楼梯就在那个角落上。“咦！”那个陌生的老爷喃喃地说，也跟在她后面上了楼梯。这时索尼娅才注意到他。她上到三楼，转进一条走廊，拉了拉九号的门铃，房门上用粉笔写着：“裁缝卡佩尔纳乌莫夫”。那个陌生人又说了一声“咦”，对这奇怪的巧合感到惊讶，他拉了拉旁边八号的门铃。

两道门只隔着五六步远。

“您住在卡佩尔纳乌莫夫家啊！”他望着索尼娅，笑着说，“昨天他给我改过一件坎肩。我住在这儿，紧挨着您的房子，住在列斯莉赫·盖尔特鲁达·卡尔洛芙娜太太的房子里。多巧啊！”

索尼娅留心看了看他。

“我们是邻居，”不知为什么他特别愉快地接着说，“要知道，我来到城里总共才两天多。好，再见。”

索尼娅没有回答。房门开了，她溜进了自己的房子里。她不知为什么害羞了，好像感到害怕……

在去波尔菲里家的路上，拉祖米欣异常兴奋。

“老兄，这真好极了，”这句话他重复了好几次，“我也觉得高兴！我很高兴！”

“你高兴什么呢？”拉斯科利尼科夫心中暗想。

“以前我不知道你也在老太婆那儿抵押过东西。这……这……很久了吗？也就是说，你去她那儿是很久以前的事吗？”

“好一个天真的傻瓜！”

“什么时候吗？……”拉斯科利尼科夫停顿了一下，他在回忆，“她死前三天我好像去过她那儿。不过，现在我并不是去赎回那些东西，”他赶快接着说，好像对这些东西特别关心，“因为我又只剩下一个银卢布了……由于昨天那该死的神志不清！”

神志不清几个字他说得特别有力。

“嗯，对，对，对，”拉祖米欣连忙说，不知是附和他的哪一句话，“所以那时候……你有点儿吃惊了……你知道吗，你说胡话的时候老是提到什么戒指和表链……嗯，对了，对了……清楚了，现在一切都清楚了。”

“原来如此！嘿，原来这个想法已经在他们当中传播开来了！这个人将要代我去受极刑。我很高兴，在我说胡话的时候为什么提到戒指，现在已经弄清楚了！他们大家对此已经深信不疑了……”

“我们能见到他吗？”他大声问。

“能见到，能见到，”拉祖米欣连忙说，“老兄，他是个好小伙子，你见到他就知道了！有点儿笨，也就是说，他是个文质彬彬的人，我说他笨，是指另一方面。是个聪明人，聪明，甚至是聪明过人，不过思想方法跟别人不一样……疑心重，怀疑一切，厚颜无耻……喜欢骗人，也就是说，不是骗人，而是愚弄别人……他的侦查方法还是老一套，只重证据……不过很懂行，精通业务……去年他也经办过这样一件凶杀案，几乎所有线索都断了，可是他却破了案！他非常、非常、非常想跟你认识认识。”

“他为什么非常想呢？”

“就是说，并不是……你要知道，最近一个时期，自从你病了以后，我经常跟他谈起你，谈了你的很多情况……嗯，他听说……听说你在法律系学习，可是由于家境的关系，没能毕业，于是说：‘多么可惜！’所以我就断定……也就是说，这一切凑到一起，而不单是这一点。昨天扎苗托夫……你要知道，罗佳，昨天我喝醉了，送你回家的时候，跟你说了些没意思的话……所以我，老兄，我担心，你可别把我的话夸大了，你要知道……”

“你指的是什么？是说他们把我看作疯子吗？是的，也许这是对的。”

他勉强笑了笑。

“是的……是的……也就是说，别睬它，不……嗯，而且我所说的一切（旁的话也一样），全都是醉话，胡说八道。”

“你干吗道歉呢？这一切都让我烦透了！”拉斯科利尼科夫用夸张的气愤语调高声喊道。其实他是有点儿装出来的。

“我知道，我知道，我理解。请相信，我是理解的。就连说出来，都觉得不好意思……”

“如果不好意思，那就别说！”

两人都不说话了。拉祖米欣十分高兴，拉斯科利尼科夫感觉到了这一点，对此感到厌恶。拉祖米欣刚才讲的关于波尔菲里的那番话又使他感到担心。

“对这个人也得唱拉撒路之歌[①]，”他想，面色苍白，心在怦怦地狂跳，“而且要唱得自然些。不唱，是最自然的了。要尽可能什么也别唱！不，尽可能又不自然了……嗯，看情况吧……咱们走着瞧……现在……我去，这好，还是不好呢？飞蛾扑火。心在跳，这可不好！”

“就在这幢灰色的房子里。”拉祖米欣说。

“最重要的是，波尔菲里知道不知道昨天我去过这个巫婆的住宅……还问起过那摊血？这一点得马上弄清楚，一进去就弄清楚，从他的脸上看出来。不——然——的——话……哪怕我要完蛋，也一定要弄清楚！”

“你知道吗？”他突然对拉祖米欣说，脸上带着狡猾的微笑，“老兄，今天我发觉，从早上你就特别激动，对吗？”

“什么激动？我根本就不激动。”拉祖米欣不由得颤抖了一下。

“不，老兄，真的，这看得出来。刚才你坐在椅子上的姿势就跟往常不一样：不知为什么坐在椅子边上，而且一直很不自然地动来动去，好像在抽筋，还无缘无故地忽然跳起来；一会儿爱发脾气，一会儿不知为什么脸上的表情变得那么甜，甜得像冰糖。你甚至脸都红了，特别是请你去吃午饭的时候，你脸红得好厉害。”

“根本没有这么回事！你胡说！……我说这话是什么意思？”

“你怎么像小学生一样躲躲闪闪的！嘿，见鬼，你脸又红了！”

---

① 意思是：装作不幸的人，向人诉苦。圣经上有这么一个寓言：拉撒路是个穷人，躺在铁石心肠的富人门前求乞。

“不过，你真是头猪猡！”

“可你干吗不好意思了？罗密欧[1]啊！你先别忙，今天我可要在什么地方把这些都说出来，哈——哈——哈！让妈妈开心开心……还要让另一个人……”

“你听我说，你听我说，你听我说，这可不是开玩笑的事，因为这……你要说，那会怎样呢，见鬼！”拉祖米欣已经彻底惊慌失措，吓得浑身发冷，“你要对她们说什么？我，老兄……呸，你真是头猪猡！”

“你简直是一朵春天的玫瑰！你要知道，这个比方对你是多么合适。两俄尺十俄寸高的罗密欧！啊，今天你洗得多么干净，手指甲也洗干净了，是吗？什么时候有过这样的事？啊，真的，你的头发搽过油了？你低下头来！”

“猪猡！！！”

拉斯科利尼科夫笑得那么厉害，好像怎么也忍不住了，于是就这样大笑着走进了波尔菲里·彼特罗维奇的寓所。拉斯科利尼科夫正需要这样：从屋里可以听到，他们是笑着进来的，在前室里还一直在哈哈大笑。

“在这里一个字也别提，要不，我就……打碎你的脑袋！”

拉祖米欣抓着拉斯科利尼科夫的肩膀，狂怒地低声说。

五

拉斯科利尼科夫已经进到屋里了。他进来时，脸上的神情好像是在竭

① 莎士比亚名剧《罗密欧与朱丽叶》中的男主人公。

力忍着，免得扑哧一下笑出声来。怪不好意思的拉祖米欣跟在他后面走了进来，显得很窘，怒气冲冲，脸红得像芍药一样，笨手笨脚，神情十分尴尬。这时他全身的姿势当真都很好笑，说明拉斯科利尼科夫的笑并不是没有道理。拉斯科利尼科夫还没被介绍给主人，就向站在房屋当中疑惑地望着他们的主人点了点头，伸出手去，和他握手，看得出还在竭力抑制着自己的快乐情绪，好至少能用三言两语来作自我介绍。但是他刚竭力做出一本正经的样子，含糊不清地不知说了些什么——突然，好像不由自主地又朝拉祖米欣看了一眼，立刻又忍不住了：强忍住的笑声突然爆发，在这以前越是忍得厉害，这时就越发抑制不住了。听到这“发自内心”的笑声，拉祖米欣气得发狂，他的愤怒为目前的情景增添了最真诚的愉快气氛，主要的是，使它显得更自然了。

拉祖米欣还好像故意帮忙，使这幕喜剧演得更加真实。

“呸，见鬼！”他高声怒吼，一挥手，刚好打在一张小圆桌上，桌上放着一只茶已经喝完了的玻璃杯。所有东西都飞了起来，发出叮叮当当的响声。

“为什么要摔坏椅子呢[①]，先生们，公家可要受损失了！”波尔菲里·彼特罗维奇愉快地叫嚷。

于是出现了这样一个场面：拉斯科利尼科夫还在笑着，忘了自己的手握在主人的手里，但也知道分寸，所以在等着这一瞬间快点儿而且较为自然地结束。小桌子倒了，玻璃杯打破了，这使得拉祖米欣更加不好意思，完全不知所措，他神情阴郁地看了看玻璃碎片，啐了一口，急遽地转过身

---

① 这是果戈理的《钦差大臣》里第一幕第一场中市长的一句话。

去，走到窗前，背对着大家，可怕地皱起眉头，阴沉着脸望着窗外，可是什么也没看见。波尔菲里·彼特罗维奇在笑，也愿意笑，然而他显然需要对这做出解释。墙角落的一把椅子上坐着扎苗托夫，客人一进来，他就欠起身来，咧开嘴微笑着，站在那儿等着，然而困惑不解地、甚至是怀疑地看着这个场面，而看拉斯科利尼科夫的时候，甚至是感到局促不安。扎苗托夫也在场，这是拉斯科利尼科夫没有预料到的，这使他吃了一惊，感到不快。

“这还得考虑考虑!”他想。

“请原谅,”他很不好意思地说,“拉斯科利尼科夫……”

“哪儿的话，非常高兴，您这样进来，我也很高兴……怎么，他连打个招呼也不愿意吗?”波尔菲里·彼特罗维奇朝拉祖米欣那边点了点头。

“真的，我不知道他为什么对我大发脾气。我只不过在路上对他说，他像罗密欧，而且……而且证明的确如此，好像再没有别的原因了。”

“猪猡!”拉祖米欣头也不回地回答。

“为了一句话大发脾气，这么说，是有很重要的原因了。”

波尔菲里大笑起来。

“哼，你呀！侦查员！……哼，你们都见鬼去!”拉祖米欣很不客气地说，突然，他自己也大笑起来，脸上带着愉快的神情，好像什么事也没发生似的走到波尔菲里·彼特罗维奇跟前。

“够了！大家都是傻瓜；谈正经的：这是我的朋友，罗季昂·罗曼内奇·拉斯科利尼科夫，第一，久闻大名，想和你认识一下，第二，有件小事要找你谈谈。啊！扎苗托夫！你怎么会在这里？难道你们认识？早就是朋友了?”

"这又是怎么回事!"拉斯科利尼科夫不安地想。

扎苗托夫好像不好意思,不过不是很窘。

"昨天在你家里认识的。"他很随便地说。

"这么说,老天帮忙,省得我来操心:波尔菲里,上星期你一个劲儿地求我给你介绍,可是不用介绍,你们就搞到一起了……你的烟呢?"

波尔菲里·彼特罗维奇一副家常打扮,穿着长袍,十分干净的内衣,脚上是一双已经穿坏的便鞋。这是个约莫三十五岁左右的人,中等偏下身材,胖胖的,甚至腆着个大肚子,脸刮得光光滑滑,既没蓄唇髭,也没有络腮胡子,一头浓密的头发剪得短短的,滚圆的大脑袋,不知怎么后脑勺却特别突出。肥胖的圆脸上长着个稍有点儿向上翘着的鼻子,脸色暗黄,好像有病,但很有精神,甚至流露出嘲讽的神情。他的脸甚至是和善的,要不是眼神起了破坏性作用的话,那双眼睛闪射着暗淡无色的微弱的闪光,遮着眼睛的睫毛几乎是白的,不停地眨动着,仿佛是在向什么人使眼色。不知怎的,他的目光和他那甚至有点儿像女人的整个体形很不协调,因此使他这个人显得比乍看上去所能预料的要严肃得多。

波尔菲里·彼特罗维奇一听到客人有件"小事"要找他谈谈,立刻请客人坐到长沙发上,他自己则坐到沙发的另一头,凝神注视着客人,迫切地等待着叙述事情的原委,而且那么聚精会神,严肃得似乎太过分了,第一次来找他的人,特别是素不相识的人,特别是如果您认为您所说的事情值不得如此特别重视,值不得给予如此认真对待的话,那么他这种认真的态度甚至会让您感到难堪,让您不知所措。但是拉斯科利尼科夫用几句简短而条理分明的话,清楚和准确地说明了自己的事情,因此他对自己十分满意，甚至相当仔细地把波尔菲里打量了一番。在谈话的全部时间里，波尔菲里也一直目不转睛地看着他。拉祖米欣坐在桌子对面，热心而又急不可耐地留心听着他说明事情的原委，不时把目光从这一个的身上转移到那一个的身上，又从那一个身上转移到这一个身上，做得已经有点儿失去分寸了。

“傻瓜!”拉斯科利尼科夫暗自骂了一声。

“您应该向警察局声明，”波尔菲里完全是一副公事公办的样子，认真地回答说，“就说，得悉发生了这么一件事情，也就是这件凶杀案——您也要请求通知经办此案的侦查员，有这么几件东西是属于您的，您希望把它们赎回来……或者那里……不过会书面通知您的。”

“问题就在这里了，目前我，”拉斯科利尼科夫尽可能装作很尴尬的样子，“手头不怎么宽裕……就连这么几件小东西也没法赎回来……我，您要知道，我想现在只声明一下，说这些东西是我的，一旦有了钱……”

“这反正一样，”波尔菲里·彼特罗维奇回答，冷冷地听着他对经济状况所做的解释，“不过，如果您愿意，直接给我写个报告也行，也是那个意思：就说，得知那件案子，声明有这么几件东西是我的，请……”

“就写在普通的纸上?”拉斯科利尼科夫连忙打断了他的话，又想谈经济方面的问题。

“噢，就写在最普通的纸上!”波尔菲里·彼特罗维奇不知为什么突然眯缝起眼睛，带着明显的嘲讽神情看了看他，好像是对他眨了眨眼。不过，也许只是拉斯科利尼科夫的感觉，因为这只持续了一瞬间。至少是有过这么一种神情。拉斯科利尼科夫发誓，他对他眨过眼，天知道是为什么。

“他知道！”这想法像闪电般在他脑子里忽地一闪。

“请原谅我为这样一些小事来麻烦您，”他接着说下去，有点儿心慌意乱，“我那些东西总共只值五个卢布，不过对我却特别珍贵，因为对于我从他们那儿得到这些东西的人来说，这是纪念品，说实在的，一听说的时候，我甚至大吃一惊……”

“怪不得昨天我和佐西莫夫谈起，波尔菲里在询问那些抵押东西的人，你显得那么激动了！”拉祖米欣怀着明显的意图插嘴说。

这可已经让人太难堪了。拉斯科利尼科夫忍不住了，用那双燃起怒火的黑眼睛恶狠狠地瞪了他一眼。但立刻又冷静下来。

“老兄，你好像是在嘲笑我吧？”他狡猾地装出生气的样子对拉祖米欣说，“我同意，在你看来，对这些毫无用处的东西，也许我是太关心了；但是既不能为此把我看作自私自利的人，也不能把我看作吝啬鬼，在我看来，这两件微不足道的东西也许绝非毫无用处。刚才我已经跟你说过，这块不值钱的银表是先父留下的唯一一件东西。你嘲笑我吧，可是我母亲来看我了，”他突然转过脸去，对波尔菲里说，“如果她知道，”他又赶快回过头来对拉祖米欣说，特别竭力让声音发抖，“这块表丢了，那么，我发誓，她一定会悲痛欲绝的！女人嘛！”

“根本不是这么回事！我完全不是这个意思！我的意思恰好完全相反！”感到不快的拉祖米欣大声叫嚷。

“这样好不好呢？自然吗？没太夸张吗？”拉斯科利尼科夫心怦怦地跳着，暗自想，“我干吗要说‘女人嘛’？”

“令堂到您这儿来了？”波尔菲里·彼特罗维奇不知为了什么问。

“是的。”

“这是什么时候的事?”

“昨天晚上。”

波尔菲里不说话了，仿佛在思考。

“您的东西无论如何也丢不了，”他安详而冷静地接下去说，“要知道，我早就在这里等着您了。”

他若无其事地、很关心地把烟灰缸放到毫不爱惜地把香烟灰弹到地毯上的拉祖米欣面前。拉斯科利尼科夫颤抖了一下，但是波尔菲里似乎没看着他，一直还在为拉祖米欣的香烟灰感到担心。

“什——么？你在等着？难道你知道他也在那儿抵押过东西吗?”拉祖米欣叫嚷。

波尔菲里·彼特罗维奇直接对拉斯科利尼科夫说：

“您那两件东西，戒指和表，都在她那儿，包在一张纸里，纸上用铅笔清清楚楚写着您的名字，还写着她从您那里收到这些东西的月份和日期……”

“您怎么这样细心？……”拉斯科利尼科夫不恰当地笑了笑，竭力想毫不回避地看着他的眼睛，但是忍不住了，突然补充说，“刚才我之所以这么说，是因为，抵押东西的人大概很多……您难以记住所有人的名字……可您，恰恰相反，这么清楚地记得所有的人，而且……而且……”

“愚蠢，不高明！我干吗要加上这些话呢!”

“几乎所有抵押过东西的人，现在我们都已经清楚了，只有您一个人还没来过。”波尔菲里用稍有点儿勉强可以察觉的嘲讽口吻回答。

“前几天我身体不大好。”

“这我也听说了。甚至还听说，不知为了什么，您的心情很不好。就是现在，您的脸色好像也很苍白?”

“一点儿也不苍白……恰恰相反，现在我完全健康!”拉斯科利尼科夫突然改变了语气，粗鲁而又气愤地、毫不客气地说。他满腔怒火，再也无法压制。“可是在气头上我准会说漏了嘴!”这想法又在他脑子里一闪而过。“他们为什么要折磨我呢？……”

“他并不完全健康!”拉祖米欣赶紧接着说，“尽说傻话！到昨天他还几乎昏迷不醒，在说胡话……你相信吗，波尔菲里，他连站都站不稳，可是我们，我和佐西莫夫，昨天刚一转身，他就穿上衣服，悄悄地溜出去，不知在哪儿闲逛，几乎直到半夜，而且是在完全，我告诉您，是在完全神志不清的情况下，这您能想象得出吗！太不可思议了!”

“难道是在完全神志不清的情况下吗？您倒说说看!”波尔菲里像女人似的摇摇头。

“唉，胡说八道！请别相信他！其实您本来就不相信!”拉斯科利尼科夫太恼怒了，不觉脱口而出。可是波尔菲里·彼特罗维奇似乎没听清这些奇怪的话。

“如果不是神志不清，你怎么会出去呢?”拉祖米欣突然发火了，“你干吗出去？去干什么？……而且为什么偏偏是悄悄地溜走呢？当时你思想清楚吗？现在，所有危险都已经过去了，我可以直截了当地对你说了!”

“昨天他们让我腻烦透了，”拉斯科利尼科夫突然对波尔菲里说，脸上露出放肆无礼和挑衅的微笑，“我从他们那儿逃走，想去租间房子，叫他们再也找不到我，而且随身带了许多钱。喏，扎苗托夫先生看到过这些钱。扎苗托夫先生，昨天我神志清醒，还是不清醒呢？请您来评判一下吧。”

这时他似乎真想把扎苗托夫掐死。扎苗托夫的目光和沉默，他都很不喜欢。

“照我看，昨天您说话很有理智，甚至相当巧妙，只不过太爱生气了。”扎苗托夫冷冷地说。

“今天尼科季姆·福米奇对我说，”波尔菲里·彼特罗维奇插嘴说，“昨天很晚遇到了您，在一个被马踩死的官员家里……”

“好，就拿这个官员的事情来说吧！”拉祖米欣接过话茬说，“你说，你在那个官员家的行为像不像个疯子？把剩下的最后一点儿钱都送给那个寡妇做丧葬费了！好吧，你要帮助她也行——给她十五个卢布，二十个卢布，也就是了，哪怕给自己留下三个卢布也好，可是，不，把二十五个卢布全都这么慷慨地送给她了！”

“也许我在什么地方找到了宝藏，你却不知道呢？于是我昨天就慷慨起来了……喏，扎苗托夫先生知道，我找到了宝藏！……请您原谅，”他嘴唇颤抖着对波尔菲里说，“我们用这种无关紧要的闲话打搅了您半个小时。您厌烦了，是吗？”

“没有的事，恰恰相反，恰——恰——相反！要是您能知道，您使我多么感兴趣就好了！看着和听着都很有意思……而且，说实在的，您终于来了，我是那么高兴……”

“喂，至少给拿杯茶来嘛！嗓子都干了！”拉祖米欣突然高声叫嚷。

“好主意！也许大家会陪你一道喝。要不要……喝茶之前，先来点儿更重要的[1]？”

“去你的！”

波尔菲里·彼特罗维奇去吩咐送茶来。

各种想法在拉斯科利尼科夫的脑子里像旋风一样飞速旋转。他气得要命。

“主要的，是他们毫不掩饰，也不想客气！如果你根本不知道我，为什么要和尼科季姆·福米奇谈起我呢？可见他们不想隐瞒，像群狗一样在跟踪我！这样毫无顾忌，这样瞧不起我！”他气得发抖，“好吧，要打，就对准了打，可别玩猫逗老鼠的游戏。这可是不礼貌的。波尔菲里·彼特罗维奇，要知道，也许我还不允许这样！……我会站起来，对着你们把实情全都说出来。您会看到，我是多么瞧不起你们……”他困难地喘了口气，“如果只不过是我觉得好像是这样呢？如果这是幻象，如果我全弄错了，如果是由于我没有经验而发火，如果是我演不了这个卑鄙的角色呢？也许这一切都没有什么意图吧？他们的话都很普通，不过其中有某种含意……这些话随时都可以说，不过有某种含意。为什么他直截了当地说‘在她那儿’？为什么扎苗托夫补充说，我说得巧妙？为什么他们用这样的语气说话？对了……语气……拉祖米欣也坐在这儿，为什么他什么也没察觉呢？这个天真的傻瓜永远什么也不会察觉！又发热病了！……刚才波尔菲里对我眨眼了，还是没有呢？大概，没有这回事。他为什么要眨眼呢？是想刺激我的神经，还是在戏弄我？要么一切都是幻象，要么是他们知道！……就连扎苗托夫也很无礼……扎苗托夫是不是无礼呢？扎苗托夫一夜之间改

---

① 指酒。

变了看法。我就预感到他会改变看法！他在这儿像在家里一样，可还是第一次来这里。波尔菲里不把他当作客人，背对着他坐着。他们勾搭上了！一定是为了我勾搭上的！我们来之前，他们一定是在谈论我！……他们知道租房子的事吗？但愿快点儿！……当我说昨天我跑出去租房子的时候，他忽略过去了，没有就此发挥什么……而我插进这句关于租房子的话，巧妙得很：以后会有用处！……就说，是在神志不清的时候！……哈，哈，哈！那天晚上的事他全都知道！我母亲来了，他不知道！……那巫婆连日子都用铅笔记上了！……您胡说，我决不屈服！因为这还不是事实，这只不过是幻象！不，请你们拿出真凭实据来！租房子也不是证据，而是我的呓语。我知道该对他们说什么……他们知道租房子的事吗？不摸清楚，我就不走！我干吗要来？可是现在我在发火，这大概是个证据吧！唉，我多么容易光火啊！不过也许这是好事。我在扮演一个病人的角色嘛……他在试探我。他会把我搞糊涂的。我来干什么？”

这一切犹如闪电一般掠过他的脑海。

波尔菲里·彼特罗维奇一转眼的工夫就回来了。不知为什么他突然变得快活起来。

“老兄，昨天从你那儿回来以后，我的头……就连我整个儿人都好像管不住自己了。”他用完全不同的另一种语气笑着对拉祖米欣说。

“怎么，有意思吗？昨天我可是在谈到最有趣的问题的时候离开你们的，不是吗？谁赢了？”

“当然，谁也没赢。我们渐渐谈到了一些永恒的问题，谈论起学术性的问题来了。”

“罗佳，你想想看，我们昨天谈到了什么：到底有没有犯罪？我说过，我们都争论得快发疯了！”

“这有什么好奇怪的？一个普通的社会问题嘛。”拉斯科利尼科夫心不在焉地回答。

“问题不是这样简单地提出来的。”波尔菲里说。

“不完全是这样提出来的，的确如此。”和往常不一样，拉祖米欣匆忙而性急地立刻就同意了，“喂，罗佳，你听听，然后谈谈你的意见。我想听听你的看法。昨天我拼命跟他们争，并且在等着你，我还跟他们谈起你，说你今天会来……我们是从社会主义者的观点谈起的。这观点大家都知道：犯罪是对社会制度不正常的一种抗议——仅仅是抗议，再也不是什么旁的，再也不允许去找任何别的原因——仅此而已！……”

“这你可是胡说了！”波尔菲里·彼特罗维奇高声叫喊。看来，他活跃起来了，一直瞅着拉祖米欣笑，这就使后者变得更激动了。

“再不允许去找任何别的原因！”拉祖米欣情绪激昂地打断了他的话，“我没胡说！……我可以把他们的书拿给你看：照他们的看法，一切都是‘环境所迫’——再没有别的原因！这是他们爱说的一句话！由此直接得出结论：如果社会组织得正常，那么所有犯罪就一下子都会消失，因为再没有什么可以抗议的了，转瞬间所有的人就都会变成正直的人。不考虑天性，天性给排除了，天性是不应该存在的！按照他们的理论，不是人类沿着历史发展的实际道路向前发展，到最后自然而然形成一个正常的社会，而是相反，社会制度从任何一个数学头脑里产生出来以后，立刻会把全人类组织起来，比任何实际发展过程都快，无须经过历史发展的实际道路，转眼之间就会使全人类都变得正直和纯洁无瑕！

正是因此，他们本能地不喜欢历史：‘历史上只有丑恶和愚蠢’——一切都仅仅是因为愚蠢！因此他们才不喜欢现实生活的实际发展过程：不需要活人！活人需要生活，活人不听从机械的支配，活人是可疑的，活人是反动的！他们那儿所需要的人虽然有点儿死尸的臭味，可以用橡胶做成——然而不是活的，没有意志，像奴隶一般驯服，不会造反！结果是，他们把一切仅仅归结为用砖头砌成墙，在法朗吉大厦[①]里配置一条条走廊和一间间房间！法朗吉大厦倒是建成了，可是适应法朗吉大厦的天性还没形成，天性想要生活，它尚未结束生活进程，要进坟墓还早着呢！单从逻辑出发，不可能超越天性！逻辑只能预见到三种情况，而情况却有上百万种！摒弃百万种不同情况，把一切仅仅归结为一个舒适问题！这是解决问题的最简单办法！显然这是很诱人的，根本用不着动脑筋！主要的是，用不着动脑筋！全部生活秘密都容纳在两张印刷页上了！”

“他突然大发宏论，翻来覆去讲个没完没了，得制止他了，”波尔菲里笑了，“您想想看，”他转过脸去，对拉斯科利尼科夫说，“昨天晚上也是这样，在一间房间里，六个人各抒已见，争论不休，而且在这以前大家都灌了一肚子五味酒[②]——您想象得出来吗？不，老兄，你说得不对：‘环境’对犯罪的确有重大影响；这我可以向你证明。”

“我也知道，有重大影响，可是请你说说看：一个四十岁的男人败坏一个十岁小姑娘的名誉——是环境迫使他这么做的吗？”

---

① 法朗吉大厦是法国空想社会主义者傅立叶（1772—1837）幻想的社会主义社会的宿舍。

② 一种用果汁、香料、茶、酒等制成的混合饮料。

“这又有什么呢，严格地说，大概也是受环境影响，”波尔菲里说，态度高傲得令人吃惊，“对一个小姑娘的犯罪行为，很可能用‘环境’来解释，甚至非常可能。”

拉祖米欣几乎气得发狂了。

“好吧，如果你想听的话，我这就给你解释，”他吼叫起来，“你的睫毛所以是白的，唯一原因就是因为伊凡大帝钟楼[①]高三十五沙绳，而且我能解释得明白、确切、进步，甚至还带有自由主义色彩，怎么样？我承担这个任务！喂，要打赌吗？”

“好，我打赌！咱们倒要听听他怎么解释！”

“哼，他总是装模作样，鬼东西！”拉祖米欣高声叫嚷，跳起来，挥了挥手，“跟你说话，不值得！他是故意捉弄人，罗季昂，你还不了解他呢！昨天他站在他们那一边，只不过是为了愚弄大家。上帝啊，昨天他说了些什么啊！可他们却高兴得不得了！……可他能这样谈它两个星期。去年，不知为了什么目的，他想让我们相信，他要出家去做修士：一连两个月坚持说，他要这么做！不久前又突然想要让人相信，他要结婚了，结婚的一切东西都已准备就绪。连新衣服也做好了。我们都已经向他道喜了。可是不但还没有新娘，而且什么都没有：一切都不过是空中楼阁！”

“这你就是说谎了！事先我是做了一套衣服。因为做了新衣服，才有了哄骗你们的想法。”

---

① 伊凡大帝钟楼在莫斯科克里姆林宫，始建于1505年至1508年，1600年接高。钟楼高81米。一沙绳（俄丈）等于2.134米。

“您当真是这样一个善于伪装的人吗?”拉斯科利尼科夫很随便地问。

“您却认为不是吗?您等着吧,我也会让您上当受骗的——哈,哈,哈!不,您要知道,对您我要全说实话。由于什么犯罪啦,环境啦,小姑娘啦,由于所有这些问题,现在我倒想起您的一篇论文来了——其实,对这篇论文我一直很感兴趣。《论犯罪》……还是叫什么呢,题目我忘了,记不得了。两个月前在《定期评论》上拜读了您的大作,看得津津有味。”

“我的论文?在《定期评论》上?”拉斯科利尼科夫惊讶地问,“半年前,我从大学退学以后,因为看了一本书,的确写过一篇论文,不过当时我是送到《每周评论》去,而不是投寄给《定期评论》。”

“可是被《定期评论》采用了。”

“因为《每周评论》停刊了,所以当时没有发表……”

“这倒是真的。不过《每周评论》停刊以后,与《定期评论》合并了,所以您那篇论文两个月前就登在《定期评论》上了。您不知道?”

拉斯科利尼科夫的确一点儿也不知道。

“怎么会呢,您可以去问他们要稿费呀!不过,您这个人性格真怪!离群索居,像这样和您直接有关的事竟会毫不知情。这是事实,不是吗?”

“好哇,罗季卡!连我也不知道!”拉祖米欣叫喊起来。

“今天我就去阅览室,借这一期杂志来看看!两个月以前的吗?日期呢?反正我会找得到!真有你的!可他什么也不说!”

“不过您怎么知道那篇论文是我的?这篇文章的署名只是一个字母。”

“是偶然知道的,而且是前两天才知道的。通过编辑,我的一个熟人……我非常感兴趣。”

“我记得，我是分析罪犯在犯罪的全过程中的心理状态。”

“不错，您坚持说，犯罪经常是与疾病同时发生的。非常、非常新奇，不过……使我特别感兴趣的倒不是您论文中的这一部分，而是在文章结尾提出的一种观点，可惜，对这一点您只是模模糊糊地做了一些暗示……总之，如果您还记得的话，文章作了某种暗示，似乎世界上有这么一些人，他们能够……也就是说，不是能够，而是有充分的权利胡作非为和犯罪，似乎他们是不受法律约束的。”

拉斯科利尼科夫冷笑了一声，因为对他的观点竟这样夸张地故意予以曲解了。

“怎么？这是什么意思？犯罪的权利？不过不是由于‘环境所迫’吧?”拉祖米欣甚至有点儿惊恐地问。

“不，不，完全不是这个原因，”波尔菲里回答，“问题在于，在他那篇论文里，不知为什么，所有的人都被分成了‘平凡的’和‘不平凡的’两类。平凡的人必须听话，没有犯法的权利，因为，您要知道，他们是平凡的人。不平凡的人却有权犯各式各样的罪，有权任意违法，为非作歹，而这只是因为，他们是不平凡的人。如果我没误解的话，您的意思好像就是这样吧?”

“怎么能这样呢？这决不可能!”拉祖米欣困惑不解地含糊不清地说。

拉斯科利尼科夫又冷笑了一声。他一下子就明白了，这是怎么回事，他们想促使他做什么；他记得自己的文章。他决定接受挑战。

“我的文章里不完全是这样讲的。”他简单而谦逊地说。

“不过，说实在的，您几乎是忠实地叙述了我的论点，也可以说，甚至完全忠实……（他似乎乐于承认，完全忠实）唯一的区别只在于，我根本没有像您所说的那样，坚持说，不平凡的人一定，而且必须经常胡作非为，无恶不作。我甚至认为，报刊上根本就不会发表这样的文章。我只不过暗示，‘不平凡的’人有权……也就是说，并不是官方给予的正式权利，而是自己有权允许自己越过自己的良心这道障碍……越过其他障碍，而且这仅仅是在为了让他的思想（有时也许是可以拯救全人类的思想）得以实现，必须这么做的情况之下。您说，我的文章说得不清楚，我愿意尽可能给您解释清楚。我认为，您好像希望我这样做，也许我并没猜错吧，那么请您听着。照我看，如果由于某些错综复杂的原因，开普勒[①]和牛顿的发现无论如何也不能为世人所知，除非牺牲一个、十个、百个、甚至更多妨碍或阻碍这一发现的人的生命，那么为了让全人类都能知道自己的发现，牛顿就有权，甚至必须……消灭这十个或一百个人。不过，绝不应由此得出结论，认为牛顿有权任意杀人，或者每天在市场上偷窃。我记得，我还在自己的文章里对此加以发挥，说所有……嗯，例如，即使是那些立法者和人类社会的创始人，从远古时代的，到后来的莱喀古士[②]、梭伦[③]、穆罕默德[④]、拿破仑等等，无一例外，都是罪人。单单由于这一点，他们就都是罪人，因为他们都制订了新法律，从而破坏了社会公认、神圣不可侵犯的、由祖先传下来的古代法律，而且，当然啦，如果流血（有时是为维护古代法律英勇献身而流的完全无辜的血）能帮助他们达

① 开普勒（1571—1630），德国著名天文学家，现代天文学的奠基人。

② 莱喀古士（公元前9世纪），古斯巴达的立法者。

③ 梭伦（约公元前638—约公元前559），古希腊的立法者。

④ 穆罕默德（约570—632），伊斯兰教的创始人。

到自己的目的，他们绝不会在鲜血前止步。甚至令人奇怪的是，绝大部分这些人类的恩人和创始人都是特别可怕的、杀人如麻的刽子手。总而言之，我得出结论，所有这些人，不仅是那些伟大的，就连那些稍稍越出常轨的人，也就是说，就连那些稍微能提出点儿什么新见解来的人，就其天性来说，必然是罪人——当然，只是在一定程度上。不然，他们就难以越出常轨；而让他们循规蹈矩，不越雷池一步，他们当然不会同意，这又是由于他们的天性，而照我看，他们甚至有责任不同意。总而言之，您可以看出，到此为止，我的观点中并没有任何特别新鲜的东西。这些已经在报刊上发表过上千次，人们也看过上千遍了。至于说到我把人分为平凡的和不平凡的两类，那么我同意，这样划分有点儿武断，不过我并没有坚持说，这两类人各有一个精确的数字。我只是相信自己的主要观点。这观点就是：按照自然规律，人一般可以分作两类：一类是低级的（平凡的），也就是，可以这么说吧，仅仅是一种繁殖同类的材料；另一类是名副其实的人，也就是有天赋或天才、能在自己的社会上发表新见解的人。当然，这样的分类，可以无尽止地划分下去，但是区分这两类人的界线却相当明显：第一类，也就是那些材料，就其天性来说，一般都是些保守的人，他们循规蹈矩，驯服听话，也乐于听话。照我看，他们有义务驯服听话，因为这是他们的使命，对于他们来说，这完全不是什么有伤尊严的事情。第二类人却都会违法，都是破坏者，或者倾向于违法和破坏，这要根据他们的能力而定。这些人的犯罪当然是相对的，而且有很多区别；他们绝大多数都在各种不同的声明中要求为了更好的未来，破坏现有的东西。但是为了自己的思想，如果需要，哪怕是需要跨过尸体，需要流血，那么在他内心里，凭他的良心，照我看，他可能允许自己不惜流血——不过这要看他思想的性质和规模而定——这一点请您注意。仅仅是就这个意义来说，我才在自己的文章里谈到了他们犯罪的权利。（请您记住，我们是从法律问题谈起的）不过用不着有过多的担心：群众几乎永远不承认他们有这种权利，总是会处决或绞死他们（或多或少地），而且这也是完全公正的，这样也就完成了他们保守的使命，然而到了以后几代，这样的群众又把那些被处死的人捧得很高，把他们供奉起来，向他们顶礼膜拜（或多或少地）。第一类人永远是当代的主人，第二类人却是未来的主人。第一类人保全世界，增加人的数量；第二类人则推动世界向前发展，引导它达到自己的目的。无论是这一类人，还是那一类人，都有完全同等的生存权利。总之，我认为他们都有同等的权利，而且——vivela guerre éternelle[①]——当然啦，直到新耶路撒冷从天而降[②]！

“那么您还是相信新耶路撒冷了？”

“我相信，”拉斯科利尼科夫坚决地回答。他说这句话以及继续发表自己这冗长的谈话的时候，他为自己在地毯上选中了一点，一直在看着它。

“您也——也——相信上帝？请原谅我如此好奇。”

“我相信。”拉斯科利尼科夫又说了一遍，说着抬起眼来看了看波尔菲里。

“也——也相信拉撒路复活[③]？”

---

① 法文，意为：“永恒的斗争万岁！”

② 见《圣经·新约全书·启示录》：“我又看见圣城新耶路撒冷由上帝那里从天而降”。（《启示录》第二十一章，第二节）这里“新耶路撒冷”的意思是人间的天堂。

③ 见《圣经·新约全书·约翰福音》第十一章，四十至四十四节。

“我相——信。您问这些干吗?”

“真的相信?”

“真的。”

“您瞧……我是这么好奇。请原谅。不过，对不起——我又回到刚才的话题上来了——要知道，并不总是处死他们；有些人恰恰相反……”

“活着的时候就获得了胜利？嗯，是的，有些人活着的时候就获得成功了，于是……”

“他们自己开始处决别人?”

“如果需要的话，而且，您要知道，甚至大多数都是如此。一般说，您的评论很机智。”

“谢谢。不过请您谈谈：用什么来把这些不平凡的人与平凡的人区分开来呢？是不是一生下来就有这种标记？我的意思是，这需要更准确些，也可以这么说吧，要在外表上能更明显地看得出来：请原谅我作为一个讲求实际和有着善良意愿的人极其自然的担心，可是不能，譬如说，不能置备什么特殊的衣服，或者戴上个什么东西，打上印记什么的吧？……因为，您得同意，如果混淆不清，这一类人当中就会有人认为自己属于另一类人，于是他就会‘排除一切障碍’，正如您十分巧妙地所说的那样，那么这……”

“噢，这倒是经常有的！您的这一评论甚至比刚才的还要机智……”

“谢谢……”

“不必客气，不过您要注意到，错误只可能出在第一类人，也就是‘平凡的’人（也许我这样称呼他们很不妥当）那里。尽管他们生来就倾向于听话，但是由于某种连母牛也不会没有的顽皮天性，他们当中有很多人都喜欢自命为进步人士，自以为是‘破坏者’，竭力想要发表‘新见解’，而且他们这样做是完全真诚的。而同时他们对真正的新人却往往视而不见，甚至瞧不起他们，把他们看作落后的人，认为他们的想法是有失尊严的。不过，照我看，这并不会有太大的危险，真的，您用不着担心，因为这种人永远不会走得太远。当然，如果他们忘其所以，有时也可以拿鞭子抽他们一顿，让他们安于本分，但也仅此而已；甚至不需要有什么人去执行这一任务：他们自己就会鞭打自己，因为他们都是品德优良的人；有些人是互相提供这样的帮助，另一些是自己亲手惩罚自己……在这种情况下，他们会以各种形式公开悔过——结果十分美妙，而且很有教育意义，总而言之，您用不着担心……有这样的规律。”

“好吧，至少在这一方面您让我多少有点儿放心了。不过还有一点让人担心：请您说说看，这些有权杀人的人，这些‘不平凡的’人，是不是很多呢？我当然愿意向他们顶礼膜拜，不过，您得同意，如果这种人很多的话，还是会觉得可怕，不是吗？”

“噢，关于这一点，请您也别担心，”拉斯科利尼科夫用同样的语调接着说下去，“一般说，有新思想的人，即使只是稍微能发表某种新见解的人，通常是生得很少的，甚至少得出奇。明确的只有一点：必须有某种自然法则来正确无误地确定人的出生规律，正确无误地确定分类和区分他们的规律。当然，这个法则目前还不为人所知，不过我相信，这个法则是存在的，而且以后能够为人们认识。广大群众，也就是人类中那些普通材料，之所以要生存在这个世界上，就是为了经过某种努力，通过某种至今仍然十分神秘的过程，经过种族和血统的某种交叉混合，最终哪怕是在一千人中能生出一个多少具有独立精神的人来。具有更多独立精神的人，也许一万人里才会生出一个（我是举例说说，说个大概的数字）。独立精神更多一些的，十万人里才会出一个。一百万人里才会出一个天才，而伟大的天才，人类中的完人，也许要在世界上出生了亿万人之后，才会出现一个。总之，我没有窥探过产生这一切的神秘过程。但是某种法则一定是存在的，而且应当存在，这绝不会是偶然的。”

“你们两个怎么了，是在开玩笑吗？”拉祖米欣终于高声叫喊起来，“你们在互相愚弄，是不是呢？你们坐在这儿，互相开玩笑！你是认真的吗，罗佳？”

拉斯科利尼科夫向他抬起几乎是神情忧郁的、苍白的脸，什么也没回答。与这张神态安详而又忧郁的脸相比，波尔菲里那种毫不掩饰、纠缠不休、惹人恼怒而且很不礼貌的尖酸刻薄态度，让拉祖米欣觉得奇怪。

“唉，老兄，如果这当真是严肃认真的，那么……你说，这并不新鲜，和我们看到和听到过上千次的那些议论完全相像，这话当然是对的；不过，使我感到恐惧的是，所有这些议论中真正新奇——也是真正属于你一个人的观点，就是，你毕竟同意，凭良心行事，可以不惜流血，请原谅我，你甚至是那么狂热……这样看来，这也就是你那篇论文的主要思想了。要知道，凭良心行事，不惜流血，这……照我看，这比官方允许的流血，比合法的允许流血还要可怕……”

“完全正确，是更可怕，”波尔菲里附和说。

“不，你发挥得过火了！错误就在这里。我要看看这篇文章……你发挥得过火了！你不可能这样想……我一定要看看这篇文章。”

“文章里根本没有这些东西，那里只有一些暗示。”拉斯科利尼科夫说。

“是这样的，是这样的，”波尔菲里有点儿坐立不安了，“现在我差不多算是明白您对犯罪的看法了，不过……请原谅我纠缠不休（我太麻烦您了，自己也感到很不好意思！）——您要知道：刚才您消除了我对两类人会混淆不清的担心，不过……还是有各种实际情况让我感到担忧！万一有这么一个人，或者是青年人，认为他就是莱喀古士或穆罕默德……——当然是未来的——而且要为此消除一切障碍……说他要远征，而远征需要钱……于是着手为远征弄钱……您明白我的意思吗？”

扎苗托夫突然在他那个角落里扑哧一声笑了。拉斯科利尼科夫连看也没去看他。

“我必须同意，”他沉着地回答，“的确会有这种情况。愚蠢的人和爱虚荣的人尤其容易上当，特别是青年。”

“您瞧，那么怎么办呢？”

“事情就是这样，”拉斯科利尼科夫冷笑了一声，“这不是我的过错。现在是这样，将来也永远如此。瞧，他（他朝拉祖米欣那边点了点头）刚刚说，我允许流血。那又怎样呢？流放，监狱，法院侦查员，苦役，这一切使社会得到充分的保障——有什么可担心的呢？请你们去寻找盗贼吧！”

“好吧，如果我们找到呢？”

“那是他罪有应得。”

“您的话是那么合乎逻辑。好吧，那么他的良心呢？”

“他的良心关您什么事？”

“是这样，出于人道主义的考虑。”

“有良心的人，如果意识到自己的错误，他就会感到痛苦。这就是对他的惩罚——苦役以外的惩罚。”

“那么，那些真正的天才，”拉祖米欣皱起眉头，“那些有权杀人的人，即使杀了人，也完全不应该感到痛苦吗？”

“为什么要用应该这个词呢？这儿既没有允许，也没有禁止。如果怜悯受害者，那就让他痛苦去吧……对于一个知识全面、思想深刻的人，痛苦是必然的，既有精神上的痛苦，也有肉体上的痛苦。我觉得，真正的伟人应该觉察到人世间极大的忧虑，”他突然若有所思地补充说，用的甚至不是谈话的语气。

他抬起眼来，沉思地看了看大家，微微一笑，拿起帽子。与他不久前进来的时候相比，现在他是过于平静了，他感觉到了这一点。大家都站了起来。

“嗯，您骂我也好，不骂也好，生气也好，不生气也好，可我还是忍不住，”波尔菲里·彼特罗维奇最后又说，“请允许我再提一个小小的问题，（我实在是太麻烦您了）我只想谈谈一个没有多大意思的想法，只不过是为了不致忘记……”

“好的，请谈谈您的想法吧。”神情严肃、面色苍白的拉斯科利尼科夫站在他面前等着。

“要知道……真的，我不知道该怎样说才比较恰当……这个想法太模糊了……是心理上的……是这样，您写那篇文章的时候——要知道，嘿，嘿！不可能不认为您自己——哪怕只有一点儿——也是‘不平凡的’人，能发表新见解——也就是在您的思想里……是这样吧？”

“很有可能。”拉斯科利尼科夫鄙夷地回答。

拉祖米欣动了动。

“如果是这样的话，难道您会自己决定——嗯，由于生活上受到某些挫折和限制，或者是为了设法帮助全人类——就会决定越过障碍吗？……嗯，譬如说，杀人或抢劫？……”

他不知怎的又对他眨了眨左眼，无声地笑了起来——和不久前完全一样。

“如果我越过了，那当然不会告诉您。”拉斯科利尼科夫带着挑衅和傲慢的蔑视神情回答。

“不，我只不过对这很感兴趣，只是为了理解您的文章，只涉及语言方面的问题……”

“呸，这是多么明显和无耻！”拉斯科利尼科夫厌恶地想。

“请允许我告诉您吧，”他冷冷地回答，“我并不认为自己是穆罕默德或拿破仑……也不认为自己是这类人物中的任何一个，既然我不是他们，所以我也不能向您做出满意的解释，告诉您我会采取什么行动。”

“看您说的，在我们俄罗斯，现在谁不认为自己是拿破仑呢？”波尔菲里突然态度非常亲昵地说。这一次就连他的语调里也含有某种特别明显的意思。

“上星期用斧头砍死我们阿廖娜·伊万诺芙娜的，会不会是某个未来的拿破仑呢？”扎苗托夫突然从他那个角落里贸然地说。

拉斯科利尼科夫一声不响，凝神坚决地直盯着波尔菲里。拉祖米欣阴郁地皱起眉头。在这以前他似乎就已经发觉了什么。他愤怒地朝四下里看了看。极不愉快的沉默持续了一会儿工夫。拉斯科利尼科夫转身要走。

“您要走了！”波尔菲里亲切地说，异常客气地伸过手去，“非常、非常高兴认识您。至于您的请求，那毫无问题。您就照我说的那样写份申请书。不过最好还是亲自到我那儿去一趟……就在这两天里，随便什么时候……哪怕明天也行。十一点的时候，我准在那儿。我们会把一切全都办妥……再谈一谈……作为去过那里的最后几个人中的一个，您也许能告诉我们点儿什么情况的……”他态度和善地补充说。

“您想依法正式审讯我吗?”拉斯科利尼科夫生硬地问。

“为什么呢？暂时根本不需要这样。您误会了。您要明白，我不放过一个机会……已经和所有抵押过东西的人都谈过了……从一些人那里录取了口供……而您，作为最后一个……啊，对了，顺便说一声!”他高声惊呼，不知为什么突然高兴起来，“我恰好记起来了，我这是怎么搞的！……”他转过脸去，对拉祖米欣说，“不是吗，你老是跟我唠叨这个尼古拉什卡的事，唠叨得耳朵里都长了老茧了……唉，我自己也知道，我自己也知道，”他又回过头来，对拉斯科利尼科夫说，“这个小伙子是无辜的，可是有什么办法呢，就连米季卡，也不得不麻烦他一下……问题在于，问题的实质是：当时从楼梯上经过的时候……请问：七点多钟您去过那里，不是吗?”

“七点多钟。”拉斯科利尼科夫回答，立刻不愉快地感觉到，这句话根本用不着说。

“那么，七点多钟您从楼梯上经过的时候，您是不是看到，二楼上那套房子的房门是开着的——您记得吗？有两个工人，或者是不是记得其中的一个？他们正在那儿油漆，您注意到了吗？这对他们非常、非常重要！……”

“油漆匠？不，没看到……”拉斯科利尼科夫仿佛在记忆里搜索着什么似的，慢慢地回答，同时他全身的神经都紧张起来，痛苦得心里发慌，想要尽快猜出这是个什么圈套，生怕有什么疏忽，说漏了嘴，“不，没看见，就连房门开着的房间也没注意到……不过四楼上（他已经完全明白这是个什么圈套了，于是扬扬得意地说），我倒记得，四楼上有个官吏在搬家……就在阿廖娜·伊万诺芙娜对面……我记得……这我记得很清楚……几个当兵的抬出一张沙发，把我挤到了墙边……可是油漆匠……不记得有油漆匠……而且好像那儿的房门也没开着。是的，没有……”

“唉，你是怎么搞的！”拉祖米欣突然喊了一声，仿佛醒悟过来，明白是怎么回事了，“油漆匠油漆房间，是在发生凶杀案的那一天，他却是三天前去那里的，不是吗？你问他做什么？”

“哎哟！我弄错了！”波尔菲里拍了拍自己的前额，“见鬼，我叫这个案子给搞糊涂了！”他甚至好像道歉似的对拉斯科利尼科夫说，“要知道，有没有人在七点多钟看到他们在那套房间里，了解这一点非常重要，所以刚才我以为，您也可能提供点儿……完全弄错了！”

“所以应该细心些。”拉祖米欣脸色阴沉地说。

最后几句话已经是在前室里说的了。波尔菲里·彼特罗维奇非常客气地把他们送到了房门口。他们两人走到街上的时候面色都是阴沉沉的，皱着眉头，走了好几步，仍然一句话也不说。拉斯科利尼科夫深深地舒了口气……

六

“……我不相信！我不能相信！”感到困惑不解的拉祖米欣反复说，竭力想驳倒拉斯科利尼科夫说的理由。他们已经走到了巴卡列耶夫的旅馆，普莉赫里娅·亚历山德罗芙娜和杜尼娅早就在那儿等着他们了。他们热烈地谈论着，拉祖米欣不时在路上停下来，单单是因为他们还是头一次明确地谈起这一点，这就使他感到既惶惑，又十分激动了。

“你不相信好了！”拉斯科利尼科夫漫不经心地冷笑着，回答说，“你一向是什么也觉察不到，我可是把每句话都掂量过了。”

“你神经过敏，所以才去掂量……嗯哼……真的，我同意，波尔菲里说话的语气相当奇怪，尤其是那个坏蛋扎苗托夫！……你说得对，他心里是有什么想法——不过为什么呢？为什么呢？”

“一夜之间他改变了看法。”

“不过恰恰相反，恰恰相反！如果他们有这个愚蠢想法的话，他们准会竭力隐瞒着它，把自己的牌藏起来，才好在以后逮住你……可现在——这是无耻和粗心大意！”

“如果他们有了事实，也就是确凿的证据，或者哪怕是只有多少有点儿根据的怀疑，那么他们当真会把他们玩弄的把戏掩盖起来，以期获得更大的胜利。（那样的话，他们早就会去搜查了！）可是他们没有证据，一点儿证据也没有——一切都是虚幻的，一切都模棱两可，只不过是一个虚无缥缈的想法——所以他们才竭力想用这种厚颜无耻的方式来把我搞糊涂。也许，因为没有证据，他自己也很生气，心中恼怒，于是就脱口而出了。不过也许是有什么意图……他好像是个聪明人……也许他是故意装作知道的样子，这样来吓唬我……老兄，这也有他自己的某种心理……不过，要解释这一切，让人感到厌恶。别谈了！”

“而且是侮辱性的，侮辱性的！我理解你！不过……因为现在我们已经明确地谈起这个问题（这很好，我们终于明确地谈起来了，我很高兴！）——那么现在我坦率地向你承认，我早就发觉他们有这个想法了，当然，在整个这段时间里，这只是一个勉强可以察觉的想法，还不敢公然说出来，不过即使不敢公然说出来吧，可这到底是为什么呢！他们怎么敢？他们这样想的根据在哪里，在哪里呢？要是你能知道我感到多么气愤就好了！怎么：就因为是个穷大学生，因为他被贫穷和忧郁折磨得精神极不正常，在他神志不清、害了重病的头一天，也许已经开始神志不清了，（请记住这一点）他多疑，自尊心很强，知道自己的长处，六个月来躲在自己屋里，没和任何人见过面，身上的衣服破破烂烂，靴子也掉了鞋掌——站在那些卑鄙的警察局长面前，受尽他们的侮辱；而这时又突然面对一笔意想不到的债务，七等文官切巴罗夫交来的一张逾期不还的借据，再加上油漆的臭味，列氏[①]30度的高温，空气沉闷，屋里一大堆人，又在谈论一件凶杀案，而头天晚上他刚到被杀害的老太婆那儿去

---

① 法国物理学家列奥缪尔设计的温度计，冰点为0度，沸点为80度。列氏30度等于摄氏37.5度。

过，这一切加在一起——可他还没吃饭，饥肠辘辘！这怎么会不昏倒呢！就是根据这个，他们的全部根据就是这些东西！见鬼！我明白，这让人感到愤慨，不过，要叫我处在你的地位上，罗季卡，我就会对着他们大家哈哈大笑，或者最好是啐一口浓痰，吐在他们脸上，越浓越好，还要左右开弓，扇他们二十记耳光，这样做很有道理，得经常这样教训教训他们，打过了，就算完了。别睬他们！精神振作起来！他们这样做太可耻了！”

“不过，这一切他说得真好。”拉斯科利尼科夫想。

“别睬他们！可明天又要审问了！”他苦恼地说，“难道我得去向他们解释吗？就连昨天我在小饭馆里竟有失身份地和扎苗托夫说话……我都感到懊悔了。”

“见鬼！我去找波尔菲里！我要以亲戚的方式向他施加压力，叫他把心里的想法全都坦白地说出来。至于扎苗托夫……”

“他终于领悟了！”拉斯科利尼科夫想。

“等等！”拉祖米欣突然一把抓住他的肩膀，高声叫喊起来，“等等！你说得不对！我再三考虑，认为你说错了！唉，这算什么圈套？你说，问起那两个工人，就是圈套吗？你好好想想看：如果这是你干的，你会不会说漏了嘴，说你看到过在油漆房间……看到过那两个工人？恰恰相反：即使看到过，你也会说，什么都没看见！谁会承认对自己不利的事呢？”

“如果那事是我干的，那么我准会说，我看到过那两个工人和那套房子。”拉斯科利尼科夫不乐意地，而且显然是怀着厌恶的心情继续回答。

“为什么要说对自己不利的话呢?”

“因为只有乡下人或者是最没有经验的新手，才会在审讯时矢口抵赖。稍微成熟和多少有点儿经验的人，一定尽可能承认那些表面上的和无法隐瞒的事实；不过他会寻找别的理由来说明这些事实，硬给这些事实加上某种独特的、意想不到的特点，使它们具有不同的意义，给人造成不同的印象。波尔菲里可能正是这样估计的，认为我一定会这样回答，一定会说，看到过，而为了说得合情合理，同时又一定会作某种解释……”

“不过他会立刻对你说，两天以前那两个工人不可能在那里，可见你正是在发生凶杀案的那天晚上七点多钟去过那儿。单是这样一件并不重要的小事，就会使你上当受骗!”

“而他就正是这么盘算的，认为我一定来不及好好考虑，准会急忙做出较为真实的回答，却忘了，两天前工人们是不可能在那里的。”

“这怎么会忘了呢?”

“最容易了！狡猾的人最容易在这种无关紧要的小事上犯错误。一个人越是狡猾，就越是想不到别人会让他在一件普通的小事上上当受骗。正是得用最普通的小事才能让最狡猾的人上当受骗。波尔菲里完全不像你想得那么傻……”

“他这么做，就是个卑鄙的家伙!”

拉斯科利尼科夫不禁笑了起来。但同时他又觉得，做最后这番解释的时候，他那种兴奋和乐于解释的心情是很奇怪的，然而在此之前，他和人谈话的时候，却是怀着忧郁的厌恶心情，显然是为了达到什么目的，不得不说。

“我对某几点发生兴趣了！”他暗自想。

可是几乎就在那一瞬间，不知为什么他又突然感到不安起来，仿佛有一个出乎意外和令人忧虑的想法使他吃了一惊。他心中的不安增强了。他们已经来到了巴卡列耶夫旅馆的入口。

“你一个人进去吧，”拉斯科利尼科夫突然说，“我这就回来。”

“你去哪儿？我们已经到了！”

“我需要，一定得去。我有事……过半个钟头回来……你去跟她们说一声。”

“随你的便，我跟你一道去！”

“怎么，你也想折磨我吗！”他突然高声叫嚷，目光中流露出那样痛苦的愤怒和绝望的神情，使拉祖米欣感到毫无办法了。有一会儿工夫，拉祖米欣站在台阶上，阴郁地望着他朝他住的那条胡同的方向大步走去。最后，他咬紧了牙，攥紧拳头，发誓今天就去找波尔菲里，像挤柠檬一样把他挤干，于是上楼去安慰因为他们久久不来、已经感到焦急不安的普莉赫里娅·亚历山德罗芙娜。

拉斯科利尼科夫来到他住的那幢房子的时候，他的两鬓已经汗湿，呼吸也感到困难了。他急忙上楼，走进自己那间没有上锁的房间，立刻扣上门钩。然后他惊恐地、发疯似的冲到墙角落墙纸后面藏过东西的那个窟窿那里，把手伸进去，很仔细地在窟窿里摸了好几分钟，把墙纸上的每个皱褶，每个隐蔽的地方都一一检查了一遍。他什么也没找到，这才站起来，深深地舒了一口气。刚才已经走近巴卡列耶夫旅馆的台阶的时候，他突然想到，不知有件什么东西，一条表链、一个领扣，或者甚至是老太婆亲手做过记号的一张包东西的纸，当时可能不知怎么掉出来，掉进哪儿的一条裂缝里，以后却突然作为一件意想不到和无法反驳的物证，摆在他的面前。

他站在那儿，仿佛陷入沉思，一丝奇怪的、屈辱的、几乎毫无意义的微笑掠过他的嘴角。最后他拿起制帽，轻轻地走出房门。他心乱如麻。他若有所思地下楼，来到了大门口。

“那不就是他吗！”一个响亮的声音叫喊道。他抬起了头。

管院子的站在自己的小屋门口，正在向一个身材不高的人直指着他，看样子那人像是个小市民，身上穿的衣服仿佛是件长袍，还穿着背心，远远看上去，很像个女人。他戴一顶油污的制帽，低着头，好像是个驼背。看他那皮肤松弛、布满皱纹的脸，估计他有五十多岁。他那双浮肿的眼睛神情阴郁而又严厉，好像很不满意的样子。

“有什么事？”拉斯科利尼科夫走到管院子的人跟前，问。

那个小市民皱着眉头、斜着眼睛瞟了他一眼，不慌不忙凝神把他仔细打量了一番，随后转过身去，一言不发，就走出大门，到街上去了。

“这是怎么回事！”拉斯科利尼科夫大声喊。

“刚刚有个人问，这儿是不是住着个大学生，并且说出了您的名字，还说出您住在谁的房子里。这时候您下来了，我就指给他看，可他却走了。您瞧，就是这么回事。”

管院子的也觉得有点儿莫名其妙，不过并不是十分惊讶，又稍想了一下，就转身回到自己的小屋里去了。

拉斯科利尼科夫跟在小市民后面，出去追他，立刻看到他正在街道对面走着，仍然不慌不忙，步伐均匀，眼睛盯着地下，仿佛在思考什么。拉斯科利尼科夫不久就追上了他，不过有一会儿只是跟在他后面，最后走上前去，和他并排走着，从侧面看了看他的脸。小市民立刻看到了他，很快打量了他一下，可是又低下眼睛，他们就这样并排走着，一言不发。

“您跟管院子的……打听我了?”最后拉斯科利尼科夫说，可是不知为什么，声音很低。

小市民什么也不回答，连看也不看他一眼。两人又不说话了。

“您是怎么回事……来打听我……又不说话……这是什么意思?”拉斯科利尼科夫的声音中断了，不知为什么不愿把话说明白。

这一次小市民抬起眼来，用恶狠狠的、阴郁的目光瞅了瞅拉斯科利尼科夫。

“杀人凶手!”他突然轻轻地说，然而说得十分明确、清楚……

拉斯科利尼科夫在他身旁走着。他的腿突然发软了，背上一阵发冷，一瞬间心也仿佛停止了跳动；随后又突然怦怦地狂跳起来，好像完全失去了控制。他们就这样并肩走了百来步，又是完全默默不语。

小市民不看着他。

“您说什么……什么……谁是杀人凶手?”拉斯科利尼科夫含糊不清地说，声音勉强才能听到。

“你是杀人凶手。”那人说，每个音节都说得更加清楚，也说得更加庄严有力了，而脸上仿佛露出充满敌意的、扬扬得意的微笑，又对着拉斯科利尼科夫苍白的脸和目光呆滞的眼睛直瞅了一眼。这时两人来到了十字路口。小市民往左转弯，头也不回地走到一条街道上去了。拉斯科利尼科夫却站在原地，好长时间望着他的背影。他看到那人已经走出五十来步以后，回过头来望了望他，他仍然一直站在原地，一动不动。从远处不可能看清楚，可是拉斯科利尼科夫好像觉得，这一次那人又冷冷地、十分憎恨地、扬扬得意地对他笑了笑。

拉斯科利尼科夫双膝簌簌发抖，仿佛冷得要命，有气无力地慢慢转身回去，上楼回到了自己那间小屋。他摘下帽子，把它放到桌子上，一动不动地在桌边站了约莫十分钟的样子。随后他浑身无力地躺到沙发上，虚弱地轻轻哼着，伸直了身子，他的眼睛闭着。就这样躺了大约半个小时。

他什么也不想。就这样，一些想法，或者是某些思想的片断，一些杂乱无章、互不相干的模糊印象飞速掠过他的脑海：一些还是他在童年时看见过的人的脸，或者是在什么地方只见过一次，从来也没再想起过的人的脸；B教堂的钟楼、一家小饭馆里的台球台，有个军官在打台球，地下室里一家烟草铺里的雪茄烟味，一家小酒馆，后门的一条楼梯，楼梯很暗，上面泼满污水，撒满蛋壳，不知从什么地方传来了星期天的钟声……这些东西不停地变换着，像旋风般旋转着。有些东西他甚至很喜欢，想要抓住它们，但是它们却渐渐消失了，他心里感到压抑，不过不是很厉害。有时甚至觉得这很好。轻微的寒战尚未消失，这也几乎让他感到舒适。

他听到了拉祖米欣匆匆的脚步声以及他说话的声音，闭上眼，假装睡着了。拉祖米欣打开房门，有一会儿工夫站在门口，似乎犹豫不决。随后他轻轻走进屋里，小心翼翼地走到沙发前。听到娜斯塔西娅低声说：

“别碰他，让他睡够了。以后他才想吃东西。”

“真的。”拉祖米欣回答。

他们两人小心翼翼地走出去，掩上了房门。又过了半个钟头的样子。

拉斯科利尼科夫睁开眼，把双手垫在头底下，仰面躺着……

“他是谁？这个从地底下钻出来的人是谁？那时候他在哪儿，看到过什么？他什么都看到了，这是毫无疑问的。当时他站在哪儿，是从哪里观看的？为什么只是到现在他才从地底下钻出来？他怎么能看得见呢——难道这可能吗？……嗯哼……”拉斯科利尼科夫继续想，身上一阵阵发冷，一直在发抖，“还有尼古拉在门后拾到的那个小盒子：难道这也是可能的吗？物证吗？只要稍有疏忽，就会造成埃及金字塔那么大的罪证！有一只苍蝇飞过，它看到了！难道这可能吗？”

他突然怀着极端厌恶的心情感觉到，他是多么虚弱无力，的确虚弱得厉害。

“我应该知道这一点，”他苦笑着想，“我怎么敢，我了解自己，我有预感，可是我怎么竟敢拿起斧头，用血玷污我的双手呢。我应该事先就知道……唉！我不是事先就知道了吗！……”他绝望地喃喃低语。

有时他脑子里只有一个想法，呆呆地只想着某一点：

“不，那些人不是这种材料做成的。可以为所欲为的真正统治者，在土伦击溃敌军，在巴黎进行大屠杀，忘记留在埃及的一支部队，在进军莫斯科的远征中白白牺牲五十万人的生命，在维尔纳说了一句语意双关的俏皮话，就这样敷衍了事。他死后，人们却把他奉为偶像[①]——可见他能为所欲为。不，看来这些人不是血肉之躯，而是青铜

① 指拿破仑。1793年12月17日拿破仑在法国南部的土伦击溃了敌军；1795年10月13日拿破仑血腥镇压了巴黎的保皇党起义；1799年10月拿破仑为了夺取政权，把一支军队丢在埃及，偷偷地回到巴黎；1812年拿破仑在俄国被击败后，曾在波兰的维尔纳说过这么一句话：“从伟大到可笑只有一步之差，让后人去评判吧。”

铸就的！”

突然出现的另一个想法几乎使他大笑起来：

“一边是拿破仑，金字塔[①]，滑铁卢[②]，另一边是一个可恶的十四等文官太太，一个瘦弱干瘪的小老太婆，一个床底下放着个红箱子、放高利贷的老太婆——这二者相提并论，即使是波尔菲里·彼特罗维奇吧，他怎么会容忍呢！……他岂能容忍！……美学不容许这样，他会说：‘拿破仑会钻到‘老太婆’的床底下去！唉！废话！……’”

有时他觉得自己好像在说胡话：他陷入了热病发作时的状态，心情兴奋极了。

“老太婆算什么！”他紧张地、感情冲动地想，“老太婆，看来这也是个错误，问题不在于她！老太婆只不过是一种病……我想尽快跨越过去……我杀死的不是人，而是原则！原则嘛，倒是让我给杀了，可是跨越嘛，却没跨越过去，我仍然留在了这边……我只会杀。结果发现，就连杀也不会……原则？不久前拉祖米欣这个傻瓜为什么在骂社会主义者？他们是勤劳的人和做买卖的人，他们在为‘公共的幸福’工作……不，生命只给了我一次，以后永远不会再给我了：我不愿等待‘普遍幸福’。我自己也想活着，不然，最好还是不要再活下去了。怎么？我只不过是不愿攥紧自己口袋里的一个卢布，坐等‘普遍幸福’的到来，而看不见自己的母亲在挨饿。说什么‘我正在为普遍的

---

① 1798年法军与埃及统治者的军队在埃及亚历山大港附近距金字塔不远的地方作战。战争开始时，拿破仑对士兵们说：“四十个世纪正从这些金字塔上看着我们！”

② 1815年6月18日拿破仑在比利时的滑铁卢镇附近与英普联军作战，大败；拿破仑被流放到非洲的英属圣赫勒拿岛。

幸福添砖加瓦，因此我感到心安理得’。哈——哈！你们为什么让我溜掉呢？要知道，我总共只能活一次，我也想……唉，从美学的观点来看，我是一只虱子，仅此而已。”他补充说，突然像疯子一样哈哈大笑起来。

“对，我当真是一只虱子，”他接着想，幸灾乐祸地与这个想法纠缠不休，细细地分析它，玩弄它，拿它来取乐，“单就这一点来说，我就是一只虱子，因为第一，现在我认为我是只虱子；第二，因为整整一个月来，我一直在打搅仁慈的上帝，请他作证，说是，我这么做不是为了自己肉体上的享受和满足自己的淫欲，而是有一个让人感到高兴的崇高目的——哈——哈！第三，因为我决定在实行我的计划的时候，要遵循尽可能公平合理的原则，注意分量和分寸，还做了精确的计算：在所有虱子中挑了一只最没有用处的，杀死了它以后，决定只从她那儿拿走为实现第一步所必需的那么多钱，不多拿，也不少拿（那么剩的钱就可以按照她的遗嘱捐给修道院了，哈——哈！）……因此我彻头彻尾是一只虱子，”他咬牙切齿地补上一句，“因此，也许我本人比那只给杀死的虱子更卑鄙，更可恶，而且我事先就已经预感到，在我杀了她以后，我准会对自己这么说！难道还有什么能与这样的恐惧相比吗！噢，下流！噢，卑鄙！……噢，我对‘先知’是怎么理解的，他骑着马，手持马刀：安拉吩咐，服从吧，‘发抖的’畜生！‘先知’说得对，说得对，当他拦街筑起威——力——强——大的炮垒，炮轰那些无辜的和有罪的人们的时候，连解释都不解释一下！服从吧，发抖的畜生，而且，不要期望什么，因为这不是你的事！……噢，无论如何，无论如何我决不宽恕那个老太婆！”

他的头发都被汗湿透了，发抖的嘴唇干裂了，呆滞的目光死死地盯着天花板。

“母亲，妹妹，以前我多么爱她们啊！为什么现在我恨她们呢？是的，现在我恨她们，肉体上能感觉到憎恨她们，她们待在我身边，我就受不了……不久前我走近前去，吻了吻母亲，我记得……我拥抱她，心里却在想，如果她知道了，那么……难道那时我会告诉她吗？我倒是会这么做的……嗯哼！她也应该像我一样，”他补上一句，同时在努力思索着，似乎在和控制了他的昏迷状态搏斗，“噢，现在我多么憎恨那个老太婆！看来，如果她活过来的话，我准会再一次杀死她！可怜的莉扎薇塔！她为什么偏偏在这时候进来呢！……不过，奇怪，为什么我几乎没去想她，就像我没有杀死她似的？莉扎薇塔？索尼娅！两个可怜的、温顺的女人，都有一双温顺的眼睛……两个可爱的女人！……她们为什么不哭？她们为什么不呻吟呢？……她们献出一切……看人的时候神情是那么温顺、温和……索尼娅，索尼娅！温顺的索尼娅！……”

他迷迷糊糊地睡着了。他觉得奇怪，他竟记不起，怎么会来到了街上。已经是晚上，时间很晚了，暮色越来越浓，一轮满月越来越亮，但不知为什么，空气却特别闷热。人们成群结队地在街上走着；有一股石灰味、尘土味和死水的臭味。拉斯科利尼科夫在街上走着，神情阴郁，满腹忧虑：他清清楚楚记得，他从家里出来，是有个什么意图的，得去做一件什么事情，而且要赶快去做，可到底要做什么，他却忘了。突然他站住了，看到街道对面人行道上站着一个人，正在向他招手。他穿过街道，朝那人走去，但是这个人突然若无其事地转身就走，低下头去，既不回头，也不表示曾经招手叫过他。“唉，算了，他是不是招呼过我呢？”拉斯科利尼科夫想，可是却追了上去。还没走了十步，他突然认出了那个人，不由得大吃一惊：原来这就是刚刚遇到的那个小市民，还是穿着那样一件长袍，还是那样有点儿驼背。拉斯科利尼科夫远远地跟着他，心在“怦怦”地跳；他们折进一条胡同，那个人一直没有回过头来。“他知道我跟着他吗？”拉斯科利尼科夫想。那个小市民走进一幢大房子的大门里去了。拉斯科利尼科夫赶快走到大门前，张望起来：那人是不是会回过头来，会不会叫他呢？真的，那个人穿过门洞，已经进了院子，突然回过头来，又好像向他招了招手。拉斯科利尼科夫立刻穿过门洞，但是那个小市民已经不在院子里了。这么说，他准是立刻上第一道楼梯了。拉斯科利尼科夫跑过去追他。真的，楼上，隔着两层楼梯，还能听到均匀的、不慌不忙的脚步声。奇怪，这楼梯好像很熟！瞧，那就是一楼上的窗子：月光忧郁而神秘地透过玻璃照射进来。瞧，这就是二楼。啊！这就是那两个工人在里面油漆的那套房子……他怎么没有立刻就认出来呢？在前面走的那个人的脚步声消失了：“这么说，他站下来了，要么是在什么地方躲起来了。”这儿是三楼，要不要再往上走呢？那里多静啊，甚至让人害怕……不过他还是上去了。他自己的脚步声让他感到害怕，心慌。天哪，多么暗啊！那个小市民准是藏在这儿的哪个角落里。啊！房门朝楼梯大敞着。他想了想，走了进去。前室里很暗，空荡荡的，一个人也没有，好像东西都搬走了。他踮着脚尖轻轻地走进客厅：整个房间里明晃晃地洒满了月光。这里一切都和从前一样：几把椅子，一面镜子，一张黄色的长沙发，还有几幅镶着画框的画。一轮像铜盘一样又大又圆的火红的月亮径直照到窗子上。“这是由于月亮的关系，才显得这么静，”拉斯科利尼科夫想，“大概现在它正在出一个谜语，让人去猜。”他站在那儿等着，等了好久，月亮越静，他的心就越是跳得厉害，甚至都跳得痛起来了。一直寂静无声。突然听到一声转瞬即逝的干裂的声音，仿佛折断了一根松明，一切又静下来了。一只醒来的苍蝇飞着猛一下子撞到玻璃上，好像抱怨似的嗡嗡地叫起来。就在这时，他看出，墙角落里，一个小橱和窗户之间，似乎一件肥大的女大衣挂在墙上。“这儿为什么挂着件大衣？”他想，“以前这儿没有大衣呀……”他悄悄走近前去，这才猜到，大衣后面仿佛躲着一个人。他小心翼翼地用一只手掀开大衣，看到那儿放着一把椅子，这把放在角落里的椅子上坐着一个老太婆，伛偻着身子，低着头，所以他怎么也看不清她的脸，不过，这是她。他在她面前站了一会儿：“她害怕了！”他心想，悄悄地从环扣上取下斧头，抡起斧头朝她的头顶猛砍下去，一下，又一下。可是奇怪：砍了两下，她连动都不动，好像是木头做的。他觉得害怕了，弯下腰去，凑近一些，仔细看看，可是她把头往下低得更厉害了。于是他俯下身子，完全俯到地板上，从底下看了看她的脸，他一看，立刻吓呆了：老太婆正坐在那儿笑呢——她止不住地笑着，笑声很轻很轻，几乎听不见，而且她竭力忍着，不让他听到她在笑。突然，他好像觉得，卧室的门稍稍开了一条缝，那里似乎也有人在笑，在窃窃私语。他简直要发疯了：使出全身的力气，猛砍老太婆的脑袋，但是斧头每砍一下，卧室里的笑声和喃喃低语的声音也越来越响，听得越来越清楚了，老太婆更是哈哈大笑，笑得浑身抖个不停。他转身就跑，但穿堂里已经挤满了人，楼梯上一扇扇房门全都大敞四开，楼梯平台上，楼梯上，以及下面——到处站满了人，到处人头攒动，大家都在看——可是都在躲躲藏藏，都在等着，一声不响！……他的心缩紧了，两只脚一动也不能动，好像在地上扎了根……他想高声大喊，于是醒了。

他很吃力地喘了口气——可是奇怪，梦境仿佛仍然在继续：他的房门大开着，门口站着一个完全陌生的人，正在凝神细细地打量他。

拉斯科利尼科夫还没完全睁开眼，就又立刻把眼闭上了。他仰面躺着，一动不动。“这是不是还在做梦呢。”他想，又让人看不出来地微微抬起睫毛，看了一眼。那个陌生人还站在那儿，仍然在细细打量他。突然，他小心翼翼地跨过门槛，谨慎地随手掩上房门，走到桌前，等了约莫一分钟光景——在这段时间里一直目不转睛地瞅着他——于是轻轻地，一点儿响声也没有，坐到沙发旁边的一把椅子上。他把帽子就放在身旁的地板上，双手撑着手杖，下巴搁在手上。看得出来，他是装作要长久等下去的样子。透过不停眨动的睫毛尽可能细看，隐约看出，这个人已经不算年轻，身体健壮，留着一部浓密的大胡子，胡子颜色很淡，几乎是白的……

约莫过了十来分钟。天还亮着，但暮色已经降临。屋里一片寂静，就连楼梯上也听不到一点儿声音。只有一只大苍蝇嗡嗡叫着，飞着撞到窗户玻璃上。最后，这让人感到无法忍受了：拉斯科利尼科夫突然欠起身来，坐到沙发上。

“喂，您说吧，您有什么事？”

“我就知道您没睡，只不过装作睡着了的样子，”陌生人奇怪地回答，平静地大笑起来，“请允许我自我介绍：阿尔卡季·伊万诺维奇·斯维德里盖洛夫……”

非琴俄罗斯文学经典译文集

Преступление и наказание

罪与罚 下

[俄]费·陀思妥耶夫斯基 著
非　琴 译

河北出版传媒集团
河北教育出版社

第四章

一

“莫非这还是在做梦吗?”拉斯科利尼科夫又不由得想。

他小心谨慎而又怀疑地细细端详这位不速之客。

“斯维德里盖洛夫?多么荒唐!这不可能!”最后,他困惑不解地说出声来。

对这一惊呼,客人似乎一点儿也不感到奇怪。

“我来找您有两个原因,第一,想和您认识一下,因为我已久仰大名,我听到的都是关于您的好话,而且很有意思;第二,我希望,也许您不会拒绝帮助我做一件事,而这件事直接关系到令妹阿芙多季娅·罗曼诺芙娜的利益。由于她对我抱有成见,没人引见,我独自去找她,现在她可能根本不让我进门,而有您帮助,情况就完全不同了,我估计……”

“您估计错了。”拉斯科利尼科夫打断了他的话。

“请问,她们不是昨天刚到吗?”

拉斯科利尼科夫没有回答。

“是昨天,我知道。因为我也不过是前天才到。嗯,至于这件事嘛,罗季昂·罗曼诺维奇,请您听我说:为自己辩解,我认为那是多余的,不过请您告诉我:在这件事情上我真的犯了那么严重的大罪吗?也就是说,如果不带偏见,客观公正地评判的话?”

拉斯科利尼科夫继续默默地仔细打量他。

“我在自己家里追求一个无力自卫的少女，‘卑鄙地向她求婚，从而侮辱了她’——是这样吗？（我自己先说了吧！）不过您只要想想看，我也是人，et nihil humanum……[①]总之，我也能坠入情网，我也会爱上人，（这当然是由不得我们的意志决定的）于是就用最自然的方式表达出来了。这儿的全部问题就是：我是个恶棍呢，还是牺牲者？嗯，怎么会是牺牲者呢？要知道，我向我的意中人提议，要她和我一道私奔，逃往美国或瑞士的时候，我可能是怀着最大的敬意，而且想让我们两个人都能获得幸福！……因为理智总是供爱情驱使。我大概是更害了自己！……”

“问题完全不在这里，”拉斯科利尼科夫厌恶地打断了他，“您只不过是让人感到讨厌，不管您对，还是不对，哼，她们不愿跟您来往，会把您赶走，您请走吧！……”

斯维德里盖洛夫突然哈哈大笑起来。

“不过您……您倒不会上当受骗啊！”他非常坦率地笑着说，“我本想耍点儿手腕，可是，不成，您恰好一下击中了要害！”

“就是现在，您也还是在耍手腕。”

“那又怎样？那又怎样呢？”斯维德里盖洛夫坦率地笑着说，“要知道，这是所谓bonne guerre[②]，兵不厌诈，耍这样的花招是可以的嘛！……不过您还是打断了我。不管怎么着，我要再说一遍：要不是发生了花园里

---

① 拉丁文，引自古罗马剧作家杰连齐亚（约公元前195—159）的喜剧《自我折磨》。引文不正确，原文是：“我是人，凡是人所具有的东西，没有一样是我所没有的。”这句话已经成为箴言。

② 法文，“真正的战争”之意。

的那档子事，什么不愉快的事都不会有。玛尔法·彼特罗芙娜……”

“就连玛尔法·彼特罗芙娜，据说也是让您给害死的？”拉斯科利尼科夫粗暴地打断了他的话。

“这您也听说了？不过怎么会听不到呢……嗯，对于您提出的这个问题，说真的，我不知道该怎么对您说才好，虽说在这件事情上，我绝对问心无愧。也就是说，请不要以为我怕什么：一切都完全正常，无可怀疑：医生检查，发现是死于中风，这是因为她午饭吃得过饱，把一瓶酒几乎全喝光了，饭后立刻就去进行浴疗，此外没能查出任何别的原因……不，后来我考虑了一段时间，特别是在路上，坐在火车车厢里的时候：这件不幸的事……是不是我促成的，是不是我使她精神上受了刺激，或者是由于什么别的诸如此类的情况？可是我得出结论，这也绝不可能。”

拉斯科利尼科夫笑了。

“那您何必这样不安呢！”

“您笑什么？您想想看：我总共才不过抽了她两鞭子，连伤痕都看不出来……请您别把我看作犬儒主义者。因为我完全知道，我这么做是多么卑鄙，而且我还做过其他卑鄙的事。不过我也确实知道，玛尔法·彼特罗芙娜好像也喜欢我的这种，也可以说是风流韵事吧。关于令妹的那件事已经完全结束了。玛尔法·彼特罗芙娜不得不待在家里，已经是第三天了；已经没有必要再进城去，她拿去的那封信，大家都已经听厌了。（念信的事您听说了吗？）突然这两鞭子好似天赐的良机！她头一件事就是吩咐套上马车！……女人有时候非常、非常乐于受侮辱，尽管表面上看上去十分气愤——这我就不去说它了。所有的人都有这种情况。一般说，人甚至非常、非常喜欢受侮辱，这您发觉没有？不过女人尤其是这样。甚至可以说，这是她们唯一的消遣。”

有那么一会儿，拉斯科利尼科夫想要站起来，出去，这样来结束这次会见。但是某种好奇心，甚至似乎是有某种打算。暂时留住了他。

“您喜欢打架吗?”他心不在焉地问。

“不，不很喜欢，”斯维德里盖洛夫平静地回答，“我和玛尔法·彼特罗芙娜几乎从来不打架。我们在一起过得很和睦，她对我总是十分满意。在我们共同生活的七年中，我用鞭子的情况总共只有两次（如果不算另一次，也就是第三次的话，不过那一次有另外的含意）：第一次是我们结婚两个月以后，刚一来到乡下的时候，还有现在这一次，也就是最后一次。您却以为，我是个恶棍，是个顽固落后的家伙，农奴制的拥护者吗？嘿——嘿……顺便说一声，罗季昂·罗曼诺维奇，您记得吗，几年前，还是在带来良好效果的广开言路的时期[①]，有个贵族——我忘了他姓什么了！——还在火车上鞭打过一个德国女人呢，可是激起了公愤，遭到我们全民谴责，所有报刊也纷纷予以抨击，弄得他名誉扫地[②]，这件事您还记得吗？当时，好像就在那一年，还发生了《〈世纪〉杂志岂有此理的行为》[③]。（喏，当众

---

① 指为废除农奴制作准备的那段时间（1856—1861）。在这段时间里，俄国报刊可以公开揭露警察当局滥用职权等社会弊端。

② 1860年初，报纸上在议论一个地主在火车上鞭打一个里加女人的事。陀思妥耶夫斯基的《时代》杂志上也为此发表过文章，抨击地主的专横。

③ 这是诗人米哈依洛夫（1829—1865）一篇文章的题目。他这篇文章是对《世纪》杂志1861年第八期一篇叫作《俄罗斯的怪现象》的小品文的回答。那篇小品文攻击积极参加女权运动的托尔马乔夫在彼尔姆市的一次文学—音乐晚会上朗诵普希金的《埃及之夜》。为支持米哈依洛夫，并为托尔马乔夫辩护，陀思妥耶夫斯基曾写过一篇题为《光明磊落的范例》的文章，发表在《时代》杂志1861年第三期上。

朗诵《埃及之夜》，您记得吗？一双乌黑的眼睛！噢，你在哪里，我们青春的黄金时期！）嗯，那么，这就是我的意见：对那个鞭打德国女人的先生，我并不深表同情，因为，说实在的……有什么好同情的呢！不过同时我也不能不声明，有时就是有这样一些非揍不可的‘德国女人’，我觉得，没有一个进步人士能够完全担保，自己绝对不会动怒。当时谁也没从这个观点来看这个问题，然而这个观点才是真正人道主义的观点，的确如此！”

说完了这些以后，斯维德里盖洛夫突然又大笑起来。拉斯科利尼科夫看得很清楚，知道这是个主意坚决、十分狡猾、决不会暴露自己意图的人。

“您大概是，一连几天没跟人说话了吧?”他问。

“差不多是这样。怎么：我是个这么随和的人，您大概觉得奇怪了吧?”

“不，我觉得奇怪的是，您这个人太随和了。”

“是因为您提的问题粗暴无礼，可我并不见怪吗？是这样吗？是的……有什么好见怪的呢？您怎么问，我就怎么回答，”他带着令人惊讶的天真神情补充说，“因为我几乎对什么也不特别感兴趣，真的，”他不知为什么沉思地接着说下去，“尤其是现在，我很空，什么事也没有……不过您可以认为，我奉承您，是因为我有什么企图，何况我自己也说过，我有事要找令妹。不过我坦白地跟您说吧：我很寂寞！尤其是这三天，所以很高兴找您谈谈……请别生气，罗季昂·罗曼诺维奇，不过，不知为什么，我觉得您很奇怪。不管您认为怎样，反正您心里有什么心事。就是现在，也就是说，并不是指此时此刻，而是一般说的现在……好，我不说了，不说了，请您别皱眉！要知道，我可不是像您所想象的那样的一头熊。”

拉斯科利尼科夫神情阴郁地看了看他。

“您也许甚至根本就不是熊，”他说，“我甚至觉得，您很有教养，或者至少在必要的时候也能做一个正派人。”

“要知道，无论是谁的意见，我都不怎么特别感兴趣，”斯维德里盖洛夫冷冷地回答，语气甚至好像有点儿傲慢，“这就是我为什么没成为一个庸俗的人的缘故，尽管在我们这个社会上，戴上顶庸俗的帽子倒是挺舒服的……尤其是如果你天生就喜欢戴这顶帽子的话。”他补充说，又哈哈大笑起来。

“不过我听说您在这儿有很多熟人。您可是个所谓‘并不是没有朋友’的人。在这种情况下，要不是有什么目的，您来找我干吗?”

“您说我有熟人，这倒是真的，”斯维德里盖洛夫接住话茬说，却没回答主要问题，“我已经碰到过了。因为我已经闲荡了两天多，我会去打听他们，看来，他们也会来打听我。这还用说吗，我穿得体面，不能算是穷人；就连农民改革[①]也没影响我：我的财产大都是汛期淹水的森林和草地，收入没受损失；不过……我不会上他们那儿去。早就腻烦了：我已经来了两天多，可是熟人当中谁也没碰到过……还有这座城市！您瞧，我们这座城市是怎么建立的！一座公务员和各种教会学校学生的城市！不错，早先，八年前我住在这儿的时候，这儿有好多东西我都没注意……现在我只把希望寄托在构造上，真的!”

“什么构造?”

“至于这些俱乐部啊，杜索[②]啊，你们这些普安特[③]啊，或者，大概还

---

① 1861年的农民改革废除了农奴制，但未触及地主的利益，根据有关规定，可耕地、森林和草地都留给了地主。

② 杜索：当时彼得堡一家著名饭店的老板。

③ 普安特：法语Pointe，意思是“海岬”；这里指涅瓦河各小岛上的时髦娱乐场所。

有什么进步啊——这些，没有我们也行，”他继续说，又没注意向他提出的问题，“可是倒乐意作赌棍吗？”

“您还是个赌棍？”

“怎么能不是呢？我们有这么一伙人，都是最体面的人，这是八年前的事了，大家在一起消磨时间；您要知道，都是些最有风度的人，有诗人，也有资本家。一般说，在我们俄国社会里，只有那些常受打击的人最有风度——这点您注意到了吗？现在我不修边幅了，因为我是住在乡下。而当时，因为我欠了涅任市[①]一个希腊人的债，终于进了监狱。这时碰到了玛尔法·彼特罗芙娜，经过讨价还价，用三万银币把我赎了出来。（我总共欠了七万卢布的债）我和她结了婚，她立刻把我当宝贝似的带回乡下她家里去了。因为她比我大五岁。她非常爱我。七年来我没从乡下出来过。您要注意，她一生都握有一张对付我的借据，也就是以别人名义出借的那三万卢布，所以我只要稍一违背她的意旨——立刻就会落入她的圈套！她准会这么做的！要知道，女人就是这样，爱你也是她，害你也是她，两者并行不悖。”

“要不是有那张借据，您就会逃走？”

“我不知道该怎么对您说。那张借据几乎没有使我感到拘束。我哪里也不想去，玛尔法·彼特罗芙娜看到我觉得无聊，曾两次邀请我出国！这有什么意思呢！以前我曾不止一次出国，可总是感到厌恶。倒不是厌恶，可不知怎的，旭日东升，朝霞满天，还有什么那不勒斯海湾和大海啊，看着都让人感到忧郁！最让人讨厌的是，当真是在想念什么，所以感到忧

---

① 涅任市：乌克兰的一个城市。

愁！不，还是在祖国好：在这儿至少可以把什么都归咎于别人，认为自己什么都对。现在我也许想去北极探险，因为j' ai le vin mauvais[①]。我讨厌喝酒，可是除了酒，就什么也没有了。我试过。据说星期天别尔格[②]要在尤苏波夫花园乘一个大气球飞上天去，出一笔巨款征求和他一道飞行的旅伴，这是真的吗？"

"怎么，您想去飞行？"

"我？不……我不过这么问问……"斯维德里盖洛夫含糊不清地说，当真好像在沉思。

"他怎么，是当真吗？"拉斯科利尼科夫想。

"不，借据并不让我感到拘束，"斯维德里盖洛夫沉思默想地继续说，"是我自己不从乡下出来。而且，玛尔法·彼特罗芙娜已经在我的命名日把那张借据还给了我，还送给我一大笔钱，数目相当可观，这大概都快有一年了吧。因为她很有钱。'您要明白，阿尔卡季·伊万诺维奇，我是多么相信您啊'，真的，她就是这么说的。您不相信她这么说过？可您要知道，在乡下，我已经变成了一个很正派的主人。附近的人都知道我。我还订购了一些图书。玛尔法·彼特罗芙娜起初是赞成的，后来却担心我用功过度，会伤害身体。"

"您好像很想念玛尔法·彼特罗芙娜？"

"我吗？也许是。真的，也许是。顺便说说，您相信鬼魂吗？"

"什么鬼魂？"

---

① 法文，"我没有酒德"之意。

② 别尔格是彼得堡一些娱乐设施的所有者。

“普通的鬼魂呗，还有什么别的呢？”

“可您相信吗？”

“是的，大概，也不相信，pour vous plaire[①]……也就是说，并不是根本不信……”

“经常出现吗，还是怎么呢？”

斯维德里盖洛夫不知为什么很奇怪地看了看他。

“玛尔法·彼特罗芙娜来看过我。”他说，把嘴一撇，露出奇怪的微笑。

“来看您，这是什么意思？”

“她已经来过三次了。我第一次看到她，是在安葬的那一天，从墓地回来一个钟头以后。就是在我动身上这儿来的头一天。第二次是前天，在路上，天刚亮的时候，在小维舍拉车站上；第三次就在两个钟头以前，在我下榻的寓所，就在屋里，只有我一个人。”

“醒着的时候吗？”

“完全醒着。三次都是醒着的时候。她来了，说了大约一分钟的话，就往门口走去，总是从房门出去。甚至好像能听到开门关门的声音。”

“不知为什么，我就想过，您一定会常常发生这一类的事！”拉斯科利尼科夫突然说，但立刻又为自己说了这句话而感到惊讶。他非常激动。

“是——吗？您这么想过？”斯维德里盖洛夫诧异地问，“难道真的想过？嗯，我是不是说过我们之间有什么共同点呢，啊？”

“您从来没说过这样的话！”拉斯科利尼科夫很不客气而且十分激动地回答。

---

① 法文，“为了让您满意”之意。

“我没说过?”

“没有!”

“我却觉得，我说过了。我刚才一进来，看到您闭着眼躺着，假装睡着了的样子——我立刻就对自己说：‘这就是那个人!’”

“就是那个人，这是什么意思？您这话是指的什么?”拉斯科利尼科夫突然高声大喊。

“指的什么？真的，我不知道是指什么……”斯维德里盖洛夫诚恳地、低声含糊地说，有点儿前言不搭后语。

大约有一分钟，两人都不说话。两人都睁大眼睛，你看着我，我看着你。

“这全都是胡说八道!”拉斯科利尼科夫懊恼地高声叫喊，“她来的时候，跟您说些什么?”

“她吗？请您想想看，她谈的都是些最无关紧要的小事，这个人真让您觉得奇怪：也正是这一点让我生气。第一次她进来（您要知道，我累了：举行葬礼，为死者祈祷，然后是安灵，办酬客宴——终于书房里只剩了我一个人，我点起一支雪茄，沉思起来)，她走进门来，说：‘阿尔卡季·伊万诺维奇，饭厅里的钟您忘记上了。’真的，七年来，每星期我都亲自上这个钟，要是忘了，她总是提醒我。第二天，我已经上路，到这里来。黎明的时候，我进站去了，这一夜我只打了个盹儿，精疲力竭，睡眼惺忪——我要了杯咖啡。我一看——玛尔法·彼特罗芙娜突然坐到我身边，手里拿着一副牌：‘阿尔卡季·伊万诺维奇，要不要给您算算，一路上是不是平安无事?’她是个用纸牌算命的行家。唉，我没算一卦，为了这件事，我不会原谅自己的！我吓坏了，赶紧逃跑，不错，这时候开车的铃也响了。今天在一家小饭馆里吃了一顿糟透了的午饭，肚子里装满了不好消化的东西，我正坐着抽烟，突然，玛尔法·彼特罗芙娜又进来了，她打扮得很漂亮，穿一件绿绸子的新连衫裙，裙裾长得要命，拖在后面：‘您好！阿尔卡季·伊万诺维奇！您喜欢我这件连衫裙吗？做工这么好，阿尼西卡可做不出来。’（阿尼西卡是我们村里的一个女裁缝，农奴出身，在莫斯科学过缝纫，是个好姑娘）她站在我面前，转动着身子。我仔细看了看连衫裙，随后留心看了看她的脸，我说：‘玛尔法·彼特罗芙娜，您倒有兴致为了这样一些小事来找我。’‘哎哟，天哪，我的爷，都不能来打搅您了！’为了逗她，我说：‘玛尔法·彼特罗芙娜，我想结婚。’‘您完全可能干得出这种事来，阿尔卡季·伊万诺维奇。刚刚埋葬了妻子，马上又去结婚，这可不会给您带来什么好名声。要挑个好姑娘才好，不然的话，无论对她，还是对您，都没有好处，只会让好心的人笑话。’说罢，她就走了，拖在地上的裙裾好像发出窸窸窣窣的响声。真是胡说八道，是吗？”

“不过，说不定您一直是在说谎吧？”拉斯科利尼科夫回答。

“我很少说谎。”斯维德里盖洛夫若有所思地回答，似乎根本没注意到问题提得那么无礼。

“从前，在这以前，您从来没见过鬼魂吗？”

“嗯……不，见过，一生中只见过一次，是在六年前。菲利卡是农奴制时期我们家的一个仆人，刚刚埋葬了他，我忘了，又喊了一声：‘菲利卡，拿烟斗来！’他进来，一直朝放烟斗的架子走去。我坐在那里，心想：‘他是来向我报仇了。’因为就在他死之前，我们刚刚大吵了一场。我说：‘你的衣服胳膊肘上破了，你怎么胆敢这样进来见我，滚出去，坏蛋！’他转身走了出去，以后再没来过。当时我没跟玛尔法·彼特罗芙娜说，本想为他作安魂弥撒，又觉得不好意思。”

“去看看医生吧。”

“您不说，我也明白，我身体不好，虽说，真的，我不知道害的是什么病。照我看，我的身体大概比你好四倍。我问您的不是这个——您信不信鬼魂出现？我问您的是：您信不信有鬼？”

“不，无论如何也不相信！”拉斯科利尼科夫甚至是恶狠狠地高声叫嚷。

“通常人们都是怎么说来着？”斯维德里盖洛夫仿佛自言自语似的说，稍稍低下头，望着一边，“他们说：‘你有病，这就是说，你的错觉只不过是根本不存在的幻象。’不过这话并没有严密的逻辑性。我同意，只有病人才会看见鬼魂；但这只不过证明，鬼魂只能让病人看见，而不能证明，鬼魂并不存在。”

“当然不存在！”拉斯科利尼科夫气愤地坚持说。

“不存在吗？您这么认为？”斯维德里盖洛夫慢慢地看了看他，接着说下去，“嗯，如果这样来考虑呢（请您指教）：‘鬼魂——这就是，可以这样说吧，是另外一些世界的碎片和片断，是这些世界的一种因素。健康的人当然用不着看到它们，因为健康的人完全是属于这个世界的，所以为了这个世界的完满，也为了维护这个世界的秩序，他们理应只过这个世界的生活。可是一旦稍微有了点儿病，身体上尘世的正常秩序稍一遭到破坏，那么立刻就会出现接触另一个世界的可能，病得越厉害，与另一个世界的接触也就越多，所以，当一个人完全死了的时候，他就直接转入另一个世界去了。’我早就做过这样的论断。如果您相信来世，那也就会相信这个论断了。”

“我不相信来世。”拉斯科利尼科夫说。

斯维德里盖洛夫坐着，陷入沉思。

“如果那里只有蜘蛛或者这一类的东西，那又怎样呢。”他突然说。

“这是个疯子。”拉斯科利尼科夫想。

“我们一直想象，永恒就好像一个无法理解的概念，是一个硕大无朋、其大无比的东西！可为什么一定是其大无比呢？万一它并不是这样呢？您要知道，它也许是一间小房子，就像农村里的澡堂，熏得漆黑，各个角落都是蜘蛛，而这就是永恒。您要知道，有时我觉得它大致就是这样的。”

“难道，难道您想象不出什么比这让人快慰、也更加真实一些的东西吗！”拉斯科利尼科夫感到十分痛苦地大声喊道。

“更真实些？那怎么知道呢，说不定这就是真实的，您要知道，我倒想一定故意让它成为这个样子！”斯维德里盖洛夫似笑非笑地回答。

听到这岂有此理的回答，拉斯科利尼科夫突然感到一阵发冷。斯维德里盖洛夫抬起头来，凝神看了看他，突然哈哈大笑起来。

“不，这您想得到吗”，他高声叫喊起来，“半个钟头以前我们还没见面，彼此把对方看作仇敌，我们之间有一件还没解决的事情。我们撇开这件事情，瞧，我们谈了些什么啊！喏，我说我们是一样的人，说得对吧？”

“劳您驾，”拉斯科利尼科夫气愤地接下去说，“您屈尊就教，到底有何贵干，就请快点儿告诉我吧……而且……而且……我忙得很，我没空，我要出去……”

“请吧，请吧。令妹，阿芙多季娅·罗曼诺芙娜，是要嫁给卢任，彼得·彼特罗维奇先生吗？”

“您能不能设法不谈舍妹的问题，也别提她的名字呢。我甚至不明白，您怎么胆敢当着我的面说出她的名字，如果您真是斯维德里盖洛夫的话？”

“可我就是来谈她的问题的，怎么能不提她的名字呢？”

“好吧。您说吧，不过请快一点儿！”

“如果您已经见过这位卢任先生，也就是我内人的亲戚，哪怕只跟他在一起待过半个钟头，或者听到过有关他的确实可靠的事情，我相信，对这个人，您就已经形成自己的看法了。他可配不上阿芙多季娅·罗曼诺芙娜。照我看，在这件事情上，阿芙多季娅·罗曼诺芙娜是未经慎重考虑，过于慷慨地牺牲了自己，而她这样做是为了……为了自己的家庭。由于我听到的关于您的那些话，我觉得，如果这门亲事能够吹掉，而又不损害令妹的利益，您一定会非常满意。现在，认识了您本人以后，我甚至已对此深信不疑。”

“从您那方面来说，这些话是十分天真的。请您原谅，我是想说：无耻。”拉斯科利尼科夫说。

“也就是说，您的意思是，我在谋求自己的利益。请您放心，罗季昂·罗曼诺维奇，如果我是为自己谋求什么好处的话，那就不会这么直截了当地说出来了，我还不完全是个傻瓜。关于这一点，我要告诉您一个心理上的奇怪的情况。刚才我为我对阿芙多季娅·罗曼诺芙娜的爱情辩解的时候，说我自己是牺牲者。那么请您听我说，现在我已经感觉不到这种爱情了，一点儿也感觉不到了，这连我自己也觉得奇怪，因为以前我的确是感觉到的……”

“由于游手好闲和道德败坏。”拉斯科利尼科夫打断了他。

“是的，我是个道德败坏和游手好闲的人。不过令妹有那么多优点，所以我不可能不受她的某种影响。不过，现在我自己也明白，这全都是废话。”

“早就明白了吗？”

"还在以前就有所发觉了，到前天，几乎是到达彼得堡的时候，才对此完全深信不疑。不过，在莫斯科的时候，我还曾经想，要设法赢得阿芙多季娅·罗曼诺芙娜的芳心，和卢任先生竞争一下。"

"请原谅我又要打断您了，劳您驾：您能不能说得简短些，直截了当谈谈您来访的目的呢。我有急事，我得出去……"

"非常高兴。来到这儿以后，现在我决定做一次……旅行，我想事先做一些必要的安排。我的孩子都留在他们姨妈家里了，他们生活都很富裕，他们不需要我。再说我哪像个做父亲的呢！我自己只拿了玛尔法·彼特罗芙娜一年前送给我的那笔财产。这也就足够我用的了。对不起，我这就要谈正经的了。去旅行之前，也许这次旅行会实现的，我想把和卢任先生的事了结掉。倒不是我根本不能容忍他，然而当我知道这门婚事是玛尔法·彼特罗芙娜搞出来的，可真把我惹火了，所以正是因为他，我才跟她发生了争吵。现在我想通过您跟阿芙多季娅·罗曼诺芙娜见见面，就这样吧，您也在场，我想向她说明。首先，从卢任先生那儿她不仅得不到丝毫好处，而且甚至定会受到明显的损害。其次，请她原谅不久前发生的所有不愉快的事情，然后再请求她允许我送给她一万卢布，这样可以使她更容易下决心和卢任先生决裂，我相信，只要有可能，她自己是不会反对与他决裂的。"

"不过您当真，当真是个疯子！"拉斯科利尼科夫高声叫喊起来，与其说他很生气，倒不如说他十分惊讶，"您怎么竟敢这样说呢！"

"我就知道您会大喊大叫的。不过，第一，虽说我并不富有，可是这一万卢布在我这儿却没有什么用处，也就是说，我完全，完全不需要这笔钱。如果阿芙多季娅·罗曼诺芙娜不接受，我大概会以更愚蠢的方式把它挥霍掉。这是一。第二，我完全问心无愧，我提出这个建议，没有任何个人打算。信不信由您，不过以后您和阿芙多季娅·罗曼诺芙娜都会知道的。问题在于，我的确给极为尊敬的令妹带来了一些麻烦和不愉快的事，所以，我真心诚意地感到懊悔，由衷地希望——不是赎罪，也不是为那些不愉快的事赔偿损失，而只不过是想做点儿对她有益的事，而我这样做的理由就是：我实在没有只干坏事的特权。如果我的建议中哪怕有百万分之一的私心杂念，那我就不会提出只送给她一万卢布了，而只不过五个星期以前，我曾经提出过，要送给她更多的钱。此外，我也许很快、很快就要和一位少女结婚了，所以，关于我对阿芙多季娅·罗曼诺芙娜抱有什么企图的一切怀疑，也就应该不复存在了。最后我还要说一句：如果阿芙多季娅·罗曼诺芙娜嫁给卢任先生，同样也是拿钱，只不过拿的是另一个人的钱罢了……您别生气，罗季昂·罗曼诺维奇，请您心平气和地、冷静地考虑考虑。”

说这番话的时候，斯维德里盖洛夫本人非常冷静，而且心平气和。

“请您别说了，”拉斯科利尼科夫说，“无论如何，您这样说是十分无礼，不可原谅的。”

“根本不是。如果是这样的话，在这个世界上，人对人就只能做坏事，因为拘泥于某些习以为常的形式，反倒没有权利去做一点儿好事了。这是荒谬的。譬如说，如果我死了，立下遗嘱，把这笔钱赠送给令妹，难道她也要拒绝吗?”

“很可能。”

“嗯，这不可能。不过，不，实在不要嘛，也就算了。不过在必要的时候，一万卢布到底是一笔可观的数目。无论如何请把我的话转告阿芙多季娅·罗曼诺芙娜。”

“不，我不转告。”

“这样的话，罗季昂·罗曼诺维奇，我就不得不设法自己去见她，那么也就不得不打搅她了。”

“如果我转告她，您就不设法亲自见她了吗？”

“我不知道，真的，我不知道该怎么跟您说。我倒很希望和她见一次面。”

“还是别存这样的希望吧。”

“很遗憾。不过您不了解我。也许我们会更接近些的。”

“您认为我们会更接近些吗？”

“为什么不会呢？”斯维德里盖洛夫微微一笑，说，站起身来，拿起帽子，“要知道，我倒不是那么很想来打搅您，到这儿来的时候，甚至也没抱多大希望，不过，不久前，早上的时候，您的脸色让我十分吃惊……”

“不久前，早上的时候，您在哪儿见过我？”拉斯科利尼科夫不安地问。

“偶然看到的……我总觉得，您有什么对我有用的地方……请别担心，我不会让人觉得腻烦的。我跟赌棍们在一起，也曾和睦相处，斯维尔别依公爵，我的一个远亲，是个大官，我也没让他觉得讨厌过，我还曾经在普里鲁科娃夫人的纪念册上题词，谈论拉斐尔的圣母像[①]，和玛尔法·彼特罗芙娜在一起过了七年，从来没离开过她，从前我常在干草广场上维亚

---

① 指拉斐尔的杰作《西斯庭圣母像》。拉斐尔（1483—1520），意大利著名画家，文艺复兴三杰之一。

泽姆斯基的房子[①]里过夜，说不定还会和别尔格一道乘气球飞上天去呢。”

“好了，很好。请问，您不久就要去旅游吗？”

“什么旅游？”

“就是这个‘旅行’啊……您自己说过的嘛。”

“去旅行？啊，对了！……真的，我是跟您说过关于旅行的事……嗯，这是个含义很广的问题……如果您能知道您问的是什么就好了！”他补上一句，突然短促地高声大笑起来，“说不定我不去旅行，而是要结婚，有人正在给我说亲。”

“在这儿吗？”

“是的。”

“您是什么时候找到未婚妻的？”

“不过我很想和阿芙多季娅·罗曼诺芙娜见一次面。我郑重其事地请求您。好，再见……啊，对了！看我把什么给忘了！罗季昂·罗曼诺维奇，请您转告令妹，玛尔法·彼特罗芙娜的遗嘱上提到，送给她三千卢布。我完全肯定，千真万确。玛尔法·彼特罗芙娜是在死前一个星期这样安排的，当时我也在场。再过两三个星期，阿芙多季娅·罗曼诺芙娜就可以得到这笔钱了。”

“您说的是实话？”

“实话。请转告。好吧，您的仆人。要知道，我就住在离您这儿不太远的地方。”

斯维德里盖洛夫出去的时候，在门口正好碰到了拉祖米欣。

---

① 彼得堡一家著名的客店。内设饭店、酒馆、赌窟……

二

已经差不多八点钟了，他们两人匆匆往巴卡列耶夫的旅馆走去，要在卢任到来之前赶到那里。

“喂，刚刚来的这个人是谁?”刚一来到街上，拉祖米欣就问。

“这是斯维德里盖洛夫，就是我妹妹在他们家做家庭教师的时候，受过他们侮辱的那个地主。因为他追求她，她让他的妻子玛尔法·彼特罗芙娜给赶了出来。后来这个玛尔法·彼特罗芙娜请求杜尼娅原谅她，现在她突然死了。不久前我们还谈起过她。不知为什么，我对这个人很害怕。他埋葬了妻子以后，立刻就到这儿来了。他这个人很怪，而且不知已经做出了什么决定……他好像知道一件什么事情……得保护杜尼娅，防备着他……我想告诉你的就是这一点，你听到了吗?”

“保护！他能怎么着跟阿芙多季娅·罗曼诺芙娜过不去呢？好吧，罗佳，你跟我这样说，我要谢谢你……我们，我们一定会保护她！……他住在哪儿?”

“不知道。”

“你为什么不问呢？唉，可惜！不过，我会打听出来的。”

“你看到他了?”沉默了一会儿以后，拉斯科利尼科夫问。

“嗯，是的，看到了，清清楚楚地看到了。”

“你的确看见了？看清楚了?”拉斯科利尼科夫坚持地问。

“嗯，是的，我清清楚楚记得他，在一千人里面我也能认出他来，我记性好，别人的模样儿，只要我看见过，就忘不了。”

大家又都不说话了。

“嗯哼……这就是了……”拉斯科利尼科夫含糊不清地说，“其实，你要知道……我曾经认为……我一直觉得……这可能是幻想。”

“你指的是什么？我不完全理解你的意思。”

“你们都说，”拉斯科利尼科夫撇撇嘴笑了，接着说下去，“你们都说我是疯子，现在我也好像觉得，说不定我真是个疯子，我只不过是看到了一个幽灵！”

“你这是怎么了？”

“谁知道呢！也许我当真是个疯子，一切，这些天来所发生的一切，说不定都只不过是我想象中的事……”

“唉，罗佳！你的情绪又让他们给弄坏了！……他到底说了些什么？他来干什么？”

拉斯科利尼科夫不回答，拉祖米欣稍想了一下。

“好，你听我给你解释一下，”他开始说，“我到你这儿来过，你在睡觉。后来我们吃过午饭，我去找波尔菲里。扎苗托夫一直还在他那里。我本想跟波尔菲里谈谈，可是毫无结果。我一直没能一本正经地和他谈。他们好像不懂，不理解，可是根本没有显得惊慌失措。我把波尔菲里拉到窗前，开始跟他谈，可是不知为什么，结果还是不像我所想的那样：他不看着我，我也不看着他。最后我对着他的脸扬起拳头，说，作为亲戚，我要打烂他的脸。他只是看了我一眼。我啐了口唾沫，走了，这就是一切。非常愚蠢。跟扎苗托夫，我一句话也没说。不过，你要知道，我想，我做得不对头，下楼去的时候，忽然产生了一个想法，我忽然想：我们操的哪份儿心？如果你有危险，或者有什么诸如此类的情况，那当然了。可是这关你什么事！这和你毫不相干，那么你就别睬他们。以后我们会嘲笑他们的，要是我处在你的地位上，我还要故弄玄虚，愚弄他们呢。以后他们会多么难为情啊！去他们的！以后也可以揍他们一顿，可现在，笑笑也就算了！”

“当然是这样了！”拉斯科利尼科夫回答，“可明天你会怎么说呢？”他心中暗想。怪事，直到现在他还连一次也没想过：“等到拉祖米欣知道了的时候，他会怎么想呢？”想到这里，拉斯科利尼科夫凝神仔细看了看他。拉祖米欣现在所说的去会见波尔菲里的情况，他已经不怎么感兴趣了，因为从那时起有些情况已经变了，而且出现了那么多新情况！

在走廊上他们碰到了卢任，他整八点钟到达这里，正在寻找房号，所以他们三个人是一起进去的，不过谁也没看谁，也没有互相打个招呼。两个年轻人走到前面去了，为了礼貌，彼得·彼特罗维奇在前室里稍耽搁了一下，脱掉了大衣。普莉赫里娅·亚历山德罗芙娜立刻到门口来迎接他们。

杜尼娅向哥哥问好。

彼得·彼特罗维奇进来后，向两位妇女点头行礼，态度相当客气，虽说也显得加倍神气。不过看上去他似乎有点儿不知所措，还没想出应付这个局面的办法。普莉赫里娅·亚历山德罗芙娜也好像很窘，立刻急急忙忙请大家在圆桌边坐，桌上的茶炊已经在沸腾了。杜尼娅和卢任面对面坐在桌子两端。拉祖米欣和拉斯科利尼科夫坐在普莉赫里娅·亚历山德罗芙娜对面——拉祖米欣靠近卢任，拉斯科利尼科夫坐在妹妹身边。

有一瞬间，大家都默默无言，彼得·彼特罗维奇不慌不忙地掏出一块有一股香水味的麻纱手帕，擤了擤鼻涕，虽然很有风度，但那样子还是让人感到，他的尊严有点儿受到了伤害，并且决定要求做出解释。还在前室里的时候，他就产生了这样的想法：不脱大衣，立刻就走，用这种方式严厉地惩罚这两位妇女，给她们留下深刻的印象，让她们一下子就能感觉到这一切的后果。可是他没拿定主意。而且他这个人不喜欢不明不白，这是需要解释清楚的：既然他的命令这样公然遭到违抗，这就是说，一定有什么原因，所以最好是先了解清楚。要惩罚，时间总是有的，而且这掌握在他的手里。

“我希望，你们旅途平安吧?”他一本正经地对普莉赫里娅·亚历山德罗芙娜说。

“谢天谢地，彼得·彼特罗维奇。”

“我很高兴。阿芙多季娅·罗曼诺芙娜也不感到劳累?”

“我年轻，强壮，不觉得累，妈妈却很累了。”杜涅奇卡回答。

“有什么办法呢，我们国家的道路很长嘛。所谓的‘俄罗斯母亲’真是伟大啊……虽然我很想去接你们，可是昨天怎么也没能赶去。不过，我希望没遇到什么麻烦吧?”

“啊，不，彼得·彼特罗维奇，我们真是不知所措了，”普莉赫里娅·亚历山德罗芙娜赶紧用一种特殊的语气声明，“昨天要不是上帝亲自给我们派来了德米特里·普罗科菲伊奇，我们简直就毫无办法。那就是他，德米特里·普罗科菲伊奇·拉祖米欣。”她补充说，把他介绍给卢任。

“那还用说，昨天……已经有幸认识了。”卢任含糊不清地说，怀着敌意斜着眼睛瞟了拉祖米欣一眼，然后皱起眉头，不作声了。一般来说，彼得·彼特罗维奇属于这样一类人，在交际场合表面上异常客气，也特别希望别人对他彬彬有礼，但是如果稍有什么不合他们的心意，立刻就会失去那套交际应酬的本事，与其说变得像个毫不拘束、使交际场合显得活跃起来的英雄，倒不如说变得像一袋面粉[①]。大家又都沉默了：拉斯科利尼科夫执拗地一声不响，不到时候，阿芙多季娅·罗曼诺芙娜也不想打破沉默，拉祖米欣无话可说，所以普莉赫里娅·亚历山德罗芙娜又感到不安了。

“玛尔法·彼特罗芙娜过世了，您听说了吗？”她开口说，又使出她最主要的这一招来。

“当然听说了。我最先得到了这个消息，现在甚至要来通知你们，阿尔卡季·伊万诺维奇·斯维德里盖洛夫安葬了妻子以后，就立刻匆匆赶到彼得堡来了。至少根据我得到的最可靠的消息，他是到这儿来了。”

“来彼得堡？到这儿来？”杜涅奇卡不安地问，和母亲互相使了个眼色。

“的确是的，如果注意到他来得匆忙，以及以前的各种情况，那么他此行当然不会没有目的。”

“上帝啊！难道在这儿他也要让杜涅奇卡不得安宁吗？”普莉赫里娅·亚历山德罗芙娜突然叫喊起来。

“我觉得，用不着特别担心，无论是您，还是阿芙多季娅·罗曼诺芙娜，当然啦，只要你们自己不想跟他发生任何关系的话。至于我嘛，我在监视他，现在正在打听，他住在哪儿……”

“哎哟，彼得·彼特罗维奇，您不会相信的，刚才您把我吓成了什么样子！”普莉赫里娅·亚历山德罗芙娜接下去说。

---

① 意思是：呆头呆脑，举止笨拙。

“我总共只见过他两次，我觉得他真可怕，可怕！我相信，玛尔法·彼特罗芙娜就是叫他害死的。”

“还不能就下这样的结论。我有可靠的消息。我不想争辩，可以这样说吧，可能他的侮辱对她精神上产生了影响，从而加速了她的死亡；至于说到这个人的所作所为，以及他的道德品质，我同意您的看法。我不知道，现在他是不是富有，玛尔法·彼特罗芙娜到底给他留下了多少财产；关于这一点，在最短期间内我就会知道；不过，在这里，在彼得堡，即使他只有一点儿钱，当然也一定会立刻故态复萌的。在所有这类人当中，他这个人最没有道德观念，腐化堕落已经达到了不可救药的地步！我有相当充分的根据认为，不幸如此深深爱上他的玛尔法·彼特罗芙娜，八年前替他还债、把他从狱中赎出来的玛尔法·彼特罗芙娜，还在另一件事情上帮助过他：全靠她多方奔走，并不惜做出牺牲，才把一件刑事案从一开始就压了下去，这是一件非常残暴，而且十分离奇的凶杀案，为了这件凶杀案，他很可能，很有可能给流放到西伯利亚去。如果你们想知道的话，他就是一个这样的人。”

“哎哟，上帝啊！”普莉赫里娅·亚历山德罗芙娜高声惊呼。拉斯科利尼科夫全神贯注地听着。

“您说，您有可靠的根据，这是真的吗?”杜尼娅严峻而庄重地问。

“我说的只是我亲自从已故的玛尔法·彼特罗芙娜那里听说的，是她秘密告诉我的。必须指出，从法律观点来看，这个案件是十分可疑的。从前这儿有个姓列斯莉赫的外国女人，好像现在她还住在这儿，是个放小额高利贷的女人，还做别的生意。好久以来斯维德里盖洛夫先生就和这个女人有某种十分亲密而又神秘的关系。她家里住着她的一个远房亲戚，好像是她侄女，一个又聋又哑的十五岁的小姑娘，甚至只有十四岁；这个列斯莉赫非常恨她，为了每一小块面包都要责骂她，甚至惨无人道地毒打她。有一天发现她在顶楼上吊死了。法院判定她是自杀。经过通常的程序，这个案子就这样了结了，但是后来有人告密，说这个孩子……遭受过斯维德里盖洛夫残暴的凌辱。诚然，这一切都很可疑，告密的是另一个臭名昭著的德国女人，她的话没人相信。由于玛尔法·彼特罗芙娜多方奔走，还花了些钱，实际上告密没有受理，仅仅被当作流言蜚语。然而这个流言是意味深长的。阿芙多季娅·罗曼诺芙娜，您当然也听说过一个叫菲利普的人的事吧，他是六年前，还在农奴制时期给活活折磨死的。”

“我听到的恰恰相反，说这个菲利普是自缢身亡的。”

“的确是这样，不过是被迫的，或者不如说，是斯维德里盖洛夫先生经常不断地迫害和处罚才使他遭到了横死。”

“这我不知道，”杜尼娅冷冷地回答，“我只听到过一个很奇怪的故事，说这个菲利普是个害抑郁症的人，是个家庭哲学家，人们都说，他‘看书看得太多，把脑子看糊涂了’，说他上吊多半是由于受到斯维德里盖洛夫先生的嘲笑，而不是由于受到他的鞭打。当着我的面，他待仆人都很好，仆人们甚至都喜欢他，虽说确实也都把菲利普的死归罪于他。”

“我看得出来，阿芙多季娅·罗曼诺芙娜，您突然开始倾向于为他辩解了，”卢任撇着嘴说，嘴角上露出具有双重含意的微笑，“的确，他是个很狡猾的人，对女人也很有魅力，死得这么奇怪的玛尔法·彼特罗芙娜就是一个可悲的例子。鉴于他无疑又有什么新的企图，我只不过想对您和令堂提出自己的忠告而已。至于说到我，我坚信，这个人无疑又会给送进债户拘留所去。玛尔法·彼特罗芙娜考虑到孩子们的利益，永远不会，也绝对不会有把任何财产留给他的意思，即使给他留下了点儿什么，也只是最必需的、不值钱的、仅供他暂时使用的东西，像他那样挥霍惯了的人，连一年也不够用的。”

“彼得·彼特罗维奇，我请求您，”杜尼娅说，“别再谈斯维德里盖洛夫先生的事了。这让我感到厌倦。”

“他刚才去过我那儿。”拉斯科利尼科夫突然说，第一次打破了沉默。

他的话震惊了四座，大家都高声惊呼，转过脸来看着他。

就连彼得·彼特罗维奇也激动不安起来。

“一个半钟头以前，在我睡觉的时候，他进来了，叫醒了我，作了自我介绍，”拉斯科利尼科夫接着说下去，“他相当随便，相当快乐，满怀希望，想跟我交朋友。顺带说一声，杜尼娅，他一再请求，要跟你见面，还要我从中帮忙。他对你有个建议，建议的内容，他已经告诉了我。此外他还肯定地对我说，玛尔法·彼特罗芙娜在死前一个星期立下遗嘱，要送给你三千卢布，而且在最短期间内你就可以得到这笔钱了。”

“谢天谢地！”普莉赫里娅·亚历山德罗芙娜高声说，并且画了个十字，“为她祈祷吧，杜尼娅，为她祈祷吧！”

“这的确是真的。”卢任脱口而出。

“嗯——嗯，后来呢？”杜涅奇卡催促说。

“后来他说，他自己并不富有，所有田产都留给他的孩子们了，现在他们住在姨母那里。后来还说，他就住在离我那儿不远的一个地方，可到底是哪里我不知道，我没回……”

“不过他向杜尼娅提出的是什么，是什么建议呢？”十分惊慌的普莉赫里娅·亚历山德罗芙娜问，“他对你说了吗？”

“是的，说了。”

“是什么呢?”

“以后再说。”拉斯科利尼科夫不作声了，开始喝他的茶。

彼得·彼特罗维奇掏出表来，看了看。

“我有点儿事，必须去办，那么就不妨碍你们了，”他补上一句，那神情稍有点儿像是受了委屈的样子，说着从椅子上站了起来。

“请您别走，彼得·彼特罗维奇，”杜尼娅说，“您不是想在这儿度过一个晚上吗? 况且您信上还说，有件事情想要和妈妈说清楚呢。”

“的确是这样，阿芙多季娅·罗曼诺芙娜，”彼得·彼特罗维奇威严地说，又坐到椅子上，不过一直还把帽子拿在手里，“我的确想和您，也和尊敬的令堂说清楚，我要谈的甚至是非常重要的问题。不过正像令兄不能当着我的面说明斯维德里盖洛夫先生的建议一样，所以我不愿，也不能……当着别人的面……来谈这些非常非常重要的问题。何况我那个主要的和恳切的请求未能得到遵守……”

卢任做出一副痛心的样子，意味深长地不作声了。

“您要求我们见面的时候我哥哥不要在场，只不过因为我坚持，这个要求才没有照办，”杜尼娅说，“您在信上说，您受了我哥哥的侮辱，我认为这需要立刻解释清楚，你们应该言归于好。如果罗佳当真侮辱了您，他理应而且将会向您道歉。”

彼得·彼特罗维奇立刻变得态度傲慢起来。

“有一些侮辱，阿芙多季娅·罗曼诺芙娜，即使想要忘记，也是忘不了的。一切都有个界限，越过这个界限是危险的，因为一旦越过，就不可能再退回去了。”

“我对您说的，其实并不是指的这个，彼得·彼特罗维奇，”杜尼娅稍有点儿不耐烦地打断了他，“您要明白，现在，您的未来完全取决于这一切能不能尽快解释清楚和顺利解决。我从一开始就十分坦率地说，对这件事我不能有别的看法，如果您对我哪怕多少有一点儿珍惜的意思，那么即使很难，这件事也必须在今天结束。我对您再说一遍，如果我哥哥错了，他会向您道歉的。”

“阿芙多季娅·罗曼诺芙娜，您这样提出问题，使我感到惊讶，”卢任越来越恼怒了，“我珍惜您，也可以说我热爱您，但同时也完全，完全可以不喜欢府上的某一个成员。我希望有幸和您结为百年之好，但是不能同时接受我不同意的义务……”

“唉，请不要斤斤计较、抱怨不休了，彼得·彼特罗维奇，”杜尼娅很动感情地打断了他，“我一向认为，也希望能把您看作一个聪明和高尚的人，请您不要破坏您在我心目中的形象吧。我已经郑重地应允了您的求婚，我是您的未婚妻；这件事您就信托给我吧，请您相信，我一定能做出不偏不倚的判断。我自愿充当评判人，不但对您，对我哥哥也同样是一件出乎意外的事。接到您的信以后，我邀请他今天一定来参加我们的会见，当时并没有向他透露过我心中的想法。您要明白，如果你们不能言归于好，那么我就必须在你们之间做出抉择：要么选择您，要么选择他。无论是对于他，还是对于您，问题都是这样提出来的。我不愿，也不应做出错误的选择。为了您，我不得不和哥哥决裂；为了哥哥，我不得不和您决裂。现在我想知道，也必然能够知道：他是不是我的哥哥？而对您来说，问题是：您是不是重视我，珍惜我，您是不是我的丈夫？”

“阿芙多季娅·罗曼诺芙娜，”卢任说，感到不快而且惊讶，“对我来说，您的话实在太重要了，鉴于您我的关系中我有幸所处的地位，说得严重些，这些话甚至是对我的侮辱。至于您那含有侮辱性的、奇怪的对比，竟把我和一个……傲慢的青年人相提并论，这我就不去说了，您说了这些话，也就是表示，您有可能破坏对我的诺言。您说：‘要么选择您，要么选择他’，可见您是想用这些话向我表示，对于您来说，我是多么无足轻重……由于我们之间业已存在的关系和……义务，这是我不能容许的。”

“怎么！”杜尼娅脸突然红了，“我把您的利益看得与我生命中至今所珍贵的一切同样重要，看得与直到现在构成我整个生命的一切同样重要，可您却突然觉得受到了侮辱，认为我贬低了您！”

拉斯科利尼科夫一声不响，讥讽地微微一笑，拉祖米欣不由得战栗了一下，但是彼得·彼特罗维奇不接受杜尼娅的反驳。恰恰相反，他越说越气，他的每一句话也越来越惹人厌烦了，就好像他对这场争论发生了兴趣似的。

“对未来的生活伴侣、对丈夫的爱，应当高于对兄弟的爱，”他以教训的口吻说，“无论如何我不能和他处于同等地位……虽然不久前我曾坚持，有令兄在场，我不愿，也不能说明我来的目的，但是有一个对我十分重要，而且带有侮辱性的问题，现在我想请尊敬的令堂就此做出必要的解释。令郎，”他对普莉赫里娅·亚历山德罗芙娜说，“昨天当着拉苏德金先生的面（或者……好像是这样吧？对不起，我忘记了您贵姓），”他客气地向拉祖米欣点点头，“侮辱我，曲解了那次喝咖啡的时候我和您私下里谈话的意思，当时我是说，与一个经受过生活苦难的贫穷姑娘结婚，照我看，就夫妻关系来说，比与一个过惯富裕生活的姑娘结婚较为有益，因为这在道义上更为有利。令郎却蓄意夸大这句话的含意，把它夸张到了荒谬的程度，责备我用心险恶，而照我看，他所依据的就是您给他的那封信。如果您，普莉赫里娅·亚历山德罗芙娜，能够说服我放弃这个不好的想法，使我完全放心，我将认为自己是很幸福的。请您告诉我，在您给罗季昂·罗曼诺维奇的信里，您究竟是用什么词汇来转述我那句话的？”

“我记不得了，”普莉赫里娅·亚历山德罗芙娜感到不知所措了，“我是照我所理解的那样转告他的。我不知道罗佳是怎么对您说的……也许，是他把什么话夸大了。”

“没有您授意，他不可能夸大。”

“彼得·彼特罗维奇，”普莉赫里娅·亚历山德罗芙娜庄重地说，“现在我们在这里，这就足以证明，我和杜尼娅并没有把您的话想到很坏的方面去。”

“说得好，妈妈！”杜尼娅赞同地说。

“这么说，这也怪我了！”卢任委屈地说。

“您瞧，彼得·彼特罗维奇，您一直在怪罪罗季昂，可是不久前您在信上说他的那些话，也不是实情。”普莉赫里娅·亚历山德罗芙娜鼓起勇气，补充说。

“我不记得在信上写过任何不是实情的话。”

“您在信上说，”拉斯科利尼科夫很不客气地说，并没朝卢任转过脸去，“我昨天不是把钱送给了被马踩死的那个人的寡妇——事实的确是这样——而是把钱送给了他的女儿（在昨天以前我从来没见过她）。您写这些，是想让我和亲人发生争吵，为了达到这个目的，您还用卑鄙的语言补上一句，谈论一个您不认识的少女的品德。这一切都是诽谤和下流的行为。”

“请原谅，先生，”卢任气得发抖，回答说，“我在我的信上谈到您的品质和行为，只不过是应令妹和令堂的请求，她们请求我，把我见到您的情况以及您给我的印象都写信告诉她们。至于您提出来的、我信上写的那些话，您能找出一句不符合事实吗？也就是说，您没有浪费钱，而且在那个家庭里，虽说是不幸的家庭里，找不出一个不体面的人吗？”

“可是照我看，您，连同您的全部体面，也抵不上您诋毁的这个不幸的姑娘的一个小指头。”

“那么，您决定要让她与令堂和令妹交往吗？”

“我已经这样做了，如果您想知道的话。今天我已经让她与妈妈和杜尼娅坐在一起了。”

“罗佳！”普莉赫里娅·亚历山德罗芙娜突然喊了一声。

杜涅奇卡脸红了，拉祖米欣皱了皱眉。卢任讥讽而又高傲地微微一笑。

“您自己也看到了，阿芙多季娅·罗曼诺芙娜，”他说，“这有可能和解吗？现在我希望，这件事已经一劳永逸地结束了，也解释清楚了。我这就走，以免妨碍你们亲人继续欢聚，谈一谈你们之间的秘密。（他从椅子上站起来，拿起帽子）不过临走前，恕我冒昧地说一句，希望今后能避免类似的会见，也可以说是妥协。我特别请求您，尊敬的普莉赫里娅·亚历山德罗芙娜，注意这一点，特别是因为，我的信是写给您本人，而不是写给别人的。”

普莉赫里娅·亚历山德罗芙娜有点儿见怪了。

“您好像认为，完全有权让我们听从您的支配，彼得·彼特罗维奇。杜尼娅已经说出了为什么没有实现您的愿望的原因：她是一片好心。难道我们得把您的每个愿望都当作命令吗？我要告诉您的恰恰相反，现在您应当对我们特别客气，特别体谅我们，因为我们丢下了一切，而且信任您，才来到了这里，所以我们本来就已经几乎是受您支配了。”

“这不完全符合实际，普莉赫里娅·亚历山德罗芙娜，尤其是目前，已经把玛尔法·彼特罗芙娜遗赠三千卢布的事通知你们以后，根据您从来没有过的和我说话的语气来看，大概这笔钱来得正是时候。”他恶毒地补上一句。

“根据这句话来看，的确可以认为，您是把希望寄托在我们无依无靠上了。”杜尼娅气愤地说。

“不过至少现在我是不能抱这样的希望了，而且我尤其不愿妨碍你们听听阿尔卡季·伊万诺维奇·斯维德里盖洛夫委托令兄转达的秘密建议，而且我看得出来，这些建议对您具有重大的，也许是让您十分高兴的意义。”

“哎呀，我的天哪！”普莉赫里娅·亚历山德罗芙娜高声惊呼。

拉祖米欣在椅子上坐不住了。

“现在你不觉得可耻吗，妹妹？”拉斯科利尼科夫问。

“可耻，罗佳，”杜尼娅说，“彼得·彼特罗维奇，您出去！”

她对他说，气得脸都发白了。

彼得·彼特罗维奇大概完全没料到会有这样的结局。他太相信自己，太相信自己的权力，也太相信他的牺牲品处于完全无依无靠的境地了。就是现在，他也不相信事情会闹到这个地步。他脸色发白，嘴唇发抖。

“阿芙多季娅·罗曼诺芙娜，如果听到您这样的临别赠言——请您考虑到这一点——我现在就从这道房门出去的话，我就永远不会回来了。请您好好地想一想吧！我说的话是绝不反悔的。”

“多么蛮横无理！”杜尼娅霍地从座位上站起来，高声说，“我也不希望您回来！”

“怎么？原来是——这样！”卢任突然高声叫嚷起来，直到最后一瞬间，他还完全不相信会是这样的结局，因此现在完全不知所措了，“原来是这样吗！不过，您要知道，阿芙多季娅·罗曼诺芙娜，我也可以提出抗议的。”

“您有什么权利可以和她这样说话！”普莉赫里娅·亚历山德罗芙娜激动地袒护女儿，“您能提出什么抗议？您有什么权利？哼，我会把我的杜尼娅嫁给您这样的人吗？您请走吧，完全离开我们吧！是我们自己错了，竟做了这样一件错事，尤其是我……”

“不过，普莉赫里娅·亚历山德罗芙娜，”卢任气得发狂，焦急地说，“您用许下的诺言把我束缚住了，现在却要否认自己的话……而且，还有……还有，可以这么说吧，由于这件事，我还花了一笔钱……”

这最后一句怨言完全暴露了彼得·彼特罗维奇的本性，拉斯科利尼科夫本来气得脸色发白，努力压制着自己的怒火，听到这句话却突然忍不住了——哈哈大笑起来。但普莉赫里娅·亚历山德罗芙娜失去了自制：

“您花了一笔钱？花了什么钱？您说的是不是给我们托运箱子的事？要知道，那是列车员免费替您托运的。上帝呀，倒是我们束缚了您！您好好想想吧，彼得·彼特罗维奇，是您束缚了我们的手脚，而不是我们束缚了您！”

“够了，妈妈，请别说了，够了！”阿芙多季娅·罗曼诺芙娜请求说，“彼得·彼特罗维奇，请吧，您请走吧！”

“我这就走，不过还有最后一句话，就只一句话！”他说，已经几乎完全控制不住自己了，“令堂似乎完全忘记了，可以这么说吧，我是在有损您名誉的流言蜚语闹得满城风雨以后，才决定娶您的，为了您，我不顾社会舆论，而且恢复了您的名誉，当然，我完全、完全可以指望得到您的报答，甚至可以要求得到您的感谢……只是到现在我的眼睛才算睁开了！我自己也看出，我不顾公众的意见，也许是做得太轻率了……”

“他是不是有两个脑袋！”拉祖米欣大喊一声，从椅子上跳起来，已经打算收拾他了。

“您是个卑鄙和恶毒的人！”杜尼娅说。

“一句话别说！也别动手！”拉斯科利尼科夫高声喊，制止住拉祖米欣，然后走到卢任面前，几乎挨到他身上，“请您出去！”他轻轻地、清清楚楚地说，“别再说一句话，不然……”

彼得·彼特罗维奇对着他看了几秒钟，脸上没有一点儿血色，气得扭歪了脸，然后转身走了出去，当然，很少会有人像这个人痛恨拉斯科利尼科夫那样，心中对别人怀有那么多恶毒的憎恨。他把一切都归罪于拉斯科利尼科夫，完全归罪于他一个人。值得注意的是，已经下楼的时候，卢任还一直在想，事情也许还没完全失去希望，如果单单是那两个妇女，事情甚至是“完全、完全”能够好转的。

三

主要的是，直到最后一分钟，他无论如何也没料到会有这样的结局。他态度傲慢达到了极点，绝没想到，这两个贫穷和无依无靠的女人有可能摆脱他的控制。虚荣心和不如称为自鸣得意的过分自信在很大程度上助长了他的这种信念。彼得·彼特罗维奇出身贫困，一旦出人头地，几乎是病态地习惯于自我欣赏，把自己的智慧和才能估计得过高，甚至有时会对镜顾影自怜。但是他在世界上最爱惜和最看重的，却是他靠劳动和使用一切手段获得的金钱，因为金钱使他得以跻身于社会地位更高的人们的行列。

彼得·彼特罗维奇刚才怀着痛苦的心情提醒杜尼娅，说尽管她名声不好，他还是决心娶她，他这么说是完全真诚的，甚至对这样的“忘恩负义”深感愤慨。其实他向杜尼娅求婚的时候，就已经完全深信，所有这些流言蜚语都十分荒谬，因为玛尔法·彼特罗芙娜本人已经公开辟谣，全城的人早已不再谈论这些谣言，而且还在热烈地为杜尼娅辩护。而且他本人现在也不否认，这一切当时他就已经知道了。然而，是他决定把杜尼娅提高到与自己同等的地位，对这一决定，他还是给予很高的评价，认为这是一件了不起的英勇行为。刚才他对杜尼娅谈起这一点，也就是说出了暗藏在自己心中、极其珍爱的这个想法，对这个想法他自己已经欣赏过不止一次了，他无法理解，别人怎么会不赏识他的这一英勇行为。他去探望拉斯科利尼科夫的时候，完全是以恩人自居，准备去收获成熟的果实，听听甜言蜜语的恭维。当然啦，现在下楼的时候，他认为自己受了极大的侮辱，他的功绩没能得到别人承认。

对他来说，杜尼娅简直是必不可少的。对他来说，要放弃她，是不可思议的。很久以来，已经有好几年了，他一直心里甜滋滋地梦想着结婚，可是一直在攒钱，一直在等待着。他内心深处一直陶醉地暗暗想着，会有这样一个少女，她品德优良，家境贫寒（一定要家境贫寒），十分年轻，非常漂亮，气度高贵，很有教养，胆子很小，经受过很多磨难，百依百顺，终生都认为他是自己的恩人，崇拜他，服从他，赞美他，而且心目中只有他一个人。闲暇之余，静静休息的时候，他曾在想象中用这令人神往，而又变幻莫测的主题创造过多少动人的景象，多少甜蜜的插曲！这不是，这么多年来的梦想几乎已经变成现实：阿芙多季娅·罗曼诺芙娜的美貌和所受的教育使他惊叹不已，她那无依无靠的境遇使他极为满意。甚至比他所幻想的还多了一些东西：这是一个有自尊心、性格刚强、道德高尚的姑娘，她所受的教育和文化程度都比他高（他认识到了这一点），而这样一个女人，为了他的英勇行为，将终生像奴隶一般对他感恩戴德，诚惶诚恐地在他面前卑躬屈膝，而他对她却拥有无限和完全的权力！……似乎事有凑巧，不久前，经过长期考虑和等待，他终于下决心彻底改换门庭，进入更广阔的活动范围，借此慢慢钻进更高的上层社会，而这正是他很久以来心驰神往、梦寐以求的……总之，他想到彼得堡来碰碰运气。他知道，女人会赢得“很多很多”东西。一个美艳绝伦、道德高尚、又有教养的女人的魅力会有惊人的作用，能为他创造锦绣前程，让别人注意他，给他带来荣誉……可是，现在一切都落空了！现在这意想不到的、岂有此理的决裂，对他好似晴天一声霹雳。这真是岂有此理，荒谬之极！他只不过稍稍傲慢了一点儿，他甚至还没有坦率地说出自己的意见，他只不过开开玩笑，感情冲动，结果却这么严重！而且他甚至已经按照自己的方式在爱着杜尼娅了，他已经在自己的幻想中行使支配她的权力了——可是突然！……不！明天，明天就得重归于好，消除分歧，改正错误，而主要的是，要除掉这个高傲自大的乳臭小儿，他就是这一切的祸根。他也不由自主十分痛苦地想起了拉祖米欣……不过对他很快就放下心来：“这个家伙怎么能和他相提并论呢！”但是他当真十分害怕的，还是这个斯维德里盖洛夫……总之，会有许多麻烦事……

“不，是我，最有错的是我！”杜涅奇卡说，同时拥抱着母亲，吻她，“我图他的钱，不过，我发誓，哥哥，我没想到他是一个这么卑鄙的人。

如果我早点儿看透了他，就什么也不图他的了！你别责备我，哥哥！”

“上帝救了我们！上帝救了我们！”普莉赫里娅·亚历山德罗芙娜喃喃地说，不过是多少有点儿无意识地，仿佛对所发生的一切还没完全弄清楚。

大家都高兴起来，五分钟后甚至都笑了。只有杜尼娅有时想起刚刚发生的事情，不由得脸色发白，皱起眉头。普莉赫里娅·亚历山德罗芙娜不能想象，她也会感到高兴，早上她还认为，与卢任决裂是一场可怕的灾难。拉祖米欣却欣喜若狂。他还不敢充分流露自己的喜悦心情，但是却像在发烧一样，浑身发抖，仿佛他心上坠着的一个五普特重的秤砣现在忽然掉下去了。现在他有权把自己的整个生命献给他们，为他们效力了……谁知道现在还会发生些什么事情！不过他更加不敢继续往下想了，他对自己的幻想感到害怕。只有拉斯科利尼科夫仍然坐在原来的座位上，神情几乎是忧郁的，而且心不在焉。本来他最坚持与卢任断绝关系，现在却仿佛对所发生的一切最不感兴趣。杜尼娅不由得想，他一直还在很生她的气，普莉赫里娅·亚历山德罗芙娜却不时怯生生地望望他。

“斯维德里盖洛夫对你说了些什么？”杜尼娅走到他跟前问。

“啊，对，对！”普莉赫里娅·亚历山德罗芙娜高声说。

拉斯科利尼科夫抬起头来：

“他一定要送给你一万卢布，同时宣称，希望在有我在场的情况下和你见一次面。”

“见面！无论如何也不行！”普莉赫里娅·亚历山德罗芙娜高声叫道，“他怎么竟敢提出送给她钱！”

随后拉斯科利尼科夫叙述了（相当枯燥地）他和斯维德里盖洛夫谈话的内容，略去了玛尔法·彼特罗芙娜的幽灵出现的那些话，以免说得过于详尽，除了最必要的话，对什么谈话他都觉得讨厌。

“你是怎么回答他的呢？”杜尼娅问。

“最初我说，我什么话也不转告你。于是他宣称，他将自己用一切手段设法和你见面。他让我相信，从前他对你的爱慕之情是痴心妄想，现在他对你已经没有任何非分的想法了……他不希望你嫁给卢任……一般说来，他说得很乱。”

“罗佳，你自己认为他是什么意思？你觉得他这个人怎么样？”

“说实在的，我不大理解他的意思。他提议送给你一万卢布，可又说他并不富有。他说想要到什么地方去，十分钟以后却忘记说过这话了。突然又说，他想结婚，还说已经有人给他提亲……当然，他是有目的的，而且最大的可能是见不得人的目的。可是不知为什么他又很奇怪地说，如果他对你不怀好意，那么他这样做就太愚蠢了……我当然代你拒绝了这笔赠款，一劳永逸地拒绝了。总之，我觉得他这个人很怪，而且……甚至……好像有点儿神经错乱的样子。不过我也可能弄错了，也许这只不过是一种骗局。玛尔法·彼特罗芙娜的死大概对他有些影响……”

“上帝啊，让她的灵魂安息吧！”普莉赫里娅·亚历山德罗芙娜高声说，“我要永远、永远为她向上帝祈祷！唉，杜尼娅，要不是这三千卢布，现在我们可怎么办呢！上帝啊，这笔钱简直就是从天上掉下来的！唉，罗佳，早上我们已经只剩下三个卢布了，我和杜尼娅刚刚还在盘算着把表拿到什么地方去作抵押，借几个钱，免得在这个人自己想到之前，向他开口。”

不知为什么，斯维德里盖洛夫的提议让杜尼娅十分惊讶。

她一直站在那儿，陷入沉思。

“他准是打算做出什么很可怕的事来！”她浑身微微发抖，几乎是喃喃地自言自语。

拉斯科利尼科夫看出了这异常恐惧的神情。

“看来，我还不得不再见到他，而且不止一次。”他对杜尼娅说。

“我们来监视他！我去跟踪他！”拉祖米欣坚决地高声大喊，“我会紧紧地盯着他！罗佳允许我这么做了。不久前他对我说：‘你要保护我妹妹。’您允许我这样做吗，阿芙多季娅·罗曼诺芙娜？”

杜尼娅微微一笑，把一只手伸给他，不过忧虑的神情并未从脸上消失。普莉赫里娅·亚历山德罗芙娜怯生生地看了看她，不过看得出来，那三千卢布让她感到放心了。

一刻钟后，大家都兴奋地交谈起来。就连拉斯科利尼科夫，虽然没参加谈话，不过有一会儿工夫也在留心听着。拉祖米欣在高谈阔论。

“你们为什么，为什么要走呢！”他兴高采烈，热情洋溢，说得娓娓动听，“在那个小城市里你们能做什么？主要的是，你们在这里，大家在一起，互相需要，而且太需要了——请你们理解我的意思！嗯，至少在一起待一段时间……请把我当作朋友，咱们大家合伙，我担保，我们准能办一件很好的事。请听我说，我给你们详细谈一谈，谈谈整个计划！早上，还什么也没发生的时候，我脑子里就闪过一个念头……是这么回事：我有个舅舅（我要介绍他和你们认识一下，是个很和气、很受人尊敬的老头儿），他有一千卢布财产，他靠退休金生活，不需要这笔钱。一年多来他一直缠着要把这笔钱借给我，一年只付给他六厘利息。我看出了他是什么意思：他只不过是想帮助我。不过去年我不需要这些钱，可今年，只等他一来，我就决定把这笔钱借下来了。然后你们从你们的三千卢布里拿出一千来，作为第一步，这已经足够了，我们合伙来干。那么我们做什么呢？”

于是拉祖米欣对他的计划大加发挥，并且详细说明，我们所有的书商和出版商几乎都不懂行，所以通常都不善于经营，然而好的出版物一般来说都能保本，而且可以赚钱，有时利润相当可观。拉祖米欣所梦想的就是经营出版业，他已经为别的出版商干过两年，而且通晓三种欧洲语言，尽管六天前他曾对拉斯科利尼科夫说，他的德语“不行”，但那是想劝说拉斯科利尼科夫承担一半翻译任务，接受预支的三个卢布稿酬，当时他撒了谎，拉斯科利尼科夫也知道他是撒谎。

“我们为什么，为什么要错过自己的机会呢，既然最主要的手段之一——自己的钱，已经有了？”拉祖米欣慷慨激昂地说，“当然需要付出很多劳动，可是我们都会努力工作的，您，阿芙多季娅·罗曼诺芙娜，我，罗季昂……现在有些出版物利润很高！而我们这个企业的主要基础就是，我们知道究竟该翻译什么。我们翻译、出版、学习，三者一起来。现在用得着我了，因为我有经验。我跟出版商打交道快两年了，了解他们的全部底细：并不是只有圣徒才会做瓦罐[①]，请你们相信我的话！为什么，为什么要坐失良机呢！我知道有这么两三本书，单是翻译、出版这些书的主意，每本就值一百卢布，其中一本，就是出五百卢布，我也不把这个主意告诉人家，所以关于翻译这几本书的想法，我一直保守秘密。你们想想看，要是我去告诉什么人，他大概会犹豫不决，他们都是笨蛋！至于印刷厂、纸张、发行等这些具体事情，你们就交给我好了！什么秘密我都知

① 这是一句谚语，本来是：“并非只有上帝会烧瓦罐”，此处稍做改动。意思是：这种事谁都可以做。

道！一开始规模先小一点儿，慢慢扩大业务，至少可以糊口，无论如何本钱是可以捞得回来的。”

杜尼娅的眼睛亮了。

“您说的这些，我很喜欢，德米特里·普罗科菲伊奇。”她说。

“这种事我当然什么也不懂，”普莉赫里娅·亚历山德罗芙娜回答，“也许，这个主意不错，不过又是只有上帝知道。这主意有点儿新鲜，对这事我不了解。当然啦，我们必须留在这里，至少要待一段时间……”

她看了看罗佳。

“你认为呢，哥哥？”杜尼娅说。

“我认为，他这个想法很好，”他回答，“当然，用不着先去幻想成立什么公司，倒是当真可以出版五六本书，而且无疑会获得成功。我也知道一本书，译出来一定畅销。至于他能经营出版业，这一点毫无疑问：他精通业务……不过，你们还需要时间好好商量一下……”

“乌拉！”拉祖米欣叫喊起来，“现在先别忙，这儿有一套房间，就在这幢房子里，也是同一个房东的。这是另外一套单独的房间，跟这些旅馆的房间不连在一起，带家具出租，房租适中，有三个小房间。你们先把它租下来。明天我就去给你们抵押表，把钱拿来，那么一切就可以办妥了。主要的是你们三个人可以住在一起，罗佳和你们……喂，你去哪儿，罗佳？”

“怎么，罗佳，你要走了？”普莉赫里娅·亚历山德罗芙娜甚至是惊恐地问。

“在这时候走！”拉祖米欣喊了一声。

杜尼娅露出怀疑的诧异神情，看着哥哥。他手里拿着制帽，打算走了。

“你们怎么好像在埋葬我，还是要和我永世诀别呢。”他不知为什么很古怪地说。

他好像微微一笑，可又好像这并不是微笑。

“谁知道呢，说不定这是我们最后一次见面了。”他无意中补了一句。

这句话本来是他心里想的，但不知怎么竟脱口而出，说出声来。

“你这是怎么了！”母亲惊呼。

“你去哪里，罗佳?”杜尼娅有点儿奇怪地问。

“没什么，我得走了，非常需要。”他含含糊糊地回答，仿佛有话要说，又拿不定主意。但是他那苍白的脸上的神情却说明他的决心十分坚决。

“我想要说……到这儿来的时候……我想对您说，妈妈……还有你，杜尼娅，我想我们最好分开一段时间。我觉得不大舒服，心里也不平静……以后我会来的，我自己来，等到……可以来的时候。我不会忘记你们，我爱你们……请不要管我！让我独自一个人生活吧！还在以前，我就这样决定了……的确决定了……不管我会出什么事，不管我会不会死掉，我都要独自一个人。完全忘了我吧。这样要好些……不要打听我的消息。必要的时候，我自己会来的，或者……会叫你们去。也许一切都会恢复老样子！……可是现在，如果你们爱我，就和我断绝关系吧……不然我就会恨你们，我觉得……别了！”

“上帝呀！”普莉赫里娅·亚历山德罗芙娜高声惊呼。

母亲和妹妹都吓坏了，拉祖米欣也十分惊恐。

“罗佳，罗佳！跟我们和好如初，还和从前一样吧！”可怜的母亲高声呼喊。

他慢慢地向房门转过身，从屋里慢慢地走出去。杜尼娅追上了他。

“哥哥！你这是干什么，对母亲怎么能这样呢！”她低声说，目光中燃烧着怒火。

他痛苦地看了看她。

“没什么，我会来的，我会来的！”他含糊不清地低声说，好像不完全明白想要说什么，说罢就从屋里出去了。

“无情和狠心的自私自利者！”杜尼娅高声叫喊。

“他是个疯——子，而不是无情无义！他发疯了！难道您看不出来吗？您这样对待他，倒是太无情了！……”拉祖米欣紧紧攥住她的手，激动地对着她的耳朵低声说。

“我这就回来！”他转过脸去，对着面无人色的普莉赫里娅·亚历山德罗芙娜喊了一声，就从屋里跑了出去。

拉斯科利尼科夫在走廊尽头等着他。

“我就知道你会跑出来，”他说，“请你回到她们那儿去，和她们待在一起……明天也要待在她们那里……而且永远和她们在一起。我……也许会来……如果能来的话。别了！”

他没有和拉祖米欣握手，就离开他走了。

“你去哪儿？你怎么了？你出什么事了吗？可是难道能这样吗！……”完全不知所措的拉祖米欣喃喃地说。

拉斯科利尼科夫又站住了。

“我说最后一次：请你永远什么也别问我。我没有什么话回答你……你也别来找我。也许，我会到这儿来……别管我，可她们……请不要离开她们。你明白我的意思吗？”

走廊里很暗，他们站在灯旁。他们默默地对看了约莫一分钟光景。拉祖米欣终生都记得这一分钟。拉斯科利尼科夫闪闪发光、凝神注视着他的目光仿佛每一瞬间都竭力想穿透到他的心灵、穿透到他的意识里去。拉祖米欣突然不寒而栗。仿佛有个什么奇怪的东西在他们之间一闪而过……有个什么念头，好像是暗示，转瞬即逝。双方突然都理解，有个什么可怕的、岂有此理的东西隔在他们中间……拉祖米欣脸色白得像死人一样。

“现在你明白了吗?”拉斯科利尼科夫突然说，十分痛苦地扭歪了脸，“你回去吧，回到她们那里去。”他突然补充说，然后很快转身从这幢房子里走了出去。

现在我不来描写那天晚上普莉赫里娅·亚历山德罗芙娜那里的情况：拉祖米欣怎样回到她们那里，怎样安慰她们，怎样发誓说，得让罗佳好好养病，怎样发誓说，罗佳一定会回来，每天都会来，说他非常、非常心烦意乱，不该刺激他；还说他，拉祖米欣，一定会好好照料罗佳，给他请一个好医生，请一个最好的医生，给他会诊……总之，从那天晚上起，拉祖米欣已经成了她们的儿子和哥哥。

四

拉斯科利尼科夫径直往运河边上的那幢房子走去，索尼娅就住在那里。这是一幢三层楼房，是幢绿色的旧房子。他找到了管院子的，后者明确地告诉了他，裁缝卡佩尔纳乌莫夫住在哪里。他在院子的角落里找到又窄又暗的楼梯的入口，顺着楼梯上去，终于到了二楼[①]，走进从靠院子的

① 前面曾说，索尼娅是住在三楼。

那一边环绕着二楼的回廊。正当他在黑暗中慢慢走着，摸不清哪里是卡佩尔纳乌莫夫家的房门的时候，离他三步远的地方突然有一道门开了，他不由自主地拉住了房门。

“是谁?”一个女人的声音惊慌不安地问。

“是我……来找您的，”拉斯科利尼科夫回答，说罢走进了那间很小的前室。这儿一把破椅子上放着个歪着的铜烛台，上面插着一支蜡烛。

“是您！上帝啊！”索尼娅声音微弱地惊呼，像在地上扎了根似的呆呆地站住不动了。

“往您屋里去怎么走？往这边吗?”

拉斯科利尼科夫竭力不看她，赶快走进屋里。

稍过了一会儿，索尼娅也拿着蜡烛进来了，把蜡烛放下，站在他面前，完全惊慌失措，说不出地激动，看来，他的突然来访使她感到吃惊。突然，红云飞上了她苍白的面颊，眼里甚至出现了泪花……她心里很难过，既感到羞愧，又感到快乐……拉斯科利尼科夫很快转身坐到桌边的一把椅子上。

他匆匆地向整个房间扫视了一眼。

这是一间大房间，不过非常矮，是卡佩尔纳乌莫夫家出租的唯一一间房间，通往他们家的房门就在左边墙上，这道门锁起来了。对面，右边墙上还有一道门，也一直紧紧地锁着。门那边已经是邻居家另一个房号的另一套房子了。索尼娅住的房间像间板棚，样子是个很不规则的四边形，好似一个畸形的怪物。靠运河那边的墙上有三扇窗子，这面墙有点儿斜着，好像把这间房子切掉了一块，因此房子的一角显得特别尖，仿佛深深地插进什么地方去了，这样一来，如果光线较暗，甚至看不清那个角落。而另一个角却是个钝得很不像样子的钝角。这个大房间里几乎没有什么家具。右边角落里摆着一张床；床旁靠门的那边放着一把椅子。放床的那堵墙边，紧挨着通另一套房子的房门，放着一张普通的木板桌子，上面铺着淡蓝色的桌布，桌旁放着两把藤椅。对面墙边，靠近那个锐角的地方，放着一个用普通木料做的不大的五斗橱，因为地方太空旷了，看上去显得孤零零的。这就是屋里的全部家具。各个角落里，那些又脏又破的淡黄色墙纸都已经发黑了；冬天里这儿想必非常潮湿，而且烟气弥漫。贫穷的状况十分明显，床前甚至没有帷幔。

索尼娅默默地看着自己的客人，而他正在那样仔细、那样没有礼貌地打量着她的房间，最后，她甚至吓得发抖了，仿佛她是站在一个法官和能决定她命运的人面前。

“我来的时间太晚了……有十一点了吧?”他问，一直还没有抬起眼睛来看她。

“是的，”索尼娅喃喃地说，“啊，是的，是有十一点了!”她突然急急忙忙地说，似乎她的出路就在于此，“房东家的钟刚刚打过……我听见了，是十一点。”

“我是最后一次来看您，”拉斯科利尼科夫忧郁地接着说下去，虽说这不过是他头一次来这里，“也许，以后，我再也不会看到您了……”

“您……要出门?”

“我不知道……一切都看明天了……”

“那么明天您不去卡捷琳娜·伊万诺芙娜那儿了?”索尼娅的声音发抖了。

“我不知道。一切都看明天早晨……问题不在这里：我来，是要跟您说一句话……”

他向她抬起眼来，目光若有所思，突然发现，他坐着，她却一直站在他面前。

“您为什么站着？您坐啊。”他说，声音突然变得温和而又亲切。

她坐下了。他和蔼可亲地，几乎是怜悯地看了她一会儿。

“您多瘦啊！瞧您的手！多么苍白。手指就像死人的一样。”

他握住她的手。索尼娅微微一笑。

“我一向是这样的。”她说。

“住在家里的时候也是这样？”

“是的。”

“唉，那当然了！”他断断续续地说，他脸上的神情和说话的声音又突然改变了。他又朝四下里看了看。

“这是您向卡佩尔纳乌莫夫租的？”

“是的……”

“他们就住在那边，房门后面？”

“是的……他们住的也是这样一间房子。”

“一家人都住在一间屋里？”

“住在一间屋里。”

“要叫我住在您这间屋里，夜里会害怕的。”他忧郁地说。

“房东一家人都很好，待人很亲切，”索尼娅回答，一直好像还没镇静下来，还没明白是怎么回事，“所有家具，还有这一切……都是房东的，他们心地都很好，孩子们也常上我这儿来……”

“他们说话都口齿不清，是吗？”

“是的……他说话结结巴巴，还是个跛子。他妻子也是这样……倒不是口吃，而是，好像老是没把话说完。她心很好……他从前是地主家的仆人。有七个孩子……只有老大说话结巴，另外几个只不过有病……说话倒不结巴……您怎么知道他们的?”她有点儿惊奇地补上一句。

“当时您父亲把什么全都对我说了。您的情况，他全都告诉了我……连有一次您六点出去，八点多才回来，还有卡捷琳娜·伊万诺芙娜跪在您床前，连这些也都告诉我了。”

索尼娅感到很难为情。

“我今天好像看到了他。”她犹豫不决地喃喃地说。

“看到了谁?”

“父亲。我在街上走着，就在那附近，街道的一个角落，八点多的时候，他好像在前面走。完全像他。我想去卡捷琳娜·伊万诺芙娜那里……”

“您在散步?”

“是的。”索尼娅断断续续地喃喃地说，她又不好意思了，于是低下头去。

“住在父亲那里的时候，卡捷琳娜·伊万诺芙娜几乎要打您，是吗?”

“啊，不，看您说的，看您说的，没有的事!”索尼娅甚至有点儿惊恐地看了看他。

“那么您爱她吗?”

“她吗？那还——用——说!”索尼娅悲哀地拖长声音回答说，突然痛苦地双手交叉在一起，“唉，您要是……您要是能了解她就好了。因为她完全像个孩子……因为她完全像疯了似的……愁疯的。可从前她多么聪明……多么慷慨……多么善良啊！您什么、什么也不知道……唉!”

索尼娅说这些话的时候十分激动，绞着手，仿佛陷入绝望之中。她那苍白的双颊又变得绯红，眼里露出痛苦的神情。看得出来，她的心灵被深深触动了，她很想有所表示，把心里的话说出来，很想进行辩解。突然她脸上露出一种，如果可以这样说的话，永无止境的同情。

“她打过！您说这些做什么！上帝啊，她打过我！即使打过，那又怎样！嗯，那又怎样呢？您什么，什么也不知道……这是一个多么不幸，唉，多么不幸的人！而且还有病……她在寻求公正……她是纯洁的。她那么相信，无论什么事情都应该有公正，她要求……即使折磨她，她也决不会做不公正的事。她自己不明白，要让人人都公正，这是不可能的，因此她感到气愤……就像个孩子，就像个孩子！她是公正的，公正的！”

“您以后怎么办？”

索尼娅疑惑地看看他。

“他们不是都留给您来照顾了吗？不错，以前一家人也是靠您生活，已经去世的那个还要来跟您要钱去买酒喝。嗯，那么现在怎么办呢？”

“我不知道。”索尼娅忧愁地说。

“他们还会住在那儿吗？”

“我不知道，他们欠了那儿的房租。不过听说，女房东今天说过，她要撵他们走，卡捷琳娜·伊万诺芙娜却说，她自己连一分钟也不想再待在那儿了。”

“她怎么胆敢说这样的大话？是指望您吗？”

“唉，不，您别这么说……我们是一家人，要在一起生活，”索尼娅突然又激动起来，甚至生气了，完全像一只金丝雀或者什么别的小鸟儿生气一样，“再说她又能怎么办呢？嗯，她能怎么，怎么办呢？”她焦急而激动地问，“今天她哭了多少次啊！她都发疯了，这您没看出来吗？她疯了，一会儿像个小孩子似的，为明天的事担心，想让一切都弄得很体面，下酒的菜啊，还有旁的，一切都应有尽有……一会儿又绞手，咯血，痛哭，突然头往墙上撞，好像已经完全绝望。后来又自己安慰自己，把希望全都寄托在您的身上，她说，现在您帮助她，她要在什么地方借一点儿钱，和我一起回故乡去，为贵族出身的女孩子办一所寄宿中学，让我做学监，于是我们就会开始过一种十分美好的全新的生活了，说着还吻我，拥抱我，安慰我，因为她是那么相信这一切！那么相信这些幻想！您说，难道能反驳她吗？今天她整天在洗啊，擦啊，缝补啊，她那么虚弱无力，还亲自把洗衣盆拖到屋里去，累得上气不接下气，一下子就倒到床上了。可是早晨我还跟她一道去商场给波列奇卡和廖尼娅[①]买鞋呢，因为她们的鞋都穿破了，可是一算，我们的钱不够，只差一点儿，可她挑了一双那么好看的小皮鞋，因为她有审美力，您不知道……她就在铺子里，当着卖东西的人哭了起来，因为钱不够……唉，看着多可怜哪。”

“你们过的是……这样的日子，这是可以理解的。”拉斯科利尼科夫苦笑着说。

“难道您不觉得可怜吗？不觉得可怜吗？”索尼娅又责问说，“因为您，我知道，您还什么也没看到，就把自己最后的一点儿钱都给了她了。要是您看到这一切的话，上帝啊！可我曾经有多少次惹得她伤心落泪啊！那还是上星期的事！唉，我呀！只不过在他去世前一个星期。我做得太狠心了！而且我这样做了多少次啊。唉，现在整整一天回想起来都感到

① 前面说，小女儿叫莉达（莉多奇卡）。

痛心！”

索尼娅说这些话的时候，由于回忆给她带来的痛苦，甚至绞着双手。

“这是您太狠心吗？”

“是的，是我，是我！那次我到他们那里去，”她哭着继续说，“先父说：‘索尼娅，你给我念念，我头痛，你给我念念……这是书’，他那里有本什么小册子，是从安德烈·谢苗内奇那儿弄来的，也就是从列别贾特尼科夫那儿弄来的，他就住在这儿，经常弄一些这样可笑的书来。我却说：‘我该走了’，我才不愿给他念呢，我去他们那儿，主要是想让卡捷琳娜·伊万诺芙娜看看几条领子，女小贩莉扎薇塔拿来了几条活领和套袖，说是便宜点儿卖给我，这些活领和套袖都挺好看，式样也新颖，还绣着花。卡捷琳娜·伊万诺芙娜很喜欢，她戴上，照了照镜子，她非常非常喜欢，‘索尼娅，”她说，‘请你送给我吧。’她请我送给她。她多想要啊。可是她要这些活领有什么用？只不过让她回想起从前的幸福日子罢了！她照着镜子，顾影自怜，可是她什么衣服都没有，连一件像样的衣裳都没有，什么也没有，这样的日子已经有多少年了！可是她从来没跟任何人要过任何东西，她高傲得很，宁愿把自己最后的东西送给人家，可这时候却跟我要这些活领——可见她是多么喜欢！我却舍不得给她，我说，‘您要这些东西有什么用呢，卡捷琳娜·伊万诺芙娜！’我就是这么说的，‘有什么用’。可真不该对她说这种话呀！她那样看了我一眼，我不给她，这让她感到那么难过，看着她真觉得怪可怜的……她难过，倒不是为了那几条活领，而是因为我不肯给她，我看得出来。唉，我觉得，要是现在能收回以前说的这些话，改正这些话，那该多好……唉，我呀……我为什么会这样呢！……可在您看来，还不都是一样！”

“您认识这个女小贩莉扎薇塔?”

“是的……莫非您也认识她?”索尼娅有点儿惊讶地反问。

“卡捷琳娜·伊万诺芙娜有肺病，治不好的。她不久就会死的，”拉斯科利尼科夫沉默了一会儿，说，对她的问题避而不答。

“啊，不，不，不!”索尼娅不由得抓住他的双手，仿佛是求他，不要让她死。

“要知道，她要死了，反倒好些。”

“不，不好，不好，根本不好!”她惊恐地、无意识地反复说。

“可是孩子们呢？要是不让他们到您这里来，您让他们上哪里去呢?”

“唉，这我可不知道!”索尼娅用手抱住头，绝望地叫喊。看来，这个想法已经在她的脑子里闪现过许多次了，他只不过又惊醒了这个想法。

“嗯，如果您，在卡捷琳娜·伊万诺芙娜还活着的时候，就是现在，如果您生了病，给送进医院，那么会怎么样呢?”他残酷无情地坚持说下去。

“哎哟，您怎么说这种话，怎么说这种话呢！这绝不可能!”索尼娅吓坏了，吓得脸都变了样。

“怎么不可能呢?”拉斯科利尼科夫继续往下说，脸上露出严峻的笑容，“您保过险了？到那时他们会怎样呢？他们一家人将会流浪街头，她会像今天这样，咳嗽，哀求，头往墙上撞，孩子们会放声大哭……她会倒在街上，给送到警察分局，然后送进医院，死在那里，可孩子们……”

“啊，不！……上帝不允许发生这样的事!”最后，从索尼娅感到压抑的胸膛里冲出这样一句话来。她听着，恳求地看着他，合起双手默默无言地恳求着，好像一切都取决于他似的。

拉斯科利尼科夫站起来，开始在屋里踱来踱去。过了一分钟光景。索尼娅垂下双手，低着头站着，心里难过极了。

“不能攒点儿钱吗？能不能积攒点儿钱，以备不时之需？”他突然在她面前站下来，问。

“不能。”索尼娅喃喃地说。

“当然不能！不过您试过吗？”他几乎是冷笑着补上一句。

“试过。”

“可是攒不下来！唉，那还用说！还用得着问吗！”

于是他又在屋里走了起来。又过了一分钟的样子。

“您不是每天都挣得到钱吧？”

索尼娅比刚才更难为情了，脸忽然又涨得通红。

“不是。”她十分痛苦地勉强说，声音很低，很低。

“大概，波列奇卡也会这样的。”他突然说。

“不！不！不可能，绝不会的！”索尼娅突然绝望地高声叫喊，就像突然被人扎了一刀似的，“上帝，上帝绝不允许发生这种可怕的事！……”

“可他允许别人发生这样的事。”

“不，不！上帝会保佑她，上帝……”她反复说，已经无法控制自己。

“可也许根本就没有上帝。”拉斯科利尼科夫甚至是怀着某种幸灾乐祸的心情回答，他笑了起来，而且看了看她。

索尼娅的脸突然变了，一阵痉挛，使她的脸看上去非常可怕。她瞅了他一眼，目光中流露出难以形容的责备神情，本想说点儿什么，可是什么也没能说出来，只是突然用双手捂住脸，悲悲切切地失声痛哭起来。

“您说卡捷琳娜·伊万诺芙娜失去了理智，倒是您自己已经失去理智了。”沉默了一会儿以后，他说。

过了五分钟。他一直默默地踱来踱去，一直不看着她。最后，他走到她面前，他的眼睛闪闪发亮。他双手抓住她的肩膀，直对着她那挂满泪珠的脸看了一眼。他的目光冷漠、兴奋、锐利，嘴唇抖得厉害……突然他迅速俯下身去，伏在地板上，吻了吻她的脚。索尼娅惊恐地躲开了他，就像躲开一个疯子。真的，看上去他当真像个疯子。

"您这是做什么，您这是做什么？伏在我的脚下！"她脸色发白，喃喃地说，她的心突然十分痛苦地揪紧了。

他立刻站了起来。

"我膜拜的不是你，而是向人类的一切苦难下拜，"他有点儿古怪地说，然后走到窗前，"你听我说，"一分钟后他又回到她跟前来，补充说，"不久前我曾对一个欺侮人的人说，他抵不上你的一个小指头……还说，今天我让妹妹坐在你身边，让她感到荣幸。"

"哎哟，您跟他们说这些做什么！而且是当着她的面？"索尼娅惊恐地喊道，"跟我坐在一起！荣幸！可我……我是个可耻的女人，我是个很大的大罪人！唉，您为什么要说这种话！"

"我这样谈论你，不是因为你的耻辱和罪恶，而是因为你所受的极大的苦难。至于说你是个大罪人，这倒是真的，"他几乎是热情洋溢地补充说，"你所以是罪人，就因为你犯下了最大的罪，白白毁掉了自己，出卖了自己。这还不可怕吗！你过着自己这么痛恨的卑贱生活，同时自己也知道（只要睁开眼来看看），这样你既不能帮助任何人，也救不了谁，这难道还不可怕吗？最后，请你告诉我，"他几乎发狂地说，"这样的耻辱和这样的卑贱怎么能和另一些与之对立的神圣感情集于你一人之身呢？要知道，投水自尽，一下子结束这一切，倒更正确些，正确一千倍，也明智一千倍！”

“那他们呢？”索尼娅有气无力地问，十分痛苦地看了他一眼，但同时又好像对他的建议一点儿也不感到惊讶。拉斯科利尼科夫奇怪地看了看她。

从她看他的目光中，他看出了一切。可见她自己当真已经有过这个想法。也许她在绝望中曾多次认真反复考虑过，真想一下子结束一切，而且这样考虑时是那么认真，所以现在对他的建议已经几乎不觉得奇怪了。就连他的话是多么残酷，她也没有发觉（他对她责备的意思，以及对她的耻辱的特殊看法，她当然也没发觉，这一点他是看得出来的）。不过他完全明白，她也知道自己的地位卑贱，极其可耻，这个想法早已使她痛苦不堪，折磨了她很久了。他想，是什么，到底有什么能使她至今还下不了决心，一下子结束这一切呢？这时他才完全明白，这些可怜的小孤儿，这个不幸的、半疯狂的、害了肺病、头往墙上撞的卡捷琳娜·伊万诺芙娜，对她起了多么重大的作用。

虽说这样，然而他还是明白，以索尼娅这样的性格，还有她所受的教育，无论如何她绝不会这样终其一生。不过，对他来说，这还是一个问题：既然她不能投水自尽，为什么她能这么久生活在这样的处境中而没有发疯？当然，他明白，索尼娅的处境是社会上的一种偶然现象，虽说可惜，远不是个别的和特殊的现象。但是这偶然性本身，还有这一定的文化程度，以及她以前的全部生活，似乎这一切会在她一开始走上这条令人厌恶的道路的时候，立刻就夺去她的生命。那么是什么在支持着她呢？不会是淫荡吧？显然，这种耻辱只不过是机械地接触到了她，真正的淫荡丝毫也没渗透进她的心灵：这一点他看得出来。她就站在他面前，这是真的……“她面前有三条道路，”他想，“跳进运河，进疯人院，或者……或者，终于堕落，头脑麻木，心变得冷酷无情。”他最厌恶的是最后那个想法，然而他已经是一个怀疑主义者，而且他年轻，又远远脱离了现实生活，所以他也残酷无情，因此他不能不相信，最后一条路，也就是堕落，是最有可能的。

“不过难道这是真的吗，”他心中暗暗惊呼，“难道这个还保持着精神纯洁的人，会终于有意识地陷入这个卑鄙污浊、臭气熏天的深坑吗？难道这陷入的过程已经开始了？难道仅仅是因为这耻辱已经不是让她觉得那么厌恶，她才能忍辱至今吗？不，不，这绝不可能！”他像索尼娅刚才那样叫喊，“不，使她直到现在还没有跳进运河的，是关于罪恶的想法，还有他们，那些……如果到现在她还没有发疯……不过，谁说她还没发疯？难道她有健全的理智吗？难道能像她这样说话吗？难道一个有健全理智的人能像她这样考虑问题？难道能够这样坐在毁灭的边缘，就像坐在一个臭气熏天的深坑边上，眼看就要掉下去，可是有人提醒说这太危险的时候，却塞住耳朵，置之不理吗？她怎么，莫非是在等待奇迹吗？大概是这样。难道这一切不是发疯的迹象吗？”

他把思想执拗地停留在这一点上。与其他任何结局相比，他甚至更喜欢这个结局。他更加凝神注视着她。

“索尼娅，你经常这样虔诚地向上帝祈祷吗？”他问她。

索尼娅默默不语，他站在她身旁，等待回答。

“要是没有上帝的话，我会怎样呢？”她很快而且十分坚决地低声说，抬起那双突然闪闪发光的眼睛匆匆地向他看了一眼，并且用双手紧紧攥住他的一只手。

“嗯，的确是疯了！”他想。

“可上帝为你做什么了？”他继续追问她。

索尼娅沉默了许久，好像无法回答。她那瘦弱的胸脯激动得一起一伏。

“请您别说话！请您别问了！您不配！……”她突然严厉而愤怒地看着他，高声呼喊。

“真的疯了！真的疯了！”他暗自坚决地反复说。

“他在做一切！”她很快地低声说，又低下了头。

“这就是出路！这就是对这条出路的解释！”他暗自做出结论，同时怀着贪婪的好奇心细细打量着她。

他怀着某种奇怪的、几乎是痛苦的、前所未有的感情，细细端详这张苍白、瘦削、轮廓不太端正、颧骨突出的小脸；细细端详这双温柔的浅蓝色的眼睛，这双眼睛能闪射出那么明亮的光芒，流露出那样严厉而坚决的神情；细细端详这瘦小的身躯，因为愤懑和发怒，这身躯还在发抖；这脸，这眼睛，还有这身躯——这一切使他觉得越来越奇怪了，他几乎觉得这是不可能的。“狂热的信徒，狂热的信徒！”他暗自反复说。

五斗橱上放着一本书。他踱来踱去的时候，每次经过那里都注意到它。现在他把它拿起来，看了一眼。这是《新约全书》的俄译本。书是皮封面的，已经破旧了。

“这是哪儿来的？”他从房屋的另一端对她大声喊。她仍然站在原处，离桌子三步远。

“人家拿来的。”她仿佛不乐意似的回答，也不看着他。

“谁拿来的？”

“莉扎薇塔拿来的，我请她拿来的。”

“莉扎薇塔！奇怪！”他想。对他来说，索尼娅这里的一切，每分钟都变得越来越奇怪，越来越不可思议了。他把这本书拿到烛光前，动手翻阅。

“关于拉撒路的那一段在哪里?”他突然问。

索尼娅执拗地看着地上，没有回答。他稍稍侧身对着桌子站着。

“关于拉撒路的复活是在哪一章？你找给我看看，索尼娅。”

她斜着眼睛看了他一眼。

“别在那里找……在第四篇福音里……”她严厉地低声说，并没有向他走过去。

“请你找出来，念给我听。”他说着坐下来，胳膊肘撑在桌子上，用一只手托着头，忧郁地朝一旁凝望着，做出在听着的样子。

“再过三个星期，七俄里外[①]会欢迎我去的！我大概会去那儿，如果不把我送到更糟的地方去的话。”他暗自喃喃低语。

索尼娅不相信地听拉斯科利尼科夫说完了他奇怪的愿望，犹豫不决地走到桌边。不过还是拿起书来。

“难道您没看过?”她问，隔着桌子，皱起眉头，看了他一眼。她的声音变得越来越严厉了。

“很久以前……上学的时候。你念吧!”

“在教堂里也没听到过?”

“我……不去教堂。你经常去吗?”

“不——”索尼娅低声说。

拉斯科利尼科夫冷冷地笑了笑。

“我懂……这么说，明天也不去参加你父亲的葬礼吗?”

---

① 离彼得堡七俄里远的地方有一座著名的精神病院。

“我去。上星期我也去过教堂……去做安魂弥撒。”

“追荐什么人?”

“莉扎薇塔。她让人用斧头砍死了。”

他的神经受到越来越大的刺激。他的头眩晕起来了。

“你跟莉扎薇塔要好?”

“是的……她是公正的……她来过……难得来……她不能来。我和她在一起看书……还聊聊。她一定能见到上帝。”

这种书本上的话，他听着觉得很奇怪，而且这又是一桩新鲜事：她和莉扎薇塔神秘的聚会，而且两人都是狂热的信徒。

“在这儿，连我也会成为狂热的信徒！会传染的!”他想。

“你念吧!”他突然坚持地、气愤地喊了一声。

索尼娅一直犹豫不决。她的心在怦怦地跳。不知为什么她不敢念给他听。他几乎是痛苦地看着这个“不幸的疯姑娘”。

“您要听这做什么？您不是不信吗？……”她轻轻地低声问，不知为什么好像喘不过气来。

“你念吧！我要听!”他坚持说，“你不是常念给莉扎薇塔听吗?”

索尼娅翻开书，找出要念的地方。她双手发抖，念不出声。她两次开始念，两次都是连第一个音节也念不出来。

“有一个患病的人，名叫拉撒路，住在伯大尼[1]……”她终于费了很大的劲念出声来，但是念到第三句，声音突然变得又尖又细，像一根绷得太紧的弦，一下子断了。她喘不出气来，胸膛里憋得难受。

---

① 见《新约全书·约翰福音》第十一章。

拉斯科利尼科夫有点儿明白，索尼娅为什么下不了决心念给他听，他越是明白她不肯念的原因，就越发粗暴和恼怒地坚持让她念。他太理解她的心情了：现在要她说出和暴露自己心中的一切，她是感到多么痛苦。他明白，这些感情确实是早已藏在她心中的真正秘密，也许还是从她的少女时代，还是她住在家里，待在不幸的父亲和愁疯了的继母身边，生活在饥肠辘辘的孩子们身边，以及可怕的叫喊声和责备声中的时候，就已经深深藏在她的心中了。但同时，现在他也知道，确实知道，她现在念福音书虽然会感到苦恼，而且非常担心——不知是担心什么，然而同时她又十分痛苦地想要念给他听，尽管她是那么苦恼，那么担心，还是很想——不是给别人念，而是一定要念给他听，让他听到，而且一定要现在就念——“不管以后会发生什么事情！”……他从她的眼睛里看到了这一切，从她那兴奋的激动中了解了这一切……她抑制着自己的感情，强忍住开始念诗篇时迫使她的声音突然中断的喉间的抽噎，继续往下念《约翰福音》的第十一章。

就这样念到第十九节。

“有好些犹太人来看马大和马利亚，要为他们的兄弟安慰他们。马大听见耶稣来了，就出去迎接他。马利亚却仍然坐在家里。马大对耶稣说，主啊，你若早在这里，我兄弟必不死。就是现在，我也知道，你无论向上帝求什么，上帝也必赐给你。”

念到这里，她又停下来了，羞怯地预感到，她的声音又要发抖，又要突然中断了……

“耶稣说：你兄弟必然复活。马大说，我知道在末日复活的时候，他必复活。耶稣对他说，复活在我，生命也在我。信我的人，虽然死了，也必复活。活着信我的人，必永远不死。你信这话吗？马大说。”

（索尼娅仿佛痛苦地喘了口气，清清楚楚地用力把它念完，好像是她自己在大声忏悔：）

“主啊，是的，我信你是基督，上帝的儿子，就是那要临到世界的。”

她又停顿下来了，很快抬起眼来看了看他，但又赶快抑制着自己的感情，接着往下念。拉斯科利尼科夫一动不动地坐在那里听着，胳膊肘撑在桌子上，望着一边，没有转过脸去。念到了第三十二节。

“马利亚到了耶稣那里，看见他，就俯伏在他脚前，说，主啊，你若早在这里，我兄弟必不死。耶稣看见他哭，并看见与他同来的犹太人也哭，就心里悲叹，又甚忧愁。便说，你们把他安放在那里，他们回答说，请主来看。耶稣哭了。犹太人就说，你看他爱这个人是何等恳切。其中有人说，他既然开了瞎子的眼睛，岂不能叫这人不死吗？”

拉斯科利尼科夫转过脸来，心情激动地看着她：是的，的确是这样！她已经浑身发抖，真的是真正的热病发作了。这是他预料到的。她就要念到最伟大的和闻所未闻的奇迹了，无限的喜悦溢于言表。她的声音变得像金属一般响亮，欢乐和喜悦在她的声音中回荡，使她的声音忽然有了力量。眼前的一行行字迹变得模糊不清，因为她的眼里发黑了，然而她已经背熟了现在所念的这几节。念到最后一节：“他既然开了瞎子的眼睛……”她压低了声音，激动地、十分强烈地表达了那些不信上帝的人，瞎了眼的犹太人的怀疑、责难和辱骂，而不一会儿，他们却像遭到雷击一样，大为震惊，立刻伏到地上，痛哭流涕，获得了信仰……“而他，他也是瞎了眼睛、不信上帝的人——马上他也会听到，获得信仰，是的，是的！马上，立刻。”她幻想着，由于快乐的期待而发抖了。

“耶稣又心里悲叹，来到坟墓前。那坟墓是个洞，有一块石头挡着。耶稣说，你们把石头挪开。那死人的姐姐马大对他说，主啊，他现在必是臭了，因为他死了已经四天了。

这个“四”字她念得特别用力。

“耶稣说，我不是对你说过，你若信，就必看见上帝的荣耀吗。他们就把石头挪开。耶稣举目望天说，父啊，我感谢你，因为你已经听我。我也知道你常听我，但我说这话，是为周围站着的众人，叫他们信是你差了我来。说了这些话，就大声呼叫说，拉撒路出来。那死人就出来了。”

她兴奋地高声念完了这句话，浑身发抖，而且发冷，仿佛亲眼看到了一样：

> 手脚裹着布，脸上包着手巾。耶稣对他们说，解开，叫他走。
>
> 那些来看马利亚的犹太人，见了耶稣所做的事，就多有信他的。[①]

她没有再往下念，也不能再念了，合上书，很快从椅子上站了起来。

“这就是关于拉撒路复活的全部故事，”她断断续续地、严肃地低声说，一动不动地站着，转过脸去望着一边，不敢，而且好像不好意思抬起眼来看他。她那热病发作的战栗还没有停止。插在歪着的烛台上的蜡烛头早已快要熄灭了，在这间几乎一无所有的屋里暗淡地照着一个杀人犯和一个妓女，这两个人竟奇怪地聚会在一起，一同来读这本不朽的书。过了五分钟，或者是过了更长时间。

---

① 译文据圣经公会印发的《新约全书》第130页至第132页。

“我是来跟你谈一件事的。”拉斯科利尼科夫突然皱起眉头，高声说，说着站起来，走到索尼娅跟前。索尼娅默默地抬起眼来看着他。他的目光特别严肃，显示出一种异常坚定的决心。

“我今天离开了自己的亲人，”他说，“离开了母亲和妹妹。现在我不再去她们那里了。我跟她们完全断绝了关系。”

“为什么?”好像惊呆了的索尼娅问。不久前与他母亲和妹妹的会见给她留下了异常深刻的印象，虽然她自己说不清这到底是什么印象。听说他和她们断绝了关系，她几乎感到可怕。

“现在我只有你一个人了，”他补充说，“咱们一道走吧……我是来找你的。我们都是被诅咒的人，那么我们就一道走吧!”

他的眼睛闪闪发亮。“他像个疯子!”索尼娅也这么想。

“去哪里?”她恐惧地问，不由得往后退去。

“我怎么知道呢？我只知道，我们走的是同一条路，确定知道——只知道这一点。同一个目标?”

她看着他，什么也不懂。她懂得的只有一点：他非常不幸，极其不幸。

“如果你去对他们说，他们当中无论是谁，什么也不会懂，”他接下去说，“可是我懂。我需要你，所以我到你这儿来了。”

“我不懂……”索尼娅喃喃地说。

“以后会懂的。难道你不是也做了同样的事吗？你也跨过了……你能跨过去的。你在自杀，你把一生都毁了……你自己的（这反正一样!）一生。你本来可以靠精神和理性生活，可现在却要死在干草广场上……不过如果你仍然独自生活，你会支持不住的，准会像我一样发疯。现在你就已经像个疯子了，所以，我们要在一道走，走同一条路！咱们走吧!”

“为什么？您这是为什么！”索尼娅说，他的话使她感到激动，感到奇怪和不安。

“为什么？因为不能再这样下去了——原因就在这里！终于到了该正视现实，认真考虑一下的时候，不能再像小孩子那样哭喊，说上帝不允许了！如果明天真的把你送进医院，那会怎样呢？她已经精神失常，又有肺病，不久就要死了，孩子们怎么办？难道波列奇卡不会毁灭吗？难道你没看到这儿那些在街头乞讨的孩子？那都是母亲叫他们来的。我知道这些母亲住在哪里，知道她们生活在什么环境里。在那种地方，孩子不可能再是孩子。在那种地方，七岁的孩子就已经堕落，成了小偷。要知道，孩子就是基督的形象：‘天国是他们的。’他吩咐说，要尊重他们，爱他们，他们是未来的人……”

“怎么办，该做什么呢？”索尼娅歇斯底里地哭着，绞着手，反复说。

“做什么？破坏应该破坏的，一劳永逸，再没有别的了：自己肩负起受苦受难的重担！怎么？你不懂吗？以后会懂的……自己和权力，而主要的是权力！统治一切生灵的权力，统治人类社会的权力！……这就是目的！你要记住这一点！这是我给你的临别赠言！也许，这是我最后一次和你说话了。如果明天我不来，你自己会听到一切的，到那时你就会想起现在我说的这些话来了。以后，几年以后，有了生活经验以后，总有一天你会懂得我的话是什么意思。如果明天我再来，就会告诉你，是谁杀了莉扎薇塔。别了！”

索尼娅吓得浑身发抖。

“难道您知道是谁杀的吗？”她问，她吓呆了，奇怪地看着他。

“我知道，而且要告诉……告诉你，只告诉你一个人！我选中了你。

我不是来求你宽恕，只不过是告诉你。我早就选中了你，要把这告诉你，还在你父亲谈起你，莉扎薇塔还活着的时候，我就想这样做了。别了。不握握手吗？明天见！”

他走了出去。索尼娅像望着一个疯子一样望着他，不过她自己也好像精神失常了，而且感觉到了这一点。她的头眩晕了。“上帝啊！他怎么知道，是谁杀了莉扎薇塔？这些话是什么意思？这真可怕！”但同时她脑子里并没有产生这个想法。决不会的！决不会的！……“噢，他准是非常不幸！……他离开了母亲和妹妹。为什么？出了什么事？他心里在想什么？他为什么对她[①]说这些话？他吻了吻她[②]的脚，说……说（是的，这话他说得很清楚），没有她[③]，他就不能活……噢，上帝呀！”

索尼娅整夜发烧，一直在呓语。有时她跳起来，痛哭，绞手，一会儿又寒热发作，昏昏沉沉地进入梦乡，她梦见了波列奇卡，卡捷琳娜·伊万诺芙娜，莉扎薇塔，念福音书，还有他……他，脸色苍白，两眼闪闪发光……他吻她的脚，痛哭……噢，上帝啊！

右边那道门后面，就是把索尼娅的房间和盖尔特鲁达·卡尔洛芙娜·列斯莉赫那套房间隔开的那道门后面，有一间早已空了的房子，也是列斯莉赫那套房子里面的一间，是打算出租的，大门上已经挂出招租牌，冲着运河的玻璃窗上也贴上了招租条。好久以来索尼娅已经习惯了，认为那间屋里没有人。然而在这段时间里，斯维德里盖洛夫先生却一直站在那间空房的门边，躲在那里偷听。拉斯科利尼科夫出去以后，他又站了一会儿，想了想，踮着脚尖回到这间空房隔壁——自己那间屋里，端了一把椅子，悄

---

①②③　这一段都是索尼娅心中想说的话，所以这里的三个“她”，都应该是“我”。

悄地把它搬到通索尼娅那间房间的门边。他觉得，他们的谈话很有意思，有重要意义，而且他非常、非常感兴趣，他的兴趣是那么大，所以搬来一把椅子，这样今后，譬如说明天，就不必再自找罪受，整整站上一个钟头，而可以坐得舒服一些，随心所欲地偷听了。

五

第二天上午十一点整，拉斯科利尼科夫走进×分局侦查科，要求向波尔菲里·彼特罗维奇通报，他来了。可是好久还没接见他，这时他甚至感到奇怪了：至少过了十分钟，才叫他进去。他估计，似乎应该立刻向他提出一连串问题。然而他站在接待室里，一些人从他身边过来过去，看样子，都完全不理会他。后面一间像是办公室的房间里，坐着几个司书，正在书写，显然，他们当中甚至谁也不知道，谁是拉斯科利尼科夫，他是个什么人？他用不安和怀疑的目光注视着自己周围的一切，暗暗观察，他身旁有没有卫兵，有没有监视他的神秘的目光，以防他会逃跑？可是根本就没有任何这一类的迹象：他只看见一些小职员，一些为什么小事操心的人的脸，随后还看见一些别的人，他们谁也不理会他：他爱上哪里去就上哪里去好了，没人管他。他越来越坚定地想：如果昨天这个神秘的人，这个从地底下钻出来的幽灵当真什么都知道，什么都看到了——那么难道会让他，拉斯科利尼科夫，现在这样站在这里，安安静静地等着吗？难道会在这里一直等到十一点钟，等着他自己来这里吗？可见，要么是那个人还没来告发，要么就是……只不过是他什么都不知道，什么也没看见（他怎么能看见呢?），所以，他，拉斯科利尼科夫，昨天所发生的一切，又是被他那受到刺激的、病态的想象力夸大了的主观幻想。甚至还在昨天，在他感到最强烈的不安，陷于悲观绝望之中的时候，这个猜测就已经在他心中渐渐确定下来了。现在他把这一切又细细考虑了一番，准备投入新的战斗，却突然感到，他在发抖——一想到他竟会在可恨的波尔菲里·彼特罗维奇面前吓得发抖，他甚至勃然大怒。对他来说，最可怕的就是又要见到这个人：他恨透了他，恨之入骨，甚至害怕自己的憎恨情绪会暴露自己。他的愤怒如此强烈，竟使他立刻不再发抖了。他打算进去的时候装出一副冷静和大胆的样子，决心尽可能保持沉默，细心观察，留心倾听，至少这一次无论如何也要克服自己那种病态的容易激动的性格。这时有人来叫他去见波尔菲里·彼特罗维奇。

原来这时候只有波尔菲里·彼特罗维奇一个人待在自己的办公室里。他的办公室不大，也不算小。里面，一张漆布面的长沙发前摆着一张大写字台，还有一张办公桌，角落里摆着一个公文橱，还有几把椅子——都是公家的家具，都是用磨光的黄色木料制作的。后边那面墙的角落里，或者不如说是在隔板上，有一扇锁着的门：可见那里，隔板后面，大概还有几个房间。拉斯科利尼科夫一进来，波尔菲里·彼特罗维奇立刻把他进去时走的那道门掩上，于是屋里就只有他们两个人了。看来，他是装出最愉快、最亲切的神情来迎接自己的客人。不过，过了几分钟以后，拉斯科利尼科夫根据某些迹象发觉，他心里好像有点儿慌乱——仿佛他突然给搞糊涂了，或者是被人发现了什么隐藏得很深的秘密。

“啊，最尊敬的朋友！瞧，您也……上我们这地方来了……”波尔菲里说，双手都向他伸了过来。“好，请坐，老兄！也许您不喜欢管您叫最尊敬的朋友和……老兄——不喜欢这样tout court[①]？请不要把这看作亲昵……请这边坐，坐在沙发上。”

拉斯科利尼科夫坐下来，目不转睛地看着他。

“我们这地方”，为过于亲昵而请求原谅，法语词汇“tout court”，等等，等等——这一切都是他的性格特征的表现。

“然而，他把两只手都向我伸了过来，却一只也没和我握手，及时缩回去了。”这想法疑惑地在他脑子里忽然一闪。两人互相注视着对方，但是他们的目光一碰到，立刻就像闪电一般移开了。

“我给您送来了申请书……关于表的……这就是。这样写行吗，还是得重写呢？”

“什么？申请书？对，对……您别担心，就是这样写，”波尔菲里·彼特罗维奇说，好像急于要到哪里去似的，已经说完了这些话，这才接过申请书去，看了一遍，“对，就这样写。不需要再写什么了。”他又很快地重说了一遍，随手把申请书放到桌子上。后来过了一分钟，已经在谈别的了，他又从桌子上拿起申请书，把它放到自己的办公桌上。

“昨天您好像说过，想要问问我……正式地……问问我认识这个……被害的老太婆的情况？”拉斯科利尼科夫又开始说，“唉，我为什么要加上个好像呢？”这想法像闪电般在他脑子里一闪而过。“可我为什么为了加上个好像就这样担心呢？”立刻又有另一个想法犹如闪电般在他脑子里忽地一闪。

他突然感觉到，刚一与波尔菲里接触，刚刚说了一两句话，刚刚交换

---

① 法文，“亲昵”之意。

了一两次目光，他的神经过敏就已经发展到了骇人听闻的程度……而这是非常危险的：神经紧张起来，不安增强了。“糟糕！糟透了！……我又说漏了嘴。”

“对——对——对！请别担心！时间来得及，来得及的。”波尔菲里·彼特罗维奇含糊不清地说，同时在桌旁踱来踱去，不过似乎毫无目的，好像一会儿匆匆走到窗前，一会儿走到办公桌那里，一会儿又回到桌子这里，一会儿避开拉斯科利尼科夫怀疑的目光，一会儿又突然站住，目不转睛地直盯着他。这时他那又胖又圆的矮小身躯让人觉得非常奇怪，好像一个小球，一会儿滚到这边，一会儿滚到那边，撞到墙上或角落里，立刻就反弹回来。

“我们来得及的，来得及的！……您抽烟吗？有烟吗？给，来一支香烟吧……”他说着递给客人一支香烟，“您要知道，我在这儿接待您，可我的住房就在这里，隔板后面……公家的房子，不过目前我住在自己租来的房子里，暂时住住。这儿需要修缮一下。现在差不多就要完工了……公家的房子，这玩意儿太好了——不是吗？您认为呢？”

“是啊，是好得很。”拉斯科利尼科夫几乎是嘲笑地望着他回答。

“好得很，好得很……”波尔菲里·彼特罗维奇反复说，似乎突然考虑起与此毫不相干的问题来了，“对！好得很！”最后他几乎高声叫喊起来，突然抬起眼来看了看拉斯科利尼科夫，在离他两步远的地方站住了。他多次愚蠢地重复说，公家的房子好得很，就其庸俗性来说，与现在他注视自己客人的严肃、深思和神秘的目光实在是太矛盾了。

但这更加激怒了拉斯科利尼科夫，他无论如何也忍不住了，忍不住要含讥带讽，相当不谨慎地向波尔菲里提出挑战。

“您知道吗，”他突然问，几乎无礼地看着波尔菲里，仿佛从自己的无礼中感觉到乐趣，“好像司法界有这么个惯例，有这么个司法界通用的手法——对所有侦查员都适用的手法，首先从老远开始，从一些无足轻重的小事谈起，或者甚至也可能从严肃的问题开始，不过是毫不相干的其他问题，这样可以，也可以说是鼓励，或者不如说是分散受审的人的注意力，使他麻痹大意，然后突然以最出其不意的方式，冷不防向他提出最具决定意义的关键性问题，一举击中要害，就像一下子击中天灵盖一样。是这样吗？似乎到目前，所有规章和指南上还都神圣地提到这一点，是吧？”

“是这样，是这样……怎么，您认为，我跟您谈公家的房子就是……啊？”波尔菲里·彼特罗维奇说过这句话，眯缝起眼来，眨了眨眼，脸上掠过某种快乐和狡猾的神情，额上的皱纹舒展开了，眼睛眯成了两条细缝，脸拉长了，他突然神经质地、持续不停地哈哈大笑起来，全身抖动着，摇晃着，直瞅着拉斯科利尼科夫的眼睛。后者本来也在笑，不过笑得有点儿做作。可是波尔菲里看到他也在笑，于是高声狂笑起来，笑得几乎涨红了脸，这时拉斯科利尼科夫的厌恶情绪突然越过了小心谨慎所允许的界线：他不再笑了，皱起眉头，在波尔菲里好像故意不停地许久大笑不止的这段时间里，一直目不转睛地久久注视着他。不过，显然双方都不小心，所以，波尔菲里·彼特罗维奇似乎毫不客气地嘲笑这个憎恨他这样大笑的客人，而且对这一情况几乎丝毫也不感到惊慌失措。对拉斯科利尼科夫来说，这一点具有特别重要的意义：他明白，波尔菲里·彼特罗维奇刚才根本就没发窘，恰恰相反，倒是他，拉斯科利尼科夫，大概落入了圈套。这儿显然有什么他不知道的东西，有什么目的。也许一切已经准备就绪，立刻，马上就会见分晓，马上就会落到他头上来了……

他立刻直截了当地谈到正题上来，站起身，拿起制帽。

“波尔菲里·彼特罗维奇，”他坚决地开口说，不过语气相当气愤，“您昨天表示，希望我来这里接受审问（他特别强调审问这个词）。我来了，如果您要问，那么就请问吧，不然的话，请允许我告退。我没空，我有事……我得去参加那个被马踩死的官员的葬礼，那个人……您也知道的……”他补上一句，可是立刻又为补上这句话生起气来，随后又立刻更加恼怒了，“这一切让我感到厌烦了，您听到了吗，早就厌烦了……我生病，在某种程度上就是由于这个原因，……总之，”他几乎高声叫嚷起来，觉得谈到生病，更加不合时宜，“总而言之：请您要么审问我，要么马上让我走……如果审问，一定要合乎手续！不然我是不答应的，因此暂时告辞了，因为现在我们两个人在一起没有什么事情好做了。”

“上帝呀！您这是怎么了！问您什么呢，”波尔菲里·彼特罗维奇突然抑扬顿挫地说，语气和神情立刻都改变了，笑声也戛然而止，“您请放心好了，”他忙碌起来，又一会儿匆匆地走来走去，一会儿突然请拉斯科利尼科夫坐下，“时间来得及，来得及的，这一切只不过是些小事！我，恰恰相反，您终于到我们这儿来了，我感到那么高兴……我是把您作为客人来接待的。而这该死的笑，您，罗季昂·罗曼诺维奇老兄，就请您原谅我吧。是罗季昂·罗曼诺维奇吧？好像，您的父名是这样吧？……我是个神经质的人，您那些非常机智的俏皮话逗乐了我。有时，真的，我会笑得像橡皮一样抖个不停，就这样笑上半个钟头……是个爱笑的人。就我的体质来说，我甚至害怕会瘫痪。嗳，您请坐啊，您怎么了？……请坐，老兄，要不，我会认为您生气了……”

拉斯科利尼科夫默默不语，听着，观察着，一直还在恼怒地皱着眉头。不过他还是坐下了，然而没有放下帽子。

“罗季昂·罗曼诺维奇老兄，我要告诉您一件事，关于我自己的，可以这样说吧，给我自己做个鉴定，”波尔菲里·彼特罗维奇接着说下去，继续在屋里匆匆走来走去，好像仍然避免与自己客人的目光接触，“我，您要知道，是个单身汉，既不属于上流社会，又没有名望。品质极坏，有些改不了的习惯，可是已经变聪明了，而且……而且……您注意到了吗，罗季昂·罗曼诺维奇，我们这儿，也就是说，在我们俄罗斯，尤其是在我们彼得堡各界，如果有两个聪明人，彼此还不太熟悉，不过，可以这么说吧，互相尊敬，喏，就像现在我和您这样，这样的两个聪明人到了一起，就会整整半个小时怎么也找不到交谈的话题——一个对着一个，很不自然，十分冷淡，坐在一起，互相都感到尴尬。要交谈，大家都有话题，譬如说，女士们……譬如说，上流社会那些风度翩翩的人士，他们总有话可谈，c'est de rigueur[①]，可是像我们这些中等的人，却容易发窘，不善于交谈……也就是说，都是些善于思考的人。老兄，这是由于什么原因呢？是因为没有共同利益，还是因为我们都很正直，不愿意互相欺骗呢？这我就不知道了。啊？您认为呢？啊，请您把帽子放下吧，好像马上就要走的样子，叫人看着真怪不好意思的……我嘛，恰恰相反，我是这么高兴……”

拉斯科利尼科夫放下了帽子，仍然默默不语，神情严肃，皱着眉头，在听波尔菲里·彼特罗维奇说这些空空洞洞、不连贯的废话。“怎么，他真

① 法文，“这是必然的。就跟上了发条一样，自然而然地”之意。

的是想用他这些愚蠢的废话来分散我的注意力吗?”

“我不请您喝咖啡，这儿不是地方。不过为什么不跟朋友在一起坐上五分钟呢，解解闷嘛，”波尔菲里滔滔不绝地说，“您要知道，所有这些公务……老兄，我一直这样走来走去，您可别见怪。请原谅，老兄，我很担心会得罪您，可对我来说，散步简直是必不可少的。我一直坐着，能够这样来来回回走上四五分钟，真是太高兴了……我有痔疮……一直打算采用体操疗法。据说，那些文官们，四等文官，就连三等文官，也都喜欢跳绳。就是这样嘛，在我们这个时代，这就叫科学……就是这样……至于这儿这些职务，什么审讯啦，还有种种形式上的程序啦……这不是，您，老兄，您刚刚提到了审问……是这样的，您要知道，真的，罗季昂·罗曼诺维奇老兄，这些审问有时会把审问的人搞得糊里糊涂，搞得他比受审的人更糊涂……关于这一点，老兄，刚才您说得非常机智，完全正确（拉斯科利尼科夫根本就没说过一句这样的话）。是会搞糊涂的！真的，是会搞糊涂的！翻来覆去老是那一套，翻来覆去老是那一套，就像敲鼓一样！喏，不是在改革[①]吗，我们至少会改改名称，换换名目嘛，嘿！嘿！嘿！至于说到我们司法界的手法嘛——您说得多么俏皮——我完全同意您的意见。您说，所有被告当中，就连那些穿粗麻布衣服的乡下佬当中，有谁不知道，譬如说吧，一开始会用不相干的问题分散他的注意力（用您的妙语来说），然后突然击中他的要害呢，而且是用斧背，嘿！嘿！嘿！用您巧妙的比喻来说，也就是一下击中他的天灵盖！嘿！嘿！那么您当真认为，我

① 指1864年实行的司法改革。这次改革规定，审理案件时要有律师和陪审员参加，但预审仍然完全是警察局的职权。

是想用房子来分散您……嘿！嘿！您真是个爱讽刺人的人。好，我不再说了！啊，对了，顺便说说，一句话会引出另一句话，一个想法会引出另一个想法——这不是，刚才您还提到了手续，您要知道，是关于审问的手续……什么合乎手续啊！您要知道，在很多情况下，手续毫无意义。有时像朋友那样随便聊聊，倒更有好处。手续永远也跑不了，这一点我可以请您放心；可手续的实质是什么呢，我请问您？可不能每走一步都用手续来束缚侦查员，因为侦查员的工作，可以这么说吧，是一种自由的艺术，当然是就某一点来说，或者大致如此……嘿！嘿！嘿！”

波尔菲里·彼特罗维奇稍微喘了口气。他不知疲倦地滔滔不绝地说着，一会儿尽说些毫无意义的、空洞的废话，一会儿突然插进几句高深莫测的话，但立刻又语无伦次，说起废话来了。他已经几乎是在屋里跑来跑去，两条胖胖的腿挪动得越来越快，眼睛一直看着地下，右手背在背后，不停地挥动着左手，做出各种不同的姿势，每个姿势都与他正在说的话很不协调。拉斯科利尼科夫突然发觉，他在屋里跑来跑去的时候，有两次好像在门边站了一会儿，仿佛是侧耳倾听……“他是不是在等什么呢？”

“您当真完全正确，”波尔菲里又接着话茬说，并且快活地、带着异常天真的神情望着拉斯科利尼科夫（他不由得战栗了一下，立刻做好应付一切的思想准备），“您这样机智地嘲笑法律手续，当真完全正确，嘿！嘿！我们这些（当然是某些）用意深刻的心理学手法的确极其可笑，大概也毫无用处，如果太受手续束缚的话。是的……我又谈到了手续：唔，如果我认定，或者不如说怀疑某一个人，另一个人或第三个人，可以这么说吧，如果我怀疑他是交给我侦查的某一案件的罪犯……您不是要做法学家吗，罗季昂·罗曼诺维奇？”

“是的，是有这个打算……”

“好，那么，可以这么说吧，这儿就有一个案例，可以作为您将来的参考——您可别以为，我竟敢教导您：您不是发表过论犯罪的文章吗！不，我是向您提供一个实际的案例——那么，譬如说，如果我认为某个人，另一个人或第三个人是罪犯，试问，时机不到，我为什么要去惊动他呢，即使我有证明他有罪的证据？有的人，譬如说吧，我必须赶快逮捕他，可另一个人却不是这种性质的问题，真的。那么为什么不让他在城里溜达溜达呢，嘿！嘿！不，我看得出来，您还没完全理解，那么我给您说得更清楚些：譬如说吧，如果我过早地把他关起来，那么大概，这样一来，我不是就给了他，可以这么说吧，给了他一个精神上的支柱吗，嘿！嘿！您笑了？（拉斯科利尼科夫根本就没想笑：他咬紧嘴唇坐在那里，兴奋的目光一直盯着波尔菲里·彼特罗维奇的眼睛）然而事实就是这样，特别是对付某一个人，因为人是各式各样的，而对付所有的人，只能从实践中摸索出经验来。您刚才说：罪证，假定说吧，罪证倒是有了，可是，老兄，罪证大部分都可以作不同的解释，可因为我是个侦查员，所以，很抱歉，也是个能力很差的人：总希望侦查的结果能像数学一般清清楚楚摆在面前，总希望弄到像二二得四一样明白无误的罪证！总希望得到直接的、无可争辩的证据！因为如果我不到时候就把他关起来的话——虽然我深信，罪犯就是他——那么，我大概是自己夺走了我进一步揭露他的手段，这是为什么呢？因为我，可以这么说吧，让他的处境变得明确了，可以这么说吧，让他在心理上明确起来，反倒使他放了心，于是他就会缩进自己的壳里，什么话也不再说了，因为他终于明白，他被捕了。据说，在塞瓦斯托波尔，阿尔马战役[1]刚一结束的时候，嗬，一些聪明人都吓得要命，生怕敌人立刻进攻，马上就会夺取塞瓦斯托波尔；可是等他们看到敌人宁愿采取正规围困的办法，正在挖第一道战壕的时候，据说，那些聪明人都高兴死了，放心了，因为既然敌人要正规围困，那么事情至少要拖两个月！您又在笑，又不相信吗？当然，您也是对的。您是对的，您是对的！这都是特殊情况，我同意您的看法，刚才所说的情况的确特殊！不过，最亲爱的罗季昂·罗曼诺维奇，同时您也应该看到：一般情况，可供一切法律程序和法规借鉴的、作为制定这些程序和法规的依据，并据以写进书本里的一般情况，事实上根本就不存在，因为各种案件，每个案件，譬如，就拿犯罪来说吧，一旦在现实中发生，立刻就会变成完全特殊的情况，有时会变得那么特殊，和以前的任何案件都不相同。有时也会发生这类滑稽可笑的情况。如果我让某一位先生完全自由：既不逮捕他，也不惊动他，可是让他每时每刻都知道，或者至少是怀疑，我什么都知道，我已经知道他的全部底细，而且日夜都在毫不懈怠地监视着他，如果让他有意识地经常疑神疑鬼，提心吊胆，那么，真的，他一定会心慌意乱，真的，一定会来投案自首，大概还会干出什么别的事来，那可就像二二得四一样，也可以说，像数学一样明确了——这可是让人高兴的事。就连傻头傻脑的乡下佬也可能发生这种情况，至于我们这样的人，有现代人的头脑，又受过某一方面的教育，那就更不用说了。所以，亲爱的朋友，了解一个人受过哪方面的教育，这可是非常重要的。而神经，神经，您可不能把神经忘了！因为现在

---

① 1854年9月8日俄军在阿尔马战役中战败，退守塞瓦斯托波尔，英法联军围困塞瓦斯托波尔长达十一个月。

人们的神经都有毛病，不太正常，容易激动！……都是那么爱发脾气！我跟您说，必要的时候，这就好像是材料的源泉！我何必为他还没给逮住，还在城里自由活动而担心呢！由他去，让他暂时自由活动吧，由他去。即便如此，我也知道，他是我的猎物，他逃不出我的掌心！再说，他能逃到哪里去呢，嘿！嘿！逃往国外吗？波兰人会逃到国外去，他却不会，何况我还在监视他，采取了某些措施呢。深入祖国腹地吗？可是住在那里的都是农民，穿粗麻布衣服的，真正的俄罗斯农民。而这样一个文化程度很高的现代人却宁愿坐牢，也不愿和像我们农民那样的外国人生活在一起，嘿——嘿！不过这都是废话，是从表面上来看。逃跑，这是什么意思呢！这是说真正逃跑，可主要问题不在这里，并不仅仅是因为他无处可逃，所以才逃不出我的掌心，而是因为在心理上他不可能从我这儿逃脱，嘿——嘿！这话怎么讲呢！由于自然法则，即使他有去处，他也绝逃不出我的掌心。您见过飞蛾扑火吗？嗯，就像飞蛾总是围绕着蜡烛盘旋一样，他也将总是围着我转来转去，总是离不开我。对他来说，自由将不再是可贵的，他将犹豫不决，不知所措，作茧自缚，好似落入网中，自己把自己吓死！……不仅如此：他自己还会为我准备下像二二得四那样明确的、数学般的证据——只要我给他点儿自由活动的时间……他将一直围绕着我转来转去，圈子越缩越小，终于，啪一下子！一直飞进我的嘴里，于是我就把他一口吞下去，这可是让人很高兴的，嘿——嘿——嘿！您不相信吗？”

拉斯科利尼科夫没有回答，他面色苍白，一动不动地坐着，一直那样十分紧张地盯着波尔菲里的脸。

“这一课上得好！”他想，不由得浑身发冷，“这已经不是像昨天那样猫逗老鼠了。他不是徒劳地向我显示自己的才能，而是……暗示：在这方面他要聪明得多。这里还有别的目的，是什么目的呢？唉，胡扯，老兄，你是在吓唬我，你是在耍花招！你没有证据，昨天的那个人也不存在！你只不过想把我搞糊涂，想过早地惹我生气，在这种情况下出其不意抓住我的把柄，不过你错了，你打错了主意，打错了主意！不过为什么，为什么向我做这样明显的暗示呢？……他是把希望寄托在我的神经不正常上吗！……不，老兄，你错了，你打错了算盘，哪怕你布置下了什么圈套……好，且看你布置下了什么圈套吧。”

他竭力克制着，做好思想准备来面对一场无法预见的可怕的灾难。有时他真想立刻扑过去，当场掐死波尔菲里。还在他进来的时候，他就担心会恨到这种程度。他感觉到自己的嘴唇发干，心在狂跳，唾沫已经干在嘴唇上了。不过他还是下决心保持沉默，不到时候绝不说话。他明白，处在他目前的地位，这是最好的策略，因为这样不但自己不会说漏了嘴，而且，相反地，能以自己的沉默来激怒敌人，大概敌人反倒会不慎失言，向他透露出点儿什么来。至少他抱有这样的希望。

“不，我看得出来，您不相信，您一直以为我是在跟您开并无恶意的玩笑，”波尔菲里接着话茬说，越来越快活，高兴得嘿嘿地笑个不停，又在屋里转起圈子来了，“当然啦，您是对的。我天生就是这副模样，这是上帝亲自安排的，只会让人觉得好笑，布丰[①]。不过我要告诉您，我还要再说一遍，老兄，罗季昂·罗曼诺维奇，请您原谅我这个老头子，您还是个年轻人，可以这么说吧，刚刚进入青年时期，所以和所有青年人一样，

① 法文bouffon的音译，“小丑”之意。

最看重的就是人的智慧。开玩笑的机智和抽象的道理在引诱你们。譬如说吧，据我对军事的理解，可以说，这就完全跟从前奥地利的御前军事会议一样：他们在纸上谈兵，打败了拿破仑，还俘虏了他，他们在自己的办公室里用最机智的方法把一切都计算过了，做出了结论，可是你瞧，马克将军率全军投降了[①]，嘿——嘿——嘿！我看得出来，看得出来，罗季昂·罗曼诺维奇老兄，您在嘲笑我，笑我这样一个文职人员，总是从军事史上挑选例子。可是有什么办法呢，这是我的嗜好，我喜欢军事，太喜欢看这些作战报告了……我完全选错了职业。我真该在军队里服务，真的。也许，成不了拿破仑，不过当个少校嘛，倒还可以，嘿——嘿——嘿！那么好吧，现在，我亲爱的朋友，我要把这个，也就是特殊情况的全部真情，全部详情细节，统统都告诉您：现实和人的天性非常重要，有时会让最有远见的打算落空！唉，请您听听我这个老头子的话，罗季昂·罗曼诺维奇，我可是一本正经地对您说（说这话的时候，这个未必有三十五岁的波尔菲里·彼特罗维奇当真好像突然变老了：就连他的声音也变得苍老起来，不知怎的全身也弯了，变得弯腰驼背，活像个老头子了），何况我还是个直爽的人……我是不是个直爽的人？您认为呢？大概，我是够直爽的了，因为我把这样一些事情毫无代价地告诉了您，还不要求得到奖赏，嘿——嘿！嗯，那么我接着往下说：照我看，机智这玩意儿太美妙了。可以说，这是大自然的光彩，人生的慰藉，看来，它会玩弄一些多狡诈的诡计啊，所以，有时一个可怜的侦查员哪里能猜得透它玩的把戏，何况他本人也往

---

① 1805年10月，马克将军统率的奥地利军队在乌尔姆附近突然被拿破仑的军队包围，只好向拿破仑投降。

往耽于幻想呢，因为他也是人嘛！然而人的天性救了这个可怜的侦查员，这可真是要命！那个醉心于说俏皮话，‘正在跨过一切障碍’（正如您以最机智的巧妙方式所形容的）的青年却没想到这一点。假定说吧，他也会撒谎，也就是说，有这么一个人，是个特殊情况，是个 incognito[①]，他撒谎撒得十分巧妙，用的是最狡猾的方法。似乎他胜利了，可以享受自己机智的成果了，可是他扑通一下子摔倒了！而且是在最引人注目、对他来说也是最糟糕的地方突然昏倒了。就假定说，他有病，有时屋里也很闷，不过这毕竟引起了注意！毕竟向人做了某种暗示！他撒谎的本事无与伦比，却没能考虑到自己的天性。他的狡诈到哪里去了呢！另一次，他醉心于玩弄自己的机智，开始愚弄那个怀疑他的人，仿佛故意变得面无人色，就像演戏一样，可是他的表演太自然了，面色白得太逼真了，于是就又向人做了某种暗示！虽然起初他的欺骗奏效了，可是一夜之间那个受骗的人就会明白过来，如果他也是个精明的小伙子的话。要知道，每一步都是这样！他为什么要抢先一步，谈那些人家根本没问他的事，为什么滔滔不绝地谈起那些本不该谈，而且恰恰相反，应该保持缄默的事情，为什么一有机会就插进一些各式各样的比喻，嘿——嘿！他还自己跑了来，问：为什么这么久还不逮捕他？嘿——嘿——嘿！就连最机智的人，就连心理学家和文学家也会发生这样的事！人的天性是一面镜子，一面最明亮的镜子！那就对镜顾影自怜吧！不过您的脸色怎么这么苍白，罗季昂·罗曼诺维奇，您是不是觉得闷，要不要打开窗子？”

“噢，请别担心，”拉斯科利尼科夫高声叫喊，突然哈哈大笑起来，

① 拉丁文，“匿名者”之意。

“请别担心!”

波尔菲里面对着他站住了，稍等了一会儿，突然也跟着他哈哈大笑起来。拉斯科利尼科夫从沙发上站起来，突然一下子停住了他那完全是疯癫性的狂笑。

“波尔菲里·彼特罗维奇!”他声音响亮、清清楚楚地说，尽管他的腿在发抖，几乎连站都站不稳，“我终于看清了，您肯定怀疑，是我杀死了这个老太婆和她的妹妹莉扎薇塔。我要向您声明，这一切早就让我感到腻烦了。如果您认为有权对我起诉，那就起诉好了；如果认为有权逮捕我，那就逮捕好了。可是当面嘲笑我，折磨我，我是不答应的。”

他的嘴唇突然抖动起来，眼里冒出怒火，一直克制着的声音也变得响亮了。

“我决不答应!”他突然大喊一声，握紧拳头，拼命用力捶了捶桌子，“您听到了吗，波尔菲里·彼特罗维奇？我决不答应!”

“哎哟，上帝啊，这又是怎么了!”波尔菲里·彼特罗维奇高声惊呼，看来，他完全吓坏了，“老兄！罗季昂·罗曼诺维奇！亲爱的朋友！我的恩人！您怎么了?”

“我决不答应!”拉斯科利尼科夫又大喊一声。

“老兄，轻一点儿！别人会听到的，会进来的！嗯，那么我们对他们说什么呢，您想想看!”波尔菲里·彼特罗维奇把自己的脸凑近拉斯科利尼科夫的脸，惊恐地低声说。

“我决不答应！决不答应!”拉斯科利尼科夫机械地反复说，不过也突然压低了声音，完全变成喃喃低语了。

波尔菲里迅速转身，跑过去开窗子。

“放点儿新鲜空气进来，新鲜空气！亲爱的，您最好喝点儿水，病又发作了，不是吗！”于是他往门口跑去，想去要水，可是，就在这儿墙角落里，恰好发现了一个装着水的长颈玻璃瓶。

“老兄，喝吧，”他拿着那瓶水跑回他这里，低声说，“也许会对您有益……”波尔菲里·彼特罗维奇的惊恐和同情是那么自然，所以拉斯科利尼科夫不作声了，并且怀着惊异的好奇心细细打量起他来。不过他还是没有喝水。

“罗季昂·罗曼诺维奇！亲爱的朋友！您这样会把自己弄得发疯的，请您相信我的话，哎——呀！哎——哟！您喝水嘛！哪怕稍喝一点儿也好！”

他到底还是让他接过了那杯水。拉斯科利尼科夫下意识地把杯子端到嘴边，但突然醒悟，厌恶地又把它放到桌子上。

“是的，您又发病了！亲爱的朋友，您大概又弄得旧病复发了，”波尔菲里·彼特罗维奇友好而同情地抑扬顿挫地说，不过还一直带着惊慌失措的神色，“上帝啊！唉，您怎么这样不知保重呢？昨天德米特里·普罗科菲伊奇也去过我家——我同意，我同意，我的性格很不好，尖酸刻薄，可是他由此得出了什么结论啊！……上帝啊！昨天您来过以后，他又来了，我们一道吃饭，说了很多，很多，我只能摊开双手，无言对答。唉，我想……唉，你呀，天哪！他是从您那儿来吗？您请坐啊，老兄，看在基督分上，坐一会儿吧！”

“不，他不是从我那儿去的！不过我知道他去找您，也知道他去做什么。”拉斯科利尼科夫生硬地回答。

“您知道吗？”

“知道，这又怎么样呢？”

“老兄，罗季昂·罗曼诺维奇，我知道的还不只是您的这样一些崇高的行为，什么我都知道！因为我知道，天快黑的时候，您曾经去租房子，还拉了拉门铃，问起过那摊血，把两个工人和管院子的都搞糊涂了。因为我理解您当时的心情……这样您当真会把自己搞疯了的，真的！您会搞得自己晕头转向！您满腔怒火，无处发泄，这是高尚的愤怒，是由于受到了侮辱，最初是命运，随后是分局局长侮辱了您，于是您一会儿跑到这里，一会儿跑到那里，可以这么说吧，想让大家快点儿说出来，这样来一下子结束这一切，因为这些愚蠢的猜测和怀疑已经让您烦透了。是这样吧？我猜到您的心情了吗？……只不过您这样不仅会把自己，而且也会把拉祖米欣搞得糊里糊涂。因为您自己也知道，对于这种事情来说，他这个人心肠可是太好了。您有病，他却有高尚的品德，所以您的病很容易传染给他……老兄，等您心情平静下来，我要讲给您听……您请坐啊，老兄，看在基督分上！请休息一下，您的脸色很难看，坐一会儿吧。”

拉斯科利尼科夫坐下来，已经不再发抖了，全身却在发烧。他深感惊讶，紧张地听着惊恐而友好地照料他的波尔菲里·彼特罗维奇的话。波尔菲里的话，他连一句也不相信，虽说有一种奇怪的感觉，觉得倾向于相信他。波尔菲里出乎意料地谈到租房子的事，把他完全惊呆了。“怎么，看来他已经知道租房子的事了？”他突然想，“而且是他亲自对我说的！”

“是啊，在我们办的案子里也有过几乎完全一样的情况，一种病态心理现象，”波尔菲里很快地接着说下去，“有一个人也是硬要说自己是杀人凶手，而且说得像真有那么回事似的：他造成一种幻觉，提出了证据，详细述说了杀人的情况，把大家，把所有的人都搞得糊里糊涂，真假难分，可是为什么呢？他完全是无意地在某种程度上卷进了这件凶杀案，但只不过是多少有些牵连，而当他知道，他让凶手们有了借口，于是就发愁了，弄得精神恍惚，疑神疑鬼，完全疯了，而且硬要让自己相信，他就是杀人凶手！最后参政院审清了这件案子，这个不幸的人被宣判无罪，交保释放了。感谢参政院！唉——哎呀——哎呀——哎呀！这是怎么回事呢，老兄？如果有意刺激自己的神经，每天每夜去拉门铃，还要问那摊血，那么这样是会引起热病的！我在实际办案的时候研究过心理学。要知道，这样有时会让人想从窗口或者钟楼上跳下去，这种感觉甚至是诱人的。拉门铃也是如此……这是病，罗季昂·罗曼诺维奇，是病啊！您太不把自己的病当一回事了。您最好还是找一位有经验的医生给看看，不然的话，您的这个胖子医生……您在说胡话！只不过由于您神志不清，才弄出了这些事情！……”

霎时间一切都在拉斯科利尼科夫周围旋转起来。

“莫非，”这个想法忽然在他脑子里一闪，“莫非他现在也是在说谎吗？不可能，不可能！”他驱走了这个想法，事先就感觉到，这个想法会使他火冒三丈，怒不可遏，由于狂怒，他可能发疯。

“这不是在神志不清的时候，这是在我完全清醒的时候！”他高声叫嚷，殚精竭虑，想要识破波尔菲里玩的把戏，“是在我清醒的时候，在我清醒的时候！您听见了吗？”

“是的，我理解，我听见了！昨天您也说，您不是在神志不清的时候，甚至特别强调说，不是在神志不清的时候！您所能说的一切，我都理解！唉！……不过，罗季昂·罗曼诺维奇，我的恩人，嗯，哪怕您能听我说说这个情况也好。如果事实上您确实犯了罪，或者以某种方式被卷进这个该死的案件，那么难道您会强调，这一切不是在神志不清的时候，而是相反，在完全清醒的时候干的吗？而且是特别强调，那么执拗地特别强调——嗯，您说，这可能吗，这可能吗？照我看，恰恰相反。如果您确实觉得自己有罪，那么您应该强调：一定会强调说，是在神志不清的时候干的！是这样吧？是这样的，不是吗？”

可以听得出来，这问话中含有某种狡黠的意图。拉斯科利尼科夫急忙紧紧靠到沙发背上，躲开俯身面对着他的波尔菲里，一声不响，满腹狐疑地直盯着波尔菲里。

“或者，就拿拉祖米欣先生的事情来说吧，也就是说，昨天是他自己要来跟我谈呢，还是您怂恿他来的？您应该说，是他自己来的，而把受您怂恿的情况隐瞒起来！可是您毫不隐瞒！您恰恰是强调说，是您怂恿他来的！”

拉斯科利尼科夫从来也没强调过这一点。他背上感到一阵发冷。

“您一直在说谎，”他慢慢地、有气无力地说，撇着嘴唇，近乎病态地微微一笑，“您又想向我显示，您了解我的全部把戏，事先就知道我将怎样回答，”他说，几乎感到，已经不再尽可能细细掂量他所说的话了，“您想要吓唬我……或者只不过是在嘲笑我……”

说这话的时候，他仍然直盯着波尔菲里，他那极端愤恨的怒火又在眼里突然一闪。

“您一直在说谎！”他高声叫嚷，“您自己非常清楚，对一个犯罪的人来说，最狡黠的办法，就是尽可能不隐瞒瞒不住的事情。我不相信您！”

“您多么善于随机应变啊！”波尔菲里嘿嘿地笑了，“老兄，真对付不了您，您有偏执狂。那么，您不相信我吗？可我要对您说，您已经相信了，已经有四分之一相信了，可我要让您完全相信，因为我真的喜欢您，真心诚意地希望您好。”

拉斯科利尼科夫的嘴唇抖动起来。

“是的，希望您好，最后，我要对您说，”他接着说下去，轻轻地、友好地抓住拉斯科利尼科夫的手臂，抓住他胳膊肘稍往上面一点儿的地方，“最后我要向您说一声：请注意您的病。况且您家里的人都到您这儿来了，请不要忘记她们。您应该让她们无忧无虑，生活舒适，可您却只是吓唬她们……”

“这关您什么事？这您是怎么知道的？您为什么这样感兴趣？这么说，您是在监视我了，而且想让我知道这一点，是吗？”

“老兄！我是从您这儿知道的，从您自己嘴里了解到了这一切！您没注意到，在您心情激动的时候，不用人问，您就把一切都告诉了我和别人。昨天我也从拉祖米欣先生那儿，从德米特里·普罗科菲伊奇那儿了解到许多很有意思的详情细节。不，您瞧，您打断了我的话，可我要对您说，尽管您很机智，可是神经过敏，这样您甚至会丧失对事物的正确看法。嗯，譬如还拿拉门铃这件事来说吧：这么宝贵的材料，这么重要的事实（原封不动的事实，不是吗！）我都完整无缺、一五一十地告诉了您，这是我，一个侦查员告诉您的！从这当中您还看不出什么道理来吗？如果我对您哪怕有一丝一毫的怀疑，我能这么做吗！如果是那样的话，恰恰相反，我就该首先消除您的疑心，根本不让您看出，我已经知道了这个事实。这样，把您的思想吸引到相反的方向，让您做出相反的判断，然后突然，好似用斧背猛击您的天灵盖（用您的说法），让您惊慌失措，问您：‘先生，请问昨天晚上十点钟，差不多快到十一点的时候，您在被害的老太婆屋里干什么了？您为什么拉门铃？为什么要问那摊血？为什么把管院子的人搞得莫名其妙，叫他们把您送到警察分局，送到中尉局长那里去?’如果我对您哪怕有丝毫怀疑，我应该这么做才是。那么就该照一切手续办事，录取您的口供，进行搜查，而且，大概还应该逮捕您……既然我不这样做，这就是说，我并不怀疑您！我再说一遍，您失去了正确看法，什么也看不出来!”

拉斯科利尼科夫全身颤抖了一下，波尔菲里·彼特罗维奇不仅看到了，而且看得太清楚了。

“您一直是在说谎!”他高声叫喊，“我不知道您的目的，不过您一直是在说谎……刚才您说的不是这个意思，我绝不会弄错……您说谎!”

“我说谎?”波尔菲里接住话茬说，看来有些急躁，但脸上仍然保持着最快乐和嘲讽的神情，似乎拉斯科利尼科夫对他有什么看法，他毫不介意，“我说谎？……嗯，刚才我是怎么对待您的（我，一个侦查员），我自己向您暗示，向您提供各种进行辩护的手段，给您找出心理学上的根据，说：‘这是病，神志不清，受到了侮辱！忧郁症，还有分局局长’等等，是不是呢？啊？嗯——嘿——嘿！不过——顺带说一声——所有这些心理上的辩护方法、借口和狡辩都是极端站不住脚的，而且祸福难测，您说：‘有病，神志不清，做梦，幻觉，不记得’吗，这些话都不错，可是，老兄，为什么在有病和神志不清的时候，恰巧会做这样的梦，产生这样的幻觉，而不是什么别的呢？不是可以做别的梦，产生别的幻觉吗？是不是这样呢？嘿——嘿——嘿——嘿!”

拉斯科利尼科夫高傲而轻蔑地看了他一眼。

“总之,”他坚决地高声说，一边站起身来，同时把波尔菲里稍微推开一些，“总之，我想知道：您是不是认为我完全不受怀疑，是，还是不是？请您说说吧，波尔菲里·彼特罗维奇，请您肯定地、毫无保留地说出来，快点儿，马上就说！”

“跟您打交道可真难啊！唉，真难跟您打交道，”波尔菲里高声叫道，脸上带着快乐而又狡猾的神情，一点儿也看不出他感到惊慌失措，“既然还没开始找您的麻烦，您为什么要知道，为什么要知道这么多呢！要知道，您就像个小孩子一样：给我，给我火！而且您为什么要这样不安呢？您为什么硬要自己送上门来，这是出于什么原因？啊？嘿——嘿——嘿！”

“我对您再说一遍，”拉斯科利尼科夫狂怒地高声叫喊，“我再不能继续忍受下去了……”

“忍受什么？不知道真相吗？”波尔菲里打断了他。

“请别讥讽我！我不要！……我对您说，我不要！……我不能，也不要！……您听见吗！听见吗！”他高声大喊，又用拳头捶了一下桌子。

“嗳，轻点儿，轻点儿！别人会听到的！我郑重地警告您：您要多加保重。我不是开玩笑！”波尔菲里低声说，不过这一次他脸上已经没有刚才那种女性的和善与惊恐的神情了，恰恰相反，现在他简直就是在严厉地下命令，皱起眉头，仿佛一下子不再保守秘密，不再含糊其词了。不过这仅仅是一瞬间的事。不知所措的拉斯科利尼科夫突然真的气得发狂了，可是奇怪：他又服从了叫他说得轻一点儿的命令，虽说他怒不可遏，正在气头上。

“我绝不让人折磨我，”他突然又像刚才那样压低了声音说，霎时间痛苦而又憎恨地意识到，他不能不服从命令，这样一想，就更加气得发狂了，“您逮捕我吧，去搜查我吧，不过得按手续办，而不要戏弄我！不许您……”

“手续嘛，请您不要担心，”波尔菲里脸上带着先前那种狡猾的微笑打断了他的话，甚至好像津津有味地在欣赏拉斯科利尼科夫，“老兄，现在我是像在家里那样请您来做客，完全是这样友好地请您来随便聊聊!”

“我不要您的友谊，瞧不起您的友谊！您听到吗？瞧：我拿起帽子来，这就走。哼，既然想逮捕我，现在还有什么好谈的呢?”

他拿起帽子，往门口走去。

“难道您不想看看意外的礼物吗?”波尔菲里嘿嘿地笑了起来，又一把抓住他胳膊肘稍微往上一点儿的地方，在门口拦住了他。看来，他越来越快乐，越来越放肆了，这可把拉斯科利尼科夫彻底惹火了。

“什么意外的礼物？怎么回事?”他问，突然站住，惊恐地瞅着波尔菲里。

“喏，就在我门外，坐着一个您想不到的人，嘿——嘿——嘿！（他伸出一个手指指指隔板上通往他那套公家房子的房门）我用锁把门锁上了，免得他跑了。”

“什么人？在哪里？怎么回事？……”拉斯科利尼科夫走到那扇门前，想要把门打开，可是门锁住了。

“锁上了，瞧，这是钥匙!”

真的，他从口袋里掏出钥匙，让他看了看。

“你一直在说谎!”拉斯科利尼科夫已经忍不住了，高声叫喊起来，“你说谎，该死的波利希涅利[①]!”说着向正在往门口退去、但并不胆怯的波尔菲里扑了过来。

---

① 法国民间木偶剧里的小丑。

“我什么……什么都明白了！”他一下子跳到波尔菲里跟前，“你说谎，戏弄我，想让我暴露自己……”

“可您已经再也不能暴露自己了，老兄，罗季昂·罗曼内奇。您简直气得发狂了。请您别嚷，我可要叫人来了！”

“你说谎，什么事也不会有！你叫人好了！你知道我有病，所以想要惹我生气，让我气得发狂，让我暴露自己，这就是你的目的！不，你拿出事实来！我全都明白了！你没有事实，你只有毫无用处、毫无意义的猜测，还是扎苗托夫的那一套！……你了解我的性格，想要让我气得发狂，然后突然请来神甫和搜查见证人，想要吓得我惊慌失措……你是在等他们吗？啊？你在等什么？他们在哪里？让他们出来吧！”

“唉，这儿哪有什么搜查见证人啊，老兄！您这个人想象力可真丰富！正如您所说的，这样做不符合手续，亲爱的朋友，您不懂办案的手续……不过手续是跑不了的，这您会看得到的！……”波尔菲里含含糊糊地说，同时在留心听门后的动静。

真的，这时门外另一间屋里传来一阵喧闹声。

“啊，来了，”拉斯科利尼科夫突然惊呼，“你派人去叫他们了！……你在等着他们！你估计……好，让他们都到这儿来吧：搜查见证人，证人，随便什么都行……让他们来呀！我准备好了！准备好了！……”

但这时发生了一件奇怪的事，这事是如此出乎意外，在事物通常发展的进程中，当然，无论是拉斯科利尼科夫，还是波尔菲里·彼特罗维奇，谁也估计不到会有这样的结局。

六

后来，回忆起当时情况的时候，拉斯科利尼科夫脑海中出现的情景是这样的：

从门外传来的喧闹声突然迅速增大了，房门稍稍开了一道缝。

“怎么回事?”波尔菲里·彼特罗维奇恼怒地喊了一声，“我不是事先就说过……”

有一瞬间听不到回答，不过看得出来，门外有好几个人，而且好像正在把什么人从这里推开。

“那里到底是怎么回事?”波尔菲里·彼特罗维奇不安地又问了一遍。

“把犯人尼古拉带来了。”听到了不知是什么人的声音。

“用不着！带走！等一等！……他干吗要来这儿！不守秩序!”波尔菲里冲到门边，大声叫喊。

“可他……”又是那个声音说，可是突然住了声。

一场真正的斗争最多不过持续了两秒钟，随后突然好像有什么人用力把什么人推开了，接着有一个面色十分苍白的人迈开大步径直走进了波尔菲里·彼特罗维奇的办公室。

第一眼看上去，这个人的样子很奇怪。他两眼直盯着前面，可是好像什么人也没看见。他眼里露出坚决果断的神情，同时脸上却蒙着一层像死人般苍白的白色，仿佛正在把他押赴刑场似的。他那双完全苍白的嘴唇微微发抖。

他还很年轻，穿得像个平民，中等身材，很瘦，周围的头发剪去一圈，前面的头发耷拉下来，面庞清秀，好像瘦得厉害。那个被他突然推开的人首先跟着他往屋里跑来，而且已经抓住了他的肩膀：这是一个押送他的卫兵，但是尼古拉猛一挣，又一次从他手里挣脱出来。

门口拥挤着好几个好奇的人。其中有几个拼命想往屋里挤。上述一切几乎是在一瞬间发生的。

“带走，还早着呢！先等着，等着叫你们进来！……为什么不到时候就把他带来了?”波尔菲里·彼特罗维奇仿佛给弄得不知所措了，极其恼怒地、含糊不清地低声说。但是尼古拉突然跪下了。

“你这是干什么?”波尔菲里惊讶地喊了一声。

“我有罪！是我的罪过！我是杀人凶手!”尼古拉突然说，好像有点儿上气不接下气，不过说话的声音相当响亮。

沉默持续了约莫十来秒钟，大家似乎都惊呆了，就连那个押送他的卫兵也急忙躲开，不再到尼古拉跟前去，不由自主地退到门边，站住不动了。

“怎么回事?”波尔菲里·彼特罗维奇呆了一会儿，清醒过来，高声问。

“我是……杀人凶手……”尼古拉稍沉默了一下，又说了一遍。

“怎么……你……怎么…你杀了谁?”

波尔菲里·彼特罗维奇显然惊慌失措了。

尼古拉又稍沉默了一会儿。

“阿廖娜·伊万诺芙娜和她妹妹莉扎薇塔，是我……用斧头……杀死的。我一时糊涂……”他突然加上一句，又不作声了。他一直跪着。

波尔菲里·彼特罗维奇站了一会儿，好像在沉思，但是突然又很快行动起来，挥手赶开那些不请自来的证人。那些人转瞬间就不见了，门也掩上了。随后他朝站在角落里惊奇地望着尼古拉的拉斯科利尼科夫看了一眼，向他走去，但是突然又站住了，看了看他，立刻又把自己的目光转移到尼古拉身上，然后又去看拉斯科利尼科夫，接着又去看尼古拉，突然仿佛激动起来，又去责骂尼古拉。

“你干吗要先跟我说什么一时糊涂?”他几乎是恶狠狠地冲着他高声大喊，“我还没有问你：你是不是糊涂了……你说：是你杀的吗?”

“我是杀人凶手……我招认……”尼古拉说。

“哎——呀！你用什么杀的?”

“斧头。我准备好的。”

“唉，急什么！你一个人?”

尼古拉没听懂这个问题。

“你一个人杀的?”

“我一个人。米季卡没有罪，他跟这事毫不相干。”

“先别急着谈米季卡！唉……”

“你是怎么，嗯，当时你是怎么从楼上跑下来的？管院子的不是遇到了你们两个人吗?”

“当时……我和米季卡跑下去……这是我为了转移别人的注意力。”尼古拉好像事先准备好了似的，急急忙忙地回答。

“嗯，这就是了!”波尔菲里恶狠狠地喊了一声，“他说的不是实话!”他自言自语似的喃喃地说，突然又看到了拉斯科利尼科夫。

看来，他全神贯注地在问尼古拉，有一会儿工夫甚至忘记了拉斯科利尼科夫。现在他突然醒悟，甚至发窘了……

“罗季昂·罗曼诺维奇，老兄！请原谅，”他匆匆朝他走去，“不能这样，请吧……您在这儿没什么事了……我自己……您看，多么出乎意外的事！请吧！”

说着挽住他的手，向他指了指房门。

“这您大概没料到吧？”拉斯科利尼科夫说，他当然还没弄清这是怎么回事，不过已经大大振作起来。

“老兄，您也没料到吧。瞧，您的手抖得多厉害啊！嘿——嘿！”

“您也在发抖嘛，波尔菲里·彼特罗维奇。”

“我也在发抖，没料到啊！……”

他们已经站在门口了。波尔菲里急不可耐地等着拉斯科利尼科夫走开。

“意外的礼物不让我看了吗？”拉斯科利尼科夫突然说。

“还说俏皮话呢，可是牙齿还在嘴里捉对儿厮打，嘿——嘿！您真是个爱讽刺人的人！好啦，再见。”

“照我看，还是别说了吧！”

“那就看情况了，那就看情况了！”波尔菲里喃喃地说，撇着嘴，好像在微笑。

经过办公室的时候，拉斯科利尼科夫注意到，很多人都凝神注视着他。在前室里，他在那儿的一群人中认出了那幢房子里两个管院子的，那天夜里他曾叫他们一起去见警察分局的局长。他们站在那里，不知在等着什么。但是他刚刚走到楼梯上，突然又听到身后有波尔菲里·彼特罗维奇说话的声音。他一回头，看到波尔菲里跑得气喘吁吁地追上了他。

“还有一句话，罗季昂·罗曼诺维奇。其余的事情嘛，看情况而定，不过按手续说嘛，有些问题还得问问您……那么我们还会见面的，就这样吧。”

波尔菲里面带微笑，站到了他的面前。

“就这样吧。”他又说了一遍。

可以看出，他还想再说点儿什么，可是不知为什么没有说出来。

“波尔菲里·彼特罗维奇，请您原谅我刚才说的那些话……我太急躁了。”拉斯科利尼科夫说，他已经完全振作起来，忍不住想炫耀一下，说两句漂亮话。

“没关系，没关系……”波尔菲里几乎是高兴地附和说。

“我自己也……脾气太坏，我很抱歉，我很抱歉！那么我们还会见面的。如果情况需要，那么还会见好多次面！……”

“最后我们也能互相了解吗？”拉斯科利尼科夫接住话茬说。

“最后我们一定能互相了解，”波尔菲里·彼特罗维奇随声附和说，说着眯缝起眼睛，神情严肃地看了看他，“现在去参加命名日吗？”

“去参加葬礼。”

“啊，对了，是去参加葬礼！您可要多加保重呀，保重自己的身体……”

“我可不知道该祝您什么！”拉斯科利尼科夫接住话茬说，他已经开始下楼了，可是又回过头来，对波尔菲里说，“祝您获得很大的成功吧，您要知道，您的职务多么富有喜剧性啊！”

“为什么富有喜剧性呢？”本来已经转身要走的波尔菲里立刻竖起耳朵来听着。

“那还用说吗，您想必是用您那套办法，在心理上折磨这个可怜的米科尔卡，让他精神上痛苦不堪，直到他招认为止。您想必是不分昼夜都在向他证明：‘你是杀人凶手，你是杀人凶手……’可是，现在他招认了，您又要详详细细、一点一点地给他分析说：‘你说谎，凶手不是你！你不可能是凶手！你说的不是实话！’嗯，这样一来，您的职务怎么会不富有喜剧性呢？”

“嘿——嘿——嘿！您真的听见我刚才对尼古拉说，他‘说的不是实话’了?”

“怎么会听不见呢?”

“嘿——嘿!您真敏锐,敏锐。什么您都会注意到!真是个会开玩笑的人!正好碰到最富有喜剧性的那根弦上……嘿——嘿!据说,作家当中只有果戈理最具有这个特点。”

“是的,只有果戈理。”

“是的,只有果戈理……最愉快地再见。”

“最愉快地再见……”

拉斯科利尼科夫一直回家去了。他是那么心烦意乱,那么困惑不解,回到家里,倒在沙发上,就这样坐了一刻钟的样子,只不过是在休息,竭力想让思想多少集中起来。他不想去考虑尼古拉的问题:他觉得,他吃了一惊;尼古拉的供词中有某一点是无法解释的,令人感到惊讶,现在他无论如何也无法理解。不过尼古拉的供认是千真万确的事实。这一事实的后果他却立刻就明白了:谎言不可能不被发觉,到那时就又会来找他的麻烦。但是至少在那以前他是自由的,为了自己他必须采取某种行动,因为危险并未过去。

不过危险达到了什么程度呢?情况开始清楚了。他草草地大体上回想了一下刚才会见波尔菲里的情景,不能不又一次吓得浑身发抖。当然,他还不知道波尔菲里的所有目的,不能了解他刚才的所有打算。但是这场游戏中的一部分花招已经暴露出来了,当然,谁也不能像他那样清楚,波尔菲里走的这“步”棋对他来说是多么可怕。再稍一进逼,他就可能完全暴露自己,那可已经是真的暴露无遗了。波尔菲里了解他性格上这种近乎病态的特点,一眼就看透了他,采取的行动虽然过于坚决,却几乎是很有把握的。无疑,拉斯科利尼科夫刚才已经过于暴露了自己,不过毕竟还没接触到事实，这一切还只是相对的。不过现在他对这一切理解得对不对，对不对呢？他是不是理解错了？今天波尔菲里到底想得到什么结果？今天他是不是当真做好了什么准备？究竟是什么准备？他是不是真的在等待什么？如果不是尼古拉使事情发生了出乎意外的转折，今天他们到底会怎样分手呢？”

波尔菲里几乎把他手里的全部牌统统都亮出来了，当然是冒险，不过他都亮出来了，而且（拉斯科利尼科夫一直好像觉得）如果波尔菲里手里当真还有更多的东西，他也会把它全都亮出来的。这“意外的礼物”是什么呢？开玩笑，还是什么别的？这有没有什么意义呢？这后面是不是隐藏着什么类似事实的东西，真正可以证明他有罪的东西？是昨天的那个人吗？他钻到哪里去了？今天他在哪里？要知道，即使波尔菲里掌握了什么真正的罪证，那当然也是因为昨天那个人的关系……

他坐在沙发上，低下了头，胳膊肘支在膝盖上，用双手捂住了脸。全身仍然在神经质地颤抖。最后，他拿起帽子，想了想，向房门走去。

他多少有点儿预感，至少今天，他几乎肯定可以认为自己没有危险了。突然，他心中几乎感到一阵喜悦：他想赶快到卡捷琳娜·伊万诺芙娜那里去。要去参加葬礼，当然已经迟了，不过去参加酬客宴还来得及，而在那里，他立刻就能见到索尼娅了。

他站下来，又想了想，嘴角上勉强露出了痛苦的微笑。

“今天！今天！”他暗自反复说，“是的，今天！应当这样……”

他刚想开门，房门却突然自己开开了。他战栗起来，赶紧往后一跳。房门慢慢地、轻轻地打开了，突然出现了一个人——昨天那个人从地底下钻出来了。

那人在门口站住了，默默地朝拉斯科利尼科夫看了看，往屋里走进一步。他完全和昨天一模一样，还是那副样子，还是穿着那身衣裳，然而他的脸上和目光中却发生了很厉害的变化：现在他看上去好像有点儿闷闷不乐，稍站了一会儿，深深叹了口气。就只差他没有同时用手掌捂住脸，把头歪到一边，不然就完全像一个乡下女人了。

“您有什么事？”吓得面无人色的拉斯科利尼科夫问。

那人沉默了一会儿，突然向他深深地鞠了一躬，几乎是一躬到地。至少右手的一个手指碰到了地上。

“您这是做什么？”拉斯科利尼科夫惊呼。

“我错了。”那人轻轻地说。

“什么错了？”

“我怀有恶意。”

他们两人互相对望着。

“我很恼怒。那时候您去那里，也许是喝醉了，您叫管院子的去警察局，还问起那摊血，可是没有引起他们的注意，都把您当成了酒鬼，我觉得很气愤，气得觉都睡不着了。我们记住了您的地址，昨天到这儿来过，问起过……”

“谁来过？”拉斯科利尼科夫打断了他，霎时间记起来了。

“也就是说，我得罪您了。”

“那么您是住在那幢房子里？”

“是啊，我就住在那里，当时和他们一道站在大门口，您忘了吗？我是个手艺人，就在那里干活儿，好多年了。我是个制毛皮的工匠，小市民，接了活儿，拿回家里去做……我最恼怒……”

拉斯科利尼科夫突然清清楚楚回想起前天在大门口的那幕情景，他想起，除了两个管院子的，那儿还站着好几个人，有几个是女人。他想起，有一个人的声音提议把他送到警察局去。说话的人的脸像什么样子，他记不起来了，就连现在，他也没能认出来，不过他记得，当时他甚至回答了一句什么，还转过脸去，面对着那个人……

那么，可见昨天的那场恐惧就是这么来的。最可怕的是想到，为了这样一件微不足道的小事，他当真几乎毁了，几乎毁了自己。可见，除了租房子和问起那摊血，这个人不可能说出任何别的东西。可见，除了这些呓语，波尔菲里也没有掌握任何事实，除了可以作不同解释的心理状态，波尔菲里那里并没有任何真正的证据。可见，如果不再出现更多的事实（不应该再出现更多的事实了，不应该了，不应该了！）那么……那么他们能拿他怎么办呢？即使逮捕他，又能用什么来彻底揭穿他呢？而且，可见波尔菲里只不过是现在，只不过是刚刚得知租房子的事，而在这以前，他并不知道这回事。

“这是您今天去对波尔菲里说……说我去过那儿吗？”他高声问，这个突然产生的想法使他吃了一惊。

“哪个波尔菲里？”

“侦查科科长。”

“我对他说了。两个管院子的当时没有去，我去了。”

“今天？”

“就在您去以前不多一会儿。我全都听见了，什么都听见了，听见他是在怎样折磨您。”

“在哪里？听见了什么？什么时候？”

“就在那里，在他的隔板后面，我一直坐在那里。”

“怎么？那么您就是那个意外的礼物吗？这是怎么回事？请您说说吧！”

“我看到，”那个小市民说，“那两个管院子的不听我的话，不肯去，因为，他们说，时间已经太晚了，大概，局长会生气的，因为去的不是时候，我心里很气，气得睡不着觉，于是就去打听。昨天打听清楚以后，今天就去了。头一次去的时候，他不在。过了一个钟头再去，不接见。第三次去，才让我进去。我把事情的经过原原本本地向他报告了，他在屋里跳了起来，还拿拳头捶自己的胸膛，说：'你们这些强盗，你们都干了些什么？我要是知道这样的事，我就会派人去把他押了来！'随后，他跑出去，叫了一个人来，跟他躲在旮旯里说话，随后又回到我这儿，盘问我，骂我。他狠狠地责备我，说了很多很多。我把什么都向他报告了，还说，听了我昨天的话，您什么也不敢回答我，还说，您没认出我来。这时他又跑来跑去，一直捶打自己的胸膛，大发脾气，又跑来跑去，等到向他报告，说您来了，他说，喂，你到隔板后面去，暂时坐在那儿，不管你听到什么，都不要动，还亲自给我搬来一把椅子，把我锁在里面。他说，也许我还要找你。等到带来了尼古拉，您走了以后，他把我也放了，他说：我还需要你，还要问你……"

"他当着你的面审问尼古拉了？"

"放您走了以后，立刻也放我走了，在那以后才开始审问尼古拉。"

那个小市民住了口，突然又一躬到地，手指碰到了地板。

"请宽恕我的诬告和怀恨在心。"

"上帝会宽恕的，"拉斯科利尼科夫回答，刚说完这句话，那个小市民又向他鞠了一躬，不过已经不是一躬到地，而只是深深地弯下了腰，然后慢慢转身，从屋里走了出去。"一切还都祸福难测，现在一切还都祸福难测啊。"拉斯科利尼科夫反复说，比任何时候都更加大胆地从屋里走了出去。

"现在咱们还要较量一下呢。"他恶狠狠地冷笑着说，说着下楼去了。他恨的是他自己，他怀着鄙夷和惭愧的心情回想起自己的"胆怯"。

第五章

一

彼得·彼特罗维奇与杜涅奇卡以及普莉赫里娅·亚历山德罗芙娜作了那次决定他命运的解释以后，第二天的那个早晨对彼得·彼特罗维奇也起了使他头脑清醒的作用。昨天他还觉得那件事几乎是幻想的产物，虽然事实上已经发生了，可仍然好像是不可能的，现在，尽管他感到极为不快，却不得不渐渐地把它看作木已成舟、无法挽回的事实了。受了伤害的自尊心好似一条毒蛇，整夜在咬噬着他的心。彼得·彼特罗维奇一起床，立刻照了照镜子。他担心，一夜之间是不是会害了黄疸病？然而暂时这方面还没出什么问题，彼得·彼特罗维奇看了看自己轮廓优美、白皙，最近稍有点儿发胖的脸，有一会儿工夫感到宽慰，满怀信心，相信一定能在别的什么地方另找一个未婚妻，大概，还会找到一个更好的。可是他立刻清醒了过来，坚决地往一边吐了口唾沫，这使得与他同住一间房间的年轻朋友安德烈·谢苗诺维奇·列别贾特尼科夫脸上露出了无声的、然而是讥讽的微笑。彼得·彼特罗维奇看到了这个微笑，心里立刻认为，他的年轻朋友这样笑是很不对的。最近他已经发现这个年轻朋友有很多不对的地方。他突然明白了，昨天不该把那件事的结果告诉安德烈·谢苗诺维奇，这样一想，心里感到加倍恼怒。这是他昨天一时冲动，太不善于控制自己的感情，太容易动怒而犯下的第二个错误……随后，好像故意为难似的，这天早晨又接二连三地发生了一些不愉快的事。就连他在参政院里为之多方奔走的那个案件，等待着他的也似乎是败诉。特别惹他生气的是他的房东，为了不久即将结婚，他向这个人租了一套房子，还自己花钱装修了一番。这个房东，这个发了财的德国工匠，无论如何也不同意废除刚刚签订的租约，要求按写进租约的条款，支付全部违约金，尽管彼得·彼特罗维奇交还给他的房子几乎是重新装修过的。家具店的情况也完全一样，虽然定购的家具还没有搬到住宅里去，却无论如何也不肯退还一个卢布的定金。“我可不会为了家具而特意结婚！”彼得·彼特罗维奇咬牙切齿地暗暗想，同时那个显然已经无望的希望又在他脑子里忽然一闪：“难道这一切真的已经无可挽回地破灭了，结束了吗？难道不能再试一试吗？”一想到杜涅奇卡，这想法再一次诱人地刺痛了他的心。这时他心中痛苦极了，当然，如果现在只要他希望让拉斯科利尼科夫死于非命，就能把他置于死地，那么彼得·彼特罗维奇一定会立刻表示这样的愿望。

“除此而外，我的错误还在于，我根本没给过她们钱，”他边想，边闷闷不乐地走回列别贾特尼科夫的那间小屋去，“见鬼，我为什么这样吝啬？这甚至毫无益处！我想对待她们先苛刻一些，让她们把我看作神明，可她们竟然这样！……呸！……不，如果在这段时间里，譬如说吧，给她们一千五百卢布，在克诺普公司[①]和英国商店里置办些嫁妆，买些礼物，各式各样的首饰，化妆品、光玉髓，衣料，以及诸如此类的东西，那么事情就会好一些……我们的关系也就牢固一些了！现在她们也就不那么容易

① 彼得堡的一家服饰用品商店。

拒绝我了！她们就是这样一种人，如果拒绝的话，一定认为有义务把礼物和钱都退还给我，可是要退还是很难的，而且也舍不得！良心也会感到不安，心里会想：怎么，就这样突然把一个直到现在如此慷慨、相当客气的人赶走吗？……嗯哼！我失算了！”彼得·彼特罗维奇又一次咬牙切齿，立刻骂自己是傻瓜——当然是暗自责骂。

得出这样的结论以后，他回到家里，比出去的时候加倍凶恶，加倍恼怒。卡捷琳娜·伊万诺芙娜屋里准备酬客宴的情况在某种程度上引起了他的好奇心。还在昨天他就听说要办酬客宴了，甚至记起，好像也邀请了他，可是由于自己有一大堆麻烦事，别的事情他都没去注意。他赶紧去向利佩韦赫泽尔太太打听，卡捷琳娜·伊万诺芙娜不在家（现在她在墓地上），利佩韦赫泽尔太太正在摆开的桌子旁边张罗着。他得知，酬客宴将会办得十分隆重，几乎所有房客都受到了邀请，就连和死者不认识的人也不例外，甚至连安德烈·谢苗诺维奇·列别贾特尼科夫也受到了邀请，尽管以前他和卡捷琳娜·伊万诺芙娜争吵过，最后，还有他，彼得·彼特罗维奇，不但被邀请了，而且甚至是急不可耐地等待着他，因为他几乎是所有房客中最重要的客人。阿玛莉娅·伊万诺夫娜[①]本人也受到十分尊敬的邀请，尽管以前有过许多不愉快的事情；因此现在她在料理一切，忙着张罗，几乎觉得这是一种享乐，而且，她虽然穿着一身丧服，可全都是崭新的绸衣，打扮得既漂亮，又阔气，并为此感到自豪。这些消息和事实提醒了彼得·彼特罗维奇，使他产生了某种想法，于是他回到自己屋里，也就是回到了安德烈·谢苗诺维奇·列别贾特尼科夫的屋里，不知在想什么心

---

① 前面，马尔梅拉多夫曾说，她的父名是“费多罗芙娜”。

事。问题在于，他也得知，邀请的客人当中也有拉斯科利尼科夫。

不知为什么，安德烈·谢苗诺维奇整整一早上一直坐在家里。彼得·彼特罗维奇与这位先生建立了某种奇怪的、不过在某种程度上也是相当自然的关系：几乎从一住到这儿来的那天起，彼得·彼特罗维奇就瞧不起他，恨他，而且恨得简直太过分了，可是同时又好像有点儿怕他。彼得·彼特罗维奇一来到彼得堡就住到他这里，并不单单是由于吝啬，想省几个钱，虽说这几乎是主要原因，不过还有另外的原因。还在外省的时候，他就听说，这个由他抚养成人的安德烈·谢苗诺维奇，现在是最进步的青年之一，甚至是一个在某些他很感兴趣的、神话般的小团体里起重要作用的人物。这使彼得·彼特罗维奇感到非常惊讶。这些十分强大、无所不知、蔑视和揭露一切人的小团体，早就使彼得·彼特罗维奇感到恐惧了，这是一种特殊的恐惧，不过，也完全是一种模模糊糊的恐惧。当然，还在外省的时候，对这类事情他不可能形成哪怕是大致符合实际情况的概念。他像大家一样，听说有这么一些进步分子、虚无主义者、揭发者，以及诸如此类的人，在彼得堡，这种人特别多，不过和许多人一样，他也把这些名称的含义和性质夸大和歪曲到了荒谬的程度。已经有好几年了，他最怕的就是揭发，这也是使他经常感到过分惶恐不安的最主要的原因，特别是在他梦想把自己的活动转移到彼得堡来的时候。在这方面，他是所谓受过惊吓的，就像小孩子有时受了惊吓一样。几年前，他在外省刚刚开始创业的时候，就遇到过两起无情揭发的事件，所揭发的都是省里相当有威望的大人物，而在他们被揭发之前，他一直依靠他们，把他们当作自己的靠山。一次揭发的结果，是被揭发者特别丢脸；另一次的结果，几乎是引起很大的麻烦。这就是彼得·彼特罗维奇一到彼得堡，决定立刻摸清情况的原因，如有必要，他就要抢先一步，讨好“我们的年轻一代”，以防万一。在这方面，他把希望寄托在安德烈·谢苗诺维奇的身上，而且，譬如说吧，他去探望拉斯科利尼科夫的时候，就已经学会勉强重复那些众所周知的、别人的意见了……

当然，不久他就看出，安德烈·谢苗诺维奇是个极其庸俗、而且有点儿傻头傻脑的人。但这丝毫没有打消彼得·彼特罗维奇的顾虑，也没有使他受到鼓舞。即使他相信，所有进步分子都是这样的傻瓜，他的不安也不会消失。说实在的，对这些学说、思想和制度（安德烈·谢苗诺维奇正是用这些东西猛烈地责难他）他丝毫也不关心。他有他自己的目的。他只需要尽快、立刻弄清：这儿发生过什么事情，是怎样发生的？这些人有势力，还是没有势力？如果他着手做某一件事，他们是揭发他呢，还是不揭发他？如果揭发，那么是为什么揭发，现在到底是要揭发些什么？不仅如此，而且要弄清：如果他们当真有能耐的话，能不能设法博得他们的好感，而且立刻稍微欺骗他们一下？该不该这样做？譬如说，能不能通过他们使自己的事业进展得顺利一些？总之，他面前有成百上千的问题。

这个安德烈·谢苗诺维奇是个体质虚弱、害淋巴结核的人，个子矮小，在某处任职，一头淡黄色的头发，颜色淡得出奇，留着肉饼状的连鬓胡子，并为这胡子感到非常自豪。此外，他几乎经常害眼病。他的心肠相当软，可是说话很自以为是，有时甚至极端傲慢——如果与他的体形相对照，这几乎总是显得十分好笑。不过，在阿玛莉娅·伊万诺夫娜这儿，他却被看作相当受尊敬的房客中的一个，也就是说，他不酗酒，而且按时缴房租。尽管有这些优点，安德烈·谢苗诺维奇却当真有点儿傻里傻气。他赞成进步思想，加入“我们的年轻一代”——这是由于年轻人的热情。这是那些多得不可计数的形形色色的庸人、思想极其幼稚、对什么都是一知半解、却又刚愎自用的人们当中的一个，他们转眼之间一定会附和最时髦的流行思想，为的是立刻把它庸俗化，为的是把他们有时的确是以最真诚的方式为之效力的一切漫画化。

然而，列别贾特尼科夫虽然心地十分善良，但在某种程度上也开始对和他同住的这个人，也就是他从前的监护人彼得·彼特罗维奇，感到无法忍受了。之所以会发生这种情况，从双方来说，都有点儿偶然，不过却是相互的。不管安德烈·谢苗诺维奇多么单纯而又轻信，可还是开始渐渐看出，彼得·彼特罗维奇在欺骗他，心里暗暗地瞧不起他，看出“这不完全是他想象中的那个人”。他曾试图向他讲述傅立叶的体系和达尔文的学说，但是彼得·彼特罗维奇，特别是近来，不知为什么，听他讲述的时候，已经带着过于明显的讥讽神情，而最近，甚至骂起人来了。问题在于，他本能地开始看透了，列别贾特尼科夫不仅是个庸俗和有点儿傻气的人，而且也许还是个撒谎的家伙，就是在他自己那个小团体里，他也没有建立任何比较重要的关系，而只不过是多少听到过一些几经转述的东西，不仅如此：也许就连他该做的宣传工作，他也不甚了了，因为他太糊涂，他怎么能做什么揭发者呢！我们顺带说一声，在这一个半星期里，彼得·彼特罗维奇很乐于接受（特别是最初）安德烈·谢苗诺维奇的甚至是非常奇怪的赞扬，也就是，譬如说吧，如果安德烈·谢苗诺维奇说，他打算赞助不久即将在小市民街某处成立的新“公社”①；或者，譬如说吧，认为如

---

① 在车尔尼雪夫斯基的长篇小说《做什么?》的影响下，彼得堡的一些进步青年成立了一些公社，共同劳动，共同生活，建立了集体经济。其中最著名的是作家和民主主义者斯列普措夫（1836—1878）在旗帜街(现在的“起义街”)上成立的旗帜公社。小市民街(现在的“公民街”)上的公社离陀思妥耶夫斯基写《罪与罚》时所住的房子不远。

果杜涅奇卡在婚后头一个月就想找一个情夫，他也不会干涉。或者，说他不会让自己未来的孩子们受洗礼，等等，等等。对这一类的赞扬，他总是不予否认，而是默不作声。对别人加在他身上的这样一些优点，按照自己的习惯，彼得·彼特罗维奇都不予否认，甚至容许人家这样赞扬他——不管是什么赞扬，他听着都感到有点儿飘飘然。

由于某些原因，彼得·彼特罗维奇今天早上把一些五厘债券[1]换成了现钞，现在正坐在桌边点一叠叠钞票和连号的公债券。几乎经常没有钱的安德烈·谢苗诺维奇在屋里走来走去，装出对这些钱不感兴趣、甚至鄙视的样子。彼得·彼特罗维奇无论如何也不相信，譬如说吧，安德烈·谢苗诺维奇真的会对这么多的钱不感兴趣；安德烈·谢苗诺维奇也苦恼地想，彼得·彼特罗维奇也许真的会认为，他的漠然态度是故意装出来的，而且，大概还很高兴有这样一个机会，用摆在桌子上的这一叠叠钞票来刺激和撩拨自己这位年轻的朋友，提醒他，让他记住自己是个微不足道的人，仿佛他们之间存在真正的差别。

这一次他发觉他异乎寻常地容易激动和心不在焉，尽管他，安德烈·谢苗诺维奇又在他面前谈起自己心爱的话题，说什么就要成立一个特殊的新“公社”，还对此大加发挥。彼得·彼特罗维奇正在打算盘，在算盘珠子的响声暂时停顿下来的间歇里，他不时提出简短的反驳，发表自己的看法，而且流露出十分明显、故意无礼嘲讽的讥笑神情。但是“富有人情味”的安德烈·谢苗诺维奇把彼得·彼特罗维奇的情绪归咎于他昨天与杜涅奇卡的决裂，并热切地想要尽快谈谈这个话题：关于这个进步的、宣传性

① 利率为五厘的公债券。

的话题，他是有话可谈的，这可能会给他这位尊敬的朋友带来安慰，而且“无疑”会对他今后提高觉悟有所裨益。

“这个……寡妇家在办什么酬客宴啊？”彼得·彼特罗维奇问，在安德烈·谢苗诺维奇正谈到最有意思的时候，突然打断了他的话。

“好像您还不知道似的，昨天我不是跟您谈起过这个话题，还对所有这些仪式发表了自己的意见……对了，她不是也请了您吗？我听见的。昨天您还跟她说过话呢……”

“我怎么也没想到，这个一贫如洗的傻女人会把从另一个傻瓜……拉斯科利尼科夫那儿得来的钱，全都花在酬客宴上。刚才从那儿经过的时候，我甚至感到惊讶：那儿准备得多丰盛啊，还有酒呢！……还叫了几个人来——天知道是怎么回事！”彼得·彼特罗维奇接着说下去，详细地询问着，好像怀着什么目的，故意把话题转到这上面去，“怎么？您说，也邀请了我吗？”他突然抬起头来，补上一句，“什么时候邀请的？我记不得了。不过，我是不会去的。我去那里干什么？昨天我只不过是顺便告诉她，作为一个官吏的贫寒的遗孀，她有可能得到他一年的薪俸，作为一次性的补助。她是不是为了这才邀请我呢？嘿——嘿！”

“我也不想去。”列别贾特尼科夫说。

“那还用说！亲手打过嘛。您问心有愧啊，这是可以理解的，嘿——嘿——嘿！”

“谁打过？打过谁？”列别贾特尼科夫突然惊慌起来，甚至脸红了。

“就是您嘛，您打了卡捷琳娜·伊万诺芙娜，大约是在一个月前，是吗！要知道，我听说了，昨天……原来这就是您的信念！……妇女问题处理得也不好嘛。嘿——嘿——嘿！”

彼得·彼特罗维奇好像得到了安慰，又啪啪地打起算盘来。

“这都是胡说和诽谤！”列别贾特尼科夫羞得面红耳赤，他总是害怕别人提起这件事，“事情完全不是这样！这是另一回事……您听说的话不符合实际，这是造谣！当时我只不过是自卫。是她首先张牙舞爪地向我扑了过来……她把我的连鬓胡子全拔光了……我认为，人人都可以自卫。而且我决不允许任何人对我使用暴力……这是原则。因为这几乎就是专横霸道。我该怎么办呢：就这样在她面前站着吗？我只不过是推开了她。”

“嘿——嘿——嘿！”卢任继续恶意地讥笑他。

“您想惹我发火，是因为您自己让人给惹恼了，心里有气……而这是胡说八道，与妇女问题完全、完全无关！您理解得不对。我甚至认为，如果假定妇女在各方面，就连体力上也和男人一样，（已经有人坚决这样主张了）那么可见，在这方面也应该是平等的。当然，后来我考虑，其实根本就不应该有这样的问题，因为打架是不应该的，在未来的社会里，打架这种事是不可思议的……在打架中寻求平等，当然是奇怪的。我并不是那么蠢……不过打架还是常有的事，……也就是说，以后不会有了，可是现在还有……呸！见鬼！跟您说话，会把人搞得糊里糊涂！我不去参加酬客宴，倒不是因为有过这么一件不愉快的事。我不去，只不过是按原则办事，不助长像酬客宴这样的陋习，就是这么回事！不过，也可以去看看，只不过是为了去嘲笑它……不过可惜，神甫不会来。不然我一定要去。”

“也就是说，坐在人家的酒席筵前，却蔑视它，同样也蔑视那些请您的人。是这样吗？”

“根本不是蔑视，而是抗议。我抱着有益的目的。我可以间接促进觉悟的提高，并做些宣传。人人都应该提高觉悟，进行宣传，也许，宣传得越激烈越好。我可以传播思想，播下种子……由这粒种子里就会长出事实来。我哪会侮辱他们呢？一开始他们是会见怪的，可是以后自己就会明白，我是给他们带来了好处。您瞧，我们的杰列比耶娃曾经受人指责，（现在她在公社里）因为她从家里出走……委身于一个男人的时候，给父母写了一封信，说她不愿生活在成见之中，不按宗教仪式结婚就和人同居，似乎她这样对待父母，是太粗暴了，认为她本应怜惜他们，写得委婉一些。照我看，这全都是胡说八道，根本不需要委婉些，恰恰相反，这儿需要的是抗议。瓦莲茨跟丈夫在一起过了七年，丢下了两个孩子，写了封信，和丈夫一刀两断了，信上说：'我认识到，和您在一起我不会幸福。您欺骗了我，向我隐瞒，通过公社这种形式，还存在另一种社会制度，为了这件事，我永远不会原谅您。不久前我从一个慷慨的人那里知道了这一切，已经委身于他，要和他一同创办公社。我直截了当地告诉您，因为我认为，欺骗您是不正直的。您爱怎么过就怎么过吧。不要对我回去存什么希望，您已经太迟了。希望您幸福。'这一类的信就该像这样写才对！"

"这个杰列比耶娃，不就是您跟我说过，已经是第三次自由结婚的那个人吗？"

"如果认真地说，总共只有两次！即使是第四次，即使是第十五次，那也算不了什么！如果说我有什么时候为我的父母已经去世而感到遗憾的话，那么当然就是现在了。我甚至幻想过好多次，如果他们还在世的话，我准会以自己的抗议让他们感到万分痛苦！我会故意让他们感到为难……这就是'离开家庭独立生活的人'，呸！我一定要让他们瞧瞧！我要让他们大吃一惊！真的，可惜我什么人也没有！"

"为了让他们大吃一惊吗？嘿——嘿！好吧，您爱怎么着，就怎么着吧，悉听尊便，”彼得·彼特罗维奇打断了他的话，“不过请您告诉我：您认识死者的这个女儿，不是吗？就是那个那么瘦弱的姑娘！人们对她的议论全都是真的，是吗？”

“这有什么呢？照我看，也就是根据我个人的信念，这是女人的最正常的状态。为什么不是呢？也就是说distinguons[①]。在现在这个社会里，这当然不完全正常，因为是被迫的，而在未来的社会里，却是完全正常的，因为那是自由的。就是现在，她也有权这样做，因为她受过苦，而这就是她的基金，也可以说是资本，她有充分的权利支配的资本。当然，在未来的社会里，基金就不需要了，但她的作用将会在另一种意义上表现出来，将受到合乎逻辑而且合理的制约。至于说到索菲娅·谢苗诺芙娜本人，在目前，我把她的行动看作对社会制度坚决而又具体的抗议，并为此深深地尊敬她，就连看着她也觉得高兴！”

“可人家告诉我，是您逼着她从这儿搬出去的！”

列别贾特尼科夫甚至勃然大怒。

“这又是谣言！”他高声叫嚷，“根本，根本不是这么回事！完全不是这样！这全都是卡捷琳娜·伊万诺芙娜当时冤枉我，因为她什么也不懂！我根本没有伺机接近索菲娅·谢苗诺芙娜，想要获得什么好处！我只不过是想提高她的觉悟，完全是无私的，竭力激发她的反抗精神……我需要的只是反抗，而且索菲娅·谢苗诺芙娜本人也已经不能再住在这幢房子里了！”

“您是不是叫她去参加公社呢？”

---

① 法文，“我们要区别开来”之意。

“您总是讥笑我，可是笑得很不恰当，请允许我向您指出这一点来。您什么也不懂！公社里没有这样的角色。所以要成立公社，也就是为了让社会上不再有这种角色。在公社里，这样的角色将完全改变他现在的性质，在这里，这是愚蠢的，在那里，这就是聪明的，在这里，在现在的环境里，这是不正常的，在那里就变得完全正常了。一切取决于人是处于什么样的情况下和在什么样的环境里。一切取决于环境，人本身却微不足道。我和索菲娅·谢苗诺芙娜现在也是和睦相处，这足以向您证明，她从来也没把我当作敌人，从来也没把我当作欺侮她的人。对了！现在我竭力劝她参加公社，不过这个公社完全、完全是建立在不同的基础上！您干吗发笑！我们想建立自己的公社，一种特殊的公社，不过基础比以前的更为广泛。我们从我们的信念更前进了一步。我们否定得更多了！如果杜勃罗留波夫从棺材里站出来，我就要和他争论一番。我一定会在争论中驳倒别林斯基！目前我在继续提高索菲娅·谢苗诺芙娜的觉悟，这是一个天性十分优美、十分美好的姑娘！”

“哈，于是您就利用这个十分优美的天性，是吗？嘿——嘿！”

“不，不！啊，不！恰恰相反！”

“哼，可不是恰恰相反吗！嘿——嘿——嘿！瞧您说的！”

“请您相信！我有什么理由要在您面前隐瞒呢，请您说说看！恰恰相反，就连我自己也觉得这很奇怪：跟我在一起的时候，不知为什么她显得胆怯和格外纯洁，而且很不好意思！”

“于是您，当然啦，就提高她的觉悟……嘿——嘿！向她证明，这些羞耻心什么的全都是胡说八道？……”

“根本不是！根本不是！噢，您对觉悟这个词的理解是多么粗野，甚至是多么愚蠢啊——请您原谅！您什——么也不懂！噢，天哪，您还多么……不成熟啊！我们是在寻求妇女的自由，可您心里只在转那个念头……完全避而不谈贞洁和女性的羞耻心问题，也就和避而不谈本身毫无用处，甚至是属于偏见的事物一样，但与此同时，我完全、完全同意，和我在一起的时候，她可以保持自己的贞操，因为在这个问题上——她有她的意志，她的权利。当然啦，如果她自己对我说：‘我想占有你’，我会认为那是我巨大的成功，因为我很喜欢这个姑娘。但现在，至少是现在，当然啦，从来没有任何人比我待她更有礼貌，更尊敬她，从来没有任何人比我更尊重她的人格……我等待着，并抱有希望——仅此而已！”

“您最好送给她点儿什么东西。我敢打赌，这一点您可没想到过。”

“您什——么也不懂，我已经对您说过了！当然啦，她的处境是这样，不过这儿有另一个问题！完全不同的另一个问题！您简直是蔑视她。您看到了一件误认为理应受到蔑视的事实，于是就拒绝用人道主义的观点来看待这个人了。您还不知道，这个人的天性是多么美！我只不过非常遗憾，不知为什么，最近她完全不再看我借给她的书，也不再来跟我借书了。可从前她常来借书。虽然她正以自己的全部毅力和决心进行反抗——她已经证明过一次，自己确实有这样的毅力和决心——可她似乎还是缺少自主精神，也可以说是独立精神，否定得还不够彻底，还没能完全摆脱某些偏见和……糊涂观念，这也是让人感到遗憾的。尽管如此，对某些问题她却理解得十分透彻。譬如说，对吻手的问题，她就理解得十分正确，也就是说，如果男人吻女人的手，那就是男人以不平等的态度来侮辱女性。我们那儿讨论过这个问题，我立刻就向她转述了我们的看法。关于法国工人联合会的事，她也很注意地听着。现在我正在给她讲在未来社会里可以自由进入别人房子里的问题。”

“这又是怎么回事?”

“这是最近正在讨论的一个问题：公社的一个成员有没有进入另一成员房子里去的权利，去一个男人或一个女人那里，而且是在任何时候……嗯，问题已经解决了：有权利……”

“嗯，如果他或者她这时候正在大小便呢，嘿——嘿!”

安德烈·谢苗诺维奇甚至生气了。

“您总是提这样的事，总是提这些该死的‘大小便’!”他憎恨地高声叫喊，“唉，我是多么气愤，多么懊悔，在讲制度的时候，竟过早地跟您提起这些该死的大小便来了！见鬼！对于所有像您这样的人，这是一个障碍，最糟糕的是——还没弄清是怎么回事，就嘲笑别人！就好像他们完全正确似的！就好像他们有什么可以感到自豪似的！呸！我有多少次坚决主张，对于那些新参加的人，一定得在最后，等到他对制度深信不疑，已经是一个具有高度觉悟而且有明确目的的人的时候，才能跟他们谈这个问题。请您说说看，即使是在污水坑里，你能找到这样可耻和卑鄙的东西吗？不管是多脏的污水坑，我都愿意头一个去消除它！这甚至谈不到什么自我牺牲！这只不过是工作，高尚的、对社会有益的活动，这种活动的价值不亚于任何其他活动，甚至，譬如说吧，比什么拉斐尔和普希金的活动还要崇高得多，因为它更为有益!”

“而且更为高尚，更为高尚，嘿——嘿!”

“更为高尚是什么意思？就判断人类的活动来说，我不理解这类用语有何意义。‘更高尚’，‘更慷慨’——这全都是胡说八道，毫无道理，是我予以否定的、带有偏见的陈词滥调！凡是对人类有益的，也就是高尚的！我只理解一个词：有益的！您爱笑，就嘿嘿地笑吧，不过事实如此！”

彼得·彼特罗维奇起劲地笑着。他已经数完了钱，把钱藏起来了。不过有一部分钱不知为什么还留在桌子上。这个“污水坑的问题”已经有好几次成为彼得·彼特罗维奇和他这位年轻朋友关系破裂与不和的原因了，尽管这个问题本身是庸俗的。愚蠢的是，安德烈·谢苗诺维奇真的生气了。卢任说这些话却是为了消愁解闷，而目前，他特别想惹列别贾特尼科夫发火。

“这是因为您昨天遭到了挫折，所以才这么恶毒，总是在找碴儿。”列别贾特尼科夫脱口而出，一般说，尽管他既有“独立精神”，又有“反抗精神”，可不知为什么总不敢反驳彼得·彼特罗维奇，而且一般说，对他还一直保持着某种已经习以为常的、从前那些年的尊敬态度。

“您最好还是说说，”彼得·彼特罗维奇傲慢而又遗憾地打断了他的话，“您是不是可以……或者不如说：您和刚才谈到的那个年轻女郎是不是当真十分亲密，是不是亲密到这种程度，可以现在，就是目前，请她来这儿，到这间房子里来一下？好像他们都已经从墓地回来了……我听到了一阵脚步声……我需要见见她，见见这个女人。”

“您为什么要见她?”列别贾特尼科夫惊奇地问。

“就是这样，需要。今天或者明天，我就要从这儿搬走了，所以想要通知她……不过在我和她谈话的时候，请您留在这儿。这样甚至会更好些。要不，您大概，天知道您会想些什么。”

“我根本什么也不会想……我不过这么问问，如果您找她有正经事，要叫她来，那是再容易也不过了。我这就去。请您相信，我绝不会妨碍你们。”

真的，过了五分钟，列别贾特尼科夫就带着索尼娅回来了。她十分惊讶地走了进来，和往常一样，有点儿胆怯。在类似的情况下她总是胆怯，她很怕见生人，怕跟不认识的人交往，从前，从儿时起她就害怕，现在就更不用说了……彼得·彼特罗维奇接待她时，“态度和蔼，相当客气”，不过有点儿快活、亲昵的意味，然而照彼得·彼特罗维奇看，像他这样一个受人尊敬和上了年纪的人，对待一个这么年轻，而且在某种意义上很有意思的女人，这种态度是很得体的。他急忙“鼓励”她，让她坐到桌旁，自己的对面。索尼娅坐下来，朝四下里看了看——看了看列别贾特尼科夫，看了看放在桌子上的钱，然后突然又看了看彼得·彼特罗维奇，目光就再没有从他身上挪开，好像全神贯注地盯住了他。列别贾特尼科夫本来已经往门口走去。彼得·彼特罗维奇站起来，示意让索尼娅继续坐着，在门口拦住了列别贾特尼科夫。

“这个拉斯科利尼科夫在那儿吗？他来了吗？”他悄悄地问列别贾特尼科夫。

“拉斯科利尼科夫？在那里。怎么样？是啊，是在那里……他刚进去，我看到了……那又怎样呢？”

“好吧，那么我特意请您留在这里，和我们待在一起，不要让我和这位……少女单独待在一起。事情嘛，是件无关重要的小事，可是天知道别人会说什么。我不想让拉斯科利尼科夫在那儿跟人说……您明白我的意思吗？”

“啊，我懂，我懂！”列别贾特尼科夫突然领会了，“对，您有理由……当然，根据我个人的信念，我认为您的担心太过分了，不过，您还是有道理的。那好吧，我就留下来吧。我站到这儿，窗子前面，不会妨碍你们的……照我看，您有理由……”

彼得·彼特罗维奇回到沙发前，在索尼娅对面坐下，留神看了看她，突然做出一副异常庄重、甚至是严肃的样子，那意思就是说：“您可别想到那方面去，女士。”索尼娅完全不知所措了。

“索菲娅·谢苗诺芙娜，首先请代我向尊敬的令堂表示歉意……好像，是这样吧？卡捷琳娜·伊万诺芙娜是您的继母吧？”彼得·彼特罗维奇态度十分庄重，然而又相当和蔼地说。看来，他怀有最友好的意愿。

“是这样，是这样的，她是我的继母。”索尼娅胆怯地急忙回答。

“嗯，那么请您向她转达我的歉意，由于不能由我做主的原因，我不能到府上去吃煎饼了……也就是不能去赴酬客宴了，尽管令堂好意邀请了我。”

“好的，我去说，这就去。”索涅奇卡急忙从椅子上站了起来。

“我还没说完呢，”彼得·彼特罗维奇留住了她，因为她这么天真，又不懂礼貌，微微一笑，“索菲娅·谢苗诺芙娜，如果您认为，为了这样一件仅仅与我个人有关的小事，就麻烦您，请一位像您这样的女孩子到我这里来，那您就不大了解我了。我还有别的目的。”

索尼娅又急忙坐下了。还没从桌子上拿走的那些钞票，有二十五卢布一张的，也有一百卢布一张的，又闯入她的眼帘，她赶快把脸转过去，抬起头来看着彼得·彼特罗维奇：她突然觉得，特别是她，看别人的钱是很不恰当的。她本来把目光转向彼得·彼特罗维奇用左手拿着的金色长柄眼镜，但与此同时也看到了戴在这只手中指上的戒指，那戒指很大，看样子沉甸甸的，镶着一块黄色的宝石，真漂亮极了——但是她又突然把目光从戒指上挪开了，不知往哪里看才好，最后只好又凝神盯着彼得·彼特罗维奇的眼睛。他比刚才更加庄重地沉默了一会儿，然后接着说：

“昨天我有机会顺便和卡捷琳娜·伊万诺芙娜说了两句话，只说了两句话，就足以了解到，目前她正处于一种——反常的状态，如果可以这样说的话……”

“是的……是反常的。”索尼娅急忙附和说。

“或者说得简单、明白一些，就是她有病。”

“是的，简单明白……是的，她是有病。”

“的确如此！所以，出于人道感和——和——和，可以这么说吧，和恻隐之心，由于预见到她不可避免的不幸命运，我想做点儿对她有益的事情。看来，这个极端贫困的家庭现在只能完全倚靠您一个人了。”

“请问，”索尼娅突然站了起来，“昨天您不是跟她讲过，有可能得到一笔抚恤金吗？因为她昨天就对我说过，您已经着手为她奔走，设法给她领取抚恤金了。这是真的吗？”

“绝对不是，就某方面来说，这甚至是荒唐的。我只是暗示，作为一个在任职期间亡故的官吏的遗孀，有可能得到临时补助——这还得有门路才行——然而，已故的令尊好像不仅服务尚未期满，而且近期甚至完全没有任职。总之，即使有希望，希望也很渺茫，因为在这种情况下，实际上没有任何享受补助的权利，甚至恰恰相反……可她已经想领抚恤金了，嘿——嘿——嘿！这位太太想到哪里去了！”

“是的，她是想领抚恤金……因为她轻信，心地善良，由于心肠太好，什么她都相信，而且……而且……而且……她头脑不大……这个……是的……请原谅。”索尼娅说，又站起来要走。

“对不起，您还没听完我的话呢。”

“是的，是没听完。”索尼娅喃喃地说。

“那么，您坐呀。”

索尼娅很不好意思地又坐下来，这已经是第三次了。

“看到她这样的处境，还带着几个可怜的孩子，正如我已经说过的，我有心聊尽绵薄，做点儿对她有益的事情，也就是所谓量力而为，仅此而已。譬如说，可以为她募捐筹款，或者，可以这么说吧，办一次抽彩……或者诸如此类的事情——在类似的情况下，亲友们，甚至是外人，总之，凡是愿意帮忙的人，往往都是这么做。这就是我要告诉您的。而这是可能的。”

“是的，好的……为了这，愿上帝保佑您……”索尼娅凝望着彼得·彼特罗维奇，含糊不清地低声说。

“这是可能的，不过……这个我们以后再……也就是说，今天就可以开始。晚上我们再见见面，商量一下，可以这么说吧，为这事打下基础。请您七点来钟的时候再来找我一趟。我希望，安德烈·谢苗诺维奇也参加……不过……这儿有个情况，得事先详细地说说清楚。正是为了这件事，我才惊动您，索菲娅·谢苗诺芙娜，请您到我这里来。具体地说，我的意见是，不能把钱交给卡捷琳娜·伊万诺芙娜，钱到了她手里也是危险的，今天的酬客宴就是证明。连明天吃的东西都没有，可以说连一块面包皮都没有……嗯，连鞋子都没有，什么都没有，今天却买了牙买加糖酒[①]，甚至好像还买了马德拉酒[②]和——和——和咖啡。从那儿经过的时候，我看到了。明天却又把全部生活重担都压到您的身上，直到最后一片面包，

---

① 一种用甘蔗酿制的烈酒。

② 一种葡萄酒。

都得靠您，这是毫无道理的。所以，募捐的时候，照我个人的看法，关于钱的情况应该瞒着这个，可以这样说吧，不幸的寡妇，而只有，譬如说，只有您一个人知道。我说得对吗？”

“我不知道。她只是今天才这样……一辈子就只有这一次……她很想办酬客宴，请大家来，悼念……她很懂事。不过，就照您的意思办好了，我非常，非常，我会非常……他们大家也都会感谢您……上帝会保佑您的……孤儿们也……”

索尼娅没有说完，就哭起来了。

“的确如此。嗯，那么请您记住：现在，为了亲人们的利益，作为开端，请接受我个人力所能及的一点儿心意。我非常、非常希望，千万不要提起我的名字。您瞧……可以这么说吧，因为我自己也有需要操心的事，再多，我就无能为力了……”

说着，彼得·彼特罗维奇细心地把一张摺着的十卢布的钞票打开，递给索尼娅。索尼娅接过了钱，脸唰地一下子红了，很快站起来，含糊不清地说了句什么，赶快告辞。彼得·彼特罗维奇扬扬得意地把她送到门口。她终于从屋里跑了出去，心情激动，疲惫不堪，回到卡捷琳娜·伊万诺芙娜那里，心里感到非常不安。

在这场戏演出的全部时间里，安德烈·谢苗诺维奇一会儿站在窗前，一会儿在屋里走来走去，不愿打断他们的谈话。等索尼娅走后，他突然走到彼得·彼特罗维奇面前，郑重其事地向他伸出手去：

“我什么都听到了，什么都看见了，”他说，特别强调最后三个字，“这是高尚的，也就是，我想说，这是人道主义的！您不愿让别人感谢您，这我看见了！虽说，我得承认，按原则来讲，我不能赞同个人的慈善行为，因为它不仅不能彻底根除罪恶，反而会助长罪恶，然而我不能不承认，很高兴看到您的行为——是的，是的，对这件事，我很喜欢。”

“嗳，这全都是胡扯！”彼得·彼特罗维奇含糊不清地说，心情有些激动，而且不知为什么细细地打量着列别贾特尼科夫。

“不，不是胡扯！一个像您这样，为昨天的事感到烦恼，受了很大委屈的人，同时还能关心别人的不幸—— 一个这样的人……虽然他的行为是犯了一个社会性的错误——然而……还是应该受到尊敬的！我甚至没料到您会这样做，彼得·彼特罗维奇，何况，特别是根据您的见解来看，噢！您的见解还在妨碍您，非常妨碍！譬如说吧，昨天的挫折让您多么激动啊，”好心的安德烈·谢苗诺维奇感叹地说，又对彼得·彼特罗维奇产生了加倍的好感，“这门亲事，这个合法婚姻对您可有什么，有什么用处呢，最高尚、最亲爱的彼得·彼特罗维奇？您为什么一定要让婚姻合法？好，您要打我，那就打吧，不过我很高兴，为这门亲事没成感到高兴，为您没受婚姻约束，为了对于人类来说您还没有完全毁灭，我感到高兴……您要知道，我把心里的话全说出来了！”

“为了我不想在你们那种婚姻中戴绿帽子，不愿繁衍别人的孩子，这就是我需要合法婚姻的原因。”因为总得回答几句什么，卢任才这样说。他心里正在想着什么，陷入沉思。

“孩子吗？您提到了孩子吗？”安德烈·谢苗诺维奇像一匹听到了军号声的战马，浑身颤动了一下，“孩子是一个社会问题，而且是头等重要的问题，这我同意，不过孩子的问题必须按另一种方式来解决。有些人像否定一切含有家庭意义的迹象一样，连孩子也完全否定了。关于孩子的问题，我们以后再谈，现在先来说说绿帽子！我坦白地对您说，对这个问题，我不在行。这是丑恶的、骠骑兵式的、普希金的用语[①]，在未来的辞典中，这样的用语甚至是不可思议的！而且绿帽子是什么呢？多么荒谬的见解！绿帽子是什么样的？为什么是绿帽子？多么荒诞！恰恰相反，在自由结合中，就不会有什么绿帽子了！绿帽子，这只是一切合法婚姻的自然结果，可以这么说吧，是对合法婚姻的改正，是对它的抗议，所以在这个意义上来说，甚至丝毫不含有侮辱性的意思……如果我在什么时候——做出这种荒唐事来——合法地结了婚，那么我甚至会为您所诅咒的绿帽子感到高兴。那时候我会对我的妻子说：'我的朋友，在这以前我只是爱你，现在我却尊敬你，因为你敢反抗！'您在笑？这是因为您不能摆脱偏见！见鬼，我理解，合法结婚而又受了欺骗，到底是为了什么而感到不快：可是，要知道，这是卑鄙事实的卑鄙后果，双方同样都受到了侮辱。当大家自由结合，绿帽子公开戴在头上的时候，绿帽子也就不存在了，变得不可思议了，就连绿帽子这个名称也完全消失了。恰恰相反，您的妻子只不过是向您证明，她是多么尊敬您，认为您不会反对她的幸福，而且觉悟那么高，不会为了她有了新丈夫而向她报复。见鬼，有时我梦想，如果让我嫁了人，呸！如果我结了婚（自由结婚也罢，合法结婚也罢，反正一样），我就会自己给我妻子带一个情人来，如果她自己好久还没找到的话。'我的朋友，'我会这样对她说，'我爱你，但是也希望你尊敬我——你看，我给你带来了！'我说得对吗，对吗？……"

---

① 指普希金的《叶甫根尼·奥涅金》（第一章十二节）中的这几行诗句：

戴绿帽子的人可真神气，
他对自己总是那么满意，
满意午餐，也满意自己的妻子。

彼得·彼特罗维奇听着，在嘿嘿地笑，不过并没有特别的兴致。他甚至并没有怎么听。他当真是在考虑什么别的事情，就连列别贾特尼科夫也终于发觉了。彼得·彼特罗维奇甚至十分激动，搓着手，陷入沉思。这一切安德烈·谢苗诺维奇后来才弄明白，回想了起来……

二

很难确切说明，卡捷琳娜·伊万诺芙娜已经不大正常的头脑里为什么会产生这样的想法：要办一次毫无意义的酬客宴。真的，为办酬客宴，差不多花掉了从拉斯科利尼科夫那儿得到的二十多卢布中的十个卢布，而这笔钱其实是为了安葬马尔梅拉多夫才送给她的。也许，卡捷琳娜·伊万诺芙娜认为自己有责任“好好地”追悼亡夫，让所有房客，特别是阿玛莉娅·伊万诺芙娜知道，他“不仅完全不比他们差，而且，也许要比他们强得多”，让他们知道，他们谁也没有权利在他面前“妄自尊大”。也许，这儿起了最大作用的，是穷人们那种特殊的自尊心，由于这种自尊心作祟，许多穷人都是尽最后努力，把积攒下来的最后几个戈比都花在我们日常生活中人人必须遵守的某些社会礼仪上了，他们这样做，只不过是为了“不比别人差”，也为了不让那些别人“指责”他们。很有可能，正是在这种情况下，正是在她似乎已被世界上所有人抛弃了的时候，卡捷琳娜·伊万诺芙娜想要让所有这些“卑微和可恶的住户们”看看，她不但“会生活，善于接待客人”，而且她所受的教育根本就不是为了来过这种穷日子的，她是在“一个高贵的、甚至可以说是在一个有贵族身份的上校家庭里”给教养成人的，她所受的教育完全不是为了自己擦地板，每天夜里洗孩子们的破旧衣服。这种自尊和虚荣有时也会在最为贫困、完全给压垮了的人们心中突然爆发出来，有时甚至会变成一种愤懑的、无法抑制的需求。何况卡捷琳娜·伊万诺芙娜还不是一个给压垮了的人：她本来是会让环境给完全压垮的，但是要在精神上压垮她，也就是使她畏惧，征服她的意志，却绝不可能。此外，索涅奇卡说她的精神不正常也是有充分根据的。不错，还不能完全肯定地这么说，不过，最近一个时期，最近这一年来，她那可怜的头脑的确受了太多的折磨，不会不在某种程度上受到一定的损害。据医生说，肺病急剧恶化也会使神经功能发生紊乱。

酒的数量和品种都不多，也没有马德拉酒：这是夸大其词，不过酒是有的。有伏特加、糖酒、里斯本葡萄酒，质量都十分低劣，数量却相当充足。吃的东西，除了蜜粥，还有三、四道菜，（顺带说一声，还有煎饼）所有东西都是从阿玛莉娅·伊万诺芙娜的厨房里送来的，此外，还一下子生了两个茶炊，那是准备饭后喝茶和兑五味酒用的。所有东西都是卡捷琳娜·伊万诺芙娜亲自采购的，有一个不知为什么住在利佩韦赫泽尔太太这里的、可怜的波兰人帮着她，他立刻同意供卡捷琳娜·伊万诺芙娜差遣，昨天一整天和今天一个早上，他一直拼命东奔西跑，累得气喘吁吁，好像竭力想让人注意到他特别卖力。为了每件小事，他时刻不停地跑去找卡捷琳娜·伊万诺芙娜，甚至跑到商场去找她，不停地管她叫“少尉太太”，最后他简直让她觉得烦死了，尽管起初她曾说过，要不是有这个“自愿帮忙的好心人”，她可要完全累垮了。卡捷琳娜·伊万诺芙娜的性格特点就是如此：对任何一个初次见面的人，她总是赶紧用最美的语言大加称赞，有人甚至会被她吹捧得怪难为情，她会无中生有，用种种虚构的事实往人脸上贴金，而且自己对这一切都完全真诚地深信不疑，后来却突然一下子失望了，跟人家决裂了，对人家横加侮辱，把那个仅仅几小时前还简直崇拜得五体投地的人粗暴地赶出去。她天生是一个爱笑、乐观、对人友好的人，但是由于接连不断的不幸和挫折，她变得那样狂热地希望和要求世界上所有人都过得很愉快，而且不许他们过另一种生活，以致生活中稍有一点儿不和谐，遭受到什么最微不足道的挫折，都几乎会使她立刻发疯，刚刚还存有最光明的希望，浸沉在最美的幻想之中，转瞬间就会诅咒命运，不管抓到什么，都会把它撕碎，随手乱扔出去，还用头往墙上撞。不知为什么，阿玛莉娅·伊万诺芙娜也突然受到卡捷琳娜·伊万诺芙娜异乎寻常的重视和异乎寻常的尊敬，唯一的原因也许是，着手办酬客宴的时候，阿玛莉娅·伊万诺芙娜全心全意地决定帮着她张罗一切：她给摆好桌子，拿来桌布、碗、碟以及其他东西，还在自己的厨房里准备饭菜。卡捷琳娜·伊万诺芙娜要去墓地，于是把一切都托付给她，让她全权处理。真的，一切都安排得好极了：桌上铺了桌布，甚至相当整洁，碗碟、刀叉、酒杯、玻璃杯、茶杯，一应俱全，当然啦，所有这一切都是从各个住户那里借来，东拼西凑的，大小不同，形状各异，然而一切都按时摆妥了。阿玛莉娅·伊万诺芙娜觉得，事情做得很出色，迎接从墓地回来的人们时，甚至有点儿自豪，她穿得十分漂亮，戴一顶系着黑色新纱带的包发帽，穿一件黑色的连衫裙。这种自豪感虽然是理所当然的，但不知为什么，卡捷琳娜·伊万诺芙娜却很不喜欢，心想："真的，好像少了您阿玛莉娅·伊万诺芙娜，别人就不会摆桌子开饭似的！"她也不喜欢那顶系上了新纱带的包发帽："这个愚蠢的德国女人这么神气，说不定是因为，她认为自己是房东，是她大发善心，这才同意帮助穷苦的房客吧？大发善心！这倒要请教了！我卡捷琳娜·伊万诺芙娜的爸爸是位上校，差点儿没当上省长，有时他家里大宴宾客，一请就是四十个人，像您阿玛莉娅·伊万诺芙娜这样的人，或者不如说，像柳德维戈芙娜这样的人，连厨房都不会让您进……”不过她决定暂时不把自己心里的想法说出来，虽说她已暗暗拿定了主意，今天一定得制服这个阿玛莉娅·伊万诺芙娜，让她记住自己的真正身份，不然的话，天知道她会把自己想象成什么样的人，但暂时只是对她相当冷淡。另一件事也在某种程度上使卡捷琳娜·伊万诺芙娜感到气愤：除了总算按时赶到墓地的那个波兰人，邀请过的其他房客，几乎谁也没去参加葬礼。来赴酬客宴的，也就是说，来吃下酒菜的，都是住户中最无足轻重的穷人，其中不少人甚至已经喝醉了，真的，都是些上不得台面的货色。房客当中几个较为年长和比较庄重的人，好像故意商量好了似的，全都没来。譬如说，像彼得·彼特罗维奇·卢任，可以说是所有房客中最有身份的，他也没有来，可是还在昨天晚上，卡捷琳娜·伊万诺芙娜就已经对所有人，也就是对阿玛莉娅·伊万诺芙娜、波列奇卡、索尼娅和那个波兰人说了许多，说这是一个最高尚、最慷慨的人，说他有很多关系，又有资产，是她第一个丈夫的朋友，是她父亲家里的常客，还说，他答应要用一切办法为她弄到一笔数目可观的抚恤金。这里我们要记住，如果卡捷琳娜·伊万诺芙娜吹嘘说，某人在社会上有很多关系，又有资产，这绝不是出于她个人的利益，或者是自己有什么打算，而是完全无私地，也可以说是完全出于一片热情，只不过是因为她高兴称赞那个人，从而更加抬高那个她所称赞的人的身价而已。大概，“这个可恶的坏蛋列别贾特尼科夫”是“学卢任的样”，所以也没来。“这家伙自以为是个什么人呢？只不过是出于善意，这才邀请了他，而且这还是因为他和彼得·彼特罗维奇同住在一间房子里，又是他的熟人，所以不好意思不邀请他。”那个颇有上流社会风度的太太和她那个“青春已逝、尚未出阁”的女儿也没有来，虽然她们在阿玛莉娅·伊万诺芙娜这里总共才不过住了两个星期左右，可是对于从马尔梅拉多夫家里传出的吵闹声和叫喊声，却已经抱怨过好几次了，特别是当死者生前醉醺醺地回家来的时候。她们的抱怨，卡捷琳娜·伊万诺芙娜当然已经知道了，因为每当阿玛莉娅·伊万诺芙娜和她对骂，威胁要把他们全家都赶出去的时候，总是扯着嗓子大喊，说他们惊动了“那两位高贵的房客，而他们连给她们提鞋也都不配”。卡捷琳娜·伊万诺芙娜现在故意邀请“似乎连给她们提鞋都不配”的这母女俩，尤其是因为在这以前偶尔遇到她们的时候，那位太太总是高傲地扭过脸去——那么就让她了解一下吧，这里的人“思想感情都更高尚些，不记仇恨，也邀请了她们”，而且要让她看到，卡捷琳娜·伊万诺芙娜可不是过惯了这种生活的人。她打算在酒席宴前一定要把这一点向她们说清楚，而且一定要告诉她们，她过世的父亲几乎当上了省长，同时也间接向她们暗示，以后碰到的时候用不着把脸扭过去，这样做是非常愚蠢的。那个胖中校（其实是个退役的上尉）也没来，不过，原来还从昨天早上，他就已经“烂醉如泥”了。总而言之，应邀前来的只有这么几个人：那个波兰人，接着来的还有一个样子长得十分难看、一言不发的小职员，他穿一件油污的燕尾服，满脸粉刺，身上还有一股难闻的气味。随后又来了一个小老头儿，是个聋子，眼睛也几乎完全瞎了，以前不知在哪儿的邮政总局里做过事，有个人不知为什么从很久以前就在阿玛莉娅·伊万诺芙娜这儿养着他。还来了一个已经喝醉了的退职中尉，其实是个军需官，经常高声大笑，实在不成体统，而且，“你们瞧”，连背心都没穿！还有一个，一进来就在桌边坐下了，甚至没向卡捷琳娜·伊万诺芙娜点头问好。最后又来了一个，因为没有衣服，就穿着睡衣跑来了，这可太不像话了，阿玛莉娅·伊万诺芙娜和那个波兰人费了好大劲，总算把他推了出去。不过那个波兰人还带了两个波兰人来，他们从来根本就没在阿玛莉娅·伊万诺芙娜这儿住过，在这以前，这幢房子里的人谁也没看见过他们。这一切都让卡捷琳娜·伊万诺芙娜感到不快，惹她生气。“这一切到底是为谁准备的？”为了腾出座位来招待客人，甚至没让孩子们坐到桌边，而饭桌本来就已经占据了整个房间。把孩子们安顿在后面角落里，用一个箱子当作桌子，而且让两个最小的孩子坐在长凳上，波列奇卡已经是个大姑娘了，应该照看着他们，喂他们，就像侍候“贵族子弟”那样，给他们擦鼻涕。总之，卡捷琳娜·伊万诺芙娜不得已只好格外傲慢，甚至是高傲地迎接所有这些客人。她特别严峻地打量了一下某几个人，做出一副很瞧不起的样子，请他们入席。不知为什么，她认为阿玛莉娅·伊万诺芙娜要为所有那些没来的人承担一切罪责，突然对她很不客气，后者立刻就发觉了，为此感到十分委屈。这样的开始不会预示好的结局。终于，大家都坐下来了。

拉斯科利尼科夫几乎是在他们刚从墓地回来的时候就进来了。看到他来了，卡捷琳娜·伊万诺芙娜高兴得要命，第一，因为他是所有客人中唯一“有教养的人”，而且“正如大家都知道的，两年以后他就要在这儿一所大学里当教授了”；第二，因为他很恭敬地请她原谅，说，尽管他很想去参加葬礼，可还是没能前去。她急忙跑过去招呼他，请他坐在自己左边的座位上（坐在右边的是阿玛莉娅·伊万诺芙娜），尽管她忙个不停，不断地张罗着有条不紊地上菜，把每道菜都送到每位客人面前，尽管一刻也不停的咳嗽使她感到十分痛苦，呼吸困难，不时把她的话打断，而且，最近这两天这咳嗽似乎已经变成了痼疾，她却对拉斯科利尼科夫说个不停，急于低声向他倾诉心中郁积的感情，述说因为酬客宴办得很不称心而感到的理所当然的愤慨；而且这愤慨时常转变为最快乐和抑制不住的嘲笑，嘲笑在座的客人们，但主要是嘲笑女房东。

“一切都怪这只布谷鸟。您要明白我说的是谁：我说的是她，是她！”说着，卡捷琳娜·伊万诺芙娜朝女房东那边点点头，向他示意，“您看她：瞪圆了眼睛，感觉出我们是在谈论她了，可是她听不懂，所以瞪大了眼睛。呸，猫头鹰！哈——哈——哈！……咳——咳——咳！她戴着这顶包发帽是想表示什么呢！咳——咳——咳！您注意到了吗，她一直想让大家认为，她是在保护我，她的大驾光临，是她瞧得起我。我把她当作正派人，请她去邀请几位体面些的客人，也就是亡夫的熟人，可是您瞧，她请来了些什么人啊：一些小丑！几个邋遢鬼！您瞧瞧这个脸那么脏的家伙：真是个长着两条腿的饭桶！还有这两个波兰人……哈——哈——哈！咳——咳——咳！无论谁，无论谁，从来也没在这儿看见过他们，我也从来没见过他们；嗯，我请问您，他们是来干什么的？规规矩矩地坐成一排。潘涅，盖伊[①]！”她突然对他们当中的一个喊了一声，“您尝过煎饼了吗？再来点儿嘛！请喝点儿啤酒啊，啤酒！不想喝伏特加吗？您瞧：他霍地站起来，点头哈腰，您瞧，您瞧：准是饿坏了，这些穷鬼！没关系，让他们吃吧。他们至少不大吵大闹，不过……不过，真的，我为房东的那些银调羹感到担心！……阿玛莉娅·伊万诺芙娜！”她突然对她几乎是大声说，“我把话说在前头，万一您的调羹给偷走了，我可不能负责！哈——

① 波兰文，意为：“喂，先生们！”

哈——哈！”她哈哈大笑起来，又转过脸来对着拉斯科利尼科夫，又朝女房东那边向他点头示意，为自己这一狂妄的举动感到十分高兴，“她没听懂，又没听懂！她张大了嘴坐在那儿，您瞧：猫头鹰，真是只夜猫子，系着新纱带的猫头鹰，哈——哈——哈！”

这时笑声又变成了难以忍受的咳嗽，接连不断地足足咳了五分钟。手绢儿上留下了好几点血迹，额上渗出了豆大的汗珠。她默默地让拉斯科利尼科夫看看手绢儿上的血，刚刚喘过一口气来，立刻又异常兴奋地对他低声说了起来，而且双颊上泛起了红晕：

“您瞧，我把一件最微妙的事托付给她，请她去邀请这位太太和她的女儿，您明白我说的是谁吗？这需要以最委婉的方式，用最巧妙的手法，可是她把事情给办砸了，这个外来的傻娘儿们，这个高傲自大的贱货，这个微不足道的外省女人，只不过因为她是个什么少校的遗孀，来京城是为了设法请求发给她抚恤金，天天往政府机关里跑，把下摆都磨破了，她都五十五岁了，还要染头发，搽胭脂抹粉（这大家都知道）……就是这样一个贱货，不但不认为她应该来，甚至都没让人来道声歉，既然她不能来，在这种情况下也该懂得最普通的礼貌，叫人来说一声啊！我真不懂，彼得·彼特罗维奇为什么也没来？不过索尼娅在哪儿呢？她上哪儿去了？啊，她终于来了！索尼娅，你在哪儿？奇怪，就连参加父亲的葬礼，你也没能准时赶到。罗季昂·罗曼内奇，请让她坐在您旁边。喏，索涅奇卡，你坐这儿……你想吃什么，自己拿吧。来点儿肉冻吧，这道菜最好。这就要端煎饼来了。给孩子们拿去了吗？波列奇卡，你们那儿什么都有了吗？咳——咳——咳！嗯，好的。要做个乖孩子，廖尼娅，还有你，科利亚，两只脚别晃来晃去，要像贵族家的孩子那样坐着。你说什么，索涅奇卡?”

索尼娅立刻向她转达了彼得·彼特罗维奇的歉意，竭力说得大声些，想让大家都能听到，而且用的是最客气、最尊敬的词句，甚至故意用彼得·彼特罗维奇的口气，不过这些话都是她自己编出来、而且经过润色的。她还补充说，彼得·彼特罗维奇特别让她转告，只要一有可能，他立刻就会前来，当面谈谈几个问题，商量一下，今后可以做些什么，可以采取些什么措施，等等。

索尼娅知道，这样说会让卡捷琳娜·伊万诺芙娜宽心，使她得到安慰，使她感到满意，而主要的，是能满足她的自尊心。她坐到拉斯科利尼科夫身旁，急忙向他行了个礼，并且好奇地匆匆向他看了一眼。不过在其余时间里，不知为什么，她却一直避免看他，避免和他说话。她甚至好像心不在焉，虽然眼睛一直看着卡捷琳娜·伊万诺芙娜的脸，讨她喜欢。无论是她，还是卡捷琳娜·伊万诺芙娜，都没穿孝服，因为她们都没有孝服可穿；索尼娅穿一件颜色较深的褐色衣服，卡捷琳娜·伊万诺芙娜穿的是她那件唯一的、有条纹的深色印花布连衫裙。关于彼得·彼特罗维奇的情况，很顺利地讲完了。卡捷琳娜·伊万诺芙娜骄傲地听完了索尼娅的话，又带着同样骄傲的神情问：彼得·彼特罗维奇身体怎样？然后立刻，几乎是大声对拉斯科利尼科夫窃窃私语说，如果像彼得·彼特罗维奇这么一位可尊敬的、有身份的人会到这样“稀奇古怪的一伙人”中间来，那才当真是件怪事，尽管他真心诚意地关心她的家庭，也忘不了跟她父亲的老交情。

“所以我才特别感谢您，罗季昂·罗曼内奇，因为在这样的情况下，承蒙不弃，屈尊前来参加我的酬客宴，”她几乎是大声说，“不过，我深信，只是因为您与我可怜的亡夫友情非同一般，才促使您履行了自己的诺言。”

之后，她又一次骄傲而尊严地扫视了一下自己的客人们，突然特别关切地隔着桌子高声问那个耳聋的小老头儿：“要不要再来点儿烤肉？请他喝过里斯本葡萄酒没有？”小老头儿没有回答，好久也不明白，人家在问他什么，尽管他的邻座为了取笑，甚至推了推他。他只是张着嘴朝四下里看了看，这就更让大家感到好笑了。

“瞧，多傻的一个傻瓜！您瞧，您瞧！请他来做什么？至于彼得·彼特罗维奇，我对他是永远相信的，”卡捷琳娜·伊万诺芙娜继续对拉斯科利尼科夫说，“他当然不像……”她神情特别严峻、毫不客气地对阿玛莉娅·伊万诺芙娜说，甚至使她感到有些害怕了，“不像您那些穿得特别惹人注目、裙子拖在地上的女人，我爸爸家里都不会让这样的女人去做厨娘，我的亡夫当然会赏她们个脸，接待她们，可那也只不过是因为他心肠太好，他的好心是无限的。”

“不错，他爱喝酒，喜欢这玩意儿，经常喝！”那个退役的军需官突然高声叫喊，说着喝干了第十二杯伏特加。

“亡夫确实有这个嗜好，这大家都知道，”卡捷琳娜·伊万诺芙娜突然一下子盯住了他，“可他是一个心地善良，而且高尚的人，爱自己的家，也尊敬自己的家。只有一样不好，由于心肠好，他太相信形形色色腐化堕落的人了，天知道他跟谁没在一道喝过酒啊，就连那些还抵不上他一个鞋掌的家伙，也和他在一道灌过黄汤！您信不信，罗季昂·罗曼诺维奇，在他口袋里找到过公鸡形状的蜜糖饼干，醉得像个死人，可是还惦记着孩子们。”

“公——鸡？您说：公——鸡？”那个军需官先生大声喊。

卡捷琳娜·伊万诺芙娜根本没搭理他。她不知想起了什么，叹了口气。

“您大概和大家一样，认为我对他太严厉了，”她转过脸来对着拉斯科利尼科夫，接着说下去，“其实不是这样！他尊敬我，他非常、非常尊敬我！是个好心肠的人！有时觉得那么可怜他！他常常坐在角落里望着我，我觉得他那么可怜，真想跟他亲热一下，可是后来又暗自想：‘对他亲热了，他就又要去喝酒了’，只有对他严厉些，才能多少管得住他。”

“是啊，常常揪他的头发，揪过不止一次了。”又是那个军需官打断了她，又灌下了一杯伏特加。

“不仅揪头发，就是用笤帚来对付某些傻瓜，也挺有好处。现在我说的不是我的亡夫！”卡捷琳娜·伊万诺芙娜很不客气地对那个军需官说。

她脸上的红晕越来越红了，胸部也一起一伏。再过一会儿，她就要跟人吵架了。许多人在嘿嘿地笑，看得出来，许多人觉得这很有意思。有人开始怂恿军需官，不知在悄悄地跟他说什么。显然是想挑动他们吵架。

“请——请——问，您说这话是什么意思，”军需官说，“也就是说，您指的……是谁……您刚刚说的话是……不过，用不着说了！胡说八道！寡妇！遗孀！我原谅您……我不计较！”他又干了一杯伏特加。

拉斯科利尼科夫坐在那儿，带着厌恶的心情默默地听着。只是出于礼貌，他才多少吃一点儿卡捷琳娜·伊万诺芙娜不断放到他盘子里的菜肴，这也只不过是为了她不致见怪。他凝神注视着索尼娅。但索尼娅越来越忧虑，越来越担心了，她也预感到酬客宴不会平安无事地结束，惊恐地观察着卡捷琳娜·伊万诺芙娜越来越恼怒的神情。同时她也知道，那母女两个之所以那样蔑视卡捷琳娜·伊万诺芙娜的邀请，主要原因就是她，索尼娅。她曾经听到阿玛莉娅·伊万诺芙娜亲口说，那位母亲甚至认为，邀请她们是对她们的侮辱，还问“她怎么能让自己的女儿和这个女人坐在一起”？索尼娅预感到，对这一点，卡捷琳娜·伊万诺芙娜已经多多少少听说了，而侮辱她，侮辱索尼娅，对于卡捷琳娜·伊万诺芙娜来说，这比侮辱她本人，侮辱她的孩子，侮辱她的爸爸还要严重，总之，是极大的侮辱，索尼娅也知道，在卡捷琳娜·伊万诺芙娜“还没能让那两个裙子拖在地上的女人知道，她们俩是……”以及如此等等之前，现在她是绝不会安静下来了。好像故意为难似的，有人从桌子的另一头给索尼娅传来一个盘子，盘子里放着用黑面包做的两颗心，还有一支箭穿透了这两颗心。卡捷琳娜·伊万诺芙娜脸涨得血红，立刻隔着桌子高声说，传递这个盘子的人当然是“一头喝醉的蠢驴”。阿玛莉娅·伊万诺芙娜也预感到要出什么乱子，同时卡捷琳娜·伊万诺芙娜的高傲态度又使她深深感到受了侮辱，为了缓和一下紧张气氛，让大家忘掉不愉快的事情，顺带也在大家心目中抬高自己的身价，突然无缘无故地说，她有个熟人，“药房里的卡尔”，一天夜里，他坐了一辆马车，“马车夫想要杀西（死）他，卡尔颗颗（苦苦）哀求，求他不要杀西（死）他，痛哭流去（涕），束手待劈（毙），怕得要命，吓得他的心都好像给穿瘦（透）了”。卡捷琳娜·伊万诺芙娜虽然也笑了笑，可是立刻说，阿玛莉娅·伊万诺芙娜不该用俄语讲笑话。阿玛莉娅·伊万诺芙娜心里更不痛快了，反驳说，她的“法特尔·阿乌斯·柏林[1]，是个非常、非常重要的人，走路的时候总是双手摸进（插在）口袋里”。爱笑的卡捷琳娜·伊万诺芙娜忍不住哈哈大笑起来，这样一来阿玛莉娅·伊万诺芙娜已经大为恼火，只是还勉强克制着。

---

① 德文，“父亲是柏林人”之意。

“瞧，这只猫头鹰！”卡捷琳娜·伊万诺芙娜几乎快乐起来，立刻又对拉斯科利尼科夫低声说，“她想说：双手插在口袋里，可是说成了他常摸别人的口袋，咳——咳！您发觉吗？罗季昂·罗曼诺维奇，从这个故事就可以彻底看出，所有这些住在彼得堡的外国人，主要是那些不知从什么地方来到我们这儿的德国人，全都比我们蠢！您同意吗？难道能说这种话：‘药房里的卡尔吓得心都好像给穿透了’，还说，他（饭桶！）不是把那个马车夫捆起来，却‘束手待毙，痛哭流涕，苦苦哀求’。唉，这个傻女人！她以为这样说很感动人，却没想到，这样显得她多么愚蠢！依我看，这个喝醉了的军需官比她聪明得多。至少可以看出，他是个酒鬼，醉得丧失了理智，可这些德国人神情全都那么庄重，那么严肃……瞧，她坐在那儿，眼睛瞪得老大。她生气了！生气了！哈——哈——哈！咳——咳——咳！”

卡捷琳娜·伊万诺芙娜快活起来了，立刻沉醉于种种幻想之中，而且想到许多详情细节，突然说，等她领到抚恤金，一定要在自己的故乡T城办一所贵族女子寄宿中学。卡捷琳娜·伊万诺芙娜本人还没有把这个想法告诉过拉斯利尼科夫，她立刻为那些诱人的细节而神往了。不知怎么，她手里忽然出现了一张“奖状”，就是已故的马尔梅拉多夫在小酒馆里跟拉斯科利尼科夫提到过的那张奖状，当时他说，卡捷琳娜·伊万诺芙娜，他的妻子，从高等学校毕业的时候，“在省长和其他名流面前”跳过披巾舞。这张奖状现在显然应该成为一个证据，证明卡捷琳娜·伊万诺芙娜有权开办寄宿中学，但主要目的还是让“那两个穿得特别惹人注意、裙子拖到地上的女人”见识见识，彻底打掉她们的傲气，如果她们来参加酬客宴的话，而且要明确地向她们证明，卡捷琳娜·伊万诺芙娜出身于最高贵的，“甚至可以说是贵族的家庭，是上校的女儿，肯定比某些女冒险家要高贵些，而最近却出现了那么多这样的女冒险家”。奖状立刻在醉醺醺的客人们手里传递起来，卡捷琳娜·伊万诺芙娜并不阻止他们这样做，因为这张奖状的确en toutes lettres[①]说明，她是获得过勋章的七等文官的女儿，因而实际上差不多也就是上校的女儿了。卡捷琳娜·伊万诺芙娜兴奋起来，立刻详尽地描绘将来在T城的美好、平静的生活，谈到了她聘请来在她那所中学教课的教师，说是有一位可敬的老人，是个姓曼戈的法国人，在女子高等学校里，就教过卡捷琳娜·伊万诺芙娜法语，现在他还在T城安度晚年，只要多少给他一点儿薪水，他准会到她的中学里去教书。最后还谈到了索尼娅，说“她要和卡捷琳娜·伊万诺芙娜一同去T城，帮助她料理一切”。但这时桌子的那一头突然有人扑哧一声笑了出来。卡捷琳娜·伊万诺芙娜虽然竭力立刻装作毫不在乎的样子，轻蔑地不去理睬桌子那头发出的笑声，可是又立刻提高声音，兴奋地说，索菲娅·谢苗诺芙娜无疑有能力做她的助手，说索尼娅“性情温和，有耐心，有自我牺牲精神，高尚，而且很有教养”，说着，还爱抚地拍拍索尼娅的脸蛋儿，欠起身来，热情地吻了她两下。索尼娅脸红了，卡捷琳娜·伊万诺芙娜却突然放声大哭起来，可是又立刻自言自语地说，她“是个神经脆弱的傻女人，而且太伤心了，酬客宴也该结束了，因为菜已经上完，该送茶来了”。这场谈话，阿玛莉娅·伊万诺芙娜完全插不上嘴，而且别人根本就不听她说话，因此她觉得难过极了，所以就在这个时候，她突然冒险作最后一次尝试，怀着忧虑的心情大胆向卡捷琳娜·伊万诺芙娜提了一个很有道理、而

---

① 法文，“充分”之意。

且意义深刻的意见，说是在她要办的那所寄宿中学里，需要特别注意女孩子们内衣（迪·韦舍）[①]的清洁，而且“一定需要有这样一位能干的太太（迪·达梅）[②]，让她好好地照管内衣”，其次，“得让所有年轻的女孩子夜里都安安静静，别看小说”。卡捷琳娜·伊万诺芙娜当真十分伤心，而且也很累了，酬客宴已经让她感到厌烦透了，所以她立刻“很不客气地打断了”阿玛莉娅·伊万诺芙娜的话，说她“胡说八道”，什么也不懂；说关心迪·韦舍是女管理员的事，而不是贵族女子中学校长的事。至于看小说，说这种话甚至简直不成体统，请她免开尊口。阿玛莉娅·伊万诺芙娜涨红了脸，怒不可遏，说，她不过是出于“一片好心”，她“完全出于善意，她的心大大的好”，还说，“租房子的格利德[③]已经很久很久没给了”。卡捷琳娜·伊万诺芙娜立刻让她“住嘴”，说，她说什么“出于好心”，那是撒谎，因为还在昨天，死者还停放在桌子上的时候，她就为了房子在折磨她了。对这些责难，阿玛莉娅·伊万诺芙娜蛮有道理地反驳说，她去“邀请那位太太和她的小姐，可是她们不肯来，因为她们是高贵的太太和小姐，不能到不高贵的太太这儿来”。卡捷琳娜·伊万诺芙娜立刻向她“着重指出”，因为她自己是个邋里邋遢的人，所以她不能判断什么是真正的高贵。阿玛莉娅·伊万诺芙娜不能忍受这种侮辱，立刻宣称：“我的法特尔·阿乌斯·柏林，是个非常非常重要的人，走路的时候双手总是摸进（插在）口袋里，嘴里一直在说：呸！呸！”为了逼真地模仿自己的法特尔，

① 德文，“内衣”之意。

② 德文，“太太”之意。

③ 德文，“钱”之意。

阿玛莉娅·伊万诺芙娜从椅子上霍地站了起来，把两只手插在衣袋里，鼓起腮帮，嘴里发出一些含糊不清的声音，好像是在说“呸——呸”，所有房客都高声大笑，预感到就要打起来了，故意对阿玛莉娅·伊万诺芙娜表示赞许，给她打气。但是卡捷琳娜·伊万诺芙娜已经感到忍无可忍，立刻“一字一顿、清清楚楚地”高声说，阿玛莉娅·伊万诺芙娜也许从来就没有法特尔，她只不过是一个住在彼得堡的、喝得醉醺醺的芬兰女人，大概以前是在什么地方当厨娘，说不定比这还要卑贱。阿玛莉娅·伊万诺芙娜脸红得像煮熟了的虾，尖声叫喊起来，说，也许卡捷琳娜·伊万诺芙娜“根本就没有法特尔，她却有一个法特尔·阿乌斯·柏林，他穿着很长的常礼服，一直在说：呸，呸，呸”！卡捷琳娜·伊万诺芙娜轻蔑地说，她的出身是大家都知道的，这张奖状上就用铅字印着，她的父亲是位上校；可阿玛莉娅·伊万诺芙娜的父亲（如果她真有个什么父亲的话），大概是个在彼得堡卖牛奶的芬兰人；最有可能的是，她根本就没有父亲，因为直到现在还弄不清楚，阿玛莉娅·伊万诺芙娜的父名是什么：是伊万诺芙娜呢，还是柳德维戈芙娜？这时阿玛莉娅·伊万诺芙娜气得发狂了，用拳头捶着桌子，尖声叫喊，说她是阿玛莉—伊万，不是柳德维戈芙娜，说她的法特尔“叫约翰，当过市长”，卡捷琳娜·伊万诺芙娜的法特尔却“从来也没当过市长”。卡捷琳娜·伊万诺芙娜从椅子上站了起来，用听起来相当平静的声音（可是脸色发白，胸部剧烈地一起一伏）严厉地对她说，如果她胆敢，哪怕敢再说一次，“把自己那个坏蛋父亲跟她的爸爸相提并论，那么她，卡捷琳娜·伊万诺芙娜就要扯下她的包发帽，把它踩个稀烂”。一听到这些话，阿玛莉娅·伊万诺芙娜立刻在屋里奔跑起来，还拼命叫喊，说她是房东，叫卡捷琳娜·伊万诺芙娜“马上从这所房子里搬出去”，随后又不知为了什么扑过去从桌子上收起那些银汤匙。吵闹声、叫喊声、哄笑声乱成一片，孩子们哭起来了。索尼娅急忙过来拉住卡捷琳娜·伊万诺芙娜，可是当阿玛莉娅·伊万诺芙娜突然高声叫嚷，提到什么黄色执照的时候，卡捷琳娜·伊万诺芙娜一下子推开了索尼娅，冲到阿玛莉娅·伊万诺芙娜跟前，想立刻把扯下她包发帽的威胁付诸实现。就在这个时候，房门开了，彼得·彼特罗维奇突然出现在门口。他站在那里，用严厉而十分注意的目光扫视了一下这一伙人。卡捷琳娜·伊万诺芙娜急忙向他跑去。

三

“彼得·彼特罗维奇！”她大声喊，“您可要保护我们啊！请您告诉这个愚蠢的贱货，让她知道，可不能这样对待一个遭到不幸的高贵的太太，这可是犯法的……我要去见总督大人……她要负责……您可要记住先父对您的款待，保护我们这些孤儿。”

“对不起，太太……对不起，对不起，太太，”彼得·彼特罗维奇挥手躲开，“您也知道，我根本没有荣幸认识令尊……对不起，太太！（有人哈哈大笑起来）我也不想卷到您和阿玛莉娅·伊万诺芙娜接连不断的争吵中去……我来是为了我自己的事情……想要立刻和您的继女索菲娅……伊万诺芙娜……好像是这样称呼吧？想要和她说说清楚。请让我进去……”

于是彼得·彼特罗维奇侧着身子绕过卡捷琳娜·伊万诺芙娜，往对面角落里走去，索尼娅就站在那里。

卡捷琳娜·伊万诺芙娜一动不动地站在那里，仿佛五雷轰顶，一下子呆住了。她不能理解，彼得·彼特罗维奇怎么能否认曾经受过她爸爸的款待。既然她臆造了这种款待，自己对此已经深信不疑。彼得·彼特罗维奇那种打官腔似的、冷冰冰的、甚至充满轻蔑意味的威胁语气也使她大为震惊。然而他一出现，不知怎的大家都渐渐安静下来了。此外，这个“精明能干、神情严肃”的人与这儿的这伙人实在太不协调，他们之间的差别实在太显著了，不仅如此，而且可以看出，他到这里来是有什么很重要的事情，大概是有什么很不寻常的原因才使他来到这伙人中间，可见马上就会发生什么事情，一定会出事。站在索尼娅身旁的拉斯科利尼科夫走开了，让他过去，彼得·彼特罗维奇好像根本没看到他。过了一会儿，列别贾特尼科夫也在门口出现了，他没进屋里来，不过也怀着某种特殊的好奇心，几乎是带着惊讶的神情站到门口，他在留心倾听，不过好像好久都弄不明白，这是怎么回事。

“对不起，我也许打断了大家的谈话，不过我的事情相当重要，”彼得·彼特罗维奇说，似乎这话是对大家，而不是特别对某一个人说的，“大家都在这儿，对此我甚至感到高兴。阿玛莉娅·伊万诺芙娜，我极诚恳地恳求您，以房东的身份，注意听着我和索菲娅·伊万诺芙娜下面的谈话。索菲娅·伊万诺芙娜，”他直接对异常惊讶、而且事先就已经感到害怕的索尼娅接着说，“在我的朋友安德烈·谢苗诺维奇·列别贾特尼科夫屋里，刚才您来过以后，我的一张一百卢布的钞票从我的桌子上不翼而飞了。如果您不论以任何方式知道它现在在什么地方，并且告诉我们，那么我以人格担保，并请大家作证，这件事情就算了结了。不然的话，我将不得不采取十分严厉的措施，到那时……就只能怨您自己了！”

屋里鸦雀无声，一片寂静。就连正在哭着的孩子们也住了声。索尼娅站在那里，脸色白得像死人一样，看着卢任，什么也不能回答。她似乎还没听懂。几秒钟过去了。

“嗯，那么怎么样?”卢任凝神注视着她，问。

“我不知道……我什么也不知道……”最后索尼娅用微弱的声音说。

“不知道？您不知道?”卢任追问，又沉默了几秒钟，“您想想看，小姐,”他严厉地说，不过好像仍然是劝说的口吻，“好好考虑考虑，我同意再给您一些考虑的时间。您要明白，如果我不是这样深信不疑，当然，凭我的经验，我绝不会冒险这样直截了当地归罪于您，因为像这样直截了当公开指控别人，然而是诬告，或者甚至只不过是弄错了，在某种意义上，我是要负责的。这一点我是知道的。因为需要，今天早上我把几张五厘债券兑换成现款，票面总额是三千卢布。这笔账已经记在了我的皮夹子里。回家以后——安德烈·谢苗诺维奇可以做证——我开始数钱，点出两千三百卢布，放进皮夹子里，又把皮夹子装到了常礼服侧面的口袋里。桌子上还剩下大约五百卢布现钞，其中有三张票面是一百卢布的。就在这时候，您来了（是我请您来的）——后来您在我那儿的这段时间里，一直很窘，谈话中间，您甚至曾三次站起来，不知为什么急于要走，尽管我们的谈话还没结束。对这一切安德烈·谢苗诺维奇都可以做证。小姐，您自己大概也不会否认，不能不说，我通过安德烈·谢苗诺维奇把您请去，唯一目的是为了和您谈谈您的亲属卡捷琳娜·伊万诺芙娜孤苦伶仃、无依无靠的处境（我不能来她这里参加酬客宴），而且商量一下，看能不能做点儿什么对她有益的事情，譬如募捐、抽彩或者其他这一类的事情。您向我道谢，甚至落泪了（我把这些情况原原本本都说出来，第一，是为了提醒您，第二，是为了让您明白，就连最小的细节我也没有忘记）。随后我从桌子上拿了一张十卢布的钞票，以我个人的名义送给了您，作为对您亲属的第一次帮助。这一切安德烈·谢苗诺维奇都看见了。随后我把您送到了房门口，您一直还是那么窘——在这以后，就只剩下了我和安德烈·谢苗诺维奇两个人，我和他谈了大约十来分钟，安德烈·谢苗诺维奇出去了，我又转身回到放着钞票的桌子跟前，想把钱点一点，照我早先打算的那样，把它们另外放着。使我大吃一惊的是，其中一张一百卢布的票子不见了。请您想想看：无论如何，对安德烈·谢苗诺维奇我是绝不能怀疑的，就连作这样的猜测，我也感到可耻。我数错了，这也不可能，因为在您来以前一分钟，我点完以后，发觉总数是正确的。您自己也应该同意，我回想起您的窘态，回想起您急于要走，回想起您有一会儿曾经把双手都放在桌子上，而且考虑到您的社会地位，以及与这种地位有连带关系的习惯，我，可以说是惊恐地，甚至是违反自己的意志，不得不对您产生怀疑——当然，这怀疑是无情的，不过也是公正的！我要补充一句，再说一遍，尽管我对此深信不疑，可是我也明白，我现在提出的指控，对我来说还是有某种冒险成分。不过，您可以看得出来，我不会就此罢休，我要追查到底，把事情弄个水落石出，而且我要告诉您，这是为了什么：小姐，唯一的原因就是您忘恩负义！怎么？我请您去，是为了您那位极端贫困的亲属的利益，我向您表示，愿意提供力所能及的帮助，周济您十个卢布，您却立刻以这样的行为来报答我！不，这太不像话了！必须给予教训。请您好好考虑考虑，而且，作为您真正的朋友，我请求您（因为在目前您不可能有更好的朋友了），好好想想吧！不然的话，我可是铁面无情的！嗯，怎么样？”

“我什么也没拿您的，”索尼娅恐惧地低声说，“您给了我十个卢布，这就是，您拿回去吧。”索尼娅从口袋里掏出一块小手帕，找到上面打的那个结，把它解开，取出那张十卢布的钞票，递给卢任。

“另外那一百卢布，您却不承认吗？”他责备地坚持说，没有收下这张钞票。

索尼娅朝四下里望了望。大家都在瞅着她，他们的脸都那么可怕，那么严厉，带着嘲讽和憎恨的神情。她朝拉斯科利尼科夫看了一眼……他站在墙边，双手交叉，抱在胸前，目光炯炯，正在看着她。

“噢，上帝啊！”索尼娅突然喊了一声。

“阿玛莉娅·伊万诺芙娜，应当报告警察，所以，我诚恳地恳求您，先打发人去把管院子的找来。”卢任轻轻地，甚至是温和地说。

“戈特·德尔·巴尔姆海尔齐格[①]！我本来就知道，她常偷东西！”阿玛莉娅·伊万诺芙娜把双手一拍。

“您本来就知道吗？”卢任接过话茬说，“这么说，以前您就已经至少有某些根据可以做出这样的结论了。尊敬的阿玛莉娅·伊万诺芙娜，请您记住您说过的话，其实，证人们也都听见了。”

突然四下里都高声议论起来。人们都骚动起来了。

“怎——么！”卡捷琳娜·伊万诺芙娜清醒了过来，突然大喊一声，好像失去自制，朝卢任猛扑过去，“怎么！您指控她偷窃？索尼娅偷钱？啊，你们这些卑鄙的家伙，卑鄙的家伙！”于是她跑到索尼娅跟前，用两条干瘦的手臂紧紧抱住索尼娅，就好像把她夹在老虎钳里。

“索尼娅！你怎么竟敢收下他的十个卢布！噢，傻丫头！把钱拿来！

---

① 德文Gott der barmherzige的音译，“仁慈的上帝”之意。

立刻把这十个卢布拿来——这就是！”

卡捷琳娜·伊万诺芙娜从索尼娅手里夺过那张钞票，攥在手里，把它揉作一团，一挥手，对准卢任的脸用力扔了过去。纸团正打中眼睛，弹开，掉到了地板上。阿玛莉娅·伊万诺芙娜赶紧跑过去把钱拾起来。彼得·彼特罗维奇勃然大怒。

“请大家拦住这个疯女人！”他大声叫喊。

这时房门口列别贾特尼科夫身旁又出现了几个人，从外地来的那母女两个也在他们当中往屋里张望。

“怎么！疯女人？我是疯女人？傻——瓜！”卡捷琳娜·伊万诺芙娜尖声叫喊，“你自己是个傻瓜，讼棍，卑鄙的小人！索尼娅，索尼娅会拿他的钱？索尼娅会是个贼？哼，她还会揍你呢，傻瓜！”卡捷琳娜·伊万诺芙娜歇斯底里地哈哈大笑起来，“你们看到过傻瓜吗？”她一会儿跑到这边，一会儿跑到那边，指着卢任，让大家看看他，“怎么！你也这么说吗？”她看到了女房东，“你这个卖香肠的[①]，你也学他的样，证明她‘偷东西’，你这个下流货，你这个穿钟式裙的普鲁士母鸡腿！啊，你们！啊，你们！她从你这个卑鄙的家伙那儿一回来，就立刻坐到罗季昂·罗曼诺维奇身边，再没从这间屋里出去过！……你们搜搜她身上好了！既然她哪里也没去过，可见钱应该在她身上！你搜吧，搜啊，搜啊！不过如果你搜不出来，那可就对不起了，亲爱的，你就得负责！我要去见皇上，去见皇上，去见仁慈的沙皇本人，我要扑到他的脚下，马上就去，今天就去！我可是个无依无靠的人啊！会让我进去的！你以为，不会让我进去吗？你胡说，

---

① 在彼得堡卖香肠的几乎都是德国人，所以骂德国人的时候，都管他们叫“卖香肠的”。

我一定能进去！一定能进去！你认为她性情温顺，可以任人欺侮吗？你是指望这一点吗？可是我，老兄，我可是不好惹的！你失算了！你搜啊，搜啊，喂，搜啊！”

说着，卡捷琳娜·伊万诺芙娜发狂地去拉卢任，把他推到索尼娅跟前。

“我愿意负责……不过，请您安静下来，太太，请您安静下来！我看得太清楚了，您是不好惹的！……这……这……这该怎么办呢？”卢任喃喃地说，“这应该有警察在场……不过现在证人已经足够多了……我愿意……不过男人到底不方便……因为性别的关系……如果有阿玛莉娅·伊万诺芙娜帮忙……不过还是不该这么做……这可怎么办呢？”

“随便什么人！谁愿意，就让谁来搜！”卡捷琳娜·伊万诺芙娜高声叫喊，“索尼娅，把口袋翻过来让他们看看！看哪，看哪！你瞧，恶棍，口袋是空的，这儿有块小手帕，口袋是空的，看到了吧！这是另一个口袋，看吧，看吧！看到了吧！看到了吧！”

与其说卡捷琳娜·伊万诺芙娜是把口袋翻过来的，不如说她是一个接着一个，把两个口袋全都拉了出来，但是从第二个，也就是右边的口袋里突然跳出一张钞票，在空中画了一条抛物线，掉到了卢任的脚边。这情景大家都看到了，许多人惊叫了一声。彼得·彼特罗维奇弯下腰，用两个手指从地板上拾起这张钞票，举起来让大家看看，然后把它打开了。这是一张折作八层的一百卢布的钞票。彼得·彼特罗维奇用手举着钞票，向四周转了一圈，让大家看看这张票子。

“小偷儿！从这儿滚出去！警察，警察！”阿玛莉娅·伊万诺芙娜高声喊叫起来，“得把她们流放到西伯利亚去！滚！”

四面八方飞来一片惊呼声。拉斯科利尼科夫一声不响，一直目不转睛地看着索尼娅，偶尔，然而是很快地把目光转向卢任。索尼娅仍然失魂落魄似的在原地站着：她甚至几乎不感到惊讶。突然她满脸绯红，惊叫一声，用双手捂住了脸。

“不，这不是我！我没拿！我不知道！”她用裂人心肺的声音惊呼，扑到卡捷琳娜·伊万诺芙娜身边。卡捷琳娜·伊万诺芙娜一把抱住她，把她紧紧搂在胸前，好像想用自己的胸膛保护她，不让别人欺侮她。

“索尼娅！索尼娅！我不信！你要知道，我不相信！”卡捷琳娜·伊万诺芙娜大声喊（尽管事情是如此明显），抱着她，像摇小孩儿那样摇她，没完没了地吻她，抓住她的双手，拼命地狂吻，“说你偷钱！这是多蠢的蠢人！噢，上帝啊！你们是愚蠢的，愚蠢的，”她对所有的人叫喊，“你们还不知道，不知道她有一颗多好的心，不知道她是一个多好的姑娘！她会偷钱？她！可她会把自己最后一件连衫裙脱下来，光着脚去把它卖掉，把钱送给你们，如果你们需要的话，她就是这样的一个人！因为我的孩子挨饿，她甚至去领了黄色执照，为了我们出卖了自己！……唉，死鬼呀，死鬼！唉，死鬼呀，死鬼！你看到了吗？看到了吗？这就是给你办的酬客宴！上帝啊！您要保护她呀，您为什么一直站着！罗季昂·罗曼诺维奇！您为什么不为她辩护？莫非您也相信了不成？你们都抵不上她的一个小指头，你们大家，大家，大家，所有的人！上帝啊！您可要保护她呀！”

可怜的、害肺病的、孤苦伶仃的卡捷琳娜·伊万诺芙娜的哭声似乎深深感动了所有在场的人。在这张因为痛苦而变得很难看的、害肺病的憔悴的脸上，在这两片干裂而且凝结着血迹的嘴唇上，在这嘶哑的叫喊中，在这好似孩子啼哭的、抽噎的哭声里，在这像孩子一样轻信、同时又充满绝望、寻求保护的哀告中，可以看出，可以听出，她是多么不幸，多么痛苦，似乎大家对这个可怜的妇人都产生了怜悯之心。至少彼得·彼特罗维奇立刻表示怜悯了。

“太太！太太！”他用给人留下深刻印象的声音高声说，“这事与您无关！谁也不会指控您是教唆者和同谋者，何况罪证还是您发现的，是您把口袋翻了过来：可见您毫不知情。我非常、非常惋惜，如果，可以这么说吧，如果是贫穷促使索菲娅·谢苗诺芙娜这样做的，不过，小姐，您为什么不肯承认呢？害怕羞辱吗？是第一次干这种事？也许是不知所措了？这是当然的，完全可以理解……然而，为什么要干这种事呢！先生们！”他对所有在场的人们说，“先生们！我可怜她，而且，可以这么说吧，深深同情她，大概，我也愿意宽恕她，就连现在也愿宽恕她，尽管我个人受到了侮辱。小姐，但愿现在的耻辱能成为您今后的教训，”他对索尼娅说，“我不再追究了，事情就这样完了，结束了。够了！”

彼得·彼特罗维奇斜着眼睛看了看拉斯科利尼科夫。他们的目光碰到了一起。拉斯科利尼科夫燃烧着怒火的目光似乎要把他烧成灰烬。然而卡捷琳娜·伊万诺芙娜好像再没有听到什么：她发疯似的抱着索尼娅，吻她。孩子们也用自己的小手从四面抱住索尼娅，看来波列奇卡还不完全懂得这是怎么回事，却泪痕满面、抽抽搭搭地哭着，把她那哭肿了的、很好看的小脸俯在索尼娅的肩上。

“这是多么卑鄙！”突然门口传来一声响亮的呼喊。

彼得·彼特罗维奇很快回头一看。

“多么卑鄙！”列别贾特尼科夫又说了一遍，凝神注视着他的眼睛。

彼得·彼特罗维奇甚至好像颤抖了一下。大家都看到了（后来大家都记起了这一点）。列别贾特尼科夫一步走进屋里。

“您竟敢让我作证吗?”他走到彼得·彼特罗维奇跟前，说。

“这是什么意思，安德烈·谢苗诺维奇？您说的是什么?”卢任含糊不清地说。

“这意思就是，您……是诬陷者，这就是我的话的意思!”列别贾特尼科夫激动地说，用他那双近视眼严厉地瞅着他。列别贾特尼科夫极为气愤。拉斯科利尼科夫一直拿眼睛盯着他，仿佛立刻理解了他的意思，并且在掂量着他说的每一句话。又是一阵沉默。彼得·彼特罗维奇甚至几乎惊慌失措了，特别是在最初一瞬间。

“如果您这是对我说话……”他结结巴巴地说，“您这是怎么了？您精神正常吗?”

“我精神倒是正常的，您却未必……骗子！啊，这多卑鄙！我一直在听着，我故意等着，为的是把一切都弄明白，因为，老实说，就是到现在，这件事也还不完全合乎逻辑……可是您为什么要这样做呢——我不明白。”

“可我做什么了！您别再胡说八道，莫名其妙地只作暗示了！还是您喝醉了呢?”

“是您，这个卑鄙的家伙，也许喝醉了，我可没喝醉！我从来不喝伏特加，因为这违背我的信念！你们信不信，是他，是他亲手把这张一百卢布的钞票送给索菲娅·谢苗诺芙娜的——我看见了，我可以作证，我发誓！是他，是他!”列别贾特尼科夫对着大家，对着每一个人重复说。

“您这个乳臭小儿，您是不是疯了?”卢任尖声叫喊，“她本人就在这儿，就站在您面前，她就在这儿，刚刚当着大家的面证实，除了十个卢布，她没从我这儿得到过任何东西。既然如此，我怎么会又给了她一百卢布呢?”

“我看到了，我看到了！”列别贾特尼科夫高声叫喊着证明说，“虽然这违反我的信念，不过我愿意现在就在法庭上宣誓，随便起什么誓都行，因为我看到了您是怎样偷偷地把钱塞给她的！只是我这个傻瓜，还以为您把钱塞给她是做好事呢！在房门口和她告别的时候，当她转过身来，您用一只手和她握手的时候，您用另一只手，用左手偷偷地把钞票塞进了她的口袋里。我看见了！我看见了！”

卢任的脸发白了。

“您胡说些什么！”他粗暴无礼地高声叫嚷，“您站在窗前，怎么能看清钞票呢！您眼睛高度近视……这准是您的错觉。您是在说胡话！”

“不，不是错觉！虽然我站得远，可是我什么、什么都看见了，虽然从窗前的确很难看清钞票——这您说得不错——可是由于一个特殊情况，我确实知道，这正是一张一百卢布的钞票，因为您把那张十卢布的钞票交给索菲娅·谢苗诺芙娜的时候，我亲眼看到，当时您还从桌子上拿了一张一百卢布的钞票。（这我看到了，因为那时候我站得离您很近，因为我立刻产生了一个想法，所以我没有忘记您手里拿着一张钞票）您把那张钞票叠起来，一直攥在手里。以后我本来又忘记了，可是当您站起来的时候，把这张钞票从右手放到左手里，差点儿没把它丢掉，于是我又立刻想起来了，因为这时候我又产生了那个想法，就是说，您想不让我知道，悄悄地把钱送给她。可以想象得出，当时我是怎样注视着您——果然看到，您偷偷地把那张钞票塞进了她的口袋。我看到，看到了，我可以起誓！”

列别贾特尼科夫几乎喘不过气来了。四面八方发出各种不同的感叹声，多半是表示惊讶的，但也有含有威胁意味的呼喊。大家都往彼得·彼特罗维奇跟前挤去。卡捷琳娜·伊万诺芙娜向列别贾特尼科夫跑了过去。

“安德烈·谢苗诺维奇！我把您看错了！您保护了她！只有您一个人保护她！她无依无靠，是上帝派您来保护她的！安德烈·谢苗诺维奇，亲爱的，我的爷啊！”

卡捷琳娜·伊万诺芙娜几乎不知道自己在做什么，扑通一声跪倒在他的面前。

“荒唐！”气得发狂的卢任拼命号叫，“您一直在胡说八道，先生。‘我忘了，我想起来了，我忘了’——这算什么！这么说，是我故意偷偷塞给她的了？为什么？有什么目的？我和这个……女人有什么关系？”

“为什么？正是这一点连我自己也弄不明白，可我说的是千真万确的事实，这是毫无疑问的！我绝没弄错，您这个卑鄙的罪人，正是因为我记得，当时，就是在我感谢您，和您握手的时候，就是为了这个，我脑子里立刻产生了这样一个疑问。您究竟为什么要把钱偷偷地塞进她的口袋？也就是说，究竟为什么要偷偷地塞进去？难道仅仅是因为，您知道我的信念和您的信念完全相反，知道我否定不能从根本上解决任何问题的个人慈善行为，所以想瞒着我吗？我还以为，您当真是不好意思当着我的面送给她这么一大笔钱，此外，我想，也许您是想送给她一件意外的礼物，等她在自己口袋里发现整整一百卢布的时候，让她大吃一惊吧（因为有些慈善家很喜欢这样做，好让人永远感恩戴德，这我是知道的）。后来我又想，您是想试试她，也就是说，看她发现了这些钱以后，会不会来感谢您！后来我还想，您也许是避免别人向您道谢，就像俗话所说的，让右手不知道，是不是这么说的……总而言之，大概就是这么着吧……唉，当时我想得可多了，所以我决定把这一切留待以后再细细考虑，不过还是认为，在您面前把事情说穿，说我知道这个秘密，是很不恰当的。可是我头脑里立刻又产生了一个问题：索菲娅·谢苗诺芙娜发现这张钞票以前，说不定会把这钱弄丢了的，所以我决定来这里，把她叫出来，告诉她，有人往她口袋里放了一百卢布。我顺便先到科贝利亚特尼科夫太太家去了一下，给他们带去一本《实证法概论》[①]，特别向他们推荐皮德里特[②]的一篇文章（不过也推荐了瓦格纳[③]的文章），然后再来这里，可这里发生了什么事啊！如果我不是的确看到您把一百卢布放进她的口袋里，我会，我会有这些想法和推断吗?”

安德烈·谢苗诺维奇结束了他那啰里啰唆的冗长议论，最后做出如此合乎逻辑的结论，这时他已经累坏了，甚至从脸上淌下了汗水。可惜，就是说俄语，他也不会有条有理地表达自己的意思（可是他又不懂任何别的语言），所以他一下子感到全身已经精疲力竭，在建立了这一律师的功勋以后，好像连面容也消瘦了。然而他的话却产生了异常强烈的效应。他说得那么激昂慷慨，又那么有说服力，看来，大家都相信了。

彼得·彼特罗维奇感觉到事情不妙。

“您头脑里产生了一些什么愚蠢问题，这和我有什么关系，”他高声叫嚷，“这不是证据！这一切可能都是您的梦呓，就是这么回事！不过我告诉您，您是说谎，先生！您说谎，您诽谤，这是因为您怀恨我，确切地说，就是因为我不同意您那些自由思想的、无神论的主张，所以对我怀恨在心，就是这么回事!”

---

① 《实证法概论》是一本译成俄文的自然科学论文集，于1866年出版。

② 特·皮德里特(1826—1912),德国作家,医生。

③ 阿·瓦格纳(1835—1917),德国经济学家,社会学家。

但是这个花招并没有给彼得·彼特罗维奇带来什么好处。恰恰相反，只听到四面八方都传来不满的低语声。

“哼，你扯到哪里去了！”列别贾特尼科夫大声叫喊，“你胡说！你去叫警察来，我发誓！只有一点我弄不懂：他是为了什么冒险干出这种卑鄙的事来！噢，卑鄙无耻的小人！”

“我可以说明他为什么竟敢冒险做出这种事来，如果需要，我可以起誓！”拉斯科利尼科夫终于用坚定的声音说，并且走到前面来了。

看来他坚决而又沉着。只要朝他看上一眼，大家就都明白，他当真知道这是怎么回事，事情就要真相大白了。

“现在我心里完全明白了，”拉斯科利尼科夫直接对着列别贾特尼科夫接下去说，“从事情一开始，我就已经怀疑这里面有什么卑鄙的诡计。我之所以产生怀疑，是由于只有我一个人知道的某些特殊情况，我这就要把这些情况告诉大家：问题全在这里！您，安德烈·谢苗诺维奇，您宝贵的证词使我彻底弄清了这是怎么回事。我请大家，请大家都注意听着：这位先生（他指指卢任）不久前曾经向一位少女求婚，确切地说，就是曾向舍妹阿芙多季娅·罗曼诺芙娜·拉斯科利尼科娃求婚。但是来到彼得堡以后，前天，在我们第一次见面的时候，他就和我争吵起来，我把他从自己屋里赶了出去，这件事有两位证人。这个人非常恶毒……前天我还不知道他住在这幢房子里，就住在您安德烈·谢苗诺维奇那里，所以，就在我和他发生争吵的那天，也就是前天，他曾经看到，我作为已故的马尔梅拉多夫先生的朋友，把一些钱送给了他的夫人卡捷琳娜·伊万诺芙娜，用来安葬我的亡友。他立刻给家母写了一封短简，告诉她，说我把所有的钱不是送给了卡捷琳娜·伊万诺芙娜，而是送给了索菲娅·谢苗诺芙娜，同时还用最卑鄙的语言提到……索菲娅·谢苗诺芙娜的品行，也就是对我和索菲娅·谢苗诺芙娜的关系的性质作了某些暗示。你们要明白，这一切的目的就是要离间我们母子和兄妹，让她们相信，为了不正当的目的，我把她们用来帮助我的仅有的一些钱全都挥霍掉了。昨天晚上，当着家母和舍妹的面，他也在场，我说明了事情的真相，证明我是把钱交给卡捷琳娜·伊万诺芙娜，作为丧葬费用，而不是交给了索菲娅·谢苗诺芙娜，而且前天我甚至还不认识索菲娅·谢苗诺芙娜，连她的面都没见过。同时我还补充说，他，彼得·彼特罗维奇·卢任，连同他的全部身价，还抵不上他如此恶意诋毁的索菲娅·谢苗诺芙娜的一个小指头。对于他提出的我是不是会让索菲娅·谢苗诺芙娜和舍妹坐在一起的问题，我回答说，就在那天，我已经这样做了。家母和舍妹不愿听信他的诽谤，不愿和我争吵，为此他十分恼怒，跟她们你一言我一语地顶了起来，对她们说了些不可原谅的粗暴无礼的话。发生了无可挽回的决裂，他被赶了出来。这都是昨天晚上的事。现在请大家特别注意：你们要知道，如果现在他的阴谋得逞，证明索菲娅·谢苗诺芙娜是个贼，那么首先，他就可以向舍妹和家母证明，他对她的怀疑几乎是对的；为了我把舍妹和索菲娅·苗谢诺芙娜放在同等地位，他感到气愤，也是对的。可见，他攻击我，就是保护了，预先保护了舍妹、也就是他的未婚妻的名誉。总之，通过这一切，他甚至可以重新离间我和亲人们的关系，而且，当然啦，他还希望能再次博得她们的好感。至于他向我个人报了仇，那我就不去说它了，因为他有理由认为，索菲娅·谢苗诺芙娜的名誉和幸福，对我来说是十分宝贵的。这就是他的全部打算！对这件事，我就是这样理解的！这就是他这样做的全部动机，不可能有别的原因！”

拉斯科利尼科夫这样，或者几乎是这样结束了自己的话，他的话不时被聚精会神听着的人们的惊叹声打断。但尽管不时被打断，他却说得尖锐，沉着，准确，清楚，而且坚决。他那尖锐的声音，令人信服的语调，严肃的面部表情，对大家产生了异常强烈的感染力。

“是这样，是这样，是这么回事！”列别贾特尼科夫欣喜若狂地证实他的看法，“一定是这样的，因为索菲娅·谢苗诺芙娜一进我们的房间，他就问我：‘您在不在这儿？我是不是在卡捷琳娜·伊万诺芙娜的客人们当中看到了您？’为此，他把我叫到窗前，在那里悄悄地问我。可见他一定需要您在这里！是这样的，完全是这么回事！”

卢任一声不响，轻蔑地微笑着。不过他的脸色十分苍白。似乎他是在考虑怎样脱身。也许他倒很高兴丢开这一切，一走了之，但在目前，这几乎是不可能的；这意味着直接承认对他的指控完全正确，承认他确实诬陷了索菲娅·谢苗诺芙娜。何况本来已经喝得微带醉意的客人们，现在实在是太激动了。那个退休的军需官虽然不完全明白是怎么回事，却叫喊得最响，提出要采取某些会让卢任感到很伤脑筋的措施。不过也有一些没喝醉的人，大家从所有房屋里跑了来，都聚集在这里。那三个波兰人极端愤慨，不断用波兰语对他叫嚷：“这个先生是坏蛋！”而且还含糊不清地用波兰语恫吓他。索尼娅神情紧张地听着，可是好像也没完全听懂，仿佛正从昏迷中慢慢苏醒过来。她只是目不转睛地瞅着拉斯科利尼科夫，觉得他是她唯一的保护者。卡捷琳娜·伊万诺芙娜很困难地、嘶哑地喘着气，好像是累坏了。最蠢的是阿玛莉娅·伊万诺芙娜，她张着嘴站着，似乎什么也不明白。她只是看到，彼得·彼特罗维奇不知怎么给当场揭穿了。拉斯科利尼科夫要求再说几句，但是没有让他把话说完：大家都在高声叫喊，挤在卢任周围，骂他，威胁他。但是彼得·彼特罗维奇并不胆怯。他看到对索尼娅的指控已经完全破产，于是直接采用蛮横无理的手段。

“对不起，先生们，对不起，请你们别挤，让我过去!”他边说，边从人丛中挤出来，“请别吓唬人，老实对你们说，什么事也不会发生，你们奈何不了我，我可不是胆小鬼，恰恰相反，先生们，你们用暴力强行掩盖一件刑事案件，对此你们是要负责的。这个女贼已经被彻底揭穿了，我要向法院起诉。法庭上不会这样盲目，法官们也……不是醉鬼，不会相信两个臭名昭著的无神论者、捣乱分子和自由主义者的话，他们指控我，是为了报私仇，由于他们愚蠢，对于这一点，连他们自己也承认了……啊，对不起!”

“请您立刻离开我的房子，再也别让我看到您。请您搬走，我们之间一切都结束了！我还以为，我已经竭尽全力，给他讲了……整整两个星期！……”

“安德烈·谢苗诺维奇，不久前，您还在挽留我的时候，我自己就对您说过，我要搬走，现在我只想补充一句：您是个傻瓜。希望您能治好您的脑子和您的高度近视。对不起，先生们!”

他挤了出去，但是那个军需官不想这么轻易把他放走，只是骂他一顿就算了事。他从桌子上抄起一个玻璃杯，一挥手朝彼得·彼特罗维奇扔去，可是玻璃杯正打中了阿玛莉娅·伊万诺芙娜。她尖叫了一声，那个军需官因为用力过猛，失去了平衡，沉重地摔倒在桌子底下。彼得·彼特罗维奇回到自己屋里，半小时后，这幢房子里已经不见他的踪影。索尼娅天生胆小，以前她就知道，要毁掉她，比毁掉任何人都容易，而且每个人都可以几乎不受惩罚地任意侮辱她。但在这以前，她还是觉得，只要她在每个人面前都小心谨慎，温和而且顺从，就可以设法避免灾难。她的失望太严重了。她当然可以忍气吞声，几乎毫无怨言地忍受一切——就连这件事也能忍受。不过在最初，她实在感到太痛苦了。尽管她获得了胜利，证明她是无辜的，可是当最初的恐惧和惊吓已经过去，当她清清楚楚明白和了解了一切以后，一种孤单无依和受辱的感觉还是痛苦地揪紧了她的心。她歇斯底里地大哭起来。终于忍不住了，于是她从屋里跑出去，跑回家去了。这几乎是在卢任走后立刻就发生的事。一只玻璃杯飞来，正好打中了阿玛莉娅·伊万诺芙娜，引起在场的人们一阵哄堂大笑，她无辜代人受过，再也忍不住了。于是她尖叫一声，像个疯子一样朝卡捷琳娜·伊万诺芙娜猛扑过去，认为这一切全都怪她：

“从房子里搬出去！立刻就搬！快滚！”这么说着，她随手抓起卡捷琳娜·伊万诺芙娜的东西，把它们统统扔到地板上去。卡捷琳娜·伊万诺芙娜本来已经十分沮丧，几乎晕倒，气喘吁吁，面色苍白，这时突然从床上跳起来（她本来疲惫不堪，倒在床上），向阿玛莉娅·伊万诺芙娜猛扑了过去。但这场斗争力量太悬殊了，阿玛莉娅·伊万诺芙娜一下就推开了她，就像扔掉一根羽毛。

“怎么，不仅伤天害理地诬蔑人——这个畜生还这样对待我吗！怎么，就在我丈夫下葬的当天，刚受用了我的款待，就要把我和这些孤儿们赶到街上去吗！我可上哪儿去啊！”这个可怜的女人数数落落地号啕大哭，哭得上气不接下气，“上帝啊！”她突然高声叫喊起来，两眼闪闪发光，“难道就没有公道了吗！不来保护我们这些无依无靠的人，你去保护谁呢？咱们等着瞧吧！世界上还有法律和正义，肯定有，我一定会找到！马上就去找，你等着吧，伤天害理的畜生，波列奇卡，你跟孩子们待在这儿，我这就回来。你们等着我，哪怕在街上等着也行！咱们瞧吧，看世界上到底有没有正义？”

卡捷琳娜·伊万诺芙娜把已故的马尔梅拉多夫在谈话中提到过的那块绿色德拉德达姆呢的头巾披在头上，从仍然聚集在这间屋里的那些乱哄哄、醉醺醺的房客中挤了出去，号啕大哭、满脸泪痕地跑上街去——她没有明确目标，也不知该去哪里，但是无论如何必须现在、立刻就找到正义。波列奇卡吓得和孩子们躲到角落里，坐在箱子上，搂着弟弟和妹妹，浑身发抖，等着母亲回来。阿玛莉娅·伊万诺芙娜在屋里跑来跑去，尖声叫喊，嘴里数数落落，不管抓到什么，全都扔到地上，简直是任意胡来。房客们高声嚷嚷着，各说各的——有人照自己所理解的，谈论所发生的事。另一些人在争吵，骂人。还有一些却唱起歌来了……

“现在我也该走了！”拉斯科利尼科夫想，“嗯，索菲娅·谢苗诺芙娜，看您现在说什么吧！”

于是他往索尼娅的住处走去。

四

拉斯科利尼科夫是索尼娅与卢任对抗的一个积极和勇敢的辩护人，尽管他自己心里有那么多的恐惧和痛苦。然而这天早上他已经饱经忧患，仿佛很高兴有机会改变一下那些让他无法忍受的印象，至于他渴望为索尼娅辩护，其中也包含有他个人的真挚感情，那就更不用说了。此外，即将与索尼娅见面，有时这特别使他感到惊恐不安：因为他必须向她宣布，是谁杀死了莉扎薇塔，他预感到了极其可怕的痛苦，又好像想要逃避它。因此，他从卡捷琳娜·伊万诺芙娜那里出来，高声说："嗯，索菲娅·谢苗诺芙娜，现在看您说什么吧？"这时他显然还处于表面上情绪激昂的状态，精神振奋，敢于向人挑战，为不久前压倒卢任的胜利感到兴奋。但是他却发生了一件奇怪的事。他一走到卡佩尔纳乌莫夫的住处，突然觉得浑身无力，十分恐惧。他陷入沉思，在房门前站住了，心里产生了一个奇怪的问题："要不要说出，是谁杀了莉扎薇塔？"这问题是奇怪的，因为同时他突然觉得，不仅不能不说，而且就连推迟说出的时间，哪怕只是稍微推迟一会儿，也是不可能的。他还不知道为什么不可能，他只是感觉到了这一点，他痛苦地意识到，面对必须，他自已是无能为力的，这一想法几乎压垮了他。为了不再考虑，不再折磨自己，他很快推开房门，从门口望了望索尼娅。她坐着，胳膊肘撑在桌子上，用双手捂着脸，但是一看到拉斯科利尼科夫，赶快站起来，走上前去迎接他，仿佛正在等着他似的。

"要是没有您，我会怎样呢！"在房屋当中，他们走到了一起，她很快地说。显然，她急于想对他说的，就是这一句话了。说罢，她在等着。

拉斯科利尼科夫走到桌边，坐到她刚刚站起来的那把椅子上。她面对着他，站在离他两步远的地方，完全和昨天一样。

"您说什么，索尼娅？"他说，突然感觉到，他的声音发抖，"要知道，这件事情完全是由于'社会地位和与此有关的种种习惯'。这一点，刚才您明白了吗？"

她脸上露出痛苦的神情。

"只是请您不要像昨天那样和我说话！"她打断了他的话，"请您别说了。就是这样，我也已经够痛苦了……"

她赶快笑了笑，担心他也许不喜欢别人责备他。

“我由于愚蠢，离开了那儿。现在那儿怎么样了？我本想马上就去看看，可又一直在想，您这就……要来了。”

他告诉她，阿玛莉娅·伊万诺芙娜要赶她们走，叫她们搬家，卡捷琳娜·伊万诺芙娜不知跑到哪里“寻找正义”去了。

“啊，我的天哪！”索尼娅很快站起来，“咱们赶快去吧……”

说着她拿起自己的披巾。

“总是这样！”拉斯科利尼科夫气愤地高声说，“您心里只想着他们！请跟我在一起待一会儿嘛。”

“可是……卡捷琳娜·伊万诺芙娜呢？”

“卡捷琳娜·伊万诺芙娜当然不会丢下您，既然她已经从家里跑出来，准会来找您的，”他埋怨似的补上一句，“如果她碰不到您，那可就要怪您了……”

索尼娅痛苦而犹豫不决地坐到了椅子上。拉斯科利尼科夫默默不语，眼睛看着地下，心里不知在考虑什么。

“假定说，卢任现在不想控告您，”他开始说，眼睛不看着索尼娅，“可是如果他想这么做，或者有这样的打算，要不是有我和列别贾特尼科夫在那儿，他是会设法把您关进监狱的！啊？”

“是的，”她用微弱的声音说，“是的！”她焦虑不安、心不在焉地又说了一遍。

“不过我当真可能不在那儿！而列别贾特尼科夫去那里，已经完全是偶然的了。”

索尼娅默默不语。

"嗯，如果您去坐牢，那会怎样呢？记得我昨天说的话吗？"

她又没回答。他等了一会儿。

"我还以为，您又会叫喊起来：'唉，请您别说了，别再说下去了！'"拉斯科利尼科夫笑了，不过笑得有点儿勉强，"怎么，又不说话了？"过了一会儿，他问，"总得说点儿什么啊，不是吗？我很想知道，现在您想怎样解决列别贾特尼科夫所说的那个'问题'。(他好像开始说得前言不搭后语了）不，真的，我是很认真的。您要知道，索尼娅，如果您事先知道卢任的一切意图，也知道（也就是说，确实知道)，由于他的这些意图，卡捷琳娜·伊万诺芙娜会完全毁灭，而且毁灭的还有孩子们，您也会附带着跟他们一起毁灭（因为您毫不看重自己，那么就算附带着吧)。波列奇卡也是一样……因为她也得走那同一条路。嗯，那么，如果突然这一切现在都让您来决定：让那一个人，还是让那一些人活在世上，也就是说，是让卢任活着干坏事呢，还是让卡捷琳娜·伊万诺芙娜去死？那么您会怎么决定呢？让他们当中的哪一个去死？我问您。"

索尼娅惊慌不安地看了他一眼：她听出，这语气犹豫不决，而且转弯抹角的话里有什么特殊的含意。

"我已经预感到，您会向我提出这样的问题。"她说，用探询的目光看着他。

"好的，就算是吧，可是您到底会怎样决定呢？"

"根本不可能有这种事，您为什么要问呢？"索尼娅厌恶地说。

"这么说，最好是让卢任活着，去干坏事了！您连这都不敢决定吗？"

"我可没法知道天意……您为什么要问不能问的事？问这些空洞的问题有什么意思？这怎么会由我来决定呢？是谁让我来做法官，决定谁该活着，谁不该活着呢?”

“如果这牵涉到天意，那可就毫无办法了。”拉斯科利尼科夫阴郁地抱怨说。

“您需要什么，最好还是直截了当地说出来吧!”索尼娅痛苦地高声叫喊，“您又想把话引到什么话题上去……难道您只是为了折磨人才来我这儿的吗?”

她忍不住了，突然高声大哭起来。他神情忧郁地看着她。过了五分钟的样子。

“你是对的，索尼娅，”最后他轻轻地说。他突然完全变了，他故意装出来的厚颜无耻和无可奈何的挑衅语调消失了。就连他的声音也变得十分微弱，“我昨天对你说过，我不是来求你宽恕的，可是现在几乎才一开口就是请求你宽恕……我谈到卢任和天意，是为了自己……我这是求你宽恕，索尼娅……”

他本想笑一笑，可是他那凄惨的笑容中流露出的却是无可奈何欲言又止的神情。他低下头去，用双手捂住了脸。

突然，一种奇怪的、出乎意外对索尼娅十分痛恨的感觉掠过他的心头。似乎他自己对这种感觉感到惊讶和害怕了，突然抬起头来，凝神看了看她，但是他碰到的是她对他痛切关怀的、不安的目光，这是爱情，他的痛恨犹如幻影一般消失了。这不是那种感情，他把一种感情当作了另一种感情。这只不过意味着，那一瞬间已经到来了。

他又用双手捂住脸，低下了头。突然，他面色惨白，从椅子上站起来，看了看索尼娅，什么也没说，无意识地坐到了她的床上。

他觉得，这一瞬间非常像他站在老太婆背后，已经从环扣里把斧子拿下来的那一瞬间，而且感觉到，已经“再也不能失去这一刹那时间了”。

“您怎么了?”索尼娅害怕极了，问。

他什么也说不出来。他完全、完全不希望像这样来宣布，而且自己也不知道，现在他是怎么了。她轻轻地走到他跟前，坐到床上，坐在他身边，目不转睛地瞅着他，等待着。她的心在怦怦地狂跳，似乎这就要停止跳动了。开始变得让人无法忍受了：他把自己那像死人一样惨白的脸转过来，面对着她，无可奈何地撇着嘴，竭力想要说什么。索尼娅心里感到非常害怕。

“您怎么了?”她又说了一遍，稍稍躲开了他。

“没什么，索尼娅。你别怕……废话！真的，如果好好想一想，这全都是废话，”他像一个神志不清、无法控制自己的人，含糊不清地说，“我为什么只是来折磨你呢?”他突然瞅着她补上一句，“真的，为什么呢?我一直向自己提出这个问题，索尼娅……”

他也许是在一刻钟前向自己提出过这个问题，但现在完全无可奈何地说出来了，几乎不知道自己在说什么，而且感觉到浑身不停地发抖。

“唉，您多痛苦啊!”她细细端详着他，痛苦地说。

“都是废话！……是这么回事，索尼娅（不知为什么，他突然微微一笑，笑得有点儿凄惨，无可奈何，笑了大约有两秒钟光景），你记得我昨天说，想要告诉你吗?”

索尼娅担心地等待着。

“临走的时候，我说，也许是和你永别了，不过如果我今天再来，就要告诉你……是谁杀了莉扎薇塔。”

她突然全身战栗起来。

“所以现在我来告诉你了。”

“那么昨天您真的……”她很费劲地喃喃地说，“您怎么知道的?”她很快地问，仿佛突然明白过来似的。

索尼娅开始感到呼吸困难了。她的脸越来越苍白。

“我知道。”

她沉默了大约一分钟光景。

“是不是发现了他?”她胆怯地问。

“不，没有发现。”

“那么您怎么会知道这件事呢?”又是几乎沉默了一分钟光景，又是用勉强才可以听到的低声问。

他转过脸来对着她，聚精会神地看了她一眼。

“你猜猜看。”他说，脸上仍然带着刚才那种变了形的、无可奈何的微笑。

她仿佛全身一阵痉挛。

“您……把我……您干吗这样……吓唬我?”她像小孩子那样微笑着说。

“既然我知道……可见我和他是很要好的朋友，”拉斯科利尼科夫接着说下去，仍然目不转睛地瞅着她的脸，似乎无力把目光从她脸上挪开，“他并不想杀死……莉扎薇塔……他杀死她……是意外的……他想杀死那个老太婆……在家里只有她独自一个人的时候……他去了……可是这时候莉扎薇塔走了进来……于是他就……杀死了她。”

又过了可怕的一分钟。两人互相对看着。

“那么你还猜不到吗?”他突然问，这时他的感觉就好像是从钟楼上跳了下去。

“猜——不到，”索尼娅用勉强才可以听到的声音喃喃地说。

“你好好看看。”

他刚一说出这句话，从前曾经有过的那种熟悉的感觉突然又冷透了他的心：他瞅着她的脸，突然仿佛在她脸上看到了莉扎薇塔的脸。当时他拿着斧子逼近莉扎薇塔的时候，他清清楚楚记住了她脸上的表情，她躲开他，往墙边退去，朝前伸出一只手，脸上露出完全是孩子似的恐惧神情，和孩子们突然对什么东西感到害怕的时候一模一样——他们也是像这样一动不动、惊恐地看着那个使他们感到害怕的东西，向前伸着一只小手，身子往后倒退，眼看就要哭出来了。现在索尼娅也几乎是这样：也是那样束手无策、也是那么害怕地对着他看了一会儿，突然朝前伸出左手，用手指轻轻地、稍稍抵住他的胸口，从床上慢慢站起来，越来越躲避开他，而且用越来越呆滞的目光直盯着他。她的恐惧突然传染了他：他的脸上也露出同样的惊恐神色，他也像她那样，瞅着她，甚至几乎也带着同样的孩子式的微笑。

“你猜到了？”最后他悄悄地问。

“上帝啊！”从她胸中突然冲出一声可怕的号叫。她软弱无力地倒到床上，脸埋在枕头里。但是不一会儿，她很快欠起身来，很快凑到他身边，抓住他的双手，用自己纤细的手指紧紧攥着它们，好像把它们夹在老虎钳里，又不错眼珠地呆呆地盯着他的脸。她想用这最后的绝望的目光看出和捕捉到哪怕是最后的一线希望。然而希望是没有的，再也没有任何怀疑了，一切确实如此！甚至在这以后，回想起这个时刻，她都觉得奇怪和不可思议：为什么恰恰是她当时立刻就看出，已经没有任何怀疑了？不是吗？她并不能说，譬如，对此已经早有预感了？然而现在，他刚把这件事告诉了她，她却突然觉得，她当真好像是对这件事已经早有预感了。

“得了，索尼娅，够了！你别折磨我了！”他痛苦地请求说。

他完全、完全不是想这样向她公开这一秘密，然而结果却成了这样。

她仿佛控制不住自己，霍地站起来，绞着手，走到房屋中间，但很快又回转来，几乎肩挨肩地又坐到他的身边。突然她仿佛被刀扎了一样，战栗了一下，大叫一声，自己也不知为什么，一下子跪到他的面前。

“您这是，您这是对自己干了什么呀！”她绝望地说，霍地站起来，扑到他身上，双手勾住他的脖子，紧紧搂住了他。

拉斯科利尼科夫急忙一闪，脸上带着忧郁的微笑瞅了她一眼：

“你多奇怪啊，索尼娅——我对你讲了这件事以后，你却拥抱我，吻我。你知道自己在做什么吗？”

“不，现在全世界再没有比你更不幸的人了！”她没听见他的责备，发狂似的高声说，而且好像歇斯底里发作，突然高声大哭起来。

一种已经好久没体验过的感情犹如波涛一般涌进他的心头，一下子就使他的心变软了。他没有抗拒这种感情：两滴泪珠从他眼里滚出来，挂在睫毛上。

“这么说，你不会离开我吗，索尼娅？”他几乎是怀着希望看着她说。

“不，不，我永远不离开你，随便在哪里也不离开你！”索尼娅高声喊叫，“我跟着你走，随便去哪里，我都跟着你！噢，上帝啊！……唉，我真不幸啊！……为什么，为什么我以前不认识你！为什么你以前不来呢？噢，上帝呀！”

“我这不是来了吗。”

“这是现在啊！噢，现在可怎么办呢！……我们在一起，我们在一起!”她仿佛出神似的反复说，又抱住了他，“我和你一同去服苦役!”他好像突然战栗了一下，嘴角上又勉强露出早先那种憎恨的、几乎是傲慢的微笑。

“索尼娅，我也许还不想去服苦役呢。”他说。

索尼娅很快看了他一眼。

对这个不幸的人表示了充满激情和痛苦的最初的同情之后，关于杀人的可怕的想法又使她感到震惊了。她突然从他改变了的语调中听出了杀人凶手的声音。她惊愕地瞅着他。她还什么也不知道，既不知道他为什么杀人，也不知道是怎么杀的，更不知道他的目的何在。现在，这些问题一下子涌进了她的脑海。她又感到不相信了：“他，他是个杀人凶手！难道这可能吗?”

“这是怎么回事！我这是在哪儿呀!”她深感困惑地说，仿佛还没清醒过来，“您怎么，您，这样一个人……您怎么会干这种事？……这是怎么回事啊!”

“嗯，为了抢劫呗。别说了，索尼娅!”他有点儿疲倦地、甚至好像是懊恼地回答。

索尼娅仿佛惊呆了，突然高声叫喊：

“你挨过饿！你……是为了帮助母亲？对吗?”

“不，索尼娅，不是的，”他含糊不清地说，转过脸去，低下了头，“我挨饿也还不到这种程度……我的确想帮助母亲，不过……这也不完全正确……别折磨我了，索尼娅!”

索尼娅双手一拍。

“难道，难道这都是真的吗！上帝啊，这怎么会是真的！这谁会相信呢？……您自己把仅有的钱送给别人，怎么，怎么会为了抢劫而杀人呢！啊！……”她突然惊呼一声，“您送给卡捷琳娜·伊万诺芙娜的那些钱……那些钱……上帝啊，莫非那就是那些钱吗……”

“不是的，索尼娅，”他急忙打断了她的话，“这些钱不是那些，你放心好了！这些钱是母亲通过一个商人寄给我的，我生病的时候收到了这笔钱，当天就送给了……拉祖米欣看见的……就是他代我收下的……这些钱是我的，我自己的，当真是我的。”

索尼娅困惑不解地听着他的话，竭力想弄明白。

“那些钱……其实，我甚至不知道那里有没有钱，”他轻轻地补充说，仿佛陷入沉思，“当时我从她脖子上取下一个钱袋，麂皮的……装得满满的、那么鼓胀胀的一个钱袋，……我没往里面看过，大概是来不及了……至于东西，都是些扣子、链条什么的，就在第二天早晨，我把所有这些东西和钱袋都藏到B大街上别人的一个院子里，压到一块石头底下了……这些东西现在还在那儿……”

索尼娅尽力听着。

“嗯，那么为什么……您怎么说：为了抢劫，可是什么也没拿呢？”她很快地问，好像抓住了一根稻草。

“我不知道……我还没决定，是不是要拿这些钱。”他说，又仿佛陷入沉思，突然醒悟过来，迅速而短促地冷笑了一声。

“唉，刚才我说了些多蠢的蠢话，啊？”

有个想法在索尼娅的脑子里忽然一闪：“他是不是疯子？”但是她立刻放弃了这个想法：不，这是另一回事。这时她什么、什么也不明白！

“你要知道，索尼娅，”他突然灵机一动，说，“你要知道，我要告诉你：如果我杀人，只不过是因为我挨饿，”他接着说，每个字都说得特别清楚，而且神秘然而真诚地看着她，“那么现在我……就幸福了！你要知道这一点！”

“如果现在我承认，”稍过了一会儿，他甚至是绝望地叫喊，“如果现在我承认，我干了坏事，那对你，对你又有什么好处呢？你对我取得这种愚蠢的胜利，对你可有什么好处呢？唉，索尼娅，难道我是为了这个，现在才上你这儿来吗！”

索尼娅又想说什么，可是没有作声。

“昨天我之所以叫你和我一道走，那是因为，我只有你一个人了。”

“你叫我去哪里？”索尼娅胆怯地问。

“不是去偷，也不是去杀人，请你放心，不是去干这些事情，”他讥讽地冷笑一声，“我们是不同类型的人……你要知道，索尼娅，我只是现在，只是这时候才明白：昨天我叫你上哪里去？昨天我叫你的时候，连我自己也不知道要去哪里。我叫你只不过是为了，我来也只是为了：请你别抛弃我。你不会抛弃我吧，索尼娅？”

她紧紧地握了握他的一只手。

“我为什么，为什么要告诉她，为什么要对她坦白地说出这一切啊！”过了一会儿，他无限痛苦地瞅着她，绝望地喊道，“你在等着我解释，索尼娅，你坐着，在等着，这我看得出来，可我能跟你说什么呢？因为这件事你是不会理解的，你只会为我感到……痛心！瞧，你哭了，又拥抱我——唉，你为什么拥抱我呢？为了我自己承受不住，来把痛苦转嫁给别人吗：‘你也受些痛苦吧，这样我会轻松些！’你能爱这样一个卑鄙的家伙吗？”

“你不是也很痛苦吗?”索尼娅高声说。

那种感情又像波浪般涌上他的心头，霎时间又使他的心变软了。

“索尼娅，我的心是恶毒的，这你可要注意：这可以说明许多问题。正因为我恶毒，所以我才来你这里。有些人是不会来的。可我是个胆小鬼，也是个……卑鄙的家伙！不过……算了！这一切都不是我想要说的……现在得说，可我却不知从何说起……”

他停顿下来，陷入沉思。

“唉，我们是不同类型的人!”他又高声说，“我们配不到一起。为什么，我为什么要来！为了这，我永远也不会宽恕自己!”

“不，不，你来了，这很好!”索尼娅高声叫道，“让我知道，这就更好！好得多!”

他痛苦地瞅了她一眼。

“如果真是这样呢!”他说，好像拿定了主意，“因为事实就是这样！是这么回事：我想要做拿破仑，所以就杀了人……怎么样，现在明白了吗?”

“不——明白，”索尼娅天真而又胆怯地低声说，“不过……你说，你说啊！我会明白的，我心里什么都会明白!”她请求说。

“你会明白吗？那好，咱们倒要瞧瞧!”

他不说话了，考虑了很久。

“问题在于：有一次我向自己提出这样一个问题：如果拿破仑处在我的地位上，为了开创自己的事业，他既没有土伦，也没有埃及，也没有越过勃朗峰[①]，他没有机会完成所有这一切壮丽辉煌的丰功伟绩，而只不过

---

① 1796年至1797年法意战争中，拿破仑曾率大军越过勃朗峰，进入意大利境内。

遇到了一个可笑的老太婆，一个十四等文官的太太，而且还得杀死她，为的是把她箱子里的钱拿出来（为了事业，你懂吗），如果没有别的出路，他会下决心干这种事吗？他会不会因为这太不伟大，而且……是犯罪，于是就感到厌恶呢？我告诉你，为了这个‘问题’，我苦恼了很久很久，当我终于领悟（不知怎么突然一下子明白了），他不但不会感到厌恶，而且根本就不会想到，这不伟大……甚至完全不会理解：这有什么可以感到厌恶的？这时候我真是羞愧极了。只要他没有别的路可走，那么他准会不假思索地掐死她，连叫都不让她叫一声！……所以我也……学这个权威的样……不再思索……掐死了她……事实完全是这样的！你觉得好笑吗？是的，索尼娅，这儿最可笑的就是，也许事情的确是这样的……”

索尼娅一点儿也不觉得好笑。

“您最好是直截了当地告诉我……不要举例子。”她更加胆怯地，用勉强可以听到的低声请求说。

他转身面对着她，忧郁地看了看她，抓住了她的手。

“你又说对了，索尼娅。因为这都是胡说八道，几乎全都是废话！你要明白：你是知道的，我母亲几乎一无所有。妹妹是偶然受了些教育，命中注定长期给人当家庭教师。她们的一切都寄托在我一个人身上。我上过学，可是上大学，我就不能维持生活，不能不暂时退学了。即使是这样拖下去，那么十年以后，十二年以后（如果情况好转的话），我还是有希望当上教师，或者成为一个官吏，年薪可以拿到上千卢布……（他好像是在背诵）而在这以前，由于操心和悲伤，母亲却早已憔悴了，可我还是不能让她过上安宁的日子，而妹妹……唉，我妹妹的情况可能更糟！……何苦一辈子不顾一切，漠视一切，忘记母亲，忍心看着妹妹受辱而不敢说半个不字？为了什么？是不是为了埋葬了她们后，挣钱去养活别人——妻子和孩子，而以后又不能给他们留下一文钱和一片面包？嗯……所以我决定，拿到老太婆的钱，供我最初几年使用，不再折磨母亲，在大学里用这些钱来维持自己的生活，大学毕业以后作为实现初步计划的经费——广泛活动，从根本上改变一切，为自己创造一个全新的前程，走上一条独立自主的新路……嗯……嗯，这就是我所想的一切……嗯，当然啦，我杀了这个老太婆——这件事我做得很不好……唉，够了！”

他无可奈何地勉强讲完了这些，低下了头。

“哎呀，这不对，不对，”索尼娅苦恼地高声说，“难道可以这样吗……不，不是这样，不是这样的！”

“你认为不是这样！……可我是真心诚意地讲给你听，说的全都是实话！”

“可这算什么实话呀！噢，上帝啊！”

“要知道，我只不过杀死了一只虱子，索尼娅，我只是杀了一只毫无用处、讨厌而有害的虱子。”

“人会是虱子！”

“唉，我也知道，不是虱子，”他回答，很奇怪地瞅着她，“不——过，我是在胡说，索尼娅，”他补上一句，“早就已经在胡扯了……这都不对，你说得完全正确。这完全、完全、完全是由于别的原因！……我已经很久没跟任何人说话了，索尼娅……现在我头疼得厉害。”

他的眼里射出火一样的光芒，好像在发烧。他几乎开始呓语了，嘴角不时掠过神情不安的微笑。精神兴奋的背后隐隐透露出可怕的、无可奈何的心情。索尼娅明白，他是多么痛苦。她也开始感到头晕了。他说得这么奇怪：好像有些话是可以理解的，不过……“可是怎么会呢！怎么会呢！上帝啊！”她绝望地绞着手。

“不，索尼娅，不是这样的！”他又开始说，突然抬起头来，似乎思路突然一转，使他吃了一惊，又使他兴奋起来了，“这不对！最好……你最好认为（对！这样的确好些），认为我自尊心很强，好嫉妒，恶毒，卑鄙，爱报复，嗯……还，大概，精神也不大正常。（让我一下子全都说出来吧！他们以前就说过，我疯了，这我看得出来）我刚刚对你说过，在大学里我无法维持生活。不过你知道吗，说不定，我也能维持？母亲寄钱来是供我缴学费的，我可以自己挣钱来买靴子、买衣服和作伙食费，准能办得到！可以找到教书的工作，人家愿意每小时出半个卢布。拉祖米欣就在工作嘛！可我发起脾气来，不想干了。正是发起脾气来了（这个词用得很好）……于是我像只蜘蛛一样，躲进自己这个角落里。你到过我住的那间屋子，看到过了……你知道吗，索尼娅，低矮的天花板和窄小的房屋会让人的心灵和头脑憋得难受！噢，我是多么痛恨这间陋室！可我还是不愿走出这间陋室。故意不想出来！整天整夜足不出户，也不愿意工作，连饭也不想吃，一直躺着。娜斯塔西娅给送来，就吃一点儿，她不给送来，一天也就这样过去了；因为心里怨恨，我故意不跟她要！夜里没有灯，我就在黑暗中躺着，却不愿挣点儿钱来买蜡烛。应该学习，我却把书都卖光了。我的桌子上，笔记本和练习本上，现在都积了一指厚的灰尘。我最喜欢躺着，想心事。一直在想……我一直在做梦，一些奇怪的梦，各式各样的梦，没什么好说的！不过那时候我也好像开始觉得……不，不是这样的！我又说得不对了！你要知道，当时我一直在问自己：我为什么这么蠢，既然别人都是愚蠢的，既然我确实知道，他们是愚蠢的，那么我自己为什么不想聪明一些呢？后来我明白了，索尼娅，如果等着大家都聪明起来，那可就等得太久了……后来我又明白了，永远也等不到这一天，人们永远不会改变，谁也改变不了他们，不值得为此伤精费神！是的，是这样的！这是他们的规律……规律，索尼娅！是这样的！……而且现在我知道了，索尼娅，谁的精神刚强、坚毅，谁的智慧超群出众，谁就是他们的统治者！在他们当中，谁敢作敢为，他就是对的。谁能蔑视许多事情，谁就是他们当中的立法者，谁最敢作敢为，谁就最正确！从古至今，一向如此，将来也永远是这样！只有瞎子才看不清！”

拉斯科利尼科夫说这些话的时候，虽然在看着索尼娅，可是已经不再关心她懂不懂了。他已经完全被一种狂热的情绪支配了。他正处于一种忧郁的兴奋之中。（真的，他不和任何人谈话，时间实在是太久了）索尼娅明白，这一阴郁的信念已经成了他的信仰和教义。

“于是我领会到，索尼娅，”他异常兴奋地接着说下去，“权力只会给予敢于觊觎并夺取它的人。这里只有一个条件，仅仅一个条件：只要敢作敢为！于是我产生了一个想法，有生以来第一次产生这样的想法，在我以前，从来没有任何人想到过！谁也没想到过！我突然像看到太阳一样，清清楚楚看到，怎么直到现在从来没有一个人敢于蔑视这一切荒谬的东西，摆脱它们的束缚，让它们见鬼去！怎么过去没有，现在也没有一个人敢于这么做呢！我……我却希望敢于这样做，于是就杀死了……我只不过是希望敢于这样做，索尼娅，这就是全部原因！”

“噢，您别说了，别说了！”索尼娅双手一拍，高声惊呼，“您不信上帝了，上帝惩罚了您，把您交给魔鬼了！……”

“顺便说说，索尼娅，这是我在黑暗中躺着的时候，一直这样想象的，原来这是魔鬼在煽动我，不是吗？啊？”

“请您住口！您别笑，亵渎神明的人，您什么、什么都不理解！噢，上帝啊！他什么、什么都不理解！”

“你别说了，索尼娅，我根本没笑，因为我自己也知道，这是魔鬼在牵着我走。你别说了，索尼娅，别说了！”他阴郁而又坚持地反复说，“我全都知道。我在黑暗里躺着的时候，已经把这一切反复想过了，还低声对自己说……这一切我都反复问过自己，直到最小的细节，我都反复考虑过，我什么都知道：知道一切！当时，所有这些废话都让我腻烦透了，腻烦透了！我一直希望忘记一切，重新开始，索尼娅，不再说空话！难道你以为，我是像个傻瓜一样，冒冒失失地前去的吗？我是作为一个聪明人前去的，而正是这一点把我给毁了！难道你以为，我不知道，譬如说吧，连这都不知道吗？既然我反复自问：我有没有权利掌握权力——那么，这就是说，我没有权利掌握权力。或者，如果我提出问题：人是不是虱子？那么，这就是说，对我来说，人不是虱子，只有对于根本没有这样想过的人，没有提出过这种问题的人，人才是虱子……既然我苦恼了那么多天，想要弄清：拿破仑会不会去？那么这是因为，我清清楚楚感觉到了，我不是拿破仑……我经受了这些空话给我带来的一切痛苦，索尼娅，我想彻底摆脱这种痛苦：我想，索尼娅，我想不要再作任何诡辩，就这样去杀人，为了自己去杀人，只为了我一个人！在这件事情上，我甚至不想对自己说谎了！我杀人，不是为了帮助母亲——这是胡扯！我杀人不是为了金钱和权力，不是为了想成为人类的恩人。这是胡扯！我只不过是杀了人，为我自己杀人，只为了我一个人：至于我是不是会成为什么人的恩人，或者是一辈子像蜘蛛那样，用蜘蛛网捕捉一切，从他们身上吮吸鲜血，在那个时候，对我来说，反正都应该是一样的！……而且，当我杀人的时候，索尼娅，主要的，我并不是需要钱；与其说我需要的是钱，不如说需要的是旁的东西……这一切现在我都知道了……请你理解我：也许，如果沿着那条路走下去，我永远再也不会杀人了。我需要弄清另一个问题，是旁的原因促使我下手的：当时我需要弄清，而且要尽快弄清楚，我是像大家一样，是个虱子呢，还是一个人？我能跨越过去吗，还是不能跨越过去？我敢不敢俯身拾取权力？我是个发抖的畜生呢，还是我有权力……”

“杀人？您有杀人的权力？”索尼娅双手一拍。

“唉——索尼娅！”他气愤地喊了一声，本想反驳她，却轻蔑地不作声了，“你别打断我，索尼娅！我只不过想向你证明，当时是魔鬼牵着我走，而在这以后，它又向我说明，我没有权利往那里去，因为我也和大家一样，是个虱子！它把我嘲笑了一番，所以现在我到你这里来了！请接待客人吧！如果我不是虱子，我会上你这儿来吗？请你听着：当时我去老太婆那里，只不过是去试试……这你可要了解！”

“您就把她杀了！杀了！”

“可我是怎么杀的？难道别人是这样杀人吗？难道别人是像我当时那样去杀人吗？以后什么时候我会讲给您听，我是怎么去的……难道我杀死的是老太婆吗？我杀死的是我自己，而不是老太婆！我真的是一下子结果了自己的性命，永远杀死了自己！……这个老太婆是叫魔鬼杀死的，而不是我……够了，够了，索尼娅，够了！别管我，”他突然焦躁不安、满腹忧虑地高声叫喊，“别管我！”

他把胳膊肘支在膝盖上，两个手掌像钳子一样紧紧夹住了头。

“多么痛苦啊！”从索尼娅胸中突然冲出一声痛苦的呼喊。

“喂，你说，现在该怎么办！”他问，突然抬起头来，看着她，由于悲观绝望，他的脸变得十分难看。

“怎么办！”她喊了一声，突然霍地站起来，在这以前一直泪水盈眶的眼睛突然发出了光芒，“你起来！（她抓住他的肩膀，他欠起身来，几乎是惊讶地看着她）现在，立刻就去，站到十字路口，跪下，首先吻一吻被你玷污的大地，然后向全世界，向四面八方叩拜，高声对大家说：‘我杀了人！’那么上帝就又会把生命赐给你。你去吗？去吗？”她问他，像发病一样，浑身发抖，抓住他的双手，紧紧攥在自己手里，用火一般的目光直瞅着他。

他很惊讶，她那出乎意外的兴奋神情甚至使他感到震惊。

“你是说，去服苦役吗，索尼娅？应该去自首，是吗？”他神情忧郁地问。

“受苦，这样来赎罪，这就是应该做的。”

“不！我不去他们那里，索尼娅。”

“那你怎么活下去，怎么活下去呢？今后你靠什么活下去？”索尼娅高声说，“难道现在这可能吗？嗯，你怎么跟母亲说呢？（噢，她们，她们现在会怎样呢！）唉，我说什么呀！因为你已经抛弃了母亲和妹妹。你已经抛弃了，抛弃了。噢，上帝啊！”她高声呼喊，“这一切他已经都知道了！没有一个亲人，可怎么，怎么活下去呢！现在你会怎样呢！”

“别像个小孩子一样，索尼娅，”他轻轻地说，“在他们面前，我有什么罪？我为什么要去？我去对他们说什么？这一切都只不过是幻影……他们自己杀人如麻，消灭千千万万的人，还把这看作美德。他们是骗子和坏蛋，索尼娅！……我不去。我去说什么：说我杀了人，可是我不敢拿钱，把钱藏到石头底下去了吗?”他讥讽地冷笑着补充说，“那样他们就会嘲笑我，说：不拿钱，你是个傻瓜。胆小鬼和傻瓜！他们什么、什么也不会懂，索尼娅，也不配懂得。我为什么要去？我不去。你别孩子气了，索尼娅……”

“你可要痛苦死了，可要痛苦死了。”她反复说，向他伸出双手，绝望地哀求他。

“我也许已经诽谤了自己，”他仿佛沉思默想地、忧郁地说，“说不定我还是人，而不是虱子，而且过于匆忙地指责了自己……我还要较量一下。”

他的嘴角上勉强露出傲慢的微笑。

“要忍受这样的痛苦！而且要忍受一辈子，一辈子！……”

“我会习惯的……”他神情忧郁，沉思地说,“你听我说，”过了一会儿，他说，“哭已经哭够了，该谈正经的了：我来是要告诉你，现在他们正在搜捕我……”

“哎呀!”索尼娅高声惊呼。

“唉，你喊什么！你希望我去服苦役，现在却害怕了吗？不过我绝不让他们得逞。我还要和他们较量一下，他们毫无办法。他们没有真正的罪证。昨天我有很大的危险，以为我已经完了，今天情况好转了。他们所掌握的所有罪证都可以作不同的解释，也就是说，我可以使他们的指控变得对我有利，你明白吗？我一定会这样做，因为现在我学会了……不过他们大概会把我关进监狱。如果不是一个偶然的情况，也许今天就把我关起来了，大概，甚至说不定今天还是会把我关进监狱……不过这没关系，索尼娅：我坐几天牢，还是会把我放出来……因为他们没有一件真凭实据，而且将来也不会有，我可以保证。单凭他们掌握的那些东西，是不能把人投入监狱的。好，够了……我只是想让你知道……对妹妹和母亲，我要竭力设法让她们不再相信，不让她们害怕……其实现在妹妹好像生活已经有保障了……所以母亲也……好，就是这些了。不过，你要小心。要是我坐了牢，你会去看我吗？”

“噢，我一定去，我一定去！”

他们两人并肩坐在一起，两人都神情忧郁，而且沮丧，仿佛一场风暴以后，孤单单地被抛到了荒凉的海岸上。他瞅着索尼娅，感觉到她是多么深深地爱他，但奇怪，有人这样爱他，他反倒突然感到心情沉重和痛心。是的，这是一种奇怪而又可怕的感觉！到索尼娅这儿来的时候，他觉得，自己的全部希望和出路都在她的身上。他想至少能卸下自己的一部分痛苦，可是现在，当她把自己的心都掏给他的时候，他却突然感觉到，而且意识到，他变得无比不幸，比以前还要不幸得多。

“索尼娅，”他说，“如果我坐了牢，你最好不要去看我。”

索尼娅没有回答，她在哭。过了几分钟。

“你身上戴着十字架吗？”她突然出乎意料地问，仿佛突然想起来似的。

起初他没听懂她的问题。

“没有，没有，是吗？给，把这个拿去吧，是柏木的。我还有一个，铜的，是莉扎薇塔的。我跟莉扎薇塔交换了十字架，她把自己的十字架给了我，我把自己的小圣像给了她。现在我佩戴莉扎薇塔的，这一个给你。你拿着啊……因为这是我的！这是我的！”她一再请求说，“因为咱们要一同去受苦，一同背十字架！……”

“给我吧！”拉斯科利尼科夫说。他不想让她伤心。但是他立刻又把伸出来接十字架的手缩回去了。

“不是现在，索尼娅，最好是以后再给我。”为了安慰她，他补上一句。

“对，对，还是以后，还是以后再给你吧，”她热情地附和说，“等到你去受苦的时候，那时候再戴上它。你到我这儿来，我给你戴上，咱们一同祈祷，一同上路。”

就在这时，有人在门上敲了三下。

“索菲娅·谢苗诺芙娜，可以进来吗？”听到了不知是谁的、很熟而且很客气的声音。

索尼娅惊恐地向房门跑去。列别贾特尼科夫那张生着一头淡黄色头发的脸朝屋里张望了一下。

五

列别贾特尼科夫神色惊慌不安。

“我是来找您的，索菲娅·谢苗诺芙娜。请原谅……我就料到会在家里找到您，”他突然对拉斯科利尼科夫说，“也就是说我根本没往……这方面想过……不过我想的是……卡捷琳娜·伊万诺芙娜在我们那儿发疯了。”他突然撇开拉斯科利尼科夫，斩钉截铁地对索尼娅说。

索尼娅惊叫了一声。

“也就是，至少是看上去好像疯了。不过……我们在那儿都不知道该怎么办，事情就是这样！她回来了——好像不知从哪里把她赶了出来，也许还打了她……至少看上去好像是这样……她跑去找谢苗·扎哈雷奇的上司，在家里没找到他，他在一位也是将军的人家里吃饭……请您想想看，她就到他们吃饭的那儿去了……也就是到那另一位将军家里去了，而且，请您想想看，她坚持要把谢苗·扎哈雷奇的上司叫出来，而且，好像是要把人家从饭桌旁叫出来。可想而知，那里发生了什么事情。当然，人家赶走了她。她却说，她把他骂了一顿，还朝他扔了个什么东西。这甚至是可以想象得到的……怎么会没把她抓起来——这可就不知道了！现在她正对大家讲这件事，也对阿玛莉娅·伊万诺芙娜说，只不过很难听懂她说什么，她在大喊大叫，浑身发抖……啊，对了：她说，而且高声叫嚷说，因为现在大家都抛弃了她，所以她要带着孩子们上街去，背着手摇风琴，让孩子们唱歌跳舞，她也唱歌跳舞，向观众讨钱，而且每天都到那位将军的窗子底下去……她说，‘让他们看到，父亲做过官的高贵的子弟怎样在街上乞讨！’她打那些孩子们，孩子们在哭。她教廖尼娅唱《小小农庄》，教男孩子跳舞，也教波琳娜·米哈依洛芙娜跳舞，撕掉所有的衣服，给他们做了些像给演员戴的那种小帽子。她想带着一个面盆，去敲敲打打，当作音乐……她什么话也不听……请您想想看，怎么能这样呢？这样简直是不行的！”

列别贾特尼科夫也许还会说下去的，但是几乎气也不喘地听着的索尼娅，突然抓起披巾、帽子，跑出屋去，一面跑，一面戴上帽子，披上披巾。拉斯科利尼科夫也跟着她出去了，列别贾特尼科夫跟在他的后面。

“一定是疯了！”他对拉斯科利尼科夫说，跟他一道来到了街上，“我只是不想吓坏索菲娅·谢苗诺芙娜，所以说：‘好像’，不过，这是毫无疑问的。据说，害肺病的人，结核也会突然跑到脑子里去。可惜我不懂医学。不过我曾试图说服她，可她什么话也不听。”

“您跟她谈结核了？”

“也就是说，不完全是谈结核。而且她什么也不会懂的。不过我说的是：如果合乎逻辑地劝说一个人，告诉他，其实他没有什么好哭的，那么他就不会再哭了。这是很清楚的。您却认为，他不会不哭吗？”

“要是那样的话，生活也就太容易了。”拉斯科利尼科夫回答。

“对不起，对不起。当然，要让卡捷琳娜·伊万诺芙娜理解，那是相当困难的。不过您是不是知道，巴黎已经在进行认真的试验了，试验单用合乎逻辑地劝说的办法，是不是有可能治好疯子？那里有一个教授，不久前才去世，是个很严肃的学者，他认为，可以这样治疗。他的基本观念是，疯子的机体并没有受到特殊损害，而疯狂这种症状，可以说是一种逻辑性的错误，判断的错误，对事物的不正确的看法。他逐渐驳倒病人的错误看法，您要知道，据说，获得了结果！不过因为他同时还使用了淋浴疗法，所以这种治疗的效果当然也就受到了怀疑……至少看来好像是这样……”

拉斯科利尼科夫早就已经没听他在说什么了。来到了自己那幢房子跟前，他向列别贾特尼科夫点了点头，转身进了大门。列别贾特尼科夫明白过来，朝四下里望了望，继续往前跑去。

拉斯科利尼科夫回到自己那间小屋里，站到房屋中间。“他为什么回到这里来呢？”他扫视了一下这些微微发黄的破旧的墙纸，这些灰尘，他那张沙发床……从院子里传来不知是敲打什么的、连续不断的、刺耳的响声，好像什么地方在钉什么，在钉钉子……他走到窗前，踮起脚尖，朝院子里望了好久，好像异常关心的样子。但院子里空荡荡的，看不见有人在敲打什么。左边厢房里，可以看到有些地方窗子敞着，窗台上摆着几盆长得很不茂盛的天竺葵，窗外晾着内衣……这一切他都太熟悉了。于是他转身坐到沙发上。

他从来，还从来没感到过这样可怕的孤独！

是的，他又一次感觉到，也许他真的会痛恨索尼娅，而且正是现在，在他使她更加不幸以后，他却要恨她。“他为什么去她那里，乞求她的眼泪？他为什么一定要坑害她一辈子？噢，卑鄙！”

“我还是孤单单的一个人吧！”他突然坚决地说，“她也不会到监狱去看我！”

过了大约五分钟，他抬起头来，奇怪地微微一笑。这是一个奇怪的想法：“也许去服苦役当真会好一些。”他突然想。

他脑子里塞满种种模模糊糊的想法，他记不得这样在自己屋里坐了多久。突然房门开了，进来的是阿芙多季娅·罗曼诺芙娜。她先站住，像不久前索尼娅进来时那样，从门口看了看他，然后才进来，在他对面的椅子上坐下，坐在昨天她坐过的地方。他默默地看了她一眼，不知为什么心里什么也没有想。

“你别生气，哥哥，我只待一会儿。”杜尼娅说。她脸上的表情若有所思，但并不严峻。她的目光明亮而且平静。他看出，这一个也是满怀着爱心来找他的。

“哥哥，我现在什么都知道了，一切都知道了。德米特里·普罗科菲伊奇把一切都告诉了我，讲给我听了。由于愚蠢和卑鄙的怀疑，你受到迫害，受尽折磨……德米特里·普罗科菲伊奇对我说，没有任何危险，你用不着对这件事感到那么害怕。我倒不这样想，而且完全理解你心里感到多么愤慨，这样的愤慨会在你心里留下永不磨灭的痕迹。我担心的就是这一点。你抛弃了我们，我并不责备你，也不敢责备你，我以前责备过你，请你原谅我。我自己也觉得，如果我心里有这么大的痛苦，我也会离开所有的人。关于这件事，我什么也不会告诉母亲，不过会经常不断地谈起你，还要用你的名义告诉她，说你很快就会去看她。你不要为她难过，我会安慰她的，不过请你也不要折磨她——哪怕去看她一次也好，你要记住，她是母亲！现在我来，只是要告诉你，（杜尼娅说着从座位上站起来）如果万一你需要我做什么事情，或者你需要……我的整个生命或者什么……那么只要你喊一声，我就会来。别了！”

她急遽地转身往门口走去。

“杜尼娅！”拉斯科利尼科夫叫住了她，站起来，走到她跟前，“这个拉祖米欣，德米特里·普罗科菲伊奇，是个很好的人。”

杜尼娅微微脸红了。

“说呀！”稍等了一会儿，她问。

“他是个能干、勤劳、正直而且能热爱人的人……别了，杜尼娅！”

杜尼娅满脸绯红，随后突然惊慌起来：

“可你这是什么意思，哥哥，难道我们真的要永远分别了，所以你给我……留下这几句遗言？”

“反正一样……别了……”

他转身离开她，朝窗前走去。她站了一会儿，担心地看了看他，十分担忧地走了。

不，他对她并不是冷酷无情。有一瞬间（最后一刹那），他非常想紧紧拥抱她，和她告别，甚至还想告诉她，可是就连跟她握手，他也下不了决心：

“以后，她想起现在我拥抱过她，也许会发抖的，还会说，是我偷去了她的吻!”

“这个人经受得住吗?”几分钟以后他暗自补充说，“不，她经受不住，这样的人是经受不住的！这样的人永远也经受不住……”

于是他想起了索尼娅。

从窗外吹进一阵凉爽的微风。外面光线已经不是那么亮了。他突然拿起帽子，走了出去。

他当然不能，而且也不想注意自己的病情。但是所有这些不断的担忧和内心的恐惧，对他的病情却不能不产生影响。如果说他虽然在发高烧，却没有完全病倒，那也许正是因为这内心里不断的忧虑还在支撑着他，不让他倒下来，让他的头脑保持清醒，不过这种状况是人为的，暂时的。

他无目的地徘徊着。太阳正在慢慢地落下去。最近他开始感到一种特殊的烦闷。这烦闷中并没有任何特别刺激他、让他特别伤心的东西，但是他却感觉到，这愁闷是经常的和永恒的，预感到这令人沮丧的、无情的烦闷将终生伴随着他，无穷无尽，预感到他将永远站在那“一俄尺见方的空间”。通常，在黄昏时分，这种感觉会使他更加痛苦。

“太阳落山会让人身体特别虚弱，在这种十分愚蠢、纯粹是体力虚弱的情况下，可要当心，别干出什么蠢事来！这时你不但会去找索尼娅，而且还会去找杜尼娅呢!”他憎恨地喃喃地说。

有人喊了他一声。他回头一看，列别贾特尼科夫向他跑来。

“您要知道，我去过您那里，去找您。您信不信，她怎么想，真的就那么干了，领着孩子们出去了！我和索菲娅·谢苗诺芙娜好容易才找到他们。她自己敲着煎锅，让孩子们跳舞。孩子们在哭。他们停在十字路口几家小铺子前面。一群蠢人跟着他们跑。咱们快去吧。”

“索尼娅呢？……”拉斯科利尼科夫担心地问，赶紧跟着列别贾特尼科夫走了。

“简直是发疯了。也就是说，发疯的不是索菲娅·谢苗诺芙娜，而是卡捷琳娜·伊万诺芙娜，不过索菲娅·谢苗诺芙娜也快疯了。我告诉您，她完全疯了。会把他们弄到警察局去的。您要知道，这会产生什么影响啊……他们这会儿在运河岸上，X桥附近，离索菲娅·谢苗诺芙娜那里不远。近得很。”

离桥不太远，和索尼娅住的房子隔着不到两幢房子，那儿运河岸上聚集着一小群人。小男孩和小姑娘们特别多。还从桥上就听到了卡捷琳娜·伊万诺芙娜异常激动的、嘶哑的声音。这当真是一个很能吸引街头观众的、奇怪的场面。卡捷琳娜·伊万诺芙娜穿着她那件旧连衫裙，披着德拉德达姆呢的披巾，歪戴着一顶已经压得不像帽子的破草帽，的确像真的疯了一样。她累坏了，气喘吁吁。她那害肺病的、疲惫不堪的脸，看上去比以往任何时候都更痛苦，（何况在街上，在阳光下，害肺病的人看上去总好像比在屋里的时候病得更厉害，显得更难看）但她那激动的心情并未平静下来，她的怒气反而每时每刻都在增长。她冲到孩子们跟前，对他们高声叫喊，就在这里，当着观众，哄他们，教他们跳舞、唱歌，还对他们解释，为什么要这样做，因为他们不理解她的意思，她感到绝望了，于是动手打他们……随后，跟孩子们还没说完，又突然朝观众跑去。如果发现一个穿得稍微像样一点儿的人站下来观看，她就立刻对他解释说，请看，“高贵的家庭里，甚至可以说是贵族家庭的子弟”沦落到了什么样的地步。如果听到人群中有笑声或者是有人讥笑他们，她立刻就冲到那些无礼的人面前，和他们对骂起来。有人当真笑了，另一些人却在摇头。总之大家都很好奇，都想看看这个疯婆娘和那些吓坏了的孩子们。列别贾特尼科夫说的那个煎锅不见了，至少拉斯科利尼科夫没有看到；不过卡捷琳娜·伊万诺芙娜虽然没敲煎锅，在她逼着波列奇卡唱歌、廖尼娅和科利亚跳舞的时候，却用她那干瘦的手掌打起拍子来。她自己也跟着和唱，可是由于痛苦的咳嗽，每次唱到第二个音的时候，就猝然中断了，这样一来她又感到悲观失望了，于是咒骂自己的咳嗽，甚至会哭起来。最惹她生气的是科利亚和廖尼娅的哭泣和恐惧。真的，她曾试图让孩子们装扮起来，给他们穿上街头卖唱的男女艺人们穿的那种服装。男孩子头上裹着不知用什么做的红白相间的缠头巾，让他扮作土耳其人。廖尼娅却没有服装化装了，只给她头上戴了一顶已故的谢苗·扎哈雷奇的红绒线帽（或者不如说是一顶尖顶帽），帽子上又插了一段白鸵鸟毛，这鸵鸟毛还是卡捷琳娜·伊万诺芙娜祖母的遗物，至今一直作为传家宝存在箱子里。波列奇卡还是穿着平常穿的衣服。她胆怯而且惊慌失措地瞅着母亲，一步也不离开她，不让人看见她在掉泪，她猜到母亲疯了，不时焦急不安地朝四下里看看。街道和人群都让她觉得非常害怕。索尼娅寸步不离地紧跟着卡捷琳娜·伊万诺芙娜，哭着不断地恳求她回家去。但是卡捷琳娜·伊万诺芙娜无动于衷。

“别说了，索尼娅，别说了！”她急急忙忙，语速很快地高声叫嚷，气喘吁吁，不停地咳嗽，“你自己也不知道你是在要求什么，就像个小孩子似的！我已经跟你说过了，我绝不回到那个醉鬼德国女人那里去。让大家都看到，让全圣彼得堡都看到，高贵的父亲的孩子们在乞讨，他们的父亲忠诚地服务了一辈子，而且可以说是以身殉职。（卡捷琳娜·伊万诺芙娜已经臆造出这样一个故事，而且盲目地对此深信不疑）让这个，让这个卑鄙的将军看看。唉，索尼娅，你真傻：现在我们吃什么呢，你说说看？我们拖累了你，让你受够了苦，我不想再拖累你了！哎哟，罗季昂·罗曼内奇，这是您吗！”她看到了拉斯科利尼科夫，向他跑了过去，同时大声叫喊，“请您跟这个傻丫头解释解释，再没有比这样做更聪明的办法了！就连背手摇风琴的流浪乐师也能挣钱，可是人们一眼就能看出，就能分辨出来，我们是高贵的贫困家庭里的人，无依无靠，沦落到赤贫的地步，这个卑鄙的将军准会丢掉官职的，您瞧着吧！我们每天都到他窗子底下去，要是皇上打这儿路过，我就跪下来，让这些孩子们跪在前面，让他看看他们：‘父亲，你要保护他们呀！’他是孤儿们的父亲，他是仁慈的，他一定会保护我们，您会看到的，而这个卑鄙的将军……廖尼娅！tenez-vous droite！[①]你，科利亚，马上又要跳舞了。你抽抽搭搭地哭什么？又哭！唉，你怕什么，怕什么呢，小傻瓜！上帝啊！我可拿他们怎么办呢，罗季昂·罗曼内奇！要是您知道的话，他们是多么不懂事啊！唉，拿这样的孩子们可怎么办呢！……”

她向他指着那些嘤嘤啜泣的孩子，自己也几乎要哭出来了。（但是这并不妨碍她继续滔滔不绝、毫不停顿、很快地说话）拉斯科利尼科夫本想试图劝她回去，甚至想激起她的自尊心，说她像流浪乐师那样到街头来卖唱是不成体统的，因为她打算作贵族女子寄宿中学的校长……

“寄宿中学，哈——哈——哈！无法实现的梦想！”卡捷琳娜·伊万诺芙娜高声叫喊，笑过一阵以后，立刻不停地咳嗽起来，“不，罗季昂·罗曼诺维奇，梦想已经破灭了！所有人都抛弃了我们！……而这个卑鄙的

---

① 法文，“站直”之意。

将军……您要知道，罗季昂·罗曼内奇，我拿墨水瓶朝他扔了过去——刚好在门房里的桌子上，签名簿旁有一个墨水瓶，我签了名，把墨水瓶朝他扔过去，就跑掉了。噢，卑鄙的人们，卑鄙的人们。我才瞧不起他们呢。现在我要自己来养活这些孩子，决不向任何人弯腰低头！我们折磨她已经折磨得够了！（她指指索尼娅）波列奇卡，让我看看，收了多少钱了？怎么？总共才两个戈比？噢，这些卑鄙的家伙！什么也不给，只是伸着舌头跟着我们跑！喂，这个蠢货笑什么？（她指指人群中的一个人）这都是因为，这个科利亚这么不机灵，尽给我添麻烦！你是怎么了，波列奇卡？用法语跟我说，parlez-moi francais[①]我不是教过你，你不是会说几句吗！……要不然，怎么能看得出来，你们是高贵家庭里受过教育的孩子，根本不像那些流浪乐师们呢。我们可不是在街头演什么《彼特鲁什卡》[②]，而是唱高尚的抒情歌曲……啊，对了！我们唱什么呢？你们老是打断我，可我们……您要知道，罗季昂·罗曼内奇，我们在这里停留下来，是想挑一首歌来演唱的，挑一首科利亚能够伴舞的歌……因为这一切，您要知道，我们都没有准备。应当商量一下，完全排练好，然后我们到涅瓦大街去，那儿上流社会的人要多得多，我们立刻就会引起他们的注意：廖尼娅会唱《小小农庄》……不过老是唱什么《小小农庄》，《小小农庄》这首歌大家都会唱！我们应当唱一首优美得多的歌……喂，你想出什么来吗？波莉娅，哪怕你能帮帮母亲也好啊！我记性太差，记性太差了，要不，我会想得起来的！真的，不该唱《一个骠骑兵拄着马

---

① 法文，“用法语对我说”之意。

② 《彼特鲁什卡》是俄罗斯民间讽刺木偶戏中一个很受欢迎的人物。

刀》[1]！哦，咱们用法语来唱《Cinqsous!》[2]吧！我不是教过你们吗，是教过啊。主要是因为，这是用法语来唱的，那么人家立刻就会看出，你们是贵族家庭的孩子，这会更让人感动……甚至也可以唱《Malborough s'enva－t－enguerre》[3]，因为这完全是一首儿童歌曲，贵族家庭里摇着孩子哄他们睡觉的时候，都是唱这首歌：

Malborough s'en va－t－en guerre，
Ne sait quand reviendra……[4]

她本来已经开始唱了……“不过，不，最好还是唱《Cinqsous》！喂，科利亚，双手叉腰，快，而你，廖尼娅，你也要往相反的方向转圈子，我跟波列奇卡和唱，打拍子！

Cinq sous，cinq sous，
Pour monter notre ménage……[5]

---

① 用俄罗斯诗人康·尼·巴丘什科夫（1787—1855）的一首诗《离别》谱写的歌曲。在19世纪，这首歌十分流行。

② 法文，《五个苏》。这是法国剧本《上帝的恩惠》中乞丐们唱的一首歌。一个苏等于二十分之一法郎。

③ 法文，《马尔布鲁格准备远征》。这是一首流行的法国诙谐歌曲。

④ 法文，马尔布鲁格准备远征，
不知何时才能踏上归程……

⑤ 法文，五个苏，五个苏，
安排我们家里的开支……

咳——咳——咳！（她不停地咳嗽起来）把衣服拉好，波列奇卡，背带都滑下来了，”她咳着，稍喘了口气，说，“现在你们特别需要举止得体，显得特别有尊严，好让大家都看到，你们是贵族子弟。当时我就说过，胸衣要裁得长一些，而且要用两幅布料。是你，索尼娅，当时你出主意说：‘短一些，短一些’，你看，结果让孩子穿着显得多难看……唉，你们又哭了！你们是怎么搞的，傻孩子们！好，科利亚，快点儿，开始吧，快点儿，快点儿——哎呀，这孩子多讨厌啊！……

Cinq sous，cinq sous……

当兵的又来了！喂，你来干什么？”

真的，有个警察从人丛中挤了过来。可是就在这时候，有一个穿文官制服和大衣的先生，一个五十来岁、神态庄严、脖子上挂着勋章（对这一点卡捷琳娜·伊万诺芙娜非常高兴，而且这也影响了那个警察）的官员走近前来，默默地递给卡捷琳娜·伊万诺芙娜一张绿色的三卢布的钞票。他脸上流露出真挚的同情。卡捷琳娜·伊万诺芙娜接过钱来，并且彬彬有礼，甚至是恭恭敬敬地向他鞠了个躬。

“谢谢您，先生，”她高傲地说，“使我们流落街头的原因……波列奇卡，把钱拿去。你看，是有一些高尚和慷慨的人，立刻准备向落难的贵族妇人伸出援助之手。先生，您看到这些出身于高贵家庭的孤儿们了，甚至可以说他们有贵族亲友……可是这个将军却坐着吃松鸡……还要跺脚，因为我打扰了他……‘大人，’我说，‘请您保护这些孤儿，因为您很熟悉已故的谢苗·扎哈雷奇，而且因为，就在他去世的那天，有一个最卑鄙的家伙诬陷他的亲生女儿……’这个当兵的又来了！请您保护我们！”她对那个官员高声呼喊，“这个当兵的干吗老来找我的麻烦？我们已经躲开了一个，从小市民街逃到这里来了……喂，关你什么事，傻瓜！”

“因为不准在街上这样。请不要胡闹。”

“你自己才是胡闹！我不过是像背着手摇风琴那样嘛，这关你什么事？”

“背手摇风琴要得到许可，可您未经许可，而且惊动了这么多人。您住在哪里？”

“怎么，许可，”卡捷琳娜·伊万诺芙娜喊叫起来，“我今天才安葬了丈夫，这还要什么许可！”

“太太，太太，请您安静下来，”那个官员说，“我们一道走，我送您回去……这儿，在人群当中，这可不好……您有病……”

“先生，先生，您什么也不了解！”卡捷琳娜·伊万诺芙娜大声叫喊，“我们去涅瓦大街，索尼娅，索尼娅！她在哪儿？她也在哭！你们大家到底是怎么了！……科利亚，廖尼娅，你们上哪儿去？”她突然惊恐地大喊一声，“噢，傻孩子们！科利亚，廖尼娅，他们这是上哪儿去！……”

事情是这样的，科利亚和廖尼娅被街上的人群和发疯的母亲的反常行为吓坏了，而且看到那个当兵的要把他们抓起来，送到什么地方去，突然不约而同地手拉手逃跑了。可怜的卡捷琳娜·伊万诺芙娜高声哭喊着跑去追赶他们。她边哭边跑，气喘吁吁，那样子叫人看了觉得又不像话，又很可怜。索尼娅和波列奇卡都急忙跑去追她。

“叫他们回来，叫他们回来，索尼娅！噢，这些不知好歹的傻孩子！……波莉娅！抓住他们……我都是为了你们呀……”

她拼命地跑着，绊了一下，跌倒了。

“她跌伤了，流血了！噢，上帝呀！”索尼娅弯下腰去看着她，喊了一声。

大家都跑拢来，拥挤着围成一圈。最先跑过来的人们当中有拉斯科利尼科夫和列别贾特尼科夫，那个官员也急忙走了过来，那个警察跟在他后面，抱怨说：“唉——”并且挥了挥手，预感到事情麻烦了。

“走！走！”他赶开挤在周围的人们。

“她要死了！”有人叫喊。

“她疯了！”另一个说。

“上帝啊，保佑她吧！”一个女人画着十字说，“小姑娘和小男孩给抓住了吗？那不是，把他们领来了，大女儿抓住的……唉，这些任性的孩子！”

可是等大家仔细看了看卡捷琳娜·伊万诺芙娜，这才看清，她并不是像索尼娅所想的那样，碰到石头上摔伤了，染红了路面的血是从她胸膛里、由喉咙里涌出来的。

“这我是知道的，我看到过，”那个官员对拉斯科利尼科夫和列别贾特尼科夫低声说，“这是肺痨，血这样涌出来，是会把人憋死的。还在不久前我就曾亲眼看到，我的一个女亲戚也是这样，吐出的血有一杯半……突然……不过，怎么办呢？她马上就会死的。”

“这儿来，这儿来，到我家去！”索尼娅恳求说，“瞧，我就住在这里！……就是这幢房子，从这儿数起，第二幢……到我家去，快，快！……”她一会儿跑到这个人那里，一会儿跑到另一个人跟前，“叫人去请医生……噢，上帝啊！”

多亏那个官员努力，事情总算顺利解决了，就连那个警察也帮着来抬卡捷琳娜·伊万诺芙娜。把她抬到索尼娅家去的时候，她几乎已经失去知觉，把她放到了床上，还在继续吐血，不过她开始慢慢苏醒过来了。几个人一起走进屋里，除了索尼娅，还有拉斯科利尼科夫和列别贾特尼科夫，那个官员和预先驱散了看热闹的人群的警察，人群中有几个一直跟着他们，直到门口。波列奇卡拉着浑身发抖、正在哭泣的科利亚和廖尼娅的手，把他们领进屋里。卡佩尔纳乌莫夫家的人也全都跑来了：卡佩尔纳乌莫夫是个跛子，又是独眼，样子很古怪，又粗又硬的头发直竖着，还留着连鬓胡子。他的妻子神情好像总是有点儿害怕的样子。他们的几个孩子脸上经常露出惊讶的神情，因此反而显得很呆板，而且他们都一直张着嘴。斯维德里盖洛夫突然也在这群人中间出现了。拉斯科利尼科夫惊讶地望了望他，不明白他是打哪儿来的，也不记得曾在看热闹的人群中看到过他。

大家都在谈论，该请医生和神甫来。那个官员虽然悄悄对拉斯科利尼科夫说，看来，现在请医生已经是多此一举了，不过还是叫人去请了。卡佩尔纳乌莫夫亲自跑去请医生。

然而卡捷琳娜·伊万诺芙娜已经苏醒过来，吐血也暂时停止了。她用痛苦的、然而是专注和感人的目光瞅着面色苍白、浑身发抖的索尼娅，索尼娅正在用手帕擦去她额上的汗珠。最后，她请求把她扶起来。让她在床上坐了起来，两边都有人扶着她。

“孩子们呢？”她有气无力地问，“你把他们领来了，波莉娅？噢，傻孩子们！……唉，你们跑什么……哎呀！”

鲜血还积在她那干裂的嘴唇上。她转着眼珠朝四下里望望，说：

“原来你是住在这样的地方，索尼娅！我连一次也没来过你这儿……

现在却有机会……”

她痛苦地瞅了瞅索尼娅：

“我们把你的血都吸干了，索尼娅……波莉娅，廖尼娅，科利亚，到这儿来……瞧，他们都在这儿了，索尼娅，你就收留下他们吧……我把他们交给你了……就我来说，已经够了！……一切都完了！啊！……让我睡下来，至少让我安安静静地死吧……”

又让她躺到枕头上。

“什么？请神甫？……用不着……你们哪儿来的闲钱？……我没有罪！……不用忏悔，上帝也会宽恕我……他知道我受了多少苦！……即使他不宽恕我，那也就算了！……”

她越来越陷入不安宁的昏迷状态。有时她打个哆嗦，用眼睛往四下里看看，有一会儿认出了大家，但短时间的清醒后立刻又变得不省人事了。她声音嘶哑、困难地喘着气，仿佛喉咙里有个什么东西呼哧呼哧地响。

“我对他说：‘大人！……’”她拼命地喊出来，每说出一个词，都要喘息一下，“这个阿玛莉娅·柳德维戈芙娜……唉！廖尼娅，科利亚！双手叉腰，快，快，滑步——滑步，巴斯克人[①]的舞步！用脚打拍子……要做个舞姿优美的好孩子。

Du hast Diamanten und Perlen……[②]下面怎么唱啊？应该唱……

---

① 巴斯克人是西班牙和法国的一个少数民族。

② 德文，“你有钻石和珍珠”之意，这是舒伯特以海涅的诗句作歌词谱写的一首抒情歌曲。

Du hast die schönsten Augen,

Mädchen, was willst du mehr? [①]

嗯，是吗，才不是这样呢！was willst du mehr，这是他臆造的，傻瓜！……啊，对了，还有：

中午溽暑难熬，在达吉斯坦伪山谷里……[②]

啊，我多喜欢啊……这首抒情歌曲我真喜欢极了，波列奇卡！……你要知道，你父亲……在他还是我未婚夫的时候，他就唱过……噢，那些日子啊！……要是我们，要是我们也来唱这首歌，那该多好！啊！怎么唱的了，怎么唱的了……我忘了……你们提示一下啊，是怎么唱来着？”她异常激动，努力欠起身来。终于用可怕的嘶哑的声音，拼命叫喊着唱了起来，每唱一个词都累得喘不过气来，神色也越来越可怕了：

“中午溽暑难熬，在山谷里！……达吉斯坦！……

胸膛里带着一颗子弹！……”

“大人！”突然一声裂人心肺的哀号，泪水止不住地从她眼里流淌出

---

① 德文，意为：“你有一双最美的眼睛，姑娘，你还需要什么？”

② 这是俄罗斯著名作曲家米·阿·巴拉基烈夫（1836—1910）用莱蒙托夫的诗《梦》作歌词谱写的一首抒情歌曲。

来，“请您保护这些孤儿啊！您受过已故的谢苗·扎哈雷奇的款待！……甚至可以说是贵族家庭的！……啊！”她战栗了一下，突然清醒过来，恐惧地看了看所有在场的人，但立刻认出了索尼娅，“索尼娅，索尼娅！”她柔和而又亲切地说，看到她站在自己面前，似乎感到惊讶，“索尼娅，亲爱的，你也在这里吗？”

又扶着她稍微欠起身来。

“够了！……是时候了！……别了，苦命的人！……驽马已经给赶得精疲力竭！[①]……再也没有——力——气了！”她绝望而痛恨地大喊一声，头沉重地倒在了枕头上。

她又昏迷过去了，但是这最后一次昏迷持续的时间不长。她那白中透黄、憔悴不堪的脸往后一仰，嘴张了开来，两条腿抽搐着伸直了。她深深地叹了一口气，死了。

索尼娅扑到她的尸体上，双手抱住她，头紧贴在死者干瘦的胸膛上，就这样一动不动了。波列奇卡伏在母亲脚边，吻她的脚，放声大哭。科利亚和廖尼娅还不明白发生了什么事，不过预感到这非常可怕，彼此用双手搭在对方的肩上，目不转睛地互相对看着，突然一下子一起张开小嘴，高声叫喊起来。两人还都穿着演出的服装：一个头上裹着缠头巾，另一个戴一顶插着鸵鸟毛的小圆帽。

这张“奖状”怎么会突然出现在床上，放在卡捷琳娜·伊万诺芙娜身旁？它就放在枕头旁边，拉斯科利尼科夫看到了它。

---

① 这里她是以一匹累坏的马自比。这句话的意思是：“我这个身体虚弱的人已经给折磨得精疲力竭。”

他走到窗前。列别贾特尼科夫也急忙到他跟前来了。

“她死了！”列别贾特尼科夫说。

“罗季昂·罗曼诺维奇，我要对您说两句必须要说的话。”斯维德里盖洛夫走过来，说。列别贾特尼科夫立刻让开，很客气地悄悄走到一边去了。斯维德里盖洛夫把感到惊讶的拉斯科利尼科夫拉到更远一些的一个角落里。

“这一切麻烦事，也就是安葬等等，都由我负责。您听我说，这需要钱，我不是对您说过吗，我有一笔用不到的钱。这两个孩子和这个波列奇卡，我把他们安置到一个比较好的孤儿院里。在他们成年以前，我给他们每人一千五百卢布，作为他们的生活费，好让索菲娅·谢苗诺芙娜完全放心。而且也要把她从火坑里拉出来，因为她是个好姑娘，不是吗？嗯，那么请您转告阿芙多季娅·罗曼诺芙娜，她的那一万卢布，我就这样用掉了。”

“您这样行善有什么目的呢？”拉斯科利尼科夫问。

“哎呀！真是个多疑的人！”斯维德里盖洛夫笑了，“我不是说过吗，我这笔钱是用不到的。嗯，没有什么用意，只不过是出于人道主义精神，您不准许，还是怎么呢？因为她不是‘虱子’，（他用手指指指停放着死者的那个角落）可不像那个放高利贷的老太婆。好，您得承认，‘难道真的该让卢任活着干坏事，还是该让她死呢？’如果我不帮助他们，那么‘波列奇卡，譬如说，就也得走那条路……’”

他说这话的时候，目不转睛地瞅着拉斯科利尼科夫，神情十分快活，好像在向他使眼色，心里不知有什么狡猾的想法。拉斯科利尼科夫听到他自己对索尼娅说过的话，不由得脸色发白，浑身发冷。他很快退后一步，惊愕地看了看斯维德里盖洛夫。

“您怎么……知道的?”他悄悄地说，好容易喘过一口气来。

“因为我就住在这儿，隔壁，住在列斯莉赫太太家。这儿是卡佩尔纳乌莫夫的家，那边是列斯莉赫太太的家，她是我最忠实的朋友。我们是邻居。”

“您?”

“我，”斯维德里盖洛夫接着说下去，笑得前仰后合，“而且我以人格担保，最亲爱的罗季昂·罗曼诺维奇，请您相信，您让我很感兴趣。我就说过嘛，我们会成为朋友的，我曾经向您做过这样的预言——瞧，现在我们已经成了朋友了。您会看到，我是一个多么好说话的人。您会看到，跟我还可以相处……”

第六章

一

对拉斯科利尼科夫来说，一个奇怪的时期开始了：好像一片大雾突然降落到他的面前，把他禁锢在毫无出路的、痛苦的孤独之中。已经过了很久以后，回想起这段时间，他才恍然大悟，有时他的思想仿佛变得糊里糊涂，就这样一直持续下去，直到发生最后的灾难，不过这中间也偶尔有明白的时候。他完全确信，当时在许多事情上他都犯了错误，譬如，对某些事件的期限和时间就是如此。至少他后来回忆、并竭力想弄清回想起来的那些事情的时候，根据从旁人那里得到的材料，他知道了许多关于自己的情况。譬如，他曾经把一件事情和另一件事情混淆起来，把另一件事情看作仅仅存在于他想象中的某一事件的后果。有时病态的痛苦的担心完全支配了他，这种担心甚至会转变为惊慌失措的恐惧。不过他也记得，往往有这样的几分钟、几个小时，甚至也许是几天，支配着他的是一种与以前的恐惧恰恰相反的漠然态度——很像有些垂死的人那种病态的冷漠。总之，在这最后几天，他似乎有意竭力避免完全弄清自己的处境；有些迫切需要立刻得到解释的事实尤其使他感到苦恼不堪。如果能摆脱某些忧虑，能够回避它们，他将会感到多么高兴啊，然而处在他的地位上，忘记这些让他担心的事，就不可避免地有遭到完全毁灭的危险。

特别让他担心的是斯维德里盖洛夫：甚至可以说，他似乎把注意力完全集中在斯维德里盖洛夫身上了。自从卡捷琳娜·伊万诺芙娜咽气的时候，斯维德里盖洛夫在索尼娅家过于明显地说了那些对他具有过于严重的威胁性的话，他平常的思路仿佛一下子给打乱了。然而，尽管这个新的事实使他感到异常不安，不知为什么，他却不急于弄清，这到底是怎么回事。有时他突然发觉自己到了城市里某个远离市中心区的僻静地方，独自坐在一家下等小饭馆里一张桌子旁边，陷入沉思，几乎记不起他是怎么来到这里的，却突然会想起斯维德里盖洛夫来：他突然十分清楚而又担心地意识到，需要尽快和这个人达成协议，可能的话，要彻底结束这件事。有一次他来到城外某处，甚至想象，他是在这儿等着斯维德里盖洛夫，他们已经约好，要在这里会面。还有一次，他睡在某处灌木丛里的地上，黎明前醒来，几乎记不得是怎么来到这里的了。不过在卡捷琳娜·伊万诺芙娜死后的这两三天里，他已经有两次碰到过斯维德里盖洛夫，每次几乎都是在索尼娅家里，他去那里并没有什么目的，而且几乎总是只逗留一会儿工夫。他们总是简短地交谈几句，一次也没谈到过那个重要问题，似乎他们之间自然而然地达成了协议，暂时不谈这个问题。卡捷琳娜·伊万诺芙娜的尸体还停放在棺材里。斯维德里盖洛夫在料理丧事，忙忙碌碌。索尼娅也很忙。最近一次见面的时候，斯维德里盖洛夫对拉斯科利尼科夫说，卡捷琳娜·伊万诺芙娜的孩子们的事情，他已经办妥了，而且办得很顺利；说是他通过某些关系，找到了这样几个人，在他们的帮助下，可以立刻把三个孤儿都安置到对他们非常合适的孤儿院里。还说，为他们存的那笔钱对安置他们大有帮助，因为安置有钱的孤儿，比安置贫苦的孤儿要容易得多。他还谈到了索尼娅，答应这几天内，说不定什么时候就会去拉斯科利尼科夫那里，还提到“想要向他请教，有些事情很需要和他谈谈……”这些话是在穿堂里、楼梯附近说的。斯维德里盖洛夫凝神注视着拉斯科利尼科夫的眼睛，沉默了一会儿以后，突然压低了声音问：

“您这是怎么了，罗季昂·罗曼内奇，您好像心神不定，精神恍惚？真的！您在听，也在看，可是好像什么也不理解。您要振作起来。咱们谈谈吧，只可惜事情太多，有别人的事，也有自己的……唉，罗季昂·罗曼内奇，”他突然补上一句，“人人都需要空气，空气，空气……首先需要空气！”

他突然闪开，让上楼来的神甫和教堂执事过去。他们是来追荐亡魂的。照斯维德里盖洛夫吩咐的，每天要按时追荐两次。斯维德里盖洛夫径自走了。拉斯科利尼科夫稍站了一会儿，想了想，然后跟着神甫走进索尼娅的住房。

他在门口站住了。追荐仪式已经开始，肃静、庄严而又悲哀。从儿时起，一想到死，感觉到死亡确实存在，他总是感到很难过、神秘、可怕，而且已经有很久没听到过追荐亡魂了。而且这儿还有一种非常可怕、令人惊惶不安的气氛。他望着孩子们：他们都跪在棺材前，波列奇卡在哭。索尼娅跪在他们后面，轻轻地祈祷，好像是胆怯地低声啜泣。“这几天她没朝我看过一眼，也没跟我说过一句话。”拉斯科利尼科夫突然想。太阳明晃晃地照耀着这间屋子，香炉里的烟袅袅升起，神甫在念“上帝啊，让她安息吧”。拉斯科利尼科夫一直站到追荐仪式结束。神甫祝福和告辞的时候，有点儿奇怪地朝四下里望了望。追荐仪式结束后，拉斯科利尼科夫走到索尼娅跟前。她突然握住他的双手，把头靠到他的肩上。这亲昵的姿态甚至使拉斯科利尼科夫吃了一惊，感到困惑不解，甚至觉得奇怪：这是怎么了？对他毫不厌恶，毫无反感，她的手一点儿也不发抖！这是一种极端自卑的表现。至少他是这样理解的。索尼娅什么也没说。拉斯科利尼科夫握了握她的手，就走了出去。他感到非常痛苦。如果这时能随便躲到哪里去，只有他孤单单的一个人，哪怕终生如此，他也认为自己是幸福的。然而问题在于：最近一个时期，尽管他几乎总是一个人，却怎么也不能感觉到他确实是形单影只，孑然一身。有时他到城外去，走到一条大路上，有一次他甚至走进一片小树林里，但地方越僻静，他就越发强烈地意识到，似乎有人就站在他身旁，让他感到惶恐不安，倒不是觉得可怕，然而不知怎的，让他感到十分苦恼，于是他赶快回到城里，混杂在人群中间，走进小饭馆、小酒店，到旧货市场或干草广场去。在这些地方似乎反而会觉得轻松些，甚至也更孤独些。一天傍晚，一家小酒馆里有人在唱歌，他在那里坐了整整一个钟头，听人唱歌，记得，当时他甚至觉得十分愉快。可是最后他又突然感到不安了，仿佛良心的谴责突然又让他痛苦起来："瞧，我坐在这儿听唱歌呢，可难道这是我应该做的吗！"他似乎这样想。不过他立刻猜到，并不仅仅是这一点使他感到不安，有一件要求立刻解决的事情，然而这件事既无法理解，也不能用语言表达出来。一切都纠缠在一起，乱作一团。"不，最好还是斗争！最好是波尔菲里再来……或者斯维德里盖洛夫……但愿赶快再来一个什么挑战，或者有人攻击……是的！是的！"他想。他走出小酒馆，几乎奔跑起来。一想到杜尼娅和母亲，不知为什么他突然仿佛感到心惊胆战，说不出的恐惧。这天夜里，黎明前他在克列斯托夫岛上的灌木丛里醒来了，他在发烧，浑身发抖，他走回家去，清晨才回到家里。睡了几个钟头以后，烧退了，但是醒来的时候已经很迟：下午两点了。

他想起这天是卡捷琳娜·伊万诺芙娜安葬的日子，他没去参加，为此感到高兴。娜斯塔西娅给他送来了吃的，他津津有味地吃着、喝着，胃口好极了，几乎是贪婪地把送来的东西一扫而光。他的头脑清醒些了，心情也比最近三天来安宁些了。有一会儿，他甚至为先前那种突然而来的无以名状的恐惧感到惊讶。房门开了，拉祖米欣走了进来。

“啊！在吃饭，可见病好了！”拉祖米欣说，端过一把椅子，挨着桌子，坐在拉斯科利尼科夫的对面。他心情焦急不安，也不设法掩饰这种心情。他说话时流露出明显的烦恼神情，不过说得从容不迫，也没有特别提高嗓音。可以认为，他心里有个特别的、甚至是十分独特的打算。“你听我说，”他坚决地说，“对你的事，我一点儿也不感兴趣，不过就我目前所看到的情况来说，我清清楚楚地看出，我什么也不明白，请你别以为我是来盘问你。我才不呢！我不想问！就是你现在自己公开你的全部秘密，把什么都告诉我，也许我连听都不要听，我会啐一口唾沫，转身就走。我来找你，只不过是想亲自彻底弄个明白：第一，你是个疯子，这是不是真的？你要知道，对你有一种坚定的看法，（嗯，不管是什么地方吧）认为你大概是个疯子，或者很容易变成疯子。我老实告诉你，我自己也非常同意这种看法；第二，根据你那些愚蠢的、在某种程度上也是卑鄙的行为（无法解释的）看来，是如此；第三，从你不久前对令堂和令妹的行为来看，也是如此。如果不是疯子，只有恶棍和坏蛋才会像你那样对待她们，可见你是疯子……”

“你见到她们已经很久了吗？”

“刚刚见到她们。而你从那时候起就没见过她们吗，你去哪儿闲逛了？请你告诉我，我已经来找过你三次了。从昨天起，令堂就病得很厉害。她打算来看你，阿芙多季娅·罗曼诺芙娜不让她来；她什么话也不想听，她说：‘如果说他有病，如果说他精神不正常，那么母亲不去照顾他，谁去照顾他呢？’我们和她一道来过这里，因为我们不能丢下她一个人不管。一路上，直到你的房门口，我们一直劝她安静下来。进到屋里，你不在家；瞧，她就坐在这儿。坐了十分钟，我们站在她身边，一句话也不说。她站起来，说：‘既然他出去了，可见他身体是健康的，既然他把母亲忘了，那么做母亲的站在门口，像乞求施舍一样恳求他的爱，是不成体统的，也是可耻的。’回家以后，她就病倒了。现在在发烧，她说：‘现在我明白了，为了自己人，他倒是有时间的。’她认为，这个自己人就是索菲娅·谢苗诺芙娜，她是你的未婚妻，还是情妇，这我就不知道了。我刚才去找过索菲娅·谢苗诺芙娜，因为，老兄，我想把事情弄清楚，我到了那里，一看：停着一口棺材，孩子们在哭。索菲娅·谢苗诺芙娜在给他们试穿孝服。你不在那里。我看了看，道了歉，就走了，把这情况告诉了阿芙多季娅·罗曼诺芙娜。这么说，这一切全都是瞎猜，这儿根本没有什么自己人，可见，最正确的看法是，你发疯了。可是，瞧，你坐在这儿狼吞虎咽地吃炖牛肉，就像三天没吃饭似的。假定说，疯子也吃东西，可是虽然你还没跟我说过一句话，可是你……不是疯子！对这一点，我可以起誓。首先，你不是疯子。那么我就不管你的事了，因为这儿准是有个什么秘密，一件不能让人知道的事，我可不想绞尽脑汁去猜测你的秘密。所以我只是来骂你一顿，”说完他站了起来，“发泄一下，我知道现在该做什么了！”

“现在你要做什么？”

“现在我要做什么，关你什么事？”

“当心，你要喝酒去！”

“为什么……这你是怎么知道的？”

“哈，让我猜着了！”

拉祖米欣沉默了一会儿。

“你一向是个很理智的人，你从来，从来就不是疯子！”他突然激动地说，“这你说对了：我是要去喝酒！别了！”他说罢就走。

“大概是前天，我跟妹妹说起过你，拉祖米欣。”

“说我？对了……前天你能在哪儿见到过她？”拉祖米欣突然站住了，脸甚至有点儿发白。可以猜到，他的心在胸膛里慢慢地、紧张地跳动起来。

“她到这儿来了，一个人来的，坐在这儿，和我说过话。”

“她？”

“是的，是她。”

“你说什么了……我是想说，你说我什么了？”

“我对她说，你是个好人，正直而且勤劳。至于你爱她，我可没告诉她，因为这个她自己也知道。”

“她自己知道？”

“嗯，那还用说！不管我去哪里，不管我出什么事，你都要像神明一样，和她们待在一起。我，可以这么说吧，把她们托付给你了，拉祖米欣。我之所以这么说，是因为我完全明白，你多么爱她，而且对于你心地纯洁，深信不疑。我也知道，她会爱你，甚至也许已经在爱着你了。现在你自己决定好了，你自己知道得最清楚——你该不该去喝酒。”

“罗季卡……你要知道……嗯……唉，见鬼！可是你想上哪儿去？你瞧：如果这全都是秘密，那就算了！不过我……我一定会把这个秘密打听出来……而且相信，这一定是什么胡说八道，是一些可怕的荒唐念头，而且这全都是你胡思乱想，自己想出来的。不过，你是个最好的好人！最好的好人！……”

“我正想对你补充一句，可是你打断了我的话，我要补充的就是，刚才你说不打听这些秘密，这些不能让人知道的事情，你的这个决定是很对的。暂时你先别管，请别劳神。到时候你会全知道的，确切地说，就是到必要的时候。昨天有个人对我说，人需要空气，空气，空气！现在我想去他那里，去弄清楚，这话是什么意思。”

拉祖米欣站着，陷入沉思，心情激动，在考虑着什么。

“这是个政治阴谋家！一定是！他正处于采取某一决定性步骤的前夕——这是一定的！不可能不是这样，而且……而且杜尼娅知道……”他突然暗自想。

“这么说，阿芙多季娅·罗曼诺芙娜常来看你，”他一字一顿地说，“你呢，要去会见一个人，这个人说，需要更多的空气，空气，而且……而且，这样看来，这封信……也是从那儿来的了。”他仿佛自言自语地断定。

“什么信？”

“她收到了一封信，就是今天，这使她惊慌不安。很不安。甚至非常担心。我跟她谈你的事——她求我不要说。后来……后来她说，也许我们很快就会分手，随后她又为了什么事情热烈地感谢我，随后她就回到自己屋里，把门锁上了。”

“她收到了一封信？”拉斯科利尼科夫若有所思地又问了一声。

“是啊，一封信，可是你不知道吗？嗯哼。”

他们两人都不说话了。

“再见，罗季昂。我，老兄……有一个时期……不过，再见，你要知道，有一个时期……嗯，再见！我也该走了。我不会去喝酒。现在用不着了……你胡说！”

他匆匆地走了，但是已经出去，已经几乎随手掩上了房门，却又突然把门推开，望着旁边什么地方，说：

“顺带说一声！你记得这件凶杀案吗？嗯，就是这个波尔菲里经办的：谋杀那个老太婆的案子？嗯，要知道，凶手已经查明，他自己招认了，还提供了一切证据。这就是那两个工人，那两个油漆匠当中的一个，你想想看，还记得吧，在这儿我还为他们辩护过呢？你相信吗，那几个人——管院子的和那两个见证人上楼去的时候，他和他的同伴打打闹闹，在楼梯上哈哈大笑，这都是他为了转移别人的视线，故意做出来的。这个狗崽子多么狡猾，多么镇静！让人难以相信，可他自己做了解释，自己全都招认了！我上当了！有什么呢，照我看，这只不过是一个善于伪装、善于随机应变的天才，一个从法律观点来看善于转移视线的天才——所以没什么好奇怪的！难道不可能有这样的人吗？至于他没能坚持到底，终于招认了，这就让我更加相信他的话了。更合乎情理嘛……可是我，那时候我却上当了！为了他们气得发狂！”

“请你说说看，这一切你是怎么知道的，对这件事你为什么这么感兴趣？”拉斯科利尼科夫问，看得出来，他很焦急。

“这还用问！我为什么感兴趣？是你问我！……我是从波尔菲里那里知道的，也从别人那里听说过。不过从他那里几乎了解了一切情况。”

“从波尔菲里那里？”

“从波尔菲里那里。”

“他……他的意思呢?”拉斯科利尼科夫惊慌地问。

“关于这件事，他对我做了极好的解释。按照他的方式，从心理学上做了解释。”

“他做了解释?他亲自给你作了解释?”

“亲自，亲自。再见!以后还要跟你谈点儿事情，不过现在我还有事。以后再说……有一段时间，我以为……没什么，以后再说!……现在我干吗还要喝酒呢。不用酒，你已经把我灌醉了!我真的醉了，罗季卡!现在不用喝酒我就醉了，好，再见!我还会来的，很快就来。”

他走了。

“这，这是个政治阴谋家，一定是的，一定是!”拉祖米欣慢慢下楼去的时候，完全肯定地暗自断定，“把妹妹也拉进去了，像阿芙多季娅·罗曼诺芙娜这样的性格，这非常、非常可能。他们见过好几次面……要知道，她也对我暗示过。根据她的许多话……她的片言只语……和暗示来看，这一切都只能是这个意思!不然，对这些错综复杂、一团乱麻似的情况应做何解释呢?嗯哼，我本来以为……噢，上帝啊，我怎么会这样想呢。是的，这是我一时糊涂，我对不起他!这是他当时在走廊上，在灯光下把我搞糊涂了。呸!我的想法多么可恶、不可宽恕而且卑鄙啊!尼科尔卡招认了，他真是好样的……以前的所有情况，现在全都清楚了!那时候他的病，他那些奇怪的行为，甚至以前，以前，还在大学里的时候，他一向都是那么阴郁，那么愁闷……不过现在这封信又是什么意思?大概这也有什么用意。这封信是谁来的?我怀疑……嗯哼。不，我一定要把这一切都弄清楚。”

他回忆着，并细细考虑着有关杜涅奇卡的一切，他的心揪紧了。他拔脚就跑。

拉祖米欣刚走，拉斯科利尼科夫就站起来，转身走向窗前，一下子走到这个角落，一下子又走到另一个角落，仿佛忘记了他这间小屋是那么狭小，后来……又坐到了沙发上。他好像获得了新生，再作斗争——那么，出路就找到了！

是的，那么，出路就找到了！不然，这一切积累在一起，毫无出路，压得人喘不过气来，痛苦不堪，使人昏昏沉沉，糊里糊涂。自从在波尔菲里那里看到米科尔卡演的那场戏，他就感到毫无出路，陷入了绝境。看了米科尔卡的演出以后，就在那天，在索尼娅家里又发生了那样的情景，那幕戏是由他导演的，可是演出的情况和结局都完全、完全不像他以前想象的那样……他变得虚弱无力了，就是说，转瞬间变得完全虚弱无力了！一下子！不是吗？当时他曾同意索尼娅的意见，自己同意了，心里同意了，认为心里有这么一件事，独自一个人是无法活下去的！可是斯维德里盖洛夫呢？斯维德里盖洛夫是个谜……斯维德里盖洛夫搅得他心神不定，这是实情，不过在某种程度上，不该光从这方面考虑。也许跟斯维德里盖洛夫也还要进行一场斗争。斯维德里盖洛夫也许是一条出路，不过波尔菲里却是另一回事。

"这么说，波尔菲里还亲自向拉祖米欣做了解释，从心理学上给他作了解释！又把他那可恶的心理学搬出来了！波尔菲里吗？难道波尔菲里会相信米科尔卡有罪？哪怕是有一分钟相信？既然在米科尔卡到来之前，当时他和波尔菲里之间曾经有过那样的事，出现过那样的情景，他们曾面对面地交谈，而除了一种解释，对这找不出任何合理的解释。（这几天拉斯科利尼科夫头脑里有好多次闪现出，并且回想起会见波尔菲里的情景的几个片段，回忆当时的全部情景是他受不了的）当时他们之间说过那样的一些话，做过那样的一些动作和手势，说话时使用过那样的语调，而且达到了这样的界限，在发生了这一切之后，米科尔卡（从他开始说第一句话，从他的第一个动作，波尔菲里就已经把他看透了），米科尔卡可动摇不了他的基本信念。

“怎么！连拉祖米欣也产生怀疑了！当时在走廊上，在灯光下发生的那幕情景不是没有结果的。于是他跑去找波尔菲里了……不过这家伙何必要这样欺骗他呢？他让拉祖米欣把视线转移到米科尔卡身上去，究竟有什么目的？因为他一定有什么想法。这肯定有什么意图，不过是什么意图呢？不错，从那天早上，已经过了很多时候了——太多了，太多了，但关于波尔菲里，却毫无消息。看来，这当然更加不妙……”拉斯科利尼科夫拿起帽子，沉思了一会儿，从屋里走了出去。在这段时间里，这还是第一天他感觉到，至少他的思想是正常的。“得把跟斯维德里盖洛夫的事情了结掉，”他想，“而且无论如何也要了结掉，尽可能快一点儿：看来这一个也是等着我自己去找他”。在这一瞬间，从他疲惫不堪的心灵里突然升起一股如此强烈的憎恨情绪，说不定他真会杀死两个人当中的一个：斯维德里盖洛夫，或者是波尔菲里。至少他觉得，即使不是现在，那么以后他也会这么做。“咱们等着瞧，咱们等着瞧吧。”他暗自反复地说。

可是他刚打开通穿堂的门，突然遇到了波尔菲里本人。他进到屋里来了。拉斯科利尼科夫呆呆地愣了一会儿。奇怪，波尔菲里来找他，他并不觉得十分惊讶，几乎不怕他。他只是战栗了一下，但很快，霎时间就做好了思想准备。“也许，这就是结局！不过他怎么会像只猫一样悄悄地走近，我竟什么也没听到呢？难道他在偷听吗？”

“没想到有客人来吧，罗季昂·罗曼内奇，”波尔菲里·彼特罗维奇笑着高声说，“早就想顺便来看看了，我打这儿路过，心想，为什么不进去看看，坐上五分钟呢。您要上哪儿去？我不耽误您的时间。只稍坐一会儿，抽支烟，如果您允许的话。”

“请坐，波尔菲里·彼特罗维奇，请坐，”拉斯科利尼科夫请客人坐下，看样子他很满意，而且相当友好，如果他能看看自己，一定会对自己感到惊讶。图穷匕见，去伪存真，一切马上就要见分晓了！有时一个人遇到强盗，有半个小时会吓得要命，可是当刀子架到他脖子上的时候，反而会突然不害怕了。他正对着波尔菲里坐下来，不眨眼地直瞅着他。波尔菲里眯缝起眼，点着了烟。

“喂，说吧，说吧，”好像这样的话就要从拉斯科利尼科夫的心里跳出来了，“喂，怎么，怎么，你怎么不说啊？”

二

“要知道，所有这些香烟！”波尔菲里·彼特罗维奇把烟点着了，抽了几口以后，终于说话了，“都是有害的，只有害处，可我就是戒不掉！我常咳嗽，喉咙里发痒，呼吸困难。您要知道，我胆很小，前两天去包医生[①]那里看病，每个病人他minimum[②]给检查半个小时；他看着我，甚至大笑起来：他敲了敲，听了听，说，您不能抽烟，肺扩张了。唉，可是我怎么

---

① 指包特金医生（1832—1889）。1865年陀思妥耶夫斯基在他那里看过病。

② 拉丁文，“最少”“至少”之意。

能不抽呢？拿什么来代替它？我不喝酒，这可真是毫无办法，嘿——嘿——嘿，我不喝酒，真是糟糕透了！要知道，什么都是相对的，罗季昂·罗曼内奇，什么都是相对的!”

“他这是干什么，又在玩以前玩弄过的老把戏吗，还是怎么的!”拉斯科利尼科夫心里厌恶地想。他不由得想起不久前他们最后一次会见的情景，当时的感情又像波浪一般突然涌上他的心头。

“前天晚上我已经来找过您了，您不知道吗?”波尔菲里·彼特罗维奇接着说下去，同时在打量这间房子，“我走进屋里，就是这间屋里。也是像今天一样，打附近路过，我想，去拜访拜访他吧。我来了，可是房门敞着，我朝四下里看了看，等了一会儿，连您的女仆也没告诉一声，就出去了。您不锁门?”

拉斯科利尼科夫的脸色越来越阴沉了。波尔菲里立刻猜到了他在想什么。

“我是来解释一下，亲爱的罗季昂·罗曼内奇，我是来向您作解释的！我应该，而且有责任向您解释一下，”他微笑着继续说，甚至用手掌轻轻拍了拍拉斯科利尼科夫的膝盖，但是几乎就在同时，他脸上突然露出严肃、忧虑的神情，甚至仿佛蒙上了一层愁云，这使拉斯科利尼科夫感到十分惊讶。他还从来没见过，也从未想到，波尔菲里的脸上会有这样的表情。“最后一次见面的时候，我们之间发生过一种奇怪的情景，罗季昂·罗曼内奇。大概，我们第一次会见的时候，也发生过这种奇怪的情景，不过当时……唉，现在已经是一次接着一次了！事情是这样的：我也许很对不起您，这一点我感觉到了。我们是怎样分手的呢，您记得吗：您神经紧张，双膝颤抖，我也神经紧张，双膝颤抖。您要知道，当时我们之间甚至是剑拔弩张，缺乏君子风度。可我们毕竟都是君子；也就是说，无论如何，我们首先都是君子，这一点必须明白。您该记得，事情闹到了什么地步……甚至已经完全不成体统了。”

“他这是干什么，他把我当成了什么人？”拉斯科利尼科夫惊讶地问自己，微微抬起头，睁大了眼睛直瞅着波尔菲里。

“我考虑过了，认为现在我们最好还是开诚布公，”波尔菲里·彼特罗维奇接着说，微微仰起头，低下眼睛，仿佛不愿再以自己的目光让自己以前的受害者感到困惑不解，似乎也不屑再使用以前使用的那些手法，不屑再玩弄以前玩弄过的那些诡计了，“是的，这样的猜疑和这样的争吵是不能长久继续下去的。当时米科尔卡使我们摆脱了困境，不然我真不知道我们之间会闹到什么地步。当时这个该死的小市民就坐在隔板后面——这您想象得到吗？当然，这事现在您已经知道了，而且我也知道，后来他上您这儿来过，但是当时您猜测的事情却是没有的：当时我并没派人去叫任何人，也没布置过什么。您会问，为什么不布置？怎么跟您讲呢：当时这一切似乎使我自己也大吃一惊。就连那两个管院子的，我也是勉强派人去把他们叫来的。（您出去的时候，大概看到那两个管院子的了吧）当时有个想法，真的，有一个想法，像闪电一样在我脑子里飞快地一闪而过；您要知道，罗季昂·罗曼内奇，当时我坚信不疑。我想，让我哪怕是暂时放过一个去好了，然而我会抓住另一个的尾巴——至少不会放过自己的那一个，自己的那一个。您很容易激动，罗季昂·罗曼内奇，天生容易激动，甚至是太容易激动了，虽说您还有其他性格和心情上的种种主要特点，对此我多少有点儿了解，所以就把希望寄托在这上面了。嗯，当然啦，就是在那时候，我也能考虑到，一个人突然站起来，冒冒失失地把全部底细都告诉您，这样的事不是经常会发生的。虽说也会有这样的事，特别是当一个人给弄得失去最后的耐心的时候，不过无论如何这十分罕见。这一点我也能考虑到。不，我想，我要是掌握了一点事实，那就好了！哪怕是微不足道的一点事实，只要有一点就够了，不过是可以用手抓得到的，是个实实在在的东西，而不是这种心理上的玩意儿。因为，我想，如果一个人有罪，那么当然无论如何也可以从他那里得到点儿什么非常重要的东西，甚至可以指望得到最出乎意外的结果。当时我把希望寄托在您的性格上，罗季昂·罗曼内奇，最大的希望寄托在性格上！当时我对您确实抱有很大的希望。”

“可是您……可现在您为什么还是这么说呢，”拉斯科利尼科夫终于含糊不清地说，甚至不大理解这句问话的意义，“他说这话是什么意思?”他感到困惑莫解，“难道他真的认为我是无辜的吗?”

“我为什么这么说嘛？我是来做解释的，可以这么说吧，我认为这是我神圣的责任。我想把一切统统都对您说出来，事情的全部经过，当时那些，可以说是不愉快的事情，统统都对您讲清楚。我让您忍受了许多痛苦，罗季昂·罗曼内奇。可我不是恶魔。因为我也理解，一个精神负担很重，然而骄傲、庄严和缺乏耐性的人，特别是一个缺乏耐性的人，怎么能忍受得了这一切呢！不管怎样，我还是把您看作一个最高尚的人，甚至有舍己为人的精神，尽管我不同意您所有的那些信念，并且认为有责任把话说在前头，坦率地、十分真诚地说出自己的意见，因为首先，我不想欺骗您。自从认识了您，我就对您有一种依依不舍的感情。对我的这些话，您也许会哑然失笑吧？您当然有笑的权利。我知道，您从一见到我就不喜欢我，因为实际上也没有什么好喜欢的。不过，不管您认为怎样，请您相信，现在我想从我这方面用一切办法来改变我给您留下的印象，而且向您证明，我也是个有人性、有良心的人。我说这话是很真诚的。”

波尔菲里·彼特罗维奇尊严地停顿了一下。拉斯科利尼科夫感觉到，一阵新的恐惧犹如浪涛一般涌上心头。波尔菲里认为他是无辜的，这个想法突然使他感到害怕起来。

“按照顺序把一切都讲一遍，讲一讲当时这是怎么突然发生的，这大概没有必要，”波尔菲里·彼特罗维奇接着说，“我认为，这甚至是多余的。而且我也未必能都说清楚。因为，怎么能详细说明这一切呢？一开始是有一些传说。至于这是些什么传闻，是谁说的，是什么时候……又是因为什么牵连到您——我想，这些也都不必说了。就我个人来说，这是从一件偶然的事情开始的，是一件纯属偶然的事情，这件事情极有可能发生，也极可能不发生——那么是件什么事情呢？嗯哼，我想，这也没有什么好说的。所有这一切，那些传闻，还有那些偶然的事情，凑在一起就使我当时产生了一个想法。我坦白地承认，因为既然承认，那就得毫无保留地承认一切——当时是我首先对您产生了怀疑。就算是有老太婆在抵押的东西上所做的记号以及其他等等——所有这一切都是无稽之谈。这种玩意儿数以百计。当时我也有机会得知区警察分局办公室里发生的那一幕的详情细节，也是偶然听说的，倒不是道听途说，而是从一个特殊的、很重要的人那里听说的，他自己也没意识到，他把当时的情景叙述得多么生动。要知道，这些事情是一件接着一件，一件接着一件，罗季昂·罗曼内奇，亲爱的朋友！嗯，这怎么能不使注意力转向某个一定的方向呢？一百只兔子永远也凑不成一匹马，一百个疑点永远也不能构成一个证据，不是有这么一句英国谚语吗，然而，要知道，这只是一种理智的说法，可是对于热情，

对于热情，你倒试试看去控制它吧，因为侦查员也是人啊。这时我也想起了您在杂志上发表的那篇文章，您还记得吧，还有您第一次去我家的时候，咱们就详细谈过这篇文章。当时我嘲讽了一番，但这是为了让您做进一步的发挥。我再说一遍，您没有耐性，而且病得很厉害，罗季昂·罗曼内奇。至于您大胆，骄傲，严肃，而且……您有所感受，您有很多感受，这一切我早就知道了。所有这些感受我都并不陌生，就连您那篇文章，我看着也觉得是熟悉的。这篇文章是在不眠之夜和近乎发狂的情况下酝酿构思的，当时一定是心情振奋，心在怦怦地狂跳，而且满怀着受压抑的激情。然而年轻人的这种受压抑的激情是危险的！当时我曾对这篇文章冷嘲热讽，可现在却要对您说，也就是说，作为一个欣赏者，我非常喜欢这篇青春时期热情洋溢的处女作。烟，雾，琴弦在茫茫雾海中发出铮铮的响声[①]。您的文章是荒谬的，脱离实际的，但是也闪烁着如此真挚的感情，它包含有青年人的骄傲和坚定不移的信念，包含有无所顾忌的大胆；这是一篇心情阴郁的文章，不过这很好。我看了您的文章，就把它放到了一边，而且……在把它放到一边去的时候，我心里就想：‘唉，这个人是不会碌碌终生的！’现在请您说说看，既然有了上述情况，以后发生的事怎么会不让我发生兴趣呢！唉，上帝啊？难道我是在说什么吗？难道我是在证明什么吗？当时我只不过是注意到了。我想，这儿有什么呢？这儿什么也没有，也就是根本什么都没有，也许是完全没有什么。我，一个侦查员，这样全神贯注，甚至是完全不应该的：我手里已

---

① 引自果戈理的《狂人日记》。但引文不确切。原文是：“灰蓝色的雾在脚下弥漫，琴弦在雾中震颤。”

经有一个米科尔卡，而且已经有一些事实——不管您有什么看法，可这都是事实！他在谈他的心理，在他身上还得下点儿工夫，因为这是件生死攸关的事。现在我为什么要向你解释这一切呢？为了让您知道，而且以您的智慧和您的心灵做出判断，不致为我当时那些恶意的行为而责备我。不是恶意的，我这样说是真诚的，嘿——嘿！您认为当时我没上您这儿来搜查过吗？来过，来过，嘿——嘿，当您在这儿卧病在床的时候，我来搜查过了。不是正式搜查，也不是以侦查员的身份，可是来搜查过了。甚至是根据最初留下的痕迹，在您屋里仔细察看过了，没有漏掉任何最细小的东西，然而——umsonst！[①]我想：现在这个人会来的，他会自己来的，而且不久就要来；如果他有罪，他就一定会来。别人不会来，可这个人会来。您记得拉祖米欣先生曾向您泄露消息吗？这是我们安排的，目的是让您心里发慌，因此我们故意放出谣言，让他透露给您，而拉祖米欣先生是个心中有气就忍不住的人。您的愤怒和露骨的大胆行为首先引起了扎苗托夫先生的注意：嗯，竟突然在小饭馆里贸然说：'我杀了人！'太大胆了，太放肆了，我想，如果他有罪，那么这是个可怕的对手！当时我这么想。我在等着。竭力耐心等着，而扎苗托夫当时简直让您给搞得十分沮丧……问题在于，这该死的心理是可以做不同解释的！嗯，于是我就等着您，一看，您真的来了！我的心怦怦直跳。唉！当时您为什么要来呢？您的笑，您记得吗，那时候您一进来就哈哈大笑，当时我就像透过玻璃一样识破了一切，如果我不是怀着特殊的心情等着您，那么在您的大笑中是不会发现什么的。瞧，精神准备是

---

① 见《新约全书·约翰福音》第十一章。

多么重要。拉祖米欣先生当时也——啊！石头，石头，您记得吗，还有把东西蒙在一块什么石头底下？嗯，我好像看到了那块石头，在什么地方菜园里的那块石头——您不是对扎苗托夫说过，是在菜园里吗？后来在我那里又说过一次？当时我们开始分析您这篇文章，您给我做了说明——您说的每一句话都有双重含意，仿佛每句话的背后都隐藏着另一种意思！瞧，罗季昂·罗曼内奇，我就这样走到了极限，直到碰了壁，这才清醒过来。不，我说，我这是怎么了！我说，如果愿意，那么这一切，直到最后一个细节，都可以作另一种解释，那样甚至更自然些。真伤脑筋啊！'不，'我想，'我最好是能有一个事实！……'当时我一听到这拉门铃的事，我甚至都呆住了，甚至浑身战栗起来。'嘿，'我想，'这就是事实！这就是的！'当时我没好好考虑一下，简直就不想多加考虑。那时候我情愿自己掏出一千卢布，只要能亲眼看一看，看您当时是怎样和那个小市民并肩走了百来步，他当面管您叫'杀人凶手'，在这以后你们并肩走了整整一百步，您却什么也不敢问他！……嗯，还有那透入脊髓的冷气？这拉门铃的事是在病中，是在神志不清的时候干出来的吗？所以，罗季昂·罗曼内奇，在这以后，我跟您开了那样一些玩笑，难道您还会感到惊讶吗？您为什么正好在这个时候来呢？真好像是有人推着您来的，真的，要不是米科尔卡让我们分手，那……您记得米科尔卡当时的样子吗？记得很清楚？这可真是一声霹雳！乌云中突然一声霹雳，一道闪电！嗯，我是怎样接待他的呢？对这道闪电，我根本就不相信，这您自己也看得出来！我怎么能相信呢！后来，您走了以后，他开始很有条理地回答了某几个问题，这使我感到惊讶，可是以后我对他的话一点儿也不相信了！对此变得像金刚石一般坚定。不，我想，莫尔根·弗里[1]！这哪里会是米科尔卡！”

“拉祖米欣刚才对我说，现在您也认为米科尔卡有罪，而且还要让拉祖米欣也相信……”

他感到喘不过气来，没有把话说完。他异常焦急不安地听着，这个对他了解得十分透彻的人竟放弃了自己的看法。他不敢相信，也不相信。他贪婪地在这些仍然是语意双关的话里寻找并抓住更为确切、更为确定的东西。

“拉祖米欣先生嘛！”波尔菲里·彼特罗维奇高声说，仿佛对一直默默无言的拉斯科利尼科夫提出问题感到高兴似的，“嘿！嘿！嘿！本来就不该让拉祖米欣先生插进来：两个人蛮好嘛，第三者请别来干涉。拉祖米欣先生是另一回事，而且他是局外人，他跑到我那里去，脸色那么白……嗯，上帝保佑他，用不着他来多管闲事！至于米科尔卡，您想不想知道这是个什么人，也就是说，在我看来，他是个什么样的人？首先，这还是个未成年的孩子，倒不是说，他是个胆小鬼，而是说，他好像是个艺术家。真的，我这样来形容他，您可别笑。他天真，对一切都很敏感。他有良心，是个爱幻想的人。他会唱歌，也会跳舞，据说，他讲起故事来讲得那么生动，人们都从别处来听他讲故事。他上过学，别人伸出手指来指指他，他也会哈哈大笑，一直笑得浑身瘫软无力，他也会喝得烂醉如泥，倒不是因为喝酒毫无节制，而是有时会让人给灌醉，他还像个小孩子。于是他也偷东西了，可是自己并不知道这是偷窃，因为‘既然他是在地上拾的，那能算偷吗？’您知道不知道，他是个分裂派教

① 德文，“明天早晨”之意。这里的意思是“去他的”。

徒[1]，还不仅是分裂派教徒，而且简直就是其中某个教派的信徒。他的家族中有几个别古纳[2]，不久前他本人曾经有整整两年在农村里受过一个长老的精神熏陶。这一切我是从米科尔卡和他的一些同乡那里了解到的。他怎么会杀人呢！他简直想跑到荒凉无人的地方去！他很虔诚，每天夜里向上帝祈祷，他看'真正'古老的经书，看得入了迷。彼得堡对他产生了强烈的影响，特别是女人，嗯，还有酒。他很容易受环境影响，把长老啊什么的全都忘了。我知道，这儿有个画家很喜欢他，开始去找他，可是这件事情发生了！嗯，他吓坏了，想要上吊！逃跑！民间对我们的法律就是这样理解的，有什么办法呢！对'审判'这个词儿，有人觉得可怕。唉，但愿上帝保佑！嗯，看来，现在他在监狱里想起这位正直的长老来了，《圣经》又出现了。罗季昂·罗曼内奇，您知道吗，在他们当中的某些人看来，'受苦'意味着什么？这倒不是说为了什么人去受苦，而只不过是'应该受苦'，这意思就是说，对痛苦应该逆来顺受，来自当局的痛苦，那就更应该忍受了。我任职期间，有个最驯良的犯人坐了整整一年牢，每天夜里都在火炕上看《圣经》，看得入了迷，您要知道，他简直已经走火入魔了，竟无缘无故抓起一块砖头，朝典狱长扔了过去，可他毫无伤害他的意思。他扔的时候故意不对准，砖头从典狱长身旁一俄尺远的地方飞了过去，免得打伤了他！犯人用武器袭击长官，那还得了，大家都知道，他会有什么样的下场：'这就是说，他要受苦了。'所以，现在我也怀疑，米科

---

① 脱离了正统东正教教会的宗教派别，叫分裂派，分裂派中又分为一些不同的教派。所有这些教派的信徒统称为分裂派教徒。

② 别古纳是分裂派中的一个教派。这个教派产生于18世纪末，其成员脱离家庭，不服从当时的政权，逃到森林中去生活。

尔卡是想要‘受苦’，或者是有类似的想法。我确实知道，甚至根据事实来看，也是如此。不过他自己不知道，我知道他心里的想法。怎么，您不认为这样的人里面会有怪人吗？有的是呢。现在长老又开始起作用了，特别是在上吊以后，他又想起长老来了。不过，他自己会来告诉我的。您认为他会坚持到底吗？您先别忙，他还会翻供的！我随时都在等着他来推翻自己的供词。我很喜欢这个米科尔卡，正在细细研究他。您是怎么想的呢？嘿！嘿！有些问题，他对我回答得很有条理，显然，他得到了必要的材料，做过精心准备。可是对于另一些问题，却完全茫然了，什么也不知道，而且自己并没意识到他不知道！不，罗季昂·罗曼内奇老兄，这不是米科尔卡干的！这是一件荒诞的、阴暗的案件，现代的案件，发生在我们时代的事，在这个时代，人心都变糊涂了。文章里总爱引用血会使一切‘焕然一新’这句话，宣传人生的全部意义就在于过舒适的生活。这是书本上的幻想，这是一颗被理论搅得失去了平静的心。这儿可以看得出迈出第一步的决心，然而是一种特殊类型的决心——他下定了决心，就好像是从山上跌下来，或者从钟楼上掉下去似的，而且好像是不由自主地去犯了罪。他忘了随手关门，却杀了人，杀了两个人，这是根据理论杀的。他杀了人，却不会偷钱，而来得及拿到的东西，又都藏到石头底下去了。他待在门后担惊受怕，还嫌不够，又闯进门去，去拉门铃——不，后来他在神志不清的情况下，又走进那套空房子，去回味门铃的响声，想再体验一下背脊上发冷的滋味……嗯，就假定说他是有病吧，可是还有这样的事：他杀了人，却自以为他是个正直的人，蔑视别人，他面色苍白，还装得像个天使一样，这哪里会是米科尔卡呢，亲爱的罗季昂·罗曼内奇，这不是米科尔卡！”

在他以前说了那些好像是放弃对他怀疑的话以后，这最后几句话实在是太出乎意外了。拉斯科利尼科夫像给扎了一刀似的，浑身颤抖起来。

“那么……是谁……杀的呢？”他忍不住用气喘吁吁的声音问。波尔菲里·彼特罗维奇甚至急忙往椅背上一靠，仿佛这个问题提得这么出乎意料，使他吃了一惊。

“那么是谁杀的？……”他反问，似乎不相信自己的耳朵，“是您杀的，罗季昂·罗曼内奇！就是您杀的……”他用深信不疑的语气几乎是低声补上一句。

拉斯科利尼科夫霍地从沙发上站起来，站了几秒钟，什么话也没说，又坐了下去。他脸上掠过一阵轻微的痉挛。

“嘴唇又像那时候一样发抖了，”波尔菲里·彼特罗维奇甚至好像同情似的喃喃地说，“罗季昂·罗曼内奇，看来，您没正确理解我的意思，”沉默了一会儿，他又补充说，“所以您才这么吃惊。我来这里正是为了把一切都说出来，把事情公开。”

“这不是我杀的。”拉斯科利尼科夫喃喃地说，真像被当场捉住、吓得要命的小孩子。

“不，这是您，罗季昂·罗曼内奇，是您，再不会是任何别的人。”波尔菲里严峻而且深信不疑地低声说。

他们俩都不说话了，沉默持续得太久了，甚至让人感到奇怪，约莫有十来分钟。拉斯科利尼科夫把胳膊肘撑在桌子上，默默地用手指抓乱自己的头发。波尔菲里·彼特罗维奇安静地坐在那儿等着。突然拉斯科利尼科夫轻蔑地朝波尔菲里看了一眼。

“您又把老一套搬出来了，波尔菲里·彼特罗维奇！还是您那套手法：

这一套您真的不觉得厌烦吗?”

“唉，够了，现在我干吗还要玩弄手法呢！如果这儿有证人，那就是另一回事了，可我们是两个人私下里悄悄地谈谈。您自己也看得出来，我并不是像追兔子那样来追捕您。您承认也好，不承认也好——这个时候对我来说反正一样。您不承认，我心里也已经深信不疑了。”

“既然如此，那您来干什么呢?”拉斯科利尼科夫气愤地问，“我向您提出一个从前已经问过的问题：既然您认为我有罪，为什么不把我抓起来，关进监狱?”

“唉，这可真是个问题！我可以逐点回答您：第一，这样直接把您抓起来，对我不利。”

“怎么会不利呢！既然您深信不疑，那么您就应该……”

“唉，我深信不疑又怎样呢？因为这一切暂时还都是我的幻想。我为什么要把您关到那里去，让您安心呢？这一点您自己也是知道的，既然您自己要求到那里去。譬如说吧，我把那个小市民带来，让他揭发您，您就会对他说：“你是不是喝醉了？谁看见我跟你在一起了？我只不过是把你当成了醉鬼，你的确是喝醉了’，到那时我跟您说什么呢，尤其是因为，您的话比他的话更合乎情理，因为他的供词里只有心理分析——这种话甚至不该由像他这样的人来说——您却正好击中了要害，因为这个坏蛋是个出了名的酒鬼。而且我自己也已经有好几次坦白地向您承认，这种心理上的玩意儿可以做两种解释，而第二种解释更为合情合理，而且合理得多，此外，我手里暂时还没掌握任何能证明您有罪的东西。尽管我还是要把您关起来，甚至现在亲自来（完全不合乎情理）把一切预先告诉您，可我还是要坦白地对您说（也不合乎情理），这会对我不利。嗯，第二，我之所以要到您这儿来……”

“嗯，这第二呢？”（拉斯科利尼科夫仍然喘不过气来。）

“因为，正像我刚才已经说过的，我认为有责任来向您解释一下。我不想让您把我看作恶棍，何况我对您真诚地抱有好感，不管您是不是相信。因此，第三，我来找您是为了向您提出一个诚恳、坦率的建议——投案自首。这对您有数不清的好处，对我也比较有利——因为一副重担可以卸下来了。怎么样，从我这方面来说，是不是够坦白了？”

拉斯科利尼科夫想了大约一分钟。

“请您听我说，波尔菲里·彼特罗维奇，您自己不是说，只有心理分析吗？然而您却岔到数学上去了。如果现在您弄错了，那会怎样呢？”

“不，罗季昂·罗曼内奇，我没弄错。这样的事实我还是有的。要知道，这个事实我当时就掌握了，上帝赐给我的！”

“什么事实？”

“是什么事实，我可不告诉您，罗季昂·罗曼内奇。而且无论如何现在我无权再拖延了，我会把您关起来的。那么请您考虑考虑：对我来说，现在反正都一样了，所以，我只是为您着想。真的，这样会好一些，罗季昂·罗曼内奇！”

拉斯科利尼科夫恶狠狠地冷笑了一声。

“要知道，这不但可笑，这甚至是无耻。哼，即使我有罪（我根本没说我真的有罪），可我何苦要向您自首呢，既然您自己也说，坐进你们的监狱，我就会安心了？”

“唉，罗季昂·罗曼内奇，对我的话您可别完全信以为真，也许，您并不会完全安心！因为这只是理论，而且还是我的理论，可对您来说，我算什么权威呢？也许，就连现在我也还对您瞒着点儿什么呢。我可不会不管三七二十一，把什么都向您和盘托出啊，嘿！嘿！第二：您怎么问，有什么好处呢？您知道不知道，这样做您会获得减刑，大大缩短刑期？要知道，您是在什么时候去自首的？您只要想想看！您去自首的时候，另一个人已经承认自己有罪，把案情搞得复杂化了，不是吗？我可以向上帝起誓，我会在'那里'造成假象，安排得似乎您的自首完全是出乎意外的。所有这些心理分析，我们要完全排除掉，对您的一切怀疑，我也要让它完全化为乌有，这样一来，您的犯罪就好像是一时糊涂，因为，凭良心说，也的确是一时糊涂。我是个正直的人，罗季昂·罗曼内奇，我说话是算数的。"

拉斯科利尼科夫忧郁地一言不发，低下了头，他想了好久，最后又冷笑一声，不过他的笑已经是温和而且悲哀的了。

"唉，用不着！"他说，仿佛对波尔菲里已经完全不再隐瞒了，"不值得！我根本不需要你们的减刑！"

"唉，我担心的也就是这一点！"波尔菲里激动地，仿佛不由自主地高声说，"我担心的也就正是这一点：您不需要我们的减刑。"

拉斯科利尼科夫忧郁而又威严地看了他一眼。

"唉，您可不要厌恶生活啊！"波尔菲里接下去说，"前面的生活道路还长着呢。怎么不需要减刑呢，怎么会不需要呢！您真是个缺乏耐心的人！"

"前面什么还长着呢？"

"生活嘛！您算是什么先知，您知道得很多吗？寻找，就寻见[1]。也许这就是上帝对您的期待。而且它也不是永久的，我是说镣铐……"

---

① 见《新约全书·马太音福》第七章第八节。

“会减刑……”拉斯科利尼科夫笑了。

“怎么，您害怕的是不是资产阶级的耻辱？这也许是害怕的，可是您自己并不知道这一点——因为还年轻！不过您还是不应该害怕，或者耻于自首。”

“哼——我才不在乎呢！”拉斯科利尼科夫轻蔑而厌恶地低声说，好像不愿说话。他又欠起身来，似乎想上哪里去，可是又坐下了，显然感到了绝望。

“对，对，是不在乎！您不相信我，而且认为我是在拙劣地恭维您，不过您是不是已经生活了很久？您是不是懂得很多呢？您发明了一个理论，可是理论破产了，结果不像您原来所想的那样，于是您感到不好意思了！结果证明这是卑鄙的，这是事实，不过您毕竟不是一个无可救药的卑鄙的人。完全不是一个这样卑鄙的人！您至少没有长期欺骗自己，一下子就走到了尽头。您知道我把您看作什么样的人吗？我把您看作这样的一个人：即使割掉他的肠子，他也会屹立不动，含笑望着折磨他的人——只要他能找到信仰或上帝。嗯，您去找吧，找到了，那么您就会活下去了。第一，您早就该换换空气了。有什么呢，受苦也是件好事。您就去受苦吧，米科尔卡想去受苦，也许是对的。我知道，您不信上帝——不过请您也别卖弄聪明，干脆顺应生活的安排，别再考虑了；您别担心——生活会把您送上岸去，让您站稳脚跟的。送到什么岸上嘛？我怎么知道呢？我只是相信，您还会生活很久。我知道，您现在把我的话当作早已背熟的、长篇大论的教训，不过也许以后什么时候会想起来，会用得到的，正是为此我才说这些话。幸好您只杀了一个老太婆。如果您发明另一个理论，那么说不定会干出比这坏万万倍的事来！也许还得感谢上帝呢，您怎么知道：也许上帝正是为了什么事情而保护您。而您有一颗伟大的心，不必太害怕。您害怕行将到来的伟大的赎罪吗？不，害怕是可耻的。既然您迈出了这一步，那就要坚强起来。这是正义。请您按照正义所要求的去做吧。我知道您不信上帝，可是，真的，生活会把您带上正路的。以后您一定会恢复自尊心。现在您只需要空气，空气，空气！”

拉斯科利尼科夫甚至战栗了一下。

“可您是什么人？”他大喊一声，“您算是什么先知？您是站在什么样的庄严、宁静的高处，郑重其事地向我宣布聪明的预言？”

“我是什么人吗？我是一个已经毫无希望的人，仅此而已。我大概是个有感情、也有同情心的人，大概也多少有点儿知识，不过已经毫无希望了。而您，却是另一回事：上帝给您把生活安排好了。（谁知道呢，也许您的一生会像烟一样消失，什么也不会留下）您要成为另一类人，那又怎样呢？有您那样的一颗心，您大概不会为失去舒适的生活而感到惋惜吧？也许将有很久，谁也不会看到您，可那又有什么呢？问题不在于时间，而在于您自己。您要是成为太阳，那么大家就都会看见您了。太阳首先应该是太阳。您为什么又笑了：我算是什么席勒吗？我敢打赌，您认为，现在我是在讨好您！也许我真的是在讨好您，可这又有什么呢，嘿！嘿！嘿！罗季昂·罗曼内奇，好吧，您还是别相信我的话，甚至永远也不要完全相信——我就是这样的性格，这我承认，只不过我要补充一句：我这个人有多卑鄙，也就有多么正直，大概您自己会做出判断的！”

“您打算什么时候逮捕我？”

“我还能让您闲逛这么一天半，或者两天。请您想想看吧，亲爱的朋友，向上帝祈祷吧。这样对您更有好处。真的，更有好处。”

“嗯，如果我逃跑呢?”拉斯科利尼科夫不知为什么奇怪地笑了笑，问。

“不，您是不会逃跑的。乡下人会逃跑，时髦教派的信徒会逃跑——这种人是别人思想的奴仆，所以只要让他看看指尖，就像对海军准尉德尔卡[①]那样，那么不管要他怎样，他都会一辈子相信。可您不是已经不再相信您那个理论了吗——那您怀着什么信念逃跑呢？而且逃亡会给您带来什么？逃亡生活是很讨厌的，很艰难的，而您首先需要生活和一定的地位，还有适当的空气，那里空气对您合适吗？您逃跑了，还会自己回来的。您非有我们不行。如果我把您关进监狱——您在狱中待上一个月，两个月，三个月，您会突然想起我的话来，自己招认，而且大概您自己也会感到意外。一小时前您自己还不知道您会来自首。我甚至相信，您‘会下决心去受苦’；现在您不相信我的话，可是您自己却会下决心这么做。因为，罗季昂·罗曼内奇，受苦是件伟大的事。您别看我发胖了，这没关系，这我却是知道的。您别笑我说的话，苦难中也含有某种思想。米科尔卡是对的。不，您是不会逃跑的，罗季昂·罗曼内奇。”

拉斯科利尼科夫站起来，拿起制帽。波尔菲里·彼特罗维奇也站了起来。

“去散步吗？这个晚上倒是挺不错的，只是可别下大雷雨。不过下雷雨更好，天气会凉爽些……”

他也拿起了制帽。

“波尔菲里·彼特罗维奇，请您别以为，”拉斯科利尼科夫严肃、坚决

---

① 海军准尉德尔卡是果戈理的喜剧《结婚》中一个不出场的人物。其实这里是指同一剧本中另一个海军准尉彼图霍夫。陀思妥耶夫斯基把这两个人弄混淆了。

地说，“今天我向您承认了。您是个奇怪的人，我听着您说，只是出于好奇。可我什么也没向您承认……这一点请您记住。”

“嗯，我知道，我会记住的——瞧，他甚至在发抖呢。您放心好了，亲爱的朋友，悉听尊便。您去稍微散散步吧，不过不能走得太多。为防万一，我对您还有个小小的请求，”他压低了声音补充说，“这个请求很容易引起误解，不过是重要的：如果，也就是说，万一（不过，对这一点我并不相信，而且认为您根本不会这么做），如果说万一——嗯，只是为防万一——如果在这四十到五十个小时里，您想以另一种方式，以一种惊人的方式了结这件事情——以自杀的方式结束自己的生命（这个假定是荒谬的，请您原谅我做这样的推测），请您留下一张简短、然而详尽的字条。这么着，写上两行，只写两行，请务必也提到那块石头：这样会显得光明正大一些。好吧，再见……希望您会有一些好的想法，会有一个好的开始！”

波尔菲里走了，不知为什么弯下了腰，似乎是避免去看拉斯科利尼科夫。拉斯科利尼科夫走到窗前，气愤而急不可耐地等着，估计波尔菲里已经到了街上，而且又走出了一段路，自己这才从屋里匆匆走了出去。

三

他急于去找斯维德里盖洛夫。在这个人身上他能寄托什么希望呢——他自己也不知道。但是这个人身上却暗藏着一种能够支配他的权力。一意识到这一点，他就已经不能放心了，何况现在时候已经到了呢。

一路上，有一个问题特别使他感到苦恼：斯维德里盖洛夫去没去过波尔菲里那里？

就他所了解的情况来看，他可以起誓——不，没去过！他想了又想，回想波尔菲里来访的全部过程，他明白：不，没去过，当然没去过！

不过如果他还没去过，那么他会不会去找波尔菲里呢？

目前他暂时觉得，不会去。为什么？对此他不能做出解释，不过如果他能解释的话，现在也就不会为此绞尽脑汁了。这一切使他非常苦恼，但同时不知为什么他又顾不得这个了。真是怪事，也许谁也不会相信，然而对自己目前的命运，对必须立刻做出决定的命运，不知为什么他却并不怎么关心，甚至是漫不经心。使他感到痛苦的是另一件重要得多、异常重要的事情——这也是一件只关系到他本人、与别人都不相干的事，不过是另一件事，也是一件最主要的事情。加以他感到精神上已经疲劳到极点，尽管这天早上他的思考能力比最近这几天都要好一些。

已经发生了这么多事情，现在还值不值得努力设法克服这些新的、微不足道的困难呢？譬如说，还值不值得千方百计竭力不让斯维德里盖洛夫去找波尔菲里，还值不值得去研究、打听，在一个什么斯维德里盖洛夫的身上浪费时间呢？

噢，这一切让他多么厌烦啊！

然而他还是急于去找斯维德里盖洛夫，他是不是期望从他那里了解到什么新情况，从他那里得到什么指示，找到什么出路呢？就连一根稻草也会抓住不放嘛！是不是命运，是不是什么本能促使他们遇到了一起？也许，这只不过是疲倦和绝望；也许需要的不是斯维德里盖洛夫，而是另一个人，而斯维德里盖洛夫只不过是偶然给碰上了而已。索尼娅吗？可现在他去找索尼娅做什么？又去乞求她的眼泪吗？而且索尼娅让他感到可怕。索尼娅就是无情的判决，索尼娅就是不可改变的决定。现在——不是走她的路，就是走他的路。特别是在这个时候，他不能去见她。不，是不是最好去试探一下斯维德里盖洛夫，弄清他究竟是个什么人？他内心里不得不承认，不知为什么他似乎当真是早就已经需要这个人了。

然而他们之间能有什么共同之处呢？就连他们干的坏事也不可能是相同的。而且这个人还很讨厌，显然异常淫荡，一定十分狡猾，喜欢骗人，说不定还很恶毒。关于他，就有一些这样的议论。不错，他为卡捷琳娜·伊万诺芙娜的孩子们奔走张罗，可是谁知道他这样做是为了什么，又意味着什么？这个人总是有什么企图，有什么计划的。

这些天来，拉斯科利尼科夫的头脑里还经常出现一个模模糊糊的想法，这想法使他感到非常不安，尽管他甚至曾努力设法驱除它，它让他感到太苦恼了！有时他想：斯维德里盖洛夫一直在他周围转来转去，现在仍然在他周围转悠，斯维德里盖洛夫已经知道了他的秘密，斯维德里盖洛夫以前曾经有一些算计杜尼娅的阴谋诡计。如果现在还有这样的阴谋呢？几乎可以肯定地说：是的。如果现在，他知道了他的秘密，因而获得了控制他的权力，那么他想不想用这种权力作为武器，来算计杜尼娅呢？

这个想法有时甚至会在梦中折磨他，但是像现在，像他去找斯维德里盖洛夫的时候这样清晰地想到这一切，却还是第一次。单单是这么想一想，就已经使他心情抑郁，怒火中烧了。第一，当时一切都已经发生了变化，就连他自己的处境也改变了，所以应该立刻向杜涅奇卡坦白说出这个秘密。或许应该牺牲自己，以免杜涅奇卡行动不够谨慎。一封信？今天早晨杜尼娅接到了一封信！在彼得堡，她能接到谁的信呢？（难道是卢任吗?）不错，有拉祖米欣在那儿守护着，不过拉祖米欣什么也不知道。或许也应该向拉祖米欣坦白地说出来？拉斯科利尼科夫极端厌恶地想。

无论如何，必须尽快见到斯维德里盖洛夫，他暗自拿定了主意。谢天谢地，他需要知道的与其说是细节，不如说是事情的实质。不过，如果斯维德里盖洛夫有算计杜尼娅的阴谋，只要他能做得到，那就……

这些时候，这一个月来，拉斯科利尼科夫已经心力交瘁，对类似的问题现在已经不能做出任何别的决定，他能想出的唯一办法就是："那么我就杀了他"，他怀着冷酷绝望的心情想。他心情沉重，感到压抑，他在街道中间站住了，朝四下里望望：他走的是哪条路，这是上哪儿去啊？他正站在×大街上，离他刚刚穿过的干草广场有三十或四十步远。左边一幢房子的二楼上是一家小饭馆。所有窗子全都大敞着，根据窗内来回走动的人影来看，小饭馆里已经座无虚席。大厅里歌声婉转，黑管和小提琴奏出悠扬的曲调，土耳其鼓敲得热情奔放，还可以听到女人的尖叫声。他感到困惑不解，不知为什么竟会转到×大街上来了，本想转身回去，突然在小饭馆最边上一扇开着的窗户里看到了斯维德里盖洛夫，斯维德里盖洛夫嘴里叼着烟斗，靠窗坐在一张茶桌旁边。这使他十分惊讶，甚至是大吃一惊。斯维德里盖洛夫正在默默地观察他，仔细打量他，这也立刻使拉斯科利尼科夫吃了一惊：似乎斯维德里盖洛夫本想站起来，在还没被发觉之前悄悄地溜走。拉斯科利尼科夫立刻装作好像没看到他的样子，若有所思地望着一旁，可是还在用眼角盯着他。拉斯科利尼科夫的心忐忑不安地怦怦地狂跳。一点儿不错：斯维德里盖洛夫显然不愿意让人看到自己。他从嘴里拿出烟斗，已经想要躲起来了，可是，站起来，推开椅子以后，大概突然发觉，拉斯科利尼科夫已经看见他了，而且正在观察他。他们之间发生了与他们在拉斯科利尼科夫家初次见面时十分相似的情景，当时拉斯科利尼科夫正在睡觉。斯维德里盖洛夫脸上露出了狡猾的微笑，笑容越来越舒展了。两人都知道，他们彼此都看到了对方，而且在互相观察对方。最后斯维德里盖洛夫高声哈哈大笑起来。

“喂，喂，您高兴的话，那就进来吧，我在这里！”他从窗子里喊。

拉斯科利尼科夫上楼到小饭馆里去了。

他在后面一间很小的房间里找到了他，这间小房间只有一扇窗子，与大厅毗连，大厅里摆着二十张小桌，歌手们正在合唱，扯着嗓子拼命叫喊，一些商人、官吏和各色人等一边听唱歌，一边在喝茶。不知从哪里传来了打台球的响声。斯维德里盖洛夫面前的小桌上放着一瓶已经打开的香槟和一个盛着半杯酒的玻璃杯。这间小房间里还有一个背着一架小手摇风琴的少年流浪乐师，一个身体健康、面颊红润的姑娘，她那条花条裙子的下摆掖在腰里，戴一顶系带子的蒂罗尔[①]式的帽子，她是个卖唱的，约莫十七八岁，尽管隔壁屋里正在高声合唱，她却在手摇风琴的伴奏下，用相当嘶哑的女低音在唱一首庸俗的流行歌曲……

“喂，够了！”拉斯科利尼科夫一进来，斯维德里盖洛夫就叫她别唱了。

姑娘立刻停下来，恭恭敬敬地等着。她唱那首押韵的庸俗流行歌曲的时候，脸上也是带着这样严肃而又恭敬的神情。

“喂，菲利普，拿个杯子来！”斯维德里盖洛夫喊了一声。

“我不喝酒。”拉斯科利尼科夫说。

“随您便，我不是给您的。喝吧，卡佳！今天不需要再唱了，你走

① 蒂罗尔是奥地利的一个州。

吧!”他给她斟了满满一杯酒，拿出一张淡黄色的钞票[①]来。卡佳照妇女们喝酒的方式，也就是接连喝了二十来口，一口气把一杯酒全喝光了，拿了那张钞票，吻了吻斯维德里盖洛夫一本正经伸出来让她吻的手，从屋里走了出去，那个背手摇风琴的男孩子也跟着她慢慢地出去了。他们俩都是从街上叫来的。斯维德里盖洛夫在彼得堡住了还不到一个星期，可是他身边的一切已经带有古代宗法制社会的遗风了。小饭馆里的堂倌菲利普已经成了他的“熟人”，在他面前奴颜婢膝。通大厅的门锁起来了，斯维德里盖洛夫在这间屋里就像在自己家里一样，说不定整天整天都待在这里。这家小饭馆很脏，可以说很不好，甚至够不上中等水平。

“我去您那儿找您，”拉斯科利尼科夫开始说，“可是不知为什么从干草广场拐了个弯，来到了×大街上！我从来不弯到这儿来，也不打这儿经过。我从干草广场往右转弯。而且去您那儿的路也不是往这边来。我刚一拐弯，就看到了您！这真怪!”

“您为什么不直截了当地说：这是奇迹!”

“因为这也许只不过是偶然的。”

“要知道，所有你们这些人都是这样的性格!”斯维德里盖洛夫哈哈大笑起来，“即使心里相信奇迹，可就是不肯承认，您不是说吗：‘也许’只不过是偶然的。谈到发表自己的意见嘛，这儿的人都是些胆小鬼，这您想象不到吧，罗季昂·罗曼内奇！我说的不是您。您有自己的见解，也不怕有自己的见解。正是因为这一点，您才引起了我的好奇心。”

“再没有旁的了吗?”

---

① 一卢布的钞票。

“就这一点已经足够了。”

显然斯维德里盖洛夫心情是兴奋的，不过只是稍有点儿兴奋，他只喝了半杯酒。

“我觉得，在您知道我能有您所谓的自己的见解之前，您就来找我了。”拉斯科利尼科夫说。

“啊，那时候是另一回事。无论什么事情都有几个发展阶段。至于说到奇迹嘛，我要告诉您，最近这两三天您好像都白白错过了。是我约您到这家小饭馆来的，您径直到这儿来了，根本就不是什么奇迹。我亲自详细告诉过您，到这儿来的路怎么走，还告诉过您，这家小饭馆在哪儿，几点钟的时候可以在这儿找到我。您记得吗?”

“我忘了。”拉斯科利尼科夫惊讶地说。

“我相信。我跟您说过两次了。这个地址不知不觉深深印在了您的脑子里。于是您也就不知不觉弯到这儿来了，然而您是精确地按照地址找来的，虽说您自己并没意识到这一点。当时我跟您说的时候，并没指望您会理解我的意思。您太露马脚了，罗季昂·罗曼内奇。我还要告诉您：我深信，彼得堡有许多人走路的时候都在自言自语。这是个半疯狂的人的城市。如果我们有科学的话，那么医生、法学家和哲学家都可以根据自己的专业做一次极有价值的调查研究。难得找到这么一个地方，像在彼得堡这样，对人有这么多忧郁的、强烈的和奇怪的影响。单是气候的影响就令人吃惊！然而这是全俄罗斯的中心，它的特征应该在一切事物上都反映出来。不过现在问题不在这里，而在于，我已经有好几次对您冷眼旁观了。您从家里出来的时候还在昂着头。走了二十来步，您已经低下头，把双手背在背后了。您在看，可是无论是前面，还是两旁的东西，您已经什么也看不见了。最后，您嘴唇微微翕动，自言自语起来，有时您还伸出一只手，做着手势。这很不好。说不定，除了我，还有别人在注意您，这可就对您不利了。其实，对我来说，反正一样，我不会治好您这个病，不过您当然明白我的意思。”

“您知道有人在监视我?”拉斯科利尼科夫问，同时试探地打量着他。

“不，我什么也不知道。”斯维德里盖洛夫似乎惊讶地回答。

“嗯，那就请您不要管我。”拉斯科利尼科夫皱起眉头，含糊不清地说。

“好吧，我不管您。”

“您最好还是说说，既然您常来这儿喝酒，而且曾两次约我到这儿来会面，那么现在，我从街上朝窗子里望的时候，您为什么却躲起来，想要溜走呢？这我看得很清楚。”

“嘿！嘿！当时我站在您房门口的时候，您为什么闭着眼睛躺在沙发上，假装睡觉呢？其实您根本就没睡。这我看得很清楚。”

“我可能有……原因……这您是知道的。”

“我也可能有我的原因，虽说您不会知道，是什么原因。”

拉斯科利尼科夫把右胳膊肘撑在桌子上，用右手的手指从下面托着下巴，凝神注视着斯维德里盖洛夫。他对着他的脸仔细看了一会儿，以前这张脸也总是让他感到惊讶。这是一张奇怪的脸，好像是个假面具：面色白中透红，鲜红的嘴唇，留着一部色泽光亮的淡黄色大胡子，一头淡黄色的头发还相当浓密。他的眼睛不知怎么好像太蓝了，目光不知怎么似乎过于阴沉而又呆滞。在这张就年龄来说显得异常年轻的、美丽的脸上，不知有点儿什么让人感到极不愉快的东西。斯维德里盖洛夫的衣服极其考究，是一套轻而薄的夏装，而他特别向人炫耀的，还是他的内衣。一只手指上戴着一枚镶着贵重宝石的老大的戒指。

“难道我也得和您较量较量吗?”拉斯科利尼科夫突然焦躁不安、急不可耐、直截了当地说，“如果您想伤害我，虽然您也许是一个最危险的人，可是我却不想突然改变自己的习惯。我这就让您看看，我并不是像您所想的那样爱惜自己，您大概认为我非常爱惜自己吧。您要知道，我来找您，是要直截了当地告诉您，如果您对舍妹还有从前的那种打算，如果为了达到这个目的，您想利用最近发现的秘密，那么在您把我关进监狱之前，我就先杀了您。我说话是算数的：您要知道，我说得到，就做得到。第二，如果您对我没什么——因为这些时候我一直觉得您好像有话要对我说——那么就请快点儿说吧，因为时间是很宝贵的，也许，要不了多久，就会迟了。”

“您这么急，是急于上哪儿去啊?”斯维德里盖洛夫问，一边好奇地细细打量他。

“什么事情都有几个发展阶段。”拉斯科利尼科夫阴郁地、急不可耐地说。

“您自己刚才要求我们开诚布公，可是对我的第一个问题，您就拒绝回答，”斯维德里盖洛夫微笑着说，“您总是觉得我有什么目的，所以一直用怀疑的目光来看我。有什么呢，处在您的地位上，这是可以理解的。不过不管我多么想跟您交朋友，可我还是不敢让您相信，事情恰恰相反。真的，这样做得不偿失，而且我也没打算跟您谈任何特殊的事情。”

“那么您为什么那样需要我呢？您不是对我很感兴趣吗?”

“只不过是作为一个有趣的观察对象罢了。您的处境很不平常，我喜欢这种很不平常的性质——这就是我对您感兴趣的原因！此外，您是我十分关心的一个女人的哥哥。还有，当时我经常从这个女人那里听到许多关于您的事情，因此我得出结论，您对她有很大的影响，难道这还不够吗？嘿——嘿——嘿！不过，我得承认，对于我来说，您的问题非常复杂，我很难回答您。嗯，譬如说，现在您来找我，不仅是有事，而且还想来了解点儿什么新情况吧？是这样吧？是这样的，不是吗？”斯维德里盖洛夫脸上带着狡猾的微笑，坚持说，“既然如此，那么您要知道，还在我到这儿来的路上，在火车上的时候，我就对您抱有希望了，希望您也能告诉我点儿什么新情况，希望能从您这里得到点儿什么对我有用的东西！瞧，我们都是多么富有啊！”

“什么有用的东西呢？”

“怎么跟您说呢？难道我知道是什么吗？您瞧，我一直待在一家小饭馆里，就已经感到心满意足了，也就是说，倒不是心满意足，而是说，总得有个地方坐坐吧。嗯，就拿这个可怜的卡佳来说吧——您看到了吧？……嗯，譬如说，虽然我是个爱吃的人，俱乐部[①]的美食家，可是您瞧，像这样的东西我也能吃！（他伸出一只手指，指指角落里，那里一张小桌子上摆着一个洋铁盘子，盘子里盛着吃剩的、让人难以下咽的土豆烧牛排）顺便问一声，您吃过午饭了吗？我稍微吃了一点儿，不想再吃了。譬如说吧，我根本不喝酒。除了香槟，什么也不喝，就连香槟，整整一晚上也只喝了一杯，就这样还觉得头痛。现在我叫了这杯酒，是为了提提

---

① 指莫斯科、彼得堡的英国俱乐部，那里有最好的厨师，美食家们都喜欢到那里去享用烹调得最好的菜肴。

神，因为我打算到一个地方去，您看得出来，我的心情有点儿特别。刚才我之所以像个小学生一样躲起来，是因为我想，您会妨碍我。不过，看来，（他掏出表来）还可以跟您在一起坐一个钟头，现在是四点半。您相信吗，要是有个什么专长就好了，要是我是个地主，要么是神甫，要么是枪骑兵、摄影师、新闻记者……那就好了，可是什么、什么专长都没有！有时候甚至觉得无聊。真的，我还以为您会告诉我点儿什么新情况呢。”

“那么您是什么人，您为什么要来这里？”

“我是什么人？您是知道的：我是个贵族，曾在骑兵队里服役两年，后来在这儿，在彼得堡闲荡，后来和玛尔法·彼特罗芙娜结婚，住在乡下。这就是我的履历！”

“您好像是个赌徒？”

“不，我算什么赌徒。是赌棍，不是赌徒。”

“您是赌棍？”

“是啊，是赌棍。”

“怎么，有人打过您吗！”

“有过。那又怎样呢？”

“嗯，那么，您可以要求决斗……一般说，决斗会使人获得新生……”

“我不反驳您，而且我也不善于谈论哲学问题。我坦白地对您说，我匆匆赶到这里来，多半是为了女人。”

“刚刚埋葬了玛尔法·彼特罗芙娜，您就赶来了吗？”

“嗯，是的，”斯维德里盖洛夫微微一笑，感到在开诚布公这一点上，他获得了胜利，“那又怎样呢？您好像认为，我这样谈论女人是不道德的？”

“也就是说，我是不是认为，生活放荡是不道德的？”

“生活放荡！唉，您说到哪里去了！不过我要按顺序来回答您，首先一般地谈谈女人，您要知道，我喜欢闲扯。您倒说说看，我为什么要克制自己？既然我爱女人，那我为什么要放弃女人呢？至少可以有事做。”

“那么您在这儿仅仅是希望过放荡的生活了？”

“就算是想过放荡生活吧，那又怎样呢！您老是想着放荡的生活。至少我喜欢直截了当的问题。在这种放荡生活里至少有一种固定不变的东西，它甚至是以天性为基础，而不是为幻想所左右的，它犹如血液中永不熄灭的炭火，永远燃烧着，还要燃烧很久很久，随着年龄的增长，或许也不能让它很快熄灭。您应该承认，这难道不也是一种工作吗？”

“这有什么值得高兴的？这是一种病，而且是一种危险的病。”

“唉，您又说到哪里去了？我同意，这是一种病，正如一切过度的事情一样——而这种事情是一定会过度的——不过要知道，这种事情，第一，各人的情况不同，第二，当然啦，一切都要有分寸，要有节制，虽然是下流的，可是有什么办法呢？要不是有这种工作，大概，真会开枪自杀。我同意，一个正派人理应不怕寂寞，可是……”

“您会开枪自杀吗？”

“唉，”斯维德里盖洛夫厌恶地阻止他说，“请您别谈这个，”他又赶紧补充说，甚至不像以前那样，已经不再吹牛了。就连他的脸色也好像变了，“我承认有这个不可原谅的弱点，可是有什么办法呢：我怕死，也不喜欢别人谈死。您知道吗？在某种程度上，我是个神秘主义者。”

“啊！玛尔法·彼特罗芙娜的鬼魂！怎么，还继续出现吗？”

“去它的吧，您别提了，在彼得堡还没出现过，去它的！”他高声说，脸上露出恼怒的神情，“不，最好还是谈谈这个吧……对了，不过……嗯哼！哎呀，时间不多了，我不能跟您长久待在这里，很可惜！本想告诉您的。”

“您有什么事，是女人吗?”

“是的，是女人，一个意外的机会……不，我要说的不是这个。”

“嗯，这儿环境的卑鄙污浊已经不影响您了？您已经无力自制了吗?”

“那么您也希望获得这种力量吗？嘿——嘿——嘿！刚才您让我吃了一惊，罗季昂·罗曼内奇，虽说我早就知道，事情是会这样的。您在跟我大谈放荡的生活，大谈美学！您是席勒，您是理想主义者！当然，这一切理应如此，如果不是这样，倒要让人觉得奇怪了，然而实际上还是奇怪的……唉，可惜，时间不多了，因为您是个非常有趣的人！顺便问一声，您喜欢席勒吗？我倒非常喜欢。”

“不过，您可真是个爱吹牛的人!”拉斯科利尼科夫有些厌恶地说。

“唉，真的，我不是!”斯维德里盖洛夫哈哈大笑着回答，“不过，我不争辩，就算是爱吹牛吧，可是为什么不吹呢，既然吹牛并不会伤害别人。我在乡下，在玛尔法·彼特罗芙娜的庄园里住了七年，所以现在急于想跟像您这样的聪明人——聪明而又十分有趣的人谈谈，真高兴海阔天空，随便聊聊，此外，我喝了半杯酒，酒劲已经有点儿冲上来了。主要的是，有一个情况让我感到十分兴奋，不过这件事……我不想谈。您去哪里?”斯维德里盖洛夫突然惊恐地问。

拉斯科利尼科夫站了起来。他来到这里，感到难过、气闷、不大舒服。他确信，斯维德里盖洛夫是世界上最无聊、最渺小的一个恶棍。

“唉——别走，再坐一会儿嘛，”斯维德里盖洛夫请求说，“至少也得要杯茶喝。好，请坐一会儿，好，我不再胡扯了，也就是说，不再谈我自己的事了。我要告诉您一件事。嗯，如果您想听，我跟您谈谈，一个女人怎么，用您的说法，怎么‘救了’我？这甚至就是对您第一个问题的回答，因为这个女人就是令妹。可以谈吗？而且咱们还可以消磨时间。”

“您说吧，不过我希望，您……”

“噢，请您放心！而且就连像我这样一个品质恶劣、精神空虚的人，阿芙多季娅·罗曼诺芙娜使我心中产生的也只有深深的敬意。”

四

“您也许知道，(不过，我自己也跟您讲过了)”斯维德里盖洛夫开始说，“因为我欠了一大笔钱，又没有任何财产，可以指望靠它来还债，所以在这儿给关进了债务拘留所。用不着细说，当时玛尔法·彼特罗芙娜是怎么把我赎出来的；您知道吗，有时一个女人爱上一个人，会糊涂到什么程度？这是一个正直和相当聪明的女人。(虽然根本没受过教育)您要知道，这个最爱吃醋的正直女人发狂似的跟我大吵大闹，责备了我许多次以后，竟决心对我采取宽容态度，跟我订了一个合同，在我们婚后的这段时间里，一直履行合同上规定的义务。问题在于，她年龄比我大得多，此外她嘴里还经常含着丁香。我卑鄙到了这种地步，不过也似乎相当诚实，竟直截了当地对她说，我不能对她完全忠实。我这样坦白说出心里的话，把她气得发狂，不过在某种程度上她也喜欢我这种粗鲁的坦率，她说，‘既然他事先向我声明，也就是说，他不想欺骗我，’嗯，对于一个嫉妒的女人来说，这一点是最要紧的。她哭了很久，流了很多眼泪，在这以后，我们之间订立了一个口头协议：第一，我绝不遗弃玛尔法·彼特罗芙娜，永远是她的丈夫；第二，未经她允许，我哪里也不能去；第三，我永远不搞长期的情妇；第四，作为交换条件，玛尔法·彼特罗芙娜允许我有时跟女仆勾搭，可是一定得让她暗暗地知道；第五，绝对不许我爱上我们同一个阶层的女人；第六，万一我又产生严肃认真的真挚爱情——而这是绝对不允许的——那么我必须坦白地告诉玛尔法·彼特罗芙娜。不过，对于最后一点，玛尔法·彼特罗芙娜一直相当放心；这是个聪明女人，所以她一定是把我看作一个浪荡子和淫棍，而这样的人是不会严肃认真地爱上什么人的。然而聪明女人和嫉妒的女人是两种不同的人，糟就糟在这里。不过，要对某些人做出公正的判断，就得事先摒弃某些先入为主的偏见，对通常在我们周围的那些人和事物，要改变那些通常的习惯看法。我有理由希望，您会做出比任何人都公正的判断。也许您已经听到过许多有关玛尔法·彼特罗芙娜的可笑和荒唐的事情了。她的确有一些非常可笑的习惯，不过我要坦率地对您说，对于我给她造成的数不尽的伤心事，我真诚地感到悔恨。我觉得，一个最温柔的妻子死后，她最温柔的丈夫能在安葬时说这样几句很不错的oraison funèbre[①]，也就够了。在我们争吵的时候，我多半一声不响，也不发脾气，这种绅士风度几乎总是会达到预期的目的；这种态度影响了她，她甚至觉得喜欢，有时候她甚至为我感到自豪。可是对令妹，她还是无法容忍了。她竟然冒险请这样一位美人儿到家里来做家庭教师，真不知怎么会发生这样的事！我的解释是这样的：玛尔法·彼

① 法文，“安葬时的悼词”之意。

特罗芙娜是个非常热情和敏感的女人，她简直是自己爱上了——的确是爱上了令妹。而且阿芙多季娅·罗曼诺芙娜也真让人爱！第一眼看到她，我心里就十分清楚，事情不妙——您想怎么着——我决定不抬起眼来看她。可是，阿芙多季娅·罗曼诺芙娜自己迈出了第一步——您信不信？起初我总是绝口不提令妹，玛尔法·彼特罗芙娜不断地夸奖阿芙多季娅·罗曼诺芙娜，我对她的这些赞辞根本不感兴趣，玛尔法·彼特罗芙娜甚至为此很生我的气，这您也会相信吗？我自己也不明白，她需要什么！嗯，当然啦，玛尔法·彼特罗芙娜把我的全部底细都讲给阿芙多季娅·罗曼诺芙娜听了。她有个很坏的特点，总是把我们家的一切秘密毫无例外地讲给所有的人听，而且逢人就抱怨，不断地对人诉说我不好，她怎么会放过这么一个极好的新朋友呢？我认为，她们谈话，不外乎是谈论我，而且所有这些据认为是我干的极不愉快而又神秘的事情，阿芙多季娅·罗曼诺芙娜无疑已经全都知道了……我敢打赌，您也已经听到过这一类的故事了吧？”

“听到过了。卢任指控您，甚至把一个孩子的死归罪于您。这是真的吗？”

“唉，请别提这些卑鄙的事了，”斯维德里盖洛夫厌恶而且抱怨地推托说，“如果您一定想知道这件毫无意思的事情，什么时候我专门讲给您听，可是现在……”

“还谈到了乡下您一个仆人的事，似乎这件事也要怪您。”

“请别说了，够了！”斯维德里盖洛夫又显然很不耐烦地打断了他。

“这是不是那个死后来给您装过烟斗的仆人……还是您自己讲给我听的呢？”拉斯科利尼科夫越来越气愤了。

斯维德里盖洛夫仔细看了看拉斯科利尼科夫，拉斯科利尼科夫仿佛觉得，这个人的目光里好似电光一闪，霎时间露出了恶毒的微笑，然而斯维德里盖洛夫控制住了自己，非常客气地回答：

“这就是那个仆人。我看得出来，您对这一切也非常感兴趣。我认为这是我的义务：一有适当的机会，就一一讲给您听，以满足您的好奇心。见鬼！我看得出来，我的确会被人看作浪漫人物。玛尔法·彼特罗芙娜对令妹讲了那么多关于我的神秘而有趣的事情，您想想看，为此，我该多么感谢我的亡妻啊。我不敢推测，她会产生什么印象，不过无论如何，这对我是有利的。尽管阿芙多季娅·罗曼诺芙娜自然会厌恶我，尽管我总是神情阴郁，那副样子就让人感到讨厌，她却终于可怜起我来，可怜起我这个不可救药的人来了。而当一位姑娘心里产生了怜悯，那么，当然，这对她是最危险的了。这时一定会想要‘救’他，想要开导他，使他获得新生，要求他有较为崇高的理想，开始过新的生活，从事新的活动，嗯，大家都知道，会有多少这一类的幻想。我立刻明白，小鸟儿自己飞进网里来了，于是我也做好了准备。您好像皱起了眉头，罗季昂·罗曼内奇？没关系，您要知道，事情没有什么结果。（见鬼，我喝了多少酒啊！）您要知道，从一开始，我就总是感到惋惜，命运怎么不让令妹生在公元2世纪或3世纪，做某位王公，或者执政官，或者小亚细亚总督的千金。无疑她一定会是那些忍受殉难之苦的人们当中的一个，而且，当然啦，用烧红的火钳烫她胸脯的时候，她也会面带笑容。她会自己故意去受这样的痛苦；而在4世纪或5世纪的时候，她就会到埃及的沙漠里去，在那里住上三十年，靠草根、狂热和幻想生活。她自己只渴望并要求尽快去为什么人受苦，如果不让她受苦，大概她就会从窗口跳下去自杀。我听到过有关拉祖米欣先生的一些事情。据说他是个年轻小伙子，通情达理（就连他的姓也显示出，他大概是个教会学校的毕业生），那么就让他来保护令妹吧。总之，我觉得我了解她，并为此感到荣幸。不过当时，也就是说在刚认识的时候，您也知道，不知为什么，人总是较为轻率，也更愚蠢，看问题不正确，往往看不到实质。见鬼，她为什么长得那么美呢？这不是我的过错！总之，我这方面是从无法抑制的性欲冲动开始的。阿芙多季娅·罗曼诺芙娜非常贞洁，可说是闻所未闻，见所未见。（请您注意，我对您说的关于令妹的这些话，都是事实。她的贞洁也许达到了病态的程度，尽管她见多识广，聪明过人，可这对她是有害的）这时我们家来了一个姑娘，叫巴拉莎，黑眼睛的巴拉莎，是刚从另一个村里搭车来的，她是个丫头，我还从来没见过她——人长得很漂亮，可是蠢得让人难以置信：眼泪汪汪，号叫得到处都能听见，结果大吵了一场。有一次午饭后，阿芙多季娅·罗曼诺芙娜故意趁我只有一个人的时候，在花园里的林荫道上找到了我，她两眼闪闪发光，要求我别再缠着可怜的巴拉莎。这大概是我们两个人第一次谈话。我当然认为，满足她的愿望是我的荣幸，竭力装出一副惊讶和发窘的样子，总之，这个角色我演得还挺不错。于是开始往来，又是秘密交谈，又是劝谕和开导，又是请求和央告，甚至泪流满面——您相信吗，甚至还流泪呢！有些姑娘的宣传热情达到了何种程度啊！我当然把一切都归咎于自己的命运，装作一个如饥似渴追求光明的人，最后还采用了征服女人们的心的最伟大和最可靠的办法，这个办法永远不会让任何人失望，无一例外，对所有人都绝对有效。这个办法是尽人皆知的，就是阿谀奉承。世界上没有什么比直言不讳更难，也没有什么比阿谀奉承更容易的了。直言不讳，即使其中只有百分之一的音调是虚假的，那么立刻就会产生不和谐，随之而来的是争吵。而阿谀奉承，即使从头至尾全部音调都是虚假的，可还是让人高兴，听着不会觉得不愉快；哪怕这愉快有点儿肉麻，可还是感到愉快。而且不管阿谀奉承多么肉麻，其中却至少有一半让人觉得好像是真实的。对于各种不同文化程度的人，对于社会上的各个阶层来说，都是如此。就连贞洁的少女，也可以用阿谀奉承去勾引她。至于普通人，那就更不用说了。有一次我勾搭上了一个忠于自己的丈夫、孩子，而且严守闺训的太太，一回想起这件事来，就不禁觉得好笑。这件事是多么让人开心，而且多么不费力啊！这位太太品德当真是高尚的，至少自以为是这样。我的全部策略只不过是每一分钟都表示，我已完全屈服，对她的贞洁佩服得五体投地。我厚颜无耻地奉承她，有时，只要能让她和我握一握手，甚至看我一眼，我就责备自己，说这是我强迫她这样做的，说她曾抗拒过，竭力抗拒过，如果不是我那么恶劣，大概永远什么也得不到；说由于她天真，不能预见到勾引她的阴谋诡计，无意中失身，自己还不知道，等等，等等。总之，我得到了一切，而我的这位太太却仍然完全相信，她是纯洁无瑕和贞洁的，始终信守她的责任和义务，而她的堕落完全是无意的。当我最后向她宣布，我真诚地相信，她也像我一样，是在寻欢作乐，这时她对我是多么生气啊。可怜的玛尔法·彼特罗芙娜也非常爱听恭维话，如果我想这么做的话，那么，毫无疑问，还在她活着的时候，就会把她的全部财产统统留给我了。（不过我酒喝得太多，话也太多了）如果现在我谈到，对阿芙多季娅·罗曼诺芙娜也开始产生了同样的效果，希望您不要生气。可是我很傻，而且缺乏耐心，于是把整个事情都给破坏了。还在以前，阿芙多季娅·罗曼诺芙娜就有好几次（特别有一次）表示，很不喜欢我的眼神，这您相信吗？总之，我的眼里越来越强烈、越来越不谨慎地燃烧起某种火焰，这使她感到害怕，终于使她感到憎恨了。详细情况用不着说了，不过，我们不再往来了。这时我又干了件蠢事。我以极其粗暴的方式嘲笑所有这些说教和请求；巴拉莎又上场了，而且还不止她一个，总之，闹得很不像话。噢，罗季昂·罗曼内奇，如果您一生中哪怕只有一次看到令妹的眼睛，看到她的眼睛有时会像那样闪闪发光，那就好了！现在我喝醉了，整整一杯酒都喝光了，这没关系，我说的全是真话；请您相信，我梦见过这样的目光；她的衣服窸窸窣窣的响声也终于让我受不了了。真的，我想，我是发疯了，我从来也没想到，我会这样发狂。总之，必须和解，然而这是不可能的。您想想看，当时我做了些什么？疯狂能使人糊涂到什么程度啊！可千万别在疯狂的时候采取任何行动，罗季昂·罗曼内奇。我考虑到，阿芙多季娅·罗曼诺芙娜实际上一贫如洗，（唉，请原谅，我并不想这么说……不过如果讲的是同一个概念，用什么词汇不是都一样吗？）总之，是靠自己双手劳动生活，而且令堂和您也都靠她，（唉，见鬼，您又皱眉了……）于是我决定把我的钱（当时我可以拿得出三万卢布来）都送给她，让她跟我一起私奔，哪怕逃到这里，逃到彼得堡来也行。当然啦，这时我还发誓永远爱她，让她终生幸福，等等。您相信吗，当时我爱她爱到了这种程度，如果她对我说：你把玛尔法·彼特罗芙娜杀死或者毒死，跟我结婚，那么这立刻就会实现！可结果是一场灾难，这您已经知道了，您自己可以想象得出，当时我得知玛尔法·彼特罗芙娜找到了这个最卑鄙的小官僚卢任，差点儿没给他炮制成了这门亲事，我简直气成了什么样子——因为这实际上还不就跟我的提议一样吗。是这样吗？是这样吗？是这样的，不是吗？我发觉，您开始注意听了……有意思的年轻人……”

斯维德里盖洛夫焦躁地用拳头捶了一下桌子。他的脸涨得血红。拉斯科利尼科夫清清楚楚看出，他不知不觉一口一口喝下去的那一杯或者是一杯半香槟对他产生了病态的影响，于是决定利用这个机会。斯维德里盖洛夫让他觉得很可疑。

“嗯，知道了这些情况以后，我完全相信，您到这里来，一定是对舍妹有什么打算。”他直截了当、毫不隐讳地对斯维德里盖洛夫说，想惹他更加发火。

“唉，别再提这个了，”斯维德里盖洛夫好像突然想起了什么，“我不是跟您说过了……再说，令妹也非常讨厌我。”

“她非常讨厌您，对这一点我也深信不疑，不过现在问题不在这里。”

“您深信她非常讨厌我吗？（斯维德里盖洛夫眯缝起眼来，嘲讽地微微一笑）您是对的，她不喜欢我。可是对夫妻间或者情人之间的事，您永远也不能担保。这儿总是有这么一个角落，对全世界始终是个秘密，只有他们两个才知道。您能担保阿芙多季娅·罗曼诺芙娜一定会厌恶我吗？”

“根据您谈话时使用的某些词句，我发觉，现在您对杜尼娅仍然有什么企图，还有一些刻不容缓、十分迫切的打算，当然，是卑鄙的打算。”

“怎么！我随口说出过这样的话吗？”斯维德里盖洛夫突然非常天真地惊慌起来，丝毫没有注意那个显示出他的意图的形容词。

“这样的话现在也随口说出来了。您为什么，譬如说吧，这么害怕？现在您为什么突然大吃一惊？”

“我害怕和吃惊吗？我怕您？倒不如说您该怕我，cher ami[①]可是，多

① 法文，“亲爱的朋友”之意。

么荒唐……不过，我喝醉了，这我明白，差点儿又说漏了嘴。酒，去它的！喂，拿水来！”

他抓起酒瓶，毫不客气地把它扔出窗外。菲利普拿来了水。

“这全是胡说八道，”斯维德里盖洛夫说，把毛巾浸湿，按在头上，“我只要说一句话就能让您不再胡扯，使您的一切疑虑烟消云散。譬如说，您知道我要结婚了吗？”

“这您以前就对我说过了。”

“说过了吗？我忘了。不过那时候我还不能肯定地说，因为那时候连未婚妻都还没见过呢，只是有这个意图。可现在未婚妻已经有了，事情已经办妥了，要不是有刻不容缓的事情，我一定这会儿就带您去见见他们，因为我想听听您的建议。唉，见鬼！只剩十分钟了。您看看表，看到了吧，不过我要讲给您听听，因为这是件很有趣的事，我指的是我的婚事，也就是说，从某一点来看——您去哪儿？又要走吗？”

“不，现在我不走了。”

“根本不走了吗？咱们倒要瞧瞧！我要带您到那里去，这是真的，让您看看我的未婚妻，不过不是现在，现在您很快就要走了。您往右去，我往左走。您知道这个列斯莉赫吗？就是现在我住在她那儿的这个列斯莉赫，啊？您听说过吗？不，您是在想，就是人们议论的那个女人，说是她家有个小姑娘冬天投水自尽了——嗯，您听说过吗？听说过吗？嗯，这件事就是她给我办的。她说，你这样怪寂寞的，暂时解解闷儿吧。我这个人郁郁寡欢，枯燥无味，不是吗？您以为我很快活吗？不，我很忧郁：我不伤害别人，常常独自坐在一个角落里，有时三天也不跟人说话。可这个列斯莉赫是个骗子，我要告诉您，她心里打的是什么主意：等我觉得厌倦了，就会抛弃妻子，出走，我的妻子就会落到她的手里，她就可以利用她；当然是在我们这个阶层里，而且还要更高一些。她说，有个做父亲的，身体十分衰弱，是个退休的官吏，整天坐在安乐椅里，两年多没走动过一步。她说，还有个母亲，是位通情达理的太太，也就是妈妈。他们的儿子在外省什么地方任职，不帮助他们。女儿出嫁了，也不来看他们，他们这里还有两个年幼的侄子，（自己的儿女还嫌不够）自己最小的小女儿还没念完中学，他们就让她退学了，再过一个月她才满十六岁，也就是说，再过一个月就可以让她出嫁了。就是嫁给我。我们上他们家去了，这多么可笑。我做了自我介绍：地主，鳏夫，出身于名门，有这样一些熟人，还有财产——我五十了，她还不满十六岁，可这又有什么关系呢？谁会注意这种事？嗯，很诱人，不是吗，哈，哈！您要是能看到我和爸爸、妈妈谈话的情形就好了！真该花钱买票，看看我这时候像什么样子。她出来了，行了个屈膝礼，嗯，您要知道，她还穿着件很短的连衫裙，是个含苞未放的花蕾，她脸红了，红得像一片朝霞。（当然对她说过）我不知道您对女人的容貌有什么看法，不过照我看，十六岁这个年龄，这双还是小姑娘的眼睛，这羞答答的胆怯和害羞的眼泪——照我看，这胜过了美丽，何况她还像画上的美人儿那么漂亮呢。浅色的头发，鬈曲蓬松，梳成一小绺一小绺的，嘴唇丰满，鲜红，一双小脚——真美极了！嗯，我们认识了，我声明，家里有事急需处理，第二天，也就是前天，为我们祝福，给我们订了婚。从那以后，我一去，立刻就让她坐在我的膝上，不让她下来……嗯，她不时脸红，红得像朝霞，我不停地吻她。妈妈当然提醒她说，这是你丈夫，应该这样，总而言之，这实在是太好了！而现在这种情况，做未婚夫的情况，真的，也许比做丈夫的时候更好。这就是所谓

la nature et la vérité[①]了！我跟她谈过两次——这姑娘可一点儿也不傻，有时她那样偷偷地看我一眼——甚至让我神魂颠倒。您要知道，她的小脸很像拉斐尔的圣母像。要知道，《西斯庭圣母像》上，圣母的神情是富于幻想的，像一个悲伤的狂热信徒的脸，这您注意了吗？嗯，这姑娘的脸就像这个样子。刚给我们订了婚，第二天我就送去价值一千五百卢布的礼物：一件钻石首饰，另一件是珍珠的，还有一个妇女用的银梳妆盒——有这么大，里面装着各式各样的东西，就连她那圣母似的小脸也变得绯红了。昨天我让她坐在我膝上，是啊，也许我太放肆了——她满脸通红，突然流出泪来，可是不愿让人看出她心情激动，羞得无地自容。有一会儿大家都出去了，只剩下了我和她两个人，她突然搂住我的脖子，（这是她第一次）用两只小手搂着我，吻我，发誓说，她要做我的百依百顺、忠诚、贤惠的妻子，一定会让我幸福，说她要献出自己的一生，献出自己一生中的每一分钟，牺牲自己的一切、一切，而作为回报，她只希望得到我的尊重，她说，此外她'什么、什么也不需要，也不需要任何礼物'！您得同意，一个十六岁的小天使，由于少女的羞怯，脸上飞起两片红霞，眼里含着热情的泪花，你和她单独坐在一起，听着她这样坦白地说出自己心里的话，您得同意，这是相当诱人的。诱人，不是吗？不是值得吗，啊？嗯，值得，不是吗？喂……喂，请您听我说……嗯，咱们一道去我的未婚妻那里……不过不是现在！……"

"总之，这种年龄和文化修养上的极大差异激起了您的情欲！难道您真的要这样结婚吗？"

---

① 法文，"自然而且真挚"之意。

“那又有什么呢？一定的。每个人都关心自己，谁最会欺骗自己，谁就能过得最快活。哈！哈！您干吗要装作一个道德高尚的人，请宽恕我吧，老弟，我是个有罪的人。嘿！嘿！嘿！”

“可是您安置了卡捷琳娜·伊万诺芙娜的孩子们……不过，您这样做是有原因的……现在我一切都明白了。”

“一般说，我喜欢孩子，很喜欢孩子，”斯维德里盖洛夫哈哈大笑起来，“我甚至可以给您讲一讲关于这方面的一件非常有趣的事，直到现在，这件事还没结束呢。我来到这里的头一天，就到这儿各种藏污纳垢的地方去了，嗯，阔别七年之后，我简直是急急忙忙地跑去的。您大概注意到了，我并不急于跟自己那伙人会面，并不急于去找从前的那些朋友和熟人。嗯，我尽可能拖延着不去找他们。您要知道，我在乡下，住在玛尔法·彼特罗芙娜那儿的时候，对这些神秘的地方和场所真是魂牵梦萦，思念得痛苦到了极点，而谁要是了解这些地方，就可以在那儿发现很多东西。见鬼！人们在酗酒，受过教育的青年人由于无所事事，沉湎于无法实现的幻想之中，而变得对一切都十分冷漠，曲解各种理论，自己也变得思想混乱，极不正常；不知从什么地方来了一批犹太人，他们都把钱积蓄起来，其余的人都在过着荒淫无耻的生活。从最初几个钟头，这座城市就让我闻到了熟悉的气息。我来到一个所谓跳舞晚会——一个可怕的藏污纳垢的地方（而我喜欢的正是这种肮脏地方），嗯，当然啦，在跳康康舞[①]，在我年轻的时候还没有这种玩意儿。是啊，这就叫进步嘛。突然，我看到一个十二三岁的小姑娘，穿得很漂亮，正在和一个舞艺超群的人跳舞，那个

① 法国游艺场中的一种色情舞蹈。

人站在她对面。墙边一把椅子上坐着她的母亲。嗯，您要知道，康康舞是种什么舞！小姑娘害羞了，脸涨得通红，终于感到自己受了侮辱，放声大哭起来。那个舞艺超群的人搂住她，旋转起来，在她面前表演种种舞姿，周围的人全都哈哈大笑，在这种时候，我喜欢你们这些观众，即使是康康舞的观众，大家都在哈哈大笑，高声叫喊：'好哇，就应该这样！别带孩子来嘛！'哼，他们这样自己安慰自己是不是合理，我才不在乎呢，关我什么事！我立刻选中了一个座位，坐到那位母亲身旁，对她说，我也是从外地来的，说这儿这些人都多么粗野，说他们都分不清什么是真正的尊严，对别人也缺乏应有的尊重；我让她知道，我有很多钱；我请她们坐我的马车回家；送她们回家以后，我和她们认识了。（她们住在向二房东租来的一间小屋里，刚来不久）她们对我说，她和她女儿能跟我认识，感到非常荣幸；我还得知，她们一无所有，她们到这里来，是要在某机关里办一件什么事情；我表示愿意效劳，表示愿意给她们一些钱；我还得知，她们去参加那个晚会，是弄错了，还以为那里真的是教人跳舞呢；我表示愿意提供帮助，让这位年轻的姑娘学习法文和跳舞。她们十分高兴地接受了，认为这是很荣幸的，直到现在我还在跟她们来往……您要高兴的话，咱们一道去——不过不是现在。"

"别讲了，别讲您那些卑鄙、下流的笑话了，您这个道德败坏的、下流的色鬼！"

"席勒，我们的席勒，简直就是席勒：Où va -t- elle la vertu se nicher? [①]您

① 法文，"哪里没有善行"之意。据说这是法国著名喜剧作家莫里哀（1622—1673）的一句话。据说，有一次莫里哀给了一个乞丐一枚金币，乞丐以为他给错了，问他，他就是这样回答的。

知道吗，我要故意给您讲一些这样的事情，好听听您高声叫喊。真让人高兴！”

“当然啦，难道这时候我自己不觉得自己好笑吗？”拉斯科利尼科夫气愤地低声说。

斯维德里盖洛夫放声哈哈大笑，最后叫来了菲利普，付了账，站起身来。

“嗯，是的，我喝醉了，assez causé[①]！”他说，“真高兴啊！”

“那还用说，您还会不高兴，”拉斯科利尼科夫高声说，说着也站起来了，“对于一个老色鬼来说，讲这样的奇遇——而且怀有这种荒谬绝伦的意图——怎么会不高兴呢，而且还是在这样的情况下，讲给一个像我这样的人听……是够刺激的。”

“嗯，如果是这样，”斯维德里盖洛夫甚至有几分惊讶地回答，同时仔细打量着拉斯科利尼科夫，“如果是这样的话，那么您也是个相当厚颜无耻的人了。至少您是成为这种人的好材料。很多、很多东西您都能理解……嗯，很多事情也都能做呢。唉，不过，够了。由衷地感到遗憾，没能跟您多聊聊，可您是不会离开我的……不过请您稍等一会儿……”

斯维德里盖洛夫走出了小饭馆。拉斯科利尼科夫跟着他走了出去。然而斯维德里盖洛夫醉得并不十分厉害，酒劲儿只不过有一会儿工夫冲了上来，时间慢慢逝去，醉意也渐渐消失了。有一件什么事情，一件非常重要的事情让他十分挂心，他皱起了眉头。显然，他是因为等待着什么而焦急不安。最后这几分钟里，他对拉斯科利尼科夫的态度突然变了，而且越来

---

① 法文，“闲扯得够了”之意。

越粗暴，越来越含讥带讽。这一切拉斯科利尼科夫都看出来了，他也感到不安了。他开始感到斯维德里盖洛夫十分可疑，决定跟着他。

他们走到了人行道上。

“您往右，我往左，或者，也可以相反，只不过——adieu，monplaisir[①]，愿我们愉快地再见！”

于是他往右，向干草广场走去。

五

拉斯科利尼科夫跟在他的后面。

“这是怎么回事！”斯维德里盖洛夫回过头来，高声叫喊，“我好像说过了……”

“这就是说，现在我绝不离开您。”

“什——么？”

两人都站住了，两人彼此对看了约莫一分钟光景，仿佛在互相估量对方。

“从所有您那些半醉的醉话里，”拉斯科利尼科夫毫不客气、毫无顾忌地说，“我完全得出结论，您不仅没有放弃对我妹妹那些最卑鄙的打算，而且甚至比任何时候都更积极地策划着什么阴谋。我知道，今天早晨我妹妹收到了一封信。您一直坐立不安……即使您半路上找到一个妻子，但是

---

① 法文，“再见，我亲爱的”之意。

这并不能说明您改了主意。我要亲自证实……”

拉斯科利尼科夫自己也未必能够确定，现在他到底要干什么，他想亲自证实的到底是什么事情。

“原来如此！您想叫我立刻喊警察吗？”

“喊吧！”

他们又面对面地站了约莫一分钟。最后斯维德里盖洛夫脸上的神情改变了。待他确信拉斯科利尼科夫不怕威胁以后，突然又装出一副最快活、最友好的样子。

“您真是！我故意不跟您谈您的事情，尽管我自然是好奇得要死。这件事是很离奇的。本想留到下次再说，可是，真的，就连死人，您也能把他给惹恼了……好，咱们一道走吧，不过我要事先声明：现在我只不过要回家去一下，拿点儿钱，然后锁上房门，叫辆出租马车，到群岛上去兜一晚上。您跟着我去干什么呢？”

“我暂时到你们那幢房子里去，不过不是去您那儿，而是去索菲娅·谢苗诺芙娜那里，为我没去参加葬礼向她道声歉。”

“这随您的便，不过索菲娅·谢苗诺芙娜不在家。她领着孩子们到一位太太那儿去了，是一位显贵的老太太，我很久以前的熟人，也是几座孤儿院的主管人。我把抚养卡捷琳娜·伊万诺芙娜三个孩子的那笔钱都交给了她，此外还给孤儿院捐了些钱，这样一来，就使那位太太仿佛中了我的魔法，对我的请求她还能不答应吗？我还对她讲了索菲娅·谢苗诺芙娜的故事，把所有详情细节都毫不隐瞒地告诉了她。给她留下了无法形容的深刻印象。所以索菲娅·谢苗诺芙娜接到邀请，请她今天直接去×旅馆，我的这位太太从别墅回来，暂时就住在那里。”

“没关系，我还是要去。”

“悉听尊便，不过我可不跟您一道去，这和我毫不相干！您瞧，我们已经到家了。我相信，您之所以用怀疑的目光来看我，是因为我竟这么有礼貌，直到现在没向您打听过什么……您说，是不是呢？您明白我的意思吗？您觉得这有些异常，我敢打赌，准是这样！嗯，所以请您对我也要懂点儿礼貌。”

“可是您躲在门后偷听！”

“啊，您指的是这个！”斯维德里盖洛夫笑了起来，“是啊，谈了半天，如果您不提这件事，那我倒要觉得奇怪了。哈！哈！我虽然多少知道一点儿那时候您……在那里……干的那件事，还有您亲自对索菲娅·谢苗诺芙娜说了些什么，不过这到底是怎么回事？我也许是个完全落后于时代的人了，什么也弄不懂。看在上帝分上，请您给解释一下，亲爱的！请您用最新的原理开导开导我吧。”

“您什么也听不到的，您一直是在说谎！”

“我指的不是那个，不是那个（不过，我至少也听到了一点儿），不，我指的是，现在您总是在唉声叹气！席勒在您心中一刻不停地骚动着。瞧，现在又不许人躲在门后偷听了。既然如此，那就请您去报告长官吧，就说，如此这般，我发生了这么一件意外的事：在理论上出了个小小的差错。如果您确信不能躲在门后偷听，却可以随心所欲，用随手抓到的什么东西去杀死一个老太婆，那么您就赶快逃到美国去吧！逃跑吧，年轻人！也许还有时间。我说这话是十分真诚的。没有钱，是吗？我给您路费。”

“我根本就没这么想。”拉斯科利尼科夫厌恶地打断了他的话。

“我明白，（不过，您不要让自己为难：如果您愿意，那就用不着多说）我明白，您心里在考虑什么问题：道德问题，是吗？是作为一个公民的道德问题，做人的道德问题？您把这些都丢到一边去，现在您还考虑这些干什么？嘿！嘿！因为您毕竟还是一个公民和人吗？既然如此，那就不该乱闯，别去干不该由您来干的事。嗯，那您就拿支枪来，开枪自杀吧，怎么，还是不想自杀呢？”

“您好像是故意想惹我发火，只不过是为了让我马上离开您……”

“瞧，真是个怪人，不过我们已经到了，请上楼吧。您看到了吧，这就是索菲娅·谢苗诺芙娜的房门，您看，一个人也没有！不相信吗？您去问问卡佩尔纳乌莫夫，她常把钥匙交给他们。喏，这就是她本人，madame de[①]卡佩尔纳乌莫夫，啊？什么？（她有点儿耳聋）出去了？去哪儿了？瞧，现在您听到了吧？她不在家，也许到晚上天很晚的时候还回不来。好吧，现在去我家吧。您不是也想去我家吗？好，已经到我家了。Madame 列斯莉赫不在家。这个女人总是到处奔忙，不过是个好人，请您相信……说不定您也会用得到她，如果您稍微通情达理一点儿的话。瞧，我从写字台里拿了这张五厘债券（瞧，我还有多少这种债券啊），这一张今天要拿到银钱兑换商人那里去兑现。嗯，看到了吧？现在我用不着再浪费时间了。写字台上了锁，房门也锁上了，我们又来到了楼梯上。您要乐意的话，咱们就叫一辆出租马车！要知道，我要上群岛去。您要不要坐马车兜兜风？我要雇辆马车去叶拉金，怎么样？您不去吗？您不坚持到底吗？去兜一兜嘛，没关系。好像要下雨，没关系，咱们把车篷放下来就是……”

---

① 法文，“……的太太”之意。

斯维德里盖洛夫已经坐到了马车上。拉斯科利尼科夫考虑，他的怀疑至少在目前是不正确的。他一句话也没回答，转身又往干草广场那个方向走去。如果他在路上哪怕只回头看一次，那么他就会看到，斯维德里盖洛夫坐着马车还没走出一百步，就付了车钱，下车走到了人行道上。但是他已经什么也看不到了，他已经在拐角上转弯了。深深的厌恶心情使他离开了斯维德里盖洛夫。“这个粗野的恶棍，这个淫荡的色鬼和下流东西能做什么呢，至少是目前，我料想他也做不出什么来！”他不由自主地高声说。真的，拉斯科利尼科夫的判断做得太匆忙，也太轻率了。环绕着斯维德里盖洛夫的一切之中都好像有某种东西，使他显得即使不是神秘，至少也有些奇怪。至于说这一切和他妹妹有什么关系，拉斯科利尼科夫仍然坚信，斯维德里盖洛夫是绝不会让她安宁的。但是反复考虑所有这些事情，他实在是感到太苦恼和无法忍受了！

只剩了他一个人以后，和往常一样，走了二十来步，他又陷入沉思。上了桥，他在栏杆旁站住了，开始眺望河水。这时阿芙多季娅·罗曼诺芙娜正站着注视着他。

他在桥头就遇到了她，可是他没看清，从她身边走过去了。杜涅奇卡还从来没在街上看到他像这个样子，不由得吃了一惊。她站住了，不知道该不该叫他。突然她看到了从干草广场那边匆匆走近的斯维德里盖洛夫。

不过斯维德里盖洛夫好像是神秘而且小心翼翼地走近前来。他没上桥，在旁边人行道上站住了，并且竭力不让拉斯科利尼科夫看到他。他早就已经看到了杜尼娅，开始向她做手势。她好像觉得，他做手势，是叫她不要喊哥哥，不要惊动他，叫她到他那里去。

杜尼娅这样做了。她悄悄地从哥哥身边绕过去，来到斯维德里盖洛夫跟前。

“咱们快走，”斯维德里盖洛夫悄悄地对她说，“我不想让罗季昂·罗曼内奇知道我们会面。我预先告诉您，刚才我和他坐在离这儿不远的一家小饭馆里，他在那儿找到了我，我好容易才摆脱了他。不知为什么他知道了我给您的那封信，起了疑心。当然，不是您告诉他的吧？不过，如果不是您，那会是谁呢?”

“我们已经转了弯，”杜尼娅打断了他的话，“现在哥哥看不到我们了。我要对您说，我不再跟您往前走了。请您在这儿把一切都告诉我，什么话都可以在街上说。”

“第一，这些话无论如何也不能在街上说；第二，您应该听听索菲娅·谢苗诺芙娜会说些什么；第三，我要让您看一些证据……嗯，最后，如果您不同意去我那里，我就拒绝做任何解释，立刻就走。同时请您不要忘记，您那位亲爱的哥哥有一个绝非寻常的秘密完全掌握在我的手里。”

杜尼娅犹豫不决地站住了，用锐利的目光盯着斯维德里盖洛夫。

“您怕什么!”他平静地说，“城市不比农村。就是在农村里，也是您对我造成的伤害比我对您造成的伤害更大，而这里……”

“事先告诉过索菲娅·谢苗诺芙娜吗?”

“不，我一个字也没向她透露过，而且现在她是不是在家，我也并不完全有把握。不过，大概在家。她今天才安葬了她的继母：在这样的日子，是不会出去做客的。暂时我不想把这件事告诉任何人，就连告诉了您，都还有点儿后悔呢。这件事，只要稍有不慎，就等于告密。我就住在这儿，就住在这幢房子里，我们这就到了。这是我们这儿管院子的，他跟我很熟，瞧，他在跟我打招呼了。他看到我跟一位女士在一道走，当然已经看到您的脸了，这对您是有利的，既然您很害怕，而且怀疑我。我说得这么粗鲁，请您原谅。我住的房子是向二房东租来的。索菲娅·谢苗诺芙娜就住在我隔壁，也是跟二房东租的房子。这一层楼都住满了房客。您干吗像个小孩子似的那么害怕？还是我当真那么可怕呢？”

斯维德里盖洛夫宽容地微笑着，脸上的表情显得很不自然，可是他已经没有笑的心情了。他的心在怦怦地狂跳，喘不过气来。他故意说得声音响一些，以掩饰他那越来越激动的心情，然而杜尼娅没能发觉他这种特殊的激动。他说，她像小孩子那样怕他，对她来说，他是那么可怕——这些话激怒了她，简直把她气坏了。

“虽然我知道您是个……没有人格的人，可是我一点儿也不怕您。您在前面走吧。”她说，看上去神情镇静，可是脸色白得厉害。

斯维德里盖洛夫在索尼娅房门前站住了。

“让我问一下，她在不在家。不在。不巧！不过我知道，她很快就会回来。如果她出去，准是为了那些孤儿到一位太太那里去了。他们的母亲死了。我也帮着料理过丧事。如果再过十分钟索菲娅·谢苗诺芙娜还不回来，那么我叫她去找您，如果您乐意，今天就去。瞧，这就是我的房子。这是我住的两个房间。我的房东，列斯莉赫太太住在隔壁。现在请看这里，我让您看看我的主要证据：我卧室的这扇门通往正在招租的两间空房子。就是这两间……这您可要仔细看看……”

斯维德里盖洛夫住着两间带家具的、相当宽敞的房间。杜涅奇卡怀疑地朝四下里仔细看了看，可是，无论是屋里的陈设，还是房屋的布局，都没发现有什么特殊的地方，虽然也可以看出，譬如说，斯维德里盖洛夫的房子不知怎么正好夹在两套没住人的房子中间。不是从走廊直接进入他的房间，而是要穿过房东那两间几乎空荡荡的房子。斯维德里盖洛夫打开卧室里一扇锁着的门，让杜涅奇卡看一套也是空着的、正在招租的房子。杜涅奇卡在门口站住了，弄不懂为什么请她看这套房子，斯维德里盖洛夫赶紧解释说：

“请您往这里看，看看这第二间大房子。请看看这扇门，门是锁着的。门边有一把椅子，两间屋里只有这么一把椅子。这是我从自己屋里搬来的，为的是坐着听比较舒服些。索菲娅·谢苗诺芙娜的桌子就摆在门后，紧挨着这扇门，她就是坐在那儿和罗季昂·罗曼内奇说话的。而我，就坐在椅子上，在这儿偷听，一连听了两个晚上，每次都听了两个钟头——当然啦，我是能够听到点儿什么的，您认为呢？”

“您偷听过？”

“是的，我偷听过。现在到我屋里去吧，这儿连个坐的地方都没有。”

他领着阿芙多季娅·罗曼诺芙娜回到他作客厅的第一间房间里，请她坐到椅子上。他自己坐在桌子的另一头，离她至少有一沙绳[①]远，但是他的眼里已经闪射出当时曾使杜涅奇卡感到那么害怕的欲火了。她战栗了一下，又怀疑地朝四下里看了看。她表面上镇定的样子是装出来的，看来她不想让他看出，她怀疑他。然而斯维德里盖洛夫的房子夹在两套空房之间，显得十分僻静，这终于使她感到害怕了。她想问问，至少他的房东是不是在家，可是由于自尊，她没有问……何况她心里还有另一种痛苦，比为自己担心而感到的恐惧还要严重得多。她痛苦极了，简直无法忍受。

“这就是您的信，”她把那封信放到桌子上，说，“您信上写的事情难

---

① 一沙绳等于2.134米。

道是可能的吗？您暗示，似乎我哥哥犯了罪。您的暗示太明显了，现在您总不敢否认吧。您要知道，在您给我写信以前，我就听到过这种愚蠢的谎言，可我连一个字都不相信。这是卑鄙而又可笑的怀疑。我知道这件事，而且知道它是怎样和为什么捏造出来的。您不可能有任何证据。您答应要让我看：那么您说吧！不过您事先就要明白，我不相信您的话！我不相信！……”

杜涅奇卡说得很快，很急，她的脸霎时间变得绯红。

“如果您不相信，那您怎么会冒险只身到我这里来呢？您为什么来？只是由于好奇吗？”

“请别折磨我了，您说呀，您说吧！”

“您是一位勇敢的姑娘，这没说的。真的，我还以为您会请拉祖米欣先生陪您来呢。可是他既没跟您一道来，也不在您周围，我的确看过：这是勇敢的，这么说，您是想保护罗季昂·罗曼内奇了。不过，您的一切都是神圣的……至于说到令兄，我能对您说什么呢？您刚刚亲眼看到他了。他怎么样？”

“您不会只是根据这一点吧？”

“不，不是根据这一点，而是以他自己的话来作根据的。他曾一连两个晚上来索菲娅·谢苗诺芙娜这里。我已经让您看过，他们是坐在哪里的。他向她完全坦白了。他是凶手。他杀了那个放高利贷的老太婆，杀了那个官太太，他自己也曾经在她那儿抵押过东西；他还杀了她的妹妹，一个叫莉扎薇塔的女小贩，她在姐姐被杀害的时候，意外地闯了进去。他是用随身带去的斧头把她们两人杀死的。他杀死她们，是为了抢劫，而且也抢了些钱财，他拿走了一些钱和一些东西……他把这一切全都原原本本地告诉了索菲娅·谢苗诺芙娜，只有她一个人知道这个秘密，不过她没参与谋杀，也没给他出过主意，恰恰相反，她也像您现在一样十分害怕。请您放心，她不会出卖他。”

“这不可能！”杜涅奇卡喃喃地说，嘴唇白得毫无血色，感到喘不过气来，“不可能，没有任何原因，没有丝毫原因，没有任何理由……这是谎言！谎言！”

“他抢劫了，这就是全部原因。他拿了钱和东西。诚然，据他自己说，他既没用过那些钱，也没用过那些东西，而是把它们拿到一个什么地方，藏到石头底下了，现在还放在那儿。但这是因为他不敢用。”

“难道他会去偷，去抢，这可能吗？难道他会产生这样的念头？”杜尼娅惊呼，从椅子上霍地站了起来，“您不是知道，见过他吗？难道他会是个小偷？”

她仿佛是央求斯维德里盖洛夫，她把自己的恐惧完全忘了。

“阿芙多季娅·罗曼诺芙娜，这儿情况极其错综复杂，千差万别。小偷偷东西，可是他心里明白，他是个坏蛋；可是我听说有一个高尚的人抢劫了邮车；不过谁知道他呢，也许他当真以为，他干的是一件正当的事！如果是旁人告诉我的，当然，我也会像您一样，根本不信。可是我相信自己的耳朵。就连原因，他都向索菲娅·谢苗诺芙娜作了说明。可是起初她不相信自己的耳朵，但终于相信了眼睛，相信了自己的眼睛。因为是他亲自告诉她的。”

“那么是什么……原因呢？”

“说来话长，阿芙多季娅·罗曼诺芙娜。怎么跟您说呢，这也好像是一种理论，根据这种理论，我认为，譬如说，这就和这种说法是一样的：如果主要目的是好的，那么个别暴行也是可以允许的。干唯一一件坏事，完成一百件好事！一个有许多优点和过于自负的青年人知道，譬如说吧，只要他能有三千卢布，那么在他的生活目的中，整个前程和未来就都会完全不同，然而他却没有这三千卢布，对他来说，这当然也是会感到委屈的。再加上挨饿，住房窄小，衣衫褴褛，明确意识到自己的社会地位以及妹妹和母亲的处境太好[1]，因而愤愤不平。最严重的是虚荣心，自尊心和虚荣心，不过，谁知道他呢，也许他有崇高的志向……我并不是责备他，请您别那么想，而且这也不关我的事。这儿也有他自己的一个理论—— 一种平平常常的理论——根据这种理论，您要知道，人被分作普通材料和特殊人物，也就是说，对于他们，由于他们地位高，法律不是为他们制订的，恰恰相反，他们自己可以为其余的人，也就是那些普通材料、垃圾制订法律。还不错，一种平平常常的理论，une théorie comme une autre[2]。拿破仑使他心驰神往，也就是说，使他心驰神往的其实是：许多天才的人对那唯一一件坏事根本不屑一顾，而是毫不犹豫地跨越过去。好像他也自以为是个天才的人——也就是说，在某一段时间里相信是这样的。他曾经很痛苦，现在还在感到痛苦，因为他意识到，他能创造理论，却不能毫不犹豫地跨越过去，可见他不是个天才的人。对于一个有自尊心的年轻人来说，这可是有伤尊严的，特别是在我们这个时代……”

“可是良心的谴责呢？这么说，您否认他有任何道德观念？难道他是一个这样的人？”

---

① 这是一句带有讽刺意味的反话。

② 法文，“和任何别的理论一样”之意。

"唉，阿芙多季娅·罗曼诺芙娜，现在一切都混乱了，不过，也就是说，从来也没特别有条理过。一般说，俄罗斯人眼界都很开阔，阿芙多季娅·罗曼诺芙娜，他们的眼界就像他们的国土一样开阔，非常爱幻想，喜欢杂乱无章；然而只是眼界开阔，没有特殊才能，却是一种灾难。您记得吗？每天晚饭以后，我和您两个人坐在花园里的露台上，曾多次交换过意见，谈论这一类问题和这个话题。正是为了这种开阔的眼界，您还责备过我呢。谁知道呢，也许就在我们谈论这一切的时候，他也正躺在这儿考虑自己的计划吧。阿芙多季娅·罗曼诺芙娜，要知道，在我们知识界，没有什么特别神圣的传统，除非有人设法根据书本编造出来……或者从编年史里引申出来。不过干这种事的多半是那些学者们，您要知道，就某一点来说，他们也都是些头脑简单的人，所以上流社会的人做这种事情甚至是有伤大雅的。不过，一般说，我的意见您都知道了，我绝不责备任何人。我是个不劳动的人，而且抱定这个宗旨，决不改变。关于这一点，我们已经谈过不止一次了。我甚至有幸以自己的意见引起您的兴趣……您的脸色很苍白，阿芙多季娅·罗曼诺芙娜！"

"他这个理论我是知道的。我看过他在杂志上发表的一篇文章，谈到有一些人可以为所欲为……是拉祖米欣拿给我看的……"

"拉祖米欣先生吗？令兄的一篇文章？登在杂志上？有这样一篇文章吗？我可不知道。这想必很有意思！不过您要上哪儿去？阿芙多季娅·罗曼诺芙娜！"

"我想见见索菲娅·谢苗诺芙娜，"杜涅奇卡用有气无力的声音说，"到她家去该怎么走？她也许已经回来了，我一定要立刻见到她。让她……"

阿芙多季娅·罗曼诺芙娜没能说完，她真的是气都喘不过来了。

“索菲娅·谢苗诺芙娜要到夜里才会回来。我这样认为。她应该很快就回来，如果回不来，那就要很迟才……”

“啊，那么你是说谎！我看得出来……你说过谎……你一直是说谎！……我不相信你的话！我不信！我不信！”杜涅奇卡当真是发狂地高声叫喊，完全惊慌失措了。

她几乎是晕倒在斯维德里盖洛夫急忙放到她身后的椅子上了。

“阿芙多季娅·罗曼诺芙娜，您怎么了，您醒醒啊！喏，这是水。请您喝口水……”

他往她脸上洒了些水。杜涅奇卡战栗了一下，醒过来了。

“十分有效！”斯维德里盖洛夫皱起眉头，含糊不清地喃喃自语，“阿芙多季娅·罗曼诺芙娜，请您放心！您要知道，他有几个朋友。我们会救他，会把他救出来。您希望我把他送到国外去吗？我有钱，三天内我就能弄到船票。至于说他杀了人，可是他还会做许多好事呢，那么这就可以赎罪了，请您放心好了。他还可以成为一个伟大的人呢。嗯，您怎么了？您觉得身体怎么样？”

“恶毒的人！他还在嘲笑呢。让我走……”

“您去哪里？您往哪里去啊？”

“到他那里去。他在哪里？您知道吗？这道门为什么锁起来了？我们是从这道门进来的，现在却锁上了。您是什么时候把它锁上的？”

“可不能高声大喊，让所有房间里的人都听到我们在这里说的话。我根本没有嘲笑，只不过用这种语言说话，我已经感到厌烦了。您这副样子要上哪儿去！还是您想出卖他呢？您会逼得他发疯的，那么他就会去自首了。您要知道，已经在监视他了，已经发现了线索。您只会出卖了他。您先等一等：我刚才见到过他，跟他谈过，还可以救他。您等一等，再坐一会儿，我们一起想想办法。我请您来，就是为了和您单独谈谈这件事，好好考虑考虑。您请坐啊！”

“您能用什么办法救他？难道能救他吗？”

杜尼娅坐下了。斯维德里盖洛夫坐到她的身边。

“这一切都取决于您，取决于您，取决于您一个人。”他两眼闪闪发光，几乎是悄悄地低声说，前言不搭后语，由于激动，有些话甚至说不出来。

杜尼娅惊恐地躲开，离开他稍远一点儿。他也在浑身发抖。

“您……只要您一句话，他就得救了！我……我来救他。我有钱，也有朋友。我立刻送他走，我去弄护照，两张护照。一张是他的，另一张是我的。我有朋友，我有一些很能干的人……您愿意吗？我还要给您也弄一张护照……还有令堂的……您要拉祖米欣干什么？我也爱您……我无限爱您。让我吻一吻您衣服的边吧，让我吻一下吧，让我吻一下吧！我不能听到您的衣服窸窸窣窣的响声。您只要对我说：去做那件事，我就会去做！我什么都会去做。就连不可能的事我也能办得到。您信仰什么，我也会信仰什么。我什么、什么事情都会去做！请别看，请别这样看着我！您要知道，您这是在杀死我……”

他甚至胡言乱语起来。突然间他不知是怎么了，似乎头脑突然发昏了。杜尼娅跳起来，往门口跑去。

“开门！开门！”她隔着门高声叫喊，双手摇着房门，叫人来给她开门，“把门开开呀！难道一个人也没有吗？”

斯维德里盖洛夫站起来，清醒过来了。他那还在抖动着的嘴唇上慢慢地勉强露出了凶狠和讥讽的微笑。

“那里一个人也不在家，”他轻轻地、一字一顿地说，“女房东出去了，这样叫喊是白费力气：只不过徒然使自己激动。”

“钥匙呢？立刻把门开开，立刻，下流的东西！”

“我把钥匙弄丢了，找不到。”

“啊？那么这是强奸！”杜尼娅大喊一声，脸色白得像死人一样，冲到一个角落里，随手抓到一张小桌子，拖过去用它来掩护自己。她没有高声叫喊，不过用眼睛紧紧盯着那个折磨她的人，机警地注意他的每一个动作。斯维德里盖洛夫也没动地方，站在房屋另一头，她的对面。他甚至镇静下来了，至少从表面上看是这样。可他的脸色仍然白得吓人。嘲讽的微笑并没有从他脸上消失。

“您刚刚说‘强奸’，阿芙多季娅·罗曼诺芙娜。如果是强奸，那么您自己也可以考虑到，我已经采取了措施。索菲娅·谢苗诺芙娜不在家，离卡佩尔纳乌莫夫家很远，隔着五间上了锁的房子。还有，我的力气至少比您大一倍，此外，我也不用害怕，因为以后您不能去控告我：您不会真的想出卖令兄吧？而且谁也不会相信您的话：嗯，一个姑娘家干吗要到一个单身男人的住房里去呢？所以，即使牺牲哥哥，还是什么都证明不了：强奸是很难证明的，阿芙多季娅·罗曼诺芙娜。”

“卑鄙的家伙！”杜尼娅愤怒地低声说。

“不管您认为怎样，不过请您注意，我的话还只是作为一个建议。照我个人的看法，您是完全对的：强奸是卑鄙的事。我只不过想要说，您绝不会受到良心的谴责，即使……即使您自愿照我建议的那样来搭救令兄。这就是说，您只不过是为环境所迫，嗯，还有，是屈服于暴力，如果非得用这个词儿不可的话。这一点请您考虑考虑吧，令兄和令堂的命运都掌握在您的手里。我愿做您的奴隶……做一辈子……我就在这儿等着……”

斯维德里盖洛夫坐到了沙发上，离杜尼娅大约八步远。他的决心是不可动摇的，对她来说，这一点已经是毫无疑问了。何况她很了解他……

突然她从口袋里掏出一支手枪，扳起扳机，把拿着手枪的那只手放在小桌子上。斯维德里盖洛夫一下子跳了起来。

“啊哈！真没料到会是这样！”他惊讶地喊了一声，可是恶狠狠地冷笑着，“这样就使事情发生了根本变化！您自己使事情变得非常容易解决了，阿芙多季娅·罗曼诺芙娜！这手枪您是打哪儿弄来的？不是拉祖米欣先生给您的吧？哎呀！这手枪是我的嘛！老相识了！当时我找它找得好苦哇！……在乡下我曾荣幸地教过您射击，看来并没白教啊！”

“不是你的手枪，是玛尔法·彼特罗芙娜的，是你杀害了她，凶手！她家里什么东西也不是你的。我一猜想到你这个人会干出什么事来，就把它拿过来了。你只要敢迈出一步，我发誓，我就要打死你！”

杜尼娅发狂了。她拿着手枪，做好了准备。

“嗯，那么哥哥呢？我这样问是出于好奇。”斯维德里盖洛夫问，仍然站在原地。

“你去告密吧，如果你想告密的话！不许动！别过来！我要开枪了！你毒死了妻子，这我知道，你就是凶手！……”

“您坚决相信，是我毒死了玛尔法·彼特罗芙娜？”

“是你！你自己向我暗示过，你对我说起过毒药……我知道，你坐车去买来的……你早准备好了……这一定是你……坏蛋！”

“即使这是真的，那也是为了你……归根到底你是祸根。”

“你胡说！我一向，一向……恨你。”

“哎呀，阿芙多季娅·罗曼诺芙娜！看来您忘了，在您狂热地说教的时候，您已经对我有了好感，流露出了自己的感情……我从您眼睛里看出来了。您记得吗，晚上，在月光下，还有一只夜莺在啼啭？”

“你说谎！（杜尼娅的眼睛里怒火闪烁）你说谎，造谣中伤的家伙！”

“我说谎？好吧，就算我说谎吧。我说了谎。对女人提起这些事情是不应该的。（他冷笑了一声）我知道你会开枪，你这头美丽的小野兽。那你就开枪吧！”

杜尼娅举起了手枪，脸色白得像死人一样，下嘴唇颤抖着，也白得毫无血色，两只乌黑的大眼睛射出火一般的闪光，紧盯着他，下定了决心，估量着，只等他做出第一个动作。他还从来没看到过她像这样美丽。她举起手枪的时候，从她眼里射出的怒火似乎使他燃烧起来，他的心痛苦地揪紧了。他走出一步，枪声响了。子弹从他头发上擦过，打到了后面的墙上。他站住了，轻轻地笑了起来：

“让黄蜂给蜇人了一下！直接瞄准脑袋……这是什么？血！”他掏出手帕来擦血，从他右边的太阳穴上流下很细的一缕鲜血，大概子弹稍稍擦伤了头皮。杜尼娅放下手枪，望着斯维德里盖洛夫，与其说是感到恐惧，不如说是感到惊讶，大惑不解。她似乎自己也不明白，她做了什么，发生了什么事情！

“有什么呢，打偏了！再开一枪嘛，我等着，”斯维德里盖洛夫轻轻地说，一直还在冷笑，不过神情有点儿忧郁，“这样的话，在您扳枪机以前，我就会抓住您了！”

杜涅奇卡战栗了一下，迅速扳了枪机，又举起手枪。

“别来纠缠我!”她绝望地说，“我发誓，我又要开枪了……我……打死您！……”

“嗯，有什么呢……只有三步远，不会打不死的。哼，要是您打不死我……那么……”他的眼睛闪闪发光，他又向前走了两步。

杜涅奇卡开了一枪，枪没有响!

“子弹没装好。没关系！您手枪里还有底火。您把它摆正，我等着。”

他站在她面前等着，离她有两步远，怀着异常坚定的决心，两眼发红，用充满情欲而又忧郁的目光直瞅着她。杜尼娅明白，他宁愿死，也不愿放走她。“真的……真的，只有两步远，现在她当然会把他打死的！……”

她突然扔掉了手枪。

“扔掉了!”斯维德里盖洛夫惊讶地说，深深地舒了口气。仿佛有个什么东西一下子从他心上掉下来了，也许这不仅仅是对死亡的恐惧，而且这时候他也未必会感觉到它已经消失。这是摆脱了另一种更悲哀、更忧郁的感觉的心情，他自己也不能完全确定，这究竟是一种什么感觉。

他走到杜尼娅跟前，用一只手轻轻地搂住了她的腰。她没有反抗，但全身像片树叶一样簌簌发抖，用恳求的目光看着他。他本想说什么，可只是撇了撇嘴，什么也说不出来。

“你让我走吧!”杜尼娅恳求说。

斯维德里盖洛夫战栗了一下：这个你字已经说得和刚才有点儿不一样了。

“那么你不爱我?”他轻轻地问。

杜尼娅摇摇头，表示拒绝。

“也……不会爱我？……永远不会？”他绝望地低声问。

“永远不会！”杜尼娅低声回答。

斯维德里盖洛夫心里发生了一场短暂的、无言的激烈斗争。他用一种无法形容的目光瞅着她。突然他放开手，转身很快走到窗边，在窗前站住了。

又过了一会儿。

“这是钥匙！（他从大衣左面的口袋里掏出钥匙，放到身后的桌子上，没有回过头来，也没看着杜尼娅）您拿去，赶快走吧！……”

他执拗地望着窗外。

“快点儿！快点儿！”斯维德里盖洛夫反复说，一直还是一动不动，也没回过头来。但是，可以听出，在这声“快点儿”里带着某种可怕的语调。

杜尼娅明白这语调意味着什么，赶紧拿起钥匙，跑到门边，迅速打开房门，从屋里冲了出去。不一会儿，她像发疯似的，已经不能控制自己，跑到运河岸上，朝×桥那个方向飞奔而去。

斯维德里盖洛夫在窗前又站了大约三分钟光景，最后才慢慢转过身来，朝四下里看了看，用手掌在前额上轻轻地摸了一下。一个古怪的微笑使他的脸变得很不自然，这是可怜、悲哀而又无可奈何的微笑，这是绝望的微笑。血染红了他的手掌，这血已经干了。他恶狠狠地看了看这血，然后把一条毛巾浸湿，擦净自己的鬓角。被杜尼娅扔掉、落到门边的那支手枪突然闯入他的眼帘。他把它拾起来，仔细看了看。这是一支可以装在衣袋里的老式三发小手枪，里面还有两发子弹和一个火帽。还可以发射一次。他想了想，把手枪塞进衣袋，拿起帽子，走了出去。

六

整整一晚上，直到十点，他是在各个小饭馆和那些藏污纳垢的地方度过的，从这个地方出来，又到另一个地方去。在某处找到了卡佳，她又在唱另一首低级流行歌曲，歌中唱的是某个“下流坯和暴君”：

开始吻卡佳。

斯维德里盖洛夫请卡佳喝酒，也请一个背手摇风琴的流浪乐师、歌手们、跑堂的、还有两个司书喝酒。他所以要和这两个司书打交道，说实在的，是因为他们两个鼻子都是歪的：一个歪到右边，另一个歪到左边，这使斯维德里盖洛夫觉得十分惊奇。他们还带着他到一个游乐园去，他给他们买了门票。这个游乐园里有一棵树龄已有三年的细小的枞树，还有三个灌木丛。此外，还建造了一家“饭店”，其实是个小酒馆，不过在那里也可以喝茶，而且还摆着几张绿色的小桌和几把椅子。有一些蹩脚歌手在合唱，还有一个喝得醉醺醺的、从慕尼黑来的德国人，好像是个小丑，虽然他鼻子是红的，可不知为什么神情却异常沮丧，他和那些歌手的表演都是为客人们助兴的。那两个司书和另一些司书发生争吵，就要打起来了。他们推选斯维德里盖洛夫做裁判，给他们评评理。斯维德里盖洛夫已经给他们评了差不多一刻钟了，可是他们大嚷大叫，简直无法弄清是怎么回事。最确切无疑的是，他们当中有一个偷了东西，甚至就在这儿卖给了一个偶然碰到的犹太人。可是卖掉以后，却不愿把赃款分给自己的同伴。原来那件给卖掉的东西是这家“饭店”的一把茶匙。“饭店”里发现茶匙不见了，寻找起来，于是事情变得麻烦了。斯维德里盖洛夫赔了茶匙，站起来，走出了游乐园。已经十点左右了。整个这段时间里他自己连一滴酒也没喝过，只是在“饭店”里要了一杯茶，而且就连这也多半是为了遵守人家的规矩。然而这天晚上又闷又热，天阴沉沉的。快到十点的时候，可怕的乌云从四面八方涌来，一声雷鸣，大雨倾盆，犹如瀑布。雨水不是一滴一滴地落下来，而是像一条条激流倾注到地面。在不停地打闪，每次闪光持续的时间正好可以从一数到五。他浑身湿透，回到家里，锁上房门，开开自己写字台上的抽屉，把所有的钱都取出来，还撕掉了两三张纸。然后他把钱装进衣袋，本想换件大衣，但是朝窗外望了望，留心听了听雷声和雨声，心想，算了，于是拿起帽子，没有锁门，就走了出去。他径直去找索尼娅。她在家。

她不是一个人，卡佩尔纳乌莫夫的四个小孩子团团地围着她。索菲娅·谢苗诺芙娜正在喂他们喝茶。她默默地、恭恭敬敬地迎接斯维德里盖洛夫，惊讶地看了看他那件湿透的大衣，可是一句话也没说。孩子们立刻异常惊恐地跑掉了。

斯维德里盖洛夫坐到桌边，让索尼娅坐到他身旁。她羞怯地准备好听他说话。

“索菲娅·谢苗诺芙娜，我说不定要去美国了，”斯维德里盖洛夫说，“因为这大概是我最后一次跟您见面了，所以我要来作个安排。嗯，今天您见到这位太太了吗？我知道她对您说些什么，用不着重述了。（索尼娅动了动，而且脸红了）这种人的性格是大家都知道的。至于您的妹妹和弟弟，他们的确都给安置好了，我送给他们每个人的钱也都交给了有关方面，交到可靠的人手里，拿到了收据。不过，这些收据还是您拿去保存吧，以防万一。给，请您收下！嗯，现在这件事算办完了。这是三张五厘债券，一共三千卢布。这笔钱请您收下，是给您的，这是我们两人之间的事情，不要让任何人知道，也不管以后您会听到些什么。这些钱您是需要的，因为，索菲娅·谢苗诺芙娜，照以前那样生活下去，很不好，而且也完全没有必要了。”

“我深受您的大恩大德，还有孤儿们和已经去世的继母都受了您的恩惠，”索尼娅急忙说，“如果说，到现在我很少向您表示感谢，那么……请您别以为……”

“哎，够了，够了。”

“不过这些钱，阿尔卡季·伊万诺维奇，我非常感谢您，可是现在我不需要这些钱了。我一个人，总可以养活自己，不要以为我忘恩负义：既然您这样乐善好施，那么这些钱……”

“给您，给您，索菲娅·谢苗诺芙娜，请您收下，别再多说了，因为我甚至没有时间了。可您需要钱。罗季昂·罗曼诺维奇有两条路：要么对准额头开枪自杀，要么走弗拉基米尔[①]那条路。（索尼娅古怪地看了看他，浑身发抖了）您别担心，我什么都知道，听他自己说的，我可不是个说话不谨慎的人，我绝不会告诉任何人。那时候您劝他去自首，这是对的。这对他要有益得多。嗯，如果要走弗拉基米尔这条路——他去，您也会跟他去，不是吗？是这样吧？是这样吧？好吧，如果是这样，那么就是说，钱是需要的。为了他，需要钱，您明白吗？我把钱送给您，也就等于送给

① 流放到西伯利亚去服苦役的犯人都要走经过弗拉基米尔的那条道路。

他。何况您还答应过阿玛莉娅·伊万诺芙娜，要还清欠她的钱，我听说了。索菲娅·谢苗诺芙娜，您怎么这样轻率地承担了这样一笔债务？是卡捷琳娜·伊万诺芙娜，而不是您欠了这个德国女人的债，那么您就不该理睬她。在这个世界上，这样是没法活下去的。嗯，如果什么时候有人问您——明天或者后天——向您问起我或者有关我的事情（会有人来问您的），那么我现在到您这儿来的事，千万不要提起，绝不要把钱拿给任何人，也绝不要对任何人说，我曾经送给您钱。好，现在再见吧（他从椅子上站了起来）。请问候罗季昂·罗曼内奇。顺带说一声：暂时您可以把钱托拉祖米欣先生代为保管。您认识拉祖米欣先生吗？当然是认识的。这是个还不错的小伙子。明天就把钱送到他那里去，或者……到时候再说。在那以前要好好保藏起来。”

索尼娅也从椅子上很快站起来，惊恐地瞅着他。她很想说点儿什么，问问他，可是在最初几分钟里她不敢说，也不知道该怎样说。

“您怎么……您怎么，现在下着那么大的雨，您就要走吗？”

“嗯，要去美国，还怕下雨，嘿！嘿！别了，亲爱的，索菲娅·谢苗诺芙娜！您要活下去，长久活下去，您会有益于别人的。顺带说一声……请您对拉祖米欣先生说，我请您代我向他致意。您就这样对他说：阿尔卡季·伊万诺维奇·斯维德里盖洛夫向您致意。一定要对他说。”

他走了，只剩下了索尼娅一个人，她惊讶、恐惧，心情沉重而又感到疑惑，可又说不清究竟是疑惑什么。

随后，这天晚上十一点多钟的时候，他又进行了一次反常和出人意料的访问。雨一直还在下个不停。十一点二十分，他浑身湿透，走进了瓦西利耶夫斯基岛第三干线马雷大街上他未婚妻父母家那所狭小的住宅。他好容易才敲开了门，起初他的到来引起了极大的惊慌和不安。不过只要愿意，阿尔卡季·伊万诺维奇是一个举止态度很有魅力的人，所以未婚妻深明事理的父母最初的猜测（虽说他们的猜测是很敏锐的）立刻自然而然地消失了——他们本以为阿尔卡季·伊万诺维奇准是在这以前已经喝得酩酊大醉，因而失去了自制。未婚妻的那位富有同情心而且深明事理的母亲把虚弱无力、坐在安乐椅里的父亲推到阿尔卡季·伊万诺维奇跟前，像往常一样，立刻提出一些她其实并不关心的问题。（这个女人从来不直截了当地提问题，总是先面带微笑，搓着手，随后，如果一定需要知道什么，譬如说，阿尔卡季·伊万诺维奇愿意定在哪一天举行婚礼，那么她就会提出一些最有趣、而且几乎是渴望得到回答的问题，询问有关巴黎的种种事情和那里的宫廷生活，只是在这以后才照例谈到瓦西利耶夫斯基岛的第三干线上来）在旁的时候，这种谈话方式当然会让人十分尊敬，然而这一次阿尔卡季·伊万诺维奇不知为什么却显得特别没有耐心，并坚决要求会见未婚妻，尽管一开始就已经告诉过他，未婚妻已经睡了。当然，未婚妻还是出来了，阿尔卡季·伊万诺维奇直截了当地对她说，由于一个很重要的情况，他必须暂时离开彼得堡，所以给她送来了一万五千银卢布票面不同的纸币，请她收下这笔钱，作为他送给她的礼物，因为他早就打算在结婚之前把这一点儿钱送给她了。当然，这样的解释丝毫也没能说明，这礼物与立刻动身旅行，与一定要冒雨在深更半夜来送礼物有什么特殊的逻辑联系，然而事情却十分顺利地对付过去了。就连必不可免的“哎哟”和“啊呀”，刨根究底的询问和惊讶，不知为什么也突然异乎寻常地既有节制，又有分寸；然而对他的感谢却是最热烈的，那位最有理智的母亲甚至感激涕零，令人留下深刻的印象。阿尔卡季·伊万诺维奇站起来，笑了，吻了吻未婚妻，拍了拍她的小脸蛋儿，肯定地说，他不久就会回来，他注意到，她的眼睛里虽然流露出孩子的好奇神情，但同时也好像向他提出一个十分严肃的、无声的问题，他想了想，再次吻了吻她，心里立刻真诚地感到遗憾，因为他的礼物立刻就会给锁起来，由这位最懂道理的母亲来保管了。他走了，丢下了这些心情异常兴奋的人。然而富有同情心的母亲立刻低声匆匆地解答了几个最重要的疑问，确切地说，就是认为阿尔卡季·伊万诺维奇是个大人物，是个有作为的人，有很多关系，是个大富翁——天知道他头脑里有些什么想法，忽然想要出门，立刻就走，忽然想要送钱，立刻就把钱送给别人，所以，用不着大惊小怪。当然，他浑身湿透，这很奇怪，不过，譬如说吧，英国人比这更怪，而且这些上流社会的人都不在乎人家怎么议论他们，也不拘礼节。也许他甚至是故意这样做，好让人看看，他谁也不怕。而主要的是，这件事无论对什么人一个字也不能说，因为天知道这会产生什么后果，钱嘛，得赶紧锁起来，而且当然啦，菲多西娅一直待在厨房里，这可是最好也不过了，主要的是，绝对，绝对，绝对不要把这件事告诉这个诡计多端的列斯莉赫，等等，等等。他们坐在那里悄悄地议论着，一直谈到两点钟。不过，未婚妻早就去睡觉了，她感到惊讶，又有点儿忧郁。

然而斯维德里盖洛夫正好在半夜过了×桥，往彼得堡那个方向走去。雨停了，风却在呼啸。他冷得发抖了，有一会儿工夫，他怀着一种特殊的好奇心，甚至是疑惑地望了望小涅瓦河里黑魆魆的河水。但是他很快就觉得，站在河边冷得很，他转身往×大街走去。他已经在长得好像没有尽头的×大街上大踏步地走了很久，几乎走了半个钟头，黑暗中，不止一次在那条用木块铺成的路面上绊倒，可他还是怀着好奇心不停地在大街右侧寻找着什么。不久前有一次他从附近路过，在这儿某处，已经是大街的尽头，看到过一家木结构的旅馆，不过相当宽敞，旅馆的名称，就他所记得的，好像是叫阿德里安诺波利。他的推断是正确的，在这样荒凉的地方，这家旅馆是个相当显眼的目标，就是在黑夜里，也不可能找不到它。这是一座已经发黑的、很长的木头房子，尽管已经很晚了，房子里仍然灯火通明，看得出里面还相当热闹。他走了进去，在走廊上碰到一个穿得破破烂烂的人，他问那个人有没有房间。那人打量了一下斯维德里盖洛夫，精神振作起来，立刻把他领到很远的一间房间里，这间房子又闷又狭小，缩在走廊尽头一个角落里，就在楼梯底下。但是没有别的房间，全都客满了。那个穿得破破烂烂的人疑惑地望着他。

“有茶吗?”斯维德里盖洛夫问。

“这个可以。”

“还有什么吗?”

“小牛肉，伏特加，冷盘。”

“给拿小牛肉和茶来。”

“不再需要什么别的了吗?”那个穿得破破烂烂的人甚至有点儿困惑莫解地问。

“什么也不要了，什么也不要了!”

那个穿得破破烂烂的人大失所望地走了。

“想必是个好地方，”斯维德里盖洛夫想，“我怎么不知道呢。大概，我这副样子也像是从哪儿的夜酒店里出来的，路上已经出过什么事了。不过我真想知道，经常住在这里，在这里过夜的是些什么人?”

他点着了蜡烛，更仔细地看了看这间房间。这间小屋竟是那么矮小，斯维德里盖洛夫站在里面几乎直不起腰，屋里只有一扇小窗子，床很脏，一张油漆过的普通桌子和一把椅子差不多占据了全部空间。看样子墙壁好像是用木板钉成的，墙纸又旧又脏，上面已经积满灰尘，许多地方都撕破了，它们的颜色（黄的）还可以猜得出来，可是花纹已经完全无法辨认了。和通常顶楼里的情况一样，墙和天花板有一部分是倾斜的，不过这儿的斜面上边就是楼梯。斯维德里盖洛夫放下蜡烛，坐到床上，陷入沉思。然而隔壁一间小屋里说个不停的、奇怪的喃喃低语，有时竟会提高声调，几乎像在叫喊，这终于引起了他的注意。从他一进来，这低语声就没停止过。他侧耳倾听：有人在骂另一个人，几乎是哭着责备他，不过听到的只是一个人的声音。斯维德里盖洛夫站起来，用一只手遮住蜡烛，墙上一条裂缝里立刻透出灯光，他走近前去，开始张望。在比他这一间稍大一点儿的那间房间里住着两个人。其中一个没穿常礼服，有一头异常卷曲的鬈发，红通通的脸，神情十分激动，站在屋里，姿势活像个演说家，叉开两腿，以保持平衡，用一只手捶着自己的胸膛，激昂慷慨地责备另一个人，说他是个叫花子，说他连个一官半职都没捞到，说，是他把他从泥坑里拉出来的，什么时候想赶他走，就可以赶他走，还说，这一切只有上帝知道。那个受责备的朋友坐在椅子上，看样子像一个很想打喷嚏、可又怎么也打不出来的人。他偶尔用浑浊的羊眼睛看看那个演说家，但显然一点儿也不明白，他在说些什么，甚至也未必听到了什么。桌子上的蜡烛快要燃尽了，桌上还摆着一个几乎空了的装伏特加的细颈玻璃瓶，几只酒杯，一些面包，几只玻璃杯，几根黄瓜和一只早已喝光了茶的茶杯。斯维德里盖洛夫留心看了看这个场景，就漠不关心地离开那条缝隙，又坐到了床上。

那个穿得破破烂烂的人拿着茶和小牛肉回来了，忍不住又问了一次：

“还需要什么吗?”听到的又是否定的回答，于是就走了。斯维德里盖洛夫急忙喝茶，想暖一暖身子，喝了一玻璃杯，肉却一口也没吃，因为完全没有胃口。他大概发起烧来了。他脱下大衣、短外衣，裹着被子，躺到了床上。他感到遗憾:“这一次最好还是别生病”，他想，并且冷笑了一声。屋里很闷，烛光暗淡，外面风声呼啸，老鼠不知在哪个角落里啃什么，而且整个房间里好像有一股老鼠味和什么皮革的气味。他躺着，仿佛在做梦:思绪万千，此起彼伏。似乎他很想让思想停留在某一件事情上。“窗外大概是个什么花园吧，”他想，“树在簌簌地响。我多么不喜欢夜里风狂雨暴，黑暗中传来树木簌簌的响声，这是一种让人很不舒服的感觉!”他想起不久前经过彼特罗夫公园的时候，甚至一想到这种声音，就觉得讨厌。这时他也想起了×桥和小涅瓦河，于是又像不久前站在河边的时候那样，似乎觉得身上发冷了。“我一生中从来就不喜欢水，即使是在风景如画的地方，”他想，突然又为一个奇怪的想法冷笑了一声，“似乎，这些美学和舒适之类的问题，现在应该都无所谓了，可正是在这时候，却变得特别爱挑剔了，就像一头在类似的情况下……一定要给自己挑个地方的野兽。刚才我真该回彼特罗夫公园去!大概是觉得那里太暗，也觉得冷吧，嘿!嘿!几乎是需要感到惬意呢!……可是，我为什么不把蜡烛熄掉?(他熄掉了蜡烛)隔壁已经睡了，”他想，因为刚才看到的那条缝隙里已经看不到灯光了，“唉，玛尔法·彼特罗芙娜，要是现在您来该多好，天又黑，地方也挺合适，而且正是时候。可现在您偏偏不来……”

不知为什么他突然想起，不久前，就在他要实行诱骗杜涅奇卡的计划之前一小时，他曾向拉斯科利尼科夫建议，把她托付给拉祖米欣，请他来保护她。“真的，当时我说这话，正像拉斯科利尼科夫所猜想的那样，多半是为了满足我自己的愿望——故意挑衅。不过这个拉斯科利尼科夫真是个机灵鬼！他饱经忧患。随着时间的推移，等到他不再胡思乱想，变聪明了以后，准会成为一个很机灵的人，可是现在他却太想活下去了！就这一点来说，这种人是卑鄙的。哼，去他的吧，随他的便，与我有什么相干?”

他一直睡不着。渐渐地，杜涅奇卡不久前的形象出现在他的面前，突然，他打了个寒战。“不，现在应该丢掉这个念头了，”他清醒过来，这样想，“应该想想别的。奇怪而且可笑：我从来也没深深怀恨过什么人，甚至从来也没特别想要进行报复，不是吗，这可是个坏兆头，坏兆头！我也不喜欢与人争论，不发脾气——这也是坏兆头！刚才我向她许下了多少诺言啊，呸，见鬼！大概，她会设法让我明白过来的……”他又不作声了，而且咬紧了牙：杜涅奇卡的形象又在他面前出现了，和她第一次开枪的时候一模一样，那时她吓得要命，放下了手枪，面无人色，望着他，所以两次他都可以抓住她，她却不会举起手来自卫，如果不是他提醒她的话。他想起，在那一瞬间，他似乎可怜起她来，似乎他的心揪紧了……“唉，见鬼！又是这些念头，这一切都应该丢掉，丢掉！……”

他已经昏昏欲睡：寒热病的战栗停止了，突然好像有个什么东西在被子下面，从他手臂上和腿上跑了过去。他打了个哆嗦：“呸，见鬼，这好像是只老鼠！”他想，“这盘小牛肉我还摆在桌子上……”他真不想掀开被子，起来，让自己冻僵，可是突然又有个什么让人很讨厌的东西从他腿上很快跑了过去。他撩开被子，点着了蜡烛。他打着寒战，俯身仔细看了看床上，什么也没有。他抖了抖被子，突然有一只老鼠跳到了床单上。他急忙去抓它，可是老鼠并不跳下床去逃走，却在床上东窜西窜，从他指缝间溜跑，从他手上跑过去，突然一下子钻到了枕头底下；他扔掉了枕头，但是转瞬间感觉到有个什么东西跳进他的怀里，从他身上很快跑过去，已经跑到背上，钻到衬衫底下去了。他急剧地打了个寒战，醒了。屋里很暗，他像刚才一样，裹在被子里，躺在床上，窗外风声哀号。“真讨厌！”他烦恼地想。

他起来，背对着窗户，坐到床边。“最好根本别睡。”他拿定了主意。可是窗边有一股冷气和潮气，他没站起来，拉过被子，裹到身上。他没有点上蜡烛。他什么也不想，而且也不愿想；然而幻想却一个接着一个出现，一个个思想的片段，没头没尾，互不连贯，稍纵即逝，一闪而过。他似睡非睡。是寒冷，还是黑暗，是潮湿，还是在窗外呼啸和摇撼着树木的风，这一切都在他心中激起对幻想强烈的爱好和渴望——可是浮现在眼前的却总是花。他想象出一片迷人的景色，是阳光明媚的一天，天很暖和，几乎是炎热的，是个节日——圣灵降临节[①]。一座英国式豪华精致的乡村住宅，四周花坛里鲜花盛开，花香袭人，住宅周围是一垄垄菜畦；蔓生植物爬满门廊，台阶上摆满一排排玫瑰；一道明亮、凉爽的楼梯，上面铺着豪华的地毯，两边摆满栽种着奇花异卉的中国花盆。他特别注意摆在窗口的那些盛着水的花瓶，一束束洁白、娇嫩的水仙插在花瓶里，碧绿、肥壮的长茎上垂下一朵朵白花，花香浓郁。他甚至不想离开它们，但是他上楼去了，走进一个宽敞高大的大厅，这儿也到处都是鲜花：窗旁，通往凉台的门敞着，门边到处是花。地板上撒满刚刚割下的芳草，窗子都敞着，凉爽的微风送进清新的空气，窗外鸟鸣嘤嘤，大厅中央，几张铺着洁白缎子台布的桌子上停放着一口棺材。这口棺材包着那不勒斯白绸，边上镶着厚厚的白色皱边。用鲜花编成的花带从四面环绕着棺材。一个小姑娘躺在棺

① 在复活节后的第五十天。

材里的鲜花中间，她穿一件透花白纱连衫裙，一双好似用大理石雕成的手叠放在胸前。但她那披散开的头发，那淡黄色的头发，却是湿的，头上戴着一顶玫瑰花冠。她那神情严峻、已经僵化的脸的侧面也好像是用大理石雕成的，但是她那惨白的嘴唇上的微笑却充满失去了稚气的无限悲哀，而且带有沉痛的抱怨的神情。斯维德里盖洛夫认识这个小姑娘，这口棺材旁既没有圣像，也没点蜡烛，也听不到祈祷的声音。这个小姑娘是自杀——投水自尽的。她只有十四岁，但这已经是一颗破碎了的心，这颗心因受侮辱而毁了自己，这样的侮辱吓坏了这颗幼小、稚嫩的童心，使它感到震惊，不应遭受的耻辱玷污了她那天使般纯洁的心灵，迫使她从胸中冲出最后一声绝望的呼喊，但是长夜漫漫，黑暗无边，虽已开始解冻，却还潮湿寒冷，而且狂风怒吼，这一声遭受无耻凌辱的呼喊并没有被人听见……

斯维德里盖洛夫醒了，从床上起来，大步走到窗前。他摸索着找到了插销，打开窗子。风猛吹进他这间狭小的斗室，仿佛往他脸上和仅有一件衬衫遮盖着的胸脯上贴了一层冷冰冰的霜花。窗外大概真的像个花园，看来也是个游乐园，大概白天这里也有歌手唱歌，也给人往小桌子上送茶。现在水珠却从树上和灌木丛上飞进窗里，很暗，就像在地窖里似的，所以勉强才能分辨出某些标志着什么物体的黑点。斯维德里盖洛夫弯下腰，用胳膊肘撑在窗台上，已经目不转睛地对着这片黑暗望了五分钟了。黑暗的夜色中传来一声炮响，接着又是一声。

“啊，号炮响了，河水暴涨了[①]”，他想，“到早晨水就会涌进低洼的地

---

① 1865年6月29日到30日的夜里，彼得堡下了暴雨，河水猛涨，曾鸣炮报警。海军部大厦的尖顶上白天挂了信号旗，夜里挂上了灯笼。

方，涌到街上，淹没地下室和地窖，地下室里的老鼠都会浮出水面，人们也将在风雨中咒骂着，浑身湿透，把自己的一些破烂儿拖到上面几层去……现在几点了?”他刚一这样想，附近什么地方的挂钟仿佛竭力匆匆忙忙地滴答滴答地响着，打了三响。“哎哟，再过一个钟头就要天亮了!还等什么呢？立刻就走，一直去彼特罗夫公园：在那儿什么地方挑一个大灌木丛，叫雨淋透的灌木丛，只要用肩膀稍微碰一碰，就会有千百万水珠浇到头上……”他离开窗子，把它关上，点着了蜡烛，穿上短上衣、大衣，戴上帽子，手持蜡烛，走到走廊上，想找到那个不知睡在什么地方一间小屋里、一堆堆废物和蜡烛头中间的穿得破破烂烂的人，把房钱交给他，然后从旅馆里出去。“这是最好的时间，再也挑不到更好的时间了!”

他在狭长的走廊上走了很久，一个人也找不到，已经想要高声呼喊了，突然在一个黑暗的角落里，一个旧橱和门之间看到一个奇怪的东西，好像还是活的。他手持蜡烛，弯下腰去，看到一个孩子——一个五岁左右的小姑娘，不会更大了，她身上的那件小连衫裙已经湿透了，像一块擦地板的抹布，她浑身发抖，还在哭泣。看到斯维德里盖洛夫，她似乎并不害怕，却用她那双乌黑的大眼睛看着他，目光中流露出迟钝的惊讶神情，间或抽泣几声，这就像所有孩子一样，他们哭了很久，可是已经住了声，甚至已经不再伤心了，却还会偶尔突然呜咽一声。小姑娘的脸苍白而憔悴，她冻僵了，不过，“她是怎么来到这里的？这么说，她是躲在这里，一宿没睡了。”他开始询问她。小姑娘突然变得活跃了，用孩子的语言很快地含糊不清地说了起来。她说到“妈妈”，说是“妈妈打”她，还说有只什么碗叫她给“打泼（破）了”。小姑娘说个不停，从她说的这些话里勉强可以猜出，这是个没人疼爱的孩子，她的母亲大概就是这家旅馆里的厨娘，经常喝得烂醉，把她毒打一顿，还吓唬她。小姑娘打破了妈妈的一只碗，吓坏了，还在晚上就逃了出来。她大概在院子里什么地方躲了好久，一直淋着雨，最后偷偷地溜到这里，藏在大橱后面，在这个角落里坐了整整一夜，一直在哭，由于潮湿、黑暗和害怕，浑身颤抖，为了这一切，现在她准又要挨一顿打。他把她抱起来，回到自己的房间里，让她坐在床上，给她脱去衣服。她赤脚穿着的那双破鞋子湿淋淋的，仿佛整夜都站在水洼里。给她脱掉衣服以后，他把她放到床上，给她盖上被子，连头都裹到被子里。她立刻睡着了。做完这一切以后，他又忧郁地沉思起来。

“瞧，又想多管闲事了！”最后他突然想，心里有一种痛苦和气愤的感觉，“多么荒唐！”他烦恼地拿起蜡烛，无论如何也要找到那个穿得破破烂烂的人，赶快离开这儿。“哎呀，小姑娘！”他心中暗暗地咒骂着想，已经在开门了，可是又回来再看看那个小姑娘，看她是不是还在睡，睡得怎么样。他小心翼翼地把被子稍微掀开一点儿，小姑娘睡得很熟、很香。她盖着被子，暖和过来了，苍白的面颊上已经泛起红晕。可是奇怪：这红晕看上去仿佛比通常孩子们脸上的红晕更加鲜艳、浓郁。“这是发烧的红晕。”斯维德里盖洛夫想，这好像是酒后的红晕，就好像给她喝了满满的一杯酒。鲜红的嘴唇仿佛在燃烧，在冒热气，不过这是怎么回事？他突然觉得，她那长长的黑睫毛仿佛在抖动，在眨巴着，好像抬起来了，一只狡猾、锐利、不像小孩子的眼睛从睫毛底下向外偷偷张望，在递眼色，似乎小姑娘并没睡着，而是假装睡着了。是的，果真是这样：她的嘴唇张开，微微一笑，嘴角微微抖动，仿佛还在忍着。不过，瞧，她已经再也忍不住了。这已经是名副其实的笑，明显的笑了。这张完全不像小孩子的脸上露出某种无耻的、挑逗的神情。这是淫荡，这是风流女人的面孔，是法国妓女的无耻的脸。瞧，那双眼睛已经毫不掩饰地睁开了，用火热的、无耻的目光打量着他，呼唤他，而且在笑……在这笑容里，在这双眼睛里，在这孩子的脸上这些下流无耻的表情里，含有某种丑恶和带有侮辱性的东西。“怎么！一个五岁的孩子！”斯维德里盖洛夫喃喃地说，他真的吓坏了，“这……这是怎么回事？”可是她已经把红艳艳的小脸完全转过来，面对着他，伸出双手……“啊，该死的！”斯维德里盖洛夫惊恐地大喊一声，对着她举起手来……可是就在这时候他醒了。

他仍然睡在那张床上，还是那样裹在被子里。蜡烛没有点着，窗子上已经发白，天完全亮了。

“整夜都在做噩梦！”他气愤地欠起身来，觉得浑身无力，骨头酸痛。外面大雾弥漫，什么也无法看清。已经快六点了：他睡过了头！他起来，穿上还是湿的短外衣和大衣。他在衣袋里摸到了那支手枪，掏出来，摆正了底火，然后坐下，从口袋里掏出一个笔记本，在最惹人注意的卷头页上写了几行大字。写完又看了一遍，把胳膊肘支在桌子上，陷入沉思。手枪和笔记本就放在那儿，就在胳膊肘旁。几只醒来的苍蝇在桌子上那盘没有吃过的小牛肉上慢慢地爬。他盯着它们看了好久，最后用那只空着的手去捉一只苍蝇。他捉了很久，弄得疲惫不堪，可是怎么也捉不到。最后发觉自己在干这种可笑的事，清醒过来，战栗了一下，站起身，毅然走出了房门。一分钟后，他已经来到了街上。

乳白色的浓雾笼罩在城市上空。斯维德里盖洛夫在用木块铺成的又滑又脏的马路上往小涅瓦河那个方向走去。他仿佛看到了一夜之间涨高了的小涅瓦河里的河水，仿佛看到了彼特罗夫岛、湿漉漉的小路、湿淋淋的草、湿淋淋的树和灌木丛，最后仿佛看到了那丛灌木……他遗憾地去看一排房子，为的是想点儿什么别的。大街上既没碰到一个行人，也没遇到一辆马车。那些关着百叶窗、颜色鲜黄的小木屋看上去凄凉而且肮脏。寒气和潮气透入他的全身，他觉得身上发冷了。有时他碰到一些小铺和菜店的招牌，每块招牌他都仔细看了一遍。木块铺的路面已经到了尽头。他已经来到一幢很大的石头房子旁边。一条身上很脏、冷得发抖的小狗，夹着尾巴从他面前跑着横穿过马路。一个穿着军大衣、烂醉如泥的醉鬼脸朝下横卧在人行道上。他朝这个醉鬼看了一眼，又往前走去。在他左边隐约露出一个高高的瞭望台。“噢！”他想，“就是这个地方嘛，干吗要到彼特罗夫公园去？至少有个正式的证人……”这个新想法几乎使他冷笑了一声，于是他转弯到×大街上去了。那幢有瞭望台的大房子就在这里。房子的大门关着，门边站着一个个子不高的人，肩膀靠在门上，他身上裹着一件士兵穿的灰大衣，头戴一顶阿喀琉斯[①]式的铜盔。他用睡眼惺忪的目光朝正在走近的斯维德里盖洛夫冷冷地瞟了一眼。他脸上露出那种永远感到不满的悲哀神情，犹太民族所有人的脸上无一例外都阴郁地带着这副神情。有那么一会儿工夫，他们俩，斯维德里盖洛夫和“阿喀琉斯”，都在默默地打量着对方。最后，“阿喀琉斯”觉得不大对头：这个人并没喝醉，可是站在离他三步远的地方，凝神注视着他，什么话也不说。

“您为什么，您要在这儿干什么？”他说，仍然一直一动不动，没有改变自己的姿势。

---

① 阿喀琉斯是荷马的史诗《伊里亚特》中最伟大的英雄。此处“阿喀琉斯式的铜盔”指消防队员的铜盔。

“啊，不干什么，老弟，您好！”斯维德里盖洛夫回答。

“这儿不是你要找的地方。”

“老弟，我要到外国去了。”

“到外国去？”

“去美国。”

“去美国？”

斯维德里盖洛夫掏出手枪，扳起扳机。“阿喀琉斯”扬起了眉毛。

“您要干什么，这玩意儿，这里可不是干这种事的地方！”

“为什么不是地方？”

“因为，你找错地方了。”

“唉，老弟，这反正一样。地方挺不错，要是有人问起，你就回答，他说，到美国去了。”

他把手枪抵住自己右边的太阳穴。

“您要干什么，这里不行，这儿不是地方！”“阿喀琉斯”突然慌了神，瞳孔变得越来越大。

斯维德里盖洛夫扳动了枪机。

七

就在那一天，不过已经是晚上六点多钟的时候，拉斯科利尼科夫来到了母亲和妹妹的住处——就是拉祖米欣给她们找的、巴卡列耶夫房子里的那套房间。楼梯直接通到街上。拉斯科利尼科夫来到门口，一直还在逡巡不前，仿佛犹豫不决：是进去呢，还是不进去？不过他无论如何也不能回去，他的决心已经下定了。“何况她们反正还什么也不知道，”他想，“已经习惯把我看作一个怪人了……”他的衣服十分可怕：淋了一夜雨，衣服全都脏了，破了，很不像样了。由于疲倦，下雨，体力消耗殆尽，再加上差不多一昼夜的内心斗争，他的脸几乎变得十分难看。整整这一夜天知道他是独自在哪儿度过的。不过至少他已经拿定了主意。

他敲了敲门，给他开门的是母亲。杜涅奇卡不在家。就连女仆，那时也不在家里。起初普莉赫里娅·亚历山德罗芙娜又惊又喜，一句话也说不出来，随后抓住他的一只手，把他拉进屋里。

“啊，你到底来了！”她高兴得讷讷地说，“你别生我的气，罗佳，你看我竟这么傻，流着泪来迎接你：我这是笑，不是哭。你以为我哭了吗？我这是高兴，可我就是有这么个傻习惯：动不动就流泪。从你父亲死后，不论遇到什么事，我就总是哭。你坐啊，亲爱的，你准是累了，我看得出来。哎哟，你弄得多么脏啊。”

“昨天我淋了雨，妈妈……”拉斯科利尼科夫开始说。

“啊，不，不！”普莉赫里娅·亚历山德罗芙娜打断了他的话，高声惊呼，“你以为，我这就要照女人的老习惯问长问短吗？你放心好了。我明白了，什么都明白了，现在我已经学会照这儿的人那样行事了，真的，我自己也看出，这儿的人聪明些。我已经一下子彻底得出结论：我哪能懂得你的想法，怎么能要求你给我解释呢？也许，天知道你头脑里在考虑什么事情，有些什么计划，或者是产生了什么想法，我却老是催促你，问你：你在想什么！我真是……唉，上帝啊！我干吗老是毫无意义地问这问那呢……你瞧，罗佳，你在杂志上发表的那篇文章，我已经看过三遍了，德米特里·普罗科菲伊奇给我拿来的。我一看到，就啊了一声，我心想，我真是个傻瓜，瞧他在干什么啊，这就是谜底！说不定那时候他脑子里有了新的想法，他正在思考这些想法，我却折磨他，打搅他。我在看，我的孩子，当然我有很多地方看不懂，不过应该如此：我哪能懂呢？”

“让我看看，妈妈。”

拉斯科利尼科夫拿起报纸[①]，浏览了一下自己的那篇文章，不管这和他的处境与心情是多么矛盾，但他还是和所有作者第一次看到自己的作品发表时一样，心里有一种奇怪的、苦中有甜的感觉，更何况他才只有二十三岁呢。这种感觉只持续了极短暂的一会儿工夫。才看了几行，他就皱起眉头，可怕的忧愁揪紧了他的心。最近几个月来的内心斗争，一下子全都想起来了。他厌恶而懊恼地把那篇文章扔到了桌子上。

“不过，罗佳，不管我多么傻，可我还是能够做出判断，你很快就会成为第一流的人物，即使还不是我们学术界的头号人物。他们竟敢以为你疯了！哈——哈——哈！你不知道——他们都这么认为！唉，这些卑微的、微不足道的人啊，他们哪会懂得，聪明人像什么样子！就连杜涅奇卡也几乎相信了——你看！你的亡父给杂志投过两次稿——起初寄了一首诗去，（笔记本我还保存着呢，什么时候拿给你看看）后来又寄去一篇中篇小说，（我自己要求他让我来抄写）我们俩都祈祷上帝，希望能够采用——可是没有采用！罗佳，六七天前，我看到你的衣服，看到你是怎么生活的，吃的是什么，穿的是什么，我心里难过极了。可现在明白，这我又是傻了，因为只要你愿意，现在就能靠自己的智慧和天才立刻获得一

---

① 前面说是“杂志”。

切。这就是说，暂时你还不想这么做，现在你正在从事一些重要得多的工作……”

“杜尼娅不在家吗，妈妈?”

“不在，罗佳。家里经常见不到她，老是把我一个人丢在家里。德米特里·普罗科菲伊奇，我要谢谢他，他常来看我，陪我坐一会儿，总是谈你的情况。他爱你，尊敬你，我的孩子。至于你妹妹，我倒不是说她很不尊敬我。我可没有抱怨。她有她的性格，我有我的性格；她已经有了她自己的秘密，唉，可对于你们，我什么秘密也没有。当然啦，我坚决相信，杜尼娅聪明过人，此外，她爱我，也爱你……不过我不知道，这一切会带来什么结果。罗佳，现在你来了，让我感到非常幸福，她却出去散步了；等她回来，我告诉她：你不在家的时候，你哥哥来过了，你刚刚去哪儿了？罗佳，你可不要太顺着我：你能来就来，不能来，也没办法，我可以等着。因为我还是会知道，你是爱我的，对我来说，这也就够了。我会看你的文章，从大家那里听到你的消息，有时你自己也会来看看我，还要怎么样呢？现在你不是来安慰母亲了吗？这我明白……”

这时普莉赫里娅·亚历山德罗芙娜突然哭了。

“我又哭了！别管我这个傻瓜！哎呀，上帝啊，我怎么光坐着啊，”她喊了一声，很快站起来，“有咖啡呀，我竟不给你喝咖啡！瞧，这就是老太婆的自私自利。我这就去拿，这就去拿来!”

“妈妈，你别去弄了，我这就要走了。我不是为喝咖啡来的。请您听我说。”

普莉赫里娅·亚历山德罗芙娜走到他跟前。

“妈妈，不管会出什么事，不管您听到关于我的什么消息，也不管别人对您怎样谈论我，您会不会还像现在这样爱我？”他突然十分激动地问，仿佛没仔细考虑自己的话，也没斟酌过所用的词句。

“罗佳，罗佳，你怎么了？你怎么能问这样的话！谁会对我谈论你呢？而且我也不会相信任何人的话，不管谁来，我都要把他赶出去。”

“我来是要请您相信，我一向爱您，现在我很高兴，因为只有我们两个人，杜涅奇卡不在家，我甚至也为此感到高兴，”他还是那样激动地接着说下去，“我来坦率地告诉您，尽管您会遭到不幸，不过您还是应该知道，现在您的儿子爱您胜过爱他自己，您以前认为我冷酷无情，我不爱您，这全都不是事实。我永远也不会不爱您……好，够了，我觉得，应该这样做，就这样开始……”

普莉赫里娅·亚历山德罗芙娜默默地拥抱了他，把他紧紧搂在胸前，轻轻地哭了。

“罗佳，我不知道你是怎么了，”最后她说，“这些时候我一直以为，你只不过是对我们感到厌烦了，现在，根据一切情况来看，我明白，你是准备经受一场极大的灾难，所以你在发愁。这一点我早就预见到了，罗佳。原谅我谈起这件事来，我一直在想着这件事，每天夜里都睡不着。昨天夜里你妹妹躺在床上，也一夜都在说胡话，一直在想着你。我用心听着，听到了一些话，可是什么也听不懂。整整一早上，我一直像是要赴刑场一样，坐立不安，等待着什么，预感到会出事，瞧，这不是等到了！罗佳，罗佳，你要去哪里？你是要上什么地方去吗？”

“是的。”

“我就这么想嘛！我也能跟你一道去，如果你需要的话。还有杜尼娅，她爱你，她非常爱你，还有索菲娅·谢苗诺芙娜，让她也跟我们一道去，如果需要的话；你要知道，我甚至乐意收她做我的女儿。德米特里·普罗科菲伊奇会帮助我们一道做好准备……不过……你到底……要上哪儿去？”

“别了，妈妈。”

“怎么！今天就走！”她高声惊呼，好像会永远失去他。

“我不能，我该走了，我非常需要……”

“连我也不能跟你一起去吗？”

“不，请您跪下，为我向上帝祈祷吧。也许您的祈祷上帝会听得到的。”

“让我给你画个十字，为你祝福！对了，就这样，就是这样。噢，天哪，我们这是在做什么啊！”

是的，他觉得高兴，非常高兴，因为家里没有别人，只有他和母亲两个人。在这些可怕的日子里，他好像头一次变得心软了。他俯身跪倒在她面前，吻她的脚，母子俩抱头痛哭。这一次她并不觉得惊讶，也不详细询问他了。她早已明白，儿子发生了某种可怕的事，现在，对他来说，可怕的时刻到了。

“罗佳，我亲爱的，你是我的头生子，”她哭着说，“现在你又像小时候那样来到我跟前，像那时候那样拥抱我，吻我了。还在我和你父亲一起过穷日子的时候，单是有你和我们在一起，就使我们感到宽慰了，等到我安葬了你父亲，我和你曾经有多少次像现在这样互相拥抱着，坐在坟前痛哭啊。我早就在哭了，这是因为母亲的心早就预感到了这场灾难。那天晚上我第一次看到你，你记得吗，我们刚一来到这里的那天，我一看到你的目光，就猜到了，当时我的心猛然颤动了一下，今天一给你开门，朝你看了一眼，唉，我就想，看来，决定命运的时刻到了。罗佳，罗佳，你不是马上就走，是吗？”

“不是。”

“你还会来吗？”

“是的……会来。”

“罗佳，你别生气，我也不敢问你。我知道，我不敢问，不过你只要对我说一声，你要去的地方远吗？”

“很远。”

“去那里做什么，有什么工作，关系你的前途，还是怎么呢？”

“听天由命吧……只不过请您为我祈祷……”

拉斯科利尼科夫向门口走去，但是她一把抓住了他，用绝望的目光瞅着他的眼睛。她的脸吓得变了样。

“够了，妈妈。”拉斯科利尼科夫说，他竟忽然想要到这里来，对此他深感后悔。

“不是永别吧？还不是永别，不是吗？你还会来的，明天你还要来，不是吗？”

“我来，我来，别了。”

他终于挣脱了。

晚上空气清新，温暖，明亮；还从早晨起，天就已经晴了。拉斯科利尼科夫往自己的住处走去，他走得很快。他希望在日落前把一切全都结束。在那时以前他不希望遇到任何人。上楼去自己住的房子的时候，他发觉，娜斯塔西娅丢下了茶炊，凝神注视着他，一直目送着他上楼去。“不是我屋里有人吧？”他想。他怀着厌恶的心情，仿佛看到了波尔菲里。但是走到自己的房间，推开房门，他却看到了杜涅奇卡。她独自坐在屋里，陷入沉思，看来，早已在等着他了。他在门口站住了。她惊恐地从沙发上站起来，笔直地站在他面前。她的目光一动不动地凝望着他，露出恐惧和无限悲哀的神情。单看这目光，他立刻明白，她已经什么都知道了。

“我该进去呢，还是走开?”他疑虑地问。

“我在索菲娅·谢苗诺芙娜家坐了整整一天，我们俩都在等着你。我们以为，你一定会到那里去。”

拉斯科利尼科夫走进屋里，疲惫不堪地坐到椅子上。

“我有点儿虚弱，杜尼娅，已经很累了，可我希望至少在这个时候能够完全控制住自己。”

他怀疑地瞅了她一眼。

“这一夜你是在哪里度过的?”

“记不清了，你要知道，妹妹，我想彻底解决，好多次从涅瓦河附近走过，这我记得。我想在那儿结束生命，可是……我下不了决心……”他喃喃地说，又怀疑地看看杜尼娅。

“谢天谢地！我们担心的就正是这一点，我和索菲娅·谢苗诺芙娜！这么说，你对生活还有信心：谢天谢地，谢天谢地!”

拉斯科利尼科夫痛苦地笑了笑。

“我没有信心了，可是刚刚和母亲抱头痛哭了一场，我没有信心，可是我请求她为我祈祷。天晓得这是怎么回事，杜涅奇卡，我什么也不明白。”

“你去过母亲那里？你也告诉她了?”杜尼娅惊恐地高声说，“难道你决心告诉她了?”

“不，我没说……没用语言说，不过有很多事情她都明白了。夜里她听到你在说胡话。我相信，有一半她已经明白了。我去那里，也许做得不对。就连为什么要去，我也不知道。我是个卑鄙的人，杜尼娅。”

“卑鄙的人，可是情愿去受苦！你会去的，不是吗？”

“我去。这就去。是的，为了逃避这种耻辱，我也曾想投河自尽，杜尼娅，可是已经站在河边的时候，我想，既然在此以前我自认为是坚强的，那么现在就也不要害怕耻辱，”他抢先说，“这是自尊心吗，杜尼娅？”

“是自尊心，罗佳。”

他那双黯然无神的眼睛仿佛突然一亮，他还有自尊心，他似乎为此感到高兴了。

“妹妹，你不认为，我只不过是看到水觉得害怕了吗？”他问，看着她的脸，怪难看地笑了笑。

“噢，罗佳，够了！”杜尼娅痛苦地高声说。

有两分钟光景，谁都没有说话。他坐着，垂下头，眼睛看着地下。杜涅奇卡站在桌子的另一头，痛苦地看着他，突然他站了起来：

“晚了，该走了。我这就去自首。不过我不知道，我为什么要去自首。”

大滴大滴的泪珠顺着她的面颊流了下来。

“你哭了，妹妹，你能和我握握手吗？”

“连这你也怀疑吗？”

她紧紧拥抱了他。

“你去受苦，难道不是已经把你的一半罪行洗刷掉了吗？”她高声呼喊，紧紧拥抱他，吻他。

“罪行？什么罪行？”他突然出乎意外地发疯似的高声叫喊，“我杀了一个可恶的、极端有害的虱子，杀了一个谁也不需要的、放高利贷的老太婆，杀了一个吸穷人血的老太婆，杀了她，四十桩罪行都可以得到宽恕，这也叫犯罪？我不认为这是罪行，也不想洗刷它。为什么四面八方，大家都跟我纠缠不休，提醒我说：‘罪行，罪行！’现在我才清清楚楚看出，我的意志薄弱是多么荒谬，正是现在，在我决心要去承受这一不必要的耻辱的时候，这才明白过来！只不过是由于卑鄙和无能，我才做出了这样的决定，也许还为了这个……波尔菲里表示愿意提供的好处！……”

“哥哥，哥哥，你这是说的什么话！要知道，你杀了人，让人流了血呀！”杜尼娅绝望地叫喊。

“大家都在杀人，让人流血，”他几乎发狂似的接着话茬说，“全世界都在流血，从前也一直在流血，血像瀑布一样奔腾直泻，像香槟一样汩汩地流淌，为此才在卡皮托利丘上给他加冕①，后来还把他叫作人类的恩人！你只要较为留心看一看，就会看得清清楚楚！我想为人们造福，我要做千万件好事来弥补这一件蠢事，这甚至不是蠢事，只不过是笨事，因为这个想法完全不像现在已经失败了的时候看起来那么蠢……（失败了的时候，什么事情看起来都是愚蠢的！）我做这件蠢事，只不过是想让自己获得独立自主的地位，迈出第一步，弄到钱，然后就可以用无比的好处来改正一切……可是我，我连第一步都不能坚持，因为我是个卑鄙的人！这就是问题所在！可我还是不会用你们的观点来看问题：如果我成功的话，就会给我戴上桂冠，现在我却落入了圈套！”

“可是这不是那么回事，完全不是那么回事，你这是说的什么话！”

“啊！不是那种方式，从美学角度来看，方式不那么优美！哼，我根

① 卡皮托利丘，在罗马，丘上建有宫殿，古罗马时，此丘起过堡垒的作用。这里指曾在卡皮托利丘上为获得军团指挥官称号的尤里·凯撒（公元前100—公元前44）加冕。

本不懂：为什么用炸弹杀人，正面围攻，是更值得尊敬的方式？对美学的畏惧就是无能为力的最初征兆！……我还从来、从来没有比现在更清楚地意识到这一点，而且比以往任何时候都更不理解我的罪行！我还从来、从来也没像现在这样坚强，深信不疑！……”

一阵红潮甚至涌上他那苍白和神情疲惫的脸。但是说完最后这几句情绪激昂的话，他的目光无意中碰到了杜尼娅的眼睛，从她的眼神里，他看出她为他感到多么痛苦，不由得清醒了过来。他感到，他毕竟使这两个可怜的女人变得那样不幸。她们的痛苦毕竟是他造成的……

“杜尼娅，亲爱的！如果我有罪，请你原谅我。（虽说我是不能原谅的，如果我有罪的话）别了！我们不要争论了！时候到了，是该走了。你别跟着我，我求求你，我还得去……现在你去吧，立刻去坐到母亲身边。我恳求你这样做！这是我对你，最后的、也是最大的请求。永远也别离开她，我使她为我担忧，她未必能经受得住这样的忧愁：她会愁死，或者会发疯。你要和她在一起！拉祖米欣会陪伴着你们，我跟他说过……不要为我哭泣：我要努力做一个既勇敢而又正直的人，终生如此，尽管我是个杀人凶手。说不定有朝一日你会听到我的名字。我绝不会给你们丢脸，你瞧着吧，我还要让人看到……现在暂时再见了，”他赶紧结束了自己的话，在他说最后几句话并许下诺言的时候，又看到杜尼娅眼里有一种奇怪的神情，“你这样痛哭做什么？别哭，别哭了，我们并不是永别，不是吗！……啊，对了！等等，我忘了！……”

他走到桌边，拿起一本尘封的厚书，把它打开，取出夹在书中的一幅小小的肖像，肖像是用水彩颜料画在象牙上的。这是房东女儿的肖像，她就是那个想进修道院的古怪的姑娘，也就是死于热病的、他以前的未婚妻。他对着这张富于表情的病态的脸细细端详了一会儿，把它交给了杜涅奇卡。

“关于这件事，我和她商量过很多次了，只跟她一个人商量过，”他沉思地说，“后来如此荒谬地成为现实的这一切，有很多我都告诉过她。你别担心，”他对杜尼娅说，“她也和你一样，不同意我的看法，我很高兴她已不在人世了。主要的，主要的是，现在一切都将走上新的轨道，一切都将突然改变，仿佛折作两半，”他突然高声说，重又陷入烦恼之中，“一切的一切都会发生变化，可我对此是不是已经做好了准备？我自己是不是希望这样？据说，我需要经受这样的锻炼！干吗，干吗需要这些毫无意义的锻炼？这些锻炼有什么用处，服完二十年苦役以后，苦难和愚蠢的劳役会把我压垮，身体会衰弱得像一个老人，到那时我会比现在更有觉悟吗？到那时候我还活着干什么？现在我为什么同意这样活着？噢，今天早晨，黎明时分，我站在涅瓦河边的时候，就已经知道，我是个卑鄙的人了！”

他们两人终于出来了。杜尼娅心情沉重，可是她爱他！她走了，可是走了五十来步，回过头来，再一次望了望他。还可以看得到他。不过，走到拐角上，他也回过头来，他们的目光最后一次碰到了一起；可是他发觉她在望着他，于是不耐烦地、甚至是恼怒地挥了挥手，叫她走，自己也急遽地拐了个弯走了。

“我太狠心了，这我明白，”他暗自想，过了一会儿，他为自己恼怒地向杜尼娅挥手感到羞愧了，“不过她们为什么这样爱我呢，既然我不配让她们爱！啊，如果我孑然一身，谁也不爱我，我永远也不爱任何人，那该多好！那就不会有这一切了！真想知道，难道在这未来的十五年到二十年里，我的心会变得那么温顺，我会恭恭敬敬地向人诉苦，开口闭口自称强盗吗？是的，正是这样，正是这样！正是为此，他们现在才要流放我，他们需要的就是这个……瞧，他们一个个在街上匆匆来来往往，而就其天性来说，他们个个都是卑鄙的家伙，都是强盗，甚至更糟——都是白痴！如果不流放我，他们准会义愤填膺，气得发狂！噢，我是多么恨他们啊，恨他们所有的人！”

他陷入沉思，在想：“要经过一个什么样的过程，才能终于使他在他们大家面前俯首帖耳，不再考虑什么，深信理应如此！那又怎样呢，为什么不呢？当然应该这样。难道二十年不断的压迫不会完全达到这样的目的吗？水滴石穿。而在这以后，为什么，为什么还要活着，既然我知道，一切都一定是这样，完全像书本上写的那样，而不会是另一个样子，那我现在为什么要去自首呢！”

从昨晚起，他也许已经上百次地向自己提出这一问题了，可他还是去了。

八

他走进索尼娅的住处的时候，已经是暮色苍茫，天快黑了。整整一天，索尼娅一直在异常焦急不安地等着他。她和杜尼娅一起在等着他。杜尼娅想起斯维德里盖洛夫昨天说的话：索尼娅“知道这件事”，从一清早就到她这儿来了。两个女人谈了些什么，以及她们怎样流泪，怎样成了朋友，我们就不详谈了。杜尼娅从这次会晤中至少得到了一点儿安慰：哥哥不会是孤单单的独自一人，因为他来找过她，找过索尼娅，首先向她坦白了自己的事情。当他需要有一个人支持他的时候，他找到了她。不管命运让他去哪里，她都一定会跟着他。杜尼娅并没问过，不过知道，一定会是这样。她甚至怀着尊敬的心情看着索尼娅，起初，杜尼娅对她的这种尊敬的心情几乎使索尼娅发窘了。索尼娅甚至差点儿没哭出来：恰恰相反，她认为自己连对杜尼娅看一眼都不配。自从她和杜尼娅在拉斯科利尼科夫那里第一次见面，杜尼娅那样恳切和尊敬地对她行礼，杜尼娅优美的形象就作为她一生中所见到的最完美和不可企及的幻影，永远深深留在了她的心中。

杜涅奇卡终于等得失去耐心，于是离开索尼娅，到她哥哥的住处去等他了，她总觉得，他会先回住处去。只剩下索尼娅独自一人之后，一想到他也许当真会自杀，她立刻感到害怕了，为此心里痛苦不堪。杜尼娅担心的也是这一点。但是一天来她们俩总是争先恐后地举出种种理由互相说服对方，让对方相信，这绝不可能，而且当她们在一起的时候，两人都觉得比较放心些。现在，两人刚一分手，无论是这一个，还是另一个，心里都只是想着这一点。索尼娅想起，昨天斯维德里盖洛夫对她说，拉斯科利尼科夫有两条路——弗拉基米尔，或者是……何况她知道，他虚荣，傲慢自大，有很强的自尊心，而且不信上帝。“难道仅仅由于怯懦和怕死，就能使他活下去吗?”最后她绝望地想。这时太阳已经西沉。她愁眉不展地站在窗前，凝望着窗外，但是从这面窗子望出去，只能看到邻家一堵没有粉刷过的墙壁。最后，当她完全相信，这个不幸的人准是已经死了的时候，他走进了她的房间。

一声惊喜的呼喊从她胸中冲了出来。但是凝神注视了一下他的脸，她突然脸色变得惨白。

“嗯，是的！”拉斯科利尼科夫冷笑着说，“我是来拿你的十字架的，索尼娅。是你让我到十字路口去，怎么，等到真的要去了，现在你却害怕了吗？”

索尼娅惊愕地瞅着他。她觉得这种语气很怪，不由得打了个寒颤，可是稍过了一会儿，她猜到，这种语气和这些话都是假的。他和她说话的时候，不知为什么眼睛望着角落里，仿佛避免正视她的脸。

“你要知道，索尼娅，我考虑过了，大概这样会好些。这儿有一个情况……唉，说来话长，而且也没什么好说的。你知道吗，是什么惹得我发火？使我感到恼怒的是，所有这些愚蠢、凶狠的嘴脸立刻就会围住我，瞪着眼睛直瞅着我，向我提出他们那些愚蠢的问题，对这些问题都得回答，他们还会伸出手指来指着我……呸！你要知道，我不去波尔菲里那里，他让我厌烦了。我最好还是去找我的朋友火药桶中尉，让他大吃一惊，就某一点来说，我也会给他留下深刻的印象。应该冷静一点儿，最近这段时间我肝火太旺了。你相信吗？刚才我几乎用拳头吓唬我妹妹，就只因为她回过头来看了我最后一眼。这种行为是可恶的！唉，我变成什么样了？好吧，十字架呢？”

他仿佛惘然若失。他甚至不能在一个地方站上一分钟，对什么东西都不能集中注意力，他思绪紊乱，百感交集，语无伦次，双手微微发抖。

索尼娅默默地从抽屉里拿出两个十字架，一个柏木的和一个铜的，自己画了个十字，也给他画了个十字，把那个柏木的十字架给他佩戴在胸前。

“就是说，这是我背十字架的象征，嘿！嘿！好像到目前为止我受的苦还太少似的！柏木的，也就是普通老百姓的；铜的——这是莉扎薇塔的，你自己佩戴着——让我看看好吗？在那时候……这个十字架戴在她身上吗？我知道两个也像这样的十字架，一个银的和一个小圣像。那时候我把它们扔到老太婆的胸前了。那两个十字架现在刚好可以用得上，真的，我该戴那两个……不过，我一直在胡说八道，把正事都忘了，我有点儿心不在焉！……你要知道，索尼娅，我来其实是为了预先通知你，让你知道……好，就是这些……我只不过是为这件事才来的。（嗯哼，不过，我想再多说几句）你不是自己希望我去吗，瞧，现在我就要去坐牢，你的愿望就要实现了，你哭什么呢？你也哭吗？别哭了，够了，唉，这一切让我多么难过啊！”

然而，他还是动了感情，看着她，他的心揪紧了。“这一个，这一个为什么哭呢？”他暗自想，“我是她的什么人？她为什么哭，为什么也像母亲或杜尼娅那样为我准备一切？她将要做我的保姆啊！”

“你画个十字，哪怕祈祷一次也好。”索尼娅用发抖的、怯生生的声音请求他。

“啊，好吧，你要我画多少次都行！而且是真心诚意的，索尼娅，真心诚意的……”

不过他想说的却是旁的。

他画了好几次十字。索尼娅拿起自己的头巾，披在头上。这是一块德拉德达姆呢的绿色头巾，大概就是马尔梅拉多夫当时提起过的那块“全家公用的”头巾。这个想法在拉斯科利尼科夫的头脑里忽然一闪，不过他没问。真的，他自己已经开始感觉到，他非常心不在焉，不知为什么毫无道理地心烦意乱。这使他感到害怕。索尼娅想和他一道去，这使他突然吃了一惊。

"你怎么了！你去哪里？你留下来，你留下来！我一个人去，"他胆怯而恼怒地喊了一声，几乎是气愤地往门口走去，"干吗要有人跟着！"他临出去的时候又含糊不清地说。

索尼娅站在了房屋中间。他甚至没有和她告别，他已经把她给忘了，他心中突然出现了一个起来反抗的、尖刻的疑问。

"是这样吗，这一切真的是这样吗？"下楼的时候，他又想，"难道不能再等一等，设法挽救一切……不要去吗？"

可他还是去了。他突然完全意识到，用不着再向自己提出问题了。

来到街上以后，他想起，没跟索尼娅告别，她站在房屋中间，披着那块绿色的头巾，由于他那一声叫喊，吓得她连动都不敢动了，于是他停下来，稍站了一下。可是就在这一瞬间，突然有一个想法使他恍然明白过来——仿佛这个想法一直在等待时机，要让他大吃一惊似的。

"嗯，刚才我是为什么，为了什么来找她？我对她说：有事，到底有什么事？根本没有什么事！向她宣布，我要去，那又怎样呢？好重要的事情！我是不是爱她呢？不爱，不是吗，不爱？刚才我不是像赶走一条狗一样，把她赶开了吗？我真的是需要她的十字架吗？噢，我堕落到了多么卑鄙的程度！不，我需要的是她的眼泪，我需要看到她那惊恐的神情，需要看看她是多么伤心，多么痛苦！需要至少抓住个什么机会，需要拖延时间，需要看看她！而我竟敢对自己抱着这么大的希望，对自己存有这么多幻想，我是个叫花子，我是个微不足道的人，我是个卑鄙的人，卑鄙的人！"

他顺着运河的沿岸街走着，离他要去的地方已经不远了。但是走到桥边，他站住了，突然转弯上了桥，往干草广场那边走去。

他贪婪地向左右观看，神情紧张地细细端详每样东西，可是无论看什么都不能集中注意力，一切都从他眼前悄悄地溜走了。“再过一个星期，再过一个月，就要把我关在囚车里，从这座桥上经过，押解到什么地方去，到那时候我会怎样看这条运河呢——要是能记住它就好了？”这个想法在他头脑里忽然一闪，“瞧这块招牌，到那时候我会怎样来看这些字母呢？这上面写的是‘股份公司’，嗯，我要记住这个a，记住a这个字母，过一个月以后再来看它，看这个a：到那时候我会怎样来看它呢？到那时候会有什么感觉，会想什么呢？……天哪，这一切想必是多么平凡，现在我……关心的这一切想必是多么微不足道！当然啦，从某一点来看……这一切想必是很有意思的……（哈——哈——哈！我在想什么啊！）我变成个小孩子了，我自己在跟自己吹牛，我为什么要让自己感到难为情呢？呸，多么拥挤啊！瞧这个胖子，大概是个德国人——他推了我一下：哼，他知道，他推的是什么人吗？一个抱着小孩的女人在乞讨，她以为我比她幸福，这可真有意思。给她几个钱，解解闷，怎么样呢。哈，口袋儿里还有五个戈比，这是哪儿来的？给，给……拿着吧，老大娘！”

“上帝保佑你！”听到了那个女乞丐凄惨的声音。

他走进干草广场。他不高兴、很不乐意碰到人，可是却往人更多的地方走去。他情愿付出一切代价，只要能让他只剩下独自一人，可是他又觉得，连一分钟也不可能只有他独自一个人。有个醉鬼在人群中胡闹：他一直想要跳舞，可总是摔倒。人们围住了他。拉斯科利尼科夫挤进人群里，对着那个醉鬼看了好几分钟，突然短促地、断断续续地哈哈大笑起来。稍过了一会儿，他已经把那个醉鬼忘了，甚至看不见他了，尽管还在看着他。他终于走开了，甚至记不得自己是在什么地方，可是等他走到广场中心，突然一阵感情冲动，有一种心情一下子控制了他，控制了他的整个身心。

他突然想起了索尼娅的话："你去到十字路口，给人们躬身施礼，吻吻大地，因为你对大地也犯了罪，然后对着全世界大声说：'我是杀人凶手！'"想起这些话，他不由得浑身发抖了。在这一段时间里，特别是最后几个钟头里，他心中感觉到的那种走投无路的苦恼和担心已经压垮了他，使他的精神崩溃了，所以他情不自禁，急欲抓住这个机会，来体验一下这种纯洁、充实、前所未有的感受。这感情突然爆发，涌上他的心头：心中好似迸发出一颗火星，突然熊熊燃烧起来，烧遍了他的全身。他的心立刻软了，泪如泉涌。他站在那里，突然伏倒在地上……

他跪倒在广场中央，在地上磕头，怀着喜悦和幸福的心情吻了吻这肮脏的土地。他站起来，又跪下去磕头。

"瞧，他喝醉了！"他身旁有个小伙子说。

突然听到一阵笑声。

"他这是要去耶路撒冷啊，朋友们，在跟孩子们，跟祖国告别，向全世界磕头，在吻京城圣彼得堡和它的土地呢。"一个喝醉的小市民补充说。

"小伙子还年轻嘛！"第三个插了一句。

"还是个高贵的人呢！"有人声音庄重地说。

"如今可分不清谁高贵，谁不高贵。"

所有这些反应和谈话制止了拉斯科利尼科夫，本来"我杀了人"这句话也许就要脱口而出了，这时却突然咽了回去。然而他镇静地忍受住了这些叫喊，并没有左顾右盼，径直穿过一条胡同，往警察分局那个方向走去。路上好像有个幻影在他眼前忽然一闪，但是他并不觉得惊奇，他已经预感到，必然会是这样。他在干草广场上第二次跪下来的时候，扭过头去往左边一看，在离他五十步远的地方看到了索尼娅。她躲在广场上一座板棚后面，不让他看见，这么说，在他踏上这悲痛的行程时，一路上她一直伴随着他！这时拉斯科利尼科夫感觉到，而且彻底明白了，不管命运会让他到什么地方去，现在索尼娅将永远跟着他，哪怕去海角天涯。他的心碎了……然而他已经来到了决定今后命运的地方……

他相当勇敢地走进了院子。得到三楼上去。“还得上楼，暂时还有时间。”他想。总之，他觉得，到决定命运的那个时刻还远着呢，还有很多时间，很多事情还可以重新考虑一下。

那道螺旋形的楼梯上还是那样丢满了垃圾和蛋壳，那些住房的门还是那样大敞着，又是那些厨房，从厨房里还是那样冒出一股股油烟和臭气。从那天以后，拉斯科利尼科夫没再来过这里。他的腿麻木了，发软了，可是还在往上走。他站下来，停了一会儿，好歇口气，整理一下衣服，这样，进去的时候才会像个人样儿。“可这是为什么？为了什么？”他意识到自己是在做什么以后，突然想。“既然得喝干这杯苦酒，那不反正一样吗？越脏越好。”就在这一瞬间，伊利亚·彼特罗维奇·火药桶中尉的形象在他的想象中突然一闪。“难道真的要去找他吗？不能去找别人？不能去找尼科季姆·福米奇吗？是不是立刻回去，到分局长家里去找他本人呢？至少可以私下里解决……不，不！去找火药桶，火药桶！要喝，那就一下子全都喝下去……”

他浑身发冷，几乎控制不住自己，打开了办公室的门。这一次办公室里的人寥寥无几，里面站着一个管院子的，还有一个平民。警卫都没从隔板后面往外看一眼。拉斯科利尼科夫走进后面一间屋里去了。“也许还可以不说。”这个想法在他头脑里闪了一下。这儿有个穿普通常礼服的司书，坐在一张写字台前，正在抄写什么。角落里还坐着一个司书。扎苗托夫不在。尼科季姆·福米奇当然也不在。

“谁也不在吗？”拉斯科利尼科夫问那个坐在写字台前的司书。

“您找谁？”

“啊——啊——啊！真是闻所未闻，见所未见，可是俄罗斯精神……童话里是怎么说来的……我忘了！您——好！”突然有个熟悉的声音喊道。

拉斯科利尼科夫打了个哆嗦。站在他面前的是火药桶中尉，他突然从第三个房间里走了出来。“这真是命运，”拉斯科利尼科夫想，“他为什么在这儿呢？”

“来找我们的？有什么事吗？”伊利亚·彼特罗维奇高声说，（看来他心情好极了，甚至有点儿兴奋）“如果有事，那您来得早了些。我是偶然在这儿的……不过，我能帮忙。我跟您说实在的……您贵姓？贵姓？对不起……”

“拉斯科利尼科夫。”

“啊，对，拉斯科利尼科夫！难道您认为我会忘了！请您不要把我看作这样的人……罗季昂·罗……罗……罗季昂内奇，好像是这样吧？”

“罗季昂·罗曼内奇。”

“对，对——对，罗季昂·罗曼内奇，罗季昂·罗曼内奇！我正要找您谈谈呢。我甚至打听过好多次了。我，跟您说实在的，当时我们那样对待您，从那以后我真心诚意地感到难过……后来人家告诉我，我才知道，您是位年轻作家，甚至是一位学者……而且，可以这么说吧，已经迈出了最初几步……噢，上帝啊！有哪个作家和学者一开始不做出一些异想天开的事情来呢！我和内人——我们俩都尊重文学，内人更是热爱文学！……热爱文学和艺术！一个人只要是高尚的，那么其余的一切都可以靠才能、知识、理智和天才来获得！帽子——譬如说吧，帽子是什么呢？帽子就像薄饼，我可以在齐梅尔曼的帽店里买到它，可是帽子底下保藏着的东西和用帽子掩盖着的东西，我就买不到了！……我，说实在的，甚至想去找您解释解释，可是想，您也许……不过，我还没问：您是不是真的有什么事？据说，您家里的人来了？”

“是的，母亲和妹妹。”

“我甚至有幸遇到过令妹，是一位很有教养、十分漂亮的姑娘。说实在的，当时我对您过于急躁，我很遗憾。意料不到的事嘛！因为您晕倒了，当时我就用某种眼光来看您——可是后来这件事彻底弄清楚了！残暴和盲目的狂热！您的愤慨，我是理解的。也许，是因为家里人来了，您要搬家？”

“不，我只不过是……我是顺便来问问……我以为，我可以在这儿找到扎苗托夫。”

“啊，对了！你们成了朋友了，我听说了。嗯，扎苗托夫不在我们这儿——您碰不到他了。是啊，亚历山大·格里戈里耶维奇离开我们这儿了！从昨天起就不在了，调走了……临调走的时候，甚至跟所有的人都大吵了一场……甚至那么不懂礼貌……他只不过是个轻浮的小孩子，本来他很有前途。是啊，您瞧，他们，我们这些卓越的青年人可真怪！他想要参加什么考试，可是只会在我们这儿说空话，吹牛，考试就这么吹了。这可不像，譬如说吧，您，或者拉祖米欣先生，您的朋友！您是搞学术的，失败不会使您迷失方向！在您看来，人生所有这些诱人的玩意儿，可以说——nihil est[①]，您是个禁欲主义者，僧侣，隐士！……对您来说，书本，夹在耳朵后边的笔，学术研究——这才是您心灵翱翔的地方！我自己也多多少少……请问您看过利文斯通的笔记吗[②]？”

“没有。”

“我看过了。不过现在到处都有很多虚无主义者，嗯，这是可以理解的。这是什么样的时代啊，我请问您？不过，我和您……我们，不是吗？当然，我们可不是虚无主义者！请您坦率地回答，开诚布公地！”

“不——不是……”

“不，您听我说，您跟我可要开诚布公，您别不好意思，就像自己跟自己一样嘛！公务是一回事……是另一回事……您以为，我是想说友谊吗？不，您没猜对！不是友谊，而是公民和人的感情，人道的感情，对上帝的爱的那种感情。履行公务的时候，我可以是个官方人员，可是我应该永远感到自己是一个公民，是一个人，而且意识到……您刚刚谈到了扎苗托夫。扎苗托夫，他在一家妓院里喝了一杯香槟或者是顿河葡萄酒，于是就照法国人的方式，大闹了一场，出尽了丑——瞧，这就是您的扎苗托夫！而我，也许可以说，我极端忠诚，有崇高的感情，此外，我还有地位，我有官衔，担任一定的职务！我有妻室儿女。我在履行公民和人的义务，可是，请问，他是个什么人？我是把您看作一位受过教育、品格高尚

---

① 拉丁文，意为：“什么也不是，等于零。”

② 大卫·利文斯通（1813—1873），英国著名旅行家，非洲考察者。这里可能是指他的《赞比西河游记》（1865）。

的人。还有这些接生婆，也到处都是，多得要命[1]。”

拉斯科利尼科夫疑惑地扬起了眉毛。显然，伊利亚·彼特罗维奇是刚刚离开桌边，他的话滔滔不绝，可是空空洞洞，听起来大半好像是些没有任何意义的响声。不过其中有一部分，拉斯科利尼科夫还是勉强听懂了，他疑惑地望着他，不知道这一切会怎样收场。

“我说的是这些剪短头发的少女[2]，”爱说话的伊利亚·彼特罗维奇接下去说，“我给她们取了个绰号，管她们叫接生婆，而且认为，这个绰号十分贴切。嘿！嘿！她们拼命钻进医学院，学习解剖学。嗯，请问，要是我病了，我会去请个少女来治病吗？嘿！嘿！”

伊利亚·彼特罗维奇哈哈大笑，对自己这些俏皮话感到非常满意。

“就算这是对于受教育的过分的渴望吧，可是受了教育，也就够了。为什么要滥用呢？为什么要像那个坏蛋扎苗托夫那样，侮辱高贵的人们呢？请问，他为什么要侮辱我？还有这些自杀，出了多少起这样的事啊——您简直无法想象。都是这样，花完了最后一点儿钱，于是就自杀了。小姑娘，男孩子，老年人……这不是，今天早晨就接到报告，有一位不久前才来到这儿的先生自杀了。尼尔·帕夫雷奇，尼尔·帕夫雷奇！刚才报告的那位绅士，在彼得堡区开枪自杀的那位绅士，他叫什么？”

“斯维德里盖洛夫。”另一间屋里有人声音嘶哑、语气冷淡地回答。

拉斯科利尼科夫不由得战栗了一下。

---

① 火药桶中尉蔑视地把“助产士”叫作“接生婆”。保守派的报刊通常都这样攻击女权运动者。19世纪60年代，俄国妇女只能从事两种职业：助产士和教师。

② 指医学院的女学生，她们都剪短发。这些女学生毕业后都只能做助产士。

“斯维德里盖洛夫！斯维德里盖洛夫开枪自杀了！”他高声惊呼。

“怎么！您认识斯维德里盖洛夫？”

“是的……我认识……他是不久前才来的……”

“是啊，是不久前来的，妻子死了，是个放荡不羁的人，突然开枪自杀了，而且那么丢脸，简直无法想象……在他自己的笔记本里留下了几句话，说他是在神志清醒的情况下自杀的，请不要把他的死归罪于任何人。据说，这个人有钱。请问您是怎么认识他的？”

“我……认识他……舍妹在他家里做过家庭教师……”

“噢，噢，噢……这么说，您可以跟我们谈谈他的情况了。您也没料到吧？”

“我昨天见过他……他……喝了酒……我什么也不知道。”

拉斯科利尼科夫觉得，好像有个什么东西落到了他的身上，压住了他。

“您脸色好像又发白了。我们这儿空气污浊……”

“是的，我该走了，”拉斯科利尼科夫含糊不清地说，“请原谅，我打搅了……”

“噢，您说哪里话，请常来！非常欢迎您来，我很高兴这样说……”

伊利亚·彼特罗维奇甚至伸过手来。

“我只不过想……我要去找扎苗托夫……”

“我明白，我明白，您让我非常高兴。”

“我……很高兴……再见……”拉斯科利尼科夫微笑着说。

他出去了，他摇摇晃晃。他头晕。他感觉不出，自己是不是还在站着。他用右手扶着墙，开始下楼。他好像觉得，迎面来了个管院子的人，手里拿着户口簿，撞了他一下，上楼往办公室去了；还好像觉得，下面一层楼上有条小狗在狂吠，有个女人把一根擀面杖朝它扔了过去，而且高声惊叫起来。他下了楼，来到了院子里。索尼娅就站在院子里离门口不远的地方，面无人色，脸色白得可怕，神情古怪地，非常古怪地看了看他。他在她面前站住了。她脸上露出某种痛苦的、极为悲痛和绝望的神情。她双手一拍。他的嘴角上勉强露出很难看的、茫然不知所措的微笑。他站了一会儿，冷笑一声，转身上楼，又走进了办公室。

伊利亚·彼特罗维奇已经坐下来，不知在一堆公文里翻寻着什么。刚才上楼来撞了拉斯科利尼科夫一下的那个管院子的人站在他的面前。

“啊——啊——啊？您又来了！忘了什么东西吗？……不过您怎么了？”

拉斯科利尼科夫嘴唇发白，目光呆滞，轻轻地向他走去，走到桌前，用一只手撑在桌子上，想要说什么，可是说不出来，只能听到一些毫不连贯的声音。

“您不舒服，拿椅子来！这里，请坐到椅子上，请坐！拿水来！”

拉斯科利尼科夫坐到了椅子上，但是目不转睛地盯着露出非常不愉快的惊讶神情的伊利亚·彼特罗维奇的脸。他们两人互相对看了约莫一分钟光景，两人都在等着。水端来了。

“这是我……”拉斯科利尼科夫开始说。

“您喝水。”

拉斯科利尼科夫用一只手把水推开，轻轻地，一字一顿，然而清清楚楚地说：

“是我在那时候用斧头杀了那个老太婆——那个官太太，还杀了她的妹妹莉扎薇塔，抢了东西。”

伊利亚·彼特罗维奇惊讶得张大了嘴。人们从四面八方跑了过来。

拉斯科利尼科夫把自己的口供又说了一遍……

…………

尾　声

一

西伯利亚。一条宽阔、荒凉的河，河岸上矗立着一座城市[①]，这是俄罗斯的行政中心之一；城市里有一座要塞，要塞里面有座监狱。第二类流刑犯[②]罗季昂·拉斯科利尼科夫已经在这座监狱里给关了九个月。从他犯罪的那天起，差不多已经过了一年半了。

他这件案子的审讯过程没遇到多大困难。犯人坚决、确切、明白无误地坚持自己的口供，没有把案情搞乱，没有避重就轻，没有歪曲事实，也没有忘记一个最小的细节。他毫无遗漏地供述了谋杀的整个过程：他解释了在被害的老太婆手里发现的那件抵押品的秘密（一块有金属薄片的小木板）；详细供述了他是怎样从死者身上拿到了钥匙，描绘了那些钥匙的形状，描绘了那个小箱子，以及箱子里装着些什么，甚至列举了其中的几件东西；说明了杀害莉扎薇塔之谜；供述了科赫来敲门的情况，他来了以后，怎样又来了一个大学生，转述了他们两人谈话的全部内容；后来，

---

① 指额尔齐斯河畔的鄂木斯克。

② 根据1845年颁布的俄国刑法典，被流放到西伯利亚服苦役的犯人分为三类：第一类在矿场劳动；第二类修建要塞、堡垒；第三类在工厂劳动，主要是在军工厂和熬盐的工厂里。陀思妥耶夫斯基曾作为第二类流刑犯人，给关在鄂木斯克监狱里。

他，犯人，是怎么跑下楼去，以及听到米科尔卡和米季卡尖叫的情况；他又是怎样藏进那套空房子里，怎样回家的，最后指出，那块石头是在沃兹涅先斯基大街上一个院子里，就在大门附近；在那块石头底下果然找到了东西和钱袋。总之，案情十分清楚。然而侦查员和法官们都对这一点感到惊讶：他把钱袋和东西都藏到了石头底下，而没有动用过。使他们更为惊讶的是：他不仅记不清他亲手偷来的东西究竟是些什么，就连究竟有几件，也搞不清楚。至于他连一次也没打开过钱袋，甚至不知道里面到底有多少钱，说实在的，这好像更是不可思议了（钱袋里有三百一十七个银卢布和三个二十戈比的钱币；因为长期藏在石头底下，最上面的几张票面最大的钞票已经破损得非常厉害了）。花了好长时间竭力想要弄清：既然被告对其他所有情况都老老实实自愿供认了，为什么独独在这一点上说谎？最后，某些人（特别是一些心理学家）甚至认为这是可能的，认为他的确没有看过钱袋，所以不知道里面有多少钱，还没弄清里面有什么，就这样把它拿去藏到石头底下了，但是由此立刻又得出结论，所以会犯这桩罪，一定是由于一时精神错乱，可以说是患了杀人狂和抢劫狂，而没有更进一步的目的和谋财的意图。正好赶上这时有一种关于一时精神错乱的、最新的时髦理论，在我们这个时代往往竭力用这个理论来解释某些罪犯的心理。加以许多证人都证明，拉斯科利尼科夫长期以来就有忧郁症的症状，并且做了详细说明，这些证人中有佐西莫夫医生，他以前的同学，女房东和一个女仆。这一切有充分根据促使得出这样的结论：拉斯科利尼科夫不完全像一般的杀人犯、强盗和抢劫犯，这儿准是有什么别的原因。使坚持这种意见的人感到极为遗憾的是，犯人本人几乎并不试图为自己辩护；对于最后几个问题：究竟是什么促使他杀人，是什么促使他抢劫，他的回答十分明确，话说得很粗鲁，然而符合实际，他说，这一切的原因是他境况恶劣、贫困、无依无靠，他期望在被害者那里至少能弄到三千卢布，指望靠这笔钱来保障他的生活，使他在初入社会的时候能够站稳脚跟。他决定杀人，是由于他轻率和缺乏毅力的性格，贫困和失意更促使他下了杀人的决心。对于这个问题：究竟是什么促使他来自首的，他直率地回答说，由于真诚地悔罪。这些话几乎都说得很粗鲁……

然而，就所犯的罪行来说，判决比所能期待的还要宽大，而且也许这正是因为犯人不仅不想为自己辩护，反而甚至似乎想夸大自己罪行的缘故。这一案件的所有奇怪和特殊的情况都被考虑到了。犯人犯罪时的病态心理和贫困境况都是丝毫不容置疑的。他没有动用抢劫来的财物，被认为，一部分是由于他萌发了悔悟之念，一部分是由于犯罪的时候，他的精神不完全正常。无意中杀死莉扎薇塔，这一情况甚至成为一个例证，使如下的假设更为可信：一个人杀了两个人，而同时却忘记了，房门还在开着！最后还有，正当一个精神沮丧的狂热信徒（尼古拉）自称有罪，以虚假的供词把案情弄得异常混乱的时候，此外，对真正的罪犯不仅没有掌握确凿的罪证，而且甚至几乎没有产生怀疑（波尔菲里·彼特罗维奇完全信守了自己的诺言），正是在这个时候，犯人前来自首了。这一切最终促使对被告从轻判刑。

此外，完全意料不到地又出现了另外一些对被告十分有利的情况。以前的大学生拉祖米欣不知从哪里找到了这样一些材料，而且提出证据：犯人拉斯科利尼科夫在大学里读书的时候，曾经用自己仅有的一点儿钱帮助一个害肺病的穷苦同学，维持他的生活几乎长达半年之久。那个同学死后，拉斯科利尼科夫又去照顾亡友（他几乎从十三岁起就靠自己的劳动赡养自己的父亲）仍然活着的、年迈体弱的父亲，最后还让这位老人住进了医院，老人死后，又为他安葬。所有这些材料对决定拉斯科利尼科夫的命运起了某些有利的作用。拉斯科利尼科夫以前的女房东，他已经病故的未婚妻的母亲，寡妇扎尔尼岑娜也作证说，他们还住在五角场附近另一幢房子里的时候，有一次夜里失火，拉斯科利尼科夫从一套已经着火的房子里救出了两个小孩子，因为救人，他自己被火烧伤了。对这一事实做了详细调查，许多证人都完全证实了这一情况。总之，结果是，考虑到犯人是投案自首以及某些可以减刑的情况，犯人被判服第二类苦役，刑期只有八年。

还在审讯一开始的时候，拉斯科利尼科夫的母亲就病了。杜尼娅和拉祖米欣认为，可以在开庭期间让她离开彼得堡。拉祖米欣挑了一个沿铁路线、离彼得堡也很近的城市。这样可以经常留心审讯的情况，同时又能尽可能经常与阿芙多季娅·罗曼诺芙娜见面。普莉赫里娅·亚历山德罗芙娜的病是一种奇怪的精神病，同时还有类似精神错乱的某种迹象，即使不是完全精神错乱，至少是有一部分。杜尼娅最后一次见到哥哥，回来以后，发觉母亲已经完全病倒了，她在发烧，在说胡话。就在这天晚上，她和拉祖米欣商量好，母亲问起哥哥来，他们该怎样回答，甚至和他一起为母亲编造了一套谎话，说是拉斯科利尼科夫受私人委托，到一个很远的地方，到俄国边疆去办一件事情去了，这项任务最终将会使他获得金钱和声誉。但是使他们深感惊讶的是：无论是当时，还是以后，普莉赫里娅·亚历山德罗芙娜都从未问起过这方面的事。恰恰相反，原来对于儿子突然远行，她自己早已有自己的解释。她流着泪述说，他是怎样来和她告别的；同时她还暗示，只有她一个人知道许多非常重要的秘密，暗示罗佳有许多很有势力的敌人，因此他甚至必须躲藏起来。至于说到他的前途，她也认为，只要敌视他的某些情况消失了，那么他的前途无疑将是光明的；她让拉祖米欣相信，随着时间的推移，她的儿子甚至会成为国家的栋梁，他的那篇文章和他杰出的文学天才就是明显的证据。她在不断地看那篇文章，有时甚至念出声来，几乎连睡觉的时候也拿着那篇文章，可是罗佳现在到底在什么地方，她却几乎从来也不问起，尽管看得出来，当着她的面，大家都避而不谈这个问题——而单单是这一点，就足以引起她的怀疑了。普莉赫里娅·亚历山德罗芙娜对某些问题始终保持缄默，这一奇怪的现象终于使他们感到担心了。譬如说吧，她甚至从不抱怨他不来信，而从前，住在故乡县城里的时候，她唯一的精神寄托，就是希望和盼望着快点儿接到心爱的罗佳的信。现在她不再等信，这实在是太无法解释了，因此使杜尼娅十分担忧；她心里产生了这样的想法：大概母亲是预感到儿子发生了什么可怕的事，所以她不敢问，以免知道更可怕的事情。无论如何，杜尼娅已经清清楚楚看出，普莉赫里娅·亚历山德罗芙娜精神不大正常。

不过有两次她自己把话题转到了罗佳身上，以致回答她的时候，不可能不提到罗佳现在究竟在什么地方；他们迫不得已的回答当然不能使她满意，而且让她感到怀疑，这时她就突然变得非常伤心、忧愁、沉默寡言，这样一直持续很长时间。杜尼娅终于明白了，说谎和编造谎言是很难的，于是得出最后结论：对有些事情最好绝口不谈；不过可怜的母亲已经怀疑，准是发生了什么可怕的事情，这一点已经是越来越明显了。同时杜尼娅也想起了哥哥的话，在决定命运的头一天夜里，也就是在她和斯维德里盖洛夫发生了那一幕以后的那天夜里，母亲曾经听到过她在梦中呓语，那时母亲是不是听清了什么呢？往往，一连几天，甚至几个星期，母亲一直闷闷不乐，心情忧郁，一句话也不说，只是默默地流泪，可是在这之后，不知怎的，病人歇斯底里地活跃起来，突然大声说话，几乎不住口地谈她的儿子，谈自己的希望和未来……她的幻想有时十分奇怪。他们安慰她，附和她，（也许她自己看得很清楚，他们是在随声附和她，只不过是在安慰她）可她还是说个不停……

犯人自首以后过了五个月，判决下来了。只要一有可能，拉祖米欣就到狱中探望他。索尼娅也是一样。离别的时刻终于到了，杜尼娅对哥哥发誓说，这次离别不会是永诀，拉祖米欣也这么说。在拉祖米欣年轻、狂热的头脑里坚定不移地确定了这样一个计划：在三四年内，尽可能至少为未来打下基础，至少攒一些钱，迁居到西伯利亚去，那里土地肥沃，资源丰富，缺少的是工人、创业的人和资本，他要到罗佳将要去的那个城市定居……大家在一起开始新的生活。分别的时候大家都哭了。最后几天拉斯科利尼科夫陷入沉思，详细询问母亲的情况，经常为她感到担心。甚至为她感到十分痛苦，这使杜尼娅很不放心。得知母亲病态心情的详细情况以后，他的神情变得十分忧郁。不知为什么，这段时间他特别不喜欢和索尼娅说话。索尼娅用斯维德里盖洛夫留给她的那笔钱，早已准备好了行装，打算跟随拉斯科利尼科夫也在其内的那批犯人一同上路。关于这一点，在她和拉斯科利尼科夫之间从来连一个字也没提起过，然而他们俩都知道，事情一定会是这样。临别时，妹妹和拉祖米欣都诚恳地让他相信，等他服刑期满回来以后，他们的未来一定会十分幸福，对他们这些热情的话，他只是奇怪地笑了笑，并且预感到母亲的病情不久就会带来不幸的后果。他和索尼娅终于出发了。

两个月以后，杜涅奇卡和拉祖米欣结婚了。婚礼没有欢乐的气氛，而且冷冷清清。不过应邀前来的客人中有波尔菲里·彼特罗维奇和佐西莫夫。最近一个时期，拉祖米欣的神情像一个下定了决心的人。杜尼娅盲目地相信，他一定会实现自己的打算，而且也不能不相信：看得出来，这个人有钢铁般的意志。顺便说说，他又到大学去上课了，以便能够读完大学。他们俩不断地制订未来的计划，两人都对五年后迁居到西伯利亚抱有坚定的希望。在那以前，他们把一切希望都寄托在索尼娅身上……

普莉赫里娅·亚历山德罗芙娜很高兴地为女儿和拉祖米欣结婚祝福，可是举行过婚礼以后，她却似乎变得更加愁闷，更加忧虑了。为了让她高兴，拉祖米欣顺带讲给她听，罗佳曾经帮助过一个大学生和他年迈体弱的父亲，还讲了罗佳去年为了救两个小孩子的性命，自己给烧伤了，甚至还害了一场病。这两个消息使普莉赫里娅·亚历山德罗芙娜本来就已经不正常的精神几乎达到了异常兴奋的状态。她不断地谈起这两件事，在街上也逢人就说。（尽管杜尼娅经常伴随着她）在公共马车上，在小铺里，只要能找到一个肯听她说话的人，她立刻就跟大家谈她的儿子，谈他的那篇文章，谈他怎样帮助那个大学生，怎样在失火的时候为了救人让火给烧伤，等等。杜涅奇卡甚至都不知道该怎样才能阻止她。这种异常兴奋的病态心情是危险的，此外，如果有人记起不久前审理的那件案子，因而想起拉斯科利尼科夫这个姓，谈论起来的话，那可就糟了。普莉赫里娅·亚历山德罗芙娜甚至打听到了那两个在火灾中给救出来的小孩子的母亲的地址，一定要去拜访她。最后她的不安达到了极点，有时她会突然放声大哭起来，经常生病，发烧，说胡话。有一天一清早，她直截了当地说，她计算着，罗佳不久就该回来了，说是她记得，他和她分手的时候曾经说过，正是过九个月以后，就该等着他回来。她把家里的一切都收拾了一下，准备迎接他，动手装饰打算给他住的那间房子（她自己住的那一间），把家具擦得干干净净，洗掉旧窗帘，换上新窗帘，等等。杜尼娅非常担心，可是什么也不说，甚至帮着她布置房子，来迎接哥哥。在不断的幻想、欢乐的梦中流着眼泪度过了令人忧虑不安的一天以后，当天夜里她病了，第二天早晨已经发起烧来，神志不清了。热病发作了。两个星期以后她死了。她昏迷的时候，突然说了几句话，根据这些话可以得出结论，她一直怀疑儿子遭到了可怕的命运，她的猜疑甚至比他们所认为的要严重得多。

拉斯科利尼科夫很长时间都不知道母亲去世的消息，尽管从他在西伯利亚一安顿下来，就与彼得堡有书信来往了。通信关系是通过索尼娅建立起来的，索尼娅每月按时往彼得堡寄信，信写给拉祖米欣，也每月按时收到从彼得堡来的回信。起初杜尼娅和拉祖米欣觉得，索尼娅的信有点儿枯燥，不能令人满意；但最后两人都认为，不可能比她写得更好了，因为从这些信里，对他们不幸的哥哥的命运毕竟得出了一个全面、正确的概念。索尼娅在信上写的都是日常生活的真实情况，最简单明了地描写出了拉斯科利尼科夫苦役生活的全部情况。信上既没有谈她自己的希望，也没有对未来的推测，更没有叙述她自己的感情。她没有试图说明他的心情，或一般地说明他的内心生活，她的信上只有一些事实，也就是他自己说过的话，详细说明他的健康状况，以及和他见面的时候他有什么愿望，要求她做什么，托她办什么事情，等等。所有这一切都写得非常详细。不幸的哥哥的形象终于跃然纸上，描写得十分确切而又清晰，这儿不会有什么差错，因为一切都是可靠的事实。

但是杜尼娅和她丈夫从这些消息中看不出有多少可以高兴的事情，尤其是在一开始的时候。索尼娅不断地告诉他们，他经常神情阴郁，不爱说话，每次她把接到的信中的消息告诉他的时候，他甚至几乎一点儿也不感兴趣；说是他有时问起母亲，而当她看出，他已经预料到事情的真相，终于告诉他，母亲已经去世的时候，使她感到惊讶的是，就连母亲去世的消息也似乎没有对他产生强烈的影响，至少她觉得，从表面来看是这样的。她顺带告诉他们，尽管看上去他总是陷入沉思，独自想得出神，仿佛与世隔绝，不和人来往，可是他对自己新生活的态度却很坦率，实事求是；她说，他很清楚自己的处境，并不期待最近会有什么改善，也不存任何不切实际的希望，（处在他的情况下，自然是这样了）虽然他所处的新环境与以前的环境很少有相似之处，但他对周围的一切几乎从不感到惊讶。她说，他的健康状况是可以令人满意的。他去干活，既不逃避，也不硬要多做。伙食好坏，他几乎不感兴趣，但是，除了星期天和节日，平日的伙食简直令人难以下咽，所以他终于乐意接受她，索尼娅，给他的钱，好每天能自己烧点儿茶喝；至于其余的一切，他请她不要操心，让她相信，对他的一切关心只会使他感到苦恼。随后索尼娅写道，在监狱中，他和大家住在一间牢房里，他们的牢房她没看到过，不过她断定，里面很挤，不像样，也不卫生。她说，他睡在铺板上，只铺一条毛毡，别的什么东西他也不想置备。但是他过着这样恶劣和贫困的生活，完全不是按照什么偏执的计划或者是有什么意图，而只不过是由于对自己的命运漠不关心以及表面上的冷漠态度。索尼娅坦率地写道，他，特别是最初，对她去探望他不仅不感兴趣，甚至几乎是怨恨她，不爱说话，甚至粗暴地对待她，但这些会面终于使他习惯了，甚至几乎变成了他的要求，有一次她生了好几天病，没能去探望他，他甚至非常想念她。每逢节日，她都和他在监狱大门口或警卫室里见面，有时他给叫到警卫室去和她会见几分钟；平日他要去干活，她就到他干活的地方去看他，或者在工场，或者在砖厂里，或者在额尔齐斯河畔的板棚里。关于她自己，索尼娅告诉他们，在城里她甚至已经有了几个熟人和保护人；她说，她在做裁缝，因为城市里几乎没有做时装的女裁缝，所以在许多家庭里，她甚至成为一个必不可少的人了；不过她没有提到，由于她的关系，拉斯科利尼科夫也得到了长官的照顾，让他去干比较轻的活，等等。最后，传来这样一个消息，（杜尼娅甚至发觉，在她最近的几封来信里，流露出某种特别焦虑和担心的情绪）说他躲避所有的人，说监狱里的苦役犯人都不喜欢他，说他一连几天一句话也不说，脸色变得十分苍白。突然，在最近一封来信里，索尼娅写道，他病了，病情十分严重，躺在医院的囚犯病房里……

二

他早就已经生病了，但使他垮下来的不是苦役生活的恐怖，不是做苦工，不是这里的伙食，不是剃光头，也不是用布头缝制的囚衣：噢！所有这些苦难和折磨对他来说算得了什么！恰恰相反，对做苦工，他甚至感到高兴：干活使身体疲惫不堪，他至少可以安安静静地睡上几个钟头。至于伙食——这没有一点儿肉屑、却漂浮着蟑螂的菜汤，对他来说又算得了什么？他从前做大学生的时候，常常连这样的饭都吃不上。他的衣服是暖和的，对他现在的生活方式也挺合适。他甚至没有感觉到身上戴着镣铐。剃光头和穿着用两种不同料子做的短上衣①，使他感到可耻吗？可是在谁的面

---

① 第二类苦役犯人穿灰、黑两色的短上衣，背上缝一块黄色的方布。

前觉得可耻呢？在索尼娅面前吗？索尼娅怕他，在她面前他会感到羞愧吗？

那么是为什么呢？就连在索尼娅面前，他也感到羞愧，因此他用轻蔑和粗暴的态度来对待她，使她感到痛苦不堪。但他感到羞愧，并不是因为剃了光头和戴着镣铐：他的自尊心受到了严重的伤害，使他病倒的是他那受到伤害的自尊心。噢，如果他能自认为有罪，他会感到多么幸福啊！那时他将会忍受一切，就连羞耻和屈辱也能忍受。但是他以求全责备的目光检查了自己的所作所为，他那顽强不屈的良心却没能在自己过去的行为中发现任何特别可怕的罪行，也许只除了人人都可能发生的极平常的失算。他之所以感到可耻，正是因为他，拉斯科利尼科夫，由于偶然的命运的判决，竟这样偶然、这样毫无希望、这样冷漠、这样糊里糊涂地毁了，如果他想多少安慰自己，那就得听天由命，逆来顺受，对某种判决的“荒谬”表示屈服。

目前只有空洞和毫无意义的忧虑，将来只有一无所获的、不断的牺牲——这就是他在这个世界上面临的命运。八年后他只不过三十二岁，还可以重新开始生活，这又有什么意义呢！他为什么要活着？有什么打算？竭力追求的是什么？为了生存而活着吗？可是以前他就甘愿为思想、为希望，甚至为幻想成千次献出自己的生命了。他一向认为，单单生存是不够的，他总是希望生命有更大的意义。也许只是由于他抱有希望，当时他才自认为是一个比别人享有更多权利的人吧。

如果命运赐给他悔过之心就好了——沉痛的悔恨会使他心碎，夺走他的睡眠。由于悔恨而感到的可怕的痛苦会使他神思恍惚，产生自缢和投河的念头！噢，如果能够这样，他将会感到多么高兴啊！痛苦和眼泪——这也是生活嘛。然而对自己的罪行，他并无悔过之意。

要是他能至少对自己的愚蠢感到愤慨也好，就像以前他曾对自己那些很不像话、愚蠢透顶的行为感到愤恨一样，正是那些愚蠢行为导致他锒铛入狱的。可是现在，他已在狱中，空闲的时候，他重新反复考虑、衡量以前自己的所作所为，却完全不认为这些行为像他以前，在决定命运的时刻所认为的那样愚蠢和不像话了。

“有哪一点，有哪一点，”他想，“我的思想比开天辟地以来这个世界上大量产生而又相互矛盾的思想和理论更愚蠢呢？只要以完全独立、全面、摆脱世俗观念的观点来看问题，那么我的思想当然就根本不是那么……奇怪了。唉，对一切持否定态度的人和那些一钱不值的哲人们，你们为什么半途而废啊！”

“从哪一点来看，他们觉得我的行为是那么不像话呢？”他自言自语，“是因为我的行为残暴吗？残暴这个词儿是什么意思？我问心无愧。当然，犯了刑事罪；当然，违反了法律条文的字面意义，而且流了血，好，那就为了法律条文的字面意义砍掉我的脑袋吧……这也就够了！当然啦，如果这样的话，那么就连许多人类的恩人，不是那些继承权力的人，而是自己攫取权力的人，在他们刚刚迈出最初几步的时候，也都应该处以极刑了。但是那些人经受住了最初的考验，所以他们是无罪的，我却没能经受住，可见我没有允许自己走这一步的权利。”

仅仅在这一点上，他承认自己是有罪的：他没能经受住考验，他去自首了。

这个想法也让他感到痛苦：当时他为什么没有自杀？为什么当时他曾站在河边，却宁愿去自首？难道活命的愿望是一种如此强大的力量，以致难以克服吗？怕死的斯维德里盖洛夫不是克服了吗？

他常常向自己提出这个问题，而且不能理解，当时，他站在河边的时候，也许已经预感到自己和自己的信念是十分虚伪的了。他不理解，这种预感可能就是他生活中未来转变的预兆，就是他将来获得新生、以新的观点来看待人生的预兆。

他宁愿认为这仅仅是本能的一种迟钝的沉重负担，他无法摆脱这副重担，而且仍然不能跨越过去（由于意志薄弱和渺小）。他看看和他一同服苦役的那些同伴，不由得感到惊讶：他们也是多么爱生活，多么珍惜生活啊！他好像觉得，他们正是在监狱里，比他们自由的时候更爱、更珍惜、也更重视生活。他们当中有一些人，譬如说，那些流浪汉，什么样的痛苦和残酷的折磨没有经受过啊！一道阳光，一座郁郁葱葱的森林，无人知道的密林深处一股冰凉的泉水，对于他们来说难道会有那么重大的意义？这泉水还是两年多以前发现的，难道一个流浪汉会像梦想会见情人那样，梦想着再看到这股泉水？他会梦见它，梦见它周围绿草如茵，一只小鸟儿在灌木丛中鸣啭吗？他继续细心观察，看到了一些更难解释的事例。

在监狱里，在他周围这些人们中间，当然有很多事情是他没注意到的，而且他也根本不想注意。不知为什么，他总是眼睛望着地下：周围的一切他看了就感到极端厌恶，难以忍受。但后来有很多事情开始使他感到惊奇了，于是他有点儿不由自主地注意到了以前想都没想到过的事情。一般来说，使他最为惊讶的是，在他和所有这些人之间隔着一个无法逾越的可怕的深渊。似乎他和他们是不同民族的人。他和他们互不信任，互相怀有敌意。他知道而且了解这种隔阂的主要原因，但是以前他从不认为，这些原因真的是那么深刻和严重。监狱里也有一些波兰籍的流放犯，都是政治犯。那些波兰人简直把这儿的所有人都看作没有知识的粗人和农民，高傲地瞧不起他们；拉斯科利尼科夫却不能这样看待他们：他清清楚楚看出，这些没有知识的粗人在许多方面都比这些波兰人聪明得多。这儿也有些俄罗斯人—— 一个军官和两个神学校的毕业生——他们也很瞧不起这些人，拉斯科利尼科夫也明显地看出了他们的错误。

他本人也是大家都不喜欢的，大家都躲着他，最后甚至憎恨他了——为什么呢？他不知道原因何在。大家都瞧不起他，嘲笑他，就连那些罪行比他严重得多的人也嘲笑他所犯的罪。

“你是老爷！”他们对他说，“你能拿斧头吗？这根本不是老爷干的事。”

大斋期①的第二周，轮到他和同一牢房的犯人去斋戒②。他和其他人一道去教堂祈祷。他自己也不知是为了什么——有一次发生了争吵，大家一下子全都起来疯狂地攻击他。

“你是个不信神的人！你不信上帝！”他们对他吼叫，“真该宰了你。”

他从来也没跟他们谈过上帝和宗教，他们却要把他当作一个不信神的人，要杀死他。他不作声，也不反驳他们。有一个苦役犯人狂怒地朝他扑了过来，拉斯科利尼科夫沉着地、默默地等着他：他的眉毛动都不动，脸上的肌肉也没抖动过一下。一个押送他们的卫兵及时把他们隔开了——不然准会发生流血事件。

对他来说，还有一个问题也没解决：为什么大家都那么喜欢索尼娅？她并不巴结他们，他们难得碰到她，有时只是在大家干活的时候，她到那

---

① 复活节前的斋期，一共持续六个星期。

② 按教堂规定的时间素食。祈祷，准备去忏悔和领圣餐。

里去，只待一会儿，是为了去看他。然而大家都已经认识她了，知道她是跟着他来的，知道她怎样生活，住在哪里。她没给过他们钱，也没为他们特别效过力。只有一次，在圣诞节，她给监狱里的犯人们送来了馅饼和白面包。但是渐渐地在他们和索尼娅之间建立起了某些更为密切的关系：她代他们给他们的亲属写信，替他们把信送到邮局去。他们的亲属到城里来的时候，都根据他们的介绍，把带给他们的东西，甚至金钱交给索尼娅。他们的妻子或情人都认识她，常到她那里去。每当她到他们干活的地方去看拉斯科利尼科夫，或者在路上遇到一批去干活的犯人的时候，犯人们都摘下帽子，向她问好："妈妈，索菲娅·谢苗诺芙娜，你是我们的母亲，温柔的、最可爱的母亲！"这些粗野的、脸上刺了字①的苦役犯人对这个瘦小的女人说。她总是微笑着鞠躬还礼，大家都喜欢她对他们微笑。他们甚至喜欢她走路的姿态，总是回过头来目送着她，看她走路的样子，并且赞美她，甚至为了她是那么瘦小而赞美她，甚至不知道该赞美她什么才好。他们生了病，甚至去找她给他们治病。

斋期的最后几天和复活节的那一个星期，他都躺在医院里。病渐渐痊愈的时候，他记起了还在发烧和昏迷不醒的时候做的那些梦。病中他梦见，全世界注定要在一场闻所未闻、见所未见的、可怕的瘟疫中毁灭，这场瘟疫是从亚洲腹地蔓延到欧洲来的。所有人都必死无疑，只有很少几个才智超群的人得以幸免。发现了一种新的旋毛虫，一种能侵入人体的微生物。不过这些微生物是有智慧、有意志的精灵。身体里有了这种微生物的

---

① 沙俄时期，被判处苦役的犯人要在额上和脸上刺上"KAT"（苦役犯的缩写）三个字母。贵族和妇女免于刺字。

人立刻会变得像鬼魂附体一样，变成疯子。可是人们还从来、从来没有像这些病人那样自以为聪明过人，而且坚信真理。对于自己所做的决定、科学结论、自己的道德观念和信仰还从来没像现在这样坚信不疑。一批批村庄、一座座城市，全体人民都传染上了这种瘟疫，都发疯了。大家都惶惶不安，互不了解，每个人都认为，只有他一个人掌握了真理，看着别人都感到痛苦不堪，捶胸顿足，放声大哭，十分痛心。大家都不知道该审判谁，该如何审判，对于什么是恶，什么是善，都无法取得一致意见。都不知道该认为什么人有罪，该为什么人辩护。他们怀着失去理性的仇恨，互相残杀。他们各自调集了大批军队，向对方发动进攻，但是在行军途中，这些军队却自相残杀起来，队伍混乱了，战士们互相攻击，互相砍杀，人在咬人，人在吃人。一座座城市里整天鸣钟报警：召集所有的人，可是谁也不知道，是谁，又是为什么召集他们，然而大家都感到惊慌不安。大家都丢下了日常工作。因为每个人都提出自己的观点，提出自己的改良计划，而不能取得一致意见，农业荒废了。有些地方，人们聚集到一起，同意去做什么事情，发誓决不分离，但是话音未落，却立刻干起与自己刚才的建议完全相反的事情来：大家互相指责、斗殴、残杀。开始发生火灾、饥荒。所有人和一切事物都毁了。瘟疫在发展，继续到处蔓延。全世界只有几个人能够得救，这是一些心灵纯洁、才智超群的人，他们负有繁衍新人种和创造新生活的使命，他们将使大地焕然一新，彻底净化，然而谁也没在任何地方看到过这些人，谁也没听到过他们说的话和他们的声音。

使拉斯科利尼科夫异常苦恼的是：这毫无意义的梦呓竟在他的记忆里唤起如此悲哀和痛苦的感情，热病发作时梦中的印象竟这样长久地萦回不去。已经是复活节后的第二周，天气暖和，天空晴朗，春天到了，囚犯病房里的窗户打开了。(窗上装了铁栏，窗外有哨兵巡逻)在他生病期间，索尼娅只能在病房里探望他两次，每次都得请求批准，而这是很困难的。但是她经常到医院的院子里来，站到窗前，特别是在傍晚，有时只是为了在院子里稍站一会儿，至少可以从远处望望病房里的窗户。有一天傍晚，已经差不多完全恢复健康的拉斯科利尼科夫睡着了，醒来后，他无意中走到窗前，突然在远处，在医院大门附近看到了索尼娅。她站在那儿，好像在等待着什么。这时仿佛有个什么东西猛一下子刺穿了他的心，他战栗了一下，赶快离开了窗边。第二天索尼娅没有来，第三天也没来，他发觉，自己在焦急不安地等着她。他终于出院了。回到监狱，他从囚犯们那里得知，索尼娅病了，睡在家里，哪里也不去。

他非常担心，托人去探望她。不久他得知，她的病并不危险。索尼娅也得知，他十分想念她，关心她，于是托人给他带去一张用铅笔写的条子，告诉他，她的病好多了，她只不过着了凉，有点儿感冒，她很快、很快就会到他干活的地方去和他见面。他看这张条子的时候，心在剧烈而痛苦地狂跳。

又是晴朗而暖和的一天。大清早六点钟的时候，他到河岸上去干活了，那儿的一座板棚里砌了一座烧建筑用石膏的焙烧炉，也是在那儿把石膏捣碎。去那儿干活的只有三个人。有一个囚犯和押送犯人的卫兵一道到要塞领工具去了；另一个犯人动手准备劈柴，把柴堆到焙烧炉里。拉斯科利尼科夫从板棚里出来，来到河边，坐到堆放在板棚旁的原木上，开始眺望那条宽阔、荒凉的河流。从高高的河岸上望去，四周一大片广袤的土地都呈现在眼前。从遥远的对岸隐隐约约传来了歌声。那里，洒满阳光、一望无际的草原上，游牧民族的帐篷宛如一个个黑点，依稀可辨。那里是自由的天地，那里住着与这里的人全然不同的另一些人，那里的时间似乎停止了，仿佛亚伯拉罕[①]的时代和他的畜群还没有成为过去。拉斯科利尼科夫坐在河边，目不转睛地凝神眺望着，他渐渐陷入幻想和想象中，他什么也没想，但是某种忧虑却使他心情激动不安，使他感到痛苦。

突然索尼娅在他身边出现了。她悄无声息地来到了他这里，坐到他的旁边。时间还很早，清晨的寒气还没有减弱。她穿一件寒碜的旧大衣，头上包着绿色的头巾。她脸上还带着病容，十分消瘦，面色苍白。她亲切而高兴地对他微微一笑，却像往常一样，怯生生地向他伸过手来。

她把自己的手伸给他的时候总是怯生生地，有时甚至根本不把手伸给他，似乎害怕他会把她的手推开。他好像总是怀着厌恶的心情和她握手，见到她时总是好像感到遗憾，有时，在她来看他的这段时间里，他执拗地默默不语。有时她很怕他，经常是怀着十分悲痛的心情回去。但是现在他们的手没有分开，他匆匆看了她一眼，什么也没说，垂下眼睛望着地上。只有他们两个人，谁也没看到他们。这时候押送犯人的卫兵把脸转过去了。

这是怎么发生的，他自己也不知道，但是好像不知有什么突然把他举起来，丢到了她的脚下。他哭了，抱住了她的双膝。最初一瞬间她大吃一惊，吓得面无人色。她跳了起来，浑身发抖，望着他。但立刻，就在这一刹那，她什么都明白了。她的眼睛闪闪发光，露出无限幸福的神情，她明白了，她已经毫不怀疑，他爱她，无限地热爱她，这个时刻终于到了……

他们想要说话，可是谁也说不出来。他们都热泪盈眶。他们俩都面色

---

① 据《圣经》上说：古犹太人的族长亚伯拉罕大约生于公元前2000年。

苍白，两人都很瘦，但是在这两张仍然带有病容的、苍白的脸上已经闪烁着获得新生的未来的曙光。爱情使他们获得了新生，这个人的心包含有另一颗心的无穷无尽的生活源泉。

他们决定等待和忍耐。他们还得等待七年，而在那个时候到来之前，还有多少难以忍受的痛苦和无穷无尽的幸福啊！然而他获得了新生，他也知道这一点，已经获得新生的他以全身心充分感觉到了这一点，而她——她只是为了使他活下去而活着！

那天晚上，牢房的门已经锁上以后，拉斯科利尼科夫躺在床板上想着她。这天他甚至好像觉得，似乎所有苦役犯人，他以前的那些敌人，已经用另一种眼光来看他了。他甚至主动跟他们说起话来，他们也亲切地回答他。现在他回想起这一切，不过，不是应该如此吗，难道现在不是一切都应该改变了吗?

他在想着她。他回想起，以前他经常折磨她，让她伤心，回想起她那苍白、消瘦的脸，但是这些回忆现在几乎并不使他感到痛苦；他知道，现在他会用多么无限的爱来补偿她所受的一切痛苦。

而且这一切究竟是什么呢，一切痛苦都已经过去了！现在，在最初的感情冲动中，一切，就连他犯的罪，就连判决和流放，他都觉得好像是某种身外的、奇怪的，甚至仿佛不是他亲身经历的事情。不过这天晚上他不能长久和固定地去想某一件事，不能把思想集中到某一件事情上去，而且现在他也并未有意识地做出任何决定，他只是有这样的一些感觉。生活取代了雄辩，思想意识里应该形成完全不同的另一种东西。

他枕头底下有一本福音书。他无意识地把它拿了出来。这本书是她的，就是她给他读拉撒路复活的那一本。刚开始服苦役的时候，他以为她会用宗教来折磨他，会和他谈福音书上的故事，把书硬塞给他。然而使他极为惊讶的是，她连一次也没跟他谈起这件事，连一次也没提出要给他福音书。在他生病前不久，他自己向她要这本书，她默默地给他把书带来了。直到现在他还没有翻开过这本书。

现在他也没有把书翻开，不过有个想法在他脑子里突然一闪："难道现在她的信仰不能成为我的信仰吗？至少她的感情，她的愿望……"

整整这一天，她心里也很激动，夜里甚至又生病了。但是她觉得那么幸福，几乎对自己的幸福感到害怕。七年，只不过七年！在他们的幸福刚一开始的时候，有时他们俩都愿意把这七年看作七天。他甚至不知道，他不可能不付出代价就获得新的生活，还必须为新生活付出昂贵的代价，必须在以后为它建立丰功伟绩……

不过一个新的故事已经开始，这是一个人逐渐获得新生的故事，是一个人逐渐洗心革面、从一个世界进入另一个世界的故事，是他逐渐熟悉迄今为止还不知道的、新的现实的故事。这可以构成一部新小说的题材——不过我们现在的这部小说已经结束了。